Paul Beorn est né et a grandi à La Rochelle, en face de la mer. Alors que ses parents lisent Tolkien et Roald Dahl à ses frères et sœur aînés, à cinq ans il tend l'oreille et se promet lui aussi de devenir écrivain – si possible un bon écrivain, un de ceux qui vous font rire, pleurer et trembler d'émotion. Aujourd'hui encore, il n'a pas oublié sa promesse.
Il vit actuellement dans la ville de Niort.

Du même auteur, chez Bragelonne en grand format :

Le Septième Guerrier-Mage

Chez Milady, en poche :

Le Septième Guerrier-Mage

Chez Castelmore :

Le Jour Où...
Un Ogre en cavale

14-14
(en collaboration avec Silène Edgar)
Prix des Incorruptibles 2015-2016
Prix Gulli 2014

Chez Castelmore en poche :
14/14
(en collaboration avec Silène Edgar)
Prix des Incorruptibles 2015-2016
Prix Gulli 2014

Chez Mnémos :

La Perle et l'enfant
Le Hussard amoureux
Les Derniers Parfaits

Paul Beorn

Le Septième Guerrier-Mage

Bragelonne

Milady est un label des éditions Bragelonne

Cet ouvrage a été originellement publié en France par Bragelonne

ISBN : 978-2-8112-1779-2

Bragelonne – Milady
60-62, rue d'Hauteville – 75010 Paris

E-mail : info@milady.fr
Site Internet : www.milady.fr

Chapitre premier

Je rouvre les yeux.

Au-dessus de moi, le soleil brille à travers le feuillage des chênes. Des chênes encore debout ? Incroyable, je n'en avais pas vu depuis des années.

Qu'est-ce que je fais là, allongé dans les taillis ? Où sont les autres ?

De grosses guêpes bourdonnent autour de moi et trottinent sur mes joues comme si elles étaient déjà chez elles. J'entends le bruit d'une respiration saccadée, humide, comme celle d'un petit chien. Et soudain, je me rends compte que c'est la mienne. Des bulles remontent dans ma gorge, elles éclatent dans mes narines, l'air siffle dans ma poitrine en gargouillant. Ma bouche est remplie d'un goût que je connais trop bien, celui de la guerre, celui de mon sang. Une goutte rouge vif coule lentement le long de la flèche plantée dans mon bras gauche. Oh, bon Dieu ! Une flèche ! J'essaie de me redresser, mais une douleur fulgurante me déchire le ventre. Pas l'estomac, faites que je n'en aie pas une autre dans l'estomac ! Une blessure dans les tripes, il n'y a rien de pire. J'ai vu des gars hurler pendant des jours, leurs visages deviennent violets, puis on voit leur regard s'éteindre, lentement.

Une sueur glaciale me coule sur les joues.

Je baisse la tête et, alors, je la vois. La hampe de la lance. Fichée dans mon flanc et dressée toute droite.

Elle oscille un peu en avant puis en arrière quand je respire. Ne pas bouger, surtout. La panique, il ne faut pas que je la laisse m'envahir.

« *Il n'y a pas de combat sans souffrance,* dit Maître Hokoun dans ma tête. *Vous ne devez pas avoir peur d'être blessé.* »

Viens ici, vieux salopard ! Prends ma place et on en reparle !

Je croyais qu'au moment de mourir je penserais à des souvenirs heureux, à des champs de blé, à ma mère dont je me souviens à peine du visage. Mais non. Tout ce qui me revient, ce sont les toits de la cité de Hangorod en flammes… Et toujours la foutue voix du vieux Maître comme un serpent sifflant dans ma tête.

Un contact familier me caresse la joue : c'est Gloutonne, mon amie à poil. Ma petite magicienne. Alors ils ne t'ont pas touchée ? Ils ne t'ont pas fait de mal ? Elle se roule en boule dans mon cou. Je sens son petit corps d'écureuil qui tremble comme si elle avait froid, j'entends ses minuscules piaulements d'une tristesse à pleurer.

Sois pas triste, Gloutonne. Ça devait finir comme ça.

Elle s'enfuit soudain. Je ne sens plus sa fourrure contre ma peau. Est-ce que… est-ce que quelqu'un vient par ici ?

Des chants d'enfants résonnent à mes oreilles comme dans un rêve. Les arbres sont déjà devenus flous, mes yeux roulent sans arriver à se fixer sur quelque chose. Des enfants, ici ? Est-ce que je délire ?

Il y avait des enfants aussi dans le monastère qu'on a pillé la nuit dernière, ils chantaient des prières quand le général Hast a refermé les portes et y a flanqué le feu. On entendait à peine leurs petites voix qui montaient vers le ciel, à moitié étouffées sous le ronflement des flammes… J'ai de la haine pour les Skaviens, mais, par Dieu, je n'ai pas voulu ça.

Sacrée foutue guerre. Un jour, j'irai vivre à l'est avec de l'or plein les poches. J'ai toujours rêvé de voir les jardins de Tamis-la-Grande, on dit que ses jets d'eau touchent le ciel et que ses roses rouges sont les plus belles du monde.

Bon Dieu, j'ai vingt ans et je ne veux pas mourir !

Il y a bien des enfants dans les sous-bois, je suis sûr de les entendre, maintenant. Ils chantent en skavien :

Le petit renard court !
Court jusqu'à la fin du jour !

Ils approchent.

— On va t'attraper, Paol !

— Tu as perdu !

C'est peut-être ma chance de salut !

— À... à l'aide ! dis-je dans un murmure.

Le sang coule dans ma bouche, dans ma gorge.

— Je le vois ! Il est là, il court sur les rochers ! crie une fille. Apportez la corde du pendu !

— T'es cuit, Paol !

— On va te coincer, fils d'étranger !

Il faut que j'agite le bras, que je les attire vers moi. J'essaie de relever la tête, mais la douleur me fait pousser un cri, je crache une substance rosâtre.

Je commets l'erreur de tousser. Une seule fois.

La souffrance en retour est fulgurante, atroce, des larmes coulent sur mes joues, se mélangent au sang.

— Mon Dieu ! Re... regardez !

— Ben quoi, Paol ? Tu as peur qu'on t'attrape ?

— Venez voir ! Vite ! Par ici !

— On t'a eu ! On t'a eu !

— On va te passer la corde !

Les rires meurent un à un dans les gorges des enfants.

— Il y a un homme tout mort, ici, couine le mioche.

Non ! Je ne suis pas encore mort ! Appelle ton père, petit ! Cours ! Vite ! Va chercher de l'aide !

— Il y en a un deuxième, là, fait la fille qui criait tout à l'heure.

— Il y en a partout, dit un autre.

— Tu as… tu as vu comment ils sont ? Tout… tout déchirés, tout cassés.

J'entends le bruit humide du vomi sur un buisson.

Comment ça, « Il y en a partout » ? Est-ce que j'en ai tué quelques-uns ?

— Je veux ma maman, couine un gamin.

Moi aussi, je veux ta maman ! Va la chercher ! Avec terreur, je sens monter encore une quinte de toux. Foutresaint, elle va éclater ! Le sang gicle de nouveau de ma bouche, je hurle comme un porc qu'on égorge.

— Il y a… il y a quelqu'un ? fait une voix de garçon, toute proche.

Gloutonne tourne en rond autour de moi en poussant des piaulements.

Attire-le par ici, ma jolie ! Oui, encore ! Plus fort !

— Hé ! Salut, l'écureuil. Qu'est-ce qui te fait crier comme… Oh, saints elfes !

Un visage d'enfant apparaît au-dessus de moi.

Merci, Gloutonne ! Merci !

La première chose que je vois, c'est son bandeau sur l'œil. Ce gamin est borgne. La seconde chose, c'est que ce petit n'a pas une tête de Skavien. Il a les cheveux bruns. Le gosse se met à escalader le tronc d'un chêne, avec autant de souplesse qu'un chat.

— Oh, saint Othin ! Celui-là respire encore !

D'autres visages ont remplacé celui du petit borgne, fascinés, terrifiés. Tous ceux-là ont la peau et les cheveux clairs des Skaviens.

Une gamine se met à pleurer.

— Vous avez vu ses cheveux ? fait un rouquin plus grand que les autres. Ils sont tout noirs, on dirait un corbeau. C'est sûrement un Sudien.

— Tu… tu crois qu'il a mal ? dit la gamine.

— Tu parles qu'il a mal ! crache le petit rouquin qui empoigne le manche de la lance.

Non, petit salaud ! Ne touche pas à ça ! Un gargouillis sort de ma gorge. Cette ordure remue le fer dans la plaie, et, soudain, la douleur submerge tout.

— Ooooh ! Eeeeh ! crie soudain le gosse châtain qui était monté à l'arbre. À l'aide ! Un blessé !

Le rouquin lâche aussitôt la lance.

Merci, mon Dieu.

Les Skaviens… Même leurs enfants sont des pourritures.

— Ooooh ! Eeeeh !

Il a du coffre pour son âge, le petit borgne. Sa voix doit porter à des lieues à la ronde. Béni sois-tu, morveux !

— Tu as vu comme il a couiné ? fait le rouquin à ses copains en me désignant du menton.

— Faut pas lui faire mal ! piaille un petit en pleurant.

— Et alors, c'est un Sudien ! Et puis, c'est comme s'il était déjà mort, non ?

Je le vois de nouveau tendre la main vers la hampe de la lance. Non ! Ne fais pas ça !

Mais le gamin ne finit jamais son geste. Une main l'agrippe par le col et il se retrouve tiré en arrière.

— Touche encore une fois à un homme blessé, Henrik, et c'est moi qui t'enfoncerai une lance dans la hanche.

Un nouveau visage apparaît au-dessus de moi et ce n'est pas celui d'un enfant. C'est une fille avec un arc en bandoulière, qui porte une peau de loup par-dessus une cotte de mailles.

Une guerrière skavienne. Elle va m'achever.

— Va chercher le guérisseur, le vieux Svenning. Ou plutôt, va chercher Nola, son apprentie.

— Vous n'avez pas à me donner d'ordre ! Mon… mon père dit que vous n'êtes qu'une vieille fille, sans titre et sans château !

— Dis-lui aussi de prendre ses instruments et des bandages, elle en aura besoin.

— Mais pourquoi on le soignerait ? bafouille le rouquin. C'est un ennemi. Il… il n'est pas du village !

Elle lui colle une taloche et le gamin se met à détaler.

— Et ne traîne pas en route ! lui crie la fille sans me lâcher des yeux.

Alors elle se penche sur moi, prend doucement la lance dans sa main et, de l'autre, fait très lentement basculer tout mon corps sur le côté, d'un geste sûr. Je crispe les mâchoires. Les liquides qui me remplissent les poumons trouvent une sortie où s'écouler. Je vomis du sang sur les bottes de la fille, je crache, tousse, me déchire le ventre de douleur… mais une grande goulée d'air parvient enfin à passer. Je l'aspire avec férocité, comme un affamé.

D'une main, elle empoigne ma gibecière, l'ouvre et en sort la statuette volée au moine du monastère. La statuette ? Qu'est-ce qu'elle fait encore ici ? Impossible de dire ce qui s'est passé, c'est le vide dans ma mémoire, le trou noir.

La fille inspecte la sainte elfe en or massif et les traits si parfaits de l'ancienne race aujourd'hui disparue.

Elle va comprendre que je l'ai volée ! Elle va me laisser crever ici, comme un chien !

De sa main libre, elle essuie la poussière sur les runes gravées dans le socle et la confie à un gamin pour qu'il dévisse le fond. Nom de Dieu ! La statuette était creuse et on ne s'était aperçus de rien ! Elle en sort un petit sachet en soie cousu de fil d'argent, qu'elle porte à son nez.

— De l'herbe-de-prince ? Voilà bien longtemps que je n'en avais pas vu…

L'herbe-de-prince ! L'herbe à miracle ! Et dire que je l'avais sur moi !

— Tu peux remercier la sainte elfe Hilâ, celle-qui-guérit, fait-elle en désignant la statuette. Au fait, tu comprends notre langue, n'est-ce pas, homme du Sud ?

Je cligne des yeux. Deux fois.

Elle demande alors d'un ton glacial :

— Combien d'entre vous sont entrés dans la vallée ?

Je roule des yeux désespérés vers le sachet d'herbe.

— Réponds d'abord. Combien ?

Je déplie une main, les cinq doigts bien droits.

— Cinq ?

Je la déplie encore une fois, et encore une, puis je tends trois doigts. Les quinze cavaliers à notre poursuite et nous trois, les déserteurs. Mes deux compagnons sont sûrement morts à l'heure qu'il est.

— Dix-huit ?

J'acquiesce faiblement de la tête, ce qui m'arrache une nouvelle grimace. Elle esquisse un sourire satisfait. L'herbe ! Donne-moi l'herbe, sale garce !

— Parfait, dans ce cas, vous êtes tous là, je vous ai comptés.

« Tous là » ? Qu'est-ce qu'elle veut dire ?

Elle se penche alors à mon oreille et je sens la caresse de ses cheveux sur ma joue :

— Je suis dame Rikken de Thorkel. Je ne sais pas qui tu es ni ce que tu viens faire ici, soldat, murmure-t-elle tout doucement, mais tu vas me donner ta parole que tu ne feras aucun mal aux habitants de mon village, sans quoi, je te laisse pourrir ici et servir de repas aux corbeaux.

Donne-moi l'herbe, Skavienne ! Je veux bien jurer tout ce que tu voudras !

— J'attends, dit-elle le sachet toujours à la main.

Ouvrir la bouche. Souffrir encore.

— Je vous donne… ma parole…, dis-je en bavant du sang.

— Jure-moi aussi que tu défendras au péril de ta vie tous les gens de cette vallée, les armes à la main.

Quoi ?

— Je… aussi… ma parole…

— Sache, répond-elle, que je suis le seigneur de ces lieux. Je défends la vallée de Thorkel, depuis la tête d'elfe taillée dans le roc jusqu'au col de l'aigle. La moindre brindille, le moindre caillou, est sous ma protection, ainsi que tous ceux qui vivent ici.

Je l'écoute à peine, car elle vient de glisser un brin d'herbe-de-prince dans ma bouche et je suis bien trop occupé à essayer de l'avaler. Sa douce brûlure épicée envahit mon corps, et la douleur de mes blessures s'estompe peu à peu.

— S'il vous plaît… protégez Gloutonne…

Dame Rikken se penche sur moi.

— Que dis-tu, Sudien ?

Ses yeux d'un bleu glacial me ramènent à la réalité. La douleur a reflué, je flotte comme sur un nuage.

— Où sont… mes deux compagnons ?

— Morts.

Chienne de guerre.

— Et les cavaliers du roi…, dis-je dans un murmure. Eux aussi, ils sont… ?

— Plus que morts. Ils sont démembrés, déchiquetés, en miettes, répond-elle avec un étrange sourire de connivence.

— Quoi ? C'est vous ? Qui… qui les avez tués ?

Le sourire disparaît. Elle me jette un regard étonné.

— Bien sûr que non.

— Qui, alors ?

— C'est toi. Tous les quinze. Tu ne t'en souviens pas ?

Hein ? Moi ?

Elle hausse les épaules.

— Maintenant, joli cœur, je vais arracher la lance d'un coup sec. Je te préviens, ce sera douloureux.

« Il n'y a pas de combat sans souffrance », disait Maître Hokoun.

Chapitre 2

Une douleur atroce au bras me fait reprendre connaissance. L'un des abrutis qui portent la civière a dû trébucher sur quelque chose et la flèche a remué dans la blessure.

Des visages aux regards curieux défilent au-dessus de moi. On les dirait tirés du même moule : la peau fade, les traits anguleux et tous blond paille… Les « Têtes jaunes » : c'est comme ça qu'on les appelait, il y a quatorze ans, quand leurs armées ont déferlé sur nos baronnies. Ils se ressemblent tous, ces salopards de Skaviens.

Et derrière eux, j'aperçois des toits de chaume, des maisons en bois et les fumées qui s'échappent de cheminées de pierre. J'entends le caquètement des poules autour de nous et les pleurs d'un bébé quelque part. Cet endroit pue le crottin de chèvre et la paille moisie.

Alors ça existe encore, un village, un vrai ? Un seul village de paysans intact ? Je n'aurais jamais imaginé que le cocorico d'un coq aurait pu me toucher à ce point… Depuis deux ans, j'ai vu assez de ruines et de cendres pour toute une vie, mais rien qui ressemble à cet endroit. J'ai l'impression qu'il a été complètement épargné par les quinze dernières années de guerre. Si c'est bien le cas, cette vallée est un miracle.

— J'ai soif…

— Reposez-vous, dit une voix de femme, douce, triste, différente de celle de la guerrière à la peau de loup.

La civière s'arrête, un goulot en bois se pose sur mes lèvres et un liquide frais me coule dans la bouche.

— J'ai froid…

— Ne parlez pas, dit la voix.

Une main se pose sur la mienne.

— Et maintenant, dormez.

Le général Hast, le « Vieux Dragon », a brûlé toute la plaine derrière lui en croyant que la cité de Hässlo tomberait sans combattre et il a eu la surprise de se retrouver face à une garnison bien armée. Ses hommes n'auront bientôt plus un grain de blé à se mettre sous la dent. La région va grouiller de fourrageurs en quête de ravitaillement et ce sont des endroits comme celui-ci qu'ils vont chercher.

Encore un village qui partira en fumée d'ici peu : je donne une semaine aux soldats du Vieux Dragon pour le trouver. Je ne vais pas pleurer sur un ramassis de bouseux skaviens ; ça, certainement pas. Mais j'ai vu assez de massacres. Les hurlements de Hangorod, la cité du vent, hantent encore mes cauchemars.

De toute façon, je serai sûrement mort d'ici là.

Je perds de nouveau connaissance avec une pensée pour les huit mille soldats qui ont mis le siège devant la ville à une journée d'ici.

J'ai soif à en crever.

Ils m'ont déposé à l'ombre d'un grand arbre. Je crois qu'ils préparent une maison, une chambre, quelque part où m'installer. Je n'ai plus la force d'ouvrir les yeux.

Comment, foutredieu, je me suis retrouvé au fin fond de cette vallée de pouilleux ?

Essayons de remettre les choses dans l'ordre.

La veille, j'étais encore avec Grand Hulan et Petit Joss : juste nous trois, pas un de plus. Quand on déserte, il faut savoir bien choisir ses compagnons – même si on ne les connaît que depuis deux semaines.

Ça, je m'en souviens.

On marche sur une plaine brûlée, dévastée. Des milliers de troncs calcinés à perte de vue. Pas une maison, pas un arbre, rien qui accroche le regard. Oh, sauf les squelettes, bien sûr… Des os humains, des crânes noircis qui pointent sous les cendres, par centaines.

L'œuvre de nos armées… et de l'enseignement de Maître Hokoun :

« L'armée de l'ennemi est comme son bras, fort et solide. Mais ses fermes, ses champs et ses villages sont comme son ventre mou. C'est là qu'il te faut frapper pour le vaincre. »

Le sol est encore brûlant, rougeoyant par endroits. La soif est en train de nous tuer. Gloutonne ne quitte plus l'abri de mon sac, sauf quand elle sort la tête et couine pour avoir à boire. Je lui donne les dernières gouttes de la gourde en me cachant des autres. L'air est poisseux, chargé de cendres. On tousse, on crache de la salive noire. Le seul ruisseau qu'on croise n'est plus qu'un filet de boue.

Nous fuyons vers l'est.

Pourquoi vers l'est ?

On devait fuir le plus loin possible du camp de base.

Ah oui, bien sûr ! Ça me revient. La nuit d'avant devant la cité de Hässlo, le monastère en flammes, les ordres du général Hast. On tombe sur ce moine blême de peur en train de s'enfuir avec la statuette d'une sainte elfe entre les mains. Elle est en or massif et ses yeux sont deux diamants aussi gros que l'ongle de mon pouce.

Quand je vois l'éclat du feu sur leurs facettes taillées, j'ai le cœur qui se met à battre plus fort. Il y en a pour une fortune ! C'est un trésor, un vrai. Depuis le temps qu'on attendait notre heure…

Je pousse Grand Hulan du coude :

— Tu vois ce que je vois ?

— T'es fou, me répond-il. Le général va nous massacrer !

On échange un regard, un sourire.

— Ben quoi, Hulan, t'as la trouille ?

Il éclate de rire.

— T'es fou, répète-t-il en gloussant.

On la tient enfin, notre chance de dire adieu à cette chienne de guerre. Tout à coup, on y croit à notre rêve de soldat. Refaire notre vie loin d'ici dans une grande ville en paix, Tamis ou Longora, riches comme des barons. On n'a plus qu'à fausser compagnie au Vieux Dragon, pendant qu'il est occupé à son massacre, et à trouver un col dans la montagne pour mettre une frontière entre nous.

Le moine aussi comprend tout de suite ce qui va lui arriver, quand il voit Grand Hulan lui barrer le passage. Il marmonne une prière pour la statuette :

— Qu'elle soit mille fois sainte et révérée, protégez-la, Seigneur, de votre auguste main…

Mon auguste main à moi se pose sur sa bouche, par-derrière, et Grand Hulan le poinçonne proprement avec son poignard.

Son sang poisse ma cuirasse de cuir bouilli. Je regarde Grand Hulan, perplexe, surpris par son geste. L'assommer, ça ne suffisait pas ? Avec ce corps entre mes bras, j'ai cette envie de pleurer absurde qui me prend parfois, qui monte, qui grossit; cette envie stupide que je dois réprimer tout le temps. Je ne sais pas d'où ça me vient.

Il ne nous avait rien fait, ce moine.

Grand Hulan m'a toujours trouvé trop tendre. « C'était qu'un Skavien », qu'il me dit.

Sauf que la suite ne se passe pas comme prévu. Il paraît que ça porte malheur d'offenser un moine, alors lui enfoncer une lame dans les côtes, ça ne doit rien valoir de bon. Après une journée de marche dans les cendres, la garde du général nous rattrape.

Je suppose que le Vieux Dragon avait des vues sur la statuette en or et en diamant, lui aussi. Un des saints pères avait dû nous voir prendre la fuite et cracher le morceau quand on l'a interrogé. C'est bavard, un moine, quand on lui rôtit les pieds.

Ça commence par un nuage sombre derrière nous qui monte de la terre : des cavaliers, dix ou vingt, peut-être. Ils sont encore loin, mais je peux déjà sentir le grondement des sabots sous mes pieds.

C'est là que Petit Joss aperçoit soudain quelque chose sur la falaise. De nous trois, c'est lui qui a l'œil le plus perçant. Il nous dit qu'on trouvera sûrement un passage ou un endroit pour se cacher là-haut. On grimpe le long d'une paroi presque à pic, sur une corniche assez large. Je peste contre Petit Joss, je lui demande cent fois ce qu'il a vu, pourquoi il nous entraîne ici, sur cette falaise. Quand, tout à coup, je comprends : au-dessus de nos têtes, il y a un roc de granit géant, une pierre gravée, immense. Je l'avais sous les yeux depuis le début, mais c'est seulement maintenant que je vois le dessin sur la roche : les contours d'un visage d'elfe de trente pas de haut ont été creusés ici par la magie.

L'elfe a l'air de bien se payer notre tête, immobile avec ses grands yeux en amande et son air de ne pas y toucher. Sur toutes les gravures, ils ont toujours cet air-là : « Foutez votre monde en l'air, les humains ! Brûlez tout, cassez tout ! Nous, les elfes, ça nous fait bien rigoler, vu qu'on a déjà disparu. »

La tête taillée a les yeux tournés vers une sorte de faille, une cavité dans la falaise où Petit Joss est justement en train de nous guider. On entend le bruit d'une rivière, quelque part.

Je hurle :

— De l'eau !

J'ai la langue comme un morceau de bois dans ma bouche, tellement sèche et gonflée que je peux à peine parler.

— De l'eau !

Dans la faille, une rivière s'écoule directement de la roche et plonge dans une grotte invisible depuis la plaine. On s'affale tous les trois dans une source si froide qu'on sent l'eau couler comme de la glace dans nos gorges desséchées. On remplit nos gourdes, je fais boire Gloutonne. De l'eau ! Enfin ! On pourrait rester des heures étendus là, raides de fatigue, à laisser nos corps s'imbiber lentement comme des éponges.

Sauf que Grand Hulan se met soudain à gueuler comme un putois : il s'est reçu une flèche dans la jambe, tirée depuis la corniche.

Je sais tout de suite que c'est foutu. Les cavaliers ont dû nous voir de loin et ils montent à leur tour. Petit Joss nous montre un passage, une sorte de défilé encaissé, et il se glisse dedans. C'est étroit, humide. Qu'est-ce qu'il peut bien y avoir de l'autre côté ? Notre salut ? On dirait un chemin camouflé par des branchages. Des arbustes aux feuillages clairs, des buis, des sureaux, font comme une voûte au-dessus de nos têtes et de l'autre côté, on voit l'ombre plus sombre d'une forêt. Grand Hulan boite et grimace de douleur.

Je lui donne le bras :

— Allez, mon vieux, faut pas traîner.

— Tu ne me laisseras pas tomber, hein ? souffle-t-il, les dents serrées. Tu ne me laisseras pas tomber ?

Je lui réponds que non.

Bien sûr que je ne vais pas le laisser tomber.

De toute façon, si c'était le cas, je ne le lui dirais pas.

Ensuite, je ne sais plus ce qui s'est passé. Le trou noir.

Tout ce que je sais, c'est qu'ils sont morts. Petit Joss, Grand Hulan. Une fois de plus, je me suis fait avoir : je me suis laissé approcher, je me suis laissé attendrir, j'ai tissé des liens d'amitié.

Je le regrette toujours.

Plus on aime, plus on souffre.

Chapitre 3

— Vous êtes réveillé ?

Un linge humide passe sur mon front. Le souffle court, je tourne la tête dans tous les sens, le corps en sueur, bouillant.

— Tout va bien. Ce n'est qu'un cauchemar, un effet secondaire de l'herbe-de-prince.

Je suis sur un bon lit moelleux, entièrement sanglé par une demi-douzaine de courroies de cuir qui m'enserrent le torse, les jambes, les bras et même le cou.

Sanglé ?

Bon Dieu, mais oui ! Je ne peux pas remuer le petit doigt !

C'est la nuit, une lanterne a été posée sur une table. Il y a une odeur de camphre qui flotte dans l'air, mélangée à celle de l'huile brûlée. Je dois être dans une maison en bois, j'entends le vent siffler sous la porte et des braises rougeoient dans une petite cheminée de lauzes. À côté d'une tête de cerf empaillée, un vieux bouclier aux couleurs du royaume de Skavie – tête de lion d'or sur fond rouge – est fixé au-dessus du linteau. Je connais trop bien ce foutu emblème. Même après toutes ces années, il me donne encore des sueurs froides rien qu'à le regarder.

Visiblement, je suis logé chez un ancien soldat.

Sur des étagères qui courent le long des murs sont alignées les statuettes en bois des sept saints et saintes elfes, grossièrement taillées. Je reconnais sainte Hilâ, celle-qui-guérit ; sainte Kahal, celle-qui-brûle-tout, saint Othin, le moine-guerrier…

Rectification : je suis logé chez un ancien soldat *et* un vieux bigot.

Des rangées de petits flacons et bocaux d'apothicaires sont posées devant elles. « Sauge officinale », « Millepertuis », « Astragale », « Thym sauvage »…

Et Gloutonne ? Où est-elle ? Est-ce qu'elle va bien ?

Je sens aussitôt la chaleur de sa fourrure dans mon cou, comme si elle voulait me rassurer, puis elle disparaît. Ma petite sœur de guerre… Tu es bien trop prudente pour te laisser attraper, hein ? Tu as bien raison. On est en plein pays skavien, ici.

Est-ce que je suis leur prisonnier, est-ce qu'ils vont me pendre pour avoir volé la statuette en or et en diamant ?

Le linge humide se pose une deuxième fois sur mon front.

Je sursaute.

Une fille se tient penchée au-dessus de moi. Avec un immense soulagement, je vois tout de suite que ce n'est pas une Skavienne : elle n'est ni grande ni blonde comme les autres filles du village que j'ai aperçues en arrivant. Mon corps se détend, ma tension se relâche.

En fait, elle ressemble presque trait pour trait à Paol, le petit gamin borgne qui m'a sauvé la vie dans la forêt de chênes, en appelant à l'aide. C'est peut-être sa sœur. Le plus bizarre, chez elle, ce sont ses cheveux : ils changent de couleur en permanence. Sur le dessus, ils ont la teinte cuivrée des murs en bois derrière elle, mais, dès qu'elle penche la tête, les pointes prennent la couleur de son chemisier violet. C'est fascinant.

Sûrement une Alfing.

Il me suffit de croiser son regard pour cesser de me sentir en danger. Je ne sais pas qui c'est, mais elle ne me veut pas de mal. D'ailleurs, elle donne l'impression que de toute sa vie, elle n'a jamais voulu de mal à personne.

Je lui donne dix-sept, dix-huit ans peut-être.

La flamme de la lanterne éclaire son profil et joue dans les plis de son vêtement. Ce n'est pas exactement une beauté, avec son visage rond et son nez busqué. Mais elle serait assez excitante, dans le genre exotique, s'il n'y avait pas autant de tristesse dans ces yeux-là.

— Mmh… Mmh !

Libère-moi ! Qu'est-ce que tu attends ?

Elle a sacrément serré le bâillon. Ma bouche me fait mal.

— Votre gorge est blessée et vous vous êtes mordu la langue pendant vos crises d'hallucination, dit-elle d'une voix douce, comme si elle lisait dans mes pensées. Il vaut mieux que vous ne parliez pas pendant quelques jours.

Je n'ai jamais vu une fille qui ressemble à celle-là, de près ou de loin. Elle est exactement le contraire de dame Rikken – la blonde folle furieuse qui a arraché la lance. Son regard, ce n'est que de la douceur et de la patience, c'en est presque exaspérant. On aurait envie de la secouer et de lui montrer le monde dehors tel qu'il est. Réveille-toi, ma jolie ! Efface ce sourire tendre de ton visage, c'est une insulte à l'univers !

Mais à tout prendre, mieux vaut ne rien lui dire. Il faut savoir profiter des choses rares et belles, elles ne durent jamais très longtemps.

Et puis, j'ai toujours mon bâillon.

— Je suis l'apprentie de maître Svenning, notre guérisseur. Comme il est souffrant, il m'a ordonné d'extraire moi-même la flèche de votre bras, dit-elle en s'asseyant au bord du lit. Ce que j'ai fait.

Elle a un très léger accent de l'empire Hoggot, où l'on parle presque la même langue que chez les Skaviens.

— J'ai aussi recousu votre gorge, qui avait reçu un coup d'épée, ainsi qu'une douzaine de blessures plus ou moins profondes… y compris celle de votre flanc qui a bien failli vous tuer. La fièvre est encore forte, mais grâce à l'herbe-de-prince, je pense que vous avez de bonnes chances de rester en vie.

Pendant qu'elle me débite son petit discours, mon regard dérive de son visage jusqu'à son décolleté qui – oh, sainte putain ! – mérite vraiment un examen approfondi.

« La femme est comme un monstre tapi au creux de chaque homme. Jouis d'elle, soumets-la, mais ne la laisse jamais approcher du cœur. »

Et voilà que ça recommence.

La voix de Maître Hokoun dans ma tête, qui revient. Il n'est jamais fatigué de monologuer. Des années que ça dure ! Ça papote, ça jacasse, impossible de le faire taire.

— Hum, je suppose que cette marque d'intérêt est un bon signe de guérison, fait-elle en suivant mon regard.

Pris sur le fait, je relève la tête. Navré, ma belle, j'ai passé les trois derniers mois de ma vie entouré d'hommes…

La fille se passe une mèche de cheveux derrière l'oreille – mèche qui perd lentement sa teinte violette pour prendre la couleur du bois derrière elle. Puis elle se tourne vers la table pour y attraper la lanterne et inspecter mes liens.

— Je suis navrée d'avoir dû vous ligoter ainsi. L'herbe-de-prince a des vertus miraculeuses sur la cicatrisation des plaies profondes, mais apparemment, elle peut provoquer des crises de démence hallucinatoires. Cela ne figure pas dans les ouvrages savants, mais…

Elle me jette un regard troublé.

— … j'ai dû me rendre à l'évidence. On dirait que le suc des racines réveille des souvenirs profondément enfouis dans votre mémoire.

Ma mémoire ? Qu'est-ce qu'elle me raconte ? Dans ma tête pleine de vide, il manque la moitié de ma vie : perdue, envolée, effacée ! Je me souviens de mon enfance jusqu'à mes six ans. Jusqu'à l'invasion des Skaviens. Ma vie dans les baronnies sudiennes, ma maison, mes parents, mon frère, c'est une sorte de paradis, une bulle de soleil tout au fond de moi.

Ensuite, c'est le néant, le vide, le mur noir… jusqu'à ce fameux jour où je me suis réveillé sur une plage de galets de la côte ostéroise, douze ans plus tard, sans savoir d'où je venais et depuis combien de temps j'étais là.

La fille me sourit d'un air abattu.

— Vous devez avoir un passé particulièrement douloureux…

Peut-être bien que oui. Peut-être bien que non. Mais j'ai de sacrés cauchemars depuis quelque temps, ça c'est sûr. Je me réveille toujours en sueur, la voix cassée d'avoir hurlé.

D'un doigt, elle effleure les muscles de l'abdomen entre deux pansements.

— Vous êtes svelte, mais vous avez la force d'un ours. Savez-vous que, faute d'être parvenu à déchirer les lanières, vous avez brisé ce vieux lit en deux, dans vos cauchemars ? J'ai été obligé de recoudre une partie de vos points de suture… et de faire venir le charpentier.

J'ai cassé un lit ? Eh bien, j'ai dû sacrément gigoter.

— Je vous frictionne et vous change de position régulièrement pendant vos phases d'inconscience, mais je ne peux pas vous détacher pour l'instant. Vous représentez encore un danger pour vous-même, et puis… vous pourriez me prendre pour l'un de vos vieux ennemis et me sauter à la gorge.

Oh, foutredieu, qu'est-ce que j'ai pu dire ? Quels secrets j'ai pu laisser échapper devant cette fille ? Est-ce que j'ai prononcé le nom du Maître ? Est-ce qu'il va falloir que je la tue ?

« *Le secret est comme une arme pointée contre toi. Si on te le vole, alors efface-le dans le sang* », dit Maître Hokoun.

De ma période oubliée, il ne me reste rien, sauf la voix de Maître Hokoun qui parle toujours dans ma tête. Sa voix m'inspire un écœurement atroce, à vomir. La seule chose dont je me souvienne de façon certaine, c'est que je ne dois parler de lui à personne. Une phrase est gravée dans ma mémoire : « *Ne jamais prononcer le nom du Maître.* » Je me la répète en boucle depuis deux ans sans savoir d'où elle me vient. Je n'ai qu'une certitude absolue, c'est que c'est un excellent conseil.

Et je ne sais même pas qui est Maître Hokoun.

— Je m'appelle Nola et je suis une étrangère dans cette vallée, dit-elle finalement après avoir bu une gorgée d'eau à la tasse. Un peu comme vous en quelque sorte.

« Nola » : c'est un nom qui évoque les riches côtes de l'ouest de l'empire Hoggot. Des régions qui ont été pillées et réduites en cendres par les Norrois il y a sept ou huit ans. Ça fait une sacrée trotte, des côtes de l'ouest jusqu'ici.

Vu le livre de potions ouvert sur la table, elle doit savoir lire et écrire. C'est sûrement une ancienne fille de marchand ou de nobliau, exilée dans ce cul-de-sac de montagne. Une réfugiée de guerre, en somme, ce qui nous fait quelques points communs.

— Je suis une Alfing, dit-elle, soulevant une mèche de ses cheveux bizarres en guise de preuve. Nous sommes apparentés aux elfes, tout comme vous, les humains. Mais contrairement à vous, la magie nous habite sous une forme visible. Chez moi, ce sont les cheveux.

Je sais ce que c'est qu'une Alfing, ma jolie : Gloutonne en est une, elle aussi. La fille sourit et, pour montrer de quoi elle parle, porte une tasse en grès à sa tempe : les cheveux à côté de la tasse changent lentement de couleur et se teintent de gris.

— Et vous, comment vous appelez-vous ? demande-t-elle. Oh, je suis sotte, vous ne pouvez pas parler.

Je cligne deux fois des yeux et tourne la tête vers les statuettes de saints elfes en bois qui trônent sur les étagères. Elle suit mon regard.

— Vous vous appelez Othin ? Comme le moine-guerrier, celui-qui-juge ?

Je fais la grimace. J'ai toujours détesté ce sale prétentieux de saint Othin, avec sa pruderie de bonne femme et tous ses beaux principes. Nola fronce les sourcils et scrute de nouveau la galerie des statuettes.

— Oh non : Jal ! C'est cela ?

J'opine de la tête autant que possible, sanglé comme je le suis.

— Jal, comme le saint elfe de la légende, le roi qui fut trahi par son propre frère.

C'est ça, comme le roi.

« Le nom d'un homme n'est rien. Il est comme une trace sur le sable qu'efface la première vague de l'océan. Dorénavant, mon fils, ton nom sera Koom : celui-qui-donne-la-mort. »

Vous n'êtes pas mon père, Maître Hokoun ! Et vous pouvez vous le mettre où je pense, votre nom ! Je n'ai plus aucun souvenir de mon vrai nom, mais celui que vous m'avez donné, je l'ai renié. J'ai choisi Jal.

— Jal fut le premier des saints elfes à combattre Hattan, le démon. En sudien, « Jal » signifie réellement « celui-qui-ose », n'est-ce pas ?

Merci, mon Dieu ! Cette fille n'a pas seulement la plus belle paire de seins du royaume, elle a aussi de la jugeote à revendre !

J'acquiesce de la tête.

Je suis récompensé par un grand sourire qui chasse un instant la tristesse de son visage.

— J'ai appris quelques mots de sudien quand j'étais enfant. Et maintenant, dit-elle, je vais desserrer votre bâillon pour vous faire boire un peu de potage à la paille. Vous avez besoin de reprendre des forces.

Ses mains s'activent sur le linge noué sur mon visage et tirent sur le nœud. De vieux réflexes me rattrapent. Je me raidis, tout mon corps me signale un danger : ne jamais laisser personne s'approcher si près de moi. Garder son intimité, se méfier de tout le monde.

Nola se lève pour aller chercher un bol fumant sur la table et la petite tête poilue de Gloutonne pointe alors contre mon cou à son tour. Gloutonne ! Sale vermine ! Une bouffée de joie m'envahit. Alors, tu n'as pas peur de Nola ? Tu te laisses amadouer ?

— Au fait, Jal, dit-elle, il est apprivoisé, ce petit écureuil ? Il est malin. Paol a tenté de l'approcher avec un bol de noix, mais sans succès. Et quand il a eu le dos tourné, toutes les noix ont disparu.

Dès que Nola a ouvert la bouche, Gloutonne s'est enfuie.

Chapitre 4

Le froid me tire du sommeil. Il fait nuit. Un courant d'air porte à mes narines une odeur de tisane et d'herbes médicinales. Je sens l'absence de Gloutonne contre mon cou : elle vient tout juste de me fausser compagnie, c'est signe que quelqu'un approche. J'ai dû dormir plusieurs heures, mais j'ai des courbatures dans les bras et dans le dos, comme si j'avais dansé la bourrée toute la nuit.

— Comment va-t-il ? chuchote une voix sur le pas de la porte.

Rester les yeux fermés, jouer les endormis, ouvrir grand les oreilles.

— Entrez vite, ma dame, il pourrait attraper froid.

C'est Nola.

— Il dort ? fait l'autre.

J'y suis ! Je reconnais cette voix sèche : c'est dame Rikken qui vient aux nouvelles.

La porte qui se referme mange la réponse de Nola.

— Et maître Svenning, demande la dame, toujours ivre mort, ce vieux sac à vin ?

Tiens, le guérisseur est un ivrogne ? Ça explique pourquoi c'est son apprentie qui m'a soigné.

— Oui, ma dame, fait Nola.

Quelques pas s'approchent de moi.

— Par tous les saints, ce qu'il est beau, ce Sudien. Il me rappelle Björn, mon ancien fiancé… Dieu me pardonne, même Björn n'était pas aussi séduisant ! Tant de beauté chez un homme, on dit que c'est la marque de la magie, non ?

— Peut-être, ma dame. En tout cas, c'est agréable, pour une fois, d'avoir à soigner un beau garçon bien tourné.

— Il te plaît, Nola ? Ha ha ! Tu en voudrais pour mari ?

— Ma dame !

— Bon, tu lui as parlé ? Que penses-tu de lui ?

— Je le trouve gentil.

— Gentil ! Gentil ! Pour toi, Nola, tout le monde est gentil ! C'est un de ces soldats qui sèment la mort dans les six royaumes ! Tu as déjà oublié ce qu'ils t'ont fait, à toi et aux tiens ?

— Ce… ce n'était pas lui.

— C'est la même engeance. Pillages, massacres… Ils ne savent faire que cela. C'est un Sudien et les Sudiens nous haïssent. Est-ce qu'il défendra notre vallée ? Est-ce qu'il risquera sa vie pour nous ?

Dame Rikken chuchote de moins en moins. Il y a des gens, comme ça, qui chuchotent mal, ils ont toujours envie de hurler. Comme les soldats Têtes jaunes quand ils ont envahi ma ville.

— Il risque de s'enfuir dès qu'il sera sur pied, poursuit-elle.

— Qu'en pense notre Ka ? demande Nola. Est-il d'accord avec votre projet ?

— Évidemment.

— Et cet homme vous a donné sa parole qu'il se battrait pour nous, n'est-ce pas ?

La dame soupire.

— Ce que tu es naïve, Nola. Parfois, je t'envie.

Silence.

— Allons, nous trouverons bien un moyen de le convaincre de rester. Au fait, a-t-il eu de nouvelles crises ?

— Oui, répond Nola, mais elles sont moins violentes, je vais pouvoir le détacher bientôt.

Quelque chose m'inquiète dans le ton de sa voix. Des crises ? Je n'en ai aucun souvenir. Est-ce que j'ai encore cassé le lit ?

— J'ai peur pour lui, ma dame.

— Ses blessures se sont refermées, non ?

— Oui, mais quelque chose de terrible s'est éveillé en lui, quelque chose qui devait être profondément enfoui dans son esprit. J'ignore ce que c'est, mais cela le ronge et je n'ai pas de remède contre cela.

Silence.

De quoi parle-t-elle ? De mes cauchemars ? J'ai de plus en plus de mal à faire semblant de dormir.

— Il est solide, il s'en remettra, dit finalement dame Rikken. Avec toutes les blessures qu'il a reçues, il y aurait eu de quoi tuer trois hommes et pourtant, il est toujours en vie.

— A-t-il vraiment de la magie en lui, ma dame ? Vu ses vêtements, il a plutôt l'air d'un simple soldat.

De la magie, moi ? Qu'est-ce qu'elle raconte ?

— Parfois, le pouvoir se manifeste spontanément au combat. C'est rare, mais ça arrive. C'est ce qui a dû se passer avec lui.

Incroyable, cette fille s'est carrément inventé sa petite histoire !

— Ce sont les saints elfes qui nous l'envoient, murmure-t-elle. J'espère seulement que je n'ai pas fait entrer le loup dans la bergerie.

La porte claque de nouveau. Dame Rikken est partie. Nola quitte la pièce elle aussi et Gloutonne revient se blottir contre mon cou. Nous voilà de nouveau seuls au monde, elle et moi.

Tu es ma seule amie, tu sais, Gloutonne. Tu te souviens de la toute première fois que je t'ai vue ? Tu étais cachée au fond d'un tonneau de pluie, trempée, les yeux brillants de fièvre.

Gloutonne couine pour réclamer sa chanson. C'est notre petit rituel du soir : une chanson pour l'endormir, dans cette langue sudienne qu'elle ne comprend pas mais qui l'apaise… Comme le premier soir où je l'ai gardée blottie contre moi toute la nuit.

Je ne peux pas ouvrir la bouche, mais je fredonne l'air pour elle, cette berceuse que mes parents me chantaient autrefois au-dessus de mon lit d'enfant. Avant la guerre, avant Maître Hokoun, avant ce maudit trou dans ma mémoire.

Dors, mon petit,
Dehors, c'est la pluie.
Dors, mon enfant,
Maman t'attend.

J'ai presque oublié le visage de mes parents, mais je revois celui de la mère de Gloutonne avec une netteté horrible. Je me souviens de leur maison, blottie entre deux autres, avec sa cheminée de travers. Dans ma mémoire, elle se dresse dans les rues gluantes de sang de Hangorod au milieu des soldats, de mes camarades. Je n'ai vu sa mère qu'une seule fois avant que les autres ne l'égorgent sur le sol de la cuisine, mais je ne l'oublierai jamais.

Dehors, c'est la guerre,
Dehors, c'est l'enfer.
Dors, mon enfant,
Papa t'attend.

Son père, je ne l'ai jamais vu de son vivant. Quand je suis entré dans la maison, il était déjà sur le plancher, tout raide et tout froid. Quelqu'un lui avait volé ses sandales et sa culotte.

Gloutonne m'écoute chanter d'un œil brillant et sa queue d'écureuil frétille de plaisir contre ma joue.

Ce jour-là, deux ans plus tôt, je me suis penché sur le tonneau de pluie dans la ruelle. J'ai soulevé le couvercle et j'ai découvert une gamine de sept ou huit ans, terrifiée, tétanisée, qui grelottait de froid. Je me souviens de son petit visage crispé, de ses longs cheveux collés par l'eau glacée. Elle tenait serré contre elle un jouet en bois à tête d'écureuil, comme si sa vie en dépendait.

Elle m'a mordu la main jusqu'à l'os. J'en ai encore la marque sous le pouce. Alors, je l'ai assommée et je l'ai fourrée comme un paquet dans un sac de chanvre. Je l'ai portée à travers toute la ville et personne ne m'a arrêté. Maître Hokoun dans ma tête me hurlait de faire comme les autres soldats, mais je voulais arracher une vie au massacre… au moins une.

Je t'ai sauvée, cette nuit-là, Gloutonne. Mais toi, tu m'as sauvé tous les jours qui ont suivi, sans toi, je serais devenu fou.

« Ne me laisse pas devenir comme la voix que j'entends dans ma tête, Gloutonne, hein ? », je lui dis souvent. « Dis-moi que je ne suis pas comme Maître Hokoun ! Et pas comme les autres soldats ! »

Tu as toujours respecté notre pacte. Je t'ai nourrie, je t'ai portée, je t'ai protégée. Et toi, tu ne m'as jamais laissé devenir un salopard. Avec toi, j'ai réussi à ignorer la voix du Maître, je suis resté droit. Aussi droit qu'on peut l'être dans ce monde tordu, en tout cas. Juste parce que tu étais là et que tu me faisais confiance.

Quand j'ai posé le sac de chanvre au milieu du campement, il ne pesait plus rien. J'ai cru que je t'avais perdue, que le sac était percé, que tu étais tombée. Mais je me trompais : tu me regardais avec les mêmes yeux brillants, des yeux d'Alfing dans un corps d'écureuil. Je t'ai appelée Gloutonne, parce que, malgré ton corps minuscule, tu avais besoin de manger presque autant que si tu étais restée humaine. Je n'ai jamais su ton vrai nom.

Deux ans.

J'aimerais t'entendre parler et te voir en vrai encore une fois. Ma petite sœur de guerre. Je n'ai personne d'autre, tu sais ?

On laissera cet enfer derrière nous. Il y a bien un pays quelque part à l'abri de la guerre, non ? Je t'emmènerai à Tamis-la-Grande voir les roses rouges du jardin royal. Pour toi, je trouverai le *passàda*, le « paradis », un endroit où on sera heureux. Je t'en ai fait la promesse et je la tiendrai.

Chapitre 5

La planche de torture me coupe les sangs, j'ai les poignets emprisonnés dans des anneaux rouillés. La puanteur est suffocante : un autre élève est mort ici la veille, son cadavre pourrit juste à côté de moi. Il règne un froid mortel dans les cachots. Des gouttelettes glaciales dégoulinent du plafond, elles s'écrasent sur la pierre et sur ma peau.

Les silhouettes sombres des gardiens skaviens s'approchent encore de moi, avec leurs aiguilles et leurs poinçons. Je sais comment ils fonctionnent : la douleur, le répit, puis la douleur de nouveau. Ruer, gémir, supplier, c'est tout ce que je suis encore capable de faire.

Et, soudain, le Maître est là, dans la pièce, avec nous. Il a surgi du néant. Les Skaviens se jettent face contre terre à sa vue et attendent ses ordres.

— Ne t'inquiète pas, Dal Koom, je suis là maintenant, me dit Maître Hokoun de sa voix de velours.

Il porte un masque blanc au sourire plein de bonté, celui qu'il met pour charmer et envoûter ses proies. Quand il marche, il ne fait aucun bruit, il semble presque flotter au-dessus du sol comme s'il était fait de fumée et non de chair. Derrière lui se répand une odeur indéfinissable, douce, parfumée, qui fait disparaître toutes les autres. La soie blanche de sa toge est aussi fluide que de l'eau, le mouvement de ses plis est si fascinant que je ne peux en détacher les yeux. Je sais qu'il est interdit de regarder le Maître dans les yeux.

— Quel âge as-tu, mon petit Koom ? Huit ans ?

Il s'avance au milieu des Skaviens comme s'ils n'existaient pas. À quatre pattes et le visage contre le sol, ils s'écartent à reculons.

— Que lui avez-vous fait ? hurle-t-il.

— Il a… il a encore cherché à s'enfuir, Maître, murmure l'un des Têtes jaunes.

— Est-ce un motif pour traiter d'une manière aussi barbare un enfant de HUIT ANS *? dit-il de sa voix terrible.*

Cette voix fait trembler le corps tout entier, elle fait naître une telle honte au cœur, un tel désespoir, que les hommes seraient prêts à toutes les folies pour se racheter à ses yeux. Les Skaviens implorent son pardon, se frappent la tête de leurs mains, s'écorchent le visage sur la pierre du cachot.

Ses voix : je commence à les connaître toutes. Je les ai comptées, je leur ai donné des noms, c'est une manière pour moi de leur résister. Celle-ci, je l'ai appelée la « voix du déshonneur ». Elle brûle ceux qui l'entendent.

— Et toi, Koom, mon petit Koom… Voyons, pourquoi essaies-tu de me quitter ?

J'ai le corps parcouru de frissons. L'espoir me vient qu'il fasse cesser la torture, qu'il m'accorde son pardon, son attention, sa tendresse.

— Je… je voulais… seulement… retrouver… ma maman…

— Ta maman ? dit-il d'un air stupéfait. Qui est ta maman, Koom ? As-tu jamais eu une maman ?

— Je… je…

Les autres ne se souviennent pratiquement de rien, leur mémoire s'efface peu à peu. Moi, je me souviens de ma vie d'avant. Les souvenirs sont terriblement flous. Tout s'embrouille quand je pense à ma ville de Hommayad. Mais je lutte chaque jour comme un fou pour ne pas oublier le visage de ma mère.

— Ta maman t'a abandonné, dit le Maître. Où est-elle, quand tu souffres et que tu as besoin d'elle ? Moi, je suis là. Moi, je te donne tout mon amour et je t'élève comme un fils. Ne suis-je pas un père pour toi, Dal Koom ?

C'est la « voix du remords ». Elle est chaleureuse, pleine d'amour, et ses reproches vous tordent les entrailles. Je pleure, je ne peux pas m'arrêter de pleurer. Ce n'est pas la douleur physique de la torture – mes bras percés d'aiguilles, mes jambes tordues dans les anneaux de fer –, non, c'est la honte qui me fait pleurer. La honte d'avoir déçu le Maître.

— Il y a un mystère en toi, Koom, comme un diamant enfoui, caché profondément, qui m'échappe encore. Les mystères ont toujours été ma faiblesse : ils me fascinent. De tous les enfants que j'ai adoptés, tu es le plus surprenant, le plus fantasque…

Celle-ci, c'est la « voix des égaux ». Celle qu'il prend pour nous élever un instant à son rang. C'est comme s'il me disait soudain qu'il m'avait toujours aimé et accordé sa confiance, que toutes mes craintes étaient vaines. D'instinct, je sais qu'elle est un mensonge. Le Maître ne connaît pas l'amour, c'est un serpent solitaire, un prédateur qui ne ressent pas la moindre émotion. Mais, chaque jour, je doute un peu plus de mon instinct. Sa « voix des égaux » me gonfle de joie et d'orgueil malgré moi. Et elle me terrifie aussi, car je sais qu'elle ne dure jamais longtemps.

— Pardon, Maître ! Pardon ! Je ne vous décevrai plus jamais !

— Évidemment ! hurle-t-il. Plus jamais !

Cette fois, c'est une voix atrocement sèche et dure. Je l'appelle la « voix de pierre ». C'est la plus terrible.

Je ne peux pas désobéir à la « voix de pierre ». Je ne peux pas lutter contre toutes ses voix.

Je n'ai que huit ans.

Je recommence à gémir, à supplier, à ruer.

—Faut-il le détacher, Maître ? demande l'un des Skaviens.

—Non, continuez votre travail, répond-il d'un air pensif. Mais gardez-le en vie. Ah, j'oubliais ! Mettez-lui donc un bâillon : je l'entends depuis ma tour.

—Silence, Jal, par pitié, arrêtez de crier ! chuchote une voix angoissée.

Je tire comme un fou sur mes liens, qui me déchirent la peau, mais mes hurlements se perdent dans le bâillon qu'on m'a serré autour de la bouche.

Au secours, à l'aide ! Je ne devrais pas être dans cet endroit, Maître ! C'est mon frère qui m'a trahi et donné sa place ! Laissez-moi rentrer chez moi et retrouver ma mère !

—Taisez-vous ! Je vous en supplie !

Je reconnais la voix de Nola, mon ange gardien, et j'ouvre enfin les yeux. Je suis trempé de sueur.

Une terreur abjecte me noue les tripes. Je l'ai vu, j'ai enfin vu Maître Hokoun ! Maintenant, je peux mettre un visage sur cette voix qui me torture depuis des années ! Un visage ou plutôt... un masque. Je crois que c'était un souvenir de cette partie oubliée de ma vie ; j'ai enfin entraperçu quelque chose.

Je reprends peu à peu conscience de la pièce qui m'entoure. Et je continue d'entendre des cris dans le village. Qu'est-ce que c'est ? Où est Gloutonne ? Où est Grand Hulan ? Bon Dieu, c'est vrai. Il est mort. Je ne suis plus dans l'armée. Et je suis toujours ligoté comme un saucisson.

—Je veux voir tout le monde sur la place du village, bande de culs-terreux ! hurle un homme au-dehors. Hommes, femmes, enfants, vieillards ! Je veux tout le monde ici, à mes pieds !

Des coups sont frappés aux portes, des gens sont arrachés de leur sommeil, ils crient, ils supplient. Le soleil est à peine levé, on entend les coqs chanter dans les basses-cours. Dans la pièce, un peu de lumière tombe des fenêtres en parchemin à travers les fentes des volets en bois.

— Paol ! Mon dieu, Paol ! crie soudain Nola.

Elle fait trois pas vers la porte, trois pas vers la fenêtre. Finalement, elle met les mains en porte-voix et hurle de toutes ses forces en direction de l'étage :

— Pa-ol !

Sa voix se déchire.

Le gamin ne répond pas. Il ne doit pas être à l'intérieur.

— Mmh ! Mmh !

Détache-moi ! Maudit bâillon.

Nola porte une simple chemise de nuit en laine, ses jambes sont nues. Je croise son regard un bref instant. Après une hésitation, elle arrache mon bâillon.

Ma voix est rauque, faible, un petit filet de voix méconnaissable :

— Que… que se passe-t-il au village ?

— Je ne sais pas, je crois que…

Un nouveau cri de femme au-dehors nous fait sursauter. Des voix d'hommes lui répondent, aux accents rocailleux. Des voix dures, qui ordonnent, qui menacent.

Je lui demande :

— Des soldats ? C'est ça ?

Elle secoue la tête et murmure :

— Des pillards. Des déserteurs, je crois. Un peu comme… comme…

Comme moi.

Elle ne le dit pas, mais les mots restent suspendus entre nous.

— Détache-moi, Nola.

— Mais vous n'êtes pas en état de vous battre !

Me battre ? Et puis quoi encore ? Ils sont sûrement toute une bande et ce sont des hommes de guerre. S'assurer que Gloutonne ne risque rien, trouver un trou où me cacher jusqu'à ce qu'ils soient partis. C'est plutôt ça, mon plan.

— Où est mon écureuil ?

Elle secoue la tête pour dire qu'elle ne le sait pas. J'entends un couinement au-dessus de ma tête et je vois Gloutonne cachée derrière une des statuettes de saints elfes. Parfait : si elle reste là, elle ne risque rien. Mais moi, si.

— Et ton maître, où est-il ?

Elle me répond d'une voix blanche :

— Maître Svenning est dans sa chambre. À cette heure-ci, il cuve encore son vin.

— Bon. Combien sont-ils ?

— Je ne sais pas exactement, fait-elle en se rongeant les ongles. D'après ce que j'ai pu voir, j'ai… j'ai compté cinq hommes, je crois… Ils ont l'air furieux.

Je remue dans mes liens.

— Détache-moi, maintenant !

Avec cinq hommes aguerris, on peut soumettre un village de cent paysans, égorger les récalcitrants, embarquer deux ou trois femmes pour la route et repartir avec l'essentiel du butin. Je l'ai déjà vu faire.

Il y a toujours quelques frères ou quelques maris pour protester, mais les paysans ne savent pas se battre. Une fois qu'ils ont vu un de leurs gars se faire saigner sous leurs yeux, ils ont tellement la trouille qu'ils se laissent faire sans réagir.

Le seul ennui sérieux qui puisse arriver à une bande, c'est de tomber sur un foutu chasseur avec un arc qui se met à jouer les héros.

Dame Rikken ! Je l'avais oubliée ! Elle va en clouer un ou deux à coups de flèches. D'ailleurs, s'ils sont furieux, c'est qu'elle a peut-être déjà commencé. Dans ce cas, ils vont mettre le feu au village. Ils vont fouiller les maisons une par une, y compris celle-ci, prendre des otages et tout brûler.

— Détache-moi, foutresaint !

Nola attrape un petit couteau de chirurgien dans un tiroir de la table et, les mains tremblantes, commence à trancher une à une mes six lanières de cuir.

— S'il vous plaît, Jal, retrouvez mon petit frère ! Protégez-le, emmenez-le loin d'ici !

La pression diminue sur mes bras. Plus que quatre lanières. Oh, pisse de saint ! Je suis resté trop longtemps couché, ça fait un mal de chien de plier la jambe.

— Paol a un bandeau sur l'œil, vous le reconnaîtrez facilement.

— La ferme ! Occupe-toi plutôt de mes liens !

« Clac », plus que trois.

— Ah ça, tu les avais faites solides, tes attaches.

— Il a onze ans, il est petit pour son âge, mais…

— Je le connais, ton frère, c'est lui qui a appelé à l'aide quand j'étais mourant. Je lui dois une vie, je la lui rendrai si je peux.

Une quatrième lanière cède à son tour. Il en reste deux, et je suis toujours coincé.

— Où est mon épée ?

— Maître Svenning a mis toutes vos affaires dans sa propre chambre. La cuirasse de cuir bouilli, les deux couteaux, l'épée et le havresac. Mais la chambre est fermée et je n'ai pas la clé.

— Hein ?

Un coup sourd ébranle la porte d'entrée.

— Ouvrez, là-dedans ! hurle une voix d'homme.

Foutresaint.

Chapitre 6

Nola fixe la porte du regard, la bouche ouverte, les lèvres tremblantes.

Je chuchote :

— Les lanières, bon Dieu ! Continue à les trancher !

Un second coup sourd fait vibrer le battant, le vieux bouclier au lion d'or se décroche du linteau et s'abat sur le plancher en faisant un boucan de tous les diables.

— Je sais qu'il y a quelqu'un ! braille l'homme derrière la porte.

La lame du petit scalpel taille dans le cuir avec une lenteur exaspérante. Les mains de Nola s'activent, le fer dérape, lui entaille le doigt et tombe par terre.

Le tranchant d'une hache traverse les planches et jette une pluie d'éclats sur le tapis en peau d'ours.

Foutredieu, il a une hache !

Je tire un grand coup sur la courroie déjà entamée, qui cède enfin. Il ne reste plus que celle du torse et je me contorsionne comme un beau diable pour passer dessous. Je racle ma joue contre le cuir en faisant glisser ma tête.

Un nouveau coup de hache. Le fer passe à travers et se coince entre deux planches. Le gars pousse un juron.

Je me mets enfin debout, la tête me tourne et je manque de m'étaler par terre. J'ai les jambes ankylosées à force d'être resté allongé pendant des jours. Allez mon petit Jal, ce n'est pas le moment de flancher.

Nola est totalement paralysée. Je la secoue par les épaules.

— Une cachette, Nola ! Il nous faut une cachette tout de suite !

Elle sursaute et ouvre un placard, d'où elle sort une sorte de châle étrange qui semble entièrement tressé à la main en boucles assez grossières. C'est en le voyant changer de couleur sous mes yeux que je comprends ce que c'est : ce châle est fait des propres cheveux de Nola, qu'elle a dû couper année après année et attacher entre eux.

L'effet est extraordinaire. Les cheveux changent constamment de couleur pour imiter ce qui se trouve juste derrière eux, c'est le camouflage idéal.

Nola se roule en boule, dos au mur, et me tire violemment à elle avant de jeter le châle sur nous. On se blottit dans les bras l'un de l'autre, moi entièrement nu sauf pour mes bandages, et elle en chemise de nuit. Je sens la chaleur de son corps et le léger parfum de lavande d'un petit sachet qu'elle porte autour du cou.

Ne pas bouger.

Ne pas faire de bruit.

J'essaie de maîtriser ma respiration haletante, saccadée. Les mains de Nola serrent les miennes à en faire craquer les jointures, elles sont glissantes de sueur. On voit la pièce à travers les interstices du châle comme à travers une étoffe légère. La hache continue de défoncer méthodiquement la porte, mais le bois de chêne fait de la résistance, ce qui met l'homme en fureur.

— Saint Othin, celui-qui-juge, protégez-nous, murmure Nola, sainte Kahal, celle-qui-brûle, protégez-nous, saint Koom…

Elle s'interrompt.

— Vous êtes un Guerrier-Mage, Jal, n'est-ce pas ? N'est-ce pas ?

Elle ne pourrait pas se taire ? Il y a des gens qui n'arrivent pas à s'empêcher de parler quand ils ont la trouille.

— Dame Rikken dit que vous avez tué quinze hommes à vous tout seul.

— Dame Rikken est cinglée.

Réveille-toi ma grande ! Personne ne peut tuer quinze hommes tout seul ! Déjà cinq c'est du suicide. Et puis, ici, je suis seul, tout nu et sans arme.

— Où est passé le scalpel ?

Elle pointe du menton le plancher à trois pas devant nous : une fine lame de métal et deux gouttes écarlates sont là, au pied du lit.

Une planche se plie enfin sous les coups de l'homme à la hache, elle craque et laisse apparaître un visage barbu. Un rai de lumière filtre à travers l'ouverture. C'est l'un des premiers rayons du soleil, rouge comme l'aube.

Trop tard pour le scalpel.

Je chuchote, si faiblement que c'en est presque inaudible :

— C'est… c'est suffisant pour nous cacher, ton tapis ?

— Taisez-vous, pour l'amour de Dieu ! dit-elle beaucoup trop fort.

Mais l'homme ne nous entend pas. Il est trop occupé à jurer tout en passant la main par le trou pour défaire le loquet de l'intérieur. Le battant de la porte pivote en raclant le plancher.

L'homme crache un long jet de salive jaunâtre à l'intérieur.

— Chienne de porte !

Il est en contre-jour, illuminé de soleil, et je dois plisser les yeux pour le voir. J'observe ses gestes souples, sa manière fluide de tenir la hache, comme si ces deux-là étaient de vieux amis. Il n'est pas très grand mais costaud, c'est sans doute un coriace. Un justaucorps renforcé lui protège le torse et lui descend jusqu'aux cuisses. Il tient sur son dos un sac en cuir miteux.

« Étudie ton ennemi avant de l'affronter, Koom. L'homme qui combat son adversaire sans le connaître est comme le soldat qui part en guerre sans son arme. »

D'accord, Maître Hokoun. Continuez à faire la causette dans ma tête si ça peut vous faire plaisir. Sauf que moi, je *suis* sans arme. Bon Dieu ! Si seulement Grand Hulan et Petit Joss étaient avec moi !

Je sens d'ici le fumet de la piste, l'odeur de l'homme qui vient de marcher pendant des jours. Ses bottes ne sont pas celles d'un cavalier et ses semelles sont encore noires des cendres de la plaine. Pas d'uniforme : ce n'est pas un soldat. Mais c'est un homme de guerre, sans doute un ancien mercenaire de l'armée skavienne en déroute. Je suppose qu'il a déserté sa compagnie, lui aussi.

Un autre homme apparaît dans l'encadrement de la porte, plus grand que le premier, avec un long cou décharné et de petits yeux mauvais. Il n'a ni hache ni épée, mais un arc est passé sur son épaule, et à sa ceinture, il porte un poignard dans une gaine en peau de chamois.

L'archer de la bande : il en faut toujours un dans une équipe. Mieux vaut s'en méfier, les archers sont souvent des gars un peu plus futés que les autres.

— Ben alors, il t'en a fallu du temps pour une foutue porte ! dit-il d'une voix flûtée. On ne va pas y passer la matinée. Tu as perdu la main, Sanglier ?

— Il y a quelqu'un ici, la Fouine, grommelle le premier. J'ai entendu une femme crier tout à l'heure.

L'autre révèle un sourire à moitié édenté.

— C'est plus drôle quand elles se cachent et qu'on doit les trouver. Pas vrai, Sanglier ?

Le barbu s'avance et renverse mon lit d'un coup de pied pour voir en dessous, puis, d'un air mécontent, il abat sa hache sur la table qui se fend en deux avec un craquement sec, projetant au sol mon bol de soupe vide et la lanterne éteinte qui se brise sur le plancher. Le bol roule doucement jusqu'à mes pieds, où sa course vient mourir en silence.

— C'est quoi, toutes ces statues de saints sur les étagères ? dit l'archer. Ils sont sacrément bigots, dans ce trou à rats.

Le barbu ne répond pas. À coups de hache, il éventre un placard et répand tout son contenu au sol : des bocaux de porcelaine, un pilon, des petites casseroles de cuivre…

— Où tu te caches, sale truie ? rugit-il.

L'archer se penche à terre parmi les objets renversés, ramasse une pierre à aiguiser, une salière en ivoire, une gourmette en argent. Ses yeux brillent d'envie, se posent sur chaque chose avec avidité, il fait le tri entre ce qui a de la valeur et ce qui n'en a pas. Ses mains aux ongles sales fourrent son butin dans une aumônière accrochée à sa ceinture. Pendant que le barbu passe dans l'autre pièce, il s'approche de nous, attiré par des piécettes en cuivre répandues à nos pieds.

J'entends son souffle, je peux sentir la chaleur de son haleine ; Nola enfonce ses ongles dans la chair de mes poignets quand il avance la main vers nous. Une goutte de sueur coule lentement de mon front, descend sur mon nez avec une lenteur exaspérante.

L'archer relève soudain la tête et se met à renifler autour de lui.

— Eh ! fait-il pour lui-même. Ça sent la lavande par ici.

Foutresaint ! Le petit sachet autour du cou de Nola !

Il se redresse, il flaire le parfum, essaie de localiser la source.

— Tu dois être tout près, ma belle, murmure-t-il avec un sourire.

Il tape du pied sur le plancher et essaie de trouver une latte à soulever, à la recherche d'une cachette. Puis il change d'avis, se remet à flairer et s'approche de nous pouce par pouce.

La respiration de Nola se fait saccadée, bruyante. Je dégage lentement ses mains des miennes, avec douceur, sans geste brusque.

Je n'ai pas d'arme, mais j'ai un avantage sur l'archer : moi, je le vois. Je pourrai frapper une fois avant qu'il ne comprenne ce qui lui arrive. Une seule fois.

— Sacré Dieu ! fait une voix au-dehors. Je tiens enfin le petit borgne qui nous balançait des cailloux avec sa fronde !

Ça vient du toit.

— Paol ! murmure Nola à mon oreille. C'est lui, ils l'ont trouvé ! Faites quelque chose !

Chapitre 7

D'un geste, je me débarrasse du châle de Nola. L'archer me regarde surgir du néant avec un air ahuri. Je ne suis pas la femme sans défense qu'il cherchait.

La vie, la mort, c'est l'affaire d'un instant.

Je l'agrippe par les cheveux d'une main et, d'un coup de coude, je lui enfonce le nez dans le visage ; ça craque sous mes os, c'est humide et le sang gicle. Les mâchoires crispées à m'en casser les dents, je fracasse sa tête sur l'angle du placard.

Il a à peine le temps de crier. L'angle en bois réduit son œil en bouillie.

Le barbu rapplique aussitôt. En un clin d'œil, il est sur moi. Je roule au sol et sa hache s'abat en sifflant à l'endroit où je me trouvais. Foutredieu, ce qu'il est rapide ! Le tranchant s'enfonce dans le mur en bois, à un pouce de la tête de Nola.

Un second coup déchire la fenêtre en parchemin, arrachant un des deux volets. À quatre pattes, je me retrouve au milieu des objets renversés au sol, mes yeux font le tri à toute vitesse comme ceux de l'archer un peu plus tôt. Mais moi, je me contrefous des gourmettes en argent. Mes doigts se referment sur le seul butin qui m'intéresse : le scalpel, aiguisé comme un rasoir.

« Une arme ne vaut ni par son poids ni par sa taille, elle ne vaut que par l'usage que tu en fais. »

La ferme, Maître Hokoun !

D'un geste rageur, je porte mon premier coup. J'y mets toute ma force, tout mon espoir, toutes mes promesses à Gloutonne : je cloue ma pointe dans son pied. La lame traverse le cuir mité de la botte, la chair, les os, la semelle usée jusqu'à la trame, et elle s'enfonce jusque dans le bois du plancher.

Le barbu est un dur à cuire, il faut lui reconnaître ça. Ses yeux s'agrandissent sous l'effet de la douleur, il étouffe un cri, mais il ne flanche pas. Il réplique par un coup de hache à abattre un chêne. Le tranchant passe trop loin et me rate de peu, mais le manche en bois me cueille à l'épaule. Je sens un point de douleur qui explose, irradie en étoile dans tout le bras, le cou, la tête. Mon dos s'écrase sur le plancher parmi les bocaux renversés, de petits éclats me rentrent dans la chair, mon crâne cogne la table renversée derrière moi.

Je voudrais me remettre debout, mais je m'affale par terre, quelque chose dans ma tête fait tourner la pièce autour de moi. Des petits papillons dansent dans mon champ de vision.

Le barbu se penche sur son pied, blême, le visage inondé de sueur. Il agrippe le manche du scalpel, pousse un grand « han ! » et arrache la lame rougie de sang.

Il se redresse en soufflant comme un bœuf et je croise son regard. Un filet de bave coule du coin de ses lèvres jusque dans sa barbe. Il tient le scalpel dans une main et sa hache dans l'autre. Et il avance vers moi en boitant, la jambe raide.

— Je vais te planter, jeunot, souffle-t-il d'une voix sourde en levant le scalpel. Les culs-terreux comme toi, ça devrait pas se battre contre les gens de guerre. Ça regrette toujours, au final.

Je voudrais me relever, ramasser quelque chose pour me défendre, n'importe quoi. Mais quand je me redresse, je m'affale comme un ivrogne. Bon Dieu, j'ai encore la tête en compote. Nola, aide-moi ! Jette-lui un bol à la figure, une bûche, une bougie, n'importe quoi, mais fais-moi gagner du temps !

Nola, recroquevillée contre le mur, remonte le voile de cheveux sur elle et disparaît peu à peu.

Gloutonne tombe soudain du plafond sur la tête du pillard. Elle piaille comme une folle, s'accroche à ses cheveux et plante ses griffes dans ses oreilles.

— Qu'est-ce que c'est que cette saloperie ? grogne le barbu.

Il agite les bras en tous sens et Gloutonne se reçoit un coup du plat de la main qui l'envoie valser sur le plancher. Elle bat en retraite en couinant et en traînant la patte. C'est ça, gamine, tu en as assez fait, trouve-toi une planque et restes-y !

Je rampe pour mettre de la distance entre le barbu et moi, puis je me remets péniblement debout et reprends mes esprits.

Il s'avance de nouveau d'un pas lourd, laissant une traînée rouge derrière lui sur le plancher. Si le combat dure assez longtemps, il va se vider de son sang comme une outre percée. Il sera aussi faible qu'un bébé. Mais en attendant, il est toujours dangereux et la douleur l'a rendu furieux.

Il faut que je le fasse clopiner dans la pièce, que je gagne encore du temps. Sauf que le temps joue aussi contre moi : quelque part au-dehors, il y en a au moins trois autres comme lui qui ne vont pas tarder à rappliquer.

— Viens là, si tu es un homme ! beugle-t-il, les yeux rouges, le visage couvert de griffures. Approche, qu'on en finisse !

Je reste hors de portée de sa hache, je recule quand il avance, je tourne dans la pièce et ne me laisse jamais piéger dans un angle. On se regarde tous les deux, haletants, en sueur. Je n'ai plus d'arme, il n'a plus de pied : partie nulle.

La douleur dans mon épaule lance des pulsations à travers tout mon corps, j'espère que l'os n'est pas brisé. Je bouge mon bras, je le lève. J'ai mal. Et je sens dans mon dos mon propre sang couler de mes entailles.

Lassé de me tourner autour, le barbu, d'un geste fulgurant, lance le scalpel à travers la pièce. Par réflexe, je fais un bond sur le côté pour l'éviter et je m'étale par terre sur les éclats de porcelaine.

À cet instant précis, le battant de la porte d'entrée s'ouvre juste à l'endroit où je me trouvais et un troisième homme entre à la volée. Une giclée de sang m'éclabousse. Quelque chose de lourd s'effondre sur le plancher.

Je croise le regard ahuri d'un grand couillon qui essaie désespérément de respirer comme un poisson hors de l'eau, sans s'apercevoir que le scalpel lui a fait un trou dans la gorge. L'air y entre encore en sifflant, il forme des bulles avec le sang qui coule en bouillonnant de la plaie.

— Putasserie ! grogne le barbu qui vient de se rendre compte qu'il a harponné son propre camarade.

Je me jette sur l'épée que l'homme tenait à la main, l'arrache à ses doigts crispés et me rue au-dehors. Je me cogne dans un autre gars, aussi stupéfait que moi, qui tombe à la renverse sous le choc. Je suis le premier à réagir et je lui brise la nuque d'un coup de taille.

Et de trois.

Derrière moi, le barbu sort de la maison et s'avance en grimaçant, d'une démarche de plus en plus raide. Il lève sa hache, mais il a perdu trop de sang, son geste est raide et lent. En deux pas, je suis sur lui, ma lame le cueille au genou et brise les cartilages, il s'abat au sol en poussant des hurlements. Il ne s'arrête que lorsque ma pointe s'enfonce dans sa bouche puis dans sa gorge.

— Mauvaise nouvelle, mon gars, dis-je dans un murmure. Je ne suis *pas* un cul-terreux.

Alors je les vois pour la première fois : les villageois rassemblés sur la place par dizaines, qui me regardent avec des yeux ronds. Je suis couvert de sang des pieds à la tête.

Ce doit être la place centrale du village. Un énorme chêne à quatre troncs forme une voûte de bois au-dessus de nos têtes, c'est à peine si on voit le soleil à travers son feuillage d'été. Les bâtiments sont presque tous en pierre ici, je suppose que c'est à cet endroit que vivent tous les notables locaux. À droite, il y a une église, une véritable église digne d'une petite ville, avec une flèche magnifique coulée dans un matériau translucide, couleur d'ambre – de l'art elfique, évidemment. Juste en face, quelqu'un a fait bâtir un édifice racoleur, avec des colonnades blanches, encore tout neuf. Il est flanqué de deux escaliers de pierre, et les murs sont percés de vraies fenêtres vitrées en verre plombé, sur lesquelles se reflètent les premiers rayons du soleil.

Ce village n'est pas aussi pauvre qu'il y paraît. Ou du moins, il y en a un, ici, qui doit avoir amassé un joli petit magot.

Au milieu de ces gens se tient dame Rikken qui pointe la lame d'un couteau sur la gorge d'un grand type au visage allongé, avec une petite barbiche blonde. Le gars lâche son épée. Plusieurs hommes sortent de la foule pour la ramasser et pour le fouiller des pieds à la tête : poignard, hachette, poinçon… Ce gars-là a tout un arsenal dans ses bottes et sa ceinture.

— Je suis dame Rikken de Thorkel, lance-t-elle d'une voix forte. Je ne sais pas qui tu es ni ce que tu viens faire ici, homme de guerre, mais tu vas me donner ta parole que tu ne feras aucun mal aux habitants de mon village. Sans quoi, je te tranche le cou et je te laisse te vider de ton sang.

Il n'y a pas à dire, dame Rikken a toujours des arguments qui font réfléchir.

— Je vous en donne ma parole d'honneur, ma dame, répond l'homme d'une voix hésitante, surpris de ne pas encore avoir été égorgé.

— Donne-moi aussi ta parole que tu défendras tous les gens de cette vallée, les armes à la main, en souvenir d'aujourd'hui où j'aurai épargné ta vie.

Le pillard cligne des yeux. Il pensait en avoir fini avec les serments, mais il ne connaît pas le petit discours de bienvenue de dame Rikken. Moi, je l'ai déjà entendu.

— Devant les sept saints et saintes, je vous en donne aussi ma parole, dit-il d'une voix déjà beaucoup plus ferme, maintenant qu'il a compris qu'il aurait la vie sauve, en échange de quelques vagues promesses.

— Sache, répond-elle, que je suis la gardienne de ces lieux. Je défends la vallée de Thorkel, depuis la tête d'elfe taillée dans le roc jusqu'au col de l'aigle. La moindre brindille, le moindre caillou, est sous ma protection, ainsi que tous ceux qui vivent ici.

— Je… je l'ignorais, ma dame. Je suis navré.

Ce mercenaire a de meilleures manières que le barbu et l'archer que j'ai massacrés. Il faut dire que ça aide à être poli, une lame d'acier sous le menton.

Chapitre 8

La dame lève les yeux vers moi.

— Je t'ai trouvé un lieutenant, Sudien. Fais-en bon usage.

Elle relâche le mercenaire, dont trois hommes attachent les mains, et elle lui tourne le dos pour me rejoindre.

— La corde de mon arc a fini par casser, dit-elle. Stupide, n'est-ce pas ?

Elle est habillée comme la première fois que je l'ai vue : longues bottes, cotte de mailles, peau de loup sur les épaules. À bien y regarder, elle est loin d'être laide, dans le genre grande blonde sèche – exactement dans les goûts de ce cochon de Grand Hulan qui reluquait toutes les blondes. Je lui donne entre vingt-cinq et trente ans. Avec un bon bain et une jolie robe, elle aurait son petit succès auprès des soldats de la compagnie.

Elle va jusqu'au cadavre du gars que je viens d'étendre et, avec son poignard, lui tranche le pouce qu'elle me tend comme un trophée.

— Tu l'as gagné.

C'est une de leurs répugnantes traditions skaviennes. Je refuse son petit cadeau, en secouant la tête d'un air dégoûté. Du coup, elle le jette par terre sans plus s'en soucier avant d'essuyer ses doigts en sang sur sa tunique.

— Es-tu blessé ? dit-elle.

Elle me détaille de haut en bas. Je prends conscience que je suis toujours nu.

— Hum, tu m'as l'air en pleine forme.

J'ai plein de sang partout, mais ce n'est pas le mien.

— Quatre hommes à toi tout seul, ce n'est pas si mal pour un début, poursuit-elle. Moi, j'en ai abattu trois dans la forêt. Mais le travail n'est pas terminé, Sudien.

— Je m'appelle Jal.

— Oh, tu as retrouvé l'usage de la parole ! Bonne nouvelle.

— Comment ça, « le travail n'est pas terminé » ?

Elle pointe du menton une maison de pierre à la porte enfoncée.

— Il en reste encore deux à l'intérieur.

Sortant de la foule, une jeune fille s'avance vers nous, fait un écart pour ne pas s'approcher de moi et glisse quelque chose à l'oreille de Rikken.

— Bon Dieu, murmure la dame.

Je fais un pas vers la fille qui recule aussitôt en détournant le regard.

— Eh ! Je peux savoir ce qui se passe ?

— Ils détiennent un enfant, répond Rikken, et ils réclament des chevaux en échange.

— Si tu leur donnes les chevaux, Skavienne, ils repartiront avec le gamin et ils le tueront une fois sur la route.

— Tu connais ton sujet, à ce que je vois.

Je ne réponds rien. C'est vrai, j'ai déjà pillé. Et tué.

— Qu'est-ce qui vous fait croire que je vais entrer là-dedans ? dis-je m'épongeant le front d'un revers du coude. Vous n'avez qu'à y aller vous-même !

— Sans le petit Paol, tu serais six pieds sous terre, Sudien.

Je soupire.

Alors, le gamin dans la maison, c'est lui. De tous les gosses de la vallée, il fallait qu'ils prennent avec eux le seul qui ne soit pas un sale Skavien.

— Il a essayé de défendre le village, tu sais ? Il s'est posté sur un toit et il en a presque tué un avec sa fronde.

Eh bien, ce petit a du cran.

— Et que veux-tu que je fasse, à moi tout seul ?

Dame Rikken hausse les épaules.

— Je ne sais pas. Ce n'est pas moi, l'homme de guerre.

— Ils sont deux, bon Dieu !

— Tu en as tué quinze là-haut, ça ne devrait pas te poser de problème.

Gloutonne sautille jusqu'à moi et pousse de petits couinements indignés. Oui, oui, ma belle, je sais ce que tu es en train de me dire. Si je n'aide pas ce gamin, je ne vaudrai pas mieux que les autres. Ceux qui ont brûlé ta ville et tué tes parents.

J'ai une dette envers Paol et il faut toujours régler ses dettes. Sinon, elles vous hantent jusque dans votre sommeil. Leur prix est trop lourd à payer.

Je me dirige à pas lents vers la maison. Les villageois se rassemblent à distance prudente, ils nous jettent des regards inquiets.

— Ils ne sont que deux là-dedans, tu en es sûre ?

— Certaine, répond dame Rikken. J'ai moi-même tué le troisième. Attention quand même : l'un des deux est un sacré colosse, mais cela ne devrait pas être un obstacle pour un guerrier comme toi.

À un contre deux, j'ai toutes les chances de sortir de cette maison les pieds devant… À propos de pieds, il y en a un qui dépasse de l'encadrement de la porte et qui pointe vers le haut. Sans doute le troisième homme que la dame a abattu d'une flèche.

—Au fait, méfie-toi, ils ont une arbalète! dit-elle encore.

De mieux en mieux… Je sens un filet de sueur glaciale me couler le long du dos. La trouille : voilà qu'elle me reprend.

—Toi! dis-je à la fille aux cheveux rouges qui a regagné sa place dans la foule. Va dans la maison du guérisseur, rapporte-moi le bouclier au lion!

—Le bouclier? fait-elle

Cette fois, elle pose enfin le regard sur moi. D'ailleurs, elle ne peut pas quitter des yeux mon entrejambe.

—Oui, et mon pantalon aussi, pendant que tu y es.

Elle revient au bout d'une minute, traînant le pavois avec l'aide de Nola. La guérisseuse ne me lâche pas du regard : elle sait que son frère est là-dedans.

—Je suis désolée pour tout à l'heure, dit-elle. Je… j'aurais voulu vous aider contre l'homme à la hache, mais…

—C'est bon, c'est bon.

J'enfile mon pantalon et sangle le bouclier à mon bras. Il est vieux, mais il a l'air encore solide. Foutredieu, ça me fait mal de porter l'emblème des Têtes jaunes, mais pas assez pour me passer de la protection d'un bouclier.

—Je veux les deux chevaux sellés! hurle soudain un homme à l'intérieur. Tout de suite, sinon je coupe les doigts du petit un par un!

Il a un accent sudien à couper au couteau. C'est bien ma veine, je vais devoir saigner un compatriote. Saint Jal, celui-qui-ose, toi qui protèges les fous et les égarés, j'ai encore besoin de toi. S'il te plaît, montre-toi, donne-moi quelque chose.

— Paol est un Alfing, comme moi, chuchote Nola. Il possède un pouvoir magique mineur.

— Quoi ? Lequel ?

— Il peut soulever de petites choses par la force de son esprit : de la cendre, de la poussière. Il peut en jeter au visage d'un homme si nécessaire.

Elle fait un geste des deux mains, comme si elle jetait une poignée de graines dans le vent.

— Il a un nom, ce pouvoir ? Vous l'appelez comment, vous, les Alfings ?

— On l'appelle le *dzaal*. Cela veut dire : le « souffle de Dieu ».

— C'est bon à savoir. Et ton frère, il est intelligent ?

Elle acquiesce de la tête.

Bon. Alors essayons de lui faire passer un petit message, à ce gosse. Je réponds au pillard, les mains en porte-voix :

— Écoute-moi bien, là-dedans ! Je m'appelle « Dzaal », soldat de l'armée royale d'Ostérie. Je vais compter jusqu'à trois, tu vas sortir de ton trou et me rendre le gamin intact. Sinon, j'arracherai tes deux yeux et je remplirai tes orbites avec la terre de ce village.

J'espère que le gosse aura compris, sinon je ne donne pas cher de ma peau.

Je commence à compter : « Un… Deux… »

Quelqu'un pousse un cri à l'intérieur. Alors je fonce droit dans l'ouverture, bouclier en avant. La corde d'une arbalète claque et avec un bruit mat, un carreau va se ficher dans un mur. De tout mon poids, je rentre dans une masse – un corps, un homme –, quelque chose craque sous ma poussée.

Je tombe au sol et quand je me relève, je ne vois presque rien : mes yeux sont brûlés de soleil et l'intérieur est plongé dans la pénombre. Cette pièce sent encore le pain chaud et les restes d'un repas gisent sur le sol en terre battue avec une table renversée. Une arbalète est tombée au sol, déchargée. Au fond de la pièce, je distingue des yeux brillants, une silhouette sombre et la lame d'un couteau.

C'est bien un Sudien, maigre, les cheveux crasseux, la barbe hirsute. Il sue et il saigne, mais il tient encore le gamin en otage devant lui. Je m'habitue peu à peu à l'obscurité. Le visage du gars est maculé de terre et ses yeux rougis clignent un peu trop vite : Paol l'a bombardé de terre, c'est grâce à lui que le carreau s'est planté dans le mur plutôt que dans ma couenne à moi.

Où est l'autre ? La pièce fait un angle et il y a un pan de mur derrière le Sudien, il est peut-être caché là.

— T'approche pas, *tcharaï*, dit-il.

Tcharaï : « mon frère ». Tu parles.

La pointe du poignard a entaillé le cou du gamin, mais Paol ne bouge pas d'un ongle. Son bandeau noir a glissé et on peut voir une boursouflure violacée à l'endroit où devrait se trouver son œil gauche. Il respire fort, il serre les dents.

— Tuez-le ! piaille le petit. C'est pas grave si je meurs !

— La ferme ! crie l'autre en resserrant sa prise.

Mon poing se serre malgré moi. Grand Hulan disait toujours que j'avais le cœur trop tendre, mais bon Dieu, quand je vois un gars porter la main sur un gosse, ça me met en rage.

— Lâche ton épée ou je le massacre ! me crie le Sudien.

Je l'ai blessé tout à l'heure avec le bouclier, son bras saigne et je crois qu'il a l'épaule démise. Je lui réponds avec un sourire carnassier :

— Vas-y, tue-le. Comme ça, il n'y aura plus personne entre nous. Mon épée et moi, on a justement deux ou trois petits mots d'amour à te dire. Au fait, c'est moi qui ai tué tes amis, *tcharaï*. Tous tes amis.

Et j'ajoute, d'une voix douce :

— Ils ont eu de la chance, ils sont morts très vite, mais je connais aussi pas mal de façons de faire mourir un homme à petit feu.

La guerre, c'est à moitié une question de gueule : celui qui fout les jetons à l'autre a déjà presque gagné la partie.

— Tu travailles pour les Têtes jaunes, hein ? fait-il. Tu as déjà oublié ce qu'ils ont fait à notre pays ?

Je n'ai rien oublié.

— Paol n'est pas un Skavien, *tcharaï*. Relâche-le.

C'est un réfugié, comme Nola, comme moi.

La stupéfaction se peint soudain sur le visage du Sudien : une énorme main lui a empoigné l'avant-bras. Le second homme vient de quitter le pan de mur derrière lequel il se cachait et ce n'est pas à moi qu'il s'attaque, c'est à son copain.

Il est impressionnant, large comme une barrique, costaud comme un ours, une vraie montagne. Vu sa barbe tressée et les tatouages sur son visage, c'est un Norrois. Il porte dans son dos une hache longue comme un tronc d'arbre et son torse est recouvert d'une sorte de cotte de mailles boueuse.

— Relâche-le, fait-il à l'autre d'une voix caverneuse à l'accent épais.

C'est une voix sans colère, sans menace. Une voix qui énonce les choses avec évidence : lâche le petit ou je te brise les os. Inutile de crier pour ça.

Mais le Sudien ne veut pas l'entendre, il agrippe Paol par l'autre main et tente de le pousser sur la pointe de son poignard. Alors le Norrois agrippe les cheveux de son camarade d'une main et fait craquer la tête en arrière d'un coup sec. J'entends distinctement le bruit des vertèbres qui cèdent et le Sudien s'effondre comme un pantin.

Le colosse hoche la tête d'un air triste en contemplant le cadavre à ses pieds. Puis il me jette un regard sans haine et s'écroule en avant, faisant trembler le sol et soulevant un nuage de poussière.

C'est à ce moment-là que je vois les quatre flèches fichées dans son dos.

Chapitre 9

— Et moi qui croyais l'avoir raté… Quatre flèches ! C'est un sacré costaud, celui-là, fait dame Rikken juste derrière moi. Alors, Sudien, tu vas tenir ta promesse, n'est-ce pas ? Nous t'avons sauvé la vie. Maintenant, tu vas le défendre, notre village ?

Je me sens vidé de mes forces et mon épaule me lance. Je recule d'un pas, je trébuche sur le cadavre percé d'une flèche à l'entrée et je m'adosse au mur pour ne pas tomber de faiblesse.

— Fous-moi la paix, dis-je dans un murmure. Je l'ai déjà défendu, ton village.

— Je sais que tu vas rester. Tu es un homme d'honneur et tu viens de le prouver.

Le cadavre devant la porte a encore les yeux ouverts : avec sa flèche dans la bouche, il a l'air de me regarder d'un air pensif, comme s'il avait quelque chose à me dire, une petite phrase du genre : « Salut, Jal ! Alors, tu as encore tué trois hommes, ce matin ? »

Foutresaint, je sens monter une crise ! Ces bon Dieu de larmes coulent toutes seules et comme si ça ne suffisait pas, mes épaules se mettent à trembler. Je me rencogne dans un coin sombre et je lutte de toutes mes forces pour ne pas chavirer. Mes bras tressautent dans le vide comme des imbéciles. Mes jambes me lâchent, je m'affale au sol et je respire l'air par grandes goulées, comme un poisson hors de son bocal.

— Souffle un peu, Sudien, dit dame Rikken avec, pour une fois, un peu de douceur dans la voix. Tu es à peine remis de tes blessures.

Il ne s'agit pas de ça.

Elle ne peut pas le savoir, mais ce sont mes crises. Elles sont de plus en plus fréquentes et de plus en plus fortes depuis quelques jours. Je serre les dents et, par un effort surhumain, je parviens à me maîtriser et à me remettre sur mes jambes. Je m'essuie les joues d'un revers du bras. Respirer par le ventre, lentement. Ça passe, c'est presque fini.

Le petit Paol rajuste son bandeau noir, sort de la pièce plongée dans l'ombre et fronce les sourcils à la lumière du jour. Il tourne son unique œil vers moi et me jette un drôle de regard – une sorte de regard que je n'ai encore jamais vu posé sur moi. J'y vois de l'amour, de la fascination. Je suis devenu son héros.

C'est une sensation étrange et nouvelle pour moi.

Une vraie petite foule s'est rassemblée pour nous, bien plus dense que celle de tout à l'heure. J'ai sous-estimé la population du village. Maintenant que les grands méchants loups ont pris une volée, on les voit enfin sortir de leurs trous et ils sont bien plus nombreux que la poignée de gens que les maraudeurs avaient réussi à rassembler.

Je comprends pourquoi une armée peut piller un même village deux ou trois fois de suite : c'est que les paysans apprennent très tôt à jouer à cache-cache. Ils se préparent des abris secrets, ils se fondent dans la boue et dans les bois, c'est presque magique de les voir sortir de la terre comme des bourgeons, pointer le nez en l'air avec cet air effrayé des petits animaux traqués. Les pères d'abord, puis les mères et enfin les marmots par dizaines. Ils tiennent dans leurs mains des sacs de graines, une bougie, des fourrures... Tout ce qu'ils ont pu emporter avec eux. En un clin d'œil, la place est noire de monde, et je me retrouve au centre d'un cercle de nez sales, de joues terreuses et de bouches ouvertes. Ils se demandent ce que je fais là. Est-ce que je suis un de ces pillards, moi aussi ?

Je crie à la cantonade :

— Eh bien, les Skaviens ! On n'acclame pas son héros du Sud qui vient de vous sauver la vie ?

La plupart baissent la tête, d'autres me regardent avec de la haine au fond des yeux, comme s'ils avaient plutôt envie de m'offrir un nœud de chanvre.

— Paol ! Mon Paol ! crie Nola, sortant de la foule.

— J'ai... j'ai essayé, Nola, murmure le petit. Je me suis mis sur le toit et j'ai tiré avec ma fronde, j'en ai touché un ! Mais, après, le mercenaire m'a attrapé et... et...

Il ne finit pas sa phrase.

— Paol ! répète doucement sa grande sœur en le serrant contre elle.

Parfois, un frère, une sœur, c'est tout ce que la vie nous a laissé. C'est le dernier lien avec tous les souvenirs, les lieux disparus, les morts, les époques du passé. Pour Nola, Paol est tout cela à la fois.

Pour moi, un frère, c'est juste un traître qui m'a livré à l'ennemi.

À chacun sa famille.

— Nola ! fait dame Rikken.

— Oui, ma dame ?

— Prends quatre hommes, traîne le blessé jusqu'à la maison du guérisseur et essaie de le sauver.

Nola jette un regard glacial à l'immense Norrois couvert de tatouages, étendu sur le ventre à l'intérieur de la maison, dont le dos se soulève encore légèrement à chaque respiration.

— C'est grâce à lui si Paol est encore en vie, ajoute la dame.

Le petit visage rond de Nola prend alors un air plus préoccupé.

— Aidez-moi à le porter !

J'éprouve comme une pointe de jalousie en la voyant se pencher sur le bonhomme avec sa douceur habituelle. Eh ! C'est quand même moi qui ai fait place nette ici. Sans le soldat Jal, c'est tout le village et son frère avec, qui seraient partis en fumée !

— Combien de morts chez les pillards, finalement ? me demande dame Rikken.

— Neuf en tout. Et nous avons un prisonnier.

Elle me tapote l'épaule comme elle féliciterait un bon chien de chasse, puis elle pivote vers la foule et lève les bras. Les villageois se tournent mollement vers elle.

Ce qui me surprend, c'est que personne ne semble la considérer comme une chef ou une noble. Ils l'écoutent à peine, ils n'ont pas vraiment de respect pour elle.

— Gens de la vallée de Thorkel…

Je dévisage ces Skaviens, j'essaie de les distinguer les uns des autres. Ils ont l'air bien nourris et en bonne santé, comme si la guerre les avait toujours épargnés Je repère un gaillard en pourpoint impeccable, la bedaine triomphante, qui doit être un notable du village. Il y a bien quelques jolies filles, mais leurs vêtements sentent la fiente de poule et elles ont les joues crasseuses. Et puis, elles sont toutes skaviennes, avec leurs affreux cheveux jaunes…

— … aujourd'hui, notre village a connu une grande peur et couru un grand danger.

Quelques-uns bavardent et deux ou trois vieilles ont même l'impolitesse de rentrer chez elles.

— Mais c'est le cœur réjoui que je vous l'annonce : il a maintenant trouvé son sauveur !

Quel sauveur ? Où ? Qui ça ?

— Nous étions à la merci de soudards sans foi ni loi. Ils s'apprêtaient à piller nos biens, à réduire nos maisons en cendres, et voilà qu'un homme seul s'est dressé devant eux avec courage. Bien qu'il ne soit pas lui-même un enfant de Thorkel, ce héros a terrassé six hommes aguerris, l'un après l'autre, à mains nues, et cela malgré ses propres blessures !

Trois seulement et pas tout à fait à mains nues, mais je ne vais pas finasser.

— Notre vallée court un terrible danger. Une armée d'envahisseurs sanguinaires est à nos portes. Leur Guerrier-Mage a dévasté la plaine qui bordait la falaise, les sapins qui dissimulaient l'elfe de pierre ont brûlé et son visage indique désormais à son armée l'entrée de Thorkel. Des heures sombres s'annoncent, mais les saints elfes – grâce leur soit rendue – nous ont envoyé ce combattant prodigieux, ce jeune dieu des batailles…

Elle s'arrête un instant, fait le tour de l'assistance du regard, puis elle pointe le doigt sur moi.

— … Un véritable Guerrier-Mage, mes amis !

Les villageois qui sont restés ouvrent des yeux ronds – à peu près autant que moi d'ailleurs.

Moi, un Guerrier-Mage ? Complètement folle, la Rikken ! Qu'est-ce qu'elle raconte ? J'ouvre la bouche, mais avant même que je ne prenne la parole, elle me souffle à l'oreille :

— Si tu me contredis maintenant, je te jure que tu ne sortiras pas vivant de cette vallée. Et je me ferai une joie de faire du tir à l'écureuil.

Je referme la bouche. Vas-y, Rikken, je te laisse faire ton petit spectacle, mais cette menace-là sur Gloutonne, tu me la paieras tôt ou tard.

— Cette vallée a été bénie par les saints, elle est un lieu d'élection protégé par Dieu. Les elfes y avaient élu domicile et y ont laissé un peu de leur magie !

Pendant qu'elle fait sa petite parlotte à ses ouailles, le gros bourgeois au pourpoint de soie se rapproche de moi. Joli pourpoint d'ailleurs, je m'en ferai tailler un comme celui-ci quand j'aurai quitté ce trou à rats skavien avec mes diamants. Il se passe alors un phénomène étrange : les gens n'écoutent presque plus dame Rikken, ils se tournent vers ce gars et semblent attendre qu'il prenne la parole.

— Mes hommages, guerrier, commence-t-il en chuchotant pour ne pas perturber le discours de la dame.

Salut, mon gros.

— Mes respects, messire, dis-je poliment.

De près, je dois reconnaître que c'est un bel homme, dans le genre quadragénaire. Sa voix est envoûtante et son regard charmeur. Il émane de lui une impression de puissance qui cadre mal avec son costume et ce village perdu.

— Je suis le Ka Adalbert, chef du village.

— Jal, Guerrier-Mage.

Il hoche la tête. Il n'est pas vraiment convaincu par mon titre, mais je ne peux pas lui en vouloir : moi non plus.

— Les elfes ont aujourd'hui disparu, poursuit dame Rikken, mais une partie de leur sang béni coule encore dans nos veines. Leur force et leur beauté continuent d'habiter nos forêts, nos lacs et cette terre exceptionnellement fertile qui assure notre subsistance !

Le Ka s'approche encore de moi et me souffle à l'oreille :

— Je suppose que vous êtes réticent à l'idée de protéger notre vallée. Il y a des risques, je vous le concède. Nous sommes à la fin de l'été : nous vous offrons 50 deniers d'argent si vous restez jusqu'au printemps, payable à la fête de la nouvelle année. Vous serez nourri, blanchi, et je vous hébergerai dans une chambre de ma propre maison. Qu'en dites-vous ?

Je me fous royalement de son argent, mais, si je ne négocie pas un peu, ils vont comprendre que j'ai l'intention de mettre les voiles. Qui sait ce qu'ils sont capables d'inventer pour me retenir ? Dame Rikken et ses menaces me font froid dans le dos.

— Je veux 100 deniers tout de suite et une maison pour moi seul.

— Nous n'avons pas le droit, crie toujours dame Rikken devant nous, de laisser cet héritage foulé aux pieds par le général Hast, cet étranger, ce barbare qui viendra piller nos greniers, prendre nos filles et détruire tout ce que nos ancêtres nous ont légué !

Le Ka Adalbert me répond par un sourire entendu, presque soulagé que je marchande. C'est sans doute un négociant. Parler affaires, c'est son domaine.

— Dix deniers tout de suite. Cinquante au printemps. Une ferme rien que pour vous.

— Dans ce cas, ce sera sans moi. Mais, quand le Vieux Dragon et son armée viendront vous massacrer, vous pourrez toujours essayer de marchander avec eux, hein ?

— Ce chien fou a assassiné notre roi, crie la dame, il a fait de la plaine un désert de cendres !

— Quinze deniers tout de suite, me souffle le Ka. Cinquante de mieux à la fin de l'hiver, une bouteille d'eau-de-vie de mon magasin chaque semaine. Et je peux vous avoir des filles pour quasiment rien…

— Vingt-cinq payables immédiatement. Cinquante au printemps. Et je ne dis pas non pour l'eau-de-vie. Ce sera ma dernière offre.

— Mais nous défendrons nos enfants ! hurle dame Rikken avec tant de force que je sursaute. Nous défendrons l'avenir de notre vallée ! Nous défendrons cette terre qui est la nôtre ! Et pour cela, aujourd'hui...

Le Ka Adalbert ne répond pas à ma proposition, il lisse sa moustache et soupire bruyamment.

— Décidez-vous, Ka. Elle a presque fini son baratin, lui dis-je. Oui ou non ?

Dame Rikken croise le regard du Ka qui nous répond, à elle et à moi, par un hochement de tête résigné : il est d'accord.

C'est dans la poche. Vingt-cinq pièces d'argent, c'est toujours ça de gagné. En attendant que je puisse vendre la statuette et ses diamants dans une grande ville, ce ne sera pas de trop pour voyager jusqu'à Tamis-la-Grande.

J'aurais peut-être dû demander plus...

— Et pour cela, aujourd'hui... le valeureux Guerrier-Mage Jal a juré de défendre notre terre, de former un cercle de compagnons-guerriers et de tenir en échec quiconque tenterait de pénétrer dans notre vallée bien-aimée !

Le Ka passe devant elle et lui coupe la parole. Aussitôt, toutes les têtes se tournent vers lui, les yeux se mettent à briller, et les quelques-uns qui bavardaient dans le fond s'arrêtent comme un seul homme. C'est lui, leur chef : ce n'est pas dame Rikken et ça se voit tout de suite. Noble ou pas, une femme en peau de loup capable de trouer la panse de maraudeurs, ça doit contrevenir à un peu trop de leurs traditions.

— Allons-nous laisser le général Hast prendre nos filles en esclavage ? hurle-t-il maintenant à la foule en faisant de grands gestes.

— Non ! répondent les villageois.

— Allons-nous le laisser enrôler nos hommes de force ?

— Non !

Ils braillent, ils l'acclament comme de bons petits moutons. La dame se retire en silence, soupire et baisse la tête.

— Non ! reprend le Ka en levant les mains au ciel. Non ! Nous ne le laisserons pas faire !

Eh bien, s'il le dit…

Chapitre 10

— Dis-moi, petit, dis-je à Paol qui continue à me regarder comme si j'étais un saint elfe descendu parmi les hommes, il y a un endroit ici où je pourrais me laver ?

Je suis encore couvert de sang séché.

— Vous êtes un Sudien, n'est-ce pas ? me demande-t-il comme s'il n'avait pas entendu ma question. Vous avez combattu les Skaviens pendant les guerres contre les baronnies sudiennes ?

— J'avais six ans à l'époque.

Il rougit et baisse la tête.

— Oh, bien sûr. Venez, je vais vous conduire à la rivière.

Un cercle de gamins se forme autour de moi. Je reconnais la petite bande qui m'a trouvé dans la forêt quand j'ai mis le pied dans la vallée, le jour où Grand Hulan et Petit Joss sont morts. Ils ouvrent de grands yeux brillants et certains ont la bouche ouverte. Ce qu'ils sont laids avec leurs cheveux jaunes. Une petite fille de sept ou huit ans s'approche et me touche de l'index.

— Alors en fait… t'es pas mort ? demande-t-elle.

— C'est vrai que tu es un Sudien ?

Je pousse quelques cris en agitant les bras et ils se dispersent dans toutes les directions en hurlant. Ils commencent à me courir, ces morveux.

— Vous souhaitez vous laver ? me dit un autre, qui est resté. Je connais un endroit en amont de la rivière où on peut se baigner. Il y a du fond et pas beaucoup de courant.

Je reconnais ce mioche : c'est le rouquin, ce petit fumier qui a remué la lance dans ma plaie, là-bas, dans la forêt. Celui-là a au moins treize ou quatorze ans. Il me regarde avec un grand sourire de faux-cul comme s'il ne s'était jamais rien passé.

J'ai changé de statut à ses yeux. Je ne suis plus un étranger en train de crever. Le Ka a dit que j'étais un héros maintenant, l'homme qui va sortir son village du pétrin. Il a compris que j'étais quelqu'un qu'il fallait brosser dans le sens du poil.

C'est ce qu'on va voir.

— Ah oui ? dis-je, en le toisant du coin de l'œil. Tu veux bien me montrer ?

— Avec plaisir ! Dites, c'est un écureuil apprivoisé que vous avez sur l'épaule ?

Gloutonne s'accroche à mes cheveux et couine en regardant le gamin. Je sais décoder ses cris depuis longtemps et celui-là n'a rien d'amical : elle aussi, elle l'a reconnu. Envers ceux qui me font du mal, elle est rancunière.

— Je peux le caresser ?

Il avance la main, mais Gloutonne montre ses petites dents pointues, et finalement il change d'avis.

— Moi, je vais vous apporter vos affaires ! crie Paol.

Il tourne les talons et s'engouffre dans la maison du guérisseur. En attendant, le rouquin me fait signe de le suivre et m'entraîne dans les rues du village. C'est un peu plus gros que je ne le pensais, mais ça reste un village de paysans mal dégrossis. Dès qu'on a quitté la place principale, les maisons sont en bois et en torchis.

— Vous avez beaucoup voyagé ? me demande le rouquin. Vous avez vu les six royaumes ?

— J'en ai vu quatre.

Baronnies sudiennes, Ostérie, empire Hoggot, Skavie. Il y en a peut-être eu d'autres pendant les douze ans qui ont disparu de ma mémoire, mais au moins, je suis sûr de ces quatre-là.

— Vous avez été à beaucoup de batailles ? Je veux dire, quand vous étiez soldat ? Est-ce que vous avez tué beaucoup d'hommes ?

Je revois des visages défiler dans ma mémoire. Combien d'hommes j'ai tués ? Au début, je pouvais le dire, mais un jour, j'ai perdu le compte.

Le tout premier, c'était au siège de Hangorod. Je venais d'être recruté de force par l'armée ostéroise dans le village de pêcheurs où j'avais été recueilli. Le Vieux Dragon avait franchi la frontière de l'empire et fait avancer son armée à marche forcée vers la cité de Hangorod, jusqu'à la première bataille.

C'était la première fois que j'allais au feu, et j'avais les genoux qui tremblaient, tellement j'avais la trouille. J'étais au milieu de centaines de pauvres bougres comme moi, hurlant avec eux, ne voyant rien, ne comprenant rien, faisant tout mon possible pour ne pas me retrouver en première ligne. Et, là, il a surgi devant moi : un vieux chevalier. Un grand gars à pied, avec une cotte de mailles, qui maniait l'épée comme un dieu et qui taillait un sillon sanglant dans nos rangs.

Je me rappelle exactement comment je l'ai tué. Il s'est jeté sur moi, j'ai dévié son coup d'épée avec le manche de ma pique, feinté, tourné sur moi-même, et je me suis retrouvé avec ma pointe clouée dans sa gorge. J'ai vu son regard s'éteindre quand je l'ai enfoncée : il était aussi stupéfait que moi. C'est là que j'ai compris que je savais parfaitement me servir d'une arme, avec une précision qu'aucun de ces gars autour de moi n'aurait jamais. Je l'avais appris à un moment de ma vie. Mon esprit l'avait oublié, mais mon corps le savait : mes réflexes étaient intacts.

— Pourquoi tu me demandes ça ? dis-je au rouquin. Ça te plairait, à toi, de faire la guerre ?

Il hésite un peu, il se demande quelle réponse je voudrais entendre.

— Je n'sais pas, marmonne-t-il finalement. Ça doit être plus excitant que de rester toute sa vie dans un trou à rats comme celui-là, non ?

Tu parles. La pluie, le froid, le sang. On marche, on tue, on mange des rats crevés…

— Ça fait quel effet, me demande-t-il soudain, d'enfoncer une pointe dans le corps de son ennemi ? De tuer un homme de ses propres mains ? Ça doit être… spécial ? Non ?

Je n'aime pas du tout la lueur mauvaise qu'il essaie de dissimuler dans son regard.

Il m'entraîne jusque dans un pré qui sent l'herbe fraîchement coupée. On passe à travers des haies qui marquent les limites entre les champs. Il connaît les passages entre les buissons et les arbres – ronces, prunelliers, ormes, aubépines –, il se faufile par des trous plutôt que de contourner les haies. Des volées de passereaux et de fauvettes s'enfuient à notre approche, un gros merle noir s'arrête de chanter et nous toise de haut, perché sur un chêne. J'entends le grondement de l'eau tout près.

— C'est ça, ton ruisseau ? dis-je en pointant du menton l'endroit où il m'a amené.

Un torrent de montagne dévale ici une pente rocailleuse, s'écrase contre un gigantesque rocher en projetant des paquets d'écume, puis le contourne par une boucle plus paresseuse, sous le feuillage de saules pleureurs. Une petite plage de galets s'avance loin de l'abri des arbres.

—Oui, c'est la rivière Thorkel, elle coule tout le long de la vallée, du col jusqu'au rocher à la tête d'elfe taillée. Regardez: par ici, il y a du fond. On peut même plonger de là-haut!

Du bout du doigt, il pointe le sommet du rocher, haut comme une maison.

—Les filles ne viennent pas se baigner ici, elles vont un peu plus haut.

Il me fait un clin d'œil.

—Mais en passant par les haies, sur l'autre rive, on peut jeter un coup d'œil vers leur plage à elles. Le dimanche matin, on les trouve toujours dans le coin, avant l'heure de l'office.

Ce ruisseau doit être glacé. Je n'ai aucune envie de me geler les fesses là-dedans... D'un autre côté, il va bien falloir que je nettoie tout ce sang. Et puis, il va aussi falloir tailler la petite forêt qui a poussé sur mes joues.

Je défais mon pantalon, pose mon épée sur la grève et commence à dénouer mes bandages. Mon épaule me fait toujours un peu mal, depuis que le barbu m'a cogné avec le manche de sa hache; il va falloir surveiller ça. Je m'approche et plonge la main dans l'eau avant de me frictionner le torse et les bras.

—Ça se voit que vous n'êtes pas habitué à l'eau froide! fait le petit derrière moi en ricanant.

Je lui jette un regard glacial.

—Je veux dire... euh..., dit-il en baissant la tête, dans votre pays du Sud.

Toi, je voudrais bien te voir en plein désert de feu, quand le soleil brûle la peau et que le sang commence à bouillir dans les veines. On verrait la tête que tu ferais.

— Voilà des vêtements, messire! crie soudain le petit Paol en passant à travers la haie.

Il porte des affaires propres et pliées entre ses mains, et il est tout essoufflé d'avoir couru.

— Toi, l'étranger, lui crie le rouquin, laisse ça et va retrouver ta métèque de sœur!

Paol se raidit et se ramasse sur lui-même, il a au moins trois ans et une tête de moins que l'autre, mais il ne recule pas. Le rouquin est sur lui en trois bonds et le pousse des deux mains. Paol ne s'attendait pas à ce coup-là : il manque de perdre l'équilibre et doit se retenir de la main à une branche de ronces. L'autre éclate de rire en voyant son visage crispé de douleur et sa main ensanglantée.

Je cours jusqu'à lui, l'attrape par le col de sa tunique et le soulève de terre.

— De mon point de vue, le métèque, c'est plutôt toi. Au fait, gamin, je crois qu'on n'a pas été présentés.

Il secoue les jambes en l'air et essaie de tourner la tête vers moi, à moitié étouffé par son propre col. Gloutonne piaille de joie sur mon épaule.

— Il s'appelle Henrik, dit Paol en serrant le poing.

— Oh, tiens! Voilà que ça me revient maintenant! On s'est déjà croisés à l'entrée de la vallée, tu t'en souviens, Henrik? Tu faisais joujou avec une certaine lance, ce jour-là. Tu croyais peut-être que j'avais oublié ça?

— Lâ… lâchez-moi! couine l'autre.

— Qu'est-ce que tu en penses, Gloutonne? Je le lâche? Je le lâche pas?

Elle s'accroche à mes cheveux, hurle dans mes oreilles : c'est son rire. Aucun véritable écureuil ne fait ce cri-là. En le tenant toujours en l'air à la force des bras, je marche vers l'énorme rocher en saillie.

— Tu m'as bien dit qu'on pouvait plonger d'ici, hein, rouquin ? Il y a du fond, je crois.

Des marches grossières ont été taillées dans le roc pour atteindre plus facilement le sommet plat ; je les monte une par une.

— On a une sacrée belle vue d'ici !

Le rocher domine les haies, on peut voir jusqu'au village et même jusqu'au vieux moulin, loin en contrebas. Je m'aperçois aussi que tous les autres enfants nous ont suivis depuis le village : ils sont au spectacle, cachés dans les buissons.

— Rassure-moi, tu es habitué à l'eau froide, gamin ? Je veux dire… dans ton pays du Nord ?

— Lâ… lâchez-moi !

— Puisque c'est demandé gentiment…

Le gamin fait un gros « plouf » et disparaît dans un tourbillon d'écume.

Gloutonne se perche sur ma tête et regarde en contrebas. Je compte les secondes. Sept, huit, neuf… Rien ne revient à la surface. Foutresaint, j'espère que je ne lui ai pas brisé les os.

Il finit par reparaître, les yeux exorbités, agite les bras comme un fou et appelle au secours, alourdi par ses vêtements gorgés d'eau. Quand il passe devant la plage de galets, emporté par le courant, je mets mes mains en porte-voix et je gueule aussi fort que je le peux :

— Je n'oublie jamais un visage, Henrik ! Et je suis rancunier comme une teigne !

Quand je redescends du rocher, je le vois qui s'accroche au feuillage des saules pleureurs sur la rive d'en face et qui se hisse sur la grève comme un canard boiteux, tremblant de froid et crachant sur les galets.

Un craquement dans la ramure d'un chêne me fait lever la tête. Dame Rikken est là, assise en tailleur sur une branche avec son arc posé sur les genoux. La garce ! Elle m'a suivie depuis le début et je ne l'ai même pas entendue.

De l'autre côté de la rive, Henrik se met à gueuler en tendant le poing vers moi :

— Je te tuerai, le Sudien ! Je te crèverai !

Ses hurlements couvrent à peine le grondement du torrent.

— C'est ça, c'est ça !

— Eh bien, me dit dame Rikken, toi, on peut dire que tu aimes les enfants.

En un clin d'œil, elle descend de son arbre.

— Il y a des enfants que j'apprécie, dis-je en m'approchant de Paol et en ébouriffant ses cheveux châtains. Et d'autres, beaucoup moins.

Je pointe du menton l'autre rive. Puis j'ajoute, en lui jetant un regard méfiant :

— Je ne fais aucune différence avec les adultes, de ce côté-là.

— Tu ne m'aimes pas beaucoup, Sudien.

Tu as menacé Gloutonne, Skavienne. Tu as menacé *ma* Gloutonne.

— Non, dis-je simplement.

Paol ne m'a pas quitté une seconde de son œil unique. Il serre les poings contre sa poitrine, une goutte de sang dégouline sur son poignet, mais c'est comme si la douleur n'avait pas de prise sur lui. C'est un dur à cuire. Et je suis son héros.

— Merci pour les vêtements, petit, lui dis-je. Et merci d'avoir appelé à l'aide là-haut dans la forêt, l'autre jour : je n'oublierai pas ça non plus.

Il ne répond rien, il reste droit comme un I, fier comme un roi.

— Je me moque pas mal de ce que tu penses de moi, tant que tu nous protèges, poursuit dame Rikken. Mais si tu maltraites mes gens, tu es un homme mort.

Elle tourne la tête vers Henrik, sur l'autre rive, occupé à ôter ses vêtements et à les essorer.

— Cela dit, fait-elle en soupirant, flanquer Henrik dans la Thorkel, ce n'était pas vraiment une mauvaise idée…

Paol n'en finit pas de sourire, ça monte, ça monte sur son visage et ça explose en éclat de rire.

Je crois qu'il est du même avis que dame Rikken.

Chapitre 11

Gloutonne a un comportement bizarre. D'habitude, elle passe son temps à se cacher, mais ici, elle reste perchée sur mon épaule et se montre à tout le monde.

Il faut dire que les Skaviens ont quelque chose de comique : quand je remonte la ruelle jusqu'à la place centrale, ils sursautent à mon passage. Je les entends murmurer dans mon dos : « Hattan ! Hattan le démon aux yeux de braise ! »

Eh oui, dans la légende, Hattan avait les yeux et les cheveux noirs, comme les Sudiens.

— Ne faites pas attention, me dit Paol.

Il me suit comme un petit chien, depuis la rivière, avec son sac vide.

— Moi aussi, ils disent tout le temps que je suis un démon.

— Je crois que toi et moi, on détonne un peu dans le paysage.

Il baisse les yeux : les Skaviens ont dû lui en faire baver.

— Comment il s'appelle, votre écureuil ?

— C'est une fille. Je l'appelle Gloutonne.

— Elle a l'air intelligente !

Gloutonne fait un petit couinement ravi à ce compliment. Elle est tellement contente qu'elle saute de mon épaule jusque dans ses bras. Il pousse un cri et éclate de rire, avant de passer la main sur sa petite tête rousse.

— Je crois qu'elle t'aime bien, petit. Je ne l'avais jamais vue faire ça avec personne.

Je me dirige vers ce qui ressemble le plus à un endroit familier pour moi : la maison du guérisseur. Nola ne me prend pas pour un démon, elle, au moins.

— Vous ne pouvez pas entrer, dit Paol devant la porte. Ma sœur est en train d'opérer le grand Norrois que dame Rikken a blessé avec ses flèches.

— Oh.

Je respecte le travail de Nola. Sans elle, je serais mort.

— Mais elle m'a dit de vous donner ça.

Il sort de son aumônière l'écrin de ma plume d'oie et mon flacon d'encre noire, qui étaient au fond de mon havresac, ainsi qu'un petit carnet à croquis relié en cuir.

— C'est pour vos crises.

Je jette un coup d'œil alentour. Je n'aime pas beaucoup que ce gamin en parle comme ça, en pleine rue. Cette crise qui m'a mis à genoux après le combat, ce cauchemar cette nuit qui m'a fait hurler dans mon sommeil : ce n'est pas normal, quelque chose ne tourne pas rond dans ma tête. Je me souviens de la chambre de torture, du masque blanc de Maître Hokoun dans mon rêve… Les images commencent déjà à s'estomper et à disparaître dans ma mémoire, mais c'est la toute première fois que le grand voile blanc de mon amnésie s'est soulevé, ne serait-ce qu'un tout petit peu. Et ce que j'y ai vu me terrifie.

— Nola dit que vous faites beaucoup de cauchemars. Vous vous réveillez en sursaut, mais vous vous rendormez aussitôt. Et elle pense qu'après, la plupart du temps, le souvenir du cauchemar s'efface. Elle vous conseille de prendre des notes après chacun d'entre eux.

— Comment a-t-elle su que je savais écrire ?

— Elle a… elle a vu votre plume dans votre sac.

— Et pourquoi je devrais noter mes cauchemars ? Ils n'ont peut-être aucun sens, ce ne sont que des rêves après tout.

— Nola pense que cela a une importance pour vous. Elle a dit que noter tous les détails pourrait vous aider à « guérir » des souvenirs douloureux, surtout si vous en parlez avec elle ensuite.

— Nola se trompe sur le diagnostic.

Elle croit que j'ai du mal à oublier certains souvenirs alors que c'est le contraire : je n'arrive pas à me les rappeler. J'ajoute quand même en prenant le carnet :

— Mais elle a peut-être raison sur la méthode. Remercie-la de ma part, veux-tu ? Et maintenant file, petit. Tu me flanques le tournis à me suivre comme ça.

Le gamin obéit comme un petit soldat et s'en va. À ma grande surprise, ma Gloutonne reste perchée sur son épaule. J'éprouve une pointe de jalousie, mais une pointe seulement. Après tout, pour ce que j'ai à faire, j'aime autant qu'elle ne soit pas là.

Quand on n'est pas chez soi, en principe il y a toujours un endroit où on ne vous refuse pas un banc : c'est à l'église. J'aurais très bien pu aller sous un taillis ou me cacher derrière un muret, mais j'ai tellement la trouille de mon passé que, pour l'affronter, je préfère être dans un lieu consacré. C'est idiot, je sais, mais dans une église j'ai l'impression que les statues des saints me protégeront.

En entrant, ce qui me frappe, c'est la lumière. La grande flèche du bâtiment, colorée et translucide, a été faite par les elfes, et on dirait que le soleil surgit des vitraux de tous les côtés à la fois. C'est féerique, on se croirait dans un autre monde plus beau et moins sombre que celui-ci.

Il fait frais à l'intérieur et ça sent bon – un mélange d'encens et de menthe. Mes pas résonnent sur la pierre quand j'avance dans la travée centrale. Au mur, des fresques ont été peintes par des Skaviens : la chute des elfes, le combat des sept saints et saintes contre Hattan aux yeux de braise... Pour le reste, c'est assez sobre. Il y a juste quelques bancs et une paire de candélabres en cuivre. Oh, et aussi les sept statuettes en bois pendues au plafond par des cordelettes d'argent, qui se balancent au-dessus de nos têtes, bien entendu.

Saint Jal est figuré tout nu et complètement hilare, on dirait qu'il se paie la tête de sainte Naraj, celle-qui-sait, qui est juste en face de lui. Sainte Hilâ, celle-qui-guérit, tourne sur elle-même et semble regarder trois de ses compagnons l'un après l'autre, indéfiniment, comme si elle ne savait pas lequel choisir : saint Koom, celui-qui-tue, saint Othin, celui-qui-juge, sainte Kahal, celle-qui-brûle. Et bien sûr saint Nokoo, celui-qui-crée, a été hissé au-dessus de tous les autres, avec sa tête de bon père de famille. Pour nous, les Sudiens, Nokoo est une femme : encore un sujet de discorde avec les Skaviens.

Un prêtre s'approche de moi, il est grand comme une pique et vieux comme les elfes.

— Que puis-je pour vous, mon fils ?

— Ne m'appelez pas « mon fils ».

Il me jette un regard surpris, mais pas spécialement agressif. J'ai presque envie de le trouver sympathique. Peut-être parce que, à cause de l'âge, ses cheveux sont blancs et non jaunes.

— Je respecterai votre vœu, jeune homme. Les Sudiens n'ont pas tout à fait... les mêmes pratiques que nous, je crois.

Ce gars est particulièrement tolérant. D'habitude, les Skaviens nous regardent carrément comme des hérétiques. D'ailleurs, c'est plus ou moins pour cette raison qu'ils nous ont envahis, non ? Nous prêchons que les elfes n'ont pas été envoyés par Dieu et qu'ils vivaient dans ce monde avant l'arrivée des hommes. Mais le prêtre se trompe : si je ne veux pas qu'il m'appelle « mon fils », ça n'a rien à voir avec la religion. C'est juste que Maître Hokoun le fait souvent dans ma tête. Et je ne le supporte pas.

— Je voudrais seulement un endroit tranquille pour écrire quelque chose… sous l'œil des saints.

On prétend que sous l'œil des saints on ne peut pas mentir. C'est stupide, évidemment, mais la plupart des traditions sont stupides et tout le monde les suit quand même.

— Vous connaissez l'art de l'écriture ? fait-il. Cela est… plutôt inhabituel, chez un homme de votre condition.

— Je sais. J'ai besoin d'être seul, maintenant.

— Je vous en prie, jeune homme. Tout croyant est chez lui dans la maison de Dieu.

Alors gloire à Dieu ! Allons-y pour les notes…

Je rassemble mon courage, m'assieds et débouche mon petit encrier, avant de sortir ma plume de son écrin de cuir.

Je commence par une tache d'encre, tellement mes mains tremblent. Je ferme les yeux et me laisse imprégner par les sensations de la nuit dernière. La terreur afflue de nouveau, et aussi cet abject désir de plaire au Maître, que je ressens encore malgré moi.

Avec angoisse, je m'aperçois que je ne me souviens déjà pratiquement plus de rien : les images sont floues, les paroles se perdent dans ma tête… Avec une sorte de frénésie, à en casser la pointe de la plume, j'essaie de recueillir dans ma mémoire les dernières bribes qui n'ont pas encore été emportées :

« Je suis torturé par des Skaviens. J'ai huit ans. Maître Hokoun porte un masque blanc. »

Je les arrache de ma tête une à une, sous l'œil bienveillant des saints au-dessus de mon épaule, et je les enferme dans le carnet de cuir.

J'essaie désespérément de me souvenir du reste, mais tout s'est effacé. Je fais le signe sacré du cercle sur ma poitrine, puis je récite la prière de protection :

Saints elfes, vous qui êtes la force et l'amour, protégez-moi.
Vous qui êtes le pardon et l'oubli, protégez-moi.

Protégez-moi des voix de Maître Hokoun…

— Vous êtes souffrant, jeune homme ?

Le vieux curé me fait bondir sur le banc. Je ne l'avais pas entendu arriver.

— Je… Ça va. Merci.

— On dirait que vous avez vu un fantôme, dit-il en souriant.

Je jette un coup d'œil à ce que je viens d'écrire et referme le carnet.

— C'est presque ça.

— *Arda, tcharaï !* dit-il. « Courage, mon frère ! », c'est bien la devise de vos anciens rois sudiens, n'est-ce pas ?

J'ouvre de grands yeux étonnés.

— Désolé de vous dire ça, mais… vous n'avez pas peur de moi ? Je suis sudien. Tous les autres habitants du village me regardent comme si j'étais un démon ou un tueur, et vous, vous me recevez ici avec le sourire et vous me parlez dans ma langue.

Le vieillard secoue la tête d'un air accablé.

— Ah ! Je suppose que vous avez entendu notre Ka vous traiter de « vermine noire » et de « gamin sans cervelle » devant les autres villageois… J'en suis navré.

Non, je ne l'avais pas entendu cracher dans mon dos, ce sale petit cafard. J'étouffe une bouffée de colère. « Vermine noire », hein ? Je passe la main dans mes cheveux sombres.

— Mais moi, poursuit-il, je pense que vous êtes un jeune homme intelligent.

Il désigne du menton la plume et le carnet.

— Je pense aussi que, si vous restez pour nous protéger, c'est pour payer votre dette, par devoir et pour l'honneur. Je sais que ce sont des valeurs chères aux Sudiens.

Oui. Sauf qu'en fait, je n'ai pas l'intention de rester.

— Nous l'avons oublié aujourd'hui, mais nos deux peuples ont longtemps vécu en paix, par le passé. L'un des saints elfes porte un nom sudien.

Je murmure entre mes dents :

— Saint Jal, celui-qui-ose, l'inspirateur des rêves, des cauchemars et des illusions, le protecteur des fous et des égarés.

Le prêtre pousse un long soupir.

— J'ai un aveu à vous faire, dit-il en baissant la tête.

— Un aveu ?

— Quand le chevalier de Thorkel a quitté par deux fois le village pour répondre à l'appel de son roi, je faisais partie de sa troupe en tant qu'aumônier et soldat. C'était… pendant les guerres contre les baronnies sudiennes.

— Quoi ?

La rage enfle en moi, c'est comme une vague de chaleur qui me monte à la tête. Je revois les visages grimaçants des Têtes jaunes qui ont forcé la porte de notre cave, ce jour-là. Les mains sales qui nous ont empoignés, les hurlements de bête, les ordres crachés dans leur langue maudite. Alors, l'homme qui a arraché son médaillon du cou de ma mère, c'était peut-être lui…

— Vous êtes un de ces bouchers qui ont mis mon pays à feu et à sang ! Un de ces pillards qui ont mis ma ville à sac !

Ma voix déraille vers les aigus et résonne contre les murs.

— Le souvenir de ces années de guerre hante encore mes nuits, répond-il en baissant les yeux, et je voudrais pouvoir réparer aujourd'hui le mal que j'ai fait aux gens de votre peuple. Hélas, je sais que c'est impossible…

Ne pas le frapper, non. Pas dans son église.

— Espèce de vieux salopard, j'espère que tu pourriras en enfer !

— Attendez, Jal, ne partez pas !

La porte claque derrière moi avec un bruit sourd.

Chapitre 12

La nuit est déjà tombée. Pas d'étoiles dans le ciel ce soir : de gros nuages de pluie sont poussés par un vent glacial. Il fait un froid de chien sur le pas de la porte.

— Il faut le laisser dormir, maintenant, me souffle Nola, en me poussant doucement au-dehors.

Je regarde une dernière fois le Norrois assoupi sur le lit où j'étais attaché le matin même. Elle l'a allongé sur le ventre et il est tellement immense que ses pieds et ses mains dépassent des couvertures.

Quelques planches en bois ont été clouées pour réparer la porte, la table fracassée a disparu, Nola a rangé et nettoyé toute la pièce. Plus de débris de porcelaine, plus de casseroles, plus de cadavres – même le vieux bouclier a été raccroché au-dessus du linteau. Il reste juste une auréole sombre devant l'entrée, là où un des pillards a reçu un scalpel dans la gorge et s'est vidé de son sang sur le plancher.

— Laissons cet homme partir en paix, dit-elle. Il sera probablement mort demain.

Nola abaisse la clenche avec mille précautions pour ne pas réveiller son nouveau protégé. Nous nous retrouvons dans la ruelle boueuse où j'ai tué deux hommes ce matin. Gloutonne est en sécurité, bien au chaud dans mon havresac avec ma statuette et toutes mes affaires de voyageur.

— Tu as vu ton maître, le guérisseur ?

— Maître Svenning ? Oh oui, il m'a réclamé une bouteille de vin et il s'est enfermé dans sa chambre comme chaque soir, répond Nola d'un air résigné.

— Je vois. C'est une éponge à vin, c'est ça ?

Elle ne répond pas. La petite lanterne dans sa main tremble un peu quand elle lève les yeux sur moi. Je lui souris d'un air canaille.

— Alors toi et moi, nous ne dormirons plus sous le même toit, désormais ?

J'avais connu une femme, dans le village de pêcheurs où j'avais été recueilli après mon amnésie – une jeune veuve pas farouche avec qui j'aurais peut-être refait ma vie, si leur Ka m'en avait laissé le choix. Les sergents recruteurs exigeaient un homme par village, et il m'avait livré à eux, vu que je n'étais pas vraiment des leurs… Et puis il y avait eu quelques filles de taverne à la forteresse d'Annov, en Ostérie, où l'on m'avait collé en garnison après la campagne du Hoggot. Grand Hulan me disait que j'étais aussi beau qu'un Guerrier-Mage. En tout cas, je plais souvent aux femmes. Mais Nola n'a pas l'air d'y être sensible.

— Je te remercie pour ce que tu as fait, lui dis-je. Pas seulement pour les points de suture et les bandages, mais aussi…

J'esquisse un geste embarrassé de la main.

— …pour toute cette gentillesse. Tu n'étais pas obligée.

Ses cheveux ont pris la couleur noire de la nuit, avec juste deux mèches qui brillent légèrement comme pour refléter la flamme de la lanterne. Elle se met en marche et m'invite à la suivre, elle doit me conduire à ma nouvelle maison située en bordure du village.

— Dame Rikken dit que vous n'êtes pas un homme bon, Jal.

Je ne dis rien. Qu'est-ce que je pourrais répondre à ça ? Nous passons sous le chêne à quatre troncs, puis devant la façade de l'église, où les visages des saints elfes gravés dans la pierre semblent nous suivre du regard.

— Mes parents ont été tués dans notre propre maison il y a sept ans, lors du pillage de la cité de Homgart, lance-t-elle soudain.

C'est la première fois qu'elle me parle de ses parents et ça me fait comme un coup d'épingle au cœur. Il y a sept ans ? Je ne sais pas où j'étais ni ce que je faisais. Cette période fait partie du trou noir dans ma mémoire, de ces souvenirs perdus, totalement effacés. En tout cas, l'attaque de Homgart par la mer a été une vraie boucherie à ce qu'on raconte.

— Et vos parents à vous, Jal ? Sont-ils encore en vie ? Que faites-vous si loin des baronnies sudiennes ?

— Je… je ne sais pas ce qui est arrivé à mes parents. Mon père est mort en défendant la ville, je crois. J'ai été arraché à ma mère et à mon frère quand j'avais six ans. Je ne me souviens presque plus de leurs visages.

— Je suis navrée. Je sais ce que c'est que de perdre sa famille.

Son regard se perd dans le ciel, comme si elle cherchait quelque chose dans sa mémoire. Un mot, un visage oublié.

— Nous avions une grande sœur, autrefois, elle s'appelait Caral et elle avait quatorze ans quand la ville est tombée. Paol n'avait que quatre ans, mais nous ne pouvions pas tous rentrer dans la cachette sous le plancher de la maison, nous aurions étouffé à trois. Alors elle nous a dit de ne pas nous inquiéter, qu'elle se cacherait ailleurs, et elle s'est enfermée dans l'armoire. C'est là que les Norrois l'ont trouvée.

— Oh, je…

— J'ai tout vu à travers les lattes du plancher.

Une unique larme coule sur sa joue.

« La femme de ton ennemi est le cœur de son royaume. Prends-la, détruis-la, et jamais il ne relèvera la tête », me susurre ce salopard de Maître Hokoun.

— Dites-moi seulement une chose, Jal : avez-vous déjà tué de pauvres gens ? Quand votre armée prenait possession d'un village ou d'une ville, avez-vous attaqué les habitants dans leurs maisons ?

Je baisse la tête. Ce n'était pas *mon* armée ! Voilà ce que je voudrais répondre : ce n'était pas mon armée, pas ma guerre, pas ma vie ! Je n'ai jamais demandé à y être.

Mais, au moment où j'ouvre la bouche pour le dire, je m'aperçois que cette réponse sonne creux. J'entends encore les hurlements des gens de Hangorod, piégés dans l'enceinte de leurs propres murailles, traqués jusque dans leurs maisons...

J'avais dix-huit ans, je n'aurais jamais dû me trouver là ni porter cette foutue livrée bleue des soldats d'Ostérie. Seulement voilà, je la portais. On ne m'avait pas laissé le choix.

Trois mois de siège acharné sous le commandement du général Hast, le Vieux Dragon. On avait mangé des rats, on avait dormi dans des trous creusés dans la boue. Des centaines des nôtres étaient morts de froid. Et avec ça, les défenseurs nous balançaient des caillasses, de la merde et les têtes coupées de nos soldats, qui étaient morts sur leurs murailles.

Quand le Vieux Dragon avait enfin réussi à vaincre le Guerrier-Mage d'en face, on s'était rués dans la ville, ça avait été un massacre. Le sang, les cris, l'excitation des combats nous avaient rendus fous. Mes frères d'armes, ces hommes avec qui je partageais mon quotidien depuis des semaines... ils étaient devenus des monstres. Ils se jetaient sur les femmes en riant, ils coupaient les enfants en morceaux, ils sortaient des maisons avec des bijoux plein les poches, affamés de meurtre et de sexe, la folie dans le regard.

— J'ai volé, dis-je à voix basse. Des bijoux, des pièces de monnaie, des objets de valeur, tout ce que je pouvais trouver.

— J'ai volé pour survivre, moi aussi, répond Nola. Avez-vous tué ?

— Oui.

J'ai jeté des torches sur des tas de paille, j'ai fracassé la tête d'un garçon de seize ans, qui voulait se battre avec un malheureux tisonnier. J'ai fait ce qu'on attendait de moi, au milieu de la horde, comme un chien en meute. J'en ai des frissons d'écœurement.

Mais j'ai sauvé Gloutonne. J'essaie désespérément de me raccrocher à cette idée.

— Je n'ai pas tué d'enfants.

Les Skaviens avaient massacré des gosses quand ils avaient pris Hommayad, ma ville natale.

— Et les femmes, Jal ? dit-elle presque en criant. Les femmes des places conquises. Les avez-vous forcées ? Les avez-vous soumises ?

— *Jamais !*

Elle se recule. Je lui fais peur.

— Ne criez pas, vous allez réveiller tout le village.

Les autres soldats de la compagnie se sont assez payé ma tête pour ça : je n'ai forcé aucune femme. J'étais le seul du régiment. Le regard de Gloutonne m'en a toujours empêché.

— Pas les enfants et pas les femmes.

Elle lève un peu plus haut la lanterne, scrute mon visage pour essayer d'y détecter le mensonge, puis je vois ses épaules se décrisper quand elle m'adresse un sourire fatigué.

— Je pense que je vous crois, Jal. J'avais besoin de le savoir.

Chapitre 13

Nous remontons en silence une ruelle boueuse et l'averse nous surprend au niveau de la margelle du puits. Un chat file se mettre à l'abri sous un auvent et, sur les bords des maisons, les tonneaux de pluie se remplissent en glougloutant. L'eau qui tombe du ciel est noire, gorgée de cendres. Demain, des flaques grisâtres s'étaleront dans la boue, des rigoles sombres couleront sous nos pieds. Elles nous rappelleront qu'à quelques lieues de ce petit paradis toute la plaine est morte et brûlée.

La maison qu'on m'a donnée est une des premières fermes à l'entrée du village. Dans la cour déserte, un piquet abandonné montre qu'un chien devait monter la garde ici. C'est une petite maison basse écrasée sous un toit de lauzes, les murs sont de la teinte grise du granit. Elle me fait penser à ces paysans qu'on croise sur le bord des chemins, costauds, rustiques, qui ont l'air aussi solides que la montagne.

Nola pousse le battant d'un coup d'épaule. Le visage de saint Othin, le moine-guerrier, est grossièrement gravé dans le bois en guise de protection contre le malheur. La lanterne éclaire une pièce presque vide, nettoyée de fond en comble. Le sol est en terre battue, mais il est sec. Un lit avec un matelas de paille fait face à une table de guingois sur laquelle on a posé des draps et mes vêtements pliés ; il y a aussi quelques ustensiles de cuisine autour d'une cheminée où quelqu'un a empilé du bois.

— Il est glacial, ton pays, dis-je en frissonnant.

Nola soupire en posant la lanterne sur la table.

— Je suis née au bord des lagons devant une mer bleu turquoise… Ce n'est pas mon pays, vous savez.

Elle se penche sur la cheminée et attrape une pierre à briquet posée à côté des bûches.

— Je vais vous allumer un bon feu et ôter votre chemise trempée, je dois refaire vos pansements.

La cheminée tire bien malgré son aspect grossier. Je rapproche le lit pour le placer juste devant et je laisse Nola m'enlever ma chemise sans protester. Elle défait mes bandages et inspecte mes blessures à la lueur de la lanterne, accroupie devant moi, me chatouillant avec ses cheveux. Je dois étouffer une bouffée de désir. Elle porte une robe violette à lacets, trop petite pour elle, et toujours cette odeur de lavande qui a bien failli nous faire tuer ce matin.

— Alors ?

— Les effets de l'herbe-de-prince sont stupéfiants. Vos plaies sont presque entièrement cicatrisées, je ne sais même pas si un nouveau bandage sera nécessaire.

— Alors, c'est la dernière fois que tes douces mains de femme me palpent le torse ? dis-je avec une œillade appuyée. Ça va me manquer, Nola, tu sais.

Elle m'allonge sur le lit, impassible, et commence à tirer mon pantalon vers le bas pour inspecter les blessures aux jambes. Mes bijoux de famille se retrouvent à l'air. Eh, vas-y doucement, Nola ! Je n'ai pas gardé tout ce matériel intact sur le champ de bataille pour qu'il soit mis à mal aujourd'hui. Elle redresse le buste.

— Ah non, lui dis-je, tu ne vas pas encore m'attacher au lit !

— Bien sûr que non.

Elle continue de tirer mon pantalon par petits à-coups réguliers. Je déglutis en constatant que ma verge, molle au départ, l'est de moins en moins à mesure qu'elle s'acharne sur les plis en dessous des genoux.

Je commence à m'inquiéter.

Elle jette à peine un regard à mes blessures aux jambes, qui sont d'ailleurs complètement cicatrisées. Elle roule en boule mes vêtements, qu'elle jette au bas du lit. Puis elle s'approche de moi et empoigne mon sexe à pleine main. Je m'étrangle de surprise, mais ça ne lui fait ni chaud ni froid. Elle commence un mouvement de va-et-vient qui a tôt fait de me durcir complètement.

— Nola, je… je…

— Chut, fait-elle.

Elle se lève soudain et, avec des gestes adroits, défait les liens de sa robe, qu'elle ôte d'un geste fluide et plie derrière elle. Alors elle s'avance, entièrement nue. Avec un sourire engageant, elle monte sur mon lit, m'enjambe et s'accroupit lentement sur moi.

Je ne sais pas comment réagir, j'ose à peine poser mes mains sur ses hanches en mouvement. C'est la première fois que je possède une femme depuis très, très longtemps ; les sensations, les odeurs m'étourdissent les sens. Sa peau est chaude et douce. Je sens ses longs cheveux me caresser le cou quand elle incline le buste. Je fais tout mon possible pour ne pas exploser, la face rougie et le cœur battant, les yeux fixés sur sa poitrine généreuse juste sous mon nez. Je sens très vite monter en moi une immense vague de chaleur qui me fait hoqueter de plaisir. Et, incapable de me retenir plus longtemps, je me laisse submerger par la jouissance, oubliant pendant un instant la douleur, la tristesse et le désespoir.

— Et voilà, fait-elle. Je reviendrai demain.

Un peu essoufflée par l'effort, elle cesse ses mouvements du bassin et se retire. Puis elle commence à se rhabiller en évitant mon regard.

Quoi ? C'est tout ?

Pas un baiser ? Pas une caresse ?

Et puis je comprends tout à coup.

— Tu n'en avais pas envie, c'est ça ? Quelqu'un t'a demandé de le faire. Attends… Laisse-moi deviner : c'est dame Rikken qui t'a payée pour ça ?

Est-ce que c'était encore un de ses plans pour me retenir ici ?

— Je ne suis qu'une apprentie, maître Svenning ne nous donne pas assez pour que nous puissions manger à notre faim, Paol et moi. Alors il m'arrive parfois de coucher avec des hommes pour de l'argent.

Elle ajoute aussitôt :

— Mais seulement avec ceux qui me plaisent. Si vous aviez fait de mauvaises choses dans votre vie de soldat, je n'aurais pas pu.

Je la regarde rajuster sa robe et je me sens trompé, floué, comme si elle m'avait volé quelque chose au lieu de me le donner.

Elle suspend soudain ses gestes et se tourne vers moi. Je lis l'incompréhension sur son visage. Elle se penche et murmure :

— Vous n'êtes pas… satisfait ?

Je secoue la tête et au coin de mes paupières, des larmes grossissent et roulent sur mes joues malgré moi. Sacrées foutues larmes qui coulent tout le temps.

Alors je me redresse et pose mes mains sur elle. Je touche ses cheveux étranges, légers comme de la soie, je sens sa peau frémir à mon contact.

— Que voulez-vous ?

Je la serre contre moi, fort, à m'étourdir de son odeur.

Ce que je veux? Je ne sais pas. Quelque chose de plus que cela. De plus doux, de plus fort.

— Ce n'était pas suffisant?

Non, Nola. C'était à côté de la plaque. D'une main sur son épaule, je l'allonge doucement sur le lit et elle se laisse faire, un peu crispée. Je soulève sa robe et découvre son sexe.

— Non! crie-t-elle en essayant de se redresser, complètement paniquée.

Je la couche de nouveau sur le matelas, avec un peu moins de ménagement cette fois. Puis je dépose un baiser sur son genou et je remonte très lentement, très doucement. Nola se fait violence pour ne pas me repousser. Elle qui m'a ouvert ses cuisses avec le sourire, elle se retrouve arc-boutée contre moi dès que ma bouche s'approche de son entrejambe. Je lui dis alors la seule chose qui peut l'aider:

— Il n'y a que de cette façon que je serai satisfait.

Elle s'apaise aussitôt. C'est une exigence du client: elle doit se plier à mes caprices d'homme et ça, elle a appris à le faire depuis longtemps. On ne lui avait peut-être jamais demandé celui-là. Et alors? Les hommes ont tous leurs marottes. Elle se détend, se détache de la scène, s'évade loin d'ici. De ce village, de cette maison, de ma bouche qui se pose sur elle et de ma langue qui explore cet endroit de son corps qu'elle a presque oublié elle-même.

Je ne sens rien au début. Pas le moindre signe. Pas le plus petit frémissement. Mais le temps est mon allié, je le laisse s'écouler sans me décourager. Alors quelque chose commence à fondre en elle, très lentement. Est-ce un effet de cette magie qui serait en moi? Bientôt, les muscles de Nola se contractent légèrement malgré elle, sa respiration se fait plus lourde, plus rapide, son ventre se soulève une première fois. Mal à l'aise, elle réprime des mouvements involontaires, elle tente de retrouver le contrôle. Ma langue se fait vive, impertinente, et soudain elle ne peut plus ignorer ce qui se passe en elle.

Elle se cabre et essaie de se redresser dans le lit, mais je ne m'arrête pas pour autant. Elle reste là un instant, la bouche ouverte, haletante, un gémissement aux lèvres. Puis ses cheveux d'Alfing s'illuminent comme un soleil, par pulsations, de plus en plus fort. Elle pousse un cri. Les murs gris de la vieille ferme s'embrasent de rouge et d'or jusqu'à ce que tout s'éteigne d'un seul coup, y compris la flamme de la lanterne sur la table.

— Jal ! hurle-t-elle.

Elle me repousse violemment.

— Qu'est-ce que vous m'avez fait ? Qu'est-ce que… qu'est-ce que c'était ?

— Les femmes aussi peuvent éprouver du plaisir. Tu ne le savais pas ?

Pendant un moment, elle garde le silence.

— Menteur !

Je sens ses mains m'agripper par les cheveux. Elle qui m'a toujours soigné avec douceur, elle me secoue la tête dans tous les sens.

— Pourquoi m'avez-vous fait cela ?

— Pour que tu saches que ça existe !

J'agrippe un de ses poignets et le serre jusqu'à lui faire mal.

— Nola, écoute-moi. Toi et moi, on est pareils, on est des enfants de la guerre, tous les deux. Des survivants, des déracinés ! On nous a brisés, on a fait de nous des esclaves, on a détruit notre enfance. Tout le monde se sert de nous : les Guerriers-Mages, les capitaines, les dames Rikken. Eh bien, moi, je dis qu'ils peuvent aller brûler en enfer ! Je suis Jal, c'est moi qui ai choisi mon nom, c'est moi qui choisirai ma vie et ce que je veux en faire ! Fais comme moi ! Toi aussi, tu peux choisir ta vie !

Je m'arrête de crier. J'entends ses sanglots et ses reniflements dans le noir. Je reprends la parole, doucement, presque en chuchotant :

— Dame Rikken t'a peut-être payée, Nola, mais tu n'es pas obligée de faire ce que te dit cette femme. Empoche son argent et ne reviens pas me voir demain. Trouve-toi un amant, construis-toi une vie.

Je lâche son poignet. Je la laisse reprendre son souffle, réfléchir, se calmer. Je crois que c'est plus facile pour elle dans le noir.

— Toutes les femmes le savent ? fait-elle au bout d'un long moment, d'une toute petite voix.

Je ne réponds pas.

— C'était… merveilleux.

Ses doigts caressent ma joue. Elle renifle encore une fois.

— On m'avait déjà offert des bijoux, vous savez ? Et même des poèmes ! Mais ce que vous avez fait, c'est le plus beau cadeau qu'on m'ait jamais donné.

Elle dépose un baiser silencieux dans mes cheveux.

Chapitre 14

Elle rallume la lanterne et rajuste sa robe. Je l'arrête d'une main sur son bras.

— Tu ne risques pas de… tu sais… de tomber enceinte ?

Un sourire d'une infinie tristesse assombrit son visage.

— C'est peu probable. Je suis une Alfing et vous êtes un humain. Je ne sais pas si j'aurai un jour un bébé.

La porte racle un peu à son passage quand elle s'en va, la pluie continue de battre le sol au-dehors.

« La femme est comme un monstre tapi au creux de chaque homme. Jouis d'elle, soumets-la, mais… »

La ferme, Maître Hokoun ! Du balai ! Du vent ! Hors de ma tête !

Et, pour une fois, la voix du vieux Maître s'éteint et disparaît. Je la guette un moment, je l'attends, je l'appelle presque. Mais non, rien, le silence absolu.

J'éclate de rire et je donne un coup de poing dans le matelas. Je peux lui fermer son clapet ! Je suis plus fort que lui !

— Nola !

Je bondis hors de mon lit et rouvre la porte. La nuit est noire comme de l'encre.

— Je vais à Tamis-la-Grande ! Je peux vous emmener, Paol et toi !

Grand Hulan m'aurait fait la morale : oui, je sais, je ne devrais pas. C'est stupide de m'encombrer d'une fille et d'un gosse. Mais c'est plus fort que moi, je me fais toujours avoir par les gentils. Ils me touchent, c'est comme ça.

— C'est vrai ? Vous allez abandonner le village ? répond sa voix étouffée dans l'obscurité.

Sa réponse me cloue sur place.

— Mais… évidemment ! Tu ne crois quand même pas que je vais rester ? Il y a le Vieux Dragon et toute son armée dehors !

— Dame Rikken pense que vous pouvez nous sauver.

— C'est une folle, elle s'est fourré dans le crâne que j'étais un Guerrier-Mage ! Je ne peux rien faire pour les Skaviens, je peux juste vous sauver, Paol et toi.

Pendant un moment, je n'entends plus que le bruit de la pluie.

— Je ne partirai pas, Jal, répond-elle finalement. Ma ville a été détruite, je n'ai plus d'autre foyer que cette vallée, maintenant. Ils… ils ont leurs défauts, mais ces gens sont gentils, vous savez.

— Gentils, gentils ! Pour toi, tout le monde est gentil, Nola !

J'attends longtemps une réponse, mais en vain. Elle ne revient pas.

Je referme la porte, un peu plus triste et déçu que je n'aurais pensé.

— Tant pis pour elle, j'aurai essayé. Allez, Gloutonne, sors de ta cachette et allons-nous-en d'ici.

Ça fait du bien d'enfiler de nouveau mes vieux vêtements de voyage. Ma livrée bleue de soldat ne me manquera pas, je vais la laisser pourrir ici. Mais je me sens chez moi dans ma vieille tunique et dans ma cuirasse de cuir bouilli, comme un escargot dans sa coquille.

— Prête pour un nouveau voyage dans le sac, Gloutonne ? Je t'emmène mener la grande vie, ma belle. Une promesse est une promesse !

Elle me répond par un petit cri aigu. Son museau dépasse de mes affaires de voyage. Elle a dû nous regarder tout à l'heure, Nola et moi, cette petite curieuse.

Il s'agit de ne pas traîner au village. Dame Rikken est rusée, elle est capable de me mettre des bâtons dans les roues. En partant en pleine nuit, je prends le risque de casser une des jambes du cheval, mais, si j'en crois mon instinct, j'éviterai aussi pas mal d'ennuis.

Les yeux noirs de Gloutonne brillent à la lueur de la lanterne. Elle secoue lentement la tête de droite à gauche.

— Comment ça, « non » ? Allez, rentre là-dedans !

Elle s'extrait du sac d'un bond et trottine sur le sol de terre battue sans me lâcher du regard.

— Quoi, tu voudrais rester ici, c'est ça ? Tu oublies qu'il y a une armée à une journée de marche d'ici, ma vieille.

Je tends le bras pour l'attraper. Mais elle m'esquive et se met à courir dans la petite pièce, je la poursuis à grands cris jusqu'à ce qu'elle franchisse le seuil et disparaisse dans la nuit.

Sacrée tête de bois ! Comment je peux rattraper un écureuil, moi ?

Je vais tricher.

Je m'assieds en tailleur sur le sol, tournant le dos à la porte ouverte. Puis je commence à chantonner doucement.

Dors, mon petit,
Dehors, c'est la pluie.
Dors, mon enfant,
Maman t'attend.

Je chante un peu plus fort, ferme les yeux, ouvre les bras pour qu'elle vienne s'y blottir. J'aperçois une petite forme rousse à la périphérie de mon champ de vision, qui rentre dans la maison et trottine prudemment à bonne distance de moi.

Dehors, c'est la guerre,
Dehors, c'est l'enfer,
Dors, mon enfant,
Papa t'attend.

Et à « papa », je sens une petite boule de poils toute mouillée qui se love entre mes jambes, puis au chaud contre mon ventre.

— C'est bien, ma Gloutonne, c'est bien, dis-je d'une voix rassurante.

Je la caresse de la main, une fois, deux fois. Puis mes doigts se referment avec une poigne de fer sur sa nuque, à l'endroit où je sais que ça ne lui fait pas mal.

— Et maintenant fini la rigolade, tête de mule !

Je la fourre tout au fond du sac, au milieu des affaires de voyage. Je plaque ma couverture par-dessus. Puis je serre les cordons à les faire craquer, les dents serrées, les doigts crispés, et je passe mon sac sur mon dos.

J'entends ses couinements étouffés, je la sens remuer dans tous les sens sous le cuir.

— Je sais, je sais… La chanson, c'était pas loyal.

Couinements furieux, grattements, remue-ménage au fond du sac.

— Mais il faut vraiment qu'on parte, tu comprends ? Tu sais bien que je ne peux rien faire pour les Skaviens. Ni moi ni personne.

Je passe le sac sur mes épaules.

— Je t'ai promis qu'on trouverait le *passàda*, toi et moi, un endroit loin de la guerre. Un endroit qui ne sait même pas ce que c'est que la guerre. On sera bien, tous les deux, il n'y aura personne pour nous donner des ordres ! Je te montrerai les roses rouges du jardin royal. Il y a des fontaines, des champs de fleurs !

Mais Gloutonne continue de faire tout un tapage.

— Tu auras vite oublié cette vallée, va. Tu vas adorer Tamis-la-Grande.

Ce n'est qu'une gamine. Moi, je sais ce qui est bon pour nous.

Chapitre 15

À côté de la maison, il y a un appentis, où j'ai attaché le cheval d'un des mercenaires. Les fontes sont bourrées de pain de guerre et j'ai rempli mes deux outres.

Gloutonne continue à donner des coups dans le sac et à couiner de toutes ses forces. Je serre les poings et refoule les larmes qui me montent aux yeux. Je dois être fort.

« Les sentiments du guerrier sont comme des bêtes sauvages qu'il faut dresser par la force. »

Foutresaint ! Le revoilà dans ma tête !

« Apprends à utiliser ceux qui te rendront plus fort, Koom, et à étouffer impitoyablement tous les autres. »

— Bon Dieu, Gloutonne, tu ne te souviens pas de la plaine de cendres ? Hein ? Et de l'armée qui campe à une journée d'ici, *notre* armée ? Tu connais le Vieux Dragon, ce village, il faut l'oublier. C'est comme s'il était déjà en cendres !

Il pleut toujours à torrents. Ce n'est jamais une partie de plaisir de chevaucher sous l'averse, mais la pluie étouffe les bruits, ce qui n'est pas un mal.

La seule chose qu'elle n'étouffe pas, ce sont les cris perçants de Gloutonne, qui me déchirent les entrailles.

Il fait tellement noir que je suis obligé d'allumer la lanterne et de la tenir à bout de bras pour avancer. L'eau crépite sur le verre noirci qui se met à fumer, la petite flamme à l'intérieur vacille sous le vent et crachote quand une gouttelette tombe sur la mèche. Foutu pays skavien, il pleut même en plein été.

J'essaie de me diriger dans cette poisse, malgré l'eau qui me dégouline sur les cheveux et dans les yeux. La forme sombre du moulin ressemble à un vieux colosse endormi, j'entends le clapotis de l'eau sur les pales, le bruit sourd du courant.

Plus loin, le cheval renâcle en arrivant sur un petit pont couvert de mousse ; il n'aime pas avancer dans le noir, et je dois lui donner des coups dans les flancs. Un de ses sabots glisse soudain sur le bois humide, il hennit et se cabre.

— Foutresaint !

Je lâche la lanterne et tire sur les rênes pour reprendre le contrôle. Une chance : elle tombe sur de la mousse et le verre ne se casse pas. Je redescends sur le pont, la ramasse et perds un bon moment à la rallumer.

— Abruti de cheval, tu m'as foutu la trouille.

La jument me répond par un hennissement étouffé. Peu importe que les éléments soient contre moi. Je vais franchir la passe. Je ne m'arrêterai pas avant d'être dans la plaine de cendres, au milieu des troncs noircis.

Il me faut un long moment avant d'arriver au bout de la vallée. J'ai perdu le sentier sous les arbres, je n'arrive même plus à distinguer le sol sous les sabots de mon cheval. Ça sent l'humus et les sous-bois, surtout sous cette pluie. Au bout d'un long moment, à travers le feuillage des chênes, je distingue enfin la masse sombre de la barrière de roc : l'endroit où les cavaliers nous avaient rattrapés.

Les corps de Petit Joss et de Grand Hulan doivent reposer quelque part sous un tas de terre. Je fais une prière pour le salut de leurs âmes. Petit Joss ne me manque pas vraiment, je le connaissais à peine. Grand Hulan, si : c'était une brute, mais il avait du cœur. Ça ne faisait même pas deux semaines qu'on se connaissait, mais je regrette qu'il soit mort.

C'est en arrivant dans le défilé rocheux, sous la voûte de branchages, que le silence me frappe. Bien sûr, il y a le son des sabots qui se répercute contre la pierre, le souffle du cheval et le bruit de l'eau dégoulinant sur le sol… Mais je n'entends plus Gloutonne.

J'ai un mauvais pressentiment. Je tire sur la bride et descends.

Calme. Garder son calme.

— Gloutonne ?

Je ne la sens plus remuer dans mon dos.

Je pose la lanterne à côté de moi. La panique me monte à la tête, lentement, sûrement. J'ouvre les cordons du sac et plonge la main dedans. Je vide rageusement tout le contenu au sol.

Le paquet de pain de guerre s'étale en répandant une pluie de miettes, puis je fous dehors la couverture, la statuette en or, les aiguilles, la torche enveloppée dans un chiffon, le paquet de cartes, la pierre à aiguiser… Saletés de vieilleries puantes ! J'envoie tout valdinguer à coups de pied, je cogne du poing dans les buissons à m'en faire saigner les jointures.

Gloutonne a taillé un trou au fond du sac à coups de dents.

— Gloutonne !

Je laisse tout derrière moi et je cours en sens inverse, la lanterne à la main. À la sortie du défilé, quand je quitte la voûte de branchages, la pluie me frappe le visage.

Alors des images me reviennent, fulgurantes : ici, à cet endroit exact, je tenais Grand Hulan contre moi. Bon sang, je m'en souviens, maintenant. Il avait une flèche dans la jambe et il boitait. Les quinze cavaliers du général avaient mis pied à terre et ils étaient juste derrière nous.

Je n'ai jamais laissé tomber Grand Hulan : il s'est pris une seconde flèche dans la gorge, c'était fini pour lui, il s'est effondré dans mes bras. Alors j'ai couru, couru, sans me retourner.

J'ai entendu Petit Joss hurler quelque part devant, et moi, j'ai senti un choc dans mon sac à dos. C'était une flèche qui se plantait dans le cuir, là où j'avais caché Gloutonne.

Je me suis plaqué au sol, j'ai ouvert le sac et je l'ai trouvée, indemne, elle m'a sauté dans les bras. Et puis un trait de feu a traversé mon bras : une autre flèche. Les soldats ne cherchaient pas l'affrontement direct, ils continuaient à me tirer dessus.

J'ai hurlé à Gloutonne de s'enfuir, de grimper à un arbre, de se faufiler dans les buissons, mais elle a refusé. Alors j'ai senti quelque chose d'étrange et de puissant affluer en moi, une force, un courage, comme une vague. Je n'étais pas seul, j'étais avec Gloutonne, il y avait comme un trait d'union entre nous : cette gamine et moi, ensemble au combat, nos âmes mêlées.

Je me suis retourné contre les cavaliers, l'épée à la main. Dame Rikken avait raison, c'était sûrement une forme de magie. Il faut plus de compagnons pour faire un cercle complet, mais à ce qu'on dit, deux esprits réunis suffisent déjà à accroître la force et les réflexes du Guerrier-Mage.

Je me souviens d'avoir tranché en deux une flèche au vol avec mon épée : un coup impossible à réussir. J'ai hurlé et je me suis rué sur eux. Des coups, précis, puissants, enchaînés à une vitesse surhumaine, un vrai massacre. J'ai eu à peine le temps de reprendre mon souffle qu'ils étaient déjà tous morts.

Je retrouve les traces du combat : ici, un buisson d'églantier couché ; là, une entaille dans le tronc d'un chêne. J'avais tranché le bras d'un soldat, ma lame s'était enfoncée dans le bois.

Quand tout a été fini, la magie est retombée. Mais la flèche était toujours fichée dans mon bras. Ma gorge était remplie de sang, mes jambes tailladées. Et puis j'ai vu que j'avais une lance fichée dans le flanc, que j'étais foutu. J'ai fait deux ou trois pas, j'ai dit quelques mots à Gloutonne... Je lui ai dit de redevenir humaine, de se trouver un nouvel ami plus fort que moi, qui tienne mieux ses promesses. Et je me suis écroulé.

Bon Dieu. C'est dame Rikken qui avait raison : j'ai le pouvoir d'un Guerrier-Mage en moi.

Je suis un de ces salopards. Aussi pourri, aussi dingue que le Vieux Dragon en personne. Oh oui, je suis le digne fils adoptif de Maître Hokoun... J'ai envie de vomir.

La pluie a nettoyé le sang à cet endroit.

Les corps des soldats ont disparu. À la place, il y a un grand tas de terre, où un javelot a été planté. Les villageois ont gravé des symboles religieux sur le manche. Je m'avance d'un pas, la lanterne à la main, et c'est à ce moment que je la vois, debout devant moi.

Je la reconnais aussitôt.

Ses yeux noirs, ses lèvres serrées, son petit visage farouche. En deux ans, elle a grandi tout en longueur. C'est une petite fille de neuf ou dix ans maintenant, presque une jeune femme. Elle est nue et maigre à faire peur. Ses cheveux battus par la pluie sont tellement longs qu'ils lui descendent jusqu'aux pieds, tellement sales qu'on reconnaît à peine leur couleur rousse.

Je reste bouche bée, les yeux écarquillés.

Elle a enfin repris forme humaine.

— Gloutonne !

Ce nom que je lui ai donné... Stupide : elle est fine comme une tige de roseau, on lui voit les côtes.

— Qu'est-ce que... Comment tu...

Les mots restent bloqués dans ma gorge.

C'est un miracle.

— Pourquoi maintenant ?

Au lieu de répondre, elle cligne des yeux et lève les bras au-dessus d'elle.

— C'est grâce aux arbres, c'est ça ?

Elle secoue la tête et fait un geste plus large, tourne sur elle-même comme une danseuse.

— Grâce à toute cette forêt ?

« Non, non, non », dit-elle de la tête. D'un air furieux, elle jette les mains en l'air, pointe le doigt vers le nord, le sud, l'est et l'ouest.

— Grâce à... toute cette vallée ? Parce qu'elle est intacte ? Parce qu'elle n'a jamais été touchée par la guerre ?

Son visage s'adoucit, elle penche la tête et fait « oui » du menton, d'un petit geste timide. Je lui ai toujours promis un endroit pour vivre, elle et moi, loin de la guerre. Un endroit qui ne sait même pas ce que c'est que la guerre. *Passàda* : le « paradis ».

— Mais, Gloutonne, ce n'est pas ça, le *passàda*... Tu sais bien que tout va brûler, ici !

— Jal..., dit-elle d'une voix rauque.

C'est sa première parole depuis deux ans : mon nom. Celui que je me suis choisi.

— Gloutonne... aime... Jal...

Les mots sont heurtés, comme si elle avait la bouche remplie de cailloux, comme si sa propre bouche lui était devenue étrangère. Elle doit les cracher un à un, avec effort, en me suppliant de ses yeux brillants. Les larmes roulent sur ses joues et sa bouche articule des sons inaudibles. Elle pointe l'index vers le bas.

— Gloutonne rester... Plus envie fuir. Jal partir...

Quoi, elle voudrait me laisser tout seul ? Avec mes crises, mes cauchemars, toute cette folie de sang et de meurtre qui ne demande qu'à prendre le contrôle en moi ?

— Ce sont des Skaviens, des pourritures de Skaviens ! Comment est-ce que tu pourrais vivre avec ces gens ?

Elle cherche ses mots, sa bouche se tord dans un effort pour parler, pour articuler :

— Eux... sauver Jal.

Ça y est, elle me fait le coup du bien et du mal. Le pacte entre elle et moi : me dire quand je passe la limite. M'aider à lutter contre la voix de Maître Hokoun.

« Tu ne dois rien à personne. Famille, respect, devoir, honneur ! Ce sont des paroles creuses, des chaînes d'esclave. Tu dois t'en affranchir Dal Koom, si tu veux devenir un véritable guerrier. »

Sa voix me fait bouillir de rage. Je ne dois rien à personne, hein ? Ces gens m'ont sauvé la vie ! Paol ! Rikken ! Nola ! Et si je restais ? Et si je les aidais à mon tour ?

« Le guerrier avisé n'engage le combat que s'il est certain d'obtenir la victoire, mon fils. Seul un idiot affronte un ennemi au moment et à l'endroit où il est sûr d'être vaincu. »

Allez en enfer, Maître Hokoun ! Je ne serai jamais comme vous ! Le nom que vous m'avez donné, je l'ai changé. Maintenant, je suis Jal, celui-qui-ose.

— Jal trouver son *passàda*. Jal... être fort, maintenant, dit Gloutonne en faisant un sourire.

Elle a raison. Je jette un coup d'œil au tas de terre derrière moi. J'ai tué quinze hommes à moi tout seul. Pendant ces deux années de guerres, je n'avais jamais découvert ce pouvoir en moi. Pourquoi maintenant ? Pourquoi ici ? J'arrive à peine à y croire.

Je passe la main sur le visage de Gloutonne. Mes doigts glissent dans les courbes et les creux, éprouvent cette chair, cette peau humaine. Si je pars, elle meurt. Qu'est-ce qu'elle est pour moi ? Mon animal de compagnie ? Ma sœur de guerre ? Ma conscience ?

Avec ce pouvoir, je pourrais être riche, puissant. On me mettrait à la tête d'un régiment ou d'une armée, à brûler et à massacrer ce qui reste des six royaumes.

— Je ne veux pas devenir comme lui.

Elle me regarde sans comprendre.

— Je vais la défendre, cette vallée.

Ce village, ce moulin, ce torrent et même cette foutue forêt où j'ai failli crever.

Chapitre 16

À mon réveil dans ma nouvelle maison, le lendemain, je trouve Gloutonne roulée en boule à mes pieds, en train de ronfler doucement. Elle pue comme un bouc et elle est toujours toute nue, mais ses cheveux sont si longs qu'ils lui couvrent presque tout le corps.

Je la regarde un moment en silence. Qu'est-ce que je vais faire d'elle ? Je ne suis pas son père et je crois que j'ai rempli ma part du contrat, maintenant : elle est vivante, elle est guérie. Elle a même l'air heureuse.

À ce propos… Je me penche au bas du lit et trouve le petit carnet de cuir de Nola ouvert, avec mon encrier débouché et ma plume renversée.

Est-ce que j'ai eu des cauchemars, cette nuit ? Est-ce que j'ai écrit quelque chose ? Je ne m'en souviens absolument pas. Je sors du lit sans faire de bruit et jette un coup d'œil aux pages noircies du carnet : mon écriture est heurtée, irrégulière, avec des lignes qui s'entrecroisent par endroits. Ça me revient maintenant : j'ai vaguement le souvenir d'avoir rédigé quelque chose dans le noir complet, de peur que tout ne s'efface de ma tête le temps que j'aille allumer une bougie…

Voyons voir de quoi j'ai bien pu rêver.

« Maman avait beaucoup pleuré ce soir-là, elle faisait des efforts pour essayer de nous sourire à Sagal et à moi, mais elle n'y arrivait pas. C'était comme s'il n'y avait plus de sourires en elle, comme si elle les avait déjà tous dépensés et qu'il ne lui en restait plus un seul… »

Oh, nom de Dieu !

Je referme le carnet aussitôt.

Ce souvenir-là, je ne l'avais pas oublié. Pas totalement. C'est juste un très, très vieux souvenir, et je n'ai aucune envie de le revivre. J'attends un long moment, je me lève pour faire chauffer de l'eau, couper une tranche de pain. Et, pendant ce temps, le carnet posé par terre continue de me narguer. C'est comme s'il m'appelait, le salopard.

J'ai vraiment écrit ça ? Ces premières lignes ne ressemblent pas à un compte-rendu. C'est un récit, comme si une voix à l'intérieur de moi avait envie de raconter cette histoire à quelqu'un. À moi-même.

Je tourne autour du carnet un bon moment et puis je finis par l'ouvrir sur mes genoux.

« … Je lui ai demandé :

— Pourquoi il revient pas, papa ?

— Ne t'inquiète pas, mon chéri, m'a répondu maman.

Elle avait mis sa plus belle robe et son châle en soie d'Orient, comme si nous allions sortir.

— Papa va sûrement revenir, a dit Sagal.

Il était le meilleur grand frère du monde. Quand on entendait trop fort les hurlements des soldats sur les murailles, il m'emmenait dans la cave et il jouait de la musique avec sa mandoline. Il savait que j'adorais ça.

Ce soir-là, maman nous avait fait asseoir à table, elle avait mis nos couverts en argent et elle faisait cuire quelque chose sur le fourneau. Normalement, c'était la cuisinière qui s'occupait de faire à manger, et nous mangions en haut, sur la grande table. Pas dans la petite cuisine des domestiques. Mais, depuis deux semaines, les domestiques avaient disparu, et quand je demandais où ils étaient partis, on ne me répondait pas.

— Il y a quelque chose à manger ce soir, maman ?

La veille, il n'y avait rien eu. Et l'avant veille, juste quelques feuilles d'olivier bouillies, avec des racines.

Elle m'a répondu d'une voix bizarre, un peu trop aiguë :

— Je… j'ai trouvé quelque chose au marché, ce matin. Vous allez vous régaler, tous les deux.

Quand elle s'est tournée vers nous, j'ai cru que ce n'était pas ma mère. Dans ses boucles brunes, il y avait des cheveux blancs que je n'avais jamais vus avant, et sa peau n'était pas comme d'habitude. Plus jaune. Moins lisse. Comme si elle portait un masque de tristesse. Elle a pris un torchon et, les mains tremblantes, elle a posé un plat fumant sur la table. Il y avait quelque chose de vert à l'intérieur. Des plantes bouillies, un peu brûlées sur les bords.

Je lui ai dit :

— J'en veux pas. Ça sent pas bon.

Alors elle est devenue rouge, tout son visage s'est tordu. Elle m'a secoué par les épaules et a hurlé :

— Tu vas manger ton assiette jusqu'à la dernière miette ! Obéis à ta mère !

Elle a plongé la main directement dans le plat bouillant, elle en a pris une pleine poignée et elle me l'a fourrée dans la bouche. J'ai crié, j'ai essayé de recracher. C'était beaucoup trop chaud, et amer, avec un goût écœurant.

— Maman ! Non ! a crié Sagal.

Je crois qu'il avait deviné, lui, ce qu'il y avait dans le plat, et il avait l'air terrifié. Alors maman l'a regardé, elle a eu l'air complètement perdue et, soudain, elle a changé d'avis. Elle m'a crié : "Crache ! Crache ! N'avale pas ça, mon amour !" Elle m'a supplié de me rincer la bouche avec de l'eau. Et puis elle m'a serré contre elle à m'étouffer, en me demandant pardon. Moi, je pleurais et je n'arrêtais pas de dire : "C'est pas bon ! C'est pas bon !" »

Je reste un moment sans bouger, les doigts crispés sur le carnet. Immobile comme une statue. Quelle foutue idée d'écrire un compte-rendu de ces cauchemars. Qu'est-ce qui m'a pris d'écouter Nola ? Et de quoi elle se mêle, celle-là ?

C'est Gloutonne qui vient me tirer de mes pensées. Elle se lève, s'étire et pousse un petit cri ravi en me voyant. Puis elle fait un saut périlleux sur le lit, se retrouve les pieds au sol et me saute au cou pour frotter sa joue contre la mienne, comme elle le faisait quand elle était encore écureuil. Et, enfin, elle court à la porte et disparaît.

Je crois que c'est elle qui me donne le courage de lire la suite.

« Papa n'est jamais revenu à la maison. J'ai cessé de demander où il était. Je le savais, je suppose, avec cet instinct des enfants qui sentent le malheur.

Une nuit, un terrible coup de tonnerre a ébranlé toute la ville. Un des volets de la fenêtre a été arraché de ses gonds et nous avons vu qu'au-dehors il n'y avait pas d'orage. Le ciel noir était devenu rouge.

J'ai pleuré et j'ai crié. Puis il y a eu un grondement, et les murs de la maison ont tremblé sur leurs bases. Maman est venue nous chercher dans nos lits, une bougie à la main, et quand nous lui avons demandé ce qui se passait, elle a seulement répondu :

— Nous allons à la cave, les enfants. Sagal va nous jouer un air de mandoline. N'est-ce pas, Sagal ?

Il a fait "oui" de la tête, il a pris son instrument et nous avons descendu l'escalier de pierre jusqu'au rez-de-chaussée, puis jusqu'à la cave, où les murs étaient humides et froids. Maman était devant nous et c'est seulement quand nous sommes arrivés devant la porte que j'ai vu ce qu'elle tenait contre son ventre : c'était un couteau.

Les murs ont encore tremblé plusieurs fois, longtemps, et on a entendu quelque chose se briser là-haut. J'ai pensé que c'était le miroir du salon. Sagal a commencé à jouer et maman me parlait à l'oreille d'une voix très douce, elle n'arrêtait pas de me passer la main dans les cheveux et de me dire qu'elle m'aimait, elle répétait tout le temps : "Tout ira bien, mon amour, tout ira bien…"

Je ne sais pas combien de temps nous sommes restés ainsi. Toute la nuit, je suppose. Je me suis endormi dans ses bras, la tête pleine de la musique de Sagal. Et puis quelqu'un a frappé à la porte et a dit quelque chose que je n'ai pas compris. Ce n'étaient pas des mots de notre langue. Ma mère était très pâle, elle n'a pas ouvert, mais, derrière, quelqu'un a donné un coup et le verrou a sauté. Et tout à coup, ils étaient là : les Skaviens, les "Têtes jaunes". Ceux qui nous assiégeaient depuis des semaines.

Maman a baissé la tête et a lâché son couteau.

Ils nous ont fait monter à l'étage. Nous avons vu nos meubles renversés, nos affaires éparpillées sur le sol et des Skaviens partout, en train de voler nos chandeliers d'argent, nos bijoux. Il y en a même un qui a arraché à ma mère le médaillon qu'elle portait autour du cou. Deux d'entre eux nous ont fait sortir dans la rue, ils nous parlaient par gestes, en aboyant des ordres. Ils me terrifiaient, avec leurs yeux bleus cruels, leurs barbes couleur de paille et leur langage horrible. Ils empestaient la crasse et le sang ; l'un d'eux avait enfilé des doigts tranchés sur un cordon, qu'il portait autour de son cou comme des trophées. Le soleil n'était pas encore levé, mais, à l'est, le ciel était illuminé par l'incendie de l'université et de la bibliothèque du temple. On voyait quelques cadavres allongés dans la rue : nos voisins, par exemple, un petit homme très gentil, sa femme et leurs trois fillettes. Je n'ai jamais su pourquoi ils avaient été tués. Et, quand nous sommes passés sur l'avenue, j'ai vu qu'il y avait un grand trou dans la muraille, au niveau de la porte Hâyann, comme si un géant l'avait écrasée avec ses poings.

Les deux gardes nous ont fait avancer jusqu'à la grand-place du palais, où tous les habitants avaient déjà été rassemblés. Il n'y avait presque que des femmes et des enfants, et je ne voyais plus aucun soldat de notre armée.

Alors un grand Skavien avec une armure dorée a commencé à donner des ordres dans notre langue, avec un accent très fort. Il a demandé à tous les parents de faire sortir de la foule leurs enfants âgés de six à dix ans. Puis il a dit que des soldats passeraient

ensuite parmi les parents et que, s'ils en voyaient encore un seul, ils le tueraient sur place.
Maman nous a hurlé de la quitter. Je me suis accroché à sa robe, je ne voulais rien savoir. C'est Sagal qui m'a tiré, si fort que, quand je me suis retrouvé sur la place avec les autres enfants, j'avais encore un morceau de tissu entre les doigts… »

Je connais la suite. Pas exactement. Pas dans tous les détails. Mais je me souviens de la trahison – et la douleur est encore à vif dans ma mémoire. La trahison. C'est comme une braise qui continue de me brûler chaque jour de l'intérieur.

« … Les soldats Têtes jaunes nous ont classés par ordre d'âge et de taille. Ils ont pris Sagal par le bras et l'ont placé au premier rang, celui des enfants les plus grands. Moi, ils m'ont mis au second rang.
Un homme s'est avancé au milieu des Skaviens. Il portait une cape entièrement rouge et il était d'une beauté fascinante, glaciale, la beauté d'un dieu ; j'avais déjà vu des hommes habités par la magie, ils étaient toujours beaux, mais je n'en avais jamais vu aucun aussi flamboyant que lui. Je l'ai regardé, bouche bée, passer parmi nous. Il marchait d'un pas lent et dévisageait les enfants un par un, encadré par des soldats Têtes jaunes. Parfois, il s'arrêtait et pointait le doigt sur un garçon ou une fille, alors, deux hommes empoignaient l'enfant et lui passaient un bracelet en bois autour du poignet.
Il ne s'est pas arrêté pour moi. En fait, c'est à peine s'il m'a jeté un regard. Quand ils ont fini leur travail, ils ont ordonné aux enfants qui avaient été choisis

de se regrouper sur le côté. Alors Sagal s'est retourné et m'a empoigné par le bras. J'ai vu que lui, il avait reçu un de ces fameux bracelets.
Il m'a chuchoté :
— Mets-le, toi, vite ! Si tu as un bracelet au poignet, ils te laissent retrouver tes parents !
Je faisais confiance à mon frère. Il avait toujours été bon pour moi. Et j'avais tellement envie de retrouver maman.
— Mais toi, alors ?
— Je me débrouillerai, m'a-t-il répondu.
Il m'a donné son bracelet et je suis allé avec les enfants qui en portaient un. Nous étions douze.
Alors, le Skavien à l'armure dorée a repris la parole et il a dit aux enfants qui n'avaient pas reçu de bracelet qu'ils pouvaient rejoindre leurs parents. J'ai vu tous ces enfants courir vers la foule et leurs mères qui leur tendaient les bras. Mais nous, nous sommes restés. Je n'ai pas compris tout de suite. Je croyais qu'ils se trompaient. Sagal m'avait dit que je pourrais retrouver maman, non ? Je tenais encore le morceau de sa robe dans la main, je le serrais si fort que j'en avais mal aux doigts.
Puis j'ai vu l'homme à la cape rouge, à dix pas devant nous, avec son visage figé. Il n'a pas dit un mot. Il a fait un geste de la main et les Skaviens nous ont passé les fers aux pieds. J'ai crié, j'ai pleuré, j'ai hurlé qu'ils s'étaient trompés, que je devais retrouver ma mère, j'ai montré mon bracelet en bois bien haut pour qu'ils le voient et qu'ils me rendent à elle.
Mais ils ne m'ont pas écouté. Ils nous ont traînés de force jusqu'à une carriole sans fenêtres. Je me suis retourné et j'ai vu Sagal dans la foule, qui se tenait

tout droit à côté de maman. Et qui me regardait partir. J'ai crié son nom, je l'ai crié cent fois, à m'en briser la voix. Il ne m'a jamais répondu. »

Je revois encore Sagal ce jour-là. Son visage de menteur, fermé, impénétrable. Est-ce qu'il a bien ri quand il m'a vu partir ? Qu'est-ce qu'il a raconté à ma mère, ensuite ? L'immonde petit salopard. Et dire que c'était mon modèle, dire que je l'aimais…

C'est mon dernier souvenir avant le voile blanc. Après cette scène, c'est le vide. Le trou dans ma mémoire, le mur infranchissable.

Finalement, mes cauchemars n'ont servi à rien, ils m'ont seulement rappelé des choses que je savais déjà.

Je tourne quand même la page suivante, juste par curiosité. Et là, le cœur battant, je m'aperçois qu'il y a un quatrième récit. La main tremblante, j'aplatis la page et me plonge enfin dans ma vie oubliée.

« Les Têtes jaunes nous ont entassés dans la carriole, les douze enfants aux bracelets en bois, ils ont fermé la porte à clé, et nous sommes partis. C'est la dernière fois que j'ai vu ma mère, mon frère et Hommayad. Je ne sais pas combien de temps a duré le voyage. On ne pouvait pas distinguer les jours des nuits : il n'y avait pas de fenêtres, seulement de petits trous dans le plancher pour laisser passer un peu d'air. Nous devions faire nos besoins par terre et très vite, la carriole a commencé à puer. Au début, nous parlions entre nous, nous nous demandions où nous allions, ce qu'on allait faire de nous. Et puis les autres enfants se sont murés dans le silence l'un après l'autre. Trop de tristesse. Trop de fatigue. Trop de soif, surtout.

Parfois, nous nous arrêtions. Un clapet s'ouvrait par le haut et on nous jetait du pain, ou alors un jet d'eau se mettait à couler pour que nous puissions boire : sans doute un tonnelet que nos gardiens vidaient à l'aveugle. Nous nous battions pour avaler une goutte, pour grignoter un quignon. J'étais un des plus petits et je n'étais pas aussi fort que les grands.

Heureusement, il y avait un garçon que je connaissais : Reïdo, le fils d'un de nos domestiques, qui avait neuf ans. Il m'a défendu contre les autres et c'est grâce à lui si je ne suis pas mort de soif.

Finalement, la carriole s'est arrêtée. Quelqu'un a ouvert la porte, il faisait jour et j'ai eu les yeux brûlés par le soleil. Nous sommes sortis l'un après l'autre. J'étais si faible que les Skaviens ont dû me porter et me donner à boire.

Nous étions devant une plage et un canot nous attendait. Un navire était ancré non loin de là. Dans le canot, je nous ai comptés de nouveau : nous n'étions plus que onze. L'un de nous avait dû mourir pendant le voyage.

Une fois sur le bateau, on nous a enfermés dans la cale. Cela puait dix fois plus fort que dans la carriole. Des yeux brillants nous ont regardés entrer. Il y avait des dizaines d'enfants attachés sur des lits en bois superposés : des Sudiens, tous. Les lits étaient faits à leur taille, des lits d'enfant.

— Reste avec moi, m'a soufflé Reïdo.

Je lui ai demandé :

— Tu… tu crois qu'on va revoir nos parents ?

— Un jour. Un jour, on les reverra. Je te le promets. »

Je lis les mots sur le papier, mais c'est comme si c'était l'histoire de quelqu'un d'autre. Je ne me souviens de rien. Je vérifie que c'est bien mon écriture. De toute façon, je me souviens de Reïdo, le fils des domestiques. Qui d'autre que moi aurait pu connaître son nom ?

Je tourne les pages suivantes, mais c'est tout ce que j'ai écrit cette nuit. Est-ce qu'il y en aura d'autres ? Est-ce qu'il y a une logique dans ces cauchemars ? Un ordre ? Quelque chose à comprendre dans ce foutoir qu'est devenue ma tête ?

Je reprends à la page un et je relis mes notes de la veille, écrites dans l'église :

« Je suis torturé par des Skaviens. J'ai huit ans. Maître Hokoun porte un masque blanc. »

J'y trouve une partie de ma réponse. Non, il n'y aura pas que ces quatre-là. J'aurai d'autres cauchemars, ça ne fait que commencer…

Chapitre 17

Je ne m'étais pas trompé : la grande maison blanche à colonnades, sur la place, appartient à l'homme le plus riche de la ville.
Le Ka Adalbert, dame Rikken et le tout nouveau « capitaine Jal » : voilà une belle petite réunion au sommet. Ah, et j'oublie l'ange gardien du Ka : Aarik. C'est un gars costaud comme un bœuf, habillé en laquais, qui n'a pas prononcé un mot et qui reste debout derrière son maître en permanence. Je suppose que c'est le genre de bonhomme qu'on paie pour résoudre ses petits problèmes quand la voie de la diplomatie a échoué. Dettes impayées, contrats mal honorés, petits affronts personnels : un gars pour faire le sale boulot.

Le Ka Adalbert me regarde d'un œil méfiant, un verre en cristal à la main. Il porte un pourpoint en soie différent de la veille. Sa culotte serrée s'arrête aux genoux pour laisser place à des bas blancs et à des souliers de cuir. Devant une table basse en acajou, il a étalé un jeu d'échecs. Les Skaviens sont les blancs. Les Sudiens, les noirs.

Dame Rikken nous observe tous les deux, assise sur une chaise en bois précieux, touchant à sa boisson du bout des lèvres. Ses ongles sont sales, ses mains tachées de boue, elle porte toujours sa peau de loup et elle sent la sueur. Dégoûtante. Pourtant, depuis qu'elle est entrée, le Ka la dévore des yeux comme un enfant devant une confiserie qu'il ne pourra jamais se payer.

« Vermine noire »... Les petits mots doux du Ka à mon égard, prononcés dans mon dos, n'en finissent pas de tourner dans ma tête. Je ne pense plus qu'à ça en le regardant. Qu'est-ce que le vieux prêtre avait dit, encore ? Ah oui : « Gamin sans cervelle »...

Avec ses tapisseries d'un rouge criard, son salon me rappelle la maison d'un bourgeois de Hangorod. Je lui avais ouvert la gorge d'un coup d'épée. Rouge sur rouge : les giclées de sang sur ses tapisseries ne se remarquaient presque pas.

— Vous aurez tout ce qu'il vous faudra, capitaine Jal, me dit finalement le Ka. Je m'y engage.

Voilà que je suis devenu le « capitaine », maintenant. Sale hypocrite !

« *Il y a deux sortes d'ennemi, Dal Koom,* me susurre Maître Hokoun. *Il y a l'homme dressé devant toi, les armes à la main. Et il y a l'homme caché dans ton dos, le menteur, le traître. Traite avec les deux par le sang et par l'épée.* »

Je ressens une bouffée de haine pour le Ka, des images me viennent en tête : enfoncer mes pouces dans le cou de ce Skavien, sentir ses vertèbres craquer sous ma poigne... Calme-toi, Jal, tout doux. Je pose mes deux bottes crottées sur la table basse et réponds :

— Ouais, eh bien... il me faudra beaucoup.

— Pourriez-vous demander à votre... hum... jeune amie de descendre de là-haut, s'il vous plaît ? me demande le Ka. C'est assez fragile.

Gloutonne a conservé sa forme humaine depuis la nuit dernière. Dès qu'elle est entrée dans la pièce, elle a grimpé sur la table et sauté sur un gros lustre en bois couvert de verroteries. Depuis, elle se balance doucement et joue avec la lumière sur le verre taillé.

Elle a bien voulu se décrasser au ruisseau avec moi, mais, jusqu'ici, elle a refusé d'enfiler des vêtements. Elle me suit partout avec une démarche bizarre, pas tout à fait humaine ; elle ne peut pas s'empêcher de renifler partout, de pousser des couinements qui mettent les gens mal à l'aise. Je l'aurais bien fait attendre dehors, mais impossible de l'éloigner de moi.

Certains Skaviens ont chuchoté entre eux en la voyant, mais aucun ne m'a posé de question à son sujet, sans doute parce que je leur fais trop peur. Une fillette apparaît à mes côtés, sale, nue, avec les cheveux rouges… Ça doit encore être de la sorcellerie de Hattan, le démon aux yeux de braise, hein ? Alors je n'ai rien dit non plus. De toute façon, ils ne m'adressent pas la parole. Elle est là, maintenant, c'est tout, il va bien falloir qu'ils s'y fassent. Dame Rikken n'arrête pas de la regarder, je crois qu'elle attend son heure pour me demander des explications. Le Ka, lui, fait exactement l'inverse : il essaie de toutes ses forces de faire comme si elle n'existait pas.

— Gloutonne, viens donc par ici.

Avec un froncement de sourcils, elle bondit de son perchoir, se reçoit sur le tapis et se retrouve blottie à mes pieds. Une fois roulée en boule, elle jette des regards furtifs aux deux autres à travers ses cheveux longs.

— Ne t'inquiète pas, lui dis-je, ce sont des amis.

Je me tourne vers les Skaviens.

— N'est-ce pas ?

Une jolie servante en livrée s'avance avec un plateau d'argent pour resservir son maître, et Gloutonne la regarde passer en grondant. Je porte mon verre à mes lèvres. C'est fort et c'est sucré, sûrement de la bibine importée du Sud. La bouteille est couverte de poussière comme si le Ka l'avait conservée des années dans sa cave.

Je lance finalement :

— J'aurai quelques avantages sur les Ostérois. D'abord, vos villageois connaîtront mieux le terrain, ils auront même quelques jours pour le préparer. Ensuite, ils se battront pour leur vie, pour leurs femmes et leur terre. Enfin, ils auront l'avantage de la surprise, du moins au début…

— Eh bien, je me réjouis de tout cela, dit le Ka.

— Il n'y a pas de quoi : ça ne vaut pas un pet de lapin face à l'armée du Vieux Dragon. Il y a combien d'habitants, dans votre vallée ?

— Nous avons gagné quelques réfugiés récemment…, répond-il d'un ton sec.

Le « pet de lapin », il n'a pas apprécié.

— Je dirais que nous sommes environ trois cents.

Tant que ça ? Il doit y avoir des hameaux et des fermes isolées en dehors du village.

— Deux cent quatre-vingt-quatre, dit dame Rikken, en comptant les derniers arrivés : tu es le deux cent quatre-vingt-unième, Sudien. Et si l'on exclut les femmes, les vieillards et les enfants, nous avons presque quatre-vingts hommes valides – mais je compte aussi les ivrognes et les incapables.

— Vos femmes et vos enfants, j'en aurai besoin aussi.

— Vous êtes très jeune pour le rôle de capitaine. Avez-vous déjà… fait tout cela ? demande le Ka d'un air sceptique. Commander à des hommes, les entraîner, les galvaniser ?

— À votre avis ? J'ai vingt ans, je suis un simple soldat – et encore, j'ai déserté. Mais je suis le seul Guerrier-Mage que vous ayez sous la main, alors il va falloir faire avec moi.

— Nous verrons cela.

— Au fait, il me faudra aussi des armes, des armures et des casques.

Le Ka contemple mes bottes boueuses sur sa table basse, à un pouce de son jeu d'échecs, puis hoche la tête d'un air pincé.

— J'ai fait récupérer toutes les armes que portaient les soldats et les pillards qui ont été tués. Je ne vous propose pas mon magasin : vous n'y trouveriez pas de matériel de guerre, seulement quelques outils.

— J'aurai besoin des outils pour fortifier les accès à la vallée. Je ferai dresser un mur dans le défilé rocheux et, si l'ennemi m'en laisse le temps, je ferai aussi préparer des pièges.

Le Ka commence à bouillir sur son siège. Cette idée de boucher l'entrée de la vallée ne lui plaît pas, évidemment. C'est un commerçant et c'est par là qu'il faisait passer ses marchandises, il pense déjà à l'après-guerre…

— Je… comprends, dit-il. Si c'est absolument nécessaire, je mettrai peut-être des hommes à votre disposition.

Comme pour me montrer sa bonne volonté, il avance trois pions blancs sur son échiquier, l'un après l'autre, du bout du doigt, sur une même ligne.

— Oh non, tu ne comprends pas, marchand.

Je me lève et, d'un geste brusque, j'attire à moi toutes les pièces blanches à la fois puis j'en fais une armée compacte. Aarik, le garde du corps, fronce un sourcil et s'approche d'un pas. Il se demande sûrement s'il doit me flanquer dehors, mais comme son maître ne dit rien, il ne bronche pas.

— Ces hommes, c'est moi qui les prendrai. Je prendrai Aarik si j'ai besoin de lui, et je vous prendrai vous aussi, Ka, s'il le faut. Je me contrefous pas mal que vous soyez d'accord ou non. Un Guerrier-Mage légendaire et son armée sont à nos portes, alors voilà quels sont les termes du contrat : obéissez-moi et vous aurez une petite chance de rester en vie, refusez et nous sommes tous morts. C'est aussi simple que ça.

Cette vallée n'a déjà pas grand-chose à offrir, il va falloir que j'en presse le jus jusqu'à la dernière goutte.

— Pour les outils, je me servirai dans votre magasin, dans votre maison, je les arracherai aux fermes et aux granges, je démolirai le moulin s'il le faut. Je prendrai tout, j'aurai besoin de tout. Je veux chaque homme, chaque femme, chaque enfant au travail. Je veux chaque tête de bétail, chaque arbre, chaque pierre de cette vallée à mon service.

— Vous êtes un étranger ici, jeune homme. N'allez pas trop loin, répond le Ka, je vous préviens…

— Moi aussi, je vous préviens : il n'y a pas que moi qui serai concerné, ce sera l'enfer sur nos têtes à tous les trois. Vos paysans vont nous haïr. Ils souffriront à l'entraînement et sur les caillasses du mur… Ils voudront retourner à leur charrue, ils trouveront des prétextes pour échapper à mes corvées. Il y aura des révoltes, des violences. Dans mon dos, ils me traiteront de Sudien, d'étranger, de démon. Et vous ne serez pas épargnés, non plus, tous les deux.

Je me redresse et frappe du poing sur la table basse, si fort que les verres tressautent et que la bouteille manque de tomber par terre.

— Ce qu'il vous faut, c'est un tyran ! Un bourreau pour ceux qui refuseront la discipline !

Le Ka crispe les doigts sur les accoudoirs de son fauteuil. Je crois que j'ai dû crier. Il a une suée de trouille, malgré Aarik qui s'est rapproché dans son dos.

— Vous croyez pouvoir être cet homme ? À vingt ans ?

Je soupire.

— Je n'en sais rien.

En fait non, je ne crois pas. Mais je ne vais quand même pas l'avouer devant eux.

— En tout cas, rassurez-vous : cette période ne durera pas. Dès que le premier soldat ennemi pointera le bout de son casque, vos culs-terreux seront de nouveau doux comme des agneaux, ils se rassembleront autour de moi comme un bon petit troupeau autour de son berger.

— Et avec ces… méthodes, fait le Ka d'un ton sarcastique, pensez-vous vraiment réussir à vaincre toute l'armée du général Hast ?

Gloutonne éclate soudain d'un rire tonitruant qui secoue tout son corps par saccades. C'est un rire dérangeant, sauvage, à peine humain, qui la fait se rouler par terre pendant un long moment et s'achève dans un gargouillement.

— Ce que Gloutonne essaie de vous dire à sa façon, c'est que c'est totalement impossible. On a un raz-de-marée à nos portes et on n'a que quelques brins de paille pour l'arrêter.

Je regarde les pièces étalées sur l'échiquier.

— Les échecs, c'est une guerre de salon… Une vraie bataille, ça ne ressemble jamais à ces petites cases et à ces petites pièces bien propres. Deux camps de forces égales où chacun doit respecter les règles ? Foutaise ! Tous les coups sont permis et les batailles sont toujours inégales ! En fait, c'est exactement à ça que sert un bon capitaine : il s'acharne à faire en sorte que son camp soit plus fort que celui de son ennemi avant que le combat ne commence.

Je prends deux pions skaviens et, des deux mains, je repousse toutes les autres pièces blanches dans l'autre camp, où elles roulent et se mélangent aux noires :

— Deux pions contre le reste du monde, voilà à peu près le rapport de forces. Le Vieux Dragon est l'un des derniers grands Guerriers-Mages de ce monde, un des anciens, ceux dont le pouvoir est le plus fort. Aujourd'hui, je ne vois pas quel mage pourrait encore lui résister. Quant à ses soldats, ils sont huit mille, treize légions, tous des vétérans de la guerre du Hoggot. Ce ne sont pas des culs-terreux recrutés à la va-vite, oh non ! Les trois quarts d'entre eux sont de l'armée royale. Des soldats d'élite, bien équipés, triés sur le volet. Ils n'ont jamais connu la défaite depuis dix ans que l'Ostérie est entrée en guerre. En deux mois, ils ont mis en déroute trois armées skaviennes, y compris celle de votre roi qui était forte de douze mille hommes.

Je le sais, j'y étais.

— Et moi, de mon côté, j'alignerai quoi ? Quelques dizaines de paysans armés de piques ? Non, mon petit messire, on ne les vaincra pas.

— Dans ce cas, dit le Ka d'une voix sèche, que proposez-vous ?

— L'objectif du Vieux Dragon, c'est la cité de Hässlo. Sauf qu'elle est défendue par le Guerrier-Mage Jiefrid et son cercle de compagnons : ces gars-là sont tout sauf de la bleusaille. Le Vieux Dragon aura trop de fil à retordre là-bas pour venir en personne jusqu'ici. Tout ce que je peux espérer, c'est de saigner assez fort son armée pour qu'il renonce à cette vallée. Il ne pourra pas se permettre de perdre des centaines d'hommes dans un trou à rats sans valeur stratégique. Il voudra vos femmes pour ses bordels de campagne et vos hommes pour ses travaux de siège, il voudra vos arbres pour ses machines de guerre et, surtout, il voudra vos réserves de grain, parce que ses soldats vont bientôt commencer à crever de faim. Il sera prêt à payer un certain prix en hommes pour vous les arracher. Mon but, c'est de lui montrer que ce prix est au-dessus de ses moyens…

D'une pichenette, j'envoie rouler trois pions noirs.

— Je vous interdis de toucher encore une seule fois à ces pièces…, dit le Ka en me toisant d'un œil suspicieux.

Et il ajoute, vexé :

— Mon petit capitaine

« Ne cède rien à personne : pas un mot, pas un geste, pas un pouce de terrain. Au moindre signe de faiblesse que tu leur donnes, les chiens attaquent et te dévorent. Frappe le premier. Tue. Sois fort. Alors, c'est toi qu'ils craindront. »

Une folie de sang et de massacre s'empare de moi d'un seul coup, comme un flot qui emporte tout. Je me lève d'un bond et m'avance vers le Ka. Je sais où frapper pour faire sauter sa tête d'un seul coup d'épée. Mais quelque chose s'agrippe à mes pieds.

— Mmh ! Mmh ! fait Gloutonne enroulée comme un petit singe autour de ma jambe.

Je baisse les yeux et croise son regard implorant. Ma sœur de guerre ! Mon rempart contre la folie de Maître Hokoun ! Bon Dieu, qu'est-ce que j'allais faire ?

Quand je relève la tête, le Ka s'est levé de son siège et il est devenu livide. Aarik s'est placé devant lui et tient un poignard à la main.

Une force en moi me pousse à la haine, la voix du Maître m'incite au meurtre... J'avais presque oublié à quel point elle était dangereuse. Il me faut quelque chose, vite, tout de suite, un exutoire pour ne pas commettre le pire. D'un coup de pied, j'envoie valser la table à travers la pièce avec les verres, la bouteille et toutes les pièces de l'échiquier.

Le Ka contemple le carnage, bouche bée.

— Il y aura du dégât..., dis-je en guise d'explication. Vous m'avez promis votre or. Moi, je vous donnerai du sang et des ruines. Je n'ai rien de mieux à proposer.

Chapitre 18

Sur le pas de la porte, sous l'œil vide des dragons de pierre de l'escalier, dame Rikken me rattrape et me pose une main sur l'épaule.

— Bon Dieu, Jal, c'était quoi ça ?

J'ôte sa main d'un geste rageur et continue à marcher droit devant moi.

— Il va falloir m'expliquer.

— Quoi donc, Sudien ?

— Le Ka ! Toi ! Toute cette foutue réunion au sommet ! Qui est-ce qui commande ici ? Qui c'est, ce gars-là ?

Elle me jette un drôle de regard, trouble, inquiet.

— Un moment, j'ai cru que tu allais l'égorger sur place ! Le défier, c'était bien la chose la plus stupide que tu pouvais faire !

Et encore, j'ai bien failli le crever. Foutredieu, je ne sais pas ce qui s'est passé avec la voix de Maître Hokoun, mais il faut que je me contrôle.

— Il se paie ma tête ! Il me traite de « vermine noire » quand j'ai le dos tourné !

— Et alors ? Tous les villageois le font ! À toi de leur montrer qu'ils se trompent.

Elle ajoute en soupirant :

— Méfie-toi, le Ka te le fera payer tôt ou tard, et il est rusé.

Elle me fait signe de la suivre sous le chêne à quatre troncs au milieu de la place, où elle a attaché deux chevaux par leurs longes. Gloutonne trottine derrière nous, lève la tête et, d'un bond, s'agrippe aux branches basses du chêne avant de disparaître dans sa ramure, sous l'œil étonné de dame Rikken.

— Je vais t'expliquer qui est le Ka. Mon père était le chevalier de Thorkel et cette vallée était son fief. Si tu grimpes sur cet éperon rocheux, dit-elle en tendant le doigt vers le sud-ouest, tu tomberas sur le château de la famille Thorkel – ou plutôt ce qu'il en reste. Mon père a été tué au combat dans les contrées sudiennes. À ce que l'on m'a dit, c'était pendant la campagne contre la baronnie de Ziad.

Ce nom me porte un coup au cœur.

— Je suis né dans la baronnie de Ziad.

Nos regards se croisent un instant. Une haine, une envie de meurtre et de sang, passe entre nous. Puis elle soupire et détourne la tête. Elle défait les nœuds des longes et tire un premier cheval par la bride.

— Quant à moi, je suis une femme. Autrement dit, pas grand-chose, dans ce royaume. Je ne peux pas hériter du titre. Je n'ai aucun droit de lever l'impôt ni d'entretenir une garde. Je ne suis rien, je ne suis personne, je suis le dernier rameau d'une famille vouée à disparaître après moi.

Elle s'arrête un instant et je cherche sur son visage l'ombre d'une faiblesse, mais aucune émotion ne transparaît. Dame Rikken reste froide comme la glace. Elle me tend la bride et libère l'autre cheval.

— C'est ici que je suis née et c'est ici que je mourrai. Cette vallée et ces gens, j'ai fait le serment de les protéger.

D'un geste du bras, elle englobe le paysage qui nous entoure. Les sommets à l'est, la falaise au sud, les maisons et l'église sur la place… Un sourire éclaire son visage. Pour la première fois, son expression dure disparaît et je lis de la tendresse dans son regard. Quand elle parle de sa vallée, on dirait une jeune amoureuse parlant de son amant.

— Et le Ka ?

— Ah, lui…

Son sourire meurt lentement sur ses lèvres.

— Mon père a dû vendre une grande partie de ses terres pour financer son départ à la guerre… Le Ka a presque tout racheté. Nous nous partageons la tâche, lui et moi. Je défends la vallée contre les menaces extérieures, les maraudeurs, les bêtes sauvages… Lui, il prend les décisions pour le village.

Je m'en doutais : dame Rikken est donc un pantin. Un foutu pantin sans aucun pouvoir. Les gens d'ici la voient sûrement comme une vieille fille cinglée.

— Quel âge as-tu, vingt-cinq, vingt-sept ans ? Pourquoi n'es-tu pas mariée ? Le Ka ne demanderait que ça. Pour lui, ce serait sûrement une façon de devenir le vrai seigneur de cette vallée.

— Cela ne te regarde pas, Sudien.

Je continue sur ma lancée. Les bonnes manières, ce n'est pas mon fort, je n'ai jamais su m'arrêter.

— En tout cas, je l'ai vu te regarder : il ferait n'importe quoi pour te mettre dans son lit, il en bave d'envie.

— C'est à moi de poser les questions, maintenant, dit-elle d'un ton tranchant. Qui est cette petite sauvage et d'où vient-elle ?

Du doigt, elle pointe Gloutonne qui s'est pendue à une branche la tête en bas et tire la langue à Paol, à l'autre bout de la place, avant de sauter au sol et d'aller le rejoindre en courant.

— C'est un élément essentiel de la défense de ce village.

— Pourquoi ? Elle sait se battre ?

Je baisse la voix :

— Non, mais s'il lui arrive malheur, de quelque manière que ce soit, j'abandonnerai mon poste dans la seconde qui suit.

Dame Rikken hoche la tête.

— Intéressant, répond-elle. La couleur de ses cheveux ressemble à celle d'un écureuil, je suppose que ce n'est pas un hasard. À propos, quelle drôle d'idée, cette petite promenade nocturne sous la pluie... ! J'ai failli croire que tu allais nous fausser compagnie ! Nous avons échappé de justesse à un malentendu très fâcheux, toi et moi, vu que, si tu avais franchi la passe, je t'aurais logé une flèche dans la gorge.

Je reste un instant sans rien dire. Une vague de chaleur me monte au visage. Alors elle était là, la garce ! Tapie dans les rochers ou les broussailles, à guetter mon passage !

— Pourquoi es-tu resté ? demande-t-elle. Ce n'est pas pour l'argent, je le sais. J'ai vu la statuette en or et elle vaut mille fois ce que te paie le village.

— Ça me regarde.

— As-tu l'âme d'un tyran, Jal ?

Je lève les yeux au ciel.

— Pourquoi ? Mon petit discours de tout à l'heure t'a fait peur, princesse ? Il n'y a pourtant pas de quoi. Ma devise, c'est : *Chacun pour soi et Dieu pour tous.* Imposer ma volonté à qui que ce soit, même à un chien, ça me fout la nausée. Mais pour gagner un combat, il faut de la discipline, c'est tout.

Je ne mens pas : le pouvoir, je ne suis pas fait pour ça. Pour moi, chaque homme ne devrait avoir à obéir qu'à sa propre conscience, c'est déjà un poids assez lourd à porter.

— Tu es drôlement sûr de toi, pour un gosse de vingt ans.

— Il y a des années qui comptent double. J'ai vu plus de batailles que toi.

La dame ricane un peu.

— Au fait, il te faudra un cercle de compagnons. Tu es un Guerrier-Mage.

— Les Guerriers-Mages sont des types dégueulasses. J'en ai vu quelques-uns à l'œuvre, tu sais ? Des fous dangereux, capables de déchiqueter un village entier juste pour s'amuser.

Rien que de penser au Vieux Dragon, j'ai envie de hurler.

— Tu as tué ces quinze soldats, là-bas, dans la forêt. Ne me dis pas que tu n'as jamais étudié la magie ?

— Je…

Peut-être. Mais si je l'ai fait, alors je l'ai oublié avec le reste.

— Tu ne connais même pas les deux mots de pouvoir des Guerriers-Mages ? demande-t-elle.

— Princesse, si je connaissais ce genre de secret, j'aurais porté un manteau de fourrure brodé d'or, et il y aurait eu cinquante hommes pour m'ouvrir la route, tu ne crois pas ?

— Bon, admettons. Parfois, le pouvoir n'apparaît pas à la naissance, il survient plus tard, par exemple au cours d'un combat. C'est peut-être ton cas, si tu avais un lien fort avec tes deux compagnons déserteurs.

Non, le lien, c'est avec Gloutonne. Mais je ne vais pas lui révéler tous mes petits secrets, quand même.

— De toute façon, poursuit-elle, les deux mots de pouvoir ne sont pas indispensables, à ce que j'ai compris. Et je suppose que je pourrais t'enseigner les bases de cette magie.

— Parce que tu les connais ?

Elle soupire.

— Björn, mon fiancé, a été compagnon d'un cercle de mages. Quand tu t'es battu contre ces soldats, j'ai tout de suite reconnu le pouvoir à l'œuvre.

— Alors comme ça tu es fiancée ! Félicitations !

Je salue cette nouvelle d'un sifflement admiratif.

— Oui, je l'ai été. Maintenant, viens, j'ai quelqu'un à te présenter, dit-elle en montant sur son cheval.

— Qui ça ?

— Ma vallée, Sudien.

Chapitre 19

Le soleil de midi tape fort sur nos têtes. Dame Rikken me tend une gourde et je bois à grandes goulées avant de verser un peu d'eau sur mon visage. Nos chevaux attachés en contrebas font un petit pique-nique improvisé à base de pissenlits et de feuilles de chêne.

Je me sens perdu sans Gloutonne perchée sur mon épaule. Perdu et seul, comme je ne l'ai jamais été depuis longtemps. Pour un peu, je serais presque content de la présence de dame Rikken à mes côtés.

— Ne t'inquiète pas pour ta Gloutonne, aucun villageois ne touchera à un cheveu de sa tête. Tu leur fais bien trop peur.

Je hausse les épaules. Elle lit dans mes pensées, ma parole ? Je fais semblant de m'intéresser au paysage pour ne pas avoir à lui répondre.

— L'âme de cette vallée, c'est la Thorkel, dit-elle. Si tu es perdu, base-toi sur elle pour retrouver ton chemin.

— Le ruisseau, là ?

— Je te conseille de l'appeler « rivière » si tu ne veux pas d'ennuis ici.

Nous escaladons un sentier rocailleux qui serpente entre les ronces et les acacias, si ténu que je ne l'aurais jamais repéré tout seul. Ça grimpe dur. En quelques minutes, je me retrouve en nage. Je commence à comprendre pourquoi la dame a laissé en bas sa peau de loup et sa cotte de mailles.

— Tu fais ça avec toutes les femmes ?

— Quoi donc ?

— Reluquer les seins à travers la chemise.

— Alors d'après toi, dis-je pour éluder le sujet, c'est normal que je sois devenu un Guerrier-Mage, comme ça, d'un coup ? Au milieu d'un combat ?

De toute façon, il n'y a pas grand-chose à voir sous cette chemise... Et puis elle a au moins six ou sept ans de plus que moi.

— « Normal », non. Mais c'est possible. Björn, mon fiancé, me disait que le pouvoir n'était pas quelque chose d'inné : il apparaît un jour chez un homme et grandit en lui. En général, ça se produit pendant l'enfance, mais il y a des exceptions.

— Il était comment, ton fiancé ?

— Qu'est-ce que ça peut te faire ?

Au bout d'un moment, elle me demande à son tour :

— Au fait, comment trouves-tu Nola ? C'est une fille très bien, tu sais. Et puis, avec elle, il n'y a pas de mari jaloux.

Nous y voilà. Après avoir payé l'Alfing pour coucher avec moi, elle vient aux nouvelles. Mais, histoire de la laisser dans le flou, je réponds d'un haussement d'épaules et d'un vague geste de la main qui peut vouloir dire n'importe quoi.

Le sentier grimpe de plus en plus. On doit s'agripper aux buissons pour avancer aux passages difficiles, où de petits cailloux roulent sous nos pieds et ne demandent qu'à nous emmener en promenade jusqu'en bas.

— Regarde où tu mets tes bottes, Sudien. Je te conseille de ne pas tomber.

En jetant un regard en arrière, j'ai les tripes qui remontent dans l'estomac : si je glisse, je finis en marmelade.

Des fruits sauvages poussent en grappes noires sur de petits arbustes. J'en prends une poignée et les renifle dans ma paume. L'odeur est sucrée, appétissante.

— Avale ça et tu auras la chiasse de ta vie, me prédit la dame sans même me regarder.

Puis elle désigne du doigt un filet d'eau qui croise le sentier.

— Tous les cours d'eau de la vallée mènent à la Thorkel.

— Alors, chaque fois que je crache par terre, ça se retrouve dans nos gourdes, d'une manière ou d'une autre ?

— Dans ton pays, on crache peut-être. Mais, si tu fais ça ici, tu auras l'air d'un barbare.

Nous marchons encore une heure et nous approchons enfin de la crête. Ici, les chênes et les bouleaux ont laissé la place à des sapins rabougris qui poussent à flanc de montagne. La dame me désigne un énorme promontoire rocheux en surplomb au-dessus de nos têtes.

— C'est là-haut, dit-elle.

— Quoi ? Tu veux que je grimpe à cette paroi ?

— Il y a des prises.

Du doigt, elle me montre des entailles taillées dans la roche, à l'intérieur desquelles je distingue des anneaux en métal rouillés.

— Tu appelles ça des prises ?

Elle ôte ses bottes qu'elle laisse contre un rocher. Puis elle coince son pied nu dans la première, se hisse à un pas de hauteur et glisse la main dans une deuxième, un peu plus haut.

— Fais exactement comme moi et tu ne risqueras rien. Nos guetteurs montent là-haut depuis des générations.

— Il n'y a pas un autre moyen de…

— Non.

Elle me jette quand même une corde qu'elle porte attachée à la ceinture, et je la noue à ma poitrine. Je me déchausse à mon tour, grimaçant au contact de la pierre dure et coupante. Avec précaution, je place mes pas dans les siens et monte, encoche après encoche. Les anneaux de fer sont disposés intelligemment, presque invisibles d'en bas à l'intérieur des entailles, et se révèlent assez pratiques à utiliser. En dessous de nous, une petite brise agite le feuillage des sapins, loin, très loin en contrebas. Bon Dieu, qu'est-ce que je fous ici ?

— Ne regarde pas en bas. Regarde-moi.

Puisqu'elle me le demande, je la détaille de haut en bas. Elle a de jolies fesses, y a pas à dire.

Ma main glisse, je pousse un cri et, tout à coup, je me sens partir en arrière. La corde enroulée à ma poitrine me retient. Je pends dans le vide, le poitrail en feu. La dame est déjà là-haut, sur la corniche, et elle s'agrippe de toutes ses forces au rocher pour ne pas tomber, elle aussi.

— Avance jusqu'à la paroi ! crie-t-elle. Reprends tes prises !

— Je… je ne peux pas !

Les sapins continuent de gigoter loin en dessous, on dirait qu'ils me font un petit coucou : « Salut, Jal, viens par ici. Viens t'écraser sur nous. »

— Ne panique pas. Balance-toi d'avant en arrière, lentement.

— Je ne peux pas !

— Bien sûr que tu peux. À dix, je coupe la corde. Un !

— Tu ne vas pas faire ça ?

— Je ne pourrai pas tenir plus longtemps. Deux !

Je ferme les yeux, j'essaie de toutes mes forces d'oublier les sapins qui continuent à m'appeler en dessous et, par un mouvement des jambes, je commence à partir en avant puis en arrière.

—Cinq!

Mon pied touche la paroi une première fois, je tends la main, mais la pierre glisse sous mes doigts. Je repars en arrière.

—Sept!

Nouvel essai. Cette fois, je suis beaucoup trop court, j'arrive à peine à effleurer la roche du bout des orteils.

—Dix!

—Attends!

Je fonce en avant comme une boule, pieds repliés, mains en avant j'attrape quelque chose: la tige d'une plante qui pousse accrochée ici mon autre main fouille la surface, trouve un anneau. Je reste un moment suspendu par les bras, en haletant, puis je déplie les jambes, lentement, pouce par pouce, en tâtant la roche.

Ça y est, je tiens quelque chose. Mon pied se loge dans un creux.

Je suis sauvé.

—À dix… tu n'as pas… coupé la corde, dis-je, hors d'haleine, en débouchant enfin sur la corniche.

La dame m'attend, massant ses hanches endolories par la corde, le regard fixé sur l'horizon.

—Je n'ai pas d'autre Guerrier-Mage sous la main pour défendre ma vallée. Sinon, je l'aurais coupée à cinq.

—Je ne remonterai… jamais là-dessus.

—Bien sûr que si.

—Sacré foutu pays de montagnes! Je suis né au bord de la mer. Demande-moi de nager et je bats n'importe lequel d'entre vous à la course!

— On est vivants, non ? Alors arrête de pleurnicher et regarde ton futur champ de bataille.

La corniche est plate et assez large, on peut y marcher sur dix pas, il y aurait presque assez de place pour y danser.

— La Thorkel ! dit-elle en ouvrant les bras devant sa vallée.

Je me retourne enfin : la vue est à couper le souffle. Sous nos pas s'étale la forêt de chênes, comme un tapis vert sombre encadré par deux à-pics formant un V. Elle est traversée par la rivière – un serpent noir sur le vert profond des feuillages.

À la sortie de la forêt, un petit pont permet de franchir la Thorkel juste à côté d'une ferme entourée de vergers. Je reconnais ce pont : c'est là que mon cheval a failli me vider de mes étriers, la nuit dernière. Puis viennent les terres défrichées, les champs, les pâtures, semées de fermes et de granges.

— *Passàda*..., dis-je dans un murmure.

— Que dis-tu ?

— Rien.

La rivière descend tout droit depuis le village, encadrée par le chemin de terre d'un côté et par une falaise de granit de l'autre. Plus loin, dans le fond de la vallée, les terres fertiles laissent place à des étendues rocheuses plus arides, plus abruptes, qui annoncent déjà les sommets enneigés à l'horizon.

— La rivière prend sa source dans des glaciers de haute montagne, fait-elle en pointant du doigt l'immense barrière rocheuse à l'est. Elle serpente dans des vals inhabités des monts de Skavie et vient directement s'écouler dans le lac.

Le lac ?

Ah oui, j'aperçois une étendue verte, presque noire, qui surplombe la vallée.

— Elle est très difficile à traverser de ce côté. Les roches sont glissantes, le courant est fort : une barque y serait renversée.

— Elle ne m'a pas fait cette impression.

— Quand elle arrive au niveau du village, elle est plus calme. On peut même la traverser à gué. Après ça, son cours devient profond et ses courants sont traîtres : personne ne s'y baigne au-delà du moulin, les villageois connaissent bien leur rivière.

— Intéressant. On pourrait s'en servir comme d'une ligne de repli à l'occasion.

— Il y a aussi un pont à l'entrée de la forêt, nous l'avons traversé tout à l'heure.

— Oui, il est sacrément glissant, d'ailleurs.

De l'index, elle me montre ensuite un vieil ouvrage militaire à moitié écroulé, perché sur un saillant.

— Le château de ma famille, dit la dame. Pas très reluisant, n'est-ce pas ?

Il n'est pas très loin d'ici à vol d'oiseau et un chemin y mène depuis la forêt. Deux tours carrées et un pan de muraille sont encore debout, le reste s'est effondré avec l'érosion de la falaise.

— C'est une ruine mais aussi un sacré nid d'aigle. Même dans cet état, une petite garnison pourrait y tenir une armée en échec.

— Qu'est-ce que tu en sais ? demande-t-elle. Tu en as attaqué beaucoup, des châteaux, toi, à vingt ans ?

— Quelques-uns.

— Bon, fait-elle en se levant, maintenant, viens voir pourquoi je t'ai amené jusqu'ici.

Elle avance de quelques pas vers la paroi rocheuse qui monte à la verticale au-dessus de nos têtes.

— Il y a un passage.

Entre deux rochers gigantesques, une minuscule fente noire s'ouvre dans la montagne, si bien cachée que je ne l'aurais jamais vue, même si j'étais passé dix fois devant. La dame m'y précède et j'entends sa voix qui résonne à l'intérieur comme dans une chapelle :

— Attention à ne pas te cogner le crâne, Sudien… Même si tu as la tête dure.

Il fait noir là-dedans, je ne vois pas ma propre main devant moi. Ça sent le moisi, avec un relent de sueur. Le passage est si étroit qu'il faut s'aplatir comme une crêpe pour passer, et encore, je m'esquinte le genou.

— Je t'avais dit de faire attention, tu n'écoutes jamais, murmure-t-elle en allumant une grosse lanterne.

C'est une grotte aménagée, avec un banc de pierre et diverses fournitures : couvertures, flèches, tonnelets, galettes sèches enveloppées dans un linge. Il y a même un trou dans la roche sous nos pieds pour les commodités. Accroché au mur, un immense cor en corne de taureau pend jusqu'au sol au bout d'une lanière de cuir.

Le cor d'alarme, je suppose.

— C'est par là, me dit la dame.

Un passage mène à une galerie. C'est bas de plafond, mais on peut y marcher courbé.

— Le tunnel traverse la crête et aboutit de l'autre côté de la muraille rocheuse.

Le vent face à nous siffle par bourrasques, il fait vaciller la flamme de la lanterne malgré sa cage de verre. Il semble presque chanter par instants. Après plusieurs coudes, la galerie débouche soudain à l'air libre. Cette sortie ne ressemble pas à l'autre : elle est à ciel ouvert, avec une sorte de rebord naturel où on peut poser les coudes.

Un gamin perché là-dessus sursaute en nous voyant et manque de tomber dans le vide : il était en train de pisser en contrebas et doit ranger son matériel en rougissant.

Tiens, comme on se retrouve ! C'est Henrik, mon cher ami à la chevelure rousse, que j'ai flanqué dans la Thorkel.

— Dame Rikken ! dit-il en bafouillant. Je… je ne vous avais pas entendue arriver.

Il devient blanc comme un linge quand il m'aperçoit derrière elle.

— Salut, mon petit gars, lui dis-je avec un sourire en coin. Qu'est-ce que tu dirais d'un second petit plongeon, ce matin ?

Il jette un coup d'œil au précipice derrière lui et se tourne vers dame Rikken d'un air désespéré, mais elle le rassure d'une tape sur l'épaule.

— Ne t'inquiète pas, c'est de l'humour sudien.

Elle pointe le doigt vers l'horizon.

— Alors, Jal, quel paysage préfères-tu, celui-ci ou l'autre ?

Sous nos pieds s'étale à perte de vue une étendue plate et morte, agitée de tourbillons de cendres noires. Une émotion me noue la gorge, un mélange de honte et de tristesse.

— L'œuvre de votre général, dit la dame.

Le Vieux Dragon est le chien de guerre de Mark IV d'Ostérie. Un boucher sanguinaire, d'une férocité effrayante. On prétend que le roi lui-même en a une peur bleue et que c'est pour l'éloigner de son royaume qu'il l'a lâché sur la Skavie. Je ne serais pas étonné que ce soit vrai.

On le surnomme « le Vieux » parce qu'il a plus de cent ans, mais, comme tous les Guerriers-Mages, il ne vieillit pratiquement pas. On lui en donnerait à peine quarante. J'ai eu l'occasion de croiser son regard une fois, une seule fois. Je n'ai vu que de la rage et une forme de folie dévorante. Le feu couve dans son âme, c'est son seul amour, sa spécialité de Guerrier-Mage. Son visage est d'une beauté parfaite à cause de la magie, mais c'est une beauté effrayante. Au cours des dix dernières années, lui et son cercle de compagnons ont fait de la moitié de ce continent un désert de cendres. Personne n'a jamais réussi à les arrêter.

— Quand nous avons entendu dire que la guerre se rapprochait, dit la dame, nous avons camouflé l'entrée du chemin. Il y a sept nuits de cela, ton armée est passée dans la plaine. J'ai tout vu, j'étais sur ce promontoire. Ton général se tenait sur le chemin à peine à cinq cents pas du défilé, entouré de son cercle ; je pouvais voir sa barbe rousse et son casque noir. Il a étendu le bras, et les arbres ont commencé à s'embraser comme des torches autour de lui. Il n'est même pas descendu de cheval. En quelques minutes, la plaine est devenue une vraie fournaise, la barrière rocheuse a protégé la vallée mais pas les forestiers. Quand ils se sont rués vers nous, les flammes les ont rattrapés et rôtis vivants.

Elle garde un instant le silence, puis reprend :

— Les cendres ont recouvert le ciel pendant trois jours. Les feux ont léché la crête et dévoré les sapins devant la tête d'elfe. Maintenant, l'entrée de la vallée est devenue visible pour ton armée.

Mon armée…

Je ne relève pas.

— Tu crois vraiment que nous avons une chance de gagner face à ton général, Sudien ?

— Non. Mais ce n'est pas une raison pour ne pas essayer.

— J'aime ton optimisme.

— Il y a trois hypothèses.

— Ah oui ? Lesquelles ?

— La première, c'est que la cité de Hässlo tombe très vite. Alors le Vieux Dragon repartira avec son armée et n'aura pas de temps à perdre avec nous. La deuxième, c'est que Hässlo tienne le coup un bon moment : dans ce cas, il craindra l'arrivée d'une armée de secours. Il nous enverra des soldats, et ça pourrait chauffer ici, mais il ne pourra pas se permettre de nous consacrer beaucoup de ses forces.

— Et la troisième ?

— C'est que Hässlo tienne juste quelques semaines avant de s'effondrer. Alors là on sera foutus. Le Dragon aura épuisé ses réserves de vivres et il aura un besoin vital de ravitaillement pour le voyage du retour. Toute l'armée nous tombera sur le dos, le vieux en tête.

Dame Rikken ne répond rien. Je suis sûr qu'elle a déjà fait le même calcul avant moi.

— Tu es loin d'être un imbécile, pour ton âge.

— Merci, Rikken. Toi non plus, tu n'es pas complètement stupide, pour une vieille.

Elle rit un peu.

— Nous avons à peine cinq ou six ans d'écart.

— Il faudra bloquer l'accès de la vallée.

D'ici, on voit très bien la corniche qui sert de chemin d'accès, ainsi que l'entrée du défilé rocheux sous sa voûte de verdure. C'est ce défilé qu'il faudra fortifier.

— C'est bizarre, je ne vois pas la rivière, de ce côté.

En fait, je ne la vois même pas ressortir de la vallée.

— La Thorkel s'engouffre sous terre. Elle devient souterraine à la sortie de la vallée et ne ressort qu'à plusieurs lieues en aval. En arrivant, tu as sûrement dû entrer dans la grotte où on la voit courir sous la roche.

Notre marche à travers la plaine de cendres avec Grand Hulan et Petit Joss. La grotte, l'eau fraîche après une journée sans boire. Grand Hulan qui se prend une flèche dans la jambe… Oui, je me souviens de tout ça.

— Il faudra boucher cette grotte à coups de caillasse pour assoiffer ceux qui seront à nos portes. Peut-être faire une douve défensive qu'on remplirait de cadavres pour la rendre impropre à boire.

— Ce seraient des travaux gigantesques ! fait le petit rouquin, bouche bée.

Tiens, j'avais oublié qu'il était encore là, celui-là.

— Peut-être pas tant que cela…, murmure la dame. Mais ne serait-il pas plus utile d'entraîner les hommes à se battre, avant de commencer les fortifications ?

— Il faudrait faire les deux, mais on n'a pas le temps pour ça. Si l'ennemi arrive demain, un mur aidera plus nos gars que quelques heures passées à cogner dans des sacs de sable.

— Je te fais confiance, dit-elle sans l'ombre d'un doute. C'est toi, le soldat ; je t'ai embauché pour ça.

— Dès notre retour au village, je mettrai au travail tous ceux qui peuvent tenir une pierre dans la main. Le château en ruine nous servira de carrière. Est-ce qu'il y a d'autres accès à la vallée, en dehors de ce défilé ?

Elle hésite un peu et dit finalement :

— C'est une montagne, pas une muraille. On peut toujours escalader la crête, même si c'est difficile.

— S'il y a des passages plus faciles, des sentiers ou des cols, il faudra les bloquer. Je suis sûr que vous les connaissez tous, Rikken.

— Il y a aussi un tunnel secret ! fait le petit.

La dame le foudroie du regard, et je comprends qu'elle n'avait pas l'intention de me faire partager cette information.

— Ils ne peuvent pas le trouver de l'extérieur, fait-elle d'une voix glaciale. Inutile de s'en occuper pour le moment.

Un tunnel ? Intéressant.

CHAPITRE 20

Le vieux château de la famille Rikken paraissait assez bas sur son éperon rocheux, vu de la crête. Il paraît nettement plus haut quand on monte sur le chemin depuis la vallée en plein soleil. Les Skaviens marchent en traînant la patte sur les cailloux et dans la boue. Un corbeau, perché sur un rocher au-dessus de nos têtes, croasse comme pour se payer nos têtes.

— Et si ma charrette est abîmée, hein ? Et si on casse un essieu avec toutes ces pierres que vous voulez entasser dedans ? me crie un vieux bonhomme au drôle de chapeau de paille, en gesticulant comme un beau diable.

Dame Rikken dit qu'il s'appelle Berik. Derrière nous viennent une soixantaine de villageois : tout ce qu'on a pu rassembler. J'en ai délogé quelques-uns de leurs champs, en leur fourrant l'épée dans les reins, ça n'a pas fait plaisir à tout le monde. Il y a des hommes, il y a des femmes et même quelques gamins.

— Tu t'y connais en travaux de bâtiment, princesse ?

Elle hausse les épaules sans même tourner la tête vers moi. Pas un signe de fatigue, pas d'essoufflement, même pas de sueur sur les tempes : cette fille est une vraie tige d'acier. Parfois, je me demande si elle est vraiment faite de chair et d'os, comme nous.

— J'ai une tête de maçon, Sudien ? Franchement ? Si tu as une question, demande à Berik, c'est son domaine.

— Et mes mules ? Qui est-ce qui va nourrir mes mules pour vos travaux, hein ?

Je me tourne vers le vieux.

— Tu t'appelles Berik, l'ancêtre, c'est ça ? Vous, les Skaviens, vous avez tous des foutus noms en « ik »… Qu'est-ce que tu veux exactement ? Qu'on te rembourse pour t'avoir emprunté tes mules ?

— Ben, ça me paraît juste. Et si l'une des deux se casse une jambe sur le chemin ?

— Ce ne serait pas de chance, dis donc, parce que, dans ce cas, on ne pourrait pas construire le mur.

— Eh oui, fait l'autre, un peu surpris.

— Et si on ne peut pas construire le mur, alors les Ostérois entreront dans la vallée et ils te prendront ta deuxième mule.

— Ah, murmure-t-il.

— D'un autre côté, ce ne sera plus ton problème, parce que, vu ton âge, tu ne leur servirais à rien comme esclave. Ils te couperont la gorge.

Du coup, il ne dit plus rien.

Les autres nous suivent en silence. Ça fait un bruit continu de sabots, de sandales et de pieds nus sur le chemin rocailleux.

Quand on arrive au château, ils s'arrêtent tous comme un seul homme. C'était autrefois un ouvrage défensif tout simple, carré avec quatre tours, au bord d'une falaise. Deux d'entre elles se sont effondrées dans le vide ainsi que le mur qui les reliait, le reste est encore debout. Une bouillie de moellons bloque l'accès à l'entrée, et ça tombe bien, parce que c'est pour eux que nous sommes là…

Je ramasse une pierre de taille rectangulaire, bien nette, et, sous le regard des autres, je la porte jusqu'à l'une des charrettes, où je la jette à grand fracas.

— Allez, bande de fainéants skaviens ! Au travail ! Je trancherai les doigts du premier d'entre vous que je verrai tirer au flanc, c'est clair ?

La plupart de ces imbéciles ont une peur bleue des Sudiens, ils se précipitent sur le tas de pierres et commencent à remplir les charrettes. Quelques-uns essaient de récupérer des poutres encore solides, des pierres d'escaliers en colimaçon, des étais en métal… Tout ce qui leur tombe sous la main. Moi, je me contente d'arpenter le terrain en les insultant et de donner une taloche à ceux qui lambinent.

— Tu ne le feras pas, me dit dame Rikken dans la charrette, occupée à entasser au fond les matériaux balancés à la va-vite.

Je me penche par-dessus la ridelle.

— Leur couper les doigts ? Et pourquoi pas ?

— Parce que tu ne le feras pas. C'est tout.

— Ils n'ont pas compris, Rikken. Ils savent que l'ennemi est là, quelque part, mais ils n'ont pas encore compris ce que ça veut dire. Ils sont encore dans leur petite routine, ils ont l'impression que rien n'a changé. Ils ne sont pas prêts à donner toutes leurs forces pour défendre leur vallée.

— Je ne veux pas le savoir. Tu ne couperas pas de doigt, c'est tout.

N'importe quoi ! Comme si j'avais réellement l'intention de faire un truc pareil !

Je fais quelques pas devant moi jusqu'à l'à-pic, où je jette un coup d'œil prudent. Un faux pas et c'est le grand plongeon. À cette hauteur, ça ne pardonne pas.

C'est l'ombre d'une main, juste devant moi, qui me donne l'alarme. Mes réflexes jouent avant même que je ne prenne conscience de ce qui se passe exactement : esquive, volte-face. Je me retrouve devant trois hommes. L'un d'eux tient une pierre à la main, un autre une tige de fer rouillée qu'il me jette au visage. Je me baisse, mes pieds dérapent sur la corniche et je sens mon corps aspiré par le vide. D'une main, j'agrippe le bras du gars le plus proche et tire de toutes mes forces pour ne pas chavirer. Sauf que je l'entraîne avec moi quand je tombe sur le dos : il passe par-dessus et pousse un hurlement qui s'interrompt brutalement trente pas plus bas. Les deux autres se précipitent sur la corniche pour aller voir leur camarade.

Quand ils se tournent vers moi, je me suis relevé et j'ai déjà sorti mon poignard.

— Assassin ! crie le plus jeune, un gars large d'épaules, aux cheveux longs.

Je jette un regard en contrebas : l'homme s'est fracassé la tête sur un rocher. Son corps forme une silhouette étrange, les jambes tordues. Je me mets à lui hurler dessus, comme s'il pouvait encore m'entendre :

— Abruti de Skavien ! Foutu Tête jaune ! Pourquoi t'as fait ça ? Si je suis resté dans cette vallée, c'était pour te sauver la vie, à toi et aux autres !

Où es-tu Gloutonne ? Pourquoi n'es-tu pas là, à mes côtés, à me retenir et à me montrer ce que je dois faire ? Dame Rikken apparaît à mes côtés et me prend par le bras.

— On n'insulte pas les morts, Jal, me chuchote-t-elle.

Elle se tourne vers les autres et lance d'une voix forte :

— Le Sudien s'est défendu, c'est tout.

Elle m'entraîne à l'écart, me fait gravir un tas de moellons et passer par une poterne entrouverte. Par là, on peut accéder à la cour éventrée du château, déserte.

— Tu n'as rien ? me demande-t-elle.

Mon cœur bat encore comme un fou dans ma poitrine et soudain quelque chose craque en moi, c'est comme un trop-plein qui se déverse, un raz-de-marée. Les larmes me montent aux yeux et dévalent mes joues à m'en brouiller la vue. Foutremerde ! Mon corps se met à trembler, à faire des soubresauts incontrôlables, mes jambes me lâchent, je me retrouve à terre à vomir une bouillie blanchâtre.

— Jal ! Qu'est-ce que tu as ? Tu es malade ?

— Je… j'ai…

Ma langue bute contre mes dents, s'agite dans ma bouche sans pouvoir former un seul mot. Des images me reviennent en tête. *Un petit oiseau dans la paille, une mésange. Je tiens une pierre dans la main. Maître Hokoun m'ordonne de creuser un trou et de…* Tout est flou, le souvenir s'échappe. *Je vois des plumes perdues, une tache de sang.*

Quand je rouvre les yeux, dame Rikken est penchée sur moi. Elle m'a vidé sa gourde sur la tête. Les larmes continuent de couler sur mes joues comme une fontaine, je sanglote comme un gamin.

— Qu'est-ce qui t'a pris, bon Dieu ! fait la dame. Tu as bien failli te réduire la main en bouillie, tu avais ramassé une pierre et tu cognais comme un sourd, j'ai dû te l'arracher !

Je lève ma main gauche. Elle a reçu des coups, la peau est déchirée et sanglante par endroits, comme le petit oiseau de mon souvenir, ce petit oiseau que j'ai…

Alors je me suis frappé moi-même ? Je me suis fait du mal ?

— Il est terrifiant, Rikken, lui dis-je. Il est capable de t'amener à faire des choses que… qui…

— Mais de qui parles-tu, bon sang ? Il n'y a personne ici !

— Mon carnet de rêves ! Il faut que je note cette image avec l'oiseau…

Évidemment, je n'ai pas le carnet sur moi, il est resté au village.

— Nola m'avait prévenue que tu avais des crises, mais je ne pensais pas que c'était à ce point-là !

— Elle m'avait attaché au matelas avec des sangles de cuir, dis-je d'une voix faible. Elle a dit que j'avais brisé un lit, que je risquais de blesser quelqu'un.

Je me mets lentement debout, la tête me tourne encore.

— Je ne sais pas ce qui s'est passé. Je… je crois que c'est à cause de ce gars écrasé sur un rocher, là, en bas, ça a remué quelque chose en moi… Ça a dû me rappeler un souvenir.

Je prends ma propre gourde à ma ceinture et verse un peu d'eau sur mes écorchures.

— Et c'est pour ça que tu t'es aplati la main ?

Elle soupire. Je surprends un air vraiment inquiet sur son visage.

— Moi, je pense que cette guerre t'a mis la tête à l'envers. Tu ne serais pas le premier, mais on peut en guérir. Nola t'aidera à surmonter ça.

— Il s'appelait comment, ce villageois ? Celui que je viens de tuer ?

— Jarreck. C'était un bon à rien qui battait sa femme et ses enfants.

Elle inspecte ma main pour évaluer les dégâts.

— Les Skaviens me détestent, Rikken ! Je ne peux pas être leur capitaine, ça ne collera jamais entre eux et moi !

Ses yeux gris me jettent un regard glacial.

— C'est toi qui nous détestes. Chaque fois que tu ouvres la bouche, c'est ta haine qui parle. En fait, je me demande pourquoi tu es resté ici pour nous défendre.

— Parce que je ne veux pas devenir comme le Maître, dis-je dans un murmure.

— Qu'est-ce que tu dis ?

Je soupire et regagne le chantier.

Les deux hommes qui ont tenté de me tuer sont descendus en contrebas, pour couvrir le corps de rochers.

Et les autres Skaviens font comme si rien ne s'était passé. Après tout, c'est peut-être eux qui ont raison…

Je retrouve le vieux Berik et lui demande :

— Tu as déjà été sur des chantiers, je crois. D'après dame Rikken, tu es le seul du village qui connaisse un peu la maçonnerie.

— Je ne suis pas le seul, mais je suis le plus ancien. J'ai travaillé sur la maison du Ka pendant des années. Il avait fait venir des architectes et des ouvriers depuis Hässlo, mais il a aussi embauché quelques gars d'ici, comme moi, pour donner un coup de main.

— Bon. Alors qu'est-ce que tu en penses ? Est-ce qu'on a de quoi faire un mur, avec ce qu'on peut trouver ici ? Et sinon de quoi on aura besoin ?

Le vieux grommelle et jette un regard méprisant sur les matériaux.

— Le vieux château était un bel ouvrage, y a pas à dire. La pierre était saine et bien taillée. Mais c'est une ruine ! Ce n'est pas avec ça que vous ferez un mur digne de ce nom. Il nous faudrait des pierres qui soient toutes égales, intactes, avec du mortier, et surtout il nous faudrait des mois de travail et des ouvriers qualifiés. Je ne parle même pas des treuils, des cages d'écureuils, des grues en bois et des poulies…

Je fais un geste agacé de la main.

— On n'a rien de tout ça. On a juste ce tas de cailloux, des paysans et quelques jours devant nous. Est-ce qu'on pourra faire ce mur, oui ou non ?

— Eh bien, alors ça fera un mur bancal ! répond-il avec un geste d'agacement. Un mur pas droit ! Pas haut ! Qui s'écroulera au premier choc !

— Oh, parfait ! Donc c'est possible.

— Oui, fait-il en se frottant le menton. C'est possible.

Il ne faut pas plus d'une heure pour remplir nos trois charrettes et à peu près autant de temps pour les faire rouler jusqu'au défilé rocheux, où je veux construire le mur. Là, une autre équipe d'une vingtaine d'hommes et de femmes a déjà commencé à débroussailler le terrain.

Ce travail-là est plus dans leurs cordes : les plantes, ça les connaît. Ils ont des hachettes, des faux, et brûlent en tas les arbustes arrachés. Et pourtant je suis déçu par le résultat. La voûte de verdure a été à peine entamée. Impossible de commencer le mur, la place n'est pas encore nette. Je me plante devant eux, les bras croisés, et ils se mettent spontanément en demi-cercle autour de moi. Beaucoup baissent la tête, mais certains me regardent comme si j'étais un fauve exotique, une bête échappée de sa cage.

Je peux presque lire dans leurs pensées, tellement ils sont transparents : *T'es qui, toi, pour nous donner des ordres ? Un Sudien ? Un gamin de vingt ans ?*

Je m'avance jusqu'à un gars de ma taille, qui refuse de baisser les yeux devant moi. C'est un type de quarante ans au moins, la barbe blonde bien taillée, le regard mauvais.

— Comment tu t'appelles, toi, le barbu ?

— Keerik, petit Sudien.

Je dénude mon bras pour lui montrer la marque rouge et légèrement boursouflée sous le biceps, en forme de cercle. Une vieille brûlure dont ma chair se souvient, à défaut de ma mémoire… Je ne sais absolument pas d'où elle vient. Peut-être de tortures oubliées.

— Tu sais ce que c'est, ça, Keerik ?

— Je ne sais pas. Un… bobo ?

Une vague de rires secoue l'assemblée des Skaviens devant et derrière moi.

— Non, dis-je d'une voix plus forte en levant mon bras bien haut pour que tout le monde puisse le voir. C'est une marque laissée au fer rouge ! Elle a brûlé ma chair, et cette brûlure sera en moi pour le restant de ma vie !

Je me tourne vers Keerik.

— Tu veux devenir un esclave ? Tu as envie que les Ostérois te fassent la même ?

Je fais un pas vers une femme rougeaude, d'une trentaine d'années.

— Et toi, la mégère ? Tu as envie qu'ils fassent de toi une putain ?

Elle ouvre de grands yeux et fait le signe du cercle sur sa poitrine, comme si j'avais blasphémé.

— Continuez comme ça, bougres d'imbéciles ! De toute façon, dans les six royaumes, tout le monde sait bien que les Skaviens sont des incapables ! Vous savez ce qu'on dit dans mon pays ? « Buté comme un Skavien », « bête comme une Tête jaune », « paresseux comme le roi de Skavie ».

— Et chez nous on dit : « Mentir comme un Sudien », fait Keerik.

Les autres se remettent à rire encore plus fort.

— On dit aussi : « Le vieux sait, le jeune se tait », conclut-il d'un ton plus menaçant.

Mon poignard se retrouve sous sa gorge avant même qu'il n'ait eu le temps de faire un geste. Je me glisse derrière lui, le prends par les cheveux de ma main libre et lui tords la tête en arrière. Ses yeux s'agrandissent quand il sent la pointe s'enfoncer légèrement dans sa chair.

— Qu'est-ce que... qu'est-ce que tu vas faire, maintenant, gamin ? Tu vas me tuer ?

— Je vais juste t'emmener en promenade, dis-je dans un murmure.

D'un coup de pied dans les jambes, je l'oblige à avancer vers la sortie du défilé rocheux. La rougeaude se jette devant moi en criant :

— Lâche-le, bâtard sudien ! Lâche mon mari !

J'enfonce encore un peu plus la lame ; une goutte de sang coule dans son cou.

— Écarte-toi de mon chemin, femme, si tu tiens à sa vie.

Elle se recule enfin. Keerik et moi, on s'avance jusqu'à l'entrée du défilé, jusqu'à la grotte où la Thorkel se montre pour la dernière fois avant de s'enfoncer dans les profondeurs de la terre. Devant nous s'étale le paysage de mort que je connais trop bien : les cendres, la suie à perte de vue et les souches des arbres comme des aiguilles pointant hors du sol.

— Tu m'as traité de menteur ? Tu t'es demandé pourquoi je te faisais construire un mur ? Regarde pourquoi, Keerik, regarde bien : ça, ce n'est pas un mensonge !

Il écarquille les yeux devant l'horizon noir.

— Bon… bon Dieu ! s'écrie-t-il.

Il a changé de ton.

— Il y avait un village, là-bas, à une lieue ! Il y avait une forêt ! Je m'en souviens. Quand j'étais gamin, j'allais y braconner des lièvres !

Et alors je comprends tout : c'est la première fois qu'il voit la plaine de cendres. Ces gens vivent dans leur ferme, dans leur village, et ils ne les quittent jamais. Ils connaissent à peine le village voisin, ils n'ont aucune raison d'y aller.

Keerik n'était tout simplement pas venu jusqu'ici depuis l'attaque, il n'avait rien vu, il avait juste entendu les rumeurs… Pour lui, tout ça était encore vague et irréel, ce n'était pas entré dans la petite bulle de son monde, c'était « le dehors », c'était « l'ailleurs », hors de son temps.

— Maintenant, Skavien, tu vas rester dans ce désert aussi longtemps que tu ne seras pas revenu me présenter publiquement des excuses. Si je te revois dans la vallée avant ça, je te jure que je t'ouvre le ventre.

— Je… je comprends, dit-il finalement.

— Comment ça ?

— Vous pouvez ôter ce couteau de ma gorge. Je vais retourner auprès des autres et vous présenter mes excuses.

Il me vouvoie, maintenant ?

Finalement, je les emmène tous au spectacle. Et, quand ils reviennent, ils ont quelque chose qui a changé dans le regard : une urgence, une terreur, une peur animale. Ils m'oublient presque et ils se mettent à travailler avec acharnement.

Au bout de deux heures, la végétation a disparu dans le défilé, et les premières fondations du mur ont été creusées. J'ai les mains écorchées, le dos en compote et le corps en sueur, mais, à ma grande surprise, je ressens une certaine satisfaction du travail physique. Se passer des pierres de mains en mains avec des culs-terreux skaviens, en silence, sous le soleil, ça ne devrait rien avoir de bien excitant. Et pourtant une sensation de calme et d'apaisement me gagne peu à peu. J'ai presque envie de la partager avec quelqu'un, tiens, de parler comme un vrai petit maçon de village.

— Capitaine, fait soudain le vieux Berik au-dessus de ma tête.

Il y a un petit promontoire rocheux qui surplombe l'emplacement du mur. C'est là qu'il est juché.

— Ouais ?

— Je cherchais un point d'ancrage du mur dans la paroi, du côté nord, alors j'ai remarqué ce petit promontoire rocheux qui me semblait parfait pour installer une poutre.

Il est trop bavard, Berik. Et moi, je suis fatigué.

— Et alors ? Installe-la, ta poutre. Hé, vous deux ! dis-je à des costauds occupés à scier un madrier. Berik a besoin de vous. Prenez deux hommes en plus et apportez-lui votre poutre.

Du pouce, je désigne le promontoire.

— Non, non ! crie Berik depuis son perchoir. En réalité, c'est trop haut, et la roche est friable ici, ce ne serait pas un bon point d'appui.

— Alors pourquoi tu me fais perdre mon temps ?

— J'ai pensé que ça pourrait vous intéresser. On a une vue imprenable sur la passe. On pourrait fortifier cet endroit et y mettre des caillasses à jeter sur les Ostérois, non ?

Je pousse un profond soupir.

— Comment on y accède ?

Mais la tête du vieux Berik a déjà disparu du promontoire, il ne m'a pas entendu. Je cherche un visage connu, mais Rikken n'est pas dans les parages, alors je me tourne vers Keerik, occupé à tailler des trous dans la roche à coups de marteau.

— Comment on monte là-haut ? dis-je en pointant du doigt le promontoire.

Il relève la tête, essoufflé par l'effort.

— Je ne sais pas. Je crois qu'il y a un passage par le lit d'un petit ruisseau. Vous le trouverez facilement par la forêt.

Je reviens sur mes pas, repère le ruisseau perdu dans la végétation et remonte le courant sous le feuillage d'arbustes accrochés à la paroi rocheuse. Il y a comme un creux dans la roche, où coule un filet d'eau clair, je suis forcé de barboter pour avancer. Sacré Berik, il grimpe encore bien pour son âge malgré sa mauvaise jambe. Le passage grimpe de plus en plus, et je dois m'accrocher des deux mains à la végétation pour progresser. Très vite, je me retrouve au fond d'une petite gorge assez profonde, je perds de vue le défilé et la forêt. Le bruissement de l'eau se fait plus fort à mesure que je monte.

Je mets les mains en porte-voix :

— Berik !

Pas de réponse.

Je continue en grommelant et tombe rapidement sur un embranchement, une sorte de V. L'eau coule de la gauche, mais à droite ça grimpe encore plus. Va pour la gauche. Brusquement, je glisse sur un caillou, tombe sur l'épaule, et je suis roulé par le courant à quelques toises en contrebas. Trempé, pestant comme un charretier, je me remets sur mes pieds et, soudain, je me retrouve face à un bouquetin qui me toise de ses yeux noirs. Ses cornes rondes, finement annelées, sont pointues comme des crocs. Et avec sa barbiche sombre il a l'air aussi sérieux qu'un saint d'église.

— Salut, bestiau. Tu n'aurais pas vu ce vieil imbécile de Berik, des fois ?

Pour toute réponse, il grimpe en trois bonds hors du défilé rocheux et me jette un regard intrigué depuis là-haut. Sacré putain de pays de montagne. Il faut même se méfier des cailloux ici. Je reprends mon ascension en grommelant et tout à coup, je déboule sur un espace plus large.

C'est un cul-de-sac, une cuvette large comme une maison, entièrement occupée par un bosquet d'arbustes en fleurs. Le soleil y entre à la verticale, comme dans un puits de lumière, et le ruisselet se jette ici depuis une rigole située à vingt pas en hauteur. La vigne vierge recouvre les parois rocheuses, l'eau crépite en s'écrasant sur la pierre. C'est une vraie petite oasis au milieu des rochers. Je suis un gars de la mer, moi, bercé par le bruit de l'océan, qui a toujours rêvé de tempêtes et d'îles vierges. Mais là, oui, la beauté de cet endroit me touche au cœur. Un sourire niais me monte au visage, et je me mets à palper du doigt le tapis végétal qui recouvre la roche.

Aucune trace du promontoire par ici, en revanche : j'ai sûrement pris le mauvais embranchement tout à l'heure. Je fais un pas en avant et soudain, mes yeux se posent sur un arc à la corde défaite, posée contre le tronc d'un sureau, puis sur une chemise de femme accrochée à une branche et sur une peau de loup jetée au sol… Et à travers le rideau de verdure, je la vois enfin. Elle est de dos, les mains dans les cheveux, le visage tourné vers le filet d'eau qui lui dégringole sur les joues, le cou, éclabousse sa peau… Je reconnais à peine la courbure de son dos, sa chute de reins, si ronde, si féminine. C'est Rikken, ça ? Les yeux fermés, elle se tourne légèrement et m'offre sans le savoir la vue de son profil à damner un saint. Je croyais qu'elle était plate. Erreur de débutant. Une bande de tissu traîne à ses pieds, assez large pour faire plusieurs fois le tour de sa poitrine : elle s'écrase les seins pour ne pas être gênée dans ses mouvements.

Bon Dieu, jamais je n'aurais imaginé que, sous sa peau de loup et ses airs durs, Rikken était une femme aussi magnifique. Skavienne, guerrière, noble… Tout disparaît. Pour la première fois, j'oublie complètement ce qu'elle représente. Ce que je vois, c'est une femme nue, terriblement attirante. Bander à ce point pour une Skavienne… Avoir une telle envie de la serrer dans mes bras… Je croyais que je n'en aurais jamais été capable.

C'est alors qu'elle se met à chanter. Je ne reconnais pas non plus sa voix. Rien à voir avec ses ordres secs, ses reparties cinglantes. La voix de Rikken, quand elle chante, est d'une beauté étrange. Chaude et enivrante. Et, quand je reconnais l'air et les paroles, elle touche immédiatement quelque chose en moi. Un parfum d'enfance, un air d'une absolue tristesse. Ce n'est pas du skavien. Je ne sais pas où elle a appris ça, mais c'est ma langue natale que j'entends, et elle m'emporte à mille lieues, à mille ans d'ici. Bouche bée, je laisse la mélodie m'emporter. Cette musique… C'est mon pays ! C'est le Sud !

La rencontre d'Ekarraï, le capitaine des mers du Sud, avec l'étrange Meteyelle, la fille des océans. C'est la plus vieille des histoires d'amour, la plus connue dans les six royaumes… Mon frère Sagal me la jouait à la mandoline quand je faisais des cauchemars. Ekarraï et Meteyelle, c'est la beauté de la mer, les voiles des navires sur le bleu de l'océan. C'est l'arrachement à l'enfance, la souffrance de l'exil. Le chant de Rikken se fait plus poignant, plus fort. Ekarraï raconte son amour pour la belle fille aux cheveux d'écume qui danse sur les ailes du vent.

Hommayad, ma ville natale, surgit dans mon souvenir, avec ses palmiers lourds de fruits, ses figuiers, ses vignes. Je revois la grand-place, les tours du palais et ses chevaux blancs qui passent en tirant un carrosse. Je sens sur ma peau le soleil brûlant des mers du Sud, le vent des lagons. Il porte l'odeur des épices, des fruits gorgés de jus.

Dans la chanson, la nuit tombe sur les navires, et un croissant de lune se reflète sur les eaux du port. Le vent et la mer chantent pour Meteyelle, la fille de l'océan, et pour Ekarraï, son amour interdit. Ils chantent et les amants dansent sur le sable, sur l'écume, sur la mer noire. Et ils échappent, pendant un instant, à la mer, à l'océan, à l'air lui-même, à ce monde qui refuse leur amour…

Et puis la voix de Rikken s'arrête brusquement, remplacée par le crépitement assourdissant de l'eau sur la roche. Mais le chant reste comme suspendu dans les airs. C'est quelque chose de magique, qui fait naître en moi un torrent d'émotions. Une envie de me blottir dans ses bras, de pleurer mon enfance, de pleurer avec elle l'amour d'Ekarraï… Elle me tourne le dos et se penche vers un petit sac rempli de cendres, dont elle prend une poignée pour se laver. Pendant un instant, elle tourne la tête de mon côté et j'en reste pétrifié… Mais c'est une fausse alerte, son regard passe sans s'arrêter sur moi. Elle sourit dans le vide et se retourne.

Je pourrais faire un pas en avant. Je pourrais tenter ma chance, lui parler, l'embrasser peut-être. Au lieu de ça, je me recule à pas de loup, hagard, en me sentant affreusement stupide. Je dévale le lit du ruisseau en sens inverse, tombant plusieurs fois, glissant sur la pierre humide, et je me retrouve dans la forêt de chênes, avec un millier de questions dans la tête et une seule certitude : je suis mal, foutresaint. Je suis très mal.

Chapitre 21

Le soleil dans notre dos est encore bien au-dessus de la crête : en été, dans ce pays du Nord, les journées s'étirent en longueur. Sur le chemin du retour, les Skaviens marchent en silence d'un pas lourd. Ils ont la mine basse, l'œil sombre, et ils évitent mon regard.

Notre petite troupe traverse la forêt de chênes, débouche sur le petit pont qui franchit la Thorkel et longe la rivière jusqu'au village, passe à côté des champs en pleine moisson. Dans certains d'entre eux, les tiges coupées forment comme une forêt de paille sèche, et à d'autres endroits, les épis mûrs attendent encore la faux. C'est le début de l'été.

J'évite le regard de Rikken, en fait j'évite carrément de la regarder. Elle et moi, il faut oublier. De toute façon, c'est un bloc de glace, elle ne pense qu'à sa vallée. Et puis… une Skavienne ? Une noble ? N'importe quoi, mon petit Jal, il faut redescendre de ton nuage et remettre les deux pieds dans la boue. C'est là qu'est ta place.

— C'est joli, ce que tu fredonnes, dit-elle soudain.

— Je fredonne, moi ?

Je ne m'en étais pas rendu compte.

— Oui. *Ekarraï et Meteyelle*, c'est une ballade de ton pays, non ? Je la connais depuis que je suis enfant. Je me demande qui t'a mis cet air dans la tête.

Elle cherche mon regard, mais vu que je l'évite, elle sourit aux anges. Je ne peux pas m'empêcher de l'observer à la dérobée : son éternelle expression fermée a laissé place à un air de douceur ou de nostalgie. C'est catastrophique, je n'arrive plus du tout à la voir comme avant. D'abord, je devine ses courbes de femme sous ses vêtements crasseux. Et puis, surtout, sa voix résonne encore à mes oreilles – sa voix de tout à l'heure, chaude, pleine d'émotion.

— Je connais les paroles presque par cœur, poursuit-elle, mais je n'ai pas la moindre idée de leur sens. Tu pourrais peut-être me les traduire ? Mon père me la chantait comme berceuse, autrefois.

— Ton père ?

— Oui, il l'adorait.

— Et comment il l'a apprise, hein ?

— Eh bien...

Elle s'arrête tout à coup et devient blême. Je lui demande :

— C'était là-bas, hein ? Quand il était soldat ? À ton avis, qui l'a chantée pour lui : un gamin qu'il a tué ? une femme qu'il a forcée ?

D'un regard en coin, je vois que son visage s'est de nouveau fermé, ses traits sont redevenus durs et froids. Qu'est-ce qui lui prend, aussi, de me parler de son père ?

— Tu es trempé des pieds à la tête, dit-elle enfin. Tu es tombé dans une mare ?

Je préfère éluder la question :

— Demain, il faudra commencer l'entraînement des gars. On n'en fera jamais des soldats, mais on peut leur apprendre deux ou trois petites choses qui peuvent leur sauver la vie au combat. Il faudra aussi creuser une tranchée devant le mur pour rendre son escalade plus difficile.

Au printemps prochain, si on est encore vivants, je partirai à Tamis-la-Grande et je quitterai ce trou paumé.

S'il y a bien une chose complètement stupide à ne surtout pas faire en ce moment, c'est d'avoir un foutu béguin pour la fille d'un chevalier skavien.

— Et puis on taillera des épieux qu'on durcira au feu, il n'y a rien de tel pour repousser des gars qui grimpent à un mur. On hissera des pierres sur les parois rocheuses en hauteur pour les balancer sur les assaillants, ça fait toujours du dégât…

— Comme tu voudras, répond-elle d'une voix fatiguée.

À l'arrivée au village, un homme nous attend, planté au milieu du chemin avec une épée sur l'épaule. Je reconnais aussitôt cette petite barbiche bien taillée et ce visage allongé : c'est le pillard que dame Rikken avait épargné sur la grand-place. Celui qui a juré, lui aussi, de défendre la vallée jusqu'à son dernier souffle – une promesse faite avec un couteau sous la gorge.

— Salut, l'ami ! me lance-t-il avec un grand sourire et un geste de la main.

C'est un Skavien, lui aussi. Mais pas du genre bouseux-gratte-la-terre : c'est un guerrier. Je lui donne trente-cinq ans, bel homme. Je le jauge du regard. D'instinct, je le vois tout de suite comme un combattant dangereux qu'il vaut mieux avoir dans son camp plutôt qu'en face. Grand, rapide, rusé.

— Jal, dis-je en lui tendant la main.

Je garde l'autre main sur le manche de mon poignard. On ne sait jamais.

— Sakynn.

Il me serre la main et me donne une bourrade sur l'épaule, puis il adresse quelques mots aux villageois, avec une assurance assez étonnante, presque comme un bateleur qui fait sa réclame. Un tout jeune gars, à peine sorti de l'enfance, lui demande avec des yeux embués de larmes :

— Vous étiez à la bataille des Trois-Collines ? Vous vous êtes battu pour notre roi ?

Sakynn fait un geste assez théâtral, baisse la tête et d'une voix chargée de regret, il répond :

— J'y étais.

Un murmure passe de bouche en bouche.

Moi aussi, j'y étais. Mais dans l'autre camp.

Douze mille Skaviens rameutés des quatre coins du royaume à la va-vite, ça avait été du gâteau pour nous : erreurs tactiques, troupes mal entraînées et divisées en clans... Le roi de Skavie a été massacré sur place avec la fine fleur de sa chevalerie. Le Vieux Dragon les avait attirés dans un piège. Il a fait son affaire des Guerriers-Mages d'en face et, après ça, il a craché ses flammes sur la moitié du champ de bataille. Il riait comme un damné en voyant flamber les Têtes jaunes.

— J'ai vu la mort de notre roi, continue Sakynn, frappé lâchement dans le dos par une lance ennemie. J'étais à ses côtés quand il a rendu son dernier souffle.

Un cercle se forme autour de lui, et tous les autres villageois sortent de leurs maisons pour voir le phénomène. Ses liens ont disparu de ses poignets, avec son sourire charmeur et son talent de conteur, il fascine autant les enfants que les parents. Les Skaviens oublient complètement que, la veille, il était venu piller leur village avec ses petits copains.

C'est fou comme les paysans ont la mémoire courte.

Il faut le voir raconter ses aventures de guerre en faisant de grands gestes, en poussant des cris : il en fait des tonnes, le bougre, mais c'est exactement ce qui plaît à ces culs-terreux. Entre deux histoires, je m'approche de lui et lui glisse tout bas :

— Où est-ce qu'ils t'avaient mis ?

— Le Ka m'a gardé toute la journée prisonnier dans sa cave, répond Sakynn. Mais nous sommes arrivés à un accord, lui et moi. Il m'a libéré ce matin.

Enfin, j'aurai un guerrier de métier sous la main ! C'est un Skavien et un homme d'expérience, tout ce que je ne suis pas. Il ne sera pas de trop pour convaincre tous ces bons à rien de se mettre au travail.

— Dis-moi, Sudien, que penses-tu de lui ? me souffle dame Rikken quand il s'est éloigné.

— Rikken, je crois que ce gars devrait prendre ma place.

— Hors de question. C'est toi, notre champion.

— Je n'ai pas dit que j'allais partir. Mais je pourrais très bien combattre à ses côtés, à ma manière. Il est beaucoup mieux placé que moi pour commander des Skaviens.

— Non, dit-elle avec une pointe d'agacement.

— Et pourquoi ?

Elle hésite un instant et répond finalement :

— Parce que toi, je t'ai vu te battre pour nous. Vraiment, pas juste en paroles. Parce que je sais que tu ne restes pas pour l'argent. Et parce que mon instinct me dit que je peux te faire confiance.

— Foutaises ! Il vous avait prévenue, votre instinct, quand j'ai failli foutre le camp de la vallée ?

— Tu es revenu.

— Possible, dis-je en grommelant.

— Et puis c'est toi, le Guerrier-Mage.

Peut-être. Sauf qu'un Guerrier-Mage sans un cercle de compagnons n'a strictement aucun pouvoir…

Je fais quelques pas à l'écart pour me sortir de cette foule. C'est à ce moment-là que Sakynn réapparaît à mes côtés, comme par magie, pendant que les Skaviens continuent à gesticuler et à se répéter ses bons mots.

— Alors, Jal, fait-il, pas trop la trouille ?

En fait, si.

— De quelle armée faisais-tu partie exactement ? me demande-t-il. Quel chef avais-tu ?

— Treizième légion de l'armée royale ostéroise, sous le commandement direct du général Hast.

— L'armée royale ? Eh bien ! Tu dois être un sacré combattant pour qu'ils aient pris un étranger dans leurs rangs !

Évidemment que je le suis. Il y a même eu un moment de ma vie où j'ai été fou de joie de cet honneur.

— J'ai été mercenaire pour les Ostérois, à une époque, et j'ai entendu parler d'un gars dans la 13e, continue Sakynn. C'était un sacré bonhomme, un vrai géant, haut comme une montagne… Il avait une manie, c'était de prendre sous son aile des gars moins forts que lui ou de jeunes recrues. Il était aux petits soins pour eux, il les protégeait des costauds et des brimades. Et il portait un drôle de nom : « Grand Hulan », je crois.

— Me rappelle pas.

Le mensonge, c'est plus facile, ça coupe court au chagrin. Grand Hulan était un brave gars qui défendait les faibles. Il est mort à l'entrée de la vallée, paix à son âme. Parlons d'autre chose.

— Dis-moi, Sakynn, qu'est-ce que tu fous ici, mon vieux ? Tu as vraiment l'intention de mourir pour ces paysans ?

Il éclate de rire.

— Je pourrais te poser la même question ! Je croyais que les Sudiens comme toi nous détestaient, qu'ils méprisaient notre culte, qu'ils pensaient que nous n'adorions pas les saints elfes de la bonne manière ?

— Tu croyais juste.

Je m'aperçois que plusieurs Skaviens se sont rapprochés de nous et qu'ils ont sûrement entendu notre échange. En tout cas, ils me jettent des regards méfiants.

— Ma première raison de rester, dit finalement Sakynn en baissant la voix, c'est qu'il ne faut pas sous-estimer la jolie blonde avec son arc. Cette fille a un sixième sens et si on fait un seul pas de travers, toi ou moi, elle ne nous loupera pas.

Je hoche la tête.

— Dame Rikken ? Tu as raison, il faut s'en méfier.

Dire que, la veille, elle me guettait dans l'ombre à la sortie de la vallée pour me planter une flèche dans le cou…

— Mais j'ai une autre raison de rester au village, poursuit Sakynn. Franchement, Jal, tu sais de quoi je parle, non ?

— Non.

Il baisse encore la voix :

— On a la belle vie, ici, non ? Dans un pays en guerre, les guerriers sont des princes.

« Un guerrier ne doit pas s'efforcer de se sentir chez lui en pays étranger : c'est le pays étranger qui doit se conformer à lui », me souffle Maître Hokoun, comme pour appuyer Sakynn.

— Tu es trop jeune pour avoir connu ça, mais en temps de paix, les guerriers sont des moins que rien, les gens nous méprisent, ils nous refusent la main de leurs filles. Depuis que les six royaumes flambent de nouveau comme des torches et que la guerre est partout, on nous paie, on nous acclame, on nous obéit… La guerre, c'est pas le paradis ? Honnêtement, Jal ?

Non.

C'est l'enfer.

Visiblement, on ne partage pas le même point de vue sur la question.

— Il y a de sacrés jolis brins de filles dans le coin, poursuit-il, et elles nous prennent pour des héros !

Lui peut-être, parce qu'il est skavien. Moi, je leur fais peur.

— Ils sont aux petits soins pour nous, ici, on s'empiffre comme des porcs, fait-il avec un geste de la main. Moi, ça faisait des mois que je ne mangeais plus que du pain de guerre dur comme du bois, bourré d'asticots.

Mon Dieu, le pain de guerre ! J'avais déjà presque oublié cette saleté !

— Ce continent est à feu et à sang, il a été dévoré par les gens comme nous, rongé jusqu'aux os, ce n'est plus qu'une carcasse vide. Tant qu'il existe encore des endroits comme celui-ci, il faut en profiter, pas vrai ?

J'acquiesce de la tête.

— Ça fait des années que je n'avais pas vu un village intact.

— Exactement. Ils sont tendres, les gens d'ici, ils ne savent pas ce que c'est que la guerre. Ils ont encore ce petit air innocent des paysans qui n'ont jamais connu le pillage et les viols. Moi, je les trouve mignonnets, tous ces culs-terreux. Pas toi ?

Au fond, il a raison.

Cet endroit est un miracle, dans son genre.

Ces gens ont encore de l'espoir et des vies simples.

— Et puis, quand ça commencera à sentir le roussi… Dans le feu de l'action il y aura toujours moyen de mettre fin au contrat, si tu vois ce que je veux dire.

Il éclate de rire de nouveau et me chuchote à l'oreille, en me posant la main sur l'épaule :

— Au fait, fils, je ne doute pas un instant que tu sois une fine lame, je t'ai vu à l'œuvre. Seulement… entre nous, tu n'es pas plus Guerrier-Mage que moi, hein ?

— Honnêtement, Sakynn, moi-même, j'ai du mal à y croire.

Chapitre 22

— Jal ! hurle soudain dame Rikken.

Elle s'est tournée vers l'ouest, aux aguets, comme une panthère à l'arrêt.

— Ils sont là. Dans la vallée.

Quelques Skaviens se retournent, et moi aussi.

— Qui ça ?

— Des fourrageurs ennemis ! Des Ostérois !

— Comment peux-tu le savoir ?

Je m'écarte de quelques pas et tends l'oreille.

— S'il y avait eu une alerte, on aurait entendu le cor du guetteur ! Henrik est toujours là-haut, non ?

Les hommes se sont tus. La Thorkel continue de s'écouler en bruissant, en contrebas, un vent froid siffle du nord et un corbeau croasse dans le lointain.

Et soudain, je l'entends. On l'entend tous : un son grave, puissant, sinistre, qui fait vibrer la montagne tout entière et qui se répercute de crête en crête.

Le son de ce foutu cor d'alarme.

— Suivez-moi ! crie dame Rikken.

Maintenant que la menace se fait plus précise, les villageois se mettent à l'écouter et à lui obéir. Ils se ruent à sa suite vers la maison du Ka, où des domestiques sortent déjà, les bras chargés des armes récupérées ces derniers jours : couteaux, hallebardes, arcs, piques, épées… Il y a même une arbalète et une hache de guerre. Il n'y en aura pas pour tout le monde, mais ce sera déjà un début.

Dame Rikken est partout à la fois. Elle jauge chaque homme d'un regard et lui tend l'arme qu'elle estime la plus appropriée : une pique pour les plus grands, une épée pour les plus habiles, un couteau pour ceux qui ont l'air rapide.

Je suis obligé de jouer des coudes pour la rejoindre.

— Rikken !

— Toi, dit-elle, trouve-toi un cercle de compagnons-guerriers. Reste avec eux, combattez ensemble. Si vous survivez à cette bataille, vous deviendrez des frères d'armes. Vous aurez tissé les liens du sang.

— Rikken ! Écoute-moi !

Elle distribue la dernière masse d'armes et me jette enfin un regard.

— Quoi ?

— Comment tu as su qu'ils arrivaient ?

— Je l'ai su, c'est tout.

Elle pointe le doigt vers l'entrée de la vallée.

— Il faut les tuer jusqu'au dernier. Si un seul d'entre eux arrive à s'enfuir, il ira prévenir le reste de l'armée. Dépêchons-nous, ils vont sûrement suivre le chemin à travers la forêt de chênes, droit vers le village.

Sakynn nous rejoint tous les deux.

— Ils ont entendu le cor d'alarme, eux aussi, dit-il, ils savent qu'ils sont attendus, maintenant…

— Ils vont avancer prudemment. Le chemin est mauvais dans la forêt et la pente est contre eux, poursuit dame Rikken. Et puis, je suppose qu'ils seront encombrés d'un ou deux chariots pour récupérer nos réserves de grain. Ils mettront trois quarts d'heure pour traverser les bois. Et encore vingt minutes pour arriver au village.

Je secoue la tête :

— Il ne faut pas les attendre au village. Nous allons leur tendre une embuscade au pont, juste à l'orée de la forêt.

— Le pont ? fait la dame en fronçant les sourcils. Au village, nous aurions plus de temps pour nous préparer.

— Devant le village, ils s'attendront à de la résistance et seront sur leurs gardes. Au contraire, à la sortie des bois, on peut facilement prendre un groupe en embuscade. Et le pont est un goulot d'étranglement qu'on peut utiliser contre des cavaliers.

Sakynn fait une moue sceptique :

— Ouais, encore faut-il qu'on y arrive avant eux…

— Le pont est à peine à une demi-heure de marche d'ici, on y arrivera si on ne traîne pas.

— Je ne suis pas convaincu, répond Sakynn.

Moi si. Je sais que c'est la meilleure solution, d'une manière évidente, presque innée. Et si je suis resté, c'est pour sauver ces gens, pas pour discutailler.

— On ira au pont, c'est tout. Si tu as un problème avec ça, on n'a qu'à le régler tout de suite, dis-je en mettant la main sur la poignée de mon épée.

Il me jette un regard stupéfait et comprend que je suis sérieux. Je peux voir dans sa petite tête qu'il est déjà en train de calculer ses chances au combat contre moi, mais il a dû entendre dame Rikken raconter que j'ai tué quinze cavaliers dans la forêt. En tout cas, il ne tente pas le coup.

— On ne va quand même pas commencer à se battre entre nous, voyons ! fait-il avec un sourire. Va pour le pont !

Il nous faut à peine quelques minutes pour rassembler nos hommes et faire passer le mot : « Tous au pont et trouvez-vous une arme si vous n'en avez pas. » Bâton, fourche, couteau, ceux qui n'ont rien eu à la distribution dégottent tous quelque chose.

— Je vous ai apporté votre épée, votre armure et votre casque, me crie Paol qui s'est frayé un chemin jusqu'à moi.

Je grommelle un vague merci, chausse mon casque ostérois et enfile ma cuirasse de cuir bouilli, avec son aide.

— Je veux me battre, moi aussi ! ajoute-t-il.

Il tient à la main un bâton taillé en pointe et Gloutonne est sur ses talons avec une pierre dans chaque main.

— Hors de question. Vous, les gamins, vous restez au village et si l'ennemi arrive à passer, vous vous cachez dans les haies, compris ?

Le petit Paol baisse la tête, déçu, mais Gloutonne continue de me regarder d'un air de défi. Je la prends par les poignets et la regarde droit dans les yeux :

— Si la vallée est détruite, je veux que vous partiez tous les deux.

— Jal pas mourir, dit Gloutonne avec un sourire.

Je me mets à crier et à la secouer :

— Écoute-moi, idiote ! Tu prendras mon sac et la statuette. Vous irez tous les deux en Ostérie, en longeant la montagne jusqu'à la frontière.

— Jal pas mourir ! répète Gloutonne avec un soupçon de colère dans la voix – ou peut-être de peur.

— Ouais, je vais essayer.

— Il faut partir, Jal ! crie dame Rikken.

Je laisse les deux gosses au bord des larmes sur la place du village.

Sur le chemin nous attendent deux nouveaux arrivants : une silhouette frêle et l'autre gigantesque. Nola et son patient, le Norrois.

Nola porte des vêtements souples qu'elle a déjà maculés de terre pour se camoufler. Je n'aime pas la voir aussi près du combat. Rien qu'à la regarder, je l'imagine déjà ouverte en deux, morte et pleine de sang.

— Qu'est-ce que tu fabriques ici, toi ?

— Vous aurez besoin de quelqu'un pour soigner les blessés. J'ai apporté le nécessaire, dit-elle en montrant son sac à dos.

Elle me regarde droit dans les yeux. Je sens la peur en elle, dans tout son corps – la même peur que celle qui l'avait paralysée quand le barbu à la hache nous avait attaqués dans la maison. Mais elle l'a maîtrisée, depuis, elle l'a muselée.

— Et ton patient, dis-je en désignant le colosse du menton. Il est vraiment en état de se battre ? Je croyais qu'il était mourant ?

Elle se retourne vers lui.

— Je ne comprends pas, moi non plus. C'est sans doute l'effet magique de l'herbe-de-prince. Il m'en restait un peu. J'ai ôté les quatre flèches fichées dans son dos, hier matin, et… ce soir il est presque guéri.

— Il parle notre langue ? C'est quoi, son nom ?

— Il s'appelle Odomar.

— Odomar, répète le Norrois d'une grosse voix enrouée.

Il a enfilé sa cotte de mailles, sa barbe et ses longs cheveux roux ont été peignés et tressés. Ses yeux gris, presque blancs, me contemplent avec un calme inhumain. J'ai du mal à lui donner un âge. Trente ? Quarante ans ? Impossible à dire. Il est indéchiffrable.

Il est encore un peu raide, mais il tient debout. Bon Dieu, ce qu'il est grand, il sera un sacré atout au combat. Est-ce que je peux faire confiance à un gars qui était venu piller le village ? Sa place est au bout d'une corde. Mais il a sauvé Paol. De toute façon, dame Rikken a depuis longtemps répondu à cette question : on n'a pas le choix, on a besoin de tout le monde. Je me plante devant lui, bras croisés.

— Pourquoi tu t'es levé, le Norrois ? Qu'est-ce que tu viens faire ici ? Nous, on est tous là pour se battre. C'est ça que tu veux ?

— Se battre, confirme Odomar en caressant le manche de son immense hache.

Je consulte Rikken du regard. Est-ce qu'elle va encore lui servir son petit laïus avec le couteau sous la gorge ? On n'a pas le temps pour ça, foutredieu. Mais elle se contente de hausser les épaules et nous fait signe de ne pas traîner.

— Bonne nouvelle, mon gars, dis-je finalement. Alors en route !

Autour de nous, tout en marchant, les paysans plaisantent et bombent le torse, ils brandissent leurs piques, font tinter leurs sabres et leurs épées sans s'apercevoir qu'ils les tiennent comme de vulgaires gourdins. Ils portent encore leurs chapeaux de paille, leurs vêtements crottés de terre, la plupart vont pieds nus ou en sabots. Tu parles d'une troupe… Ils se croient invincibles. Ils ne connaissent rien de la guerre, mais ils sentent cette force du groupe, si exaltante, si trompeuse, qui leur promet la gloire.

Chapitre 23

— Trouve-toi des compagnons de cercle, me souffle la dame. Tu as une demi-heure.

— Quoi ? Maintenant ? Sur le chemin ?

— Tu vois un autre moment ? Presque tous les hommes du village sont ici. Fais ton choix ! Mais ne te trompe pas, surtout. Un mauvais cercle fait un mauvais Guerrier-Mage.

— Comment le savez-vous ? C'est votre fiancé, Björn, le Guerrier-Mage, qui vous l'a dit ?

— Il était compagnon. Pas Guerrier-Mage.

— Et donc vous savez comment fonctionne cette foutue magie ?

Elle soupire.

— Un peu seulement. Ce qu'il a bien voulu m'en dire. Ce que j'ai compris par moi-même. Maintenant, concentre-toi sur ta tâche : choisis-les.

— C'est qu'ils ont l'air d'une belle brochette d'abrutis. Je dois prendre lesquels ?

— Ce n'est pas à moi de te le dire. C'est au Guerrier-Mage de désigner ses compagnons.

— Hé ! Sakynn !

Il se retourne et me fait son grand sourire charmeur.

— Tu seras mon premier compagnon !

— Avec joie, mon ami.

— Tu es sûr de ton choix ? chuchote dame Rikken.

— Évidemment : mis à part Odomar qui est blessé et qui parle à peine notre langue, c'est le seul qui sache se battre. Pour mener une guerre, il faut des guerriers, non ?

Je déambule au milieu des autres, l'épée à la main.

— Toi, suis-moi ! dis-je à un jeune homme, fort comme un taureau.

Puis je désigne un gars qui me paraît moins crasseux, moins mal dégrossi que les autres. Un futé dans la bande, ça peut servir aussi.

— Et toi !

Les deux Skaviens me regardent comme si le ciel leur était tombé sur la tête, mais ils se regroupent quand même autour de moi.

— Seulement ? me souffle dame Rikken. Avec Sakynn et toi, ça ne fait que quatre ! Pour un cercle de compagnons, c'est maigre !

Je la prends à part et m'éloigne de quelques pas.

— Ils n'ont jamais tenu une épée de leur vie, ils puent la chèvre et la merde de porc. Qu'est-ce que vous voulez que j'en fasse ? Quatre, ce sera déjà un début, non ?

Sakynn me fait un clin d'œil complice. Il sait qu'on ne change pas un paysan en soldat d'un coup de baguette magique. Le maniement de l'épée s'apprend avec des années de pratique. Celui de l'arc demande toute une vie.

— Trouve des liens d'énergie avec eux, me dit dame Rikken. Ce sont ces liens, la clé de tout.

Je ferme les yeux et j'essaie de me représenter par la pensée un lien d'énergie avec ces Skaviens. Mais je reste dans le noir complet. Tout ce qui me vient, c'est un début de migraine. Peut-être que je dois les considérer un par un ? Mon regard passe de l'un à l'autre.

Sakynn est grand et mince, il est taillé pour l'esquive et a une bonne allonge. Il lui faut une arme légère, tranchante, et il l'a bien compris puisqu'il porte une épée à lame longue. Il a aussi récupéré notre unique arbalète, qu'il s'est passée dans le dos. Je l'ai vu la nettoyer à la salive, armer l'arc en la tenant par le pied : visiblement, il sait s'en servir.

Ensuite, vient le costaud que j'ai choisi pour sa force. Une brute à la face plate, auxquels ses sourcils broussailleux donnent un air ahuri. Il a une hache comme arme et ça lui va bien.

— Toi, comment tu t'appelles ?

— Gerulf, répond-il d'une voix bourrue, en regardant ses pieds.

— Gerulf, *mon capitaine.*

Je lui colle une taloche sur la nuque, tout en marchant.

— Quel âge as-tu ?

— Vingt-trois ou vingt-quatre, mon capitaine. Je ne sais pas exactement.

Bon Dieu, ça commence bien !

— Tu as une amoureuse ?

— Oui, mon capitaine. Elle s'appelle Briët.

— Alors, quand tu auras un soldat ostérois en face de toi, pense à Briët entre ses sales pattes, compris ?

Il lève enfin les yeux sur moi. Son regard devient féroce, ses mains blanchissent sur le manche de la hache et pendant un instant, je me demande s'il ne va pas faire du petit bois avec ma tête.

— Compris, mon capitaine, dit-il avec une lueur nouvelle dans le regard.

Reste le dernier, mon futé de la bande – du moins je l'espère –, qui marche un peu à la traîne. Celui-là tient une masse d'armes : pas forcément un mauvais choix pour quelqu'un qui n'a pas d'entraînement.

— Et toi, ton nom ?

— Je m'appelle Arwin, mon capitaine.

Sa voix efféminée ne me dit rien de bon.

— Une amoureuse ?

Il rougit et baisse la tête.

— Je n'en ai pas.

— Tu es un paysan ?

— Non, mon capitaine, je suis berger.

Un berger ! Je vais partir en guerre avec un berger !

— Bon, intervient dame Rikken, commençons par les bases. Lequel d'entre vous connaît le nom d'un Guerrier-Mage ?

Sakynn lève les yeux au ciel. Finalement, Arwin répond timidement :

— Alaric de Nogorov, le Guerrier-Mage de notre roi. D'après ce qu'on dit, il a été tué il y a trois semaines par le Vieux Dragon, ce général qui commande l'armée ostéroise.

— Malheureusement, dit la dame.

— C'était à la bataille des Trois-Collines…, fait Sakynn.

— Himmel le Hoggot ? poursuit Arwin qui s'enhardit. À ce qu'on raconte, il pouvait commander à la foudre. On a longtemps dit qu'il était invincible.

— Jusqu'à ce que le Vieux Dragon les fasse flamber comme une brochette, lui et son cercle, sur les murailles de Hangorod…, murmure Sakynn.

Et comme tout le monde le regarde avec de grands yeux, il fait un sourire d'excuse :

— Je ne dis pas ça pour vous ruiner le moral. Il se trouve que ce salopard d'Ostérois a dégommé les trois quarts des Guerriers-Mages du continent.

Dame Rikken le fait taire d'un geste de la main, elle regarde où nous sommes sur le chemin et évalue le temps qui nous reste.

— Bon, passons à une autre question. Je suppose que vous pouvez tous me dire ce qu'est un « cercle de compagnons », n'est-ce pas ?

— Ce sont les serviteurs d'un Guerrier-Mage, non ? propose Gerulf.

— Faux, répond dame Rikken. Il n'y a pas de « serviteurs ». Il y a des « compagnons ». Les mots sont importants.

— C'est un groupe de guerriers réunis autour d'un mage, dit Arwin le berger. Avec eux, le Guerrier-Mage peut accomplir des exploits extraordinaires, comme percer une muraille ou mettre le feu à une région tout entière !

— Oui, dit dame Rikken, plus ou moins. Le secret de sa force, c'est le lien entre les membres du cercle. Ils doivent être comme les doigts de la main : unis comme des frères d'armes. Si vous parvenez à créer des liens entre vous, votre force habitera Jal et fera de lui un guerrier hors du commun.

« Le cercle est lisse et sans défaut, comme un acier trois fois trempé. À l'intérieur du cercle, il n'y a ni ami, ni parent, il n'y a que le grand feu des âmes réunies. »

Merci, Maître Hokoun, mais je crois que ça ne va pas beaucoup les aider à comprendre, concrètement.

— Si l'un de vous est fort comme un cheval, fait la dame en tâtant le bras de Gerulf, il sera fort comme un cheval. Si l'un d'entre vous sait manier le couteau, comme Sakynn, il le saura aussi. En fait, il sera encore plus fort que Gerulf et encore plus habile que Sakynn, sa force dépassera la somme de celles de ses compagnons.

— Et… et moi ? demande Arwin.

— Je ne sais pas encore. Chacun a un talent, un don, une expérience. Tu connais les bêtes, non ? Alors, dans le cercle de compagnons, ce don sera démultiplié, Jal pourra peut-être parler et commander aux animaux sauvages qui peuplent la forêt.

— Sérieusement ? Il pourra leur parler ? demande Arwin. Alors, c'est ça, un cercle de compagnons ?

Il a l'air beaucoup plus enthousiaste, tout à coup.

— Au combat, Jal sera presque invincible, c'est ça ? demande Gerulf.

— Non, vous venez juste de vous rencontrer, il n'y a pas encore de lien entre vous, répond la dame. N'attendez pas de miracle aujourd'hui.

Chapitre 24

Notre petite troupe a dépassé le moulin, on arrive déjà en vue de la forêt. Le soleil nous fait face, la barrière rocheuse qui nous sert de rempart s'illumine de jaune et d'orange : c'est comme si les flammes continuaient de brûler dans la plaine.

— Et voilà, dis-je à mon « cercle ». La leçon de magie est terminée, on est arrivés.

Parmi les paysans autour de nous, les hommes ont vite oublié le son du cor et le danger. Il ne reste que l'excitation du combat, le frisson de la marche… Les langues se délient, on entend des rires étouffés, des conversations à voix basse.

Tout le monde s'arrête devant le petit pont en bois. Sur notre rive, il y a une grande ferme entourée de pommiers. En face, la forêt. Et au milieu, la Thorkel passe en grondant, gonflée par les pluies de la veille. La lumière a déjà baissé, mais nous avons encore une ou deux bonnes heures de jour.

Je demande à Nola :

— Quelqu'un vit dans cette ferme ?

— Ollag et ses trois filles.

— Il faut qu'ils foutent le camp et qu'ils aillent se cacher plus loin, ça pourrait mal tourner pour eux.

Je jette un coup d'œil à mes paysans, qui se sont tus depuis que nous sommes arrivés. À vue de nez, je dirais qu'ils sont entre soixante et soixante-dix.

Bon, il n'y a pas un instant à perdre. Je rassemble mon état-major autour de moi : mon cercle, Nola, Rikken et Odomar le Norrois.

— Je vous rappelle notre objectif : pas un seul ne doit s'échapper.

— Pas un seul, répète Odomar.

Je pointe le doigt sur lui :

— Toi, tu vas prendre le commandement de cinquante hommes et tu vas les cacher derrière la ferme. Tu laisses l'ennemi sortir des bois, franchir le pont et s'avancer au plus près du bâtiment, et puis tu charges. N'hésitez pas à gueuler fort et à viser les chevaux. Votre objectif, ce sera de les rabattre vers le pont.

— Vers le pont.

— Toi, dis-je à Nola. Tu rentres dans la ferme et tu n'en sors pas avant que le combat ne soit terminé. Sans soins, les trois quarts de nos blessés mourraient dans la semaine. On ne peut pas se permettre de perdre notre guérisseuse.

Elle acquiesce de la tête. Un sourire flotte sur ses lèvres parce que je l'ai appelée « guérisseuse » et non « apprentie ».

— Dame Rikken, vous prenez les gars qui restent, il devrait y en avoir une quinzaine. Vous les cachez dans les bois. Quand l'ennemi voudra faire demi-tour sur le pont, face à Odomar et à ses hommes, vous vous mettrez en mouvement pour les bloquer. Choisissez ceux qui ont des piques, ils feront merveille contre des cavaliers. Et vous, avec votre arc, vous les poinçonnerez de loin.

— Entendu, Sudien.

— Toi, Sakynn, puisque tu as une arbalète, cache-toi au sol derrière l'un des pommiers. Tu lâcheras un carreau quand ils reviendront vers le pont. Un cavalier en moins, ce sera déjà ça. Et ensuite tu viendras nous prêter main-forte. J'aurai besoin d'un bon combattant avec moi.

— Et toi, Jal, me demande-t-il. Où seras-tu ?

— Moi ? Avec Gerulf et Arwin, je serai caché sous le pont. Quand les cavaliers seront pris en tenaille, on remontera par surprise sous leurs pattes et on affolera les chevaux. Ça jettera une sacrée pagaille.

— Belle improvisation, Sudien, fait la dame. C'est un bon plan. Au fait, comment va ta main ? Est-ce qu'elle va te gêner au combat ?

Je regarde ma paume, mes doigts, ceux que j'ai écrasés à coups de caillasse le matin même. Tiens ? Les blessures ont presque entièrement disparu ! Il n'y a plus que de petites traces rouges. J'avais dû me faire moins mal que je ne le pensais.

— Tu guéris étonnamment vite, murmure-t-elle avec un regard stupéfait.

Je hausse les épaules et passe en revue mon état-major du regard.

— Des questions ?

La dame me désigne les paysans armés de bric et de broc qui nous observent en silence.

— Je crois que tu devrais leur parler.

Je me tourne vers tous ces Skaviens. Mon épée me démange dans la main : celle que je n'avais pas quand les Têtes jaunes ont pillé Hommayad, celle que j'étais trop petit pour porter à l'époque. Une épée comme celle que mon père devait tenir lui aussi, sur les murailles de la ville, quand ils l'ont tué.

Qu'est-ce que ça ferait si j'avançais vers eux et si je leur fracassais le crâne l'un après l'autre, pour voir ? Combien je pourrais en tuer ? Qui pourrait me résister ?

« Frappe ton ennemi quand il est faible, Dal Koom. Le guerrier avisé sait attendre le moment propice pour attaquer, et parfois, ce moment ne vient pas avant des années. »

Je chasse cette pensée de mon esprit.

Il faut que je me fasse à l'idée que je dois protéger ces Skaviens-là. Pas les massacrer. J'ai du mal, mais je vais y arriver.

— Skaviens !

La Thorkel gronde dans mon dos, je gueule plus fort qu'elle.

— Je ne vais pas vous raconter d'histoires. Je suis sudien et je ne vous aime pas. Je ne suis pas votre Ka. Je ne suis pas votre ami. Mais j'ai juré de vous protéger et je tiendrai cette promesse jusqu'au bout, quoi qu'il arrive, et même si vous ne voulez plus de moi... Alors aujourd'hui, vous allez m'obéir d'une manière aveugle, totale, immédiate. C'est clair ?

Personne n'ose répliquer.

— Vous ne le ferez pas pour mes beaux yeux. Vous le ferez pour vous. Parce que, si vous ne les arrêtez pas, ces foutus soldats ostérois vous réduiront en esclavage, ils feront de vos femmes leurs putains, ils égorgeront vos parents et vos enfants, avant de piller tout ce que vous possédez et de faire de cet endroit un désert.

Je marque une pause.

— Et puis il y a une dernière raison : vous le ferez aussi parce que le premier d'entre vous qui discutera mes ordres, je le pendrai à un arbre par les pieds jusqu'à ce que sa tête éclate comme une pêche mûre.

Je me tourne vers dame Rikken qui me chuchote :

— La prochaine fois, c'est moi qui fais le discours.

Gerulf se tient debout devant le pont, les bras ballants, à m'attendre comme un imbécile. Pendant ce temps, Arwin s'est glissé entre deux piles et cherche déjà les prises qu'il va utiliser pour remonter au cours du combat. Je ne m'étais pas trompé : c'est un futé.

— Tous les deux, roulez-vous dans la boue comme l'a fait Nola.

Comme des automates, ils m'obéissent sans mot dire. En eux, la peur est revenue. Je peux la lire dans leurs gestes, elle leur colle au ventre.

— Arwin ! C'est ça, que tu appelles te rouler dans la boue ?

Il a juste crotté le bas de ses jambes.

— Je… je n'aime pas trop me salir.

— La guerre, c'est sale, mon gars.

Je trempe la main dans la terre grasse de la berge et lui en barbouille le visage et les cheveux.

— Un bon camouflage, ça peut te sauver la vie. Voilà ! Tes cheveux sont aussi noirs que les miens, maintenant, on dirait un vrai Sudien !

Et j'ajoute pour mes deux compagnons :

— Que les saints vous protègent, *tcharaïs* !

— Que les saints vous protègent, capitaine ! répondent-ils.

J'essaie de voir un lien entre nos esprits et de retrouver les sensations que j'avais avec Gloutonne, dans la forêt. Je ferme les yeux et je cherche, je cherche comme un fou, mais je ne vois strictement rien, le vide absolu. C'est sans doute trop tôt : ces deux gars ne sont rien pour moi, nous ne sommes pas encore des frères d'armes. Peut-être qu'après le combat nous serons enfin liés ? Ou peut-être que les fameux « mots de pouvoir » me manquent pour réussir ?

Je leur fais signe de se glisser sous le tablier du pont, côté ferme d'Ollag, dans un réduit minuscule. Trois hommes en paquet, tassés comme des fagots au-dessus d'un ruisseau au grondement furieux.

Savoir attendre, c'est la première qualité du bon soldat. Attendre et se geler. Attendre et crever de faim. Attendre et crever de trouille.

Arwin ne bouge pas d'un ongle, un vrai rapace à l'affût. Mais Gerulf remue comme un ours et renifle sans arrêt.

Une sueur froide commence à couler le long de mon dos. L'odeur d'humus me donne la nausée et ma position devient insupportable. L'eau et la boue sur ma peau me glacent les chairs, mes mains s'enfoncent de plus en plus dans la terre et je sens des insectes ramper le long de mes jambes… Ne pas bouger, surtout, faire corps avec la terre.

Chapitre 25

Je les entends arriver de loin.

Ils ne se cachent pas. Ils gloussent et ils braillent, comme de bons petits soldats prêts à fondre sur un village sans défense. Les dindons bien gras, les bourses cachées sous les matelas, les petites femmes qui crient quand on les force... Ils en salivent d'avance !

À l'oreille, je dirais qu'ils sont une douzaine de cavaliers, avec deux chariots. Ils sortent de la forêt, ils s'avancent tranquillement vers le pont. L'un d'eux raconte une histoire aux autres et ils sont tellement secoués de rire qu'ils hurlent et qu'ils se tapent sur les cuisses.

— Et là le paysan me regarde, les yeux baissés, avec son chapeau entre les mains, et il me dit : « Est-ce que vous voulez ma femme, aussi ? »

Je crois que j'ai déjà entendu cette voix quelque part. Autour d'un feu de camp peut-être, ou sur un champ de bataille. J'ai fait partie de cette armée pendant deux ans...

— Non ? Il t'a pas dit ça ?

— Je te jure !

Les planches du pont se mettent à résonner, à vibrer, ça fait un sacré boucan. J'en ai plein les oreilles. J'essaie de compter les chevaux, au jugé. Dix ? Douze ?

— Hé ! Vous voyez ce que je vois ?

— Oh ! La belle petite ferme que voilà ! Avec son beau petit verger !

— Il y aura peut-être du cidre ?

— Et une gentille fille pour nous servir à boire, hein, les gars ?

— On va toquer à la porte et on va demander gentiment. Allez-y, bande de salopards. Allez toquer à la porte…

Avant les hommes, ce sont les chevaux qui se rendent compte du piège et se mettent à hennir. Et puis j'entends une voix terrible, puissante, qui me fait courir un frisson de peur sur l'échine : Odomar. Il est impressionnant.

Alors vient le fracas des combats, les ordres qui fusent. Les voix des soldats passent dans les aigus quand la peur leur remonte des tripes.

— Repliez-vous ! Repliez-vous ! gueule le chef de patrouille.

Les voilà qui reviennent par ici.

Et voilà les cris de la troupe de dame Rikken de l'autre côté.

— C'était une embuscade ! crie un soldat.

Bien vu, mon gros.

Le pont résonne de nouveau du fracas des sabots.

C'est à nous.

Je gueule à pleine voix :

— Pour la vallée !

Arwin et Gerulf beuglent à leur tour :

— Pour la vallée !

Sortir la tête. S'extirper de là, une jambe après l'autre. D'un seul coup d'œil, embrasser le champ de bataille. Comprendre les enjeux. Frapper au bon endroit.

Le pont est bourré à craquer de cavaliers, pris en tenaille entre Odomar et les piquiers de dame Rikken. Les cheveux hennissent et se cabrent, les hommes beuglent en roulant des yeux effrayés, des éclats de boue volent en tous sens.

Quand ils nous voient au milieu d'eux, leur peur se change en panique. Leurs chevaux se bousculent et se gênent sur le pont, ils ne savent pas d'où nous sortons ni combien nous sommes. On se jette dans leurs rangs en poussant des hurlements féroces. Un cheval apeuré fait un écart et tombe du pont avec son cavalier, moi, je taille un jarret au hasard, pique les ventres mous des bêtes, saute d'un côté et de l'autre pour éviter les sabots.

Gerulf abat sa hache sur la jambe d'un soldat qui hurle de douleur, Arwin a perdu son arme, il a ramassé une épée qu'il fait tournoyer autour de lui au hasard. Une masse d'armes fonce vers ma gorge. Je dévie le coup de justesse et le fer rebondit sur mon casque. Mon crâne accuse le choc, mes dents vibrent dans ma bouche. Sainte pute ! Je suis blessé ? Non, je ne crois pas.

C'est là que je remarque un cavalier solitaire qui remonte la rivière : celui-là a échappé au piège. Au lieu de monter sur le pont avec les autres, il a longé la rive et galope maintenant dans les eaux peu profondes de la rive. Il s'enfuit, il cherche un gué pour franchir la rivière et regagner les bois. Et, nom de Dieu, il va finir par en trouver un : devant le village à quelques minutes d'ici au galop.

C'est là que je dois être. C'est ma place dans la bataille. Juste derrière ce type, sur un cheval moi aussi, à lui planter mon épée dans les côtes.

Et les chevaux, ici, ce n'est pas ça qui manque…

D'abord sauver mes hommes :

— Gerulf ! Arwin ! Repliez-vous !

Sous un cheval, je vois que les sanglons de la selle sont usés jusqu'à la trame : d'un coup de poignard, je les tranche et tire sur la jambe du cavalier. La selle détachée glisse et tourne, l'homme bascule en hurlant et je le cueille d'un coup d'épée au menton qui lui fracasse la mâchoire.

— On préfère les petites femmes, hein ? dis-je en serrant les dents.

Le dos courbé, la tête baissée pour ne pas dépasser de la hauteur du cheval, je le tire par la bride jusqu'à la berge. Rattraper le fuyard, vite.

J'entends Odomar avant de le voir et je comprends la peur qui animait les cavaliers : au combat, il paraît encore plus gigantesque. Une montagne en marche. Et devant ses rugissements, il ne vient qu'une seule idée en tête : fuir. La rage habite son regard et sa hache au-dessus de sa tête lui fait comme un drapeau d'acier. Elle s'abat sur le cocher d'un chariot et lui fend la tête en deux. Derrière Odomar, sa foule de paysans galvanisés par leur chef forme une masse compacte assoiffée de sang, hérissée de lames et de pointes.

Mieux vaut ne pas traîner dans le coin : je connais ce genre de folie meurtrière. Ami ou ennemi, ces hommes mettront en pièces tout ce qui se trouvera sur leur chemin.

Je fais quelques pas et saute sur le dos de ma monture.

— Vas-y, mon vieux !

J'avais oublié les sensations de la monte à cru, le dos lisse et glissant, les os saillants, la robe humide de transpiration.

Le fuyard a une bonne avance et il file au galop le long de la Thorkel. Il m'a déjà repéré. Surtout, ne pas le perdre de vue. Il est meilleur cavalier que moi, mais il ne connaît pas les lieux. Son but est de franchir la rivière : il doit constamment ralentir et se pencher sur le côté pour chercher un gué. Moi, je fonce. Grâce à dame Rikken, je sais exactement où se trouve ce fichu gué.

Le fracas des sabots plein la tête, le vent dans les cheveux, les muscles de ma monture jouant sous mes jambes… Je m'approche, je m'approche de plus en plus près, presque à le toucher. Je vois ses cheveux blonds dépasser du casque, sa tunique de cuir rapiécée, ses joues mal rasées… Je peux sentir le mouvement de l'air qu'il déplace derrière lui.

Je tire mon épée du fourreau, j'y suis presque.

Merde. Nous sommes déjà aux abords du village ! Le vieux moulin surgit sur le côté, et nous passons au ras. Ça y est, il a vu le gué ! Il ne ralentit pas son allure, il lance son cheval au galop dans l'eau, au milieu des cailloux, au risque de lui casser une jambe.

— Non ! Non ! Bordel !

Hurler, ça ne sert à rien, mais ça soulage un peu.

Au village, il y a des visages qui m'observent aux fenêtres.

Je tire sur les brides et ralentis peu à peu. Impossible de le suivre à cette vitesse sur ce terrain : sans selle, je vais passer par-dessus mon cheval… Je rentre dans l'eau au pas, luttant contre le courant, gueulant contre ma bête qui renâcle.

Sur l'autre rive, il se paie le luxe de me saluer de la main, fait demi-tour et pique des deux vers les bois. Il passe par-dessus une petite butte et disparaît de ma vue. Il aura vite fait de rejoindre le couvert des arbres.

Pas question que je lâche l'affaire, mon gars. Je te suivrai jusque dans la foutue plaine de cendres s'il le faut, jusqu'à ce que tu tombes mort de fatigue. Et alors je te clouerai au sol comme un cafard.

Mais ça ne se passe pas comme ça.

À ma grande surprise, quand je passe par-dessus la butte, le cavalier est juste là, sa monture s'est cabrée comme devant un obstacle invisible. Je vois une forme allongée par terre au milieu des rochers, mais je ne réfléchis pas une seconde : je bats les flancs de mon cheval et fonce sur lui dans son dos. Il a tout juste le temps de se baisser pour éviter un coup d'épée mortel. Ma lame le rate et heurte le pommeau de la selle. Foutredieu ! Je dois lâcher la poignée de l'épée pour reprendre les brides. Elle tinte tristement en tombant sur les caillasses de la berge.

Son esquive l'a fait basculer sur le côté, mais il retrouve l'équilibre, se penche sur ses fontes et, bon Dieu…, il en sort une arbalète de poing !

Ma main gauche réagit toute seule, plus vite que ma pensée. Elle se referme sur le manche de mon poignard à ma ceinture et, avant même que je n'y comprenne quelque chose, il se retrouve à tournoyer dans les airs, droit vers le cavalier. Le gars lève son arbalète contre sa poitrine : c'est sa dernière protection. La pointe du poignard se fiche dans le bois du manche, son arme est arrachée de sa main sous le choc.

Indemne, il est indemne, le salopard !

Il perd une précieuse seconde à s'en rendre compte. Il se croyait déjà mort. Je n'ai plus d'épée, plus de poignard, et lui, il a un sabre au côté. Il ne me reste qu'une seule arme : mon cheval.

J'enfonce mes talons dans ses flancs et fonce droit devant, utilisant la pente jusqu'à la rivière. J'ai juste le temps de lire la stupéfaction sur son visage. Mon cheval passe au ras du sien, je l'agrippe des deux mains par sa tunique de cuir et le tire à moi de toute la force de ma monture. Il pousse un hurlement. Je suis arraché de mon cheval, agrippé à mon ennemi. Nous basculons tous les deux au sol, sa jambe se tord et craque avant que son pied ne vide les étriers et c'est lui qui reçoit le choc : sa tête éclate contre une roche en saillie.

Chapitre 26

Je reste un moment couché sur lui, les pieds dans l'eau, hors d'haleine, pendant que les chevaux continuent leur course sur les berges. Nous avons dû descendre de la butte pendant l'affrontement, je ne me suis rendu compte de rien. Du sang coule sur mon visage. Le mien ou le sien, je n'en sais foutre rien. Le bruit de l'eau s'écoulant à travers les caillasses me vide l'esprit.

— Elle… elle est… Je n'ai pas pu…

Je relève la tête.

C'est Paol, il tient sa fronde en tissu à la main. Sa fronde, évidemment ! C'est un tir de cet engin qui a dû frapper le cavalier quand il allait s'enfuir.

— C'est toi ? C'est toi qui l'as arrêté tout à l'heure, quand il a franchi le gué ?

C'est là que j'aperçois les larmes qui grossissent aux coins de ses paupières. Il y a de la terre dans ses cheveux et un peu de sang sur ses mains.

— Non. Ce n'est pas moi.

— Qu'est-ce qu'il y a, petit ? Tu es blessé ?

Il secoue la tête et ne dit rien. Il fait de gros efforts pour ne pas éclater en sanglots. Je me relève en grimaçant, les bras couverts de bleus et d'entailles. J'ai l'impression d'avoir cent ans…

— C'est… c'est elle qui a eu l'idée d'attendre au gué.

Il me prend la main et me tire en arrière, vers la butte, et de grosses larmes dévalent déjà ses joues.

— Quelle idée ?

— Quand on a entendu le cor, elle a dit qu'ils passeraient soit par le pont, soit par le gué. Vous nous aviez interdit d'aller au pont, alors on s'est cachés ici dans les rochers.

— Mais de qui tu parles, bon Dieu ?

Paol n'y tient plus, les sanglots secouent sa poitrine, il se met à pleurer pour de bon tout en me tirant de plus en plus fort à sa suite.

— Où tu m'emmènes ? Qu'est-ce qui ne va pas ? Il t'a fait du mal, ce gars ?

Pris d'un sale pressentiment, je lui lâche la main, escalade la butte en courant et retrouve l'endroit où l'Ostérois s'était arrêté tout à l'heure, son cheval coupé dans son élan comme par miracle. Il y avait une forme allongée entre les rochers, je m'en souviens.

Quand je reconnais cette sorte de grande étoile rousse, ces cheveux longs étalés sur les graviers, j'ai le cœur qui s'arrête de battre.

Elle est toujours vivante, les yeux ouverts. Mais sa petite bouche aspire l'air beaucoup trop vite, elle halète comme une bête blessée.

— Jal, dit-elle avec un sourire.

Une giclée de sang sort de sa bouche, d'un rouge si vif sur sa peau blanche qu'on dirait presque de la peinture sur une toile.

— Non, dis-je tout doucement en secouant la tête. Non, Gloutonne.

Je ne veux pas regarder en bas. Vers son ventre. Là où les sabots ont…

— Je t'avais dit d'éviter les combats, de rester dans les taillis.

Je lui parle tout bas, à peine un murmure, tout en lui caressant les cheveux.

— Mais…, se défend-elle, pas un seul… devoir s'échapper… Alors…

Les mots peinent à sortir de ses lèvres, elle me regarde avec un petit air coupable, comme si j'allais la gronder.

— Gloutonne contente. Jal pas mourir aujourd'hui.

Des gouttelettes de sang éclatent dans ses narines. Elle essaie de tendre la main vers moi, mais n'y arrive pas.

L'air manque soudain autour de moi. Tout se met à tourner. Je n'entends plus rien à cause d'un foutu bourdonnement dans mes oreilles, à part le halètement de Gloutonne et sa voix minuscule.

— Non, Gloutonne. Non.

Je répète les mêmes mots en boucle, comme une mécanique rouillée.

— Nous défendre le… *passàda*, hein, Jal ? Tous les deux ?

— Tous les deux.

Il y a quelque chose qui se voile dans son regard, comme dans celui d'un petit enfant qui tombe de sommeil. Je ne vois pas de souffrance sur son visage, juste l'apaisement. La confiance. Elle est tout contre moi, comme la première fois qu'on s'est rencontrés. Heureuse.

Mais soudain, ses yeux se rouvrent, me fixent avec une intensité brûlante.

— Pas oublier : Jal être un homme bon.

Je reste là, à attendre la suite. Comme un assoiffé, une goutte d'eau. Je ne sais pas combien de temps je mets à me rendre compte que ce regard est vide, maintenant.

Il me paraît encore tellement vivant, tellement expressif.

Je me relève lentement et souris à Paol.

— Ça va aller, petit, dis-je d'une voix rassurante.

C'est comme si je m'entendais parler, comme si je me voyais de haut en train de descendre la butte, de récupérer un cheval et de mettre les pieds dans les étriers. Tiens, Jal s'en va ? Où va-t-il ? Je n'en sais rien, je suis au spectacle, je ne commande plus rien.

« Ça va aller », tu parles.

— Il faudrait peut-être... l'enterrer ? Non ? crie Paol derrière moi.

Mais je ne peux pas lui répondre. Je fais comme s'il n'était pas là, ni lui, ni cette étoile de cheveux roux sur les graviers, ni le sang sur cette peau blanche.

Je refais le chemin en sens inverse. Le cheval est fatigué de sa course et je le mène à une allure plus douce.

Au pont, la bataille est terminée. Odomar et ses hommes alignent des corps devant le chemin : toute une rangée, toujours trop longue... Une troupe de paysans est occupée à détrousser les morts, à dégager le pont, à maîtriser les chevaux. Le sang recouvre les planches en bois, des traînées s'étalent çà et là en bordure du chemin. Une hache est tombée contre un arbre et le soleil couchant se reflète sur la lame d'un poignard perdu dans l'herbe. Les mouches sont déjà là, les corbeaux se rassemblent dans les pommiers, attendant tranquillement que l'agitation retombe pour commencer leur dîner.

Les batailles ne durent qu'un instant. Des vies détruites ou brisées, des perdants, des vainqueurs, tout ça en une poignée de secondes... Les hommes m'accueillent avec froideur, ils sont groupés autour de Sakynn et d'Odomar, qu'ils regardent comme des héros.

— Tiens, le capitaine..., murmure Sakynn.

Le géant norrois s'avance vers moi et me rend hommage comme un lieutenant.

— Le capitaine, répète-t-il.

J'acquiesce lentement. Comme si ça m'intéressait, ce qu'il avait à dire.

Je vois dame Rikken qui me fait signe du bras. Elle a l'air à peu près indemne. Quelque part en moi, très profondément, je m'aperçois que j'en suis soulagé. Mais toutes mes pensées sont comme entourées de coton, engluées, amollies.

— Tu n'as rien, j'espère, Sudien ?

Elle me détaille des pieds à la tête et ne peut pas me cacher tout à fait son air rassuré de me voir en un seul morceau.

— Alors, dit-elle, ce dernier soldat en cavale ? Mission accomplie ?

Je tapote la selle de la main, pour montrer ma prise. J'ai du mal à parler, alors je donne le change avec des gestes.

— Regarde : c'est une victoire ! me dit-elle avec une joie sauvage au fond des yeux. Tu as été un bon chef, Sudien. J'ai bien fait de ne pas te tuer.

Elle souligne sa dernière remarque d'une tape sur mon épaule, qui me laisse parfaitement indifférent. Une estafilade a entaillé son cuir chevelu au niveau de la tempe et sa joue est barbouillée de sang. Je détourne la tête et, tout à coup, je retrouve l'usage de la parole. Pas pour hurler les mots qui me viennent à la bouche. Non. Pour tous les autres mots. Ceux qu'un chef doit avoir pour ses hommes. Ceux qu'on attend que je prononce.

— Où sont mes compagnons de cercle ?

— Gerulf est sous les pommiers : il a glissé et s'est foulé la cheville. Le mariage avec Briët risque d'être un peu reporté…

Sur la rive, un villageois gémit et réclame à boire, le visage livide.

— Et Arwin ?

— Il va falloir te trouver un autre cercle, j'en ai peur.

Elle pointe Nola du menton : elle est en train de bander un homme allongé sur le ventre, dont je ne vois pas le visage.

— Un carreau d'arbalète en pleine poitrine. Il y a peu de chance pour qu'il s'en tire.

Je lance la réponse toute prête qu'on donne toujours dans ces cas-là :

— Putasserie de guerre.

Je m'approche de lui et jette un coup d'œil : le pauvre vieux, on reconnaît à peine son visage sous la couche noire de boue. Mon camouflage ne l'aura pas sauvé, finalement… Le carreau s'est enfoncé dans le poumon du côté droit, la pointe dépasse de l'autre côté.

Des deux mains, avec une grosse pince en métal, Nola la tire un grand coup vers elle, du côté de la pointe. Le carreau ressort, sanglant.

— Tu es sûr que ça va, Sudien ? demande dame Rikken en posant une main sur mon bras. Tu es tout pâle.

Quelque chose se noue dans mes entrailles, une douleur sourde, une envie de vomir. Je retire doucement sa main et lui souris, mais c'est un sourire vide, et mon regard la traverse comme si elle était en verre.

— Il s'est passé quelque chose à la rivière, Rikken.

Cette fois, c'est elle qui pâlit. Elle comprend aussitôt. Je ne sais pas comment elle fait, mais elle devine tout en une seconde. Sans doute sait-elle qu'une seule chose au monde peut me mettre dans cet état. Alors elle se met à hurler :

— Nola !

Il fait nuit noire quand on revient au village avec une troupe de Skaviens en désordre autour de moi, comme des fantômes. Parfois, la lune se découvre, alors je les vois, les yeux fixés sur moi, et ils détournent le regard aussitôt. Dame Rikken marche à mes côtés, je crois qu'elle essaie de me parler, qu'elle me pose des questions, attend des réponses qui tombent dans le vide. Puis elle finit par me laisser seul.

« S'attacher, puis se détacher. Nouer un lien puis savoir le trancher. C'est ce que tu dois apprendre, Dal Koom. En guerre, les compagnons d'un guerrier sont comme les feuilles de l'arbre : indispensables mais éphémères. »

Je ne réponds rien à Maître Hokoun dans ma tête. Je n'ai même plus la force pour ça.

La nouvelle de notre victoire nous a précédés : les femmes attendent en silence leurs maris, leurs fils, leurs pères… Quelques mots chuchotés, des embrassades, des cris de soulagement. Oui, mesdames, je vous rends vos hommes, je ne les ai pas trop abîmés. Je n'attends même pas un merci, je m'en fous. Si je pouvais sauver la vie de Gloutonne en tranchant la tête de tous ces gens, je le ferais sans hésiter.

Je vais jusqu'à la maison du Ka, à son magasin, construit comme une extension sur le côté. Je boite presque, tellement mes tripes nouées me font souffrir. Je frappe à la porte comme un sourd, jusqu'à ce qu'on m'ouvre enfin. C'est une jeune femme qui défait le loquet, une blonde au joli petit minois, qui me fixe avec une expression d'horreur sur le visage. Peut-être parce que je suis couvert de sang. Ou peut-être parce que j'ai l'air complètement fou.

Je la repousse violemment d'une main sur la poitrine et j'entre dans une grande pièce voûtée, froide, sombre, où règne une odeur d'alcool et de moisi. Des ustensiles de toutes sortes sont entassés sur des étagères le long des murs. Des bougies, des hameçons, des outils…

— Je veux mon eau-de-vie. Une bouteille par semaine, c'était notre marché avec le Ka.

Ma voix sonne bizarrement à mes oreilles, nasillarde, à peine audible, comme si ce n'était pas la mienne. La fille acquiesce de la tête, la bouche ouverte, elle attrape quelque chose derrière elle et me tend un flacon en verre où nage un liquide ambré.

— Le Ka a dit que vous pouviez aussi…, murmure-t-elle en défaisant un bouton de sa chemise, si vous le désiriez… avoir une fille.

Je croque dans le bouchon de cire que je crache par terre. J'attrape la blonde par les cheveux et j'approche mon visage du sien jusqu'à sentir son nez écrasé contre le mien.

— Toi et moi, Skavienne, on va plutôt trinquer en l'honneur de Gloutonne.

Je lui renverse la tête en arrière et je lui fais avaler de force une ou deux gorgées. La liqueur coule dans sa bouche et dans son cou, elle tousse et crache tout ce qu'elle peut. Alors je la relâche sans plus me soucier d'elle et, à grandes goulées, je laisse l'eau-de-vie me brûler la gorge, le ventre et la tête. C'est comme du feu liquide, qui nettoie tout, qui emporte le monde avec lui.

Quand la bouteille est vide, je regagne la porte et, en titubant dans les rues, je retrouve la maison qu'on m'a donnée, me cogne la tête contre le montant de la porte et m'écroule sur le lit tout habillé, encore couvert de boue et de sang.

Je suis bien. Je ne pense plus à rien. J'ai l'esprit vide et mort.

Chapitre 27

J'ai l'impression de ne pas avoir dormi de la nuit. Pourtant, le soleil est formel : j'ai ronflé jusqu'à une heure avancée. Il traîne comme un goût de vase dans ma bouche, j'ai la tête qui sonne comme une cloche, et, dès que je bouge un membre, des douleurs se réveillent dans tout mon corps. Les souvenirs de la veille me reviennent dans le désordre. La cuite à l'eau-de-vie. Pourquoi déjà ? L'embuscade au pont, l'attente insupportable des soldats ostérois, la lutte sans merci, sanglante, la poursuite du cavalier qui s'enfuit…

— Bonjour, Jal.

Je bondis dans mon lit et me cogne contre le mur derrière moi. Nola se tient à mon chevet, accroupie, comme si elle attendait ici depuis des heures.

— Pardon si je vous ai fait peur. J'ai essayé de vous réveiller, mais vous aviez un sommeil très profond. J'ai pensé qu'il valait mieux vous laisser vous reposer.

Je ne dis rien. Si j'ouvre la bouche, ce sera comme si je reconnaissais ce qui s'est passé la veille à la rivière, comme si je ne pouvais plus le nier. Alors je préfère ne pas dire un mot.

— Je suis allée trouver Gloutonne dès que j'ai su ce qui était arrivé, mais je n'ai pas pu faire de miracle. Vous savez…, il y a des limites à ce que peut accomplir un guérisseur.

Je ferme les yeux et m'allonge sur le matelas. Je plaque les mains sur mes oreilles pour ne plus écouter un seul mot de ce que dit Nola. Je n'entends plus que le son de ma respiration et le martèlement sourd de mon cœur, beaucoup trop rapide, au fond de ma tête. Je voudrais pouvoir m'y engloutir, m'y perdre complètement et ne jamais en sortir.

— Jal ! crie Nola en s'agrippant des deux mains à mon bras pour que je l'entende. Elle a besoin de vous ! Vous n'allez pas rester toute la journée au fond de votre lit !

— Co... comment ça, elle a besoin de moi ?

Ma voix est comme rouillée, j'ai l'impression de croasser comme un corbeau.

— Dans ce genre de cas, il est très important que des personnes de son entourage lui parlent et restent auprès d'elle.

— Qu'est-ce que tu veux dire ? Elle n'est pas morte ?

Nola me jette un regard stupéfait.

— Vous ne le saviez pas ?

— Je l'ai regardée mourir ! J'ai vu son regard s'éteindre !

— Pas du tout. Quand j'ai retrouvé Gloutonne, elle respirait encore faiblement.

— C'est l'herbe-de-prince, c'est ça ? Il t'en restait encore ?

Elle baisse la tête et regarde ses mains d'un air embarrassé.

— Il n'y a plus d'herbe-de-prince, j'ai utilisé tout ce qui me restait pour sauver Odomar, le Norrois.

— Comment va-t-elle ?

— Jal..., je vous l'ai dit, je n'ai pas pu faire de miracle. Je suis désolée. Elle n'est pas morte, mais ses blessures sont très sérieuses, et elle n'a pas repris connaissance, je suis très inquiète pour elle.

— Où est-elle ? Je veux la voir !

Je me retrouve debout, dressé devant Nola, les pieds nus sur le sol en terre battue et la tête en pagaille. Et soudain, une douleur au ventre me plie en deux, comme un coup de poignard dans l'estomac. Je m'écroule sur le lit et j'arrive à peine à rester assis. Pendant une seconde, je m'imagine que c'est Nola qui vient de me trouer la panse. Mais elle n'a rien dans les mains. Je tâte ma peau du bout des doigts : pas de sang, pas de blessure.

Elle sort un mouchoir d'une poche de sa robe et se penche sur moi. J'ai un mouvement de recul, mais elle me dit simplement :

— Vous saignez du nez, Jal. Laissez-moi essuyer cela.

Je saigne du nez ?

— Je… je suis blessé au ventre. Je ne sais pas comment… Ça s'est sans doute passé pendant le combat d'hier. Je ne m'en souviens pas.

— Non, ce n'est pas ça.

La douleur a reflué depuis que je ne suis plus debout, mais je la sens encore, tapie au creux de moi, attendant de me tordre les entrailles.

— Vous avez mal précisément à cet endroit, n'est-ce pas ?

Elle effleure du doigt une zone de ma peau, juste sous les côtes. La douleur se réveille d'un seul coup et me fait pousser un cri.

— C'est fascinant, dit-elle en retirant son doigt.

— Fascinant ? Une foutue blessure au ventre ? Qu'est-ce que… qu'est-ce que c'est ? Qu'est-ce qui m'arrive ?

— C'est exactement ici qu'elle a été blessée.

— Qui ça ?

J'ai le cœur qui va exploser dans ma poitrine, ça roule comme un tambour là-dedans, j'en ai des éclats de lumière dans les yeux.

— Nola, il va falloir t'expliquer.

— J'avais entendu parler de ce don des Guerriers-Mages, mais je ne l'avais jamais vu de mes yeux. Le jour où vous avez tué ces quinze cavaliers dans la forêt, Jal, vous avez formé un lien de magie avec Gloutonne. Ce lien n'a pas complètement disparu, il continue à vous unir l'un à l'autre, vous, le Guerrier-Mage, et elle, votre compagnon. Lorsqu'elle était mourante, vous avez absorbé une partie de sa douleur et de sa blessure.

— J'ai fait ça ? Moi ?

— Je n'arrivais pas à comprendre comment elle avait pu survivre… Voilà l'explication. Vous êtes beaucoup plus grand et beaucoup plus fort qu'elle, vous pouvez en supporter plus qu'elle ne le pourra jamais. Oh, je pense que vous n'avez pris qu'une petite partie de sa blessure, mais suffisamment pour la maintenir en vie.

Je passe de nouveau la main sur ma peau, essayant tout doucement de cerner la zone douloureuse. Je me représente la blessure de Gloutonne, cette trace sanglante de sabot au niveau de l'estomac…

— Ça ne tient pas debout, ton histoire. Moi aussi, j'étais à l'agonie après le combat contre les cavaliers, dans la forêt, et Gloutonne n'a rien fait pour soigner mes plaies !

— Je suis presque sûre qu'elle l'aurait fait, si elle avait eu ce pouvoir. Mais c'est vous, le Guerrier-Mage, et je suppose que vous ne souhaitiez pas cela pour elle. Elle en serait morte.

— Il faut que je la voie.

Elle me jette un regard soupçonneux.

— Êtes-vous en état de marcher ?

— Évidemment !

En fait, ça me semble beaucoup moins évident quand je me mets debout. Mais chaque seconde passée loin de Gloutonne est un siècle, j'ai besoin de la voir et de lui parler. Tout de suite.

— Je vais vous aider, dit-elle en passant mon bras par-dessus son épaule.

Le village est presque désert sous le soleil de midi. Les hommes ne sont pas encore rentrés des champs, on ne rencontre que quelques poules qui s'enfuient en caquetant quand la douleur m'arrache des cris. Une poigne invisible me déchire le ventre à chaque pas et Nola doit quasiment me porter.

— Dans son état, dit-elle en respirant difficilement sous l'effort, j'ai jugé préférable de ne pas la transporter. Je lui ai prodigué mes soins sur place. Ce soir, si son état ne s'est pas dégradé, je la ferai porter jusqu'à la maison du guérisseur pour qu'elle ne prenne pas froid.

Difficile d'imaginer qu'on puisse avoir froid, sous ce soleil écrasant. Mais c'est vrai que les nuits sont fraîches dans ce pays skavien.

Péniblement, elle m'entraîne jusqu'au moulin, puis au gué, que l'on traverse non sans mal. L'air est lourd et saturé de moucherons, de grosses libellules passent en vrombissant au ras des flots. La fraîcheur de l'eau sur mon pantalon me fait le plus grand bien.

Quand j'arrive sur place, la première chose que je vois, c'est Paol, en train de renforcer une sorte de tente improvisée avec une couverture et un bâton, sous laquelle gît un petit corps tout maigre. Et puis je vois son visage à elle, blanc comme un linge, aussi figé que de la cire. Elle dégage une impression étrange, comme si ce n'était pas vraiment elle. Ce visage, je ne l'ai vu qu'en mouvement, tordu par des colères, des fous rires, des regards pleins de malice. Aujourd'hui, il est immobile.

— Il y a des mouches, explique Paol en me voyant arriver.

Il les chasse de la main dès qu'elles s'approchent de l'énorme bandage qu'elle porte sur le ventre. Gloutonne est presque nue, à l'exception de ces bandes blanches et d'un châle qui lui couvre pudiquement le haut des cuisses.

— Vous avez mal ? demande-t-il soudain en fronçant les sourcils.

Je m'assieds par terre en grimaçant et je prends la main de Gloutonne. Je ne pense même pas à répondre à Paol, je me plonge entièrement dans la contemplation de ce petit visage blanc.

— Mon petit écureuil… On… on a un marché, toi et moi, rappelle-toi : on a un *passàda* à trouver ensemble. Tu ne peux pas mourir avant, tu comprends ? Tu n'as pas le droit de faire ça.

Les larmes montent de nouveau, et je me mets à chialer comme un gosse.

— Ne me laisse pas tomber, hein ? Ne me laisse pas tout seul avec lui dans ma tête !

Au bout d'un moment, Paol répète, un peu embarrassé :

— Il… il y a des mouches.

Il a raison. Et il fait trop chaud ici.

— Il faut la déplacer maintenant, dis-je à Nola.

— Vous n'êtes pas en état pour cela, Jal. Et il nous faudrait une civière. Odomar m'a proposé d'en fabriquer une, mais…

Tout à coup, une ombre voile le soleil. Je me retourne en sursaut, et mon ventre me fait pousser un gémissement de douleur. C'est Odomar, le géant norrois qui vient de surgir de nulle part, portant sur le dos une civière habilement bricolée avec une couverture et deux longs bâtons.

Il ne dit rien, il reste là et regarde Nola avec ses yeux étranges, si bleus qu'on les dirait sortis du ciel derrière lui, et qui ne semblent savoir exprimer que de la tristesse. Nola évite son regard et se raidit imperceptiblement – quelque chose dans le mouvement de ses épaules, dans son visage.

— C'est loin d'être parfait, dit-elle d'une voix pincée en jetant un œil à sa civière, mais nous n'avons rien de mieux sous la main. Je vais vous aider, car Jal est souffrant.

Elle se lève et, pendant qu'Odomar dépose la civière à côté de Gloutonne, elle inspecte une dernière fois le bandage. Puis le Norrois passe ses énormes mains sous les épaules de la fillette, aussi délicat, aussi doux dans ses gestes qu'un marionnettiste géant avec une poupée minuscule.

— Merci, Norrois, dis-je dans un murmure. Ça, je ne l'oublierai pas…

Je les suis, Paol à mes côtés, pendant qu'ils descendent très lentement le tertre et s'enfoncent dans l'eau glacée de la rivière, Nola portant la civière à bout de bras au-dessus de sa tête. Ma douleur au ventre s'est apaisée, je peux presque marcher normalement. Quelques villageoises venues avec du linge à battre s'interrompent dans leur tâche et nous regardent passer en silence. Quand nous arrivons aux premières maisons, Paol chasse deux chiens venus flairer les mollets d'Odomar et une chèvre égarée en travers du chemin. Devant la maison du guérisseur, c'est lui qui ouvre la porte et les précède à l'intérieur.

— Restez dehors, Jal, me souffle Nola.

Elle ressort très vite avec un petit sachet de poudre.

— Je vais changer son pansement, j'ai besoin de calme et de silence dans la pièce. Et vous, vous avez besoin de repos. Prenez-ça !

— Qu'est-ce que c'est ?

Je me méfie toujours des remèdes. Ils sont parfois pires que le mal.

— Faites-moi confiance, par tous les saints !

Il y a peu de gens à qui je fais confiance, vraiment très peu, mais Nola fait partie de ceux-là.

— Mettez cette poudre dans un peu d'eau et buvez. Cela vous fera dormir et apaisera la douleur. Dès ce soir, je suis sûre que vous ne sentirez plus rien.

— Pourquoi... pourquoi je ne peux pas faire plus, Nola ? Pourquoi je ne peux pas prendre toute sa blessure en moi ?

— Je ne sais pas. Peut-être que votre magie n'est pas assez forte ? Peut-être qu'il vous manque encore quelque chose ?

Le cercle de compagnons, les mots de pouvoir... Il faut que je retrouve la mémoire et tous les bon Dieu de secrets qui s'y cachent encore.

Nola passe une main sur ma joue.

— Vous lui avez déjà sauvé la vie, Jal.

Chapitre 28

Je me réveille dans mon lit au coucher du soleil, avec l'impression d'être aussi épuisé que si je n'avais pas dormi. Mais Gloutonne est en vie. C'est le plus important.

Et je n'ai presque plus mal.

Bon Dieu ! Le carnet !

Je tends la main au bas du lit et tâtonne au hasard. Mes doigts se referment sur une plume couchée, des pages ouvertes… Est-ce que j'ai encore écrit quelque chose, cette nuit ?

Les mots me sautent à la figure, les émotions me submergent une fois de plus. Mais ce sont les mots de la veille. Je saute les premiers paragraphes, cherche s'il y a quelque chose de nouveau. Et je trouve…

> « Quand on nous a tirés de la cale du navire, il pleuvait et il faisait nuit. Nous sommes sortis sur le pont, et des gardiens skaviens nous attendaient avec des fouets et des bâtons. Le navire était ancré dans un petit port encadré par deux tours crénelées. Aucun drapeau ne flottait à leur sommet.
>
> Sur le quai, deux hommes nous attendaient. Celui à la cape rouge, qui nous avait désignés à Hommayad, et un autre qui portait un masque blanc. Cet homme-là me faisait une impression étrange, c'était comme s'il était entouré d'une aura invisible.

Les gardiens nous ont fait descendre un à un. Nous étions épuisés, beaucoup d'entre nous étaient malades, et nous portions toujours nos fers aux pieds, qui nous avaient rongé la chair des chevilles. Mais ils nous ont crié de nous aligner et, à coups de poing, ils se sont fait obéir. Nous étions une centaine, filles et garçons mélangés. Reïdo s'était mis à côté de moi. L'homme à la cape rouge nous a longuement observés, en rang devant lui.

— Je me présente. Je suis Jaloun, je serai votre Tad, votre “professeur”, et vous serez mes Dals, mes “élèves”. Je suis le serviteur de Maître Hokoun, que vous pouvez voir derrière moi.

Maître Hokoun ? Je ne connaissais pas ce nom. Du regard, j'ai interrogé Reïdo, mais il m'a fait signe que lui non plus, il n'en avait jamais entendu parler.

— Mes chers enfants, mes pauvres petits, a poursuivi Tad Jaloun. Vos parents vous ont livrés aux Skaviens, qui ont fait de vous des esclaves. (Un murmure a couru parmi les enfants.) Oui, vos parents vous ont abandonnés en échange de leurs vies. Mais Maître Hokoun a eu la bonté de vous racheter aux Skaviens. Il ôtera vos fers, il vous donnera un toit, du pain et tout son amour. Il a l'intention de vous offrir une nouvelle vie ici, avec lui, dans l'école Hokouni.

Alors, il s'est passé un phénomène étrange : dans ma tête, j'ai revu ma mère. La façon dont elle m'avait hurlé de la quitter, sur la place du palais de Hommayad. J'ai senti monter en moi un sentiment de haine à son égard. J'ai jeté un coup d'œil aux autres enfants et j'ai vu que presque tous baissaient la tête, certains s'étaient mis à pleurer, j'avais l'intuition qu'ils avaient tous eu la même vision de leurs parents

au même moment. C'était comme si quelque chose nous avait obligés à penser à ça.
— Vous avez été choisis car vous êtes des enfants différents des autres. Plus beaux. Plus talentueux. La magie brille en vous.
Sauf moi, ai-je pensé. *Parce que c'est mon frère qui était talentueux, pas moi. C'est lui qui devrait être ici, à ma place.*
Et, dans ma tête, le visage de ma mère s'est estompé pour laisser place à celui de Sagal. J'ai revu ses mains qui me passaient le bracelet en bois au poignet, j'ai de nouveau entendu sa voix qui chuchotait : "Si tu as un bracelet au poignet, ils te laissent retrouver tes parents." C'est lui que j'ai haï de toute mon âme à la place de ma mère. C'est peut-être pour cette raison que j'ai toujours été différent des autres, par la suite.
— Sur cette île, vous apprendrez l'art ultime de la guerre, afin de devenir des hommes puissants qui gouverneront plus tard le monde avec sagesse. Les parents de certains d'entre vous réussiront sans doute à trouver l'argent pour racheter votre liberté. Si vous avez été obéissants envers le Maître, il ne s'y opposera pas et vous fera reconduire jusqu'à vos foyers.
Le visage d'un gamin aux joues criblées de petite vérole s'est illuminé de soulagement, il a essayé de croiser mon regard, mais j'ai baissé les yeux.
Je ne sais pas comment j'ai su que c'était un mensonge. Les autres l'ont tous cru, mais pas moi. Peut-être parce que j'étais le seul qui n'aurait pas dû être ici ? »

« L'école Hokouni » ?
Qu'est-ce que c'est que ça ?

Qu'est-ce qu'on y apprenait ?

En fait, j'ai déjà quelques réponses : je sais comment tuer un homme à mains nues, avec une épée, un arc, une pique ou une hache. Je sais monter à cheval, graisser une armure et lire trois alphabets différents… Il a bien fallu que je l'apprenne à un moment de ma vie.

Je crois aussi que je sais d'où vient ma haine viscérale des Skaviens. Ce n'est pas seulement pour ce qu'ils ont fait à Hommayad. Non, il y a quelque chose de plus, de pire encore : ils étaient les gardiens de cette école. Ils étaient partout, leur langue était celle des coups et des ordres. Dans mon esprit, ce peuple est viscéralement lié à l'idée même de souffrance.

> « J'ai tout de suite vu que Reïdo était mal à l'aise. Il gardait les mains dans ses poches, il évitait mon regard, il n'arrêtait pas de rajuster les pans de son uniforme blanc.
>
> Dans la cour du château, Tad Jaloun, l'homme à la cape rouge, nous laissait parfois nous reposer quelques minutes. Toute la journée, il nous obligeait à nous concentrer sur des figures géométriques, sur des cartes, sur des listes de vocabulaire de langues inconnues. Puis il sondait nos esprits pour voir ce que nous avions retenu – et c'était cela, d'ailleurs, le plus éprouvant.
>
> Il y avait toujours du vent dans la cour, le climat était plus froid ici qu'à Hommayad. En principe, nous avions le droit de jouer et de parler entre nous, mais nous étions tellement épuisés que nous nous affalions contre les murs en silence, certains s'allongeaient même sur les pavés, roulés en boule, et s'endormaient la tête dans leurs bras. Moi, non.

Moi, je comptais les gardes, je mesurais l'écartement des portes, je préparais le jour où je m'échapperais d'ici. On pouvait sortir facilement : la porte était ouverte. Mais, après, il fallait trouver un bateau. Nous étions sur une île, si petite qu'il n'y avait rien d'autre ici que l'école et quelques bois. Au début, nous étions plusieurs à parler d'évasion, mais peu à peu, les choses avaient changé : les enfants s'étaient mis à oublier leurs parents et leur vie d'avant. Ils admiraient le Maître, ils voulaient lui plaire et se conformaient à ses attentes.

Je me suis avancé jusqu'à Reïdo et je lui ai murmuré :

— Tad Jaloun t'a parlé, tout à l'heure.

— Je suis désolé.

— Tu vas partir, c'est ça ? Tes parents ont racheté ta liberté ?

— Je préférerais rester ici, tu sais. Ma mère n'est qu'une menteuse, elle m'a abandonné ! a-t-il lancé avec un soupçon de rage dans la voix. Mais Tad Jaloun dit que le Maître ne veut pas garder les enfants contre la volonté de leurs parents.

— Il ne faut pas parler comme ça de ta mère, Reïdo.

— En tout cas, j'aurais préféré qu'on reste ensemble, toi et moi.

Il a posé une main sur mon épaule. Lui, le grand, moi, le petit. Il m'avait toujours protégé depuis notre arrivée.

Je lui ai souri et je me suis dégagé doucement pour aller me mettre dans un coin de la cour. Je ne voulais pas qu'il me voie pleurer. »

Reïdo ! Tout ce que je me rappelle de lui, c'est que c'était un beau garçon, toujours gentil avec les petits, qui jouait avec moi aux osselets quand je m'ennuyais à Hommayad.

Je n'arrive pas à éprouver d'émotion en pensant à lui, je ne me souviens pas de cet épisode. Et pourtant, il a dû jouer un rôle immense pour moi, à mon arrivée dans cette école. Je me sens ingrat de l'avoir oublié avec le reste.

« Quand je suis entré au dernier étage de la tour, il était debout à la fenêtre et me tournait le dos, toujours enveloppé dans sa cape blanche.

— Assieds-toi, mon garçon, a-t-il dit sans se retourner.

Il avait une voix grave, chaude, pleine de bonté.

La pièce était presque entièrement vide et les murs étaient nus, je me suis demandé où il dormait et comment il mangeait. Le seul meuble de la pièce était une grande table en bois, sur laquelle était posée une immense carte. Mon père était un armateur et il en avait une semblable : c'était la carte des six royaumes.

Un unique tabouret se trouvait devant la porte. Je m'y suis assis.

— Bien, a-t-il dit, sans bouger de la fenêtre.

Puis il s'est tourné vers moi et j'ai vu qu'il avait changé de masque. Celui-ci était toujours aussi blanc, mais il figurait un visage beaucoup plus expressif, pourvu d'une barbe sculptée dans le bois. Ce masque avait quelque chose de fort et de rassurant, il m'a tout de suite fait penser au visage de mon père.

— Depuis combien de temps es-tu parmi nous, mon petit ?

— Six mois, Maître, ai-je répondu en baissant la tête.

Il s'est approché jusqu'à me faire face et, de sa main gantée, il a touché ma joue.

— Pourtant, toi et moi, nous savons que tu n'aurais jamais dû être là, n'est-ce pas ?

Un espoir fou m'a envahi d'un seul coup.

— C'est vrai, Maître ! Il y a eu une erreur, c'est mon frère qui a échangé nos places ! Alors vous allez me reconduire chez ma mère ?

Il a haussé les épaules.

— J'en serais ravi, mais… elle ne t'a pas réclamé.

Des cent enfants sudiens qui avaient débarqué du même navire que moi, il n'en restait plus qu'une dizaine – presque tous des Alfings. Tous les autres étaient repartis, remplacés par de nouveaux enfants.

— Tu as été conduit ici par erreur, c'est vrai, et pourtant, tu t'es adapté d'une manière étonnante. Tad Jaloun m'a dit que tu étais l'un de nos Dals les plus brillants.

— Merci, Maître.

— Je t'ai demandé de venir me voir car j'ai une chose importante à te dire : tu es désormais mon fils. Je t'ai adopté.

Je n'ai rien dit. Une foule de questions me venait en tête. La première était : puis-je refuser ?

— À compter d'aujourd'hui, ta mère ne sera plus ta mère. Et je t'ordonne d'oublier ton propre nom.

— De… l'oublier ?

Une douleur terrible m'a soudain foudroyé, c'était comme si l'intérieur de mon crâne était brûlé au fer rouge. J'aurais voulu hurler, mais aucun son ne pouvait sortir de ma bouche. Puis la douleur a brusquement disparu.

— D'ailleurs, a-t-il dit d'une voix plus dure, plus cassante, quel est ton nom, mon enfant ?
— Je… je m'appelle… Mon nom est…
Je me suis rendu compte que j'étais absolument incapable de me souvenir de mon propre nom. C'était comme s'il n'avait jamais existé.
— Le nom d'un homme n'est rien. Il est comme une trace sur le sable qu'efface la première vague de l'océan. Dorénavant, mon fils, ton nom sera Koom : celui-qui-donne-la-mort. »

« Ton nom sera Koom, celui-qui-donne-la-mort. »

Cette phrase, Maître Hokoun la répète souvent dans ma tête. C'est la première fois que je sais enfin ce qu'elle veut dire, à quel moment il l'a prononcée et pourquoi. C'est comme si je comprenais enfin l'homme que j'étais. Comme si, peu à peu, je reprenais possession de moi-même.

Chapitre 29

Je sors de la maison, torse nu, en pantalon, hagard. Trop d'images dans ma tête. Trop d'émotions dans ma poitrine. Quelqu'un a déposé un seau d'eau fraîche devant la porte, tirée du puits. Nola, peut-être ? Je plonge la tête dedans comme si ça pouvait effacer tout ce qui se trouvait à l'intérieur. Je remarque à peine que je n'ai plus aucune douleur au ventre, sans doute grâce au remède.

Quand je veux refermer la porte, je me rends compte que le Ka se tient juste devant moi.

— Jal ! dit-il avec un grand sourire.

Il a toujours sa belle chemise à jabot, son pourpoint de soie violette. Visiblement, il n'a pas l'intention de se salir les mains à la construction du mur – ni au combat, d'ailleurs. Sa brute de laquais, Aarik, se tient sagement derrière lui au cas où je ferais du grabuge. Je suis un sanguin, c'est bien connu.

— Qu'est-ce que vous foutez là ?

Il fait un petit geste négligent de la main.

— Je comprends que vous soyez irrité. La journée d'hier a été éprouvante pour nous tous, et je suis navré pour votre jeune amie. Sincèrement.

— Vous avez quelque chose à me dire ? Alors crachez le morceau.

— Nous sommes partis sur de mauvaises bases, vous et moi. Oublions nos petites querelles passées.

Il hésite et lève les yeux au ciel, comme s'il cherchait le bon mot.

— Je suis venu vous parler de notre… petit arrangement.

— Cinquante deniers au printemps. Vingt-cinq payables immédiatement. Vous m'avez déjà donné la somme.

— Précisément. Je suis venu vous apporter le solde un peu en avance.

Il me tend une bourse qui a l'air de peser un bon poids.

— Vous n'avez plus à risquer votre vie pour nous, vous pourrez vous en aller dès que votre amie sera remise. Je vous rends votre liberté.

— Je n'ai jamais perdu ma liberté, Ka. J'ai décidé de rester ici.

La main du Ka qui tient la bourse s'abaisse un peu.

— En vous choisissant pour assurer la défense du village, j'ai commis une regrettable erreur, dont vous avez été la victime. Je tiens à m'en excuser et à la réparer. Vous avez peut-être fait bonne figure, pendant la bataille, mais les gens d'ici auront toujours du mal à accepter la présence d'un Sudien parmi eux, c'est regrettable, mais nous n'y pouvons rien. Vous connaissez la force des préjugés… Et puis vous êtes trop jeune pour cette tâche, dame Rikken et moi, nous avons été injustes envers vous, nous vous en avons demandé trop.

Un sourire mielleux, un geste apaisant de la main.

— Rappelez-vous, il y a eu ce… malheureux incident au château, ce pauvre Jarreck que vous avez précipité dans le vide. Notez que je ne vous accuse pas, bien entendu. Cependant, les villageois en parlent entre eux.

— Quand l'ennemi est entré dans la vallée, ils se sont rangés derrière moi comme un seul homme.

— Eh bien, à ce propos, il se trouve que les gens du village apprécient grandement le charisme et le sens du commandement du capitaine Sakynn.

— Le « capitaine » Sakynn ?

Il pousse un soupir et me dit d'une voix un peu plus pincée :

— Qu'espériez-vous exactement ? Devenir un héros ? Prendre la tête de ce village à ma place ? Soyons sérieux, mon petit, vous ne serez jamais le bienvenu en terre skavienne. Prenez cette bourse et quittons-nous bons amis, voulez-vous ?

Je prends sa bourse, la soupèse et admire un moment le beau sourire que ça fait fleurir sur son visage. Mais quand j'ouvre les cordons et que je commence à répandre son contenu à mes pieds dans la boue, le sourire se fane.

— J'y suis, j'y reste.

On a une armée à nos portes, et ces culs-terreux n'ont rien trouvé de mieux à faire que de maintenir leur grande fête des Moissons en l'honneur de saint Othin – pour ne pas le froisser après son aide dans notre victoire, paraît-il. Oh, pour ça, toutes leurs petites traditions y sont, il ne manque rien : les grands feux de joie, les fanions ridicules, les grandes tables de banquet pleines de taches de graisse. Il y a même des gamins qui se faufilent sous les tréteaux et des gars qui jouent de la musique – ou du moins, ce qu'ils appellent de la musique…

« Un guerrier ne doit pas s'efforcer de se sentir chez lui en pays étranger : c'est le pays étranger qui doit se conformer à lui. »

Merci, Maître Hokoun. Vous me l'avez déjà sortie, celle-là.

Le Ka a la haute main sur l'organisation, évidemment. C'est sûrement pour ça que son laquais me conduit à la pire des tables au milieu des pouilleux. À ma gauche : une ancêtre édentée couverte de verrues, qui bave quand elle essaie de parler. À ma droite : un ivrogne qui ronfle déjà, la tête dans son assiette de pain. Les autres me regardent en ricanant.

Merci, le Ka. Si vous aviez un message à me faire passer, je crois que c'est une réussite. Je suis touché par vos petites attentions.

À Hommayad, les tables de fête étaient remplies de poissons, de homards, de sauces au miel et de parfums subtils. Ici, je ne vois qu'un plat gigantesque où s'entassent des viandes de porc et de poulet : les morceaux les plus vils, les abats, la cervelle, tout ce qu'on réserve aux pauvres.

Une fille vient à la table voisine servir les hommes, elle baisse les yeux quand elle dépose une coupe remplie devant moi. L'ancêtre édentée à ma gauche me souffle avec un gloussement :

— Que pensez-vous de cette petite ? Elle est jolie, hein ? Elle s'appelle Briët !

— Elle a une face de courge et des dents de jument.

La vieille ne m'adresse plus la parole du banquet. J'en conclus que la fille était de sa famille.

Le Ka, lui, parade dans un bliaud brodé d'or, entouré de toutes les bonnes familles du village. Ces gens prennent des airs importants, ils ont mis leurs beaux habits et ils ont choisi leurs mots les plus fleuris pour leurs conversations, mais moi, je sens encore leur odeur de crottin et j'entends leur accent de paysan. Leurs petits yeux fouineurs comptent les plats, se jaugent les uns les autres, leurs grandes bouches s'empiffrent. Je vois leurs nez sales, leurs manières de barbares. Sakynn se pavane chez les bourgeois, lui aussi ; lavé, brossé, il fait rire ces dames et attire l'attention générale.

Et du côté des traîne-misère qui sont à ma table, personne ne m'adresse la parole, je lis la même haine au fond de leurs yeux. C'est presque comme si j'entendais leurs pensées : *Tu es un étranger, un Sudien. Tu ne seras jamais des nôtres.* Ils ne m'aiment pas. Notre victoire au pont n'y a strictement rien changé. Je goûte leur vin aux herbes, il a un goût infect, mais au moins ça décrasse le gosier. J'avais une de ces soifs.

Au bout d'un moment, ce salopard de vieux prêtre se lève et se croit obligé d'ouvrir le banquet en nous lisant un passage du *Livre des elfes* :

> « Autrefois les hommes étaient nus et rampaient sur la terre, des démons les maintenaient dans l'esclavage. Alors Dieu choisit ses plus nobles serviteurs pour leur venir en aide : les elfes aux visages d'ange. Nulle autre créature céleste n'avait autant de grâce ni de bonté. Ils sont descendus sur notre monde, ils ont mêlé leur destin à celui des hommes. Ils nous ont apporté la lumière et le souffle de Dieu… »

Mon regard se perd sur les visages assombris de l'assemblée. Je m'endors presque, je perds le fil et je le retrouve au moment où ça commence à sentir le roussi pour les elfes :

> « … Mais, en s'unissant à des mortels, ils savaient qu'ils scellaient leur perte. Ils furent souillés à jamais et cette souillure fut le début de leur déclin. Les démons menèrent contre eux une lutte sans merci.

Tous les elfes furent tués, à l'exception de sept d'entre eux. »

Le prêtre boit une gorgée de vin. Toute l'assistance est suspendue à ses lèvres, comme s'ils ne connaissaient pas déjà cette histoire par cœur.

« Avant de disparaître, ces sept saints elfes nous ont légué une fraction de leur magie divine. Car dans nos veines coule une part de leur sang, et dans nos âmes brûle une part de leur feu. Hattan aux yeux de braise, le roi des démons, les tua l'un après l'autre et crut avoir gagné le combat. Mais il se trompait. Car les hommes, investis de la magie des saints elfes, se soulevèrent enfin contre lui et chassèrent les démons jusque dans les profondeurs de la terre. »

Le vieux prêtre marque une pause et lève les bras au ciel :

— Ainsi exterminerons-nous, à notre tour, les barbares qui sont à nos portes ! Nous combattrons les suppôts de Hattan aux yeux de braise ! Par-delà la mort, les saints elfes protègent cette vallée et ils nous donneront la victoire !

Alors des gamins traînent un bonhomme de paille sur la place en piaillant et deux hommes le mettent debout pour le faire admirer par tous. Le Ka se faufile alors entre eux et, en tenant la main du bonhomme de paille, se met à crier à la ronde :

— Que les hommes arrachent au démon sa chair et ses os !

C'est là que je m'aperçois de ce qui cloche. Les brins de paille qui dépassent de la tête du démon ont été trempés de boue pour leur donner une teinte sombre – jusque-là, rien d'anormal, Hattan a toujours été représenté avec les cheveux noirs. Mais, en me regardant droit dans les yeux, le Ka le coiffe d'un chapeau tressé en mailles d'osier, peint en rouge. Rouge comme le casque de mon père quand il est parti combattre l'ennemi aux murailles de Hommayad. Rouge comme la couronne des princes et des barons de mon pays.

Les tables se vident. Ces pouilleux se mettent soudain à grouiller autour de Hattan, chacun à son tour lui arrache une brassée de paille et le bonhomme finit déchiqueté, démembré, bouffé brin après brin par leurs mains avides. Avec des grimaces de haine, ils piétinent ce qui reste de lui. Une femme relève ses jupes et pisse dessus. De vieux paysans poussent des cris de cochon en se roulant dans cette paille souillée, en en jetant des poignées dans les airs et en hurlant : « Meurs, Hattan ! Meurs ! » Mais tout ce que je vois, moi, c'est la tache rouge que forme ce chapeau laissé à terre, qui crève les yeux. Jusqu'à ce qu'un excité en bras de chemise saute dessus à pieds joints et le fasse éclater en mille petits morceaux.

J'ai le cœur qui se serre en voyant ça. Et personne ne semble remarquer que je suis là, moi, le Sudien, seul à ma table, qui regarde ces miettes d'osier peintes en rouge et qui rêve à mon pays en ruine. Sauf le Ka, évidemment, qui me nargue d'un sourire en coin.

Au bout d'un moment, je sens quelque chose m'attraper la jambe. C'est Paol qui vient de me rejoindre discrètement sous la table et me regarde fixement de son unique œil.

— Salut, petit.

Il a toujours son air triste. Tellement que je préférerais qu'il s'en aille, en fait.

— Dis-moi : où est ta sœur ?

Nola est la seule personne de ce village que j'aurais vue avec plaisir et c'est la seule qui n'est pas là. Même Rikken a disparu.

— Elle change les bandages de Gloutonne, mais elle ne devrait pas tarder.

La plupart des Skaviens ont regagné leurs tables, sauf quelques-uns qui dansent sous l'arbre au rythme de la musique. Avec ses mains, Paol soulève par magie dans les airs une petite sphère de poussière et de gravillons, et je m'aperçois qu'elle prend peu à peu la forme du visage de Gloutonne.

— Le *dzaal*, dis-je en détournant le regard. Le « souffle de Dieu ».

Ce petit a du pouvoir, et du talent.

— Elle va se réveiller, vous savez. Ma sœur l'a promis.

Je ne peux pas en entendre davantage. Je décide de me lever et de traîner du côté de la table d'honneur, histoire de faire le pique-assiette dans les plats en argent. La place du Ka reste vide : il est allé faire le tour de ses ouailles sous le grand chêne à quatre troncs. C'est l'occasion ou jamais de lui expliquer gentiment ce que je pense de ses manières.

Je fais un grand sourire à ses deux voisines, des vieilles peaux, et sous leurs yeux horrifiés, je pose mes fesses sur son grand fauteuil aux accoudoirs dorés avant de remplir tranquillement sa coupe de son vin sucré. Je bois une gorgée : elle ne casse pas des briques, sa bibine. Alors je monte sur la table avec mes grosses bottes crottées et je renverse quelques plats en porcelaine qui vont s'éclater par terre en renversant leurs sauces et leurs légumes sur la terre battue de la place. Et puis je lève sa coupe bien haut et je hurle à la cantonade :

— À Gloutonne, une gamine de dix ans qui agonise pour vous avoir sauvé la vie, bande de salopards ! Bonne fête de saint Othin à tous !

… avant de la vider et de la jeter derrière moi, où elle fait un « bong » en atterrissant sur un des plats que je viens de pousser hors de la table.

Je crache alors sur la nappe une gorgée de vin.

— Dégueulasse, la piquette de Thorkel.

Je les toise de haut, toutes ces Têtes jaunes qui me regardent avec la haine au fond des yeux. Un silence se fait dans l'assemblée. Personne n'ose me remettre à ma place, les visages se détournent. Sakynn fait un pas dans ma direction, mais le Ka le retient d'un regard. Une bagarre au milieu du banquet, ce serait du plus mauvais effet… Surtout si, par malchance, c'était moi qui avais le dessus sur son roquet.

— Voulez-vous que je débarrasse votre assiette, capitaine ?

Elle a passé sa robe violette, un peu trop petite, et s'est mis du fard sur les joues. Il y a quelque chose de changé sur son visage, je n'arrive pas à dire quoi. Peut-être la tristesse qui est partie, ou peut-être cette nouvelle étincelle qui pétille dans son regard.

— Nola !

Enfin un visage ami parmi ces foutus Skaviens ! Je redescends de la table. Les autres reprennent lentement leurs conversations, se donnant beaucoup de mal pour faire comme si rien ne s'était passé et se mettant à beugler en chœur un nouveau chant guerrier.

— Personne n'avait jamais fait un affront pareil au Ka, me souffle-t-elle.

J'éclate de rire.

— Ravi de l'entendre !

— Vous allez mieux ? Avez-vous toujours des douleurs au ventre ?

— Presque plus.

Elle se rapproche de moi et me susurre à l'oreille.

— Je ne sais pas ce qui vous a fait changer d'avis, la nuit de l'orage. Mais je suis heureuse que vous ne soyez pas parti, Jal. Très heureuse.

Sa main remonte lentement le long de mon dos.

Je l'arrête et secoue la tête.

— Je suis mort de fatigue, Nola.

Chapitre 30

— Ça sent mauvais, ici, tu ne trouves pas ?

Une fille avait remplacé Reïdo sur le lit au-dessus du mien. Elle était sudienne, elle aussi, et on avait presque le même âge. Sept ans et demi. Peut-être huit ans, pour elle. Dans le dortoir, parfois, quand les gardes skaviens éteignaient les lanternes, on pouvait se parler en chuchotant.

Je lui ai répondu :

— Ça sent la mer. C'est parce qu'on est sur une île. Moi, j'aime bien cette odeur, elle me rappelle chez moi.

— Chez toi ? Tu viens de quelle baronnie ?

— Ziad. Dans une petite ville qui s'appelle Hommayad.

— Ah bon ? Comme le garçon qui était sur ce lit, avant ?

Je n'ai pas répondu. Je n'avais pas envie de parler de Reïdo. Elle m'a encore demandé :

— Comment tu t'appelles ?

— Dal Koom, celui-qui-donne-la-mort. Et toi ? Il t'a adoptée, toi aussi ?

J'avais peut-être su son ancien nom, mais je l'avais oublié comme le mien.

— Oui. Le Maître m'a donné le nom de Dal Assa, celle-qui-rêve. Je suis une Alfing, j'ai le pouvoir de…

Elle s'est arrêtée.

— Toi aussi, tu es un Alfing ?

— Non.

Il y a eu un silence, et j'ai cru qu'elle ne me parlerait plus. Peut-être même qu'elle ne m'adresserait plus jamais la parole. Les Alfings vivent entre eux et évitent les humains. Mais elle a repris comme si de rien n'était :

— Moi, je suis de la baronnie de Jaïrda. Est-ce que tu crois que nos mamans vont nous rappeler chez nous ?

— Pourquoi ? Tu veux la revoir, toi, ta mère ?

Elle a hésité, puis elle a fini par répondre d'une toute petite voix :

— Oui, je crois. D'un côté, je la déteste pour m'avoir trahie et vendue, mais, d'un autre côté… je crois qu'elle me manque.

J'ai poussé un soupir de soulagement. Alors je n'étais pas le seul. Un autre enfant, au moins, n'avait pas encore complètement renié sa vie d'avant. J'ai gardé le silence un instant, puis j'ai pris une grande inspiration.

— Moi, je crois que les mamans ne rappellent jamais personne.

— Tu dis n'importe quoi ! Tad Jaloun a dit que les parents pouvaient nous racheter, il a dit que si le Maître nous jugeait dignes, alors il nous laissait rentrer chez nous ! Ton copain Reïdo, il est parti, lui ! Tu sais bien que plein d'autres enfants sont déjà partis !

— Je ne crois pas qu'ils partent. Je crois que le Maître les tue.

Elle a poussé un cri étouffé.

— Tu es fou ! Le Maître ne ferait jamais une chose pareille, il est bon ! Et puis c'est interdit de penser du mal de lui ! Si les gardes skaviens l'apprennent, tu seras puni !

— Je n'ai pas peur d'eux.

— Menteur !

— D'accord, j'ai un peu peur.

— Tu vois bien ! a-t-elle dit, contente que je l'admette.

— Mais il y a quelque chose qui me fait encore plus peur.

— C'est quoi ?

— C'est d'oublier que c'est lui, qui nous fait du mal. C'est de devenir comme lui. Je crois que c'est ça qu'il veut.

Je me réveille en sueur. Noter ça, vite. Ne rien oublier. De la main, je tâte le sol en terre battue de ma maison, je cherche mon carnet du bout des doigts. Mais je n'ai pas le temps de le trouver : cette nuit, le sommeil est le plus fort, il m'emporte dans un nouveau rêve.

— Te voilà enfin, Dal Koom, a dit le Maître de sa voix merveilleuse, pleine de fausse bonté.

Le vent sifflait sur le toit de la petite pyramide tronquée, au milieu de l'école Hokouni. C'était notre arène. La nuit. En bas, dans la cour, on entendait le claquement des bottes ferrées des gardiens sur les pavés de la cour. Ils évacuaient sur une civière un garçon couvert de sang qui criait d'une petite voix aiguë :

— Pardon, Maître !... Pardon !...

Celui-là avait échoué à l'épreuve.

— C'est votre tour. Dal Assa et toi allez maintenant passer l'épreuve du sang, a dit le Maître en posant une main sur mon épaule.

J'avais dix ans.

J'allais descendre cet escalier et entrer dans ce bâtiment de pierre, rempli de ténèbres et de pièges. Et quand le coup de sifflet retentirait, je devrais y trouver et y tuer mon amie. Ce serait elle ou moi. Je devrais lui écraser la tête à coups de pierre. Ou à coups de bâton. Je savais qu'on pouvait en trouver dans l'arène.

La pierre était froide sous nos pieds nus. L'escalier nous a renvoyé le bruit étouffé de nos respirations. À mes côtés, Assa m'a jeté un dernier regard : je n'ai pas lu de haine en elle. Juste la peur de décevoir le Maître et peut-être, profondément enfouie en elle, la tristesse d'avoir à me tuer.

Je devais me fondre dans l'espace, devenir invisible. L'arène était peuplée de statues, de miroirs et d'ombres trompeuses, elle sentait la sueur et le sang.

S'éloigner d'Assa. Vite ! Trouver une arme.

Là ! Un bâton posé contre un mur !

Et si… je l'étranglais ? J'ai vu une corde à mes pieds.

Tuer Assa.

Elle ou moi.

Sa vie ou la mienne.

Et au-dessus de nous, Maître Hokoun dans notre esprit, qui jugeait et qui observait. Qui nous hantait. Qui parlait directement dans nos têtes.

« Dal Assa et Dal Koom, vous êtes parmi les meilleurs de mes élèves. Étonnez-moi, éblouissez-moi, montrez-moi qui de vous deux est plus puissant que l'autre. Aujourd'hui, l'un de vous deux va mourir car il ne mérite pas de rester auprès de moi. »

La corde était râpeuse entre mes mains, brûlante quand elle a coulissé entre mes doigts… J'allais serrer, serrer jusqu'à ce que la mort s'invite dans l'épreuve.

Je me réveille en sursaut. Quelqu'un m'étrangle. Au secours ! Ma voix reste bloquée dans ma gorge.

Le jeu de Maître Hokoun. Je ne l'ai jamais gagné.

Je n'ai pas réussi l'épreuve, je suis mort ce jour-là.

L'air entre de nouveau dans mes poumons. Je tâte mon cou : il y a des creux, des bosses et un peu de sang. J'ai dû m'enfoncer mes propres ongles dans la peau. Je voudrais me lever, mais le rêve est plus fort que moi, il me fait plier l'échine, fermer les yeux, et il m'envahit de nouveau.

— Si vous êtes ici, mes enfants, a dit Maître Hokoun, c'est que vous avez passé avec succès l'épreuve du sang.

Son visage était couvert d'un masque totalement lisse, et il parlait avec sa « voix de seigneur », celle du roi en campagne qui s'adresse à ses troupes. Les enfants étaient alignés en rangs devant la pyramide tronquée : Dal Kirin, ce garçon dont les traces de petite vérole ont disparu du visage, Dal Looa, cette fille si grande et si carrée qu'on la prenait pour un garçon, et tous les autres. Leurs yeux brillaient de fierté et d'amour pour le Maître.

— Vous avez tué pour moi. Vous avez prouvé que vous méritiez votre place dans cette école et à mes côtés. Je vous en félicite.

Je ne savais pas pourquoi j'étais encore parmi eux. J'avais échoué. Dans l'arène, je n'avais pas tué Dal Assa, celle-qui-rêve. Le Maître s'est avancé et a déambulé parmi nous, puis il s'est arrêté devant ses deux meilleurs élèves.

— Tu te demandes pour quelle raison tu es encore en vie, n'est-ce pas, Dal Koom ? a-t-il chuchoté. Et toi aussi, Dal Assa, toi qui as gagné le combat, tu te demandes pourquoi Dal Koom mérite sa place parmi nous ?

— Je ne discute pas vos décisions, Maître, a murmuré Assa.

— Eh bien, c'est très simple : Dal Koom n'a pas échoué à l'épreuve. Il fallait blesser à mort un élève dans l'arène, or cela, il l'a fait. Dal Koom est le plus… étonnant de mes enfants chéris, n'est-ce pas, mon petit ?

C'était moi-même que j'avais blessé à mort. Je m'étais pendu avec la corde.

Pas parce que j'avais voulu en finir. Ça, j'aurais pu le faire depuis longtemps, je n'aurais pas été le premier.

Pas seulement parce que j'avais refusé de tuer Assa : sinon, j'aurais pu la laisser gagner sans combattre.

Non, justement, c'était plus que cela : j'avais refusé de la voir se couvrir de sang par ma faute, qu'elle devienne une meurtrière. J'avais voulu qu'elle comprenne, elle aussi, qu'elle vivait dans un mensonge. C'était comme un dernier message, comme un cri à tous les autres élèves : « Réveillez-vous ! Le Maître est un monstre ! Refusez son emprise sur vous ! »

J'étais tellement désespéré. Aucun des autres enfants ne lui résistait plus. J'étais le dernier à lutter.

— Un jour, Dal Koom, a-t-il glissé à mon oreille, si bas que les autres ne pouvaient pas l'entendre, j'atteindrai le diamant qui est en toi et je m'en emparerai. Tu m'appelleras « père », et tes seules joies, tes seuls espoirs seront ceux que je déciderai de te donner. Tant que ce jour n'est pas arrivé, mon petit, je t'interdis de mourir.

C'était sa « voix de serpent », glaciale, effrayante.

Celle qui ordonnait et qui menaçait.

Sa seule vraie voix.

Chapitre 31

Un choc à la tête me réveille en sursaut. Le soleil entre à flots par la porte ouverte, je suis complètement ébloui. Je tâtonne autour de moi, les yeux perdus dans le vague. Mon carnet de rêves ! Cette fois, je ne dois pas laisser passer ce souvenir, il faut que… Mais au lieu du cuir de la reliure, ma main rencontre le bout d'une botte.

— Tu as le sommeil sacrément agité, Sudien, fait une voix bien connue au-dessus de moi.

Sakynn est debout devant moi et me pique le menton de la pointe de son épée. C'est lui qui m'a réveillé, sans doute d'un coup du plat de sa lame.

Il ne ressemble pas au Sakynn jovial d'avant la bataille du pont, qui rigolait avec moi en parlant des culs-terreux : celui-là a un regard de tueur, un visage de cire. Je cligne des yeux et je remarque enfin toute la troupe de paysans armés de piques et de gourdins, massés derrière lui, qui me regardent avec des yeux haineux. Oh, et aussi le Ka à leur tête.

Bon Dieu ! Pourquoi ne les ai-je pas entendus entrer ? Je sursaute à la moindre plume qui frôle le sol ! Je passe ma vie à être aux aguets depuis l'âge de six ans ! Ma bouche sèche et un solide mal de tête me font penser que le vin qu'on m'a servi au banquet n'avait peut-être pas un goût très honnête… Un goût de potion de sommeil, par exemple.

— Salut, vieux frère, dis-je à Sakynn en essuyant une goutte de sang sur ma joue, ravi de te revoir.

Son épée ne me fait pas peur, je voudrais lui sauter à la gorge, refermer mes mains sur son cou. Mais Aarik, le laquais du Ka, me saisit les bras et me les tord en arrière. Je me retrouve accroupi sur mon lit, torse nu.

— Bonjour, Jal, dit le Ka d'une voix de velours.

Il s'assied tranquillement sur mon matelas comme en terrain conquis et prend ses aises, comme moi quand je lui ai chipé son fauteuil au banquet.

— Messire Sakynn m'a communiqué une information importante, au sujet de la bataille d'avant-hier.

— Ah ouais ? Laquelle ?

— Le fait que vous ayez fui devant l'ennemi. Vous auriez prétendu poursuivre... un cavalier qui s'était échappé, c'est bien ça ?

— Évidemment que je l'ai poursuivi. C'est lui qui a presque tué Gloutonne !

Quelques Skaviens ricanent derrière moi, comme si j'avais sorti la plaisanterie la plus drôle de l'année.

— Elle ne porte pourtant pas la moindre trace de coup d'épée. C'était un cavalier vraiment très commode... En tout cas, tout le monde vous a vu quitter votre position au beau milieu du combat, mais personne ne se souvient du soldat. Quant à vos efforts pour empêcher l'ennemi de s'échapper, parlons-en ! Notre guetteur nous a avertis le soir même que deux d'entre eux s'étaient cachés dans la forêt et avaient franchi la passe en sens inverse, cette nuit même. Par votre faute, l'armée ostéroise est maintenant avertie de l'existence de notre village et ses chefs connaissent l'état de nos forces.

Je vois. C'est une sorte de procès improvisé, truqué d'avance. Je peux bien dire tout ce que je voudrai pour ma défense, ils ont déjà décidé de la sentence.

— Vous avez aussi abandonné à leur sort les membres de votre prétendu cercle, poursuit le Ka, dont deux sont grièvement blessés. C'est une chance qu'ils n'aient pas été tués.

Il me fait rire, le petit marchand, lui qui était bien planqué au village pendant qu'on s'étripait sur le pont… J'ai fait ce que j'ai pu, nom de Dieu, mais la lutte a été chaude. Gerulf est tombé sur le pont, quant à Arwin…

— Soldat Jal ! s'écrie le Ka. Je vous accuse, en tant que capitaine, d'avoir conduit nos hommes à un échec total !

— Quoi ? Alors que pas un seul de vos foutus villageois n'a été tué ?

— Je vous accuse d'avoir déserté le combat, d'avoir négligé votre tâche au point de laisser s'enfuir un cavalier. Je vous accuse aussi d'avoir assassiné Jarreck, un homme de notre communauté.

— Sainte pute, là c'est vrai que j'ai commis une erreur : j'aurais mieux fait de crever aussi les deux autres cafards qui étaient avec lui pour me pousser dans le vide.

Il ne me répond même pas.

— Je vous accuse, en outre, d'avoir tenu des propos haineux contre notre peuple et des paroles blasphématoires envers notre culte ! Le capitaine Sakynn, ici présent, nous a rapporté vos propos, qui ont été confirmés par plusieurs des nôtres. Vous avez avoué haïr les Skaviens et mépriser notre manière d'honorer les saints.

Évidemment. Notre petite conversation au village, quand Sakynn était venu gentiment me faire la causette, c'était un piège de ce faux jeton skavien. Il devait avoir mis au point son plan avec le Ka pour prendre ma place, ça a toujours été le but de Sakynn, depuis le début.

Ce gars est une punaise. Si je m'en sors, je l'écraserai sous ma botte.

— Le capitaine Sakynn peut également témoigner de vos aveux à propos de vos prétendus pouvoirs magiques. Vous avez reconnu n'avoir jamais été un Guerrier-Mage. Vous nous avez menti à tous !

Il se tourne vers les paysans furieux.

— Le soldat Jal a-t-il montré la moindre capacité magique ?

Évidemment, les Skaviens secouent la tête et répondent en chœur qu'ils n'ont rien vu de tel. Là, je ne trouve rien à répondre. Mes pouvoirs, je les cherche encore. Mais ils sont en moi, je le sais.

— J'avais besoin de temps pour former un cercle ! Dame Rikken vous le confirmera.

— C'est qu'une vieille fille complètement folle, qui pactise avec les étrangers ! hurle un gamin derrière le Ka.

Je reconnais ce bon Henrik, le rouquin. Il n'a toujours pas digéré notre petite discussion au grand rocher, au bord de la rivière.

— Dame Rikken est parfaitement en accord avec notre démarche, mais il se trouve qu'elle n'est pas ici, dit le Ka.

— Où est-elle ?

Je me mets à gueuler de toutes mes forces :

— Dame Rikken ! On avait un pacte ! Où es-tu, bordel de saints ? Montre-toi !

— Ce n'est pas votre affaire.

J'aurais dû m'en douter, elle m'a laissé tomber, elle aussi. Et dire que je commençais presque à lui faire confiance. Quel imbécile je fais ! Ne faire confiance à personne, ne compter sur personne. Gloutonne et moi contre le reste du monde, foutresaint, je le savais bien, pourtant ! Ça me fait comme un coup de poignard au cœur, je sens encore une absurde envie de pleurer monter en moi et je la réprime à grand-peine.

Le Ka me lance un sourire mauvais, prend une grande inspiration et déclame d'une belle voix de basse :

— Soldat Jal, en l'absence de représentant légal, au nom du roi de Skavie et des lois qui régissent son royaume, je vous destitue de votre commandement et je vous arrête pour haute trahison.

« Les hommes ne connaissent et ne respectent que la force. Lorsque ce sont des menteurs, ils l'habillent parfois du terme de justice », murmure Maître Hokoun dans ma tête.

— Le roi de Skavie ! Les lois du royaume ! Rien que ça ? Regardez-vous ! Une bande de gratte-la-terre armés de fourches dans un village perdu au bout du monde ! Il est où, votre roi ? Pourquoi est-ce que vous ne diriez pas plutôt : « Jal, tu t'es assis sur mon fauteuil au banquet, alors tu iras au trou ! » C'est bien de ça qu'il s'agit, non ?

Je me tourne vers les autres et je me mets à gueuler :

— Votre Ka vous mène par le bout du nez et vous ne voyez rien du tout, bande d'imbéciles ! Il se paie vos têtes, il vous manipule comme des marionnettes !

Aarik me traîne au bas du lit. J'envoie un crachat sur Sakynn, ce qui provoque un élan d'indignation chez les Skaviens. J'avais oublié la mise en garde de Rikken sur les coutumes locales. Cracher, ce n'est pas dans leurs habitudes…

— J'étais le seul à pouvoir vous sauver, vous allez tous crever ! Sakynn s'en contrefout totalement, de votre village, il foutra le camp à la première alerte !

Aarik me fait passer la porte en me poussant devant lui. Je rue dans les brancards, ma voix part dans les aigus :

— Il y a une armée à vos portes, bande d'imbéciles !

À l'entrée, tout un cercle de visages me scrute comme autant de vautours. Je reconnais la vieille du banquet, qui glousse en me voyant, les deux hommes qui ont voulu me pousser dans le vide au vieux château et tous ceux que j'ai dû forcer à aller travailler au mur, qui ne ratent pas une miette du spectacle.

Je ne vois ni Paol, ni Nola. Foutredieu, qu'est-ce qu'ils en ont fait, ces salopards ?

Des poings se dressent sur mon passage, des mots sifflent : « Sudien », « tueur », « hérétique », des mains se lèvent, me jettent de la terre et des ordures. Je reçois un caillou dans la mâchoire, un autre sur le flanc. Mais soudain, la haute masse d'Odomar apparaît dans la foule, se fraie un chemin à coups de coude et, sans un mot, se met à marcher à mes côtés. Aussitôt, les mains retombent, les pierres s'arrêtent de pleuvoir. Le Norrois n'ouvre pas la bouche, il ne croise pas mon regard. Pour un peu, on pourrait presque croire qu'il est venu là par hasard. Sauf que non. C'est le seul qui prend ma défense, et ça, c'est une lueur d'espoir au fond de ce puits noir où je m'enfonce.

— Odomar ! dis-je dans un souffle. Tire-moi de là ! Fais quelque chose !

D'abord, il ne répond rien. Et puis je l'entends marmonner de sa voix sourde :

— Odomar *fait* quelque chose.

Oui. À sa manière, sans doute.

Aarik, de sa poigne de fer, me conduit jusqu'à la place au grand chêne à quatre troncs ; Sakynn et le Ka nous suivent de près. Alors, le Norrois disparaît comme il était venu.

— Qu'est-ce que vous comptez faire de moi ? dis-je au Ka. Me pendre, c'est ça ?

Après tout ce temps, est-ce que ce ne serait pas un soulagement ? En finir une bonne fois pour toutes avec les voix de Maître Hokoun et toute cette rage qui me dévore de l'intérieur.

Mais, à ma grande surprise, une angoisse me prend soudain aux tripes. Je ne veux pas crever comme ça ! Il y a encore Gloutonne, il y a ma promesse, et il y a ce désir de vivre, malgré tout, cette espèce d'espoir idiot ancré quelque part au fond de moi.

Le Ka ne répond rien, mais je ne vois pas de gibet sur la place ni même de corde aux branches. Nous passons au large. Aarik me fait monter l'escalier de la maison à colonnades et la foule reste en bas des marches. Un domestique me bande les yeux, je suis ballotté de couloirs en escaliers.

— Vous allez m'enfermer, c'est ça ? Votre trou, je vais en sortir et quand je serai dehors, je vous saignerai comme un porc !

Je reçois un coup de poing au ventre qui manque de me faire tomber, sûrement un petit cadeau de la part de Sakynn.

— Vous parlez trop, Jal, répond le Ka.

On me fait descendre une volée de marches interminable jusqu'à une pièce humide et froide, où je suis balancé comme un sac. Je m'étale sur le sol. C'est de la terre battue. On ne voit rien, il fait un noir d'encre, je sens une terreur abjecte me nouer les tripes.

— Pourquoi tu ne me tues pas, Ka ? Pourquoi t'en finis pas tout de suite ?

— On vouvoie le Ka ! fait Sakynn en me frappant à la tête.

— Vous pourriez peut-être encore servir, sait-on jamais. Vous êtes un combattant exceptionnel et je n'ai pas pour habitude de briser un outil rare.

— Relâchez-moi, bande de rats !

— Apprends le respect à ce petit insolent, Sakynn.

Une main m'agrippe par les cheveux et me tord brutalement la tête, ma nuque craque et une douleur aiguë me transperce l'échine. Puis les coups de pied pleuvent, sourds, aveugles. Des explosions de souffrance dans le ventre, sur la poitrine, au visage. Par réflexe, je me roule en boule, la tête rentrée dans les épaules. Les coups tombent alors sur mon crâne, mon dos.

— Ça suffit, mon ami, dit simplement le Ka.

Sakynn, essoufflé par l'effort, s'arrête et recule. Mes mains sont brutalement tirées en arrière, au point de rupture des os du bras, ma bouche embrasse la terre pendant que quelqu'un tranche mes liens.

— La douleur physique ne vous brisera pas, murmure le Ka à mon oreille. Pour les gens de votre espèce, elle est presque une vieille amie, n'est-ce pas ?

Le souffle court, les lèvres en sang, je chuchote dans le noir :

— Je… te crèverai…

— Voyons si vous supporterez aussi facilement… la solitude, l'obscurité et l'enfermement.

Je sens monter en moi une panique absolue. Il a raison. Comment sait-il ça ? Enfermé sous terre, je serai seul avec mon passé, mes cauchemars.

— Oh ! Et n'oubliez pas que je tiens votre jeune protégée entre mes mains. Pour la trouver, il me suffit de traverser la rue et d'aller frapper à la porte de mon ami le guérisseur, qui l'héberge. Alors vous serez bien sage, dorénavant.

Une terreur sourde s'empare de moi. Je me redresse, les mains en avant, prêt à lui déchirer le visage avec les ongles.

— Sakynn ! aboie le Ka en reculant précipitamment.

Alors tout s'arrête. Un choc terrible à la tête. Une pluie d'étoiles dans mon champ de vision. Je perds connaissance avant même de toucher le sol.

Chapitre 32

Je rampe dans un monde peuplé de monstres et de créatures difformes, des rires cruels résonnent sur les murs, des visages grimaçants me guettent dans les ombres.

J'appelle, d'une toute petite voix d'enfant :

—Sa… Sagal ? Où es-tu, j'ai peur !

Un chuchotement me répond à l'oreille :

—Je suis là, petit frère. Je suis en toi et je le serai toujours.

—Pourquoi… pourquoi m'as-tu trahi ?

Le chuchotement reprend, plus fort :

—Pourquoi ? Tu te le demandes encore après tout ce temps ? Parce que tu es laid, à l'intérieur. Parce que maman et moi, nous l'avons toujours su.

—Ce n'est pas vrai ! Je… je n'étais qu'un enfant !

—C'est vrai. Mais tu étais déjà un petit enfant mauvais. Un tueur.

—Sagal, ne dis pas ça, je t'en supplie !

Le chuchotement s'estompe, et des créatures invisibles sifflent à mes oreilles des paroles dans une langue inconnue.

—À l'aide ! Ne me laissez pas ici ! Ne me laissez pas tout seul !

« Le guerrier n'appelle jamais à l'aide, *répond Maître Hokoun de sa voix glaciale.* En dernier recours, ses alliés s'appellent Patience, Ruse, Masque. S'il sait en user, les forces tourneront toujours en sa faveur. »

Et soudain, le cachot disparaît. Je suis debout avec les autres enfants de l'école. Devant la grande ferme. Au soleil. J'ai sept ans de nouveau.

— Mes chers enfants, a commencé Maître Hokoun, aujourd'hui, j'ai tenu à vous réunir ici pour une nouvelle leçon.

Ce devait être important, parce qu'on ne le voyait pas souvent. Tous les autres étaient très fiers qu'il soit venu nous parler et faisaient leur possible pour qu'il soit content d'eux. Il portait un nouveau masque blanc : un visage très triste, avec une larme en bois qui coulait sur sa joue. Je me suis demandé pour quelle raison il avait choisi celui-ci. Sa toge noire était toujours immaculée, même ici dans la grande ferme attenante au château, cet endroit humide et sale. C'était comme si rien ne pouvait la salir.

C'était là que les gardiens élevaient des poules et des lapins, il y en avait des centaines. À l'intérieur, on avait tous un petit clapier rien que pour nous et un petit animal de compagnie qu'il nous avait fait choisir le mois dernier.

Moi, j'avais un petit oiseau. Je l'avais appelée « Vanille » et j'avais gravé son nom dans le bois de mon clapier avec un clou. Elle était très jolie, toute noire, avec une tête jaune. Mon amie Assa, elle, avait un rouge-gorge qu'elle avait appelé « Ekarraï ». Elle m'en parlait souvent. Chacun avait son petit animal et le Maître nous avait dit de bien nous en occuper.

Plusieurs fois par jour, les gardiens nous laissaient les nourrir, leur parler et nettoyer leurs cages. On pouvait même ouvrir leur clapier pour les prendre dans nos bras. Souvent, ils s'échappaient, mais le lendemain, ils étaient de nouveau là. Toute la journée, j'attendais le moment de retrouver Vanille. Je voulais lui apprendre des tours. J'adorais passer la main sur ses plumes. Quand j'apparaissais, elle poussait un petit piaillement et ses yeux brillaient plus fort.

On nous avait dit que c'était une leçon importante pour notre apprentissage.

— La plupart d'entre vous ont pris bien soin de leurs petits animaux et je m'en réjouis, a encore dit le Maître.

En fait, pas tous. Saddô, le grand aux yeux vairons, n'était jamais venu s'occuper de son lapin, par exemple. Et il y en avait d'autres. Mais justement, Saddô n'était pas ici aujourd'hui. Il était peut-être puni ?

— Les enfants qui ne ressentent pas assez d'empathie ne pourront jamais former de bons compagnons et de bons guerriers. Vous devez savoir nouer des liens, donner votre amour à ceux qui vous entourent. Cette leçon, mes enfants, vous l'avez tous comprise. Du moins tous ceux que j'ai fait rassembler ici aujourd'hui. Je vous en félicite.

On l'a écouté en silence, la tête baissée.

— Et maintenant, voici la nouvelle leçon : ouvrez les portes des clapiers et laissez s'échapper vos petits animaux.

Les laisser s'échapper ?

J'ai senti les larmes me venir aux yeux.

Je ne pourrais plus venir voir Vanille ? Je ne pourrais plus la caresser et lui parler ?

— Vous devez apprendre que les liens peuvent se briser et vous devez surmonter la tristesse de l'absence. Cette leçon est douloureuse, mais elle est nécessaire.

La mort dans l'âme, on a ouvert les clapiers et toutes nos petites bêtes se sont enfuies dans un vacarme de piaillements et de couinements. D'habitude, elles n'allaient jamais très loin. Mais aujourd'hui, curieusement, elles se sont ruées toutes ensemble vers la sortie comme si elles avaient su que c'était la dernière fois.

— Mes chers enfants, hélas, laisser partir les animaux ne suffit pas à graver à jamais cette leçon dans vos jeunes mémoires. Je suis infiniment triste de vous annoncer cela,

mais à présent, il vous faut les rattraper. Et ensuite, les tuer de vos propres mains.

Stupéfait, j'ai levé la tête malgré l'interdiction de poser les yeux sur le Maître. Sur son masque de visage triste et sur la larme peinte sur la joue. Il a croisé mon regard.

—Les tuer, a-t-il répété. En les enterrant vivants.

Et il a ajouté :

—Alors seulement vous saurez ce que c'est que d'envoyer un compagnon à la mort.

Et soudain, tous les petits animaux se sont arrêtés juste avant la sortie. On les a vus agiter leurs pattes, leurs ailes, on a entendu leurs cris étouffés et leurs yeux se sont tournés vers la porte ouverte, mais ils n'avançaient plus. Ils étaient comme piégés par une force invisible.

Alors, l'un des enfants s'est penché vers un chaton noir. C'était Dal Kirin, il était encore petit pour son âge, et maigre. Il lui a murmuré quelque chose à l'oreille et j'ai lu le mot « pardon » sur ses lèvres. Les larmes aux yeux, il a saisi une pierre et il a commencé à creuser un trou dans la terre.

Je me réveille en sueur, tremblant, de la terre entre les dents, les bras serrés autour de mes jambes. Je suis gelé jusqu'aux os. J'ai dû faire un rêve, mais je n'en ai aucun souvenir, il ne me reste qu'une sensation d'étouffement, d'écrasement. Comme si j'étais enterré vivant. On ne voit rien ici. Où est-ce que je suis ?

Le cachot ! Sakynn et ses coups ! Pendant un moment, j'essaie de croire que c'était aussi un cauchemar, mais mon corps me hurle que non. La souffrance est partout : sur mes côtes, sur mes bras, sur ma tête. Elle imprègne ma chair, elle irradie jusque dans mes dents. Et le visage de Gloutonne revient me hanter, le rouge du sang sur sa peau blanche comme du lait.

Soudain j'entends des pas au plafond, une vague lueur à travers les lattes, comme venue de très loin, et deux personnes qui passent au-dessus de moi. Quelqu'un prend la parole, une voix sourde, basse, peut-être celle du Ka – oui, je crois que c'est bien la sienne. Impossible de comprendre ce qu'il dit. Et quand une autre voix lui répond, mon cœur s'emballe.

C'est Rikken.

Oh, bon Dieu, oui, je crois bien que c'est elle. Les pas s'éloignent, sa voix s'éteint, mais je l'ai bien entendue, cette traîtresse, cette menteuse. Ah, on fait de belles promesses, on fait de beaux discours, sauf qu'après ça elle m'abandonne comme un chien ! Qu'est-ce qu'elle fiche ici ? Qu'est-ce qu'ils peuvent bien se raconter, le Ka et elle ? Ce que je peux être stupide, ils étaient de mèche contre moi depuis le début. Tout ça, c'était un moyen de me rendre fou, de m'acculer dans ce trou. Elle s'est payé ma tête. Elle doit bien rigoler, maintenant, avec son grand ami le Ka. Alors quoi, tout le village était contre moi depuis le premier jour ? À comploter, à rire dans mon dos ? Ces foutus Skaviens, tordus, pourris jusqu'à la moelle, qui m'ont traîné dans la boue juste parce que je suis sudien.

Je crois que j'étais en train de m'attacher à cette fille. Foutremerde, peut-être même de tomber amoureux. Comment j'ai pu ? Cette liberté qu'elle a, cette façon de vivre sa vie comme elle le veut. Je revois ses yeux gris-bleu, ses sourires qu'elle essayait de cacher. Je prenais ça pour de la complicité, alors qu'elle riait de moi, évidemment.

Je n'ai que Gloutonne et personne d'autre. Il n'y aura jamais de femme.

La panique monte en moi lentement, suffocante. L'air manque au fond de mes poumons. Ces murs invisibles, qui se tiennent quelque part dans cette obscurité, j'ai l'impression qu'ils se rapprochent et qu'ils m'écrasent.

À quatre pattes, je fais le tour de ma prison en tâtant les parois de la main. C'est de la pierre humide couverte de salpêtre, et ça pue le moisi. Cinq pas de large, cinq pas de long… À un endroit, l'eau suinte du sol. La porte est en bois massif et bardée de fer. Il n'y a pas de serrure. Juste devant, je trouve un seau pour les commodités, un peu d'eau dans une jatte et un morceau de pain dur comme la pierre. Soudain, ma main se pose sur quelque chose de froid et de lisse. Un éclat de pierre, un caillou à moitié enfoui dans la terre, long comme un poignard.

Et si tout s'arrêtait là ? Et si je finissais le travail ?

Je passe le doigt sur le tranchant du caillou. Je pourrais me déchirer la veine du poignet. Oublier ce trou noir, le masque du Maître, oublier tous les visages des gens que j'ai vus mourir ou que j'ai tués de ma main. Il suffirait de pas grand-chose.

— Tu fais de sacrés cauchemars, Jal, chuchote une voix étouffée derrière moi.

Je bondis sur mes pieds et me cogne au plafond. Sainte pute ! Je ne suis pas seul là-dedans !

— Qui… qui êtes-vous ?

— Tu ne me reconnais pas ?

Si, je connais cette voix, mais…

— Grand Hulan ? C'est bien toi, l'Ostérois ?

Pour la première fois depuis des jours, je ressens comme une bouffée d'air, un poids qui m'est ôté de la poitrine.

— Dans le mille, fiston !

Il a la voix un peu rauque, comme s'il n'avait pas parlé depuis longtemps.

— Nom de Dieu, Hulan ! Je te croyais crevé là-haut dans la forêt !

— Faut croire que non.

Je tâtonne jusqu'à le trouver et je le prends dans mes bras – ou du moins, j'essaie comme je peux dans ce noir d'encre.

— Tu es à moitié nu, ma parole ! grogne-t-il. Tiens, enfile-moi ça ou tu vas attraper la fièvre.

Je sens l'étoffe d'une tunique que j'enfile en grelottant, tout en le remerciant.

— On t'a déjà dit que tu étais somnambule, Jal ? Qu'est-ce que tu as gueulé ! Je croyais que tu étais devenu complètement dingue.

Il se met à rire, de son gros rire d'ours qui fait trembler les murs.

— Tu avais pris une flèche dans la gorge !

— Non, elle s'est fichée dans le cuir bouilli de ma cuirasse, j'ai perdu un peu de sang, mais rien de grave.

— Et ta jambe ?

— Quelle jambe ?

— Ils t'ont ôté la flèche ? Bon Dieu ! Comment tu as pu t'en tirer ?

— Foutremerde, qu'est-ce que tu crois ? Il en faut plus que ça pour arrêter Grand Hulan. J'en ai vu d'autres, mon gars, et j'en verrai encore !

Il tousse un peu.

— J'ai eu une chance de cocu, marmonne-t-il, elle a juste piqué le bord de la cuisse. Une entaille de bleusaille, pas de quoi passer l'arme à gauche !

Ça fait trois miraculés. Moi, le premier. Odomar ensuite. Et maintenant Grand Hulan. C'est comme s'il y avait un charme dans cette vallée, une sorte de magie qui fait que les blessures guérissent trop facilement. Peut-être un vieux sortilège des elfes ?

— Ils t'ont frappé, ces salauds de Skaviens ? demande-t-il soudain avec une colère sourde dans la voix.

— À ton avis ?

— On leur fera payer ça !

Mâchoires crispées, je fais jouer lentement mes jambes, mes coudes, en massant mes articulations… Ça fait mal, mais ce n'est pas aussi méchant que je le croyais : Sakynn a dû faire en sorte que je ne sois pas trop abîmé. Le Ka pense que je peux encore servir.

— Sacré Hulan ! Tu ne peux pas savoir comme je suis content de te revoir en vie ! Enfin, pas exactement « revoir »…

— Ouais, ça manque de soleil, ici.

Je m'assieds en tailleur et frotte mes mains contre mon corps pour me réchauffer comme je peux. Et puis je me lève, tâte le plafond ; mes doigts rencontrent une poutre. Il y a à peine la place de se tenir debout. J'effleure le bois de la main, je cherche un espace, une faiblesse entre deux planches.

— Il y a un plancher au-dessus, dit Hulan. Ça doit être une cave foutrement profonde.

— Le bois m'a l'air solide en tout cas.

— Tu tiens le coup, Jal ? dit-il à voix basse. Je sais que tu n'as jamais supporté d'être enfermé. Ah, les pourritures, si je sors d'ici, je te jure que… !

Je lui coupe la parole :

— Ça fait longtemps que tu es là, toi, au fond de ce trou ?

— J'ai repris connaissance il y a trois jours. Ils m'avaient transporté là-haut, dans les étages. Ils ont bandé mes blessures, soigné ma fièvre pendant un moment et quand je suis allé mieux, ils m'ont jeté ici. Ça fait quelques heures. J'y comprends rien… Pourquoi ils m'ont soigné, si c'est pour me mettre au cachot ?

— Dire que le Ka n'a même pas parlé de toi à dame Rikken ! Il a dû te faire ramasser dans la forêt après son passage. Il te gardait au frais comme un dernier atout dans sa manche, ce petit vicieux.

Il jouait déjà sur deux tableaux, en nous mettant en compétition, Sakynn et moi. Mais pendant tout ce temps, il gardait aussi Hulan en réserve, juste au cas où. Comme un pion sur son foutu plateau d'échecs…

— C'est qui, dame Rikken ?

— Une sale petite Skavienne. Un rat, un vautour déguisé en femme, qui m'a quasiment jeté dans ce cachot après m'avoir supplié de rester dans cette vallée.

— Tu as quand même couché avec elle, je parie ?

Je pourrais lui dire la vérité, mais je lui réponds plutôt ce qu'il a envie d'entendre :

— Évidemment.

L'amitié virile, ça se nourrit toujours de quelques mensonges. Et pendant un instant, je l'imagine aussi : le corps nu de Rikken, mes bras autour de sa taille, ses gémissements sous mes coups de reins… Ça me fait une chaleur au creux du ventre, et en même temps une douleur poignante.

Mais bizarrement, Grand Hulan n'éclate pas de rire, comme je l'aurais cru. Je n'ai même pas droit à des félicitations.

— Dis donc, Jal, toi qui as toujours été plus malin que tout le monde, à ton avis, qu'est-ce qu'ils nous veulent ? Pourquoi on n'est pas déjà morts ?

Je soupire.

— Ils peuvent encore avoir besoin de nous… J'ai fait une promesse idiote à ces culs-terreux.

— Laquelle ?

— Oh, pas grand-chose. Juste défendre cette vallée et ses habitants contre toute l'armée d'Ostérie.

Il éclate de rire.

— Sacré Jal ! N'importe quoi !

Et il ajoute, après une quinte de toux :

— Personne ne peut sauver ces gens. Enfin… à moins d'avoir un Guerrier-Mage sous la main, peut-être.

— Ouais.

— Bon, sérieusement, c'est quoi, le plan ? Tu as repéré un magot à rafler avant de partir, c'est ça ? Une relique dans l'église ? Un vieux trésor de guerre ? Allez quoi ! On fait équipe ! Tu vas bien mettre ton vieux copain dans le coup ?

— On est au cachot, je te rappelle.

— Hum, grogne-t-il. Pas faux.

Ça me fait un bien fou d'avoir un ami à qui parler. Je crois que j'avais oublié ce que c'était. Je lui raconte mes déboires dans la vallée : dame Rikken et ses embrouilles, la petite Nola trop tendre, le Ka et ce foutu village. Ces Skaviens oubliés du monde qui se rendent à peine compte qu'ils sont au bord du gouffre.

— On s'en sortira, Jal, conclut Hulan. On en a vu d'autres, toi et moi, pas vrai ?

— Tu te souviens de la bataille des Trois-Collines, il y a deux semaines… Tu étais déjà avec Petit Joss, et moi, j'avais perdu ma centurie.

— Oh, bon Dieu, oui, je m'en souviens ! Ça a été une sacrée boucherie.

On se met à parler de la légion, du général et de la clique d'imbéciles qui nous commandaient. Les mots apaisent peu à peu la tension que je ressens au creux du ventre, la panique à l'idée d'être au fond de ce cloaque puant, enfermé derrière une porte de deux pouces d'épaisseur.

Pour avoir moins froid, on se couche l'un contre l'autre, dos à dos. La grande carcasse de Hulan me tient chaud et me rappelle les nuits froides à la forteresse, sous le vent et l'hiver.

— Hulan, dis-je en chuchotant. Gloutonne a été blessée, elle est presque morte.

— Oh, ton écureuil apprivoisé ? Désolé, mon vieux, répond-il tout bas en passant un bras autour de mes épaules.

Et il ajoute finalement :

— Mais je suis là, moi.

Chapitre 33

Je suis réveillé par des pas qui font de nouveau craquer les planches du plafond.

— Bien dormi ? demande Hulan. Tu n'as pas arrêté de t'agiter et de causer tout seul…

Ah bon ? Dommage que je n'aie pas eu mon carnet de rêves à portée de la main, je suis sûr d'avoir encore fait des cauchemars, même si je ne me souviens de rien. Ces temps-ci, le sommeil ne me repose pas beaucoup.

— On dirait que ça bouge, là-haut, fait-il de sa voix rauque en levant la tête.

À l'étage, une porte se referme en grinçant. Rikken ? Le Ka ? Je n'entends aucune voix, mais quelqu'un arpente la pièce au-dessus de la cave avec une lanterne ; une lueur filtre jusque dans notre cachot à travers les espaces entre les lattes en bois. Avec ce début de lumière, plus vive que la dernière fois, je peux enfin voir la silhouette massive de Grand Hulan… Il a le visage mangé de barbe, et ses cheveux longs lui dégringolent sur les joues ; je distingue à peine sa peau cuivrée, marquée de vieilles cicatrices de brûlures. Je vois aussi les murs de pierre à nu et la mare d'eau croupie à mes pieds.

Et, tout à coup, je remarque quelque chose d'étrange.

— Eh ! Hulan, qu'est-ce que c'est que ces marques sur le sol ?

Dans la terre battue, il y a de grands signes tracés grossièrement à la main – ou avec l'éclat de pierre que j'avais trouvé à mon réveil. On dirait des lettres majuscules… Elles s'étalent sur presque toute la surface du cachot.

— Ça, mon petit gars, c'est à toi de me le dire. Je crois que tu les as tracées pendant ton sommeil.

— Là, c'est un « A » ; là, un « S » ; et là…

Il plisse le front. Grand Hulan n'a jamais su lire, évidemment. Je marche d'une lettre à l'autre, essayant de comprendre. Ce sont sûrement des notes que j'ai voulu prendre après un rêve. Sauf que je n'avais pas mon carnet.

— « Ass… ARA… TT ». Non, je me trompe : ce sont des « R » à la fin, donc ce serait plutôt…

La lumière est vraiment mauvaise.

— C'est quoi, ce charabia ? demande Hulan. C'est du sudien ?

— Attends, j'y suis presque !

— Tu as dû tracer des lettres au hasard.

— Ce n'est pas du sudien. « Ass… ARA… RR ».

Bon Dieu ! J'ai à peine prononcé la dernière syllabe que je suis soulevé de terre par une force invisible. Je me cogne le front contre le plafond et je reste suspendu là dans les airs en hurlant.

— Attention ! crie Hulan. Ne bouge pas !

— Qu'est-ce que c'est ? Qu'est-ce qui se passe ?

Je retombe soudain lourdement, ma chute est amortie par Grand Hulan qui me reçoit dans ses bras et tombe sous mon poids. Je voudrais me lever, mais je suis secoué de tremblements incontrôlables, les muscles tétanisés. De la bave coule sur mes joues.

— Qu'est-ce que tu as ? crie-t-il. Tu as mal ? Tu es blessé ?

— Je… je sais pas ! J'étouffe !

Quand il pose la main sur ma poitrine, on ressent tous les deux comme une décharge, une étincelle.

Je regarde autour de moi, complètement paniqué, et soudain j'aperçois des lignes brillantes qui partent de mon ventre. Nom de Dieu, j'ai des hallucinations, maintenant…

— Du calme, ça va aller ! me dit Hulan en me passant la main dans les cheveux, comme si j'étais un gamin ou un malade. Respire à fond, décris ce qui t'arrive, parle, ne t'arrête pas !

Il y a de l'amour dans sa voix, une vraie inquiétude.

— Je vois des choses bizarres, je… je ne comprends rien, dis-je d'une voix pâteuse, tous les muscles de la bouche engourdis.

Les lignes bizarres qui sortent de mon corps brillent maintenant si fort que je peux à peine garder les yeux ouverts, je vois toute la pièce comme en plein jour.

— C'est rien, mon petit gars ! Respire à fond !

Puis tout disparaît dans une explosion de lumière si violente qu'elle m'arrache un cri. C'est comme un feu brûlant, un brasier sur ma peau !

Je reçois une gifle magistrale.

— Bordel, Jal, réveille-toi ! gueule Grand Hulan.

Il a l'air complètement paniqué.

— Hé, fiston ! Tu m'entends ? Tu me vois ?

Oui, je le vois. Les lignes brillantes se sont évanouies, le phénomène bizarre a presque disparu. Mais presque seulement. Parce que dans les yeux de Grand Hulan, je vois une petite lueur, une étincelle qui n'était pas là tout à l'heure. Il s'est passé quelque chose, je ne sais pas quoi, mais je crois que je commence à deviner. L'explosion de lumière qui a tout emporté à la fin, le brasier sur ma peau : c'était Grand Hulan. Lui et moi réunis. Un cercle de magie autour de nous.

Je sens quelque chose au fond de moi, c'est comme si une partie de lui était sous ma peau. Je peux entendre le battement de son cœur, je pourrais presque lui parler par la pensée et entendre ce qu'il pense. Ce ne sont pas vraiment des mots, ce sont juste des fragments de sentiments, une chaleur au fond du ventre, quelque chose comme : « Je suis avec toi, Jal. Je suis ton ami. » Je me sens fort, puissant, plus que je ne l'ai jamais été. La douleur des coups reçus la veille a complètement disparu.

— *Assararr*, dis-je dans un murmure. Ça veut dire : le « cercle ».

« Bravo, Dal Koom. Sans ce mot, tiré de la langue oubliée des elfes, aucun cercle de mages ne peut durer plus d'un instant fugace », me susurre Maître Hokoun à l'oreille.

— De quoi tu parles ? crie Hulan avec la voix qui déraille. Tu as décollé du sol, tu étais en train de t'étouffer ! Tu as failli crever !

— Tu ne ressens rien, toi ? *Assararr*, c'est le premier des mots de pouvoir, Hulan… Les fameux mots de pouvoir des Guerriers-Mages !

— Les quoi ? Attends, tu as pris un coup sur la tête, tu n'es pas dans ton état normal, là ?

Il essaie de me prendre maladroitement dans ses bras, et murmure :

— Tu m'as fait peur, tu sais.

— Eh, lâche-moi Hulan, je ne suis pas en sucre !

Il a changé. Je ne l'ai jamais vu aussi protecteur, on dirait qu'il se prend pour ma mère.

On entend un bruit de pas précipités de l'autre côté de la porte, et quelqu'un se met à tambouriner sur le battant.

— Vous allez la boucler, là-dedans ? crie une voix en colère. On vous entend brailler jusqu'à deux étages au-dessus !

Grand Hulan se redresse d'un bond, l'air furieux.

— Attends ! dis-je tout bas.

— Quoi ?

Je lui fais signe de se taire et de reculer un peu. *Assararr* : le « cercle ». Et si ce qu'on raconte était vrai ? Et si la force du Guerrier-Mage était supérieure aux forces cumulées de ses membres ? Je m'approche en silence de la porte.

— Tu m'as entendu, le Sudien ? crie la voix.

Oui, mon gros. Et je te prépare même une petite réponse à ma façon.

Hulan, prête-moi ta force.

Dans ma tête, les idées se mélangent, se bousculent, comme si certaines ne m'appartenaient pas. Je sens une force monter en moi, que j'accueille avec un sourire. Je l'ai déjà éprouvée, je sais ce que c'est, j'ai tué quinze hommes là-haut il y a quelques jours avec Gloutonne... Alors ce n'est pas une petite porte en chêne qui va m'arrêter.

Quand je cogne du pied au niveau du loquet avec une force surhumaine, je ne ressens aucune douleur, comme si mon talon était en plomb. Mais le bois craque et gémit sous ma botte. En trois coups, les ferrures cèdent, la planche épaisse comme le poing s'arrache du battant et vole en éclats. D'une main, je tire ce qui reste du loquet de l'autre côté. Je pousse la porte et je me retrouve nez à nez avec un laquais de seize ans à peine, totalement pétrifié, qui tient une lanterne à la main et qui tremble si fort que la flamme vacille à l'intérieur.

Un coup d'œil à droite, un coup d'œil à gauche : personne. Il n'y a rien d'autre ici qu'un escalier qui monte tout droit vers les étages.

— Donne-moi ta lanterne, gamin.

Il me tend la boucle en métal. Je lui colle une petite gifle du plat de la main, qui le projette contre le mur avec une force inouïe. Il s'effondre à mes pieds comme un tas.

Grand Hulan me prend la lanterne des mains en chuchotant :

— Bon Dieu, Jal, c'était quoi ça ? Comment tu as défoncé cette porte ? Quand on sortira d'ici, tu m'expliqueras, hein ?

— Merde ! Tu crois que j'ai tué ce gars ?

— On s'en fout, fiston. Allez, avance !

— J'ai fait une promesse à quelqu'un. Je ne dois pas tuer les habitants de cette vallée.

Gloutonne, je n'abîmerai pas ton *passàda*.

— Parce que tu tiens tes promesses, maintenant ? fait-il en me passant devant.

L'escalier en bois grince un peu quand on grimpe les marches, surtout sous le poids de l'Ostérois. Il mène à une nouvelle porte qui n'est même pas fermée. Quand Hulan la pousse, on tombe sur une fille qui porte la coiffe et la livrée blanches des domestiques, elle lâche un bougeoir et ouvre grand la bouche. Hulan l'envoie valser contre le mur d'un coup de tête.

— Tu es fou, tu aurais pu lui briser le crâne !

La fille à terre ne bouge plus, il y a un peu de sang sur son arcade sourcilière, mais elle a l'air de respirer normalement.

— Je n'ai pas fait de promesse, moi, me souffle Hulan. Viens, c'est par là.

Il traverse une sorte de couloir jusqu'à un nouvel escalier qu'il monte quatre à quatre. C'est la nuit. De petites fenêtres à barreaux donnent sur une ruelle noire. Arrivé au deuxième étage, je lui demande :

— Hé ! Où tu vas ? La sortie, c'est au premier !

Mais Hulan ne m'écoute pas, il continue d'avancer, et, comme c'est lui qui a la lanterne, je suis bien obligé de le suivre. Ici, le plancher du couloir est en chêne, les murs sont lambrissés et recouverts de tapisseries. Grand Hulan tourne la poignée d'une jolie porte en bois laqué, fermée par un loquet. D'un coup d'épaule, il l'enfonce et se rue à l'intérieur.

— Hulan, attends !

On déboule dans une grande chambre. Du fond d'un lit à baldaquin recouvert d'un énorme édredon de plume le Ka bondit, stupéfait. Il est en pyjama de soie, le pantalon baissé, et porte un bonnet de nuit ridicule. Une jeune femme émerge de sous les draps, seins nus, portant encore sa coiffe de domestique sur la tête. Elle pousse un cri bref et tente fébrilement d'attraper une dague sur la table de nuit. Malgré la lanterne, la chambre est plongée dans la pénombre. J'aperçois des tableaux aux murs, une horloge, des armes d'apparat et un grand secrétaire en bois sombre, dont la surface vernie brille à notre approche. Cet endroit sent l'encre et le sexe, la bougie brûlée et le parfum de femme.

Sur le secrétaire, au milieu de papiers roulés soigneusement classés, je repère une forme familière :

— Eh ! Regarde-moi ça, Hulan ! C'est notre statuette !

C'est bien sainte Hilâ, l'elfe guérisseuse toute en or et en diamant, que je soulève à bout de bras. Je retrouve aussi mon sac à dos de soldat et mon ceinturon, qui porte mon épée et mon poignard.

— Tu aimes l'or, toi, hein ? grogne Hulan au Ka, toujours dans le lit.

— Et ça aussi, c'est à moi ! dis-je en attrapant mon carnet de rêves ouvert sur son bureau, que je fourre sous ma tunique, la statuette toujours à la main.

Heureusement qu'il est écrit en sudien.

— N'approchez pas ! crie la fille d'une voix aiguë, debout sur le lit, sa dague pointée vers nous.

Elle est jolie, pour une blonde.

Un craquement me fait tourner la tête, et j'aperçois la masse sombre d'Aarik qui devait dormir dans une chambre voisine bondir sur Grand Hulan par-derrière. J'ai à peine le temps de voir bouger l'Ostérois : d'un seul coup de poing au ventre, il plie le Skavien en deux. Puis, il le cogne si fort à la tête que l'autre se retrouve au sol.

Hulan n'a même pas lâché sa lanterne. Bon sang, je ne le savais pas aussi rapide !

— C'est toi qui as frappé Jal ? hurle-t-il avec rage. Réponds !

Le Skavien est étalé sur le tapis, il ne répond pas, en fait, il ne se relève même pas. Vu la force du coup, il ne doit pas être en état de le faire. Puis Hulan semble se souvenir de quelque chose, il se retourne vers le Ka et arrache les couvertures d'un seul geste pour essayer d'attraper sa jambe nue.

Mais le bonhomme est glissant comme une anguille. Il se coule au bas du lit, blême de peur, et se met à détaler vers la porte. Je le cueille d'un coup de coude juste au-dessus du ventre, là où il suffit d'appuyer fort pour que la souffrance explose. Il s'affaisse sur les genoux en suffoquant et je le saisis par le cou d'une seule main, avant de le soulever au-dessus du sol.

— Toi, je t'ai dit que je te crèverai !

Une petite lame crantée apparaît dans sa main comme par magie, sûrement récupérée sous l'oreiller. Mais je suis plus rapide. D'un coup de la statuette, je lui écrase la main. Il lâche son poignard en hurlant.

Eh oui, mon vieux, l'or, ça pèse son poids.

— Jal ! J… je regrette ! gémit-il, à moitié étouffé.

Il est à ma merci.

La force du cercle brûle dans mon corps et ne demande qu'à se libérer. *Assararr.* Alors, c'est ça, être un

Guerrier-Mage ? Cette ivresse, cette puissance ! Qui pourrait m'arrêter, hein ? Dans ce village de pouilleux, personne n'est de taille à me battre. Je pourrais écraser tous ces Skaviens un à un, comme des fourmis.

— Crève-lui la panse ! siffle Grand Hulan. Souviens-toi de ce qu'il a osé te faire !

Ouais. Il le mériterait. Sauf que Gloutonne a dit : « Jal est un homme bon. »

Et je comprends enfin le sens profond de ces paroles. Je vais les entendre rouler dans ma tête, encore et encore. Si je ne suis pas à la hauteur, au lieu d'être un réconfort, elles seront comme une accusation éternelle, une malédiction. Je ne pourrai plus y échapper, nulle part, jamais. Gloutonne est ma conscience, et je m'aperçois que ça reste vrai. Le fait qu'elle ne soit pas auprès de moi n'y change rien.

La fille saute au bas du lit et fout le camp sans demander son reste. Je ne l'arrête pas. Je repose lentement le Ka au sol. Je vais le laisser partir, lui aussi. Je ne vais même pas le toucher. Mais cet imbécile prend ce geste pour une nouvelle menace.

— Ce n'est pas ma faute ! crie-t-il. Je n'avais pas l'intention de vous faire enfermer. Ce… ce n'est pas moi qui ai eu cette idée.

— Il ment ! Crève-le ! répète Grand Hulan.

Quelque chose me trouble dans le regard du Ka. Une terreur, une lueur de folie. Une chose qui va encore au-delà de la peur de mourir.

Je lui hurle au visage, le secouant par le col comme un pantin :

— Qui ? Qui t'en a donné l'idée ?

— Je… je ne sais pas exactement. C'était un cauchemar, mais cela semblait étrangement réel. J'étais sur une île, au sommet d'une tour, il m'enfermait dans une oubliette obscure et il… il hurlait dans ma tête ! Il y avait des portraits de vous sur les murs, dessinés au fusain, à l'encre, à la peinture. Du sol au plafond, il y en avait partout ! Je n'ai pas vu son visage, il portait un masque blanc.

— Quoi ? Un masque blanc ?

Il n'y a plus de force dans mes bras tout à coup, je lâche le Ka, la statuette. Les tripes nouées, je répète comme un idiot :

— Un masque blanc.

Il me répond en pleurnichant :

— Vous le connaissez ? Est-ce qu'il existe vraiment ? Est-ce qu'il va continuer à hanter mes rêves ? Que me veut-il, à moi ? Qu'est-ce que je lui ai fait, bon Dieu ?

« *Oh, Dal Koom, mon prodigieux petit garçon !* murmure la voix dans ma tête. *Tout élève a besoin d'un Maître. Et tout Maître a besoin d'un élève. Je me sens si seul quand tu n'es pas auprès de moi…* »

Je voudrais répondre, je voudrais me retourner, je voudrais… Mais l'air manque dans ma poitrine, tout mon corps se met à trembler, mes mains fouettent le vide et essaient désespérément d'agripper quelque chose, n'importe quoi.

Alors un voile rouge tombe sur mes yeux, et je me mets à hurler, à hurler…

Chapitre 34

J'étais totalement immobile sous ma couverture, allongé les yeux fermés. Comme les autres.

Aujourd'hui c'était la Saint-Othin, le saint protecteur des Skaviens, et la plupart des gardiens avaient été autorisés à boire du vin et à chanter leurs hymnes jusque tard dans la soirée. C'était aussi une nuit sans lune, ce que j'attendais depuis plus de deux semaines.

On n'était plus que vingt-deux enfants dans le dortoir ; tous les autres étaient progressivement partis. Je traçais un trait avec un caillou blanc sur la barre de mon lit chaque fois que l'un de nous disparaissait. Maintenant, ça faisait toute une série de traits serrés, comme une forêt. Ceux qui étaient restés les oubliaient peu à peu. Moi, non.

J'avais observé la façon de faire du gardien. Il vérifiait que tous les élèves étaient couchés dans leur lit, le soir, un par un, puis il sortait et nous enfermait. J'avais compté dans ma tête le nombre de mes battements de cœur entre le moment où il passait devant mon lit et le moment où il faisait demi-tour, à l'extrémité du dortoir, avant de revenir vers la porte.

Douze à quinze.

Quand il s'est approché, j'ai entendu le couinement de ses bottes sur le carrelage, et la lueur de sa lanterne a filtré à travers mes paupières.

Sous mes draps, j'avais passé un manteau par-dessus mon uniforme d'élève. Là où je serais bientôt, le froid serait mon ennemi. Il me faudrait aussi de l'eau et de la nourriture sèche, en quantité suffisante pour le voyage.

Oui. Cette nuit, je partais pour de bon.

J'allais retrouver ma mère.

Dès que le gardien nous a dépassés, j'ai repoussé la couverture et, sans un bruit, j'ai sauté au bas du lit superposé. Pieds nus, souple, aux aguets, exactement comme on nous l'avait appris.

J'ai pressé le bras de Dal Assa sur le lit en dessous du mien.

—Adieu, tcharaï.

Elle n'a rien répondu. J'ai juste vu ses yeux briller de surprise dans l'obscurité quand ils se sont posés sur moi.

Je savais courir sans faire le moindre bruit, comme un chat. Je savais me fondre dans les ombres. Je n'ai eu aucune difficulté à atteindre la porte entrouverte avant que le gardien ne se retourne et je me suis faufilé dans le couloir sans me faire remarquer, invisible, rapide. J'ai couru jusqu'à l'escalier et je suis descendu à la réserve – une longue pièce sombre et voûtée, qui sentait la farine et le fromage. Les Skaviens y entreposaient d'énormes fûts de chêne remplis de grain, de vin et de mélasse.

L'homme de garde était là, assis sur une chaise, en train de saucer sa soupe avec une tranche de pain de seigle, une lampe à huile posée sur une table.

Les gardiens nous prenaient encore pour des enfants ordinaires. Ils nous battaient à la moindre occasion ou ils nous enfermaient dans des caves toutes noires et pleines de rats. On était comme des bêtes à leurs yeux, comme des moutons : un troupeau à surveiller. Ils n'avaient pas encore pris conscience de ce qu'on était devenus sous l'effet de l'enseignement du Maître.

Des outils mortels. De petits tueurs silencieux.

Celui-là, je le connaissais : il frappait à coups de bâton et il y prenait du plaisir ; il visait les genoux, les chevilles, là où la douleur était la plus forte. Il nous regardait avec de petits yeux cruels et se moquait de nous avec les autres gardiens. Il ne savait pas qu'on avait appris le skavien et qu'on maîtrisait maintenant sa propre langue mieux qu'il ne le ferait jamais.

Me glisser dans son dos sans me faire voir, ça a été facile. Pour l'assommer, je devais saisir son propre bâton posé contre le mur derrière lui et frapper à la base de la nuque. Les gardiens ne portaient presque jamais leur casque.

Mais je n'avais pas prévu le chat. Il y en avait plusieurs ici, pour chasser les nuisibles. Il s'est approché de moi en remuant la queue et m'a reniflé les pieds. Puis il s'est mis à miauler. C'était un petit piaulement bref, presque joyeux, pour m'inviter à jouer peut-être.

Quand le garde s'est retourné, il n'en a pas cru ses yeux : du « bétail », juste derrière lui, avec son bâton entre les mains ! Un mouton échappé de l'enclos !

Il a éclaté de rire et a commencé à détacher sa ceinture. Je savais ce qu'il avait en tête. Le cuir brûlant sur ma peau nue, le claquement de la boucle sur mes épaules.

—Pose ça, gamin.

N'importe quel objet pouvait servir à tuer. Une pierre, une corde, une bouteille. Le bâton fit très bien l'affaire. J'ai frappé au cou, fort, à faire craquer les vertèbres. Il suffisait de bien faire le travail, vite et juste. C'était une simple question de concentration, nous disait Maître Hokoun.

Au moment de poser le pied dans la petite barque de pilote, quand j'ai défait la voile, mes mains tremblaient. Elles étaient tachées de sang. Je me suis assis sur la caisse que j'avais volée aux réserves. J'ai laissé mon regard errer sur le quai, sur les deux tours noires qui encadraient le petit port et sur cette île où j'avais vécu pendant quatre années. Il faisait si sombre que je les voyais à peine.

Tuer un homme. Comment aurais-je pu savoir que c'était si cher payer ?

— Félicitations, Dal Koom, a fait une voix dans mon dos. Tu as fait de grands progrès, cette nuit.

Il était là. Dans la barque. Avec un masque qui riait. Sa main était posée sur l'épaule de Dal Assa en tenue de nuit. Celle-qui-rêve.

Elle l'avait prévenu de mon évasion. Elle m'avait trahi.

— Ta seule erreur fut…, dit le Maître d'une voix très douce.

Il allongea le doigt et me caressa la joue de l'index.

— … ces étranges larmes que tu verses.

Son geste m'a pétrifié.

— Sais-tu seulement à quel point je t'aime, mon petit ? Crois-tu que je t'aurais laissé te jeter dans les bras glacés de la mort ? À la dérive, seul sur l'océan immense ?

Le coup est tombé sur ma joue, puissant, précis. J'ai perdu l'équilibre et mon dos a cogné le bord de la barque. Le Maître tenait à la main la ceinture du gardien mort ; je savais déjà que, dans quelques instants, mon corps ne serait plus qu'une plaie vive.

Il a gardé un instant le silence, contemplant le ciel noir. Dal Assa n'a rien dit. Elle avait les yeux fermés, les dents serrées – si fort que son visage était complètement contracté.

— Toi et moi, nous savons que cela n'arrivera jamais, n'est-ce pas ? Je veille sur vous, mes petites merveilles. Je suis tellement impatient de voir les adultes que vous allez devenir…

Je suis réveillé par un hurlement.

C'est la nuit noire. J'ai le corps en sueur, je ne sais pas où je suis. Dans un… grenier, apparemment. Est-ce que je suis encore dans l'école ? Des courants d'air sifflent sous la charpente à nu et un pigeon s'enfuit par un trou entre les tuiles quand je redresse le buste. Soudain, je sursaute en voyant la tête de Paol émerger de la paille.

— Vous avez mal ? dit-il.

Des pas montent précipitamment un escalier, la trappe s'ouvre et Nola apparaît, un bougeoir entre les mains. Tout me revient d'un seul coup. Le Ka, ses rêves, le Maître qui lui parlait... Il a retrouvé ma trace, il va venir me chercher !

— Que se passe-t-il ? Il s'est blessé ?

— Le Maître arrive, n'est-ce pas ? dis-je d'une voix blanche. Il est revenu pour moi, il est là ?

Les tremblements s'intensifient. Je sens encore la morsure glacée de la boucle du ceinturon sur mon dos.

— Vous pleurez, Jal ?

Je sens la main de Nola sur ma joue trempée de larmes. Je bondis en arrière, comme si elle allait me frapper.

— Qu'est-ce que je fais ici ? Je dois partir, le Maître...

Mais les mots s'embrouillent, je bafouille, j'éclate en sanglots.

— Paol ! Va me chercher de l'extrait de Saint-Nokoo !

— C'est que... le flacon est dans la chambre de maître Svenning, gémit le petit. Tu sais bien qu'à cette heure-là on n'a pas le droit de le déranger...

— Fais ce que je te dis ! Jal en a besoin !

Le petit prend le bougeoir qu'elle lui tend, se faufile jusqu'à l'escalier et disparaît par la trappe.

— Votre ami Grand Hulan est en bas.

— Il ne peut rien ! Personne ne peut rien contre le Maître !

Les gémissements montent dans ma gorge, je voudrais les arrêter, les contenir, je voudrais pouvoir expliquer à Nola que je dois partir. Mais une peur panique me pétrifie sur place. Un filet de sueur coule le long de mon dos.

Un pas lourd monte l'escalier en bois.

Nola murmure :

— C'est toi, Paol ?

Je hurle de nouveau :

— Non ! Non ! Pitié, Maître !

Je crie, je pleure comme un enfant. J'ai dans la tête la barque, les coups, l'image des yeux brûlants du masque et sa voix infernale…

— Pitié ! Pas la ceinture !

La lumière d'une lanterne m'éblouit soudain et un homme s'avance lentement vers nous. Mais ce n'est pas le Maître. Il tient Paol par l'oreille et le force à avancer devant lui en le poussant à coups de pied. Le petit grimace en retenant ses larmes.

— Alors, comme ça, ta sœur invite des hommes dans mon grenier, hein ? crie-t-il au gosse.

C'est un vieux. Quand il s'approche de Nola et pose sa lanterne au sol, je peux voir sa peau ridée, parcheminée, tachetée de crevasses. Et ses cheveux blancs trop longs, gras, mal peignés.

— Je t'avais pourtant interdit de faire tes cochonneries ici, sale petite putain !

Il lâche le gosse et attrape Nola par les cheveux, la forçant à se mettre debout. Mes tremblements commencent à s'arrêter, mes larmes aussi.

— Je vous en supplie ! crie Nola. Non !

L'homme porte la main à sa ceinture, et je comprends soudain ce qu'il fait : il y attrape un objet long et souple, fin comme une baguette. Un nerf de bœuf.

— Je vais t'apprendre, gronde-t-il. Traînée !

Quand le premier coup claque et résonne, il claque aussi dans chaque fibre de mon être. Je connais ce bruit. Je me souviens des blessures qu'il inflige.

Nola hurle de douleur. Paol tressaille, se cache dans la paille et se roule en boule en gémissant, les mains plaquées sur les oreilles.

Quand je lui attrape le poignet, l'homme me crie :

— Toi, décampe de là en vitesse, sinon j'appelle ta femme, ou ta mère !

— Je n'ai pas vu ma mère depuis l'âge de six ans, dis-je d'une voix glaciale.

— Qu'est-ce que tu racontes ! Depuis… l'âge de six ans ?

Alors il commence à comprendre son erreur. Je ne suis pas un jeune homme du village, comme il l'avait cru dans la pénombre. Je ne suis pas un Skavien. En fait, il ne m'a jamais vu de sa vie.

— Qui es-tu, toi ? fait-il en balbutiant. Sors de ma maison !

— Pourriture de Skavien…

Je ne pense plus qu'à une seule chose : cogner, cogner, cogner jusqu'à le réduire en bouillie, jusqu'à ce que le nerf de bœuf tombe à terre, que plus personne ne reçoive jamais sa morsure. Mon poing se lève et le vieux reste pétrifié, les yeux écarquillés.

— Non ! hurle Nola. Non, Jal ! Ne faites pas cela !

Je l'entends à peine. La haine bat à mes tempes comme une musique.

« *Je ne veux aucun geste, aucune parole, aucune pensée dans vos têtes, qui n'ait été dicté par ma volonté,* me susurre Maître Hokoun. *J'écraserai dans la douleur toute idée de braver ma loi* »

Ouais, c'est tellement facile de frapper un môme dans une barque ou une femme à qui personne n'a jamais appris à se battre. Sauf que je ne suis plus un gamin, aujourd'hui. La force a changé de camp.

— Vous êtes un… déserteur, n'est-ce pas ? un bandit ? marmonne le vieux d'une petite voix.

Il me vouvoie, maintenant : c'est fou comme la trouille lui fait faire des progrès en politesse. Je m'approche de lui jusqu'à respirer l'air qu'il expire. Son haleine, sa peau, sa sueur puent le mauvais vin, il en est imbibé jusqu'à la moelle des os.

— C'est maître Svenning, le guérisseur ! fait Nola en essayant de se placer entre lui et moi. Cette maison lui appartient, je suis son apprentie !

Il acquiesce de la tête, les yeux brillants de peur.

— C'est vrai, je suis le guérisseur du village.

— Je ne t'ai jamais vu à mon chevet, quand j'avais besoin de toi.

Ma main se referme sur le nerf de bœuf. Je sens son contact lisse et froid dans ma paume.

— Si vous portez la main sur moi, dit-il le souffle court, vous irez au cachot du Ka !

— Ton cachot, j'en sors.

Je passe la main sur une des ecchymoses que je porte au front, en guise de preuve.

— Vous êtes blessé ? fait l'autre, mielleux. Je… je peux vous soigner !

— Nola, donne-moi une seule bonne raison de ne pas lui faire ce qu'il t'a fait.

— Ce… ce n'est que mon apprentie ! crie le vieux, soudain terrifié. N'écoutez pas ce qu'elle va dire. Je la corrige parfois, mais ce n'est personne, du vent, une servante ! Elle n'est même pas du village, c'est cette folle de dame Rikken qui m'a demandé de la prendre…

Ma main lui tient toujours le poignet et je sens sous mes doigts ses os saillants. Il me suffirait de pas grand-chose pour lui briser le bras. Je lui crie à l'oreille :

— Supplie-la !

— Nola, dit le vieux, je t'en supplie…

— Plus fort.

— Nola, ma petite Nola ! Dis-lui de ne pas me faire de mal !

— Jal, dit-elle en tremblant, ne faites pas ça.

— Et maintenant, Nola, voilà ce que tu vas dire…

— Ne me tuez pas ! crie le vieux.

— Tu vas dire : « Dorénavant, maître Svenning, vous ne me frapperez plus jamais. »

— Je… je vous demande pardon, messire, gémit-il. Je vous ai pris pour un de ces jeunes coqs du village, vous comprenez, je croyais…

— Dis-le, Nola ! Dis-le ! crie Paol qui s'est redressé et approché du vieux.

— Dorénavant, maître Svenning, répète Nola, presque aussi terrifiée que le vieux, vous ne me frapperez plus jamais.

Je poursuis :

— « Dorénavant, vous ne m'insulterez plus jamais. »

Paol se tient tout contre moi, comme si j'étais son père ou quelque chose d'approchant. Mieux que ça : comme si j'étais une incarnation de l'espoir à moi tout seul.

La voix de Nola se fait plus ferme, plus forte :

— Vous ne… m'insulterez plus jamais.

— « Dorénavant, je serai logée dignement et payée pour mon travail à sa juste valeur. »

Les yeux de Nola brillent et ses poings se ferment.

— Je serai payée pour mon travail, répète-t-elle.

— « Dorénavant, ce sera moi, la guérisseuse du village. Et vous serez seulement mon logeur. »

— Quoi ? dit-elle.

— Vous n'y pensez pas, c'est ridicule, dit le vieux avec un petit rire nerveux. Nola n'est qu'une femme !

Plutôt que de répondre à ça, je siffle entre mes dents :

— Répète, Nola.

— Mais c'est moi, le guérisseur ! gémit-il.

Je tire sur sa chemise et colle son visage contre le mien.

— Ce n'est pas, dis-je en détachant chaque syllabe, ce que j'ai constaté.

Je tends le nerf de bœuf à Nola et relâche le vieux.

— Tiens, Nola. Ce nerf est à toi, maintenant. Si tu veux l'utiliser, fais-toi plaisir.

Elle le prend et le jette dans la paille.

— Qui… qui…, balbutie le vieux, qui êtes-vous donc ?

— Tu n'avais pas encore entendu parler de moi ?

Je prends la lanterne et la lève au-dessus de mon visage. Il me voit enfin en pleine lumière : ma peau hâlée, mes cheveux noirs de Sudien…

— Je suis le vent du changement, vieillard.

Chapitre 35

Svenning recule avec une expression d'horreur et disparaît dans l'escalier, quelque part au rez-de-chaussée, sans sa lanterne. Puis j'entends des éclats de voix en bas, des supplications suivies d'un grand cri du vieux, qui s'interrompt brutalement. Il lui est arrivé des bricoles, visiblement, mais je ne vais pas pleurer sur son sort.

J'aspire de grandes goulées d'air et j'essaie de retrouver le contrôle. J'ai encore des images, des sensations de mon rêve qui ne s'effacent pas avec le réveil. Je jette un coup d'œil autour de moi et retrouve mon carnet de rêves dans la paille. Je n'ai rien écrit de nouveau au réveil et maintenant mon souvenir du rêve s'efface.

Après tout, rien ne prouve que Maître Hokoun ait retrouvé ma trace, hein ? Le Ka a rêvé d'un masque et de portraits de moi épinglés sur un mur… Bon, et après ? Qu'est-ce que ça prouve ? Il m'a peut-être entendu parler dans mon sommeil et raconté n'importe quoi pour gagner du temps. Ils font tous ça, quand on les serre à la gorge.

Il faut que j'oublie.

— Dis-moi, Nola, est-ce que tu as déjà rêvé d'un homme avec un masque ?

Nola me regarde avec des yeux ronds depuis tout à l'heure. Je me demande si elle a repris une seule fois son souffle.

— Jal ! Ce que vous avez fait, pour moi avec Maître Svenning, c'est…, souffle-t-elle en faisant un pas vers moi, les bras ouverts, les larmes aux yeux.

— Il ne faut pas me remercier.

Je suis juste un gars qui a failli crever la panse d'un autre gars, pas de quoi crier au héros. Je suis un cinglé. C'est un miracle si je n'ai tué personne.

— C'est important, Nola. Est-ce que tu as rêvé récemment d'un visage avec un masque blanc ?

— Je… Non, je ne crois pas, dit-elle, surprise, et ses bras retombent le long de son corps.

— Tu en es sûre ? Absolument sûre ?

Je parle trop fort, je crie presque. C'est à cause de la terreur de Maître Hokoun qui est toujours en moi, tapie là, comme une brûlure dans mon ventre qui me donne envie de hurler pour la faire sortir.

— C'est une drôle de question, Jal. Je… je ne me souviens pas de tous mes rêves, répond-elle finalement d'une petite voix, en reculant et en baissant les yeux.

Je marmonne – plus pour moi-même que pour elle :

— Celui-là, si tu l'avais fait, tu t'en serais souvenu.

Sous sa chemise de nuit, je devine ses seins nus. Elle se relève et passe la main dans ses cheveux bizarres pour en ôter la paille. Pendant un instant, il me vient l'image d'une ferme sombre pendant une nuit pluvieuse, d'une explosion de lumière. D'une Nola nue sur mon lit et de sa robe violette étalée sur le sol…

— Il s'est passé quoi, ici, pendant que je dormais ?

Paol s'accroupit sur la paille et nous écoute, comme au spectacle. Les mômes de ce village vont finir par me rendre dingue à toujours être fourrés où il ne faut pas.

— D'après votre ami Hulan, vous avez eu une sorte de malaise dans la chambre du Ka, répond Nola qui garde maintenant ses distances. Il vous a sorti de sa maison et il a tambouriné à toutes les portes en demandant à me voir. J'ignore comment il savait qui j'étais.

— Au cachot, je lui ai parlé de toi.

— Il avait l'air affolé, il m'a ordonné de vous soigner. Mais, en dehors des traces de coups, vous n'aviez pas de blessure physique. Je vous ai fait porter au grenier, là où nous dormons, Paol et moi, car Gloutonne est toujours alitée au rez-de-chaussée dans la salle principale.

Des coups sont soudain frappés à la porte en bas, ce qui me fait sursauter. Dehors, j'entends des cris. Pas des cris de terreur ni des cris isolés. Non, il y a de la colère dans ces voix-là, et elles sont nombreuses.

— Qu'est-ce que c'est ?

— Cinq ou six villageois se sont regroupés devant la maison depuis un moment avec des armes, commence Nola. Ils vous demandent de vous livrer. Mais votre ami, Hulan, est en bas et leur a interdit l'entrée. Jusqu'à présent, ils se contentaient d'attendre devant la porte, mais il semble qu'ils s'enhardissent.

— La ferme ! beugle Hulan au rez-de-chaussée.

J'entends un grondement et un grand bruit de vaisselle, comme si on venait de renverser un meuble sur le plancher. Foutremerde !

— Qu'est-ce que j'ai fait, Nola ?

— Que voulez-vous dire ?

— Est-ce que j'ai tué quelqu'un ?

Nola ouvre de grands yeux effrayés.

— Grand Dieu, non, je ne crois pas !

Je pousse un soupir de soulagement et me passe la main sur le front. Dehors, j'entends des hurlements plus distincts : « À mort le Sudien ! » « On va te pendre, étranger ! » « Sors de là, espèce de lâche ! »

—Alors tout va bien.

Je me lève, enfile mes bottes et fais la grimace : les coups de Sakynn m'ont laissé quelques petits souvenirs. Je descends l'escalier et je tombe sur une pièce plongée dans l'ombre, qui sent l'alcool et le chou bouilli. Sûrement une cuisine, où Nola doit préparer les repas pour son maître.

Encore une porte et je me retrouve dans la pièce que je connais le mieux, la grande salle où j'ai passé plusieurs jours alité. Je reconnais à peine l'endroit : les volets ont été arrachés et Grand Hulan a bloqué la porte d'entrée avec une armoire renversée. La table a été poussée au fond, ainsi que les chaises et le tapis, pour laisser un espace dégagé au centre, au cas où il faudrait combattre. Une petite lampe à huile tournée au minimum, posée à même le sol, diffuse une clarté jaunâtre. Hulan est assis par terre le dos contre un mur, en train de tailler un bâton en pointe avec mon poignard. Il me salue d'un signe de tête et, du pied, pousse mon épée vers moi.

Gloutonne est allongée sur le lit que j'occupais, poussé dans un angle. Je renifle l'air avec la terreur d'y déceler un relent de chair pourrie, le signe de la gangrène, mais une brise souffle de la fenêtre fracassée et la pièce sent plutôt le camphre. Je m'approche d'elle, mais Grand Hulan me fait signe de ne pas bouger.

—Attention à la fenêtre, fiston. Ils ont une arbalète.

Un caillou passe à travers l'ouverture, fracasse un pichet d'eau sur la table réparée et roule jusqu'à mes pieds. Une flaque d'eau s'élargit sur le plancher pendant que je ramasse l'épée.

—On veut sa tête ! hurle quelqu'un dehors.

—Alors, tu vas mieux ? dit Hulan d'une voix où je décèle quand même une pointe d'inquiétude.

Et dire qu'il y a deux jours, dans cette même pièce, j'attendais les pillards avec Nola et j'étais mort de trouille. Au moins, les choses étaient simples : je savais qui étaient les bons et les vilains – et ceux-là, j'avais le droit de les tuer. Cette nuit, ça va être nettement plus difficile de s'en sortir sans massacrer personne.

— Qu'est-ce que tu m'as fait, là-bas, dans la chambre du Ka ? demande Hulan. Qu'est-ce qui t'a pris ?

Je hausse les épaules et ne réponds pas. Peut-être parce que je n'en sais rien. À la place, je lui demande :

— Où est passé Svenning ?

— Le sac à vin ? fait Hulan. Je l'ai balancé par la fenêtre, il voulait ouvrir aux autres.

Ce qui explique le grand cri que le vieux a poussé tout à l'heure…

Tout à coup, on frappe à la porte. Trois petits coups brefs, impatients.

— Allez au diable ! hurle Grand Hulan.

— Je veux parler à Jal, fait une voix étouffée par le bois de la porte et par l'armoire calée devant.

Je la reconnais aussitôt avec un coup au cœur : c'est la dame. Je respire un grand coup. Souviens-toi de sa traîtrise, Jal, elle discutait tranquillement avec le Ka, la veille, juste au-dessus de ton cachot. Mais les fantasmes de l'autre nuit reviennent me hanter, ainsi que ses yeux si gris, si bleus que je me crois au bord de l'océan chaque fois qu'elle me regarde.

Je me mets à crier d'une voix aiguë :

— Foutez le camp, Rikken !

Et j'ajoute, plus bas :

— Je ne sortirai pas d'ici.

— Je ne te demande pas de sortir. C'est moi qui veux entrer !

Je consulte Grand Hulan du regard, qui a l'air tout aussi surpris que moi.

— Fais-moi confiance, nom de Dieu ! ajoute-t-elle. Je suis de ton côté !

L'Ostérois fait « non » de la tête.

— Si tu ouvres cette porte, on est morts, murmure-t-il. Ils vont tous débouler à l'intérieur.

« *Le chant de la femme est une tentation sournoise,* me souffle Maître Hokoun. *Une pente dangereuse qui conduit à la faiblesse et à la ruine* »

Je ne réfléchis même pas. C'est comme si je me regardais agir en spectateur : je pousse l'armoire sur le côté et défais le loquet...

— Si tu fais entrer un seul autre Skavien, Rikken, dis-je la main sur la poignée, le sang va couler.

Hulan soupire et me jette un regard navré.

— Tu vas le regretter, fiston.

Il renverse la table contre la fenêtre pour nous protéger des tirs d'arbalètes.

— Ouvre cette porte, Jal. Tu sais bien que je ne te ferai aucun mal.

Dame Rikken a prononcé ces derniers mots à voix basse, très vite, comme pour ne pas être entendue des autres. Derrière elle, les cris des villageois se sont tus.

— Moi, je te tuerai, Skavienne, si tu n'as pas une explication convaincante.

Je tire brusquement le battant à moi et me retrouve face à la silhouette fine et souple de Rikken. Je la tire par le bras et plaque mon couteau sur sa gorge, elle ne se défend même pas. Dans son ombre, je devine la masse d'Odomar qui s'avance à son tour.

— J'avais dit que si tu faisais entrer un seul Skavien...

— Il n'est pas skavien.

Elle jette un coup d'œil à l'intérieur et le désigne de la main.

— C'est Nola qui l'a envoyé me chercher à la passe, il m'a avertie de ton évasion.

— Odomar fait quelque chose, grommelle-t-il.

— Il est à ses ordres comme un petit chien depuis qu'elle l'a soigné et lui a sauvé la vie, même si elle ne supporte pas la vue de ses tatouages de Norrois, dit-elle en repoussant doucement mon poignard et en rabaissant le loquet de la porte.

Je me tourne vers le colosse :

— Salut, Odomar.

Il me répond d'un signe de tête et balaie la pièce du regard, comme s'il n'y trouvait pas ce qu'il cherchait. Nola, sans doute.

Dame Rikken porte sa peau de loup habituelle et son arc déplié à la main. De tout son poids et grimaçant sous l'effort, elle entreprend de le courber pour y attacher une corde. Je ne peux pas détacher mon regard de son visage, de son expression concentrée sur sa tâche, de son air tellement résolu, plein de force, de volonté, de certitude. Tout ce qui me manque, en fait.

— Livrez-nous l'étranger ! Maintenant, dame Rikken ! crie un Skavien sur la place.

On l'entend bien à travers la fenêtre ouverte, malgré la table en travers.

— Tu as vraiment cru que j'allais le faire, Ötmund ? répond-elle, une main en porte-voix, les lèvres tremblantes de colère. Si tu touches à un cheveu de sa tête, je t'embroche !

Elle se tourne vers moi.

— Je n'étais pas au courant des manigances du Ka. Je n'étais même pas dans la vallée. J'étais à la poursuite des deux éclaireurs en fuite que le guetteur avait aperçus : les derniers survivants, ceux qui avaient attendu une journée après la fin de la bataille pour franchir la passe en sens inverse.

Je pourrais lui ouvrir le crâne d'un coup d'épée. Aussi facilement qu'on ouvre une noix avec un couteau.

— Pourquoi je te croirais ? Je t'ai entendue parler avec le Ka dans la pièce au-dessus, quand j'étais au cachot. Et il m'a dit que toi aussi, tu étais dans le coup !

— Alors soit c'est lui qui te ment, soit c'est moi. Qu'est-ce qui te paraît le plus probable, hein ?

Et qu'est-ce qu'elle faisait chez lui, alors ? Est-ce que je me suis trompé ? Est-ce que j'ai mal entendu ? Je voudrais tellement que ce soit le cas que j'arrive presque à m'en convaincre.

— Qu'est-ce qui te paraît le plus probable, hein ? répète Odomar de sa grosse voix d'ours, tout en défaisant la sangle qui retient sa hache, dans son dos, pour la prendre à pleines mains.

— Tu répètes toujours tout, toi, hein ?

— Répète toujours tout, confirme Odomar en hochant la tête.

Au lieu de taper sur le crâne de Rikken, je donne un coup d'épée dans le mur. Ça ne sert à rien, mais ça soulage.

— On m'a parlé de ton nouvel ami, dit la dame en se tournant vers Grand Hulan. Est-ce que tu as tenu ta promesse, Sudien ? Lui et toi, vous n'avez tué personne dans le village, n'est-ce pas ?

Et elle ajoute, méfiante :

— Je n'ai pas vu le Ka, dehors.

— Il y a un moment où j'ai perdu la boule. Mais je ne crois pas que…

Je coule un regard vers l'Ostérois qui grommelle :

— Tu n'as touché à personne, Jal, et moi non plus. Je te croyais mourant. J'avais autre chose à faire que de massacrer tout le monde. Et puis tu avais l'air d'y tenir, à ta foutue promesse.

Je me tourne vers la dame :

— Tu vois, Rikken, j'ai tenu parole, moi.

Et pourtant ça m'a démangé, d'étrangler le Ka...

— De mon côté, je ne t'ai fait aucune promesse, Sudien. Alors je vais le faire, et tout de suite, dit-elle en levant la main vers les statuettes en bois sur les étagères. Je jure devant les saints elfes que, où que ce soit, contre qui que ce soit, je te défendrai.

Elle soupire et ajoute :

— Tant que tu tiendras tes engagements, je serai avec toi. Je pensais que tu le savais.

Ses mots touchent quelque chose en moi. Je m'aperçois que je me sens tellement seul et depuis si longtemps que j'ai désespérément envie de les croire.

« La solitude est une armure, Dal Koom. Tisse des liens, trouve des compagnons, ris, chante, parle avec tes amis, tant que tu as besoin d'eux. Mais, quand viendra le moment crucial, referme les sangles de cette armure. »

— En voilà une jolie promesse, grogne Hulan. Ça lui tiendra sûrement chaud, à Jal, la prochaine fois qu'il sera jeté aux oubliettes.

— Hulan, dis-je, je te présente Odomar et dame Rikken.

Hulan salue le Norrois de la tête, mais ne fait pas un geste pour Rikken.

— C'est toi qui t'es évadé avec Jal et qui l'as porté ici ? lui demande la dame. Je te remercie pour ce que tu as fait.

Elle lui tend la main, mais pour toute réponse, Hulan crache sur le plancher sous le regard écœuré de la Skavienne.

— Magnifique, Jal, fait-il d'une voix sèche. Apparemment, tu t'es fait un paquet d'amis dans ce village.

Il pointe la fenêtre du pouce.

— Il y en a même plein d'autres, dehors, qui attendent de te dire un petit bonjour, eux aussi…

Dame Rikken décide de l'ignorer et me dit à voix basse :

— Je n'ai pas réussi à rattraper les deux éclaireurs dans la plaine de cendres.

— Oh, bon Dieu !

Ça veut dire que d'ici à demain on aura de nouveau la visite des Ostérois. Ils reviendront en force et cette fois, je ne vois pas comment on pourra les arrêter.

— Si je ne les ai pas retrouvés, c'est parce qu'il n'y en a jamais eu.

Quoi ?

— Devine quel est le guetteur qui a prétendu avoir vu deux cavaliers franchir la passe ? demande-t-elle. Ce cafard de Henrik. Quand j'ai enfin compris, j'ai fait demi-tour, mais tu étais déjà au fond de ton trou.

Le rouquin ! Le sale petit serpent ! Il était de mèche avec le Ka. Il a menti à tout le monde pour éloigner dame Rikken pendant que l'autre me faisait jeter dans son cachot…

— Je ne comprends rien à vos messes basses, grogne Grand Hulan, mais quand vous aurez terminé vos petites politesses, j'aimerais bien qu'on trouve une solution pour sortir d'ici vivants.

— Hulan, j'ai juré de protéger cette vallée.

Il me jette un regard soupçonneux.

— T'as vraiment l'intention de tenir cette promesse-là, aussi ? Alors que ces gars veulent ta peau ?

— Évidemment qu'il va la tenir, répond Rikken.

— Ben moi, si j'étais toi, je foncerais dans le tas…, fait Hulan, philosophe.

— Dans le tas, approuve Odomar.

Ces deux-là sont faits pour s'entendre, on dirait.

Chapitre 36

Dame Rikken passe son arc en bandoulière et me prend par le bras pour m'entraîner à l'écart.

— Attention, Sakynn m'a mis l'épaule en miettes !

— Au diable ton épaule, dit-elle. Suis-moi.

Elle prend un bougeoir dans un placard, allume la mèche au feu de la lampe à huile et me conduit dans la petite cuisine, puis dans une chambre obscure. Une puanteur me prend aussitôt à la gorge, un mélange de vomi, de vieille sueur et de vin aigre. La chambre du vieux Svenning, je suppose…

Elle vérifie que les volets de la fenêtre sont bien fermés, au cas où nos assaillants essaieraient d'entrer par ici. Il y a juste un lit défait, une armoire ouverte, les silhouettes sombres de bouteilles vides renversées sur le plancher.

— J'ai deux mots à te dire, Sudien. D'abord, je regrette ce qui est arrivé à ta Gloutonne, vraiment.

Je ne réponds rien. Sinon, je vais éclater en sanglots.

— Tu avais dit que si jamais il lui arrivait malheur, tu…

— Je resterai. Elle n'est pas morte.

Elle hoche la tête. Pourvu que son cher village ait toujours son défenseur, elle est satisfaite. Rien d'autre ne compte vraiment à ses yeux. Elle lève le bougeoir pour inspecter les traces de coups sur mon visage.

— Bon Dieu, tu es bien un Guerrier-Mage : ce que tu es beau ! J'avais presque oublié.

Elle tend la main vers l'ecchymose que j'ai au front et, avant même que je n'aie eu le temps de me reculer, elle l'effleure en grimaçant. La sensation de ses doigts sur ma peau me prend par surprise.

— Ne me touche pas, Skavienne !

— Si tu ne t'étais pas échappé de ton cachot par tes propres moyens, je te jure que je t'aurais sorti de là. Est-ce que tu me crois ?

Je hoche la tête.

— Peut-être bien

— Il n'y a pas de « peut-être » ! crie-t-elle. Je suis une femme de parole ! Par le fer et par le feu, je serais descendue jusque dans ton trou pour te libérer, même si j'avais dû tuer le Ka pour ça !

Elle soupire, puis siffle entre ses dents :

— Je lui ferai payer ce qu'il t'a fait.

— Pour ça, il a déjà réglé un petit acompte, dis-je en serrant les poings.

Notre petite visite dans sa chambre à coucher avec Hulan, il ne l'oubliera pas de sitôt.

— Dernière chose, ajoute-t-elle. Je connais le Ka, il ne laisse rien au hasard. La porte de son cachot est en chêne massif et personne n'en était jamais ressorti. Alors, comment tu as fait pour t'échapper, par tous les démons ?

Est-ce que je peux lui dire la vérité au sujet du cercle ? Et du mot de pouvoir ? Est-ce que je peux lui faire confiance ?

« Le guerrier qui accorde sa confiance est comme ce soldat qui relève la visière de son casque. Il en est soulagé, il respire, il croit voir le monde sous un meilleur jour. Mais, quand une flèche lui transperce l'œil, il comprend trop tard que la confiance est un mensonge. »

Tant pis pour votre foutue visière, Maître Hokoun.

— J'ai enfoncé la porte à coups de pied. C'est plutôt facile, pour un Guerrier-Mage.

Son visage s'éclaire.

— Tu as enfin réussi à reformer un cercle de compagnons ! Avec qui, cette fois ?

— Hé ! Les tourtereaux ! crie Hulan dans la pièce à côté. Revenez, ça s'agite sur la place !

Dame Rikken soupire.

— Oh ! Avec lui, évidemment, dit-elle sèchement. Dis-moi, ton ami l'Ostérois revenu d'entre les morts, depuis combien de temps le connais-tu ?

— Deux semaines. Mais en temps de guerre ça compte pour deux ans.

— Il est amoureux de toi.

— Quoi ?

— Amoureux. Ça se voit tout de suite à la façon dont il te regarde. Il te couve comme une mère poule. Il aime les hommes, n'est-ce pas ?

J'éclate de rire.

— Tu as une sacrée imagination, princesse !

— Non, j'ai de l'intuition – et plus que toi, je crois. En tout cas, il me déteste et je ne lui fais pas confiance.

— Et alors ? Tu ne fais confiance à personne, non ?

Elle a l'air surprise de ma réponse.

— C'est faux, répond-elle en me jetant un regard en coin, vexée.

— Grand Hulan est un sacré combattant, on aura besoin de lui contre les Ostérois.

— Tu avais dit la même chose de Sakynn.

— Sauf que Hulan, je le connais bien. D'accord, ce n'est pas la morale qui l'étouffe, il serait capable d'étrangler une pucelle pour une piécette. Mais pour ses amis, il ferait n'importe quoi.

— Si c'est un de mes villageois qu'il étrangle, je le tuerai.

— Ça n'arrivera pas. Autre chose, princesse ?

— Oui. Je t'ai fait une promesse, tout à l'heure. Je la tiendrai.

Je lui attrape le bras pour la retenir.

— Attends ! J'ai une question à te poser, moi aussi, c'est important. Est-ce que tu as fait des rêves avec des personnages bizarres, ces derniers temps ? Des cauchemars, avec des images effrayantes ?

Elle hésite un peu, puis elle me souffle à l'oreille d'une voix blanche :

— Pas de personnages bizarres. Mais des cauchemars, oui. Toutes les nuits, je rêve que le village est en flammes.

De retour dans la pièce principale, je me glisse jusqu'à la fenêtre et pousse un peu la table renversée pour jeter un coup d'œil à l'extérieur. Des silhouettes noires s'agitent devant un feu qu'une quinzaine d'hommes armés de piques et de bâtons alimentent en y jetant du bois mort. Je ne vois pas le Ka. Je suppose que c'est trop risqué pour lui de s'attaquer à Hulan et à moi il préfère déléguer ce genre de boulot.

Mais je reconnais Sakynn à l'arbalète qu'il tient entre les mains ; on dirait un gros insecte brillant, prêt à planter son dard. Et derrière eux, une foule anonyme : des femmes et même quelques enfants, qui murmurent avec les autres et poussent des cris. La situation ne s'est pas arrangée depuis tout à l'heure, ils sont nettement plus nombreux que je ne le croyais. On entend même le rire du vieux Svenning mêlé aux autres voix, il a l'air de bien s'amuser ; après notre petite discussion entre amis dans le grenier, je suis sûr qu'il ne serait pas fâché de voir ma tête au bout d'une pique.

La dame demande :

— Ils sont combien, dehors, maintenant ?

— Trente-deux hommes, douze femmes, dix-huit enfants, répond Hulan.

Eh bien, ça c'est précis !

— Dix-huit enfants, approuve Odomar d'une voix égale, comme si c'était le plus important.

Je me tourne vers Hulan.

— Merci de m'avoir porté jusqu'ici et d'avoir veillé sur moi pendant mon sommeil, camarade.

Je me penche vers lui et chuchote pour ne pas me faire entendre des autres :

— Si on réussit à sortir d'ici, tu pourras prendre la statuette en or et partir jusqu'à Tamis. Quand je te rejoindrai l'an prochain, tu me rendras la moitié du magot.

Hulan me jette un regard bizarre, affectueux, presque tendre.

— J'ai une meilleure idée, fiston, dit-il tout haut. Je vais plutôt rester ici pour te donner un coup de main.

J'ouvre des yeux ronds. J'ai bien entendu ?

— Tu es trop gentil, petit. Tu auras besoin d'une brute comme moi pour y arriver.

— C'est du suicide ! Qu'est-ce que tu vas y gagner ?

— Franchement, je serais idiot de te quitter maintenant. Un compagnon de cercle, c'est anobli par la couronne, ça fait fortune. Ouais, c'est quelqu'un. Une fois de retour au pays, au lieu de me passer la corde au cou pour désertion, on me fera des courbettes.

— Je découvre à peine ce foutu pouvoir. Tu sais bien que, si le Vieux Dragon vient jusqu'ici, il m'écrasera comme une brindille.

— Je n'ai pas dit que c'était sans risque. Mais tu me connais : à la roulette, je mise toujours toute ma solde sur un seul numéro.

— Tu as toujours perdu à la roulette, Hulan.

— Et alors ? fait-il en riant.

Un craquement me fait sursauter : Nola et Paol ont descendu l'escalier, sous l'œil rond d'Odomar qui ne quitte pas des yeux sa guérisseuse.

Ils sont tous là depuis le début. Tous ceux qui s'inquiètent pour moi. Ils forment presque un cercle parfait dans la pièce. Alors, je comprends tout, c'est une vraie révélation. Quand je pense à mon premier cercle bancal avec Sakynn et deux inconnus, quel imbécile j'ai été ! Maintenant, je sais exactement ce que je dois faire.

— Rikken !

— Oui ?

— Grand Hulan fera partie de mon cercle de compagnons. Ce n'est pas négociable.

Elle hoche la tête, pas franchement convaincue. Pas franchement surprise non plus. Hulan sourit jusqu'aux oreilles. Il a déjà vécu l'entrée dans le cercle, il sait ce que c'est, maintenant.

— Fais comme tu veux, c'est ton choix, dit-elle finalement. Et c'est une bonne chose que tu te choisisses un nouveau cercle, Jal.

Je pointe le doigt vers Odomar.

— Odomar, veux-tu faire partie de mon cercle à titre de compagnon ?

Odomar a sauvé Paol. Il a été là pour Gloutonne. Et c'est le seul qui m'ait défendu contre la foule quand le Ka m'a fait jeter au cachot. J'aime bien ce gars, je crois que je pourrais avoir confiance en lui.

Il a l'air étonné, perdu, il se demande ce qu'il doit répondre. Du coup, il consulte Nola du regard. D'un air exaspéré, elle finit par cracher :

— Faites ce que vous voulez, ça ne me regarde pas ! Mais si Jal vous le demande, c'est qu'il a besoin de vous, non ?

Il hoche la tête et se tourne vers moi, les bras croisés :

— Cercle. Titre de compagnon.

— Parfait.

J'en éprouve un grand soulagement. Je ne peux pas m'empêcher de sourire et de lui envoyer gentiment mon poing dans l'épaule – erreur fatale pour mes phalanges.

Je me tourne vers le suivant :

— Paol, veux-tu faire partie de mon cercle à titre de compagnon ? Je te préviens, ce sera dangereux.

Les autres me regardent comme si j'avais craché un serpent. Sauf Paol qui ouvre la bouche et dont le regard s'illumine de fierté. Il essaie de répondre, mais aucun son ne sort. Pour la première fois, ce petit gars à la peau dure, qui encaisse les coups des autres enfants en serrant les dents, ce gamin déraciné qui a vu la guerre de près…, eh bien, je le vois ému.

— Oui, chuchote-t-il. Oui ! Oui !

— Jal ! crie enfin dame Rikken. Tu ne peux pas faire ça, ce n'est qu'un gamin !

— « C'est au Guerrier-Mage de désigner ses compagnons. » Vous me l'avez dit vous-même, avant la bataille du pont, je me trompe ? Je crois que j'y arriverai avec Paol.

— Peut-être, mais…

— « Trouve des liens d'énergie », c'est ce que disait Björn, votre fiancé, non ?

— Les compagnons de Björn étaient tous des guerriers, Jal, pas des enfants !

— Est-ce que ça leur a réussi ? Est-ce qu'ils sont encore là pour le défendre, votre foutu village ?

Elle baisse la tête.

— Tu joues sur les mots, Sudien.

— Non, je les comprends enfin. J'ai pris le problème à l'envers : je ne dois pas choisir des gens et ensuite me lier avec eux. Je dois choisir les personnes avec qui je suis déjà lié.

— Je suis navrée, Jal, dit Nola en prenant la main de son frère, mais je dois refuser, les risques sont trop grands.

— Et pour Gloutonne ? Ils étaient grands comment, les putain de risques ? Je l'ai laissée en arrière, je lui ai ordonné de se cacher. Tu as vu le résultat ? dis-je en pointant du doigt le lit derrière nous. Au moins, tu l'auras sous les yeux, ton frère. Au moins, tu pourras le protéger, toi !

— Comment ça, je pourrai le protéger ? dit-elle en fronçant les sourcils.

— Nola, veux-tu entrer dans mon cercle à titre de compagnon ?

— Moi ?

Elle regarde à gauche, à droite, les yeux ronds.

— Ne cherche pas, lui dis-je. Il n'y a pas d'autre Nola, dans cette pièce.

— Je suis une femme ! On n'a jamais vu de compagnon femme !

— Elle a raison, Sudien, fait dame Rikken.

— Oh, vraiment ?

— Jamais, confirme la dame. Cela ne se fait pas.

J'éclate de rire.

— Et si je m'en foutais totalement, hein ? Ça vous poserait un problème ?

— Je suis très touchée, Jal, fait Nola d'une petite voix, mais c'est ridicule... Je n'ai jamais appris à me battre. Je vais vous encombrer.

— Je comprendrais que tu refuses, je sais que c'est dangereux. Mais que les choses soient claires : je n'ai pas besoin d'une guerrière, j'ai besoin d'un compagnon. Moi, je suis lié à toi. Et toi ? Es-tu liée à moi ? Par l'amour, l'amitié, le respect ? C'est la seule chose que j'ai besoin de savoir.

— Jal ! fait-elle en rougissant. Bien sûr que je suis liée à vous !

— Alors réponds à ma question, bon Dieu ! Nola, veux-tu faire partie de mon cercle à titre de compagnon ?

Elle redresse la tête et ses yeux brillent quand elle dit finalement :

— Oui. Je le veux.

— Félicitations à tous les quatre, grommelle dame Rikken. Mais il vous faudra quand même un Skavien dans votre cercle. On a déjà la moitié du village à dos et s'il n'y a pas un de ses hommes parmi vous, ça ne s'arrangera pas.

Je secoue la tête.

— Il n'y aura pas un seul homme du village.

— Alors je ne donne pas cher de ton cercle, Sudien.

— Il y aura une femme.

Elle éclate de rire.

— Aucune femme de cette vallée n'acceptera ! Elle serait mise au ban, regardée comme une traînée. Pas un homme ne voudrait encore d'elle comme épouse !

— Pourquoi, Rikken ? Tu comptais te marier ?

— Me marier ? répète-t-elle sans comprendre, livide. Avec qui ?

— C'est toi que je veux dans mon cercle.

Elle me fixe du regard un long moment d'un air stupide.

— Tu as bien entendu.

— Mais tu… tu me détestes, Jal, tu l'as dit toi-même ! fait-elle d'une petite voix qui ne lui ressemble pas. Comment pourrais-tu te lier à moi ?

— Peut-être bien que j'ai changé d'avis ?

Sur son visage, si impénétrable d'habitude, je vois toute la palette des émotions passer l'une après l'autre : la surprise, la joie…, la peur aussi.

— C'est vrai ?

Je soupire.

— Je n'ai aucun lien ! Avec personne ! crie-t-elle. Ma famille a disparu, je vis seule depuis des années dans mon château, dans les bois. Les gens me prennent pour une folle, personne ne me…

Elle ne finit pas sa phrase et fixe les autres de son œil d'aigle, froid, orgueilleux, essayant de retrouver son habituelle maîtrise d'elle-même.

— Ça ne fonctionnera jamais. Tous les membres du cercle doivent être liés entre eux. Odomar et Hulan sont des guerriers. Paol et Nola sont frère et sœur. Et toi, Jal, tu as un lien avec chacun d'entre eux… Mais moi ?

Le silence s'installe. Je ne sais pas pourquoi mais même les Skaviens se sont arrêtés de brailler, dehors.

— Quand nous sommes arrivés dans cette vallée avec Paol, il y a six ans, intervient Nola, nous étions affamés et rejetés par tous les villages. Les gens nous jetaient des pierres, et le Ka voulait nous réduire en esclavage. C'est vous qui avez pris notre défense, ma dame. C'est vous qui nous avez donné une place parmi les vôtres.

— Une place chez cet imbécile de Svenning. Ce vieil ivrogne, ce bon à rien qui te cognait à coups de ceinturon !

— Une place, ma dame. Même petite, même inconfortable, vous nous avez donné une place. Vous ne nous avez pas fait l'aumône. Je savais guérir les gens : vous avez convaincu maître Svenning de me prendre comme apprentie.

— Il y avait des années qu'il n'avait plus soigné personne, je pensais que tu ne pourrais pas être pire que lui…

Paol porte la main à un petit collier qu'il porte autour du cou, une simple ficelle avec un galet blanc troué au milieu, qui lui vient sûrement de sa ville natale.

— Tous les soirs, dit-il de sa petite voix d'enfant, je prie pour vous, dame Rikken, qui nous avez sauvés. Que les saints vous protègent.

La dame ouvre de grands yeux en écoutant le petit.

— Tu pries pour… moi ?

— Que les saints vous protègent ! approuve Odomar, comme si lui aussi, il priait tous les soirs pour elle.

— Il va falloir te faire à cette idée, princesse, dis-je finalement. Tu es plus populaire que tu ne le croyais.

Elle ricane et s'écarte de quelques pas.

— Oh, c'est bon, j'accepte, dit-elle en nous tournant le dos. Je serai votre Skavienne, puisqu'il vous en faut une…

Je m'avance jusqu'à elle et lui pose une main sur l'épaule. Elle sursaute et je m'aperçois qu'elle a les joues humides de larmes.

— Rikken ? Est-ce que ça va ?

— Ne raconte jamais ça à personne, me souffle-t-elle en essuyant son visage d'un revers de main. Ne dis jamais à ceux du village que j'ai pleuré, Sudien, sinon, je te saigne !

Chapitre 37

Ils se mettent en cercle et se regardent les uns les autres.

— Vous êtes tous prêts pour un premier essai ?

Paol, Nola, Rikken, Odomar et Hulan.

Tu parles d'une bande ! Un gamin épais comme un roseau, une fille en chemise de nuit, une autre en peau de loup, un Norrois couvert de tatouages. Et puis, avec sa barbe et sa tignasse en bataille, Grand Hulan qui rigole derrière. Ses vêtements de domestique du Ka, tout blancs et beaucoup trop petits pour lui, lui donnent un air d'ours apprivoisé, habillé pour un spectacle. C'est ça, mon cercle. Ce sont eux que j'ai choisis.

Mais la dame pointe soudain le nez en l'air et fronce les sourcils.

— Un problème, Rikken ?

Je respecte son instinct.

— Une odeur de brûlé.

Quelque chose traverse mon champ de vision, c'est lumineux, énorme, ça fait un bruit sourd en tombant au sol. C'est un ballot de paille enflammé, imbibé de poix, qui vient d'être jeté par la fenêtre. De l'extérieur, quelqu'un a renversé la table que Hulan avait calée devant.

L'Ostérois se précipite pour replacer le meuble devant la fenêtre et empêcher de nouveaux projectiles d'être jetés dans la pièce, mais il est déjà trop tard : les débris de paille incandescents s'éparpillent sur le sol, des étincelles dansent jusqu'au plafond. De la fumée s'élève en crépitant, noire, irrespirable. Le feu prend aussitôt sur le plancher et commence à ramper sur les murs. Je gueule comme un fou :

— Prenez-vous par la main tous les cinq ! Vite !

Les petites mains se glissent dans les grosses, des doigts se referment sur d'autres doigts. On recule d'instinct vers la cuisine.

— Et maintenant ? me demande dame Rikken en criant pour couvrir le bruit des flammes.

Je lui prends la main à mon tour et, de l'autre côté, j'attrape celle de Hulan pour boucler le cercle.

— Répétez après moi le premier mot de pouvoir !

— Quoi ? Tu connais un mot de pouvoir ?

— On n'a pas le temps pour les explications, princesse !

— Vas-y, Jal, dis-le ! hurle Grand Hulan, les yeux déjà rougis par la fumée.

Paol tousse à s'en cracher les poumons.

— *ASSARARR !* dis-je en découpant soigneusement chaque syllabe.

Comme dans le cachot, je sens une force me soulever du sol, mais cette fois, les autres me retiennent jusqu'à ce que l'effet se dissipe. La douleur de mes ecchymoses disparaît de nouveau. Les sons s'estompent, les couleurs et les odeurs aussi. Les lignes blanches réapparaissent comme la première fois, comme des traits qui nous relient entre nous, tellement lumineux qu'ils me brûlent les yeux.

L'un d'eux traverse Hulan avec force et je sens le même choc que la première fois, c'est un lien immédiat, puissant, sans doute parce qu'il a déjà été tissé une première fois. Ensuite vient Rikken, dont les yeux s'agrandissent quand elle sent le lien se former entre nous, puis Paol et Nola, tous les deux en même temps, et enfin Odomar. Et il se passe alors quelque chose de nouveau : d'autres liens se forment entre eux. Je peux les voir, les compter, celui qui se tisse entre Paol et Nola est le plus brillant, mais il n'est pas le seul. Rikken est entourée de lumière, et je vois même quelque chose apparaître entre Odomar et Nola.

Je ferme les yeux et des voix se mettent à chuchoter autour de moi, parlant dans une langue inconnue. Des voix si étranges et d'une telle beauté que nous restons là, à écouter, comme témoins d'un miracle.

Et quand j'ouvre les yeux, je vois les autres, les yeux clos, remuant les lèvres comme dans un rêve, qui murmurent eux aussi. Nous ne faisons que répéter en boucle le même mot, encore et encore.

« Assararr, *le "cercle". Le premier de tous les mots de pouvoir que vous aurez à connaître, mes chers enfants. Votre premier mot de langue elfique* », murmure Maître Hokoun, comme s'il avait une assemblée d'élèves autour de lui.

Je m'imagine que c'est déjà fini quand je sens un nouveau frisson inattendu : il y a un autre lien. Plus profond, plus puissant que tous les autres, qui vient de se mettre en place. Il pointe vers ce corps immobile sur le lit dans un angle de la pièce, Gloutonne, ma petite sœur de guerre... Le lien a toujours été là, je crois, attendant juste que je le voie, que je le comprenne. Je ressens aussitôt l'immense souffrance qu'elle endure. Pendant un instant, c'est presque comme si moi aussi, on m'avait piétiné le ventre à coups de sabots. La douleur est intense, atroce. Je crois que j'en ai encore pris un peu avec moi.

Dès que nos mains se quittent, les bruits reviennent d'un seul coup à mes oreilles, assourdissants, ainsi que l'odeur irrespirable de la fumée. C'est comme si le temps s'était arrêté une seconde et que nous avions été dans une bulle pendant que les liens se formaient. Je vois le cercle autour de nous, un rideau de lumière, un jeu de lignes entrecroisées.

Il est encore faible et incomplet, comme un bébé qui vient de naître. Il reste de la méfiance entre nous, de la distance. Mais j'entrevois ce qu'il pourrait être un jour : une sphère lisse et parfaite, un sanctuaire, une force colossale. Qu'est-ce qu'on a aujourd'hui ? Un dixième de cette force ? Moins que cela, peut-être ? Et elle suffit à faire de moi un surhomme, je le sens dans chacun de mes muscles.

Personne n'ouvre la bouche et pourtant, dans ma tête, j'entends des pensées fugitives me traverser l'esprit, à peine des mots : *Vas-y Jal ! On est là ! Courage !* Ils sont avec moi, entièrement, corps et âmes, plus intensément qu'un amant avec sa belle ou un père avec son fils. Je sens l'expérience et la ruse de Hulan, la volonté farouche de Rikken et même le courage fou de Paol, qui se mêlent et coulent ensemble dans mes veines. Je peux canaliser tout cela entre mes doigts, le façonner comme une matière brute. Une incroyable puissance m'habite, quelque chose d'effrayant, de magnifique. C'est la force d'un dieu, le pouvoir d'un saint elfe, je me sentirais capable de prendre une montagne à pleines mains et de la soulever comme une plume.

Cette impression est trompeuse, je le sais. Et je dois garder le contrôle. Mais Dieu, qu'elle est grisante !

Le bras plaqué sur la bouche et les yeux brûlés par la fumée, je m'avance jusqu'à la porte d'entrée en retenant ma respiration. En toute logique, Sakynn devrait se trouver là, à attendre avec son arbalète que quelqu'un sorte… Sinon, quel serait l'intérêt de foutre le feu à la baraque ?

Mais je m'aperçois que je fais plus que deviner sa présence, je la vois. Avant même de poser la main sur la poignée, je peux compter les Skaviens de l'autre côté du battant, comme si la porte était transparente. Je peux connaître leurs noms, leurs âges et presque jusqu'à leurs pensées, comme si leurs esprits me criaient toutes ces choses. Ils sont excités, effrayés, ils se sentent invincibles.

Je sais que je pourrais arracher cette porte de ses gonds aussi facilement qu'un pétale de fleur, alors je l'ouvre avec précaution. Mais je ne sors pas : je m'efface derrière le battant. Je ferme les yeux et, pendant un instant, je me représente toute la maison dans ma tête. La pièce où on se trouve et, au centre, ce foutu ballot de paille qui crépite et dégage une fumée noire.

Alors j'appelle le *dzaal*. Le « souffle de Dieu ».

Prête-moi ton pouvoir, Paol.

Ensemble, toi et moi.

Et, cette fois, ce n'est pas un peu de poussière aux yeux d'un ennemi qu'on va jeter, c'est toute cette masse, c'est chaque brin de paille enflammé, chaque goutte de poix.

D'abord, ce n'est qu'un petit souffle d'air, pas plus fort qu'un soupir d'enfant. Et puis ça forcit très vite. En un clin d'œil, une sorte de vent furieux siffle à nos oreilles, jusqu'à me coucher au sol. Une tempête s'élève entre les quatre murs. *Dzaal* : on dirait presque une créature vivante, un être fait d'air et de force, qui se déchaîne hors de tout contrôle. Il souffle les flammes, fait sauter le bouclier du mur, dégringoler les statuettes de saints des étagères et danser des dizaines de bocaux, flacons, pilons et autres petits objets à travers la pièce, qui criblent les murs d'éclats. La paille est arrachée brin par brin, le feu couché, dompté comme un fauve.

Fous le camp, le ballot ! Dehors ! En me servant de mes mains comme j'ai vu faire Paol, j'essaie de concentrer le vent en une seule boule comme on pétrit une pâte. Je le fais tourner autour de cette foutue paille et je le tasse contre la porte, entre ces trois montants en bois que je viens d'ouvrir… Mais une tempête, ça ne se commande pas comme ça. Elle grossit, elle enfle jusqu'à nous rendre dingues. Accrochés au sol les uns aux autres, agrippés à ce qu'on peut – la porte de la cuisine pour Hulan, l'armoire pour Odomar –, notre chaîne humaine essaie de ne pas être emportée avec le reste. Je croise le regard de Rikken une seconde : il n'y a pas de peur chez elle, juste une formidable excitation et quelque chose d'étrange. De la joie, je crois, parce qu'elle a un sourire jusqu'aux oreilles comme si elle ne s'était jamais sentie aussi vivante. On se croirait en plein océan, au milieu d'une tornade, perdus, minuscules, des insectes face à un géant.

Et soudain, notre cercle se retrouve plaqué contre le plancher, comme si le vent prenait son élan pour foncer vers le haut. Une bulle d'air gigantesque monte vers le plafond en tournoyant sur elle-même. On ne la voit pas, mais on l'entend gronder comme une bête affamée. Alors c'est l'explosion. Un « bang » à vous faire sauter les tympans. À vous mettre le nez par terre. Et quand on relève la tête, il y a le ciel au-dessus de nous : le ciel et un millier de copeaux de bois qui s'éparpillent dans les étoiles, qui retombent sur les maisons environnantes en crépitant. Les murs, il n'y en a plus vraiment. Des moignons, des pans.

Gloutonne toujours dans son lit, Odomar accroché à son armoire, des cloisons arrachées et quelques marches d'escalier qui montent dans le vide : voilà tout ce qui reste, à peu près.

Mais le vent est tombé, le cercle s'est brisé. Nous le sentons tous en même temps, je crois. C'est un arrachement, un sentiment atroce de solitude. La force quitte mes bras, je me sens minuscule, impuissant, aussi misérable qu'un ver rampant à la surface du sol. J'étais un dieu, je ne suis plus qu'une souillure sur la face du monde.

J'aspire l'air à grandes goulées, j'étouffe. Grand Hulan me secoue l'épaule.

— Jal, ça va ? Tu tiens le coup ?

La douleur de mes ecchymoses revient brutalement dans ma chair. Nola se penche sur moi d'un air inquiet et me palpe le visage, comme pour chercher je ne sais quels symptômes.

Bon. Mon petit Jal, ce n'est pas le moment de flancher. Tu as cinquante Skaviens dans ton dos qui veulent te pendre à leur chêne. Alors maintenant, tu vas te relever bien gentiment, la tête haute.

— Allez-vous pouvoir marcher ? me souffle Nola.

Ils sont tous serrés autour de moi, comme une muraille de compagnons.

— Pouvoir marcher ? répète Odomar.

— Le cercle est mort, je ne sais pas pourquoi, dis-je d'une voix faible.

— C'est normal au début, je crois, chuchote la dame. Un cercle de six compagnons, il faut du temps pour apprendre à le maîtriser.

Et il y a quelque chose d'intense dans son regard, quand elle pose les yeux sur moi, que je n'arrive pas à définir. De la surprise ? De la fascination ?

Je m'adosse à l'armoire et j'essaie de retrouver mon souffle, comme si je venais de sortir de l'eau. Un pan de mur nous dissimule encore aux yeux des villageois. La fumée, le feu, la paille, tout ça a disparu, mais j'ai les yeux qui brûlent et je suis pris d'une quinte de toux.

— Sept. On était sept compagnons.

La dame fronce les sourcils et se tourne vers le lit intact au coin de la pièce. À travers la poussière de suie et la fumée de la paille, on distingue la silhouette d'une fillette et sa couronne de cheveux rouges autour de son visage. Couvertures arrachées, envolées, elle dort tranquillement à même le matelas de paille.

— Gloutonne était avec nous.

Chapitre 38

Derrière le pan de mur et la porte entrouverte dont il ne reste qu'un moignon, les Skaviens se remettent à parler fort entre eux, c'est une rumeur qui enfle peu à peu dans mon dos.

— Foutremerde, Jal, relève-toi, fais quelque chose ! grogne Hulan.

— *Assararr !* dis-je à voix basse. *Assararr !*

Mais j'ai beau répéter encore et encore ce foutu mot de pouvoir, c'est comme si je pissais dans un violon. Il ne se passe plus rien.

« *La magie n'est pas un chien qu'on appelle en sifflant, Dal Koom. C'est elle, la maîtresse, et c'est toi, le serviteur* », jacasse l'autre emmerdeur.

Tu n'aurais pas plutôt une solution pour que ça remarche, au lieu de me faire la morale ?

— Ça ne fonctionne pas comme cela, Sudien, murmure dame Rikken. Tu dois attendre un peu avant de refaire appel à ce pouvoir.

— Dans ce cas, il va falloir employer les bonnes vieilles méthodes, murmure l'Ostérois en redressant le buste et en faisant jouer mon poignard dans sa grande main. Tant pis pour les jolies promesses, il y aura du sang.

— Si tu veux te battre contre mes gens, il faudra d'abord te battre contre moi, lui crache dame Rikken en se remettant sur ses pieds.

— C'est si gentiment proposé, je ne dis pas non, fait Hulan.

Je me redresse à mon tour et me place entre eux deux :

— Hé ! On se calme !

— Attendez ! crie Paol de sa petite voix d'enfant, couché sur le ventre. Les villageois ne connaissent pas la magie. Ils ne savent pas que le cercle est brisé. Peut-être que Jal pourrait faire semblant d'avoir toujours son pouvoir ?

Oh, bon Dieu, Paol a du génie ! Rikken éclate de rire et passe la main dans les cheveux du gamin.

— Bravo, petit ! fait-elle. Ils ont vu un ballot de paille voler dans les airs et toute une maison sauter en l'air comme un bouchon de bière, ils doivent nous croire tout-puissants. J'espère que tu es bon acteur, Sudien ?

— Odomar, prenez Gloutonne avec vous, voulez-vous ? demande Nola d'une voix sèche tout en rassemblant quelques bocaux par terre avant de les fourrer dans un sac. Et faites doucement, le moindre choc peut la tuer.

Le Norrois lui obéit comme un automate et emporte délicatement la fillette dans ses bras.

— Et Sakynn ? fait Hulan. Je vous rappelle qu'il nous attend toujours avec son petit joujou pointé sur la porte.

— Ce sera quitte ou double, dis-je d'un air sombre, comme à la roulette.

« La peur est la force maîtresse de toutes les guerres. Celui qui la tient dans sa main rassemble ou divise les armées comme bon lui semble. Celui qui la laisse entrer en lui a perdu le combat avant même de le commencer. »

Je vois tout de suite Sakynn au milieu d'un cercle de culs-terreux noirs de crasse, qui forment une haie de torches et de piques. Il pointe son carreau droit sur ma poitrine.

Je distingue chaque détail de sa peau : ses petites rides de quadragénaire vieillissant, les gouttes de sueur qui perlent au-dessus de l'arc de ses cils et chaque poil de sa barbiche blonde. Ses doigts glissent et tremblent sur l'arbalète, ses dents s'entrechoquent. Entre lui et moi, un affrontement silencieux commence : le duel de la trouille. Est-ce que je suis vraiment ce que je prétends ? Est-ce que j'ai les pouvoirs d'un mage ? Je m'avance lentement jusqu'à lui, mes compagnons en ligne dans mon dos.

S'il appuie sur la détente de l'arbalète, il me tuera peut-être.

Mais si j'ai la force du cercle en moi, ce sera son arrêt de mort.

La première chose qu'on apprend dans n'importe quelle armée, si on veut survivre, c'est la terreur absolue des Guerriers-Mages. Ça devient un réflexe, un conditionnement. Même dans son propre camp, on fait tout pour les éviter, pour ne jamais croiser leur regard. Quand ils sont là, on parle tout bas, on regarde ses bottes, on obéit à tous leurs ordres. Sakynn sait très bien qu'un Guerrier-Mage peut arrêter un carreau d'arbalète en plein vol d'une main, ou réduire en bouillie la tête d'un homme d'un seul coup de poing.

Je suis liquéfié par la peur, j'ai les tripes tellement nouées que je peux à peine avancer un pied après l'autre. Mon cœur s'emballe dans ma poitrine et tout mon instinct me hurle de courir en sens inverse. Mais je reste droit. Je tiens la trouille en laisse comme une bête à mes ordres, je ne lui laisse rien passer. Je me réfugie dans un endroit secret de mon esprit à mille lieues d'ici. Un puits noir, au plus profond de mon âme, où j'étouffe la peur, là où plus rien ne peut m'atteindre.

J'ai le sourire aux lèvres, comme si j'étais en promenade, avec un petit regard en coin qui dit à Sakynn : *Ben alors, tu tires ou tu ne tires pas ?* Dans sa petite tête de salopard, une seule question tourne en boucle à le rendre fou : *Magie ou pas magie ? Pile ou face ?* Je n'ai jamais eu de chance aux jeux de hasard. Mais au bluff, je suis champion.

— Donne-moi ça, Skavien.

Il est tellement raide qu'il n'arrive pas à tendre le bras, je dois lui prendre l'arbalète des mains avant qu'elle ne tombe par terre à cause de ses tremblements. C'est une trouille noire que je lis dans ses yeux, absolue. Une trouille au-delà de la trouille, sans fond, sans prise, où il se noie complètement.

— Dis-leur que tu as menti.

Il tombe à genoux devant moi, mains jointes, nuque offerte.

— Pitié ! Pitié ! gémit-il en boucle, la face pratiquement contre terre. Je ferai tout ce que vous voudrez, seigneur, épargnez-moi !

J'ai honte pour lui, pour son visage implorant, pour sa voix suppliante. La sueur dégouline de ses cheveux, coule sur son cou et ses joues comme des larmes. Sa bouche s'ouvre et se ferme toute seule, son teint est devenu gris, tout son corps grelotte comme s'il était gelé. Il ne respire même plus : il halète.

— Le Ka et toi, vous avez prétendu que deux cavaliers ennemis avaient réussi à s'échapper, que j'avais fui au combat. Dis-leur que c'était un mensonge.

Il relève la tête. Son regard s'illumine comme celui d'un chien à qui on a jeté un os. Il me fait « oui » de la tête, la bouche ouverte, avec un grand sourire soumis. Prêt à n'importe quelle humiliation pour avoir la vie sauve.

— Bien sûr ! Tout de suite ! Je vais leur dire ! dit-il avec une servilité abjecte.

Il se tourne vers les Skaviens et hurle à la nuit, les bras en croix :

— J'ai menti sur tout, maître Jal n'a jamais fui ! Il s'est montré courageux et c'est un excellent chef de guerre, il est innocent ! JE NE SUIS QU'UN MENTEUR ! UN MENTEUR !

Quand il essaie de croiser de nouveau mon regard pour y chercher mon approbation, je l'évite en baissant la tête. Il m'a appelé « maître ». Est-ce qu'il sait ce que ça signifie pour moi ?

Je me sens sale. Je voudrais effacer cette trouille ignoble dans ses yeux, qui est une insulte au genre humain. Je voudrais que plus personne au monde ne la ressente. Jamais. Nulle part. Alors, pour effacer ce regard, je lui envoie un coup de pied en pleine poitrine qui le fait rouler dans la boue et je pointe son arbalète sur sa tête. Et quand il commence à se relever, stupéfait, je me penche vers lui et je lui murmure :

— Je n'avais plus le moindre pouvoir, imbécile, j'étais à ta merci !

— Vous… vous…

Il continue à me vouvoyer, je lui ai dit la vérité, mais il n'arrive pas à me croire. Alors, pour effacer cet air suppliant sur son visage, je le cogne en pleine tête du bout de la botte et cette fois il ne se relève pas. Comme ça, on est quittes, Skavien.

Les villageois nous regardent sans rien dire. L'air est encore imprégné de fumée. Il n'y a plus un bruit sur la place, sauf le ronflement du feu des torches et le bruissement de la brise dans la ramure du grand chêne. C'est une caresse sur nos visages rougis de chaleur. Je promène mon regard sur l'assemblée qui me fait face. Ils essaient de comprendre ce qui s'est passé, je peux lire sur leurs visages les pensées qui tournent dans leurs petites têtes de paysans. La stupéfaction, le déni.

Quand ils s'écartent pour nous laisser passer, les femmes se reculent aussi en serrant contre elles leur marmaille. On foule des brins de paille, on passe entre les ballots qu'ils avaient apportés pour les entasser sous nos fenêtres. Derrière moi, mes compagnons suivent, noirs de suie, toussant, les cheveux ébouriffés.

— Ma maison ! gémit un vieillard au premier rang des badauds, qui se précipite vers les ruines. Ma maison !

C'est maître Svenning. Il trouve les petits jeux de Sakynn beaucoup moins drôles, depuis que ce ballot de paille enflammé a été jeté dans son salon et que sa maison a été remplacée par un tas de copeaux. Et il a raison, le bougre, parce que l'incendie aurait pu emporter tout le village.

— Jal ! murmure Nola derrière moi.

Je me tourne vers elle et, en silence, elle pointe du doigt la flèche de l'église. Alors je le vois enfin, notre ballot de paille. Il est en miettes sur le toit, où de petites taches enflammées continuent de brûler aux endroits où la poix s'est étalée.

Je cherche le regard de Paol, mais il ouvre les mains en signe d'incompréhension. Non, le petit n'a pas d'explication. Seule une force prodigieuse a pu projeter ce ballot à l'autre bout de la place, à plus de trente pas de hauteur.

Notre force.

En fait, je comprends la trouille de Sakynn.

Il y a quelque chose qui pend des branches de l'arbre. Je quitte la colonne, j'arrache une torche de la main d'un Skavien et je la brandis bien haut pour mieux voir : c'est une corde, solidement arrimée, à laquelle on a fait un nœud coulant. Un petit cadeau du village pour son invité du

Sud. Je laisse la flamme de la torche lécher le chanvre et le noircir peu à peu. Des gouttelettes de poix brûlante de la torche tombent sur la manche de ma tunique, jusqu'à ce que le nœud de la corde se consume lentement, dégageant une fumée âcre.

Je me mets à gueuler à la ronde :

— Où est-il ? Où est passé ce fumier ?

Ils baissent les yeux, reculent d'effroi. Je me rue sur un de ces clowns à livrée blanche, qui lui servaient de domestiques, et je le secoue jusqu'à faire craquer les coutures de sa belle veste aux boutons dorés.

— Où est le Ka ?

C'est un tout jeune homme, pâle comme la mort, qui n'ose pas dire un mot. Il se cache le visage dans son bras, par réflexe, puis, du menton, me fait signe de le suivre. Intrigué, je le relâche et il me désigne la maison bourgeoise, dont les portes sont restées grandes ouvertes. Je le suis pas à pas sur le grand escalier de pierre ; on franchit la porte monumentale, le hall dont le lustre est resté illuminé de bougies. Il allume un bougeoir à la flamme d'un cierge qui brûle avec une dizaine d'autres sur une desserte en acajou. Puis il me fait signe de passer dans cet escalier où je suis déjà monté tout à l'heure, on grimpe un étage, puis deux, jusqu'au couloir à la porte lambrissée dont Hulan a défoncé le loquet il y a quelques heures à peine.

À la lueur vacillante de la bougie, je découvre la chambre du Ka plongée dans les ténèbres. Ce qui me frappe tout de suite, c'est cette forme étrange au milieu de la pièce, qui ressemble à une sorte de voile triangulaire... Je fais un pas en avant et je comprends enfin ce que c'est : le grand lit a été éventré et le baldaquin renversé, les tentures de velours rouge pendent à un dernier mât. Le domestique fait très lentement un tour sur lui-même avec son bougeoir à bout de bras, dévoilant la scène. Le joli secrétaire en bois précieux gît à terre, lui aussi, tous les tiroirs arrachés et leur contenu répandu sur le plancher. Les tableaux sont décrochés du mur, toiles lacérées. Le tapis est couvert de papiers, de bibelots précieux, de plumes d'oreillers…

— Qui a fait ça ? dis-je d'une voix blanche.

Le petit domestique, muet, tremblant de peur, pointe du doigt quelque chose au-dessus de nous. Quand je regarde en haut, je sens quelque chose effleurer mes cheveux. C'est une botte. J'arrache le bougeoir des mains du domestique et, la main tremblante, le lève aussi haut que possible.

Il est là. Tournant lentement sur lui-même près de l'armoire, faisant légèrement grincer la corde et tinter les billes de verre du lustre en faux cristal. La lueur de la bougie éclaire par le bas son visage mort. Elle révèle son menton humide de bave, forme des ombres grotesques sur son front, sur ses joues, dévoile son teint violacé et deux rigoles rouges de sang séché qui ont coulé sous son nez.

— Ce… ce n'est pas moi qui ai fait ça, n'est-ce pas ?

Un léger grincement me fait sursauter. Ils sont tous là, juste derrière moi. Mes compagnons de cercle.

— Ce n'est pas moi !

Dame Rikken me pose une main sur l'épaule.

— Il s'est pendu, murmure finalement le petit commis.

Chapitre 39

Derrière nous, le village est entouré d'un halo orangé, formé par les torches des Skaviens qui nous regardent partir en silence sur le chemin.

—Je te crois, Sudien, dit soudain dame Rikken.

Elle ne dit pas un mot de plus.

Nous marchons les uns derrière les autres. Nola est toujours en chemise de nuit, pieds nus, mais Paol a eu le temps d'enfiler quelque chose de chaud. Hulan porte mon sac à dos, et Odomar tient Gloutonne dans ses bras. C'est une nuit d'été, tiède, presque étouffante. J'ai pris la tête de la colonne sans y penser, naturellement. Comme personne ne dit un mot, le chemin défile sous nos pieds et les questions dans nos têtes. Quand on passe le pont, je m'efforce de ne penser à rien, de ne pas revoir ce petit visage blanc encadré de cheveux roux, ces yeux fermés, ce corps d'enfant allongé dans les bras du Norrois… Et puis, à l'entrée de la forêt, ma torche, qui donnait des signes de faiblesse, s'éteint sous un coup de vent. Une brassée d'étincelles crépite encore un peu au milieu d'une fumée âcre, et puis plus rien.

Pendant un moment, l'obscurité nous enveloppe comme un manteau. Si dense qu'on ne peut plus mettre un pied devant l'autre.

—L'aube ne va plus tarder, murmure Nola dans mon dos.

—J'ai faim, dit Hulan.

J'entends une respiration haletante derrière moi.

— Paol, tu vas bien ?

— J'ai un peu froid, me répond-il d'une petite voix.

— Prends ma peau de loup, fait dame Rikken.

C'est là que je me rends compte d'une chose étrange : je sais où ils sont, tous, exactement. Grand Hulan ferme la marche, et Nola s'est un peu écartée sur la gauche. Je n'ai pas besoin de les voir, je le sais, c'est tout. Comme s'il était resté quelque chose de notre cercle, comme s'il était juste en sommeil et qu'il suffisait d'un petit rien pour le faire renaître.

— Il faut qu'on parle, dit soudain la dame.

— De quoi ?

— De ce qui s'est passé au village, Jal.

— Du Ka ?

— Au diable le Ka. Je te parle de notre cercle.

Je ne la vois pas, mais je sais qu'elle s'est dirigée droit vers Paol pour lui passer sa peau de loup sur les épaules. Spontanément, nous nous tournons les uns vers les autres. Sur le chemin, nous formons un cercle parfait sans même l'avoir voulu. Et quand Odomar s'accroupit, les jambes en tailleur, Gloutonne toujours dans ses bras, tout le monde en fait autant.

— Peu de gens le savent, mais il y a deux sortes de Guerriers-Mages, poursuit la dame. La première sorte, ce sont ce qu'on appelle des « Cogneurs ». Le cercle augmente considérablement leur force et leur vitesse. Si ce sont de bons soldats, ils valent au moins cent vétérans au combat.

— Cent ? répète Nola, stupéfaite.

— Cent ! crie Paol, émerveillé, comme si c'était un chiffre magique.

— Ils sont pratiquement invincibles en combat rapproché, grogne Grand Hulan. Dans une armée, il y en a toujours plusieurs. Parfois, ils se cachent dans la piétaille jusqu'à ce qu'ils arrivent en première ligne, alors, ils commencent le massacre. Ce sont de vraies saloperies.

— Eh, doucement Hulan ! Tu oublies que tu parles de nous, maintenant ! dis-je avec un sourire.

— Björn, mon fiancé, était le compagnon d'un Cogneur, poursuit la dame. Je les ai vus à l'entraînement, ils étaient très impressionnants. Son maître était capable d'attraper une flèche en pleine course avec la main. Mais ils ne sont pas invulnérables, pour autant. Il existe plusieurs moyens d'en venir à bout.

Comme une litanie, je récite la leçon que nos instructeurs nous répétaient à l'entraînement :

— « S'attaquer à ses compagnons. Tirer plusieurs flèches en même temps. Guetter le signe d'une rupture du cercle. » En général, les compagnons des Cogneurs portent de grosses armures et ils sont entourés de soldats d'élite. Évidemment, on n'aura rien de tout ça, ici. Il faudra faire avec la bande de culs-terreux qui nous servira de protection rapprochée.

Odomar hoche la tête, comme pour approuver.

— Ouais, fait Hulan. Nous, il faudra qu'on évite de s'exposer.

La dame déclare d'un ton tranchant :

— Oubliez les Cogneurs. Jal n'en est pas un.

Un silence tombe soudain, que Paol finit par rompre de sa petite voix timide :

— Alors, qu'est-ce qu'il est ?

— Je ne comprends pas, Rikken, dis-je, mal à l'aise.

— Les Cogneurs se contentent de démultiplier leur force brute, ce qui leur permet déjà d'accomplir des choses extraordinaires. Mais, contrairement à ce que croient la plupart des soldats, ils ne peuvent pas faire grand-chose d'autre. Par exemple, ils sont pratiquement incapables d'utiliser la compétence précise de l'un de leurs compagnons.

— J'ai déjà vu des Cogneurs prendre des gars à bras-le-corps et les balancer dans la mêlée à cinquante pas devant eux, j'en ai même vu arracher des arbres à mains nues. Ce que j'ai fait avec ce ballot de paille, ce n'était pas si différent.

— Tu n'as jamais pris ce ballot à mains nues. Tu as emprunté la magie de Paol, une magie que lui seul possède.

— Que lui seul possède, répète Odomar, pensif.

— Il existe d'autres sortes de Guerriers-Mages ? fait Paol.

— Oui : une autre sorte.

— Qu'est-ce que tu racontes, Rikken ? Tu ne veux quand même pas dire que…

— Ils ont beaucoup de noms, me coupe-t-elle. Selon les pays, on les appelle les « Puissants », les « Anges de Dieu », les « Dragons »…

Odomar produit un son guttural, étrange, presque animal. Ça jette un silence dans le cercle. Je crois que c'était un mot en norrois.

— Si le cercle se reformait, Jal, tu pourrais extraire une flèche d'une blessure avec autant de précision que Nola, explique dame Rikken. Tu pourrais prendre mon arc et viser aussi bien que je le ferais. Mieux, en fait, car tu aurais avec toi la magie du cercle. Mais ce n'est pas tout. Un Puissant maîtrise beaucoup mieux l'énergie de son cercle. Il est capable de la convertir en magie brute. Il peut ouvrir la terre en deux, commander au vent, à l'eau, à la lumière, au feu ou à la foudre ! Il peut contrecarrer la magie d'un autre Puissant et réduire en miettes un Cogneur qui se dresserait sur son chemin…

— Un Puissant ! murmure Paol, qui avait sans doute déjà entendu ce nom.

— Puissant, répète Odomar, sérieux comme un prêtre.

J'éclate de rire.

— Il faut arrêter de se monter la tête, Rikken ! Les Puissants sont quasiment des dieux ! Il y en a combien dans les six royaumes ? Dix, vingt peut-être ? Ce sont des légendes vivantes ! Pas un seul roi ne peut régner sans avoir un Puissant à ses côtés !

La dame me répond d'un ton sinistre :

— Il y en a beaucoup moins que cela, maintenant, depuis que le Vieux Dragon a massacré les trois quarts d'entre eux.

— C'est ça ! Et tu es en train de me dire que tout à coup, comme ça, je serais devenu…

— Elle a raison, me coupe Grand Hulan d'une voix sourde. Bon sang, ça crève les yeux ! Comment ne l'ai-je pas vu plus tôt ? Tu es un Puissant ! Même Sakynn s'en est rendu compte ! Avec de l'entraînement, tu deviendras un des hommes les plus influents des six royaumes, les rois te couvriront d'or pour acheter tes services !

— Les rois ? Il en reste encore ?

— Ne te monte pas la tête, fait Rikken. Tu as tout à apprendre et ton cercle dure à peine le temps de vider un cruchon.

— Trop aimable.

— Mais le choix de tes compagnons a été particulièrement judicieux, Sudien. Tous les Puissants s'entourent d'Alfings pour bénéficier de leurs pouvoirs… et il y en a justement trois parmi nous. Nous avons du travail. Il va falloir s'habituer à ce pouvoir, le faire vivre et grandir en nous, et devenir ensemble une arme de guerre redoutable.

À l'est, au-dessus des crêtes des monts Skaves, le ciel a soudain pris des teintes orange et rose. Les mésanges et les fauvettes chantent déjà dans les arbres. Comme souvent, en montagne, le jour chasse la nuit en un clin d'œil. Au beau milieu de ce chemin de terre à moitié envahi de mousse, au pied des sapins et des grands frênes, les visages de mes six compagnons apparaissent illuminés d'or et de rouge. Ils sont tournés vers moi comme si je détenais le secret de l'univers – sauf Gloutonne, toujours inconsciente dans les bras d'Odomar.

— Bon, alors je suis un Puissant. D'accord. Bonne nouvelle. Et maintenant, on fait quoi ?

Dame Rikken se lève et essuie de la main la terre collée à son pantalon.

— Un mur ?

— Un mur ! approuve Odomar, avec une lueur de plaisir dans les yeux.

Je crois qu'il se verrait bien en maçon, le Norrois.

Rikken reste debout, bras croisés sur la poitrine. Puis elle me jette un de ses regards bleu acier.

— Tu es sûr que tu n'as rien à nous dire, Jal ?

— Moi ?

— Comment connaissais-tu ce mot de pouvoir ? Moi, ton histoire de déserteur, je n'y crois plus. Je pense qu'il y a autre chose et que tu nous le caches.

Des images me viennent par flash : le masque blanc, la forme sombre des tours de l'école, le visage de cette fillette dans le lit en dessous du mien... Comment s'appelait-elle, déjà ? Qui était-elle ?

Mais je ne réponds rien. « *Ne jamais prononcer le nom du Maître.* » Cette phrase tourne en boucle dans ma tête depuis tellement longtemps...

— Désolé, princesse. Je n'ai pas de meilleure histoire à vous proposer.

Chapitre 40

À l'embranchement avec le sentier qui monte vers le vieux château, la mousse et l'herbe disparaissent, remplacées par des traces de chariots et celles de centaines de pas. D'un coup d'œil, je repère des empreintes de pieds nus et de sabots de paysans. Il y a même du crottin de mule. Quand notre chemin commence à grimper jusqu'à la passe et à serpenter au plus profond de la forêt de chênes, je surprends des éclats de voix dans le lointain, renvoyés par l'écho de la barrière rocheuse.

Et à la passe m'attend une sacrée surprise. Des dizaines d'hommes et de femmes s'activent sur les fondations d'un mur qui commence déjà à prendre de la hauteur par endroits. Les cris viennent de là, on entend aussi le grincement des scies et le fracas des marteaux cognant sur les burins. Des chevaux menés par des enfants tirent le chariot raflé aux Ostérois, qui sert à transporter des pierres et des outils. La végétation a été arrachée sur une large surface et les branches trop vertes brûlent en tas, dégageant une fumée blanche – sauf pour celles qu'un carré de femmes est occupé à tailler en pointes ou à nouer entre elles pour en faire des protections mobiles contre les flèches. Les hommes, eux, élaguent des troncs pour étayer le mur et monter des échafaudages, ils hissent des pierres au bout de cordes ou grimpent le long des parois de la passe pour arracher des arbustes et tailler des encoches dans la roche. Dans la forêt de chênes, juste devant le mur, on a coupé des arbres pour faire un espace dégagé où faire circuler le chariot. Ça sent le navet et la pomme de terre braisée. Des cabanons rudimentaires ont poussé ici depuis ma dernière visite – de simples abris où fument des feux de tourbe. Quelques enfants aux yeux brillants préparent un petit déjeuner collectif, avec des gestes précis, une concentration silencieuse.

Un homme règne sur ce petit monde, aboyant des ordres d'une voix aiguë, courant d'un bout à l'autre du chantier, criant sur les paysans au travail et grommelant sans cesse dans sa barbe. C'est le vieux Berik, le maçon du village. Il clopine sur ses petites jambes, le visage rouge d'effort et la barbe blanche de poussière.

En nous voyant arriver, les Skaviens s'arrêtent les uns après les autres, figés dans leurs gestes et dans leurs conversations. Les visages se tournent vers moi, les bouches s'ouvrent toutes grandes, les yeux s'arrondissent de surprise.

— Avance, Sudien ! souffle dame Rikken derrière moi.

Je me rends compte que je suis planté comme un piquet au milieu du chemin et que les autres attendent derrière moi. Avancer ? Pour me faire lapider ou jeter au fond d'une oubliette ? Je ne suis pas sûr que ce soit une bonne idée.

Il se passe alors quelque chose d'extraordinaire. Un simple geste, un vieux réflexe de paysan : sur le chariot devant nous, un jeune gars perché sur une pile de pierres ôte son calot de sa tête en me voyant et le garde serré sur la poitrine. Ma première pensée, c'est qu'il a pris un coup de chaud et que c'est pour ça qu'il se découvre. Mais quand je vois des dizaines d'autres faire le même geste, l'un après l'autre, sans me quitter des yeux, je finis par comprendre : c'est un signe de respect.

Je reste là, les bras ballants.

C'est la première fois que je vois des Skaviens me regarder sans lire de la peur ou de la haine au fond de leurs yeux.

« *Le plus habile des pièges,* me susurre Maître Hokoun, *consiste à faire croire à votre ennemi que vous l'aimez, que vous êtes son ami, et à le convaincre de s'avancer de lui-même au milieu du danger.* »

— B'jour, capitaine, fait une voix chevrotante qui me fait sursauter.

C'est une vieille femme qui remonte le chemin derrière nous, le dos cassé par une perche supportant deux énormes seaux remplis d'eau, qu'elle porte sur les épaules. Pendant un moment, tout le monde a les yeux rivés sur cette silhouette qui s'avance clopin-clopant, sur ses mains ridées et sur le carré de tissu blanc qu'elle a noué sur ses cheveux. Puis elle tourne la tête vers moi et m'adresse un signe du menton.

C'est comme un signal pour les autres : ils descendent de leurs échafaudages, ils se détournent de leurs pelles, de leurs cordes, de leurs branchages et de leurs épieux. Et ils s'approchent de nous en silence jusqu'à ce qu'un grand gaillard barbu me dise lui aussi :

— Bonjour, capitaine. Bienvenue sur votre chantier.

C'est ce sacré Keerik, le barbu que j'avais un peu bousculé la dernière fois. Il porte encore une écorchure au cou, en souvenir du jour où j'ai dû le forcer à avancer jusqu'à la plaine de cendres avec un couteau sous la gorge. Il a des copeaux de bois dans la barbe et il a dû s'écorcher les mains avec un outil, parce qu'il a deux doigts bandés.

En s'essuyant le front du poignet, il désigne la clairière du menton :

— Vous allez bien partager le pain avec nous, hein ?

Les paysans mangent à même le sol sur l'espace de terre battue entre les cabanons, comme une armée en campagne. On s'échange les pommes de terre, le pain sec, on boit directement à la louche puisée dans des seaux d'eau. Ils allongent Gloutonne sur un matelas de paille à côté de moi et je veille personnellement à ce qu'ils la manipulent avec précaution. Et puis, pour fêter notre arrivée, ils mettent en perce un tonnelet de bière, ce qui rend sa bonne humeur à Grand Hulan. Il se jette sur la nourriture et l'engloutit à grandes bouchées, riant avec les hommes et jouant avec les gamins. Même Paol semble à l'aise pour la première fois parmi les autres. Moi, je reste seul, comme d'habitude, à me brûler les doigts avec une énorme patate sortie de la braise. Je regarde un moment le visage de Gloutonne, le mouvement lent, affreusement lent, de sa poitrine, qui se soulève et se rabaisse régulièrement.

— Alors, ma vieille, tu as bientôt fini de roupiller ? Quand est-ce que tu te décides à rouvrir les yeux ?

J'approche une louche en bois de ses lèvres et, le plus délicatement possible, je glisse un peu d'eau fraîche dans sa bouche. Elle déglutit par réflexe, gorgée après gorgée, jusqu'à ce qu'elle s'étrangle et se mette à tousser. Pendant un instant, j'ai un espoir fou.

— Gloutonne ! Tu es réveillée ?

Mais elle n'ouvre pas les yeux : tousser, c'est un réflexe, aussi.

— Ici, tout le monde n'approuve pas le Ka, vous savez, déclare soudain Keerik qui s'est approché dans mon dos.

Il s'assied en tailleur à côté de moi, sans un regard pour Gloutonne.

— Ça fait des années qu'on le voit parader avec ses femmes et son or, et pérorer comme un baron qu'il n'est pas. On serrait les dents et on obéissait parce que c'était lui, le propriétaire de nos champs. Mais ça ne veut pas dire qu'on croie tout ce qu'il dit, hein, on n'est pas des imbéciles.

Tiens ? Ces bouseux seraient-ils un peu moins stupides qu'ils n'en ont l'air ?

— Alors, dis-je d'une voix hésitante, quand il a raconté à tout le monde que j'avais fui pendant la bataille du pont et que j'étais un lâche…

— J'étais au combat, capitaine. J'ai des yeux pour voir. Vous êtes un jeune homme courageux. Et vous nous l'avez encore prouvé cette nuit, ajoute-t-il en riant. On ne peut pas dire que les choses se soient passées comme on l'avait prévu, hein ?

Nola qui passe de l'un à l'autre depuis tout à l'heure pour inspecter les petites blessures de chantier se penche sur lui et demande à voir sa main.

— Ce n'est rien, femme, fait-il en la congédiant d'un geste.

— C'est à la *guérisseuse* du village d'en décider, Keerik, dit la jeune fille d'un ton fier qui surprend l'autre.

— « La guérisseuse » ? Une femme ?

Nola cherche mon assentiment et je confirme sa nouvelle fonction à Keerik d'un hochement de tête. Ils ont un problème avec les femmes dans ce pays d'arriérés. Ça change quoi, exactement, que leur guérisseur ait une paire de seins ou une paire de couilles ? Du moment que les blessures sont soignées, hein ?

Elle lui ôte son pansement avec autorité, nettoie ses doigts blessés à l'eau fraîche et y applique une feuille de sauge qu'elle vient de cueillir. Keerik hausse les sourcils, mais finalement il se laisse faire.

— On ne s'attendait pas à vous voir sortir du cachot avant la fête de sainte Hilâ, dans trois jours.

— Pourquoi trois jours ? Vous aviez un plan pour me tirer de là, c'est ça ?

Il a l'air surpris par ma réponse.

— Oh, vous ne saviez pas ?

Nola se relève et, forte de sa première victoire sur Keerik, va dispenser ses soins ailleurs.

— Dame Rikken avait l'intention de vous faire libérer, elle était en pourparlers avec le Ka à ce sujet.

« En pourparlers » ? Qu'est-ce que c'est que cette chanson-là ? Ce n'est pas ce qu'elle m'a raconté, cette petite vipère ! J'en lâche ma patate brûlante, qui tombe entre mes jambes pliées et me fait pousser un cri de douleur.

Keerik aboie :

— Katrin !

Aussitôt, une femme apparaît dans son dos comme par magie – son épouse, je la reconnais. Sans même lever les yeux sur elle, il fait un vague geste de la main vers ma pomme de terre. Aussitôt, elle la ramasse et, avec un petit couteau au manche en bois, l'ouvre en deux d'un geste précis pour la faire refroidir, avant de me la rendre.

— Allez, allez ! Disparais maintenant ! grogne-t-il.

Elle obéit sans protester. Apparemment, c'est comme ça que ça marche dans les couples skaviens… Maintenant, je comprends pourquoi Nola n'est jamais devenue guérisseuse ici.

Keerik crache par terre.

— C'est une bonne épouse. Juste un peu lente, parfois.

Il reprend là où il s'était arrêté :

— Le Ka a fait comprendre à dame Rikken ce qu'il demandait en échange de votre libération : s'unir à elle devant saint Othin.

— S'unir… devant qui ?

— Qu'il vente, qu'il neige, qu'il pleuve, ça fait des années que le Ka demande sa main toutes les semaines et qu'elle l'ignore comme un malpropre. Vous ne le saviez peut-être pas ?

— Non.

Mais je m'en doutais un peu.

— Eh bien, elle lui a enfin donné sa réponse hier soir, quand elle est rentrée bredouille de sa traque et qu'elle a appris votre capture : c'était « oui », à condition qu'en guise de dot, il vous rende la liberté dès la fin de la cérémonie.

Un coup de chaud me fait tirer sur le col de ma tunique. Ma liberté contre la sienne ? Alors, c'était ça, les fameux « pourparlers » ? C'était ça qu'elle était en train de proposer au Ka la nuit de mon arrestation, quand je l'avais entendue marcher au-dessus de mon cachot ?

Je cherche Rikken des yeux parmi les Skaviens et je l'aperçois au centre d'un petit groupe, sous un arbre, écoutant d'une oreille distraite les paysans qui braillent autour d'elle. Nos regards se croisent. Je me lève à demi, fais le signe de me passer un anneau au doigt et enfonce mon index sur ma tempe : « Complètement folle ! Se marier ! Pour moi ? »

Qu'est-ce qu'elle m'avait raconté chez Svenning ? Elle m'aurait libéré « par le fer et par le feu ». Tu parles, c'était plutôt par ses fesses ! L'église, saint Othin et les cuisses ouvertes !

En silence, elle forme distinctement deux mots sur ses lèvres : « Et alors ? »

Sa réponse me met hors de moi, mais Keerik poursuit sans s'en apercevoir :

— On était prêts à prendre les faux et les piques, il nous restait des armes depuis la bataille du pont. À part cette grande brute d'Aarik, les domestiques du Ka n'auraient pas opposé de résistance. Ces petits chéris aux mains blanches qui passent leurs journées à plier des draps de soie, ils n'auraient pas été de taille contre des gars costauds, habitués à labourer la terre.

Mariée ! Elle se serait mariée ! Cette idée est trop énorme pour laisser la place à autre chose dans ma tête.

— Ça vous étonne qu'on ait voulu prendre les armes pour vous ? Vous pensiez qu'on allait vous laisser tomber et regarder ce vautour de Ka maltraiter notre capitaine ? Vous savez, vous n'êtes pas le premier qu'il a jeté dans sa cage à rats ; ça fait un bon moment qu'on aurait dû lui dire ce qu'on en pense, nous, les gars de la vallée. Seulement dame Rikken ne voulait pas entendre parler d'une bataille entre nous, elle ne voulait pas voir le sang couler entre les gens de Thorkel.

Il fourre deux oignons de la taille d'une noix dans ma patate coupée en deux – que je me mets à grignoter du bout des dents.

— Sur la grand-place du village, vous trouverez peut-être des imbéciles et des pique-assiettes pour l'applaudir quand il raconte n'importe quoi. Mais les gars des champs, eux, ils ont la tête bien vissée sur les épaules. On y était à la bataille, on sait bien que sans vous il y aurait la moitié de nos gars qui auraient rendu leur âme à Dieu. Oh, vous êtes très jeune, ça oui. Et puis vous êtes un soldat venu de l'étranger, alors on était méfiants au début...

Il ouvre ses deux mains d'un air embarrassé, comme si ça expliquait tout.

— Mais vous êtes un bon capitaine, rusé, tenace, aussi acharné que du chiendent. Et vous avez du courage. Nous, les Skaviens, on admire le courage.

Il attend sans doute que je le remercie, mais il en reste pour ses frais. D'abord parce que dire merci m'a toujours écorché la bouche – chacun ses petits défauts –, ensuite parce que j'ai de la patate plein les dents.

Alors, sans doute pour me faire plaisir, il me montre les trois pouces humains tranchés qu'il porte à sa ceinture, accrochés par des bouts de ficelle. Des trophées de guerre, une répugnante tradition skavienne. Des images me reviennent aussitôt en mémoire, d'autres ceintures et d'autres pouces tranchés, à Hommayad, il y a bien longtemps…

Je le plante là comme un idiot. Il est gentil avec ses oignons, mais je les crache en me levant. De toute façon, il faut que je parle à Rikken, je la vois qui s'écarte du groupe pour aller inspecter l'ouvrage, les bottes dans la boue. Mais je la rattrape en quelques pas et je la secoue par l'épaule.

— Se marier avec le Ka ! Tu étais tombée sur la tête ou quoi ? Il te plaisait tant que ça, ce vieux beau ?

— Personne d'autre ne s'est proposé pour demander ma main, dit-elle en évitant mon regard. Il était bel homme et il était riche. Il aurait toutes les raisons de plaire à une vieille fille de vingt-six ans comme moi, non ?

— Ce n'est pas toi qu'il aurait épousée, Rikken ! C'est ton nom, c'est ta noblesse. C'est ça qui lui donnait le frisson chez toi. J'ai vu la place qu'ont les femmes dans vos couples de Skaviens et elle ne fait pas envie. Comment tu as pu seulement penser à te livrer pieds et poings liés à un pareil salopard ! Tu es la seule femme à qui personne ne dicte sa conduite dans cette vallée. Tu es libre ! Tu es forte ! Pourquoi tout gâcher ?

Elle me tourne carrément le dos, le visage face au mur, juste pour que j'aie l'air d'un imbécile à parler à sa nuque.

— En quoi ça te regarde, Sudien ?

Ça, ça me fait exploser. Je me mets à crier beaucoup trop fort :

— Évidemment que ça me regarde : c'est pour moi que tu l'aurais fait ! Tu m'aurais collé ça sur la conscience !

— Je t'aime bien, Jal. Tu parles trop, mais je t'aime bien. Vraiment.

Du bout des doigts, elle effleure délicatement les pierres encastrées les unes dans les autres, ce mur qui arrive à peine à hauteur de sa poitrine.

— Je t'interdis de faire ce genre de choses pour moi, tu m'entends ? Maintenant ou plus tard ! Je t'interdis de…

— Un simple merci aurait suffi, tu sais, dit-elle au mur.

— Alors… tu n'étais pas amoureuse de lui, hein ? Ce mariage, ce n'était pas vraiment ton choix ?

Elle se tourne enfin vers moi d'un seul coup, s'approche et pose la main contre mon oreille pour murmurer tout doucement :

— Je le haïssais de toute mon âme, Jal. Me marier avec lui, c'était comme de m'enterrer vivante.

Chapitre 41

Je voudrais lui répondre, mais le vieux Berik déboule derrière nous.

— On a fait comme vous l'aviez dit, ma dame, on a terminé les fondations, on est en train de creuser la roche sur chaque côté pour préparer l'élévation du mur et…

Dame Rikken s'efface et recule de quelques pas. Le vieux s'interrompt, surpris, attendant un mot de sa part. Au lieu de ça, elle tend la main vers moi.

— Berik, adresse-toi au capitaine Jal. C'est lui, le soldat.

Après un instant de doute, le vieux se tourne de mon côté en évitant mon regard. Pour lui, je suis toujours l'étranger, l'homme de guerre.

— Le… le mortier, c'est de la mouise, commence-t-il d'une voix hésitante, et ça rend l'ensemble moins solide. On n'a pas de four à chaux dans la vallée, j'ai dû utiliser un mélange de sable et de boue. Mais j'ai fait renforcer la structure par des étais. Le côté externe sera le plus lisse et le plus droit possible, pour empêcher l'ennemi de grimper. Le côté interne sera construit en gradins pour renforcer la solidité.

— Parfait.

— Le mur fera quinze pas de longueur à la base et trente au sommet à cause de la forme en V du défilé. Je peux le faire haut de quatre pas, mais rien de plus. Sans quoi, il s'effondrerait.

— Quatre pas ? dis-je en faisant une rapide estimation. Ce ne sera pas bien haut, mais on fera avec ça.

Au bout de deux minutes, il oublie complètement mes cheveux noirs, mes vingt ans et mon accent sudien. Il s'échauffe, me débite ses explications, pointe du doigt différentes parties de l'ouvrage. Il peste contre ses ouvriers de fortune, me fait signe de le suivre pour constater, ici ou là, ses petites victoires et ses petits déboires de chantier.

Je me rappelle comment était cet endroit quand je suis arrivé. Assez large pour laisser passer un chariot mais encore très sauvage. C'était comme un tunnel de verdure. Les parois étaient tellement couvertes d'arbustes qu'on pouvait à peine voir le ciel au-dessus de sa tête. On avait l'impression d'entrer dans une grotte. Tout ça a disparu. Maintenant, c'est comme un coup de hache dans la montagne, une faille, un corridor plat et allongé, de cent pas, en forme d'entonnoir dont le goulot serait le mur. Il n'y a plus un seul arbre où se cacher, plus un brin d'herbe, les Skaviens ont tout arraché ou brûlé. Il n'y a plus que la roche et la boue au sol, et deux falaises à pic de part et d'autre. Un vrai cauchemar pour une armée et une bénédiction pour nous : impossible de faire évoluer la cavalerie sur ce terrain, difficile de placer une machine de siège. Quant à prendre le mur d'assaut, ce serait s'exposer à terrain découvert – et encore, seul un petit nombre d'hommes pourraient avancer ensemble sans se gêner les uns les autres. Ouais, avec une vraie muraille et de vrais soldats, on pourrait faire des miracles ici. Dommage qu'on n'ait ni l'un ni l'autre.

« Les murailles, les épées, les soldats… Tout cela n'est que vacarme et illusion. Le vrai combat se joue entre ta volonté et celle de ton ennemi. »

Ferme-la, vieux débris ; je ne m'entends plus penser.

— Reste le problème de l'ouverture à percer dans le mur, poursuit Berik. Nous n'avons pas le matériel pour construire une porte digne de ce nom : pas de charnières, pas de linteau, pas de loquet. Et je ne peux même pas faire un trou assez droit pour y caser un panneau en bois. Bien sûr, je pourrais toujours essayer de…

— Il n'y aura pas de porte.

— Ah ? Comme vous voudrez, capitaine. Ça va sacrément me simplifier la tâche. La dame avait aussi parlé de murer l'accès à la grotte où coule la Thorkel, à l'entrée de la passe, pour cacher à l'ennemi ce point d'eau.

Il veut parler de la source dans la grotte où j'avais bu avec Grand Hulan et Petit Joss, le jour de mon arrivée dans la vallée : elle se trouve à l'entrée, côté plaine. Et elle serait un peu trop commode pour nos ennemis. Je confirme :

— C'est essentiel. Aucune troupe importante ne peut rester longtemps ici sans un point d'eau potable à proximité. Or la plaine de cendres n'en offrira aucun avant des mois : si on mure cette grotte, ils devront faire venir de l'eau tous les jours pour eux et leurs chevaux, par chariots. Ça va sérieusement limiter le nombre de gars qui pourront rester ici.

— Alors, je vais y veiller moi-même, répond-il en hochant la tête. Je vous ferai monter une falaise de caillasses qui aura l'air aussi vraie que nature, ils passeront devant sans même se douter que l'eau chante à deux pas !

Il m'entraîne de l'autre côté du mur, qu'on peut encore enjamber par endroits.

— Tu as fait du bon travail, Berik, dis-je en lui tapotant l'épaule. Je ne pensais pas qu'on pouvait en faire autant en si peu de temps.

Ses yeux clignent de plaisir, il sourit comme un bon élève à qui on fait un compliment. Il s'apprête même à répondre quelque chose, mais je le coupe dans son élan :

— Malheureusement, ça ne suffira pas, il faut aller plus vite. Les Ostérois peuvent revenir demain.

Il ouvre de grands yeux, ça lui semble tellement injuste qu'il se met à crier :

— Mais c'est impossible, capitaine Jal, il me faut plus de temps !

— Du temps ? Moi, tout ce que je sais faire, c'est tuer des gens. Si tu as besoin d'autre chose, adresse tes prières aux saints.

À l'entrée de la passe, un homme est occupé à entasser seul d'énormes pierres devant la grotte de la Thorkel. Je mets un moment à le reconnaître, parce qu'il n'a pas son casque et qu'il a troqué sa cotte de mailles contre une chemise de paysan sans manches. Odomar ! Pas de doute, c'est bien lui.

— C'est un sacré travailleur, ce Norrois, fait Berik, admirant ses gestes. Il est fort comme un bœuf ! Apportez-m'en dix comme lui et je vous le monte en deux jours, votre mur.

Le vieux me quitte pour aller brailler sur un groupe de paysans en train de monter une pierre à la corde. Nola me rejoint sans faire de bruit.

— Pourquoi l'avez-vous pris dans notre cercle ?

Le soleil est maintenant voilé par une brume qui monte de la forêt et avale peu à peu le chantier et le campement. Par un phénomène de vent contraire venu de la plaine de cendres, il reste à l'écart du mur et de la passe.

— De qui tu parles, Nola ?

Elle pointe Odomar du menton.

— De lui. On voit encore mieux ses sales tatouages, depuis qu'il a ôté sa cotte de mailles. Ils avaient exactement les mêmes, les gens de son peuple qui ont brûlé ma ville, massacré mes parents et… et trouvé ma sœur dans l'armoire.

Il y a au fond des yeux de cette fille quelque chose qui ne ressemble pas à Nola. Je crois que c'est de la haine.

— Je pourrais te dire que c'est un bon combattant et que ça ne fera pas de mal à notre cercle. Je pourrais te dire aussi que c'est parce que j'ai l'intuition que c'est un type bien et qu'il a été loyal à la bataille. Mais… si je l'ai pris dans le cercle, c'est pour autre chose.

— Pour quoi exactement ? C'était un maraudeur comme Sakynn, un pillard !

— Parce que la première fois que je l'ai vu, c'était dans cette maison du village où un Sudien retenait ton petit frère en otage… Il se croyait fichu et son dernier geste a été de sauver Paol – un enfant qu'il ne connaissait même pas.

Elle crache par terre et murmure :

— Si Rikken et toi n'aviez pas arrêté leur bande, il aurait tué et violé comme les autres.

— Peut-être bien. Mais ça ne s'est pas passé comme ça. Et moi, si je n'avais pas eu Gloutonne avec moi ? Combien de villages j'aurais pillés sur mon chemin ?

— Pourquoi ne me laisse-t-il pas tranquille ? s'écrie-t-elle soudain. Il se colle à moi comme si j'étais sa mère !

— Je n'en sais rien. Les Norrois sont tous plus ou moins cinglés.

— Depuis que j'ai soigné ses blessures, il prétend qu'il a une dette envers moi et qu'il doit protéger ma vie. Mais je ne supporte pas de le voir tourner autour de moi et de Paol, j'ai envie de le gifler jusqu'au sang chaque fois qu'il s'approche.

— Pourquoi ? Profites-en ! Tu as gagné un garde du corps. Par les temps qui courent, c'est une aubaine.

— Et si je n'en veux pas, moi, de ses services ? crie-t-elle.

À l'autre bout de la passe, Odomar s'arrête un bref instant dans ses gestes, comme s'il l'avait entendue. Puis il reprend sa besogne.

— Ben alors, tu n'as qu'à lui demander de se jeter du haut d'une falaise, dis-je en haussant les épaules. Avec un peu de chance, il le ferait, tu ne crois pas ?

Un sourire sinistre étire ses lèvres.

— Ne me tentez pas, Jal.

— Mouais, tu as raison. On a besoin de lui pour notre cercle.

— J'ai vu des femmes, vous savez…, fait-elle avec un regard glacial qui me fait frissonner. Des femmes qui étaient capables de se glisser derrière un homme sans faire de bruit et…

Elle fait le geste de passer la lame d'un poignard sur sa gorge, tout son visage se contracte en une grimace hideuse. Je m'aperçois, stupéfait, qu'une minuscule petite lame crantée est apparue au creux de son poing, qu'elle tenait sans doute cachée quelque part dans une poche de son manteau.

— Si seulement j'avais su faire cela quand les Norrois sont entrés dans notre maison.

Je ne réponds rien. Si j'étais le genre de gars à savoir quoi dire dans ces cas-là, j'aurais fini prêtre, pas soldat. Moi aussi, je rêve de revenir en arrière, de changer le passé et de massacrer tous ceux qui ont piétiné le monde qui était le mien. Alors, je ne peux pas lui en vouloir.

Elle soupire et baisse la tête. Nola-la-haineuse disparaît en un clin d'œil comme si elle n'avait jamais existé.

— Odomar a un tatouage sur l'épaule, un visage de diable effrayant. Tous les guerriers norrois avaient le même, au sac de Homgart, j'en ai fait des cauchemars pendant des années. Quand il s'approche de moi, j'ai l'impression que le démon de mon enfance m'a retrouvée et que… que…

Les larmes jaillissent de ses jolis yeux noisette et elle se met à trembler comme une petite fille. Je passe mon bras sur son épaule et l'entraîne de l'autre côté du mur.

— Ce visage, c'est Hattan aux yeux de braise. Les Norrois croient qu'en le tatouant sur leur peau, ils s'en protègent.

— C'est stupide, crache-t-elle en essuyant ses larmes d'un revers de main, essayant de maîtriser les tremblements dans sa voix.

Moi, j'aime bien Odomar, il me rassure avec sa silhouette de géant, sa grosse voix bourrue, son œil protecteur. Je ne sais rien de sa vie d'avant, mais, depuis que je le connais, je l'ai toujours vu prendre des risques pour d'autres que lui. Norrois ou autre chose, après tout, qu'est-ce que ça change ? Il est aussi paumé que nous. Il suffit de le regarder, là, à ramasser des pierres pour cacher l'entrée de la rivière souterraine : il fait ce qu'il peut pour aider, il est tout seul, il n'a plus que nous.

Des cris nous font sursauter. Il y a du remue-ménage du côté du campement improvisé. Les Skaviens ont interrompu leur petit déjeuner et braillent comme des oies.

Chapitre 42

Je plante Nola sur place et en m'approchant, je me rends compte qu'il y a plus de monde que tout à l'heure, au campement. Un groupe vient d'arriver du village et parmi ces gens se détachent des hommes et des femmes qui portent la livrée blanche des domestiques du Ka. Je vois aussi des visages familiers : des gars qui m'ont jeté des pierres dans la rue, des femmes qui m'ont craché dessus quand on m'a traîné jusqu'à mon cachot. En me voyant arriver, tout ce petit monde baisse la tête et un vieux paysan tire par la bride un cheval sur lequel on a hissé un homme ficelé comme un saucisson, la tête dans un sac.

— L'est toujours inconscient depuis qu'vous l'avez assommé tout à l'heure, murmure le vieux en évitant mon regard.

Deux hommes le descendent à terre et lui découvrent la tête. Eh, quelle surprise, ce bon vieux Sakynn !

Ma botte lui a fait une sacrée marque rouge sur la joue, et il y a du sang séché dans ses cheveux. Mais, à part ça, il a presque l'air de dormir comme un bienheureux. Il est bâillonné, on l'a délesté de ses bottes et il sent si fort la pisse que je soupçonne les gens du village de s'être lâchés sur lui. Son ceinturon et son épée ont disparu, bien entendu, ainsi que sa bourse. Alors, mercenaire, on pense toujours que ces culs-terreux sont de braves imbéciles prêts à baiser les pieds de tous les guerriers comme toi ? On rêve encore de séduire leurs femmes et de les trousser au coin d'un bois ?

— On est venus vous dire qu'on était avec vous, capitaine Jal, dit le vieux en continuant de fixer le bout de ses pieds. On est à vos ordres, on f'ra ce que vous nous direz d'faire.

Ah ouais ? D'un seul coup, comme ça ?

— Pour commencer, apportez-moi de l'eau.

On s'empresse de m'obéir, Sakynn est adossé à un arbre, le cul sur les racines, et un jeune garçon au visage criblé de furoncles me tend un seau rempli. Je passe un regard écœuré sur cette bande d'hypocrites. Qu'est-ce qui me vaut tout cet honneur ? Pourquoi ces gens me font-ils des courbettes alors qu'ils voulaient me pendre sur l'ordre du Ka, il n'y a pas une heure ?

Une petite voix dans ma tête me souffle que mes exploits avec ce ballot de paille enflammé ont enfin changé mon statut à leurs yeux. Exploser la maison du guérisseur et faire sauter ce machin sur le toit de l'église, il faut croire que ça les a impressionnés. Oh, ils me détestent toujours autant, je ne me fais aucune illusion là-dessus. Mais maintenant, ils me traitent comme un seigneur : le museau baissé et la bouche pleine de mots de respect. Un Guerrier-Mage, c'est presque un dieu, hein ? Ça fait des colères, ça donne des ordres, alors il faut le brosser dans le sens du poil.

J'aperçois du coin de l'œil mes compagnons au milieu des autres : Nola qui essaie de regarder la scène en se contorsionnant derrière un grand échalas, Hulan qui croise les bras d'un air furieux en regardant Sakynn. Il n'a toujours pas digéré que le Skavien m'ait donné quelques coups de pied au cachot, je crois. Hulan est très protecteur avec moi depuis quelque temps.

Quand l'eau du seau lui explose à la figure, Sakynn secoue la tête et ouvre enfin les yeux ; il a l'air tellement stupide que pas mal de villageois se mettent à rire en le voyant. Lui, le beau guerrier, qui racontait si bien ses exploits, qui se taillait la barbiche pour plaire à ces dames... Il a l'air d'un vieux chien mouillé, à présent, la bouche ouverte, secoué de tremblements. Il faut le voir cligner des yeux, essayer de bouger ses bras et mettre un temps fou avant de se rendre compte qu'il est attaché. Ouais, il a perdu son beau petit sourire de faux jeton, le gars.

— Tu avais l'air d'avoir soif, dis-je en taquinant son menton de la pointe de ma botte, alors on a pensé qu'un peu d'eau, ça te ferait plaisir.

Les Skaviens autour de moi hurlent de rire comme si j'avais sorti la plaisanterie la plus drôle de l'année. Bande de culs-terreux serviles...

« *Les faibles suivent les forts et les imitent,* me chuchote Maître Hokoun, *et les forts entre eux se reconnaissent à cela.* »

— La ferme !

Ils se taisent aussitôt et baissent la tête. Bon Dieu, quelle bande d'idiots.

— Je ne suis pas votre Ka, bordel de saints ! Vous avez besoin d'un petit chef, c'est ça ? Qui vous traitera comme des minables et qui vous traînera plus bas que terre ? Ne comptez pas sur moi, je ne serai pas ce gars-là.

Ils me regardent tous, horriblement mal à l'aise, comme des petits animaux essayant de comprendre la colère de leur maître et, surtout, comment lui plaire. Je ne suis pas un meneur d'hommes, moi. Je suis un déserteur, un solitaire.

— Si vous avez envie de rire, dis-je d'une voix fatiguée, dans un ultime effort pour essayer de me faire comprendre, alors faites-le un bon coup. Vous n'avez pas besoin de moi pour vous y obliger, ni d'aucun chef de guerre. Vous êtes libres, foutresaint de merde !

Je vois bien que le concept de liberté, ça ne passe pas. Il y en a quelques-uns qui me sourient d'un air embarrassé en hochant la tête. D'autres échangent des regards en évitant le mien. Ouais, les choses étaient plus simples avec le Ka et Sakynn. Ils n'avaient qu'à obéir et c'était tout. Je pense qu'ils regrettent déjà d'avoir changé de camp.

Sakynn commence à remuer dans ses liens. Je vois bien qu'il essaie discrètement de libérer une de ses mains pendant que tout le monde m'écoute, mais j'ai jeté un coup d'œil aux nœuds et je sais qu'il n'y arrivera pas. Ils sont trop serrés.

Du regard, je cherche dame Rikken et je la trouve juste derrière moi. Du menton, je lui désigne le mercenaire comme pour lui demander en silence : *Et celui-là ? J'ai le droit de l'égorger ou pas ?* Ma main me démange. Celle qui est posée sur le manche de mon poignard.

Sakynn hurle dans son bâillon. Mais Rikken ne m'accorde qu'un haussement d'épaules : skavien ou pas, Sakynn n'est pas de sa vallée. Alors en ce qui la concerne, je peux en faire ce qui me plaira.

— Tu vois cet arbre derrière toi, mercenaire ? Ce sera ton piquet, dis-je d'une voix forte pour que tout le monde m'entende. Et toi, tu seras la chèvre. Ouais. Et quand il y aura une armée de l'autre côté de ce mur…

Je désigne du pouce le tas de pierres derrière moi.

— … je te détacherai et tu te battras. Pour nous ou pour ta peau, comme tu voudras. Ça ne fera aucune différence, vu qu'en face ils n'en feront pas.

Sakynn hoche la tête. Dès que j'ai posé le regard sur lui, il a arrêté d'essayer de desserrer ses liens en douce.

— Oh, une dernière chose, mon gars, dis-je plus bas. Si je te vois encore tenter de te détacher, je t'arracherai un bras et je te le ferai bouffer en sauce à la mode des Guerriers-Mages de mon pays.

Les autres ne disent rien. Ils écoutent en silence – un silence assourdissant.

— Ficelez-le à cet arbre, dis-je aux gars qui l'ont descendu de cheval. Et serrez bien les liens : c'est un malin.

Je suis obéi au doigt et à l'œil.

— Tu vas vraiment lui laisser la vie sauve ? siffle Grand Hulan dans mon dos, pendant que la foule s'approche du Skavien en jacassant. Après ce qu'il t'a fait ?

— Justement. Il m'a laissé la vie sauve, lui aussi.

— Il t'a cogné ! Tu portes encore la marque de ses semelles sur la joue.

— Ça te pose un problème ?

— Tu as toujours été beaucoup trop gentil, Jal, grommelle-t-il en s'éloignant. C'est ça, ton problème.

Ce que Hulan ne peut pas comprendre, c'est que je ne peux pas tuer Sakynn : pas avec Gloutonne allongée à cinq pas derrière moi, qui pense que je suis un homme bien. Qu'est-ce qu'elle dirait à son réveil, hein ?

Je me retourne vers elle, vers son cabanon, son matelas de paille et... je me retrouve nez à nez avec une ravissante demoiselle habillée en soubrette, qui, de tous les nouveaux venus, est la première à me regarder droit dans les yeux.

— Bonjour, messire Jal. Je suis venue me présenter à vous.

Bon Dieu, elle est sacrément bien fichue. Et à voir son petit air polisson elle en est parfaitement consciente. D'ailleurs, il me semble avoir déjà vu cette paire de jolies jambes quelque part, même si je ne me souviens plus des circonstances...

— Est-ce que vous savez seulement pourquoi ils sont venus jusqu'ici ? fait-elle, un sourcil levé, d'une voix claire.

Je hausse les épaules.

— Depuis que le Ka est mort, tous ces culs-terreux sont perdus comme des toutous sans maître ; ça les angoisse de ne plus savoir à qui faire des courbettes.

Deux boutons de son corsage blanc sont défaits, comme par hasard, m'offrant un bel aperçu de ce qu'il y a dedans. Et sa coiffe de domestique est légèrement penchée sur le côté – ce qui lui donne un air canaille. Elle me chuchote :

— Je sais bien ce que vous êtes en train de penser.

— Ah oui ? Et c'est quoi ?

— Vous vous dites qu'on a un sacré culot de venir ici se prosterner à vos pieds après ce qu'on vous a fait au village.

Est-ce qu'elle se paie ma tête ? Son petit regard pétillant me souffle que oui. Ou plutôt, elle joue, elle aguiche, elle essaie de se donner de l'importance. Ça y est, je la reconnais enfin ! C'est la fille qui était dans le lit du Ka quand on a débarqué, Hulan et moi, celle qui avait empoigné une dague sur la table de chevet. Elle a eu du cran, je dois lui reconnaître ça.

— Qu'est-ce que tu me veux, au juste ?

— Je m'appelle Alrune, dit-elle en détachant bien les syllabes, de manière à faire rouler le bout de sa langue sur ses lèvres.

Elle est vraiment à croquer. Ça doit être *la* jolie fille du village. Il y en a toujours une : la fille qui enflamme tous les paysans du coin à chaque bal et qui se fait jalouser par toutes les autres femmes. D'ailleurs, c'est bizarre que je ne l'aie pas vue à la fête des Moissons. Le Ka était peut-être du genre possessif ?

Il y a quelque chose dans sa voix qui doit faire vibrer pas mal d'hommes : un ton, une manière de parler et d'aligner les mots qui fait frissonner rien qu'à l'entendre. Ouais, dans la position où je suis, c'est exactement le genre de filles dont je devrais me méfier. C'est-à-dire… si j'étais du genre prudent.

— Vous vous souvenez de moi ? ajoute-t-elle.

Oh, je me souviens de tes seins nus, demoiselle.

— Je vais être honnête avec vous, capitaine. Pas d'hypocrisie, pas de faux-semblant. Vous n'aimez pas ça, je crois ?

Jolie et pas bête. En tout cas, elle a assez de jugeote pour cerner les gens.

— Non.

— Alors voilà.

Elle replace une mèche de cheveux derrière son oreille. Ils sont blonds, mais pas de ce doré très clair, presque blanc, de Rikken. Il y a des nuances de châtain dans cette couleur-là. Dans les rues d'une grande ville d'Ostérie, on ne la prendrait pas forcément pour une Skavienne.

— Je ne suis pas une femme comme il faut, mon capitaine, chuchote-t-elle en passant la main le long de mon dos d'une façon délicieusement sensuelle. Mais ça, vous l'avez déjà compris, n'est-ce pas ? Les gens tordent le nez à mon passage, ils sifflent dans mon dos, ils me traitent de « femme de mauvaise vie ». C'est que j'aime les hommes et que je ne m'en cache pas. Surtout les hommes de pouvoir.

Elle se penche tout contre mon oreille.

— Cela m'excite beaucoup, les hommes de pouvoir, me souffle-t-elle tout doucement.

J'ai très chaud tout à coup.

D'une voix un peu moins discrète, elle poursuit :

— Je ne suis pas une sentimentale. Je sais que, si je suis la maîtresse d'un homme important, je serai une femme importante. Dans cette vie-là, je n'ai pas à courber l'échine devant un mari aux mains calleuses. Je suis plus libre et plus forte que toutes ces mégères dans leurs masures crasseuses, qui passent leurs journées à nettoyer les cages à poules et le cul de leur marmaille, puis à se faire culbuter le soir par un homme qui les traite en inférieures.

Au moins, elle annonce la couleur. Du coin de l'œil, je vois dame Rikken qui avance vers nous, les bras croisés. Un petit cercle de curieux se forme autour de nous, mine de rien, et suit la conversation sans oser s'approcher de trop près.

— Alors, Alrune, on change de maître ? fait Rikken.

Elle a son air impénétrable de baronne, son œil glacial des jours où elle cherche à cacher ses pensées. Alrune fait la moue. Je ne sens pas de colère chez elle, pas de rancœur. Ces deux-là se connaissent, je dirais même qu'elles se respectent.

— Bonjour, ma dame, dit Alrune en baissant les yeux un court instant, juste pour marquer la déférence due à la noblesse.

— Le corps du Ka n'est pas encore froid que tu te cherches déjà un nouvel amant ?

Alrune relève la tête.

— Je suis triste que le Ka soit mort. Je suis peut-être la seule, ici, à l'être sincèrement. Je pourrais m'habiller tout en noir, pleurer à chaudes larmes et me rouler par terre devant vous, ma dame. Mais de nature, mes yeux sont secs, je n'y peux rien.

Elle se tourne vers moi avec ses cheveux longs qui lui balaient le visage, dans un geste étudié, sensuel.

— Si je ne trouve pas un nouveau maître, les gens de la vallée me traîneront dans la boue. Je ne peux pas me permettre de perdre du temps. Vous me plaisez, capitaine : je ne vois pas où est le mal ? Vous êtes célibataire, beau comme un mage, et à la façon dont la petite Nola vous regarde, je suis sûre qu'au lit vous savez y faire avec les femmes.

Nola ? Bon sang, tout le monde doit être au courant. Je déteste les petits villages. Je l'aperçois à quelques pas, à côté de son frère ; elle rougit aussitôt et disparaît parmi les Skaviens.

— Si vous êtes honnête avec vous-même, ma dame, dit-elle à Rikken, vous admettrez que le peu d'influence que j'ai eue sur le Ka, vous ne la trouviez pas si mauvaise. Je l'ai adouci pour le bien du village. Toutes ces bonnes gens qui crachent à mon passage, j'ai souvent défendu leur cause devant lui.

Un imperceptible tressaillement passe un instant sur le masque d'impassibilité de dame Rikken.

— Fais d'elle ce qui te plaira, Jal, ta maîtresse, ta femme ou que sais-je encore. Mais c'est une menteuse et une putain, n'oublie jamais ça.

— Je ne suis pas menteuse, réplique sèchement Alrune.

Par honnêteté, elle ajoute finalement :

— Putain, un peu.

Sa main se balade maintenant sur mon épaule, effleure mes cheveux.

— Je suis facile à vivre et je ne demande pas grand-chose, capitaine. Juste parader à votre bras, bien manger sans travailler, faire taire les langues de vipère... Et je suis de bonne compagnie, termine-t-elle en faisant descendre distraitement un doigt dans le col largement ouvert de son corsage.

Quel âge peut-elle avoir ? Vingt-cinq ans ? Avec un soupir, j'enlève sa main de mon épaule.

— Écoute, ma jolie, tu es un beau petit lot, y a pas à dire. Et la franchise, ça me plaît, alors moi aussi, je vais être direct avec toi. Tu vois ce mur ? Tu vois ces gens qui triment toute la journée sur ce chantier ? Il y a une armée dehors, il y a une forêt calcinée, et moi, je n'ai pas de temps à perdre à culbuter une putain.

Chapitre 43

Son visage se décompose, sa belle assurance s'envole et pendant un court instant, je peux lire à travers son masque à elle : je ne vois ni haine ni rancœur. Je vois de la peur. Elle est seule, désespérée, elle ne sait plus vers qui se tourner. Puis son expression se durcit, son masque se reforme et avec un demi-sourire, elle me glisse à l'oreille :

— Je sais aussi des choses à propos du Ka qui pourraient vous être utiles.

Eh bien, cette fille sait aussi utiliser d'autres atouts que ses jolies jambes… Je lui chuchote de la même façon, sous le regard agacé de Rikken :

— Le Ka est mort. Qu'est-ce que tu pourrais bien m'apprendre d'utile ?

— Je pourrais vous dire pourquoi il vous a fait enfermer, par exemple.

Pendant un instant, un silence passe. Je prends conscience que des dizaines de paires d'yeux sont braquées sur nous.

— Alors vas-y : pourquoi ?

Cette fois, elle parle si bas que je suis obligé de m'approcher d'elle jusqu'à la toucher.

— Prenez-moi dans vos bras. Maintenant. Devant tout le monde. Et je vous dirai tout.

Je jette un coup d'œil autour de moi. Les regards se détournent, les têtes s'abaissent… Ils font semblant de s'occuper de leurs affaires, mais ils sont tous là, à nous écouter – y compris mon propre cercle de compagnons. Hulan, à dix pas derrière, fixe Alrune avec un regard hargneux – si je ne le connaissais pas, je croirais qu'il est jaloux.

— Couchez avec moi ou non, ça m'est complètement égal, mais embrassez-moi devant eux ! murmure-t-elle d'un ton pressant. À leurs yeux en tout cas, faites de moi votre maîtresse !

Je n'aime pas qu'on me donne des ordres. Je ne me suis pas échappé de l'armée pour me retrouver mené à la baguette par une petite intrigante – même bien roulée.

— Désolé, tu n'es pas mon genre, dis-je en me détournant.

Je ne peux pas m'empêcher de surprendre le sourire satisfait de Rikken.

— Vos yeux me disent le contraire ! crie Alrune d'une voix aiguë, essayant de me retenir par la manche.

— Lâche-moi. Si tu veux gagner le respect des gens de ton village, aide-les à construire le mur ou prends une arme.

— Je pourrais vous parler des rêves du Ka !

Je m'arrête net et me retourne.

— Depuis votre arrivée dans la vallée, poursuit-elle, il hurlait chaque nuit dans son sommeil et quand il se réveillait, il était tellement terrifié qu'il me racontait des choses très étranges...

Elle comprend tout de suite qu'elle vient de toucher un point sensible, alors elle pousse son avantage.

— Je pourrais vous raconter tout ce qu'il me disait. La forteresse sur l'île. La tour où il voyait vos portraits dessinés sur les murs. L'homme au masque blanc qui lui parlait. Je suis sûre que ça vous intéresserait.

— L'homme au masque... parlait au Ka ?

Elle lâche mon bras et, par réflexe, passe de nouveau la main dans ses cheveux.

— Vous êtes beaucoup plus séduisant que le Ka et beaucoup plus jeune. Mais saurez-vous être aussi attentionné avec moi ? Il me faisait de magnifiques cadeaux, vous savez… Prenez-moi dans vos bras, capitaine.

Son sourire se fige quand elle se rend compte de son erreur. Oui, elle a touché un point sensible. Mais non, ce n'était pas une bonne idée.

« Je serai toujours là auprès de toi, mon petit Dal Koom. Je suis ton Maître, j'ai façonné ton esprit comme un sculpteur façonne la glaise. Pensais-tu vraiment pouvoir t'échapper de mon école ? »

Ma vue se trouble, une chaleur me monte au visage. Une vague de rage me submerge et emporte tout.

Autour de moi, le campement des Skaviens, la forêt, le ciel au-dessus de ma tête et ces gens qui me regardent… Tout tourne et s'embrouille. Mon champ de vision se rétrécit puis se couvre de points lumineux. Les visages autour de moi perdent leurs contours, ils se transforment, se tordent dans des grimaces de haine. Oui, à leur place, je vois d'anciens visages, jeunes, beaux, remplis de certitudes. Je peux presque les nommer, les compter, mes anciens camarades. Dal Kirin, Dal Looa… Je les entends chuchoter dans mon dos, se moquer, se liguer contre moi.

La nuit obscurcit le ciel, une nuit sans lune, sans étoiles. De gros nuages forment comme un couvercle au-dessus de ma tête. Je suis nu, les gardes skaviens m'ont pris tout ce que je possédais. Autour de moi, les murs gris de la grande cour de l'école, le cercle des disciples, mes camarades tirés du lit après mon évasion manquée. Le Maître me toise avec son masque blanc qui rit en silence – un rire dessiné à l'encre noire –, la petite main de Dal Assa dans la sienne.

—Mes enfants, commence-t-il, cette nuit, Dal Koom a encore essayé de quitter notre école. Je vous invite à lui témoigner ce que vous pensez de son attitude.

Leurs visages n'expriment rien, au début. De l'attente, de l'incertitude. Que veut le Maître ? Que doivent-ils faire ? Et puis Dal Kirin, celui-qui-marche-dans-la-nuit, se penche lentement jusqu'à terre, sans cesser de me fixer des yeux, et ramasse un caillou de la taille de son poing fermé. C'est un grand garçon efflanqué, qui a du sang d'Alfing dans les veines. Je le regarde avec effarement préparer son geste, armer son bras, concentré, sans la moindre expression sur le visage.

Le choc fait vibrer ma mâchoire, la peau de ma joue éclate comme un fruit trop mûr, éclaboussant de sang mon menton et mon cou. C'est le signal que les autres attendaient. Comme des automates, ils répètent le geste de Dal Kirin. Je reste l'esprit aussi hermétiquement fermé que possible pour un garçon de huit ans qui voit ses seuls amis le tuer à coups de pierre.

Et puis, soudain, je refuse de mourir. Pas sans combattre, en tout cas. Pas sans avoir essayé.

— C'est au Maître qu'il faut jeter vos pierres ! Il nous ment, il fait de nous des monstres ! On vous a appris à vous battre, alors battez-vous, révoltez-vous !

Pendant un moment, tout s'arrête, ils me dévisagent avec horreur, comme si j'avais la peste. Et puis tout recommence, dans les cris, dans la haine : les cailloux pleuvent sur moi, à me renverser à terre, à m'en briser les os. Je ne leur en veux pas, je sais qu'ils souffrent autant que moi, qu'il a fait d'eux des machines à obéir et à tuer.

—Assez ! crie le Maître.

L'enfer s'arrête. Je ne suis plus qu'une plaie vive, roulé en boule, les bras autour du corps. J'ose à peine relever la tête et rouvrir les yeux. Chez les disciples, les bras retombent le long du corps, les pierres sont jetées au sol, les visages se tournent de nouveau vers le masque qui rit comme un dément.

— Honte sur vous, misérables !

La voix du Maître claque comme un coup de fouet dans la cour. Les enfants baissent la tête, certains se mettent à pleurer ; Dal Looa, une petite fille de mon âge, se griffe les joues jusqu'au sang pour se punir.

— Il y a plus de génie en Dal Koom qu'en vous tous réunis, pauvres fous. Dorénavant, il sera mon élève particulier. Je le garderai dans ma tour personnelle et lui enseignerai tous les secrets de mon art. Vous devrez l'appeler « Maître Koom » et incliner la tête lorsque vous vous adresserez à lui.

Je me relève lentement. Mes mains palpent mes bras, la chair ouverte, le sang, la douleur. Les disciples sont tous tournés vers moi, agenouillés et le visage au sol en signe de respect. Il m'a coupé des autres. Il a fait de moi un paria. Et maintenant, il va m'enfermer.

Seule Dal Assa ne s'est pas complètement inclinée. Je croise son regard embué de larmes ; sur ses lèvres, je devine le mot « pardon ».

Assa.

Tu m'as trahi.

Sans toi, je serais sur une barque en route vers mon pays et ma mère.

Le Maître s'approche lentement de moi. De son doigt ganté, il effleure le sang sur ma joue, pose la main sur mon épaule et murmure :

— Nous allons vivre ensemble, petit prodige. Je ferai de toi mon égal et mon double.

— Bon Dieu ! Est-ce que tu vas enfin la fermer ?

Je gueule comme un putois, à m'en briser la voix, poings serrés, bave aux lèvres.

« Toi et moi, Dal Koom, mon meilleur disciple. »

— Est-ce que tu vas me foutre la paix ? Je ne veux plus entendre ta sale voix ! Disparais ! Fous le camp et ne reviens JAMAIS !

« Ensemble pour l'éternité. »

Quelqu'un devant moi s'écarte à reculons et bégaie :

— Je ferai tout ce que vous voudrez, capitaine. Je… je m'en vais. Je… je disparais, je ne reviendrai jamais.

Une femme. Des cheveux blonds, presque châtains. Un air complètement horrifié au visage. Qui est-ce, déjà ? Une Skavienne, je crois ? Que fait-elle ici à l'école Hokouni ? Où sont les disciples du Maître ?

— Jal ? fait la voix d'une autre femme.

Une main se pose sur mon épaule. Je me retourne en un éclair.

C'est comme une gifle. Ma tête se remplit des cailloux, des cris de haine, du sang sur ma peau nue. Le Maître avec sa main sur mon épaule, qui me brûle chaque fois qu'elle me touche. Ma main à moi jaillit toute seule, mes doigts en crochet se referment sur une gorge et la serre à tout écraser. Je me laisserais enfermer, sans réagir ? Oh non, il est temps de prendre ma liberté, Maître Hokoun. Je vais te crever, espèce de démon, te faire éclater la tête comme un ballon, je vais te montrer l'effet que ça fait de…

Un choc à la tête me fait presque basculer en arrière.

Nola se tient derrière moi avec un bâton entre les mains. Ses yeux sont suppliants, sa bouche forme des sons, des mots que je n'arrive même plus à comprendre. Je me tourne et me retourne, sonné, hagard. Mes yeux se posent sur ma main ouverte, sur mes ongles crasseux, au bout desquels je trouve un peu de sang et de peau. Dans un murmure, je continue à répéter comme un idiot :

— Fous le camp, Maître Hokoun ! Et ne reviens jamais, jamais dans ma tête…

C'est là que je vois Rikken, accroupie, les mains sur sa gorge, écarlate et les yeux écarquillés. Elle tousse, elle crache, elle respire dans un râle.

Bon Dieu, qu'est-ce que j'ai fait ?

Chapitre 44

— Rikken ! Tu respires ? Foutresaint, réponds-moi !

Je voudrais la prendre dans mes bras, la bercer, lui demander pardon, mais des mains m'agrippent et me tirent en arrière, des bras vigoureux, des poignes d'hommes forts. Je ne me débats même pas. Tout ce que je peux faire, c'est continuer à regarder la dame à moitié couchée par terre, ses yeux exorbités et les veines à ses tempes toutes bleues et gonflées.

Quelque chose passe alors devant mes yeux, une masse en mouvement, un bloc de fureur. C'est Grand Hulan, il fonce sur les Skaviens qui ont posé la main sur moi.

— Ne le touchez pas ! hurle-t-il.

Un long coup de sifflet retentit soudain, lointain, insistant, depuis la montagne, se répercutant d'une crête à l'autre. Les Skaviens et Hulan s'arrêtent, se regardent. Et moi, je commence enfin à retrouver mes esprits. Qu'est-ce que ça veut dire ? La vallée, les Ostérois. C'est une alerte ? Ils ont remplacé le cor par un sifflet ?

— Lâ... lâchez Jal tout de suite ! murmure la dame d'une voix éraillée, à moitié étouffée.

Elle se relève en grimaçant, s'avance jusqu'à moi et pose une main sur mon épaule tout en se tenant toujours la gorge de l'autre.

— Qu'est-ce qui s'est passé ? me crie Hulan. Comment tu te sens ?

Il récupère une louche en bois, la remplit à un seau et essaie de me faire boire, mais l'eau ruisselle sur mon menton et sur ma tunique.

— Je te demande pardon, Rikken. Je ne sais pas ce que… Je n'ai pas la moindre idée de…, dis-je d'une voix blanche.

— Je ne suis pas morte, hein ? éructe-t-elle avec effort. Alors ne te fatigue pas pour les excuses, Sudien.

Entre ses doigts, sur son cou, j'aperçois les marques rouges que mes ongles ont imprimées dans sa chair.

— Foutresaint, je suis bon à enfermer. Rikken, remets-moi au cachot, attache-moi les mains !

Au lieu de ça, elle titube jusqu'aux deux autres costauds qui m'avaient empoigné par-derrière et les secoue aussi fort qu'elle le peut.

— Lâchez-le, je vous dis. Il ne me fera aucun mal. N'est-ce pas, Jal ?

— Rikken, je n'en sais rien, je…

Ma propre voix me semble étrange, pâteuse, balbutiante, comme si j'avais trop bu. Dès que les Skaviens me rendent enfin ma liberté, Hulan me prend dans ses bras et me serre contre lui à m'étouffer en répétant tout bas :

— Ça va aller ! Ça va aller !

Je dois me dégager pour respirer un peu.

— Je ne veux pas de cette épée, dis-je en défaisant mon ceinturon. Je serais capable de…

— Sainte bourrique ! crie dame Rikken.

Elle s'étrangle, sa voix éraillée part dans les aigus et se perd dans une quinte de toux.

— Reprends-toi, Sudien. On n'a pas le temps pour les états d'âme ! Tu as entendu le sifflet ? Ils arrivent ! Alors au lieu de pleurnicher sur ton sort, c'est le moment de nous montrer ce que tu as dans le ventre, Guerrier-Mage !

— Si c'était un autre Skavien que j'avais essayé d'étrangler, Rikken, tu m'aurais logé une flèche dans le crâne, non ?

La dame s'approche de moi jusqu'à presque coller son visage contre le mien et me chuchote à m'en cracher des postillons.

— Je ne sais pas ce qui ne tourne pas rond dans ta tête de soldat, mais tu vas le surmonter. Tout ce que je te demande, c'est de te battre pour nous. Maintenant.

Sa voix cinglante a sur moi l'effet d'une douche glacée. Le village. La promesse à Gloutonne. Les pillards aux portes. Et soudain, je me mets à visualiser dans l'espace les six compagnons de mon cercle. Nola est à cinq pas derrière, avec Paol. Odomar est toujours à l'entrée de la passe et s'approche à grands pas. Rikken et Hulan sont auprès de moi et, bien sûr, Gloutonne est toujours inconsciente dans son cabanon.

— Ne l'écoute pas, Jal, dit Hulan d'une voix presque tendre. Prends ton temps, repose-toi, tu ne peux pas y aller dans cet état. Je vais prendre ta place, je…

— La ferme, Hulan. Je ne suis pas un gosse.

— Mais tu as besoin de…

— Rikken ! dis-je d'une voix un peu plus assurée. C'était quoi, ce coup de sifflet ? Il n'y a plus de cor de chasse au poste de guet, là-haut ?

Un mince sourire s'étire sur ses lèvres.

— De retour parmi nous, Sudien ?

Sa voix retrouve un peu de force. Elle me jette un coup d'œil de haut en bas, mais, contrairement à celui d'Alrune, ce n'est pas pour me déshabiller du regard : c'est pour s'assurer que je suis en état de combattre.

— Le cor s'entendait à des lieues à la ronde, il pouvait attirer l'ennemi. Alors j'ai donné l'ordre aux guetteurs d'utiliser un autre moyen de communication.

Elle enfonce la main dans le col de sa tunique de cuir et en sort un petit sifflet en bois qu'elle porte à ses lèvres. Le son qui en sort est tellement strident que tout le monde se bouche les oreilles. Deux traits longs, un court.

— C'est un code ? demande Hulan.

Là-haut, quelque part dans la montagne, le guetteur lui répond par une série de notes aiguës. Le visage de Rikken s'assombrit aussitôt. Un cercle de curieux attend une explication de sa part, mais elle se contente de m'entraîner à l'écart et de murmurer à mon oreille :

— Ils sont encore assez loin d'ici.

— C'est plutôt une bonne chose, non ?

— Sauf qu'ils sont venus en force, cette fois-ci. Le code était : un coup pour « peu nombreux » et deux coups pour « nombreux ».

— Il a fait deux coups ?

— Non : il en a fait trois.

Ah ouais.

— Bon, dis-je en posant la main sur la poignée de mon épée. Alors, ce ne sont pas des éclaireurs. Sûrement un escadron de cavalerie parti à la recherche des soldats que nous avons tués.

Je me tourne vers les Skaviens, cherchant un chef, un meneur, et mon choix se porte sur Keerik. C'est lui qui m'a tenu tête la première fois, à la passe, et c'est aussi lui qui m'a accueilli ce matin au nom des autres.

— Je veux six des chevaux raflés aux Ostérois. Je veux aussi deux jeux complets d'armures et d'uniformes récupérés sur les cadavres, un pour moi et un pour Hulan.

— Six chevaux ?

Il hésite. Deux minutes plus tôt, j'essayais d'étranger dame Rikken dans une crise de folie et ça, c'est le genre de choses qui fait hésiter un bon paysan à vous prêter un cheval.

— C'est que les bêtes ont toutes été récupérées, poursuit-il, et partagées entre les différents fermiers qui…

— Je n'ai pas le temps de faire la causette. Il me les faut tout de suite, compris ?

Keerik acquiesce de la tête, avant de répercuter mes ordres.

— Un escadron, tu dis ? fait Rikken. Ça fait combien d'hommes ?

— Cent, s'il est au complet, répond Hulan.

— Saints elfes, murmure-t-elle, priez pour nous.

Un coup d'œil au mur me suffit à comprendre qu'il ne sera pas prêt à temps pour subir un assaut dans les heures à venir. Je me mets à gueuler, les mains en porte-voix :

— Berik !

Le vieux accourt, clopin-clopant, depuis la base du mur où il était à l'ouvrage. Il tient encore un burin à la main, fâché d'avoir été arraché à son travail et pressé d'y retourner.

— Oui, capitaine ?

Son tablier de maçon est couvert de poussière blanche qu'il essaie d'épousseter de ses mains tout écorchées, aux ongles cassés.

— J'ai une bonne nouvelle pour toi : tu te demandais combien de temps tu avais pour construire ce foutu mur, hein ? Eh bien, je le sais, maintenant.

Il fronce les sourcils.

— Ces coups de sifflet, c'était une fausse alerte, hein ? Il n'y a pas d'attaque, on aura le temps de faire du bel ouvrage, c'est ça ?

— Les Ostérois sont dans la plaine.

Son sourire disparaît.

— Tu as vingt-quatre heures pour le finir.

Pour moi, c'est un siècle. Je vais devoir en arracher chaque minute à l'ennemi.

— Mais…, répond le vieux. Même sans dormir et sans manger, jamais on ne pourra…

— Dormir, manger ? Et puis quoi encore ! Fous-moi ce tas de fainéants au travail. Allez, qu'est-ce que tu fais encore ici ? Bouge-toi la carcasse !

Il regarde son chantier, les bras ballants, roulant des yeux effarés.

— Au fait, pour t'aider un peu, je vais décréter que tous les habitants de la vallée qu'on n'aura pas vus au chantier seront livrés aux Ostérois quand ils seront derrière le mur.

— Tu n'as pas besoin de menacer mes gens, Sudien, gronde dame Rikken. C'est une petite vallée, ici, une communauté. Les gens s'entraident, il n'y en aura pas un qui manquera à l'appel.

Chapitre 45

Sous le soleil de plein été, il fait une chaleur atroce. C'est une vraie fournaise. Moi, je suis un gars du Sud, je me sens dans mon élément. Mais les Skaviens, qui ne sont pas habitués à ces températures-là, suent et rougissent comme des écrevisses.

— Je suppose que tu as un plan, Jal ? demande la dame tout en remplissant une petite outre à un seau d'eau.

— Peut-être bien, Rikken. Est-ce que tu connais un endroit où se cacher pas trop loin d'ici ? Un endroit plein de caillasses et de recoins, où semer des poursuivants ?

Elle réfléchit.

— Oui, ce n'est pas difficile à trouver dans la région, même si le feu du Vieux Dragon a dû changer le visage des endroits que je connaissais…

Deux chevaux arrivent déjà, amenés par un jeune garçon au regard fuyant. J'attrape les brides et j'en tends une à Hulan.

— Tu veux leur faire le coup du poisson-pilote, hein ? fait-il en passant la main sur la tête de sa jument. Comme à la bataille des Trois-Collines ?

— Exactement, mon vieux.

— Qu'est-ce que c'est un poisson-pilote ? fait Rikken.

Je soupire.

— Évidemment, tu es une fille de la montagne, toi… Dans la mer, les grands prédateurs sont parfois accompagnés de poissons plus petits, qui les précèdent. Certains disent même qu'ils les guident jusqu'à leurs proies.

— Ce sont de très jolis poissons noir et blanc, dit Nola d'une voix douce, perdue dans ses souvenirs d'enfance au bord de l'océan.

— Mais ils sont maigres et infects à manger, dit Paol avec une grimace.

— Infects à manger, grogne Odomar en approuvant de la tête.

J'éclate de rire :

— Comme tu dis, le Norrois ! Et nous aussi, on va leur jouer une jolie surprise au goût amer.

— Il va falloir être un peu plus explicite, Sudien, s'agace Rikken.

— Mon plan, c'est de gagner du temps jusqu'à ce que Berik nous ait monté un mur capable d'arrêter une charge de cavalerie.

Je tends le pouce derrière moi.

— Parce que tel qu'il est maintenant, il n'arrêterait même pas un gamin de six ans.

— Et comment tu comptes le gagner, ce temps ?

— Tu te souviens du mensonge de ce petit cafard de Henrik pour t'éloigner du village pendant que le Ka me jetait au trou ? Il t'a fait croire que deux éclaireurs avaient réchappé à la bataille du pont et qu'ils s'étaient enfuis de la vallée.

— Il n'y avait jamais eu d'éclaireurs, en réalité. Ils ont tous été tués.

— Peut-être bien, mais ça me donne une idée. Hulan et moi, on va aller au-devant de ces Ostérois et on se fera passer pour deux survivants. On va leur dire que tout un village nous est tombé dessus et qu'on a échappé de justesse au massacre. Et ensuite, on va les entraîner sur une fausse piste.

— Tu veux aller gentiment te présenter à l'armée ennemie ? Tu sais que ce genre de choses, ça s'appelle « se jeter dans la gueule du loup », n'est-ce pas ? fait-elle.

C'est drôle, on dirait presque de l'inquiétude sur son visage.

— Pourquoi pas ? On a fait partie de cette armée, Hulan et moi. On la connaît bien, on sait comment elle fonctionne. Ils ont probablement deviné qu'un village était caché dans la région, mais avec un peu de chance, ils ne connaissent pas l'endroit exact. On peut réussir à se faire passer pour des soldats et à les attirer ailleurs.

Rikken détourne le regard et se met à contempler un point quelque part sur l'horizon, plissant les yeux à cause du soleil.

— Où veux-tu les attirer ?

— Justement, c'est à toi de me désigner l'endroit. Il doit bien exister un tas de rochers quelconque qui ferait l'affaire... Ce qui serait parfait, ce serait une vallée rocailleuse où on pourrait facilement leur fausser compagnie. Tu pourrais nous trouver ça pas trop loin d'ici, non ?

— Il y avait une sorte de vallée à trois lieues au sud, encadrée par deux pics. On l'appelait la « vallée du bœuf gras », à cause de la forme d'un pan de montagne qui semble avoir deux cornes. On y accède par un pont. Il y avait un bois et un hameau de forestiers, mais il n'en reste rien, je suis allée voir là-bas et tout a brûlé.

— La « vallée du bœuf gras » ? Drôle de nom. Et elle est facile à trouver ?

— On voit de très loin la « tête de bœuf », impossible de la rater. Elle est creusée de multiples grottes et ravines, dues à de petits cours d'eau asséchés à cette époque de l'année. Il est très facile de s'y cacher si on connaît les lieux.

— Ce sera parfait.

— Et après ? demande Paol. Quand vous les aurez entraînés dans cette autre vallée, loin d'ici, vous allez les tuer jusqu'au dernier, c'est ça ?

Tous les regards se tournent vers lui. C'est qu'il est sérieux, le gamin. Il m'en croit vraiment capable. Sa petite voix d'enfant me prend de court. Comment est-ce que je peux lui expliquer ?

— Je ne suis pas un surhomme, petit. Ils sont au moins cent, et nous, on sera deux. Non, on leur faussera compagnie le moment venu, et, pour ça, je compterai sur vous, les autres membres du cercle, pour créer une diversion. Au fait, tout le monde sait monter à cheval, j'espère ?

Paol baisse les yeux, et Nola rougit un peu.

— Tant qu'on ne va pas au galop, ça devrait aller, murmure-t-elle finalement en posant sur ma monture un regard effrayé.

— Alors c'est parfait. Et toi, Odomar, tu prendras Paol en croupe.

— Paol en croupe, répète le géant norrois en lissant sa barbe de trois jours.

Cette sacrée livrée bleue de la légion ostéroise… C'est avec un certain dégoût que je l'enfile par-dessus ma chemise crasseuse. Il me revient un millier de souvenirs de combats, de tueries, de trouille noire aussi, rien qu'à toucher ce tissu râpeux aux couleurs passées, élimé aux manches. Il y a une tache de sang à l'aine, mais ça ne se voit pas trop, et le surcot est parfaitement à ma taille – à croire que le type qui le portait était mon jumeau.

— Alors ? me fait Hulan avec un sourire. Nostalgique ?

— Tu parles. Avec cette chaleur, je me passerais bien de tout ce barda.

— Estime-toi heureux, c'est une tenue de cavalier sans cuirasse.

Avoir une épée au côté, ce n'est pas désagréable – j'en ai porté si longtemps que je me sens nu sans un fourreau qui me tape sur la jambe à tout bout de champ. Mais le casque, je ne m'y suis jamais fait. Ça vous serre les tempes, ça vous emprisonne la tête. D'ailleurs, je crois que dans toute l'armée ostéroise, on ne trouvera pas un seul gars qui aime avoir cette foutue cloche en acier sur le crâne.

— Vous êtes sûr que l'on doit absolument monter sur cette bête…, commence Nola en contemplant son cheval comme s'il allait la manger toute crue, elle et ses cheveux bizarres.

Je lui ai choisi le plus doux : un hongre alezan de petite taille, à l'œil paisible, qui a une bonne tête de pépère.

— Ça va aller, lui dis-je.

Odomar, de son côté, prend un temps infini à caresser son cheval, à vérifier les boucles, la longe, les sanglons, la longueur des étriers. Paol se tortille d'un pied sur l'autre en l'attendant, visiblement mal à l'aise. Puis le Norrois se hisse sur la selle d'un geste raide qui trahit un certain manque d'habitude. Il tend la main au gamin, et Paol pousse un petit cri de surprise quand il le soulève du sol d'un seul mouvement pour le placer en croupe derrière lui.

Le cheval paraît minuscule sous la grande carcasse d'Odomar. Je lui ai choisi le plus costaud et le plus robuste, mais, avec un cavalier aussi énorme, on dirait un poney. J'aurais peut-être dû confier le petit Paol à dame Rikken, mais je préfère disposer d'une bonne archère, mobile et disponible. Ça peut toujours servir.

Les Skaviens nous regardent franchir le défilé rocheux en silence, juchés sur nos chevaux. Il flotte un air étrange sur leurs visages, un peu d'admiration, un peu de crainte, pas mal de respect aussi… Ils ont la tête de ces gens qui regardent passer une procession funéraire. Et ils n'ont pas tort, les bougres : il y a pas mal de chances pour qu'on ne revienne pas.

On dépasse la grotte où cascade encore la Thorkel, malgré les efforts d'Odomar pour dissimuler l'entrée. Aussitôt, la vue de la plaine de cendres nous saisit et nous prend aux tripes. Une immense étendue noire s'étale sous nos pieds. Difficile d'imaginer que la vallée est aussi verte et vivante, à deux pas derrière nous, alors que la mort s'étend ici à perte de vue.

— Le guetteur ne s'était pas trompé, ils sont nombreux, fait la dame en pointant l'horizon du doigt. Même s'il n'est pas possible de savoir exactement combien.

Le temps est clair et sans vent, mais, à une grande distance devant nous, la ligne d'horizon est cassée net par un immense nuage de cendres gris sombre qui s'étale paresseusement sur des lieues et des lieues.

— Pas possible savoir combien, grogne Odomar.

C'est vrai qu'on ne distingue pas grand-chose, d'ici. Ni hommes ni chevaux. Mais, vu la taille du nuage, il doit y avoir une belle petite armée qui se déplace. Je ne peux pas m'empêcher d'avoir de la compassion pour ces pauvres gars qui doivent se noircir les poumons à marcher comme ça dans la cendre. Après tout, il y a peut-être d'anciens camarades, parmi eux.

— Je croyais que la pluie aurait collé tout ça et l'aurait amalgamé à la terre, murmure Hulan. Tu te rappelles, Jal, quand on a traversé ce désert alors qu'il était encore brûlant ?

— Le soleil brille depuis deux jours, il a fait sécher les couches supérieures de la cendre, répond Rikken.

— À votre avis, est-ce qu'ils risquent de nous voir de loin ? fait Nola. Nous allons dégager un nuage gris, nous aussi.

— Hulan et moi, on va partir droit devant à la rencontre des Ostérois en faisant un maximum de poussière. Vous autres, vous gagnerez la « vallée du bœuf gras » en faisant très attention où vous mettrez les sabots. Choisissez les passages les plus bas, les plus humides, où la cendre restera collée au sol. Et allez au pas.

Nous descendons la rampe de pierre qui mène jusqu'à la plaine et qui forme un chemin assez large pour un chariot. Bien qu'on soit encore le matin, un soleil de plomb nous cloue sur place. Le pire, c'est de passer sous le regard goguenard de l'elfe taillé dans la pierre, qui a toujours son petit air de se marrer en nous regardant ramper à la surface du sol.

Est-ce qu'il se demande si on va revenir ? Est-ce qu'il s'en fout ?

— Je te fais confiance pour certaines choses, me dit Rikken qui ralentit sa monture pour se mettre à ma hauteur. Les plans de bataille, la stratégie. Je t'ai vu au combat : tu as du courage et tu es habile.

Pourquoi vient-elle me voir maintenant ?

— Mais je ne suis pas idiote, Sudien. Tes crises, ton mot de pouvoir... Je vois bien que tu nous caches quelque chose depuis le début, fait-elle en massant sa gorge là où mes doigts ont laissé une trace boursouflée. Si tu t'évanouis ou que tu perds le contrôle en plein combat, qu'est-ce qui arrivera, hein ?

— On sera tous morts, dis-je en haussant les épaules.

— Tout à l'heure, quand tu hurlais que tu voulais qu'on te laisse tranquille, ce n'était pas à Alrune que tu t'adressais, n'est-ce pas ?

Bon Dieu, elle a compris ça, aussi…

— Peut-être bien que oui. Peut-être bien que non.

Elle s'approche encore et, à ma grande surprise, elle pose une main sur mon bras.

— Qui était-ce, Jal ? On aurait dit que… que tu parlais à quelqu'un qui n'était pas là.

— Qu'est-ce que tu essaies de me dire, Rikken ? Que je suis cinglé, c'est ça ?

Elle renforce la pression de sa main et cherche délibérément mon regard, alors je détourne la tête vers la plaine.

— Tout à l'heure, tu as prononcé un nom, dit-elle finalement. Je l'ai parfaitement entendu.

Je pique des deux sur les flancs de mon cheval, qui pousse un hennissement de surprise et part en avant.

— Jal ! crie la dame derrière moi. C'est qui, ce « Maître Hokoun » ?

Je gueule à m'en briser la voix :

— Ne prononce pas ce nom-là, Rikken, jamais !

Arrivé au bas de la rampe, je lance ma monture au galop, suivi de près par Hulan et laissant les autres derrière, essayant de refouler cette boule d'angoisse que je ressens au creux du ventre.

Avec ce soleil écrasant, le sol sombre s'est gorgé de chaleur. L'odeur de brûlé est si prégnante qu'on a l'impression de l'avoir sur la langue. L'air surchauffé est chargé de poussière, presque suffocant, et on est tout de suite en nage sur nos chevaux. Grand Hulan se lance au trot à ma suite.

— Je ne t'avais jamais vu monter un canasson, mais tu es un sacrément bon cavalier, dis donc. Où est-ce que tu as appris à monter comme ça ? Dans l'infanterie ?

Il a un petit air polisson en me demandant ça, un œil qui pétille, et je ne comprends pas pourquoi. Alors, je lui réponds :

— Si on te le demande, tu diras que tu ne le sais pas, hein ?

Vu que moi-même, je n'en ai aucune idée. Encore un de ces petits talents que m'a laissés ma vie oubliée.

La cendre sous les sabots des chevaux fait un bruit feutré, dégage des traînées grises qui se perdent en volutes épaisses. Il y a partout des débris de bois calciné, des trous remplis d'une boue sèche, et il faut avoir l'œil pour éviter de casser une jambe de son cheval.

— Au fait, Jal ? fait Hulan.

— Quoi ?

Je ne savais pas qu'il montait aussi bien à cheval, lui aussi. Il a l'air à l'aise sur sa selle et il a une bonne assiette. Ses gestes sont peut-être un peu raides, mais ils sont sûrs.

— Méfie-toi de ces deux greluches, dit-il.

— Qui ça ?

— La petite putain du Ka... Comment s'appelle-t-elle, déjà ? Alrune, je crois. Ce genre de filles n'apporte que des ennuis.

— Je suis un grand garçon, Hulan, je sais ce que j'ai à faire.

— Et dame Rikken, surtout. Vous avez l'air d'être de grands copains, tous les deux. Mais moi, je te le dis : c'est une sournoise, elle te plantera un poignard dans le dos dès qu'elle n'aura plus besoin de toi.

Rikken ? Elle planterait un couteau dans le dos de n'importe qui, si ça devait protéger sa vallée, elle a toujours été claire là-dessus.

— Dis donc, Hulan, est-ce que tu serais jaloux, par hasard ?

— N'importe quoi, fait-il en éclatant de rire et en s'éloignant un peu. Je suis ton seul vrai ami, ici, c'est tout. Les autres, tu ne les connais pas, alors souviens-toi de ça quand on sera au combat.

Rikken vient de prononcer le nom du Maître et les paroles d'Alrune n'en finissent pas de tourner dans ma tête : les cauchemars du Ka, « l'homme au masque blanc » qui lui parlait… Est-ce que la voix de Maître Hokoun serait une sorte de maladie contagieuse, qui peut se transmettre d'un esprit à l'autre ?

— Ce ne serait pas leur fameuse montagne à tête de bœuf, ce pic, là-bas ? fait Hulan, tourné en arrière.

Un peu plus au sud, on distingue une masse rocheuse compacte qui peut vaguement faire penser à une de ces bestioles, version « dieu des vaches » tellement c'est énorme. Rikken avait raison, on la reconnaît de loin.

— Il n'y a plus qu'à convaincre nos anciens petits camarades d'aller y faire un tour plutôt que de continuer tout droit jusqu'à la vallée de Thorkel.

Le nuage de cendres des Ostérois à l'horizon ne semble pas avoir avancé d'un millimètre. En revanche, nos deux chevaux produisent déjà une bonne petite poussière qui doit être visible de loin. Avec un peu de chance, elle occultera celle que produiront les autres derrière nous.

— Un petit galop pour faire lever la cendre, camarade ?

— Avec plaisir, « capitaine » Jal, répond Hulan avec un sourire.

Chapitre 46

Les Ostérois, c'est d'abord une masse noire en suspension dans l'air, une sorte de spectre aux formes lourdes, qui s'élève pesamment et qui noie l'horizon dans un brouillard de cendres. Puis de petites silhouettes en émergent peu à peu : quelques cavaliers à l'avant de la colonne, en groupe compact, dont l'un porte l'étendard bleu azur de la légion ostéroise. On peut lire le chiffre « 7 » brodé en noir dessus. Un coup de chance : on n'est pas tombés sur la 13ᵉ légion.

— Mauvais signe, ce petit groupe à l'avant, grogne Hulan.

En tête d'une colonne de soldats, normalement, il y a un officier et un sous-officier, ce qui fait deux bonshommes. Mais, avec un peu de malchance, il y a un Guerrier-Mage et son cercle – ce qui fait sept cavaliers, en général.

Je dis à voix basse :

— Si c'est le Vieux Dragon en personne…

— … on est foutus, termine Hulan.

En s'approchant, on commence à distinguer les silhouettes qui avancent derrière le groupe de tête. De la cavalerie. Un escadron au moins, peut-être deux. Un coup de vent repousse un instant les volutes grises et derrière eux, une masse compacte apparaît, celle d'une piétaille en paquet, suivie par plusieurs fourgons de ravitaillement. Oh, bon Dieu, ce n'est pas cent canassons qu'on a en face de nous, c'est au moins toute une légion, six cents soldats ! Qu'est-ce qu'ils font ici ? Pourquoi sont-ils aussi nombreux ?

— Toi, Hulan, tu restes derrière.

Il grogne un peu, mais il sait que je serai meilleur menteur que lui.

C'est un Guerrier-Mage, en face. Il pourrait lui réduire la tête en bouillie juste pour s'amuser, si l'envie lui en prenait. La plupart sont complètement fous.

La cendre est poussée vers l'arrière de leur colonne par une légère brise – la même qui fait que, depuis une heure, notre propre nuage nous précède au lieu de nous suivre. On s'avance au pas, Hulan et moi, bien visibles de loin, et on lance nos bêtes au galop dès que le terrain le permet.

Le groupe à l'avant semble se resserrer d'instinct autour d'un cavalier. Sainte merdasse, ça se confirme : c'est un cercle de compagnons. Le groupe s'arrête en nous voyant débouler et des lances se pointent dans notre direction. Je tire sur les brides et je m'arrête à trente pas devant eux, Hulan sur mes talons. C'est l'heure de vérité.

La trouille au ventre, je descends de cheval et tends les rênes à mon compagnon. Je fais quelques pas vers eux, tête baissée, bras croisés, mains sur les épaules en signe de soumission, avant de m'incliner jusqu'à terre.

Bon Dieu, faites qu'il soit de bonne humeur.

— Légionnaire éclaireur Sagal, 13e légion, pour vous servir, votre magnificence.

« Sagal », le nom de mon frère : un joli nom de traître. J'aurais pu leur refiler un mauvais numéro de légion, mais le meilleur mensonge est toujours celui qui est mêlé d'un peu de vérité.

Il y a un moment de silence. Je fais une prière silencieuse au dieu des déserteurs pour que la nouvelle de notre départ de la 13e n'ait pas fait le tour des légions. Après tout, en pleine guerre, il y a des tas des gars qui disparaissent au combat, et on ne se pose pas tellement de questions à leur sujet, hein ?

Une voix au-dessus de ma tête, à moitié étouffée par un heaume, me répond finalement :

— Mange la cendre, légionnaire.

Je relève la tête. J'ai juste le temps de voir un des compagnons, un bouclier ovale portant le blason d'un chardon sur fond de sable. C'est un chevalier en armure de plates complète, la pointe de son arme fixée sur moi.

— La tête BAISSÉE, insolent ! hurle-t-il.

Il avance sa monture jusqu'à moi et me donne un coup dans les cervicales avec la pointe de sa lance. Le choc me remonte dans la colonne et me fait m'étaler de tout mon long sur le sol.

Le cou incliné vers le sol à m'en casser les vertèbres, je ramasse une poignée de cendres mêlées de boue au creux de ma main. J'ouvre la bouche et, à grands coups de langue, avale tout ce que j'ai ramassé. Le goût âcre du charbon emplit ma bouche, le grain de la cendre crisse entre mes mâchoires.

« L'ennemi cherchera à infliger des blessures à ton orgueil. Patience. La seule fierté qui ait la moindre valeur, Dal Koom, c'est celle de la victoire », me susurre Maître Hokoun, et, pour une fois, je l'écoute.

— Maintenant, dis merci à la Freule Ingerid pour ce bon repas, fait le chevalier en éclatant de rire.

Oh, bon Dieu, la Freule Ingerid, il fallait que ça tombe sur elle !

Des gloussements s'élèvent dans le groupe des cavaliers, jusqu'à ce qu'une voix cinglante lance un ordre :

— Assez, Jürgen !

C'est une voix de femme. « Freule » : la « dame », en Ostérois. Il n'y a que deux sortes de femmes dans l'armée ostéroise : les putains, de loin les plus nombreuses, et les Guerrières-Mages. Je n'en connais qu'une seule de cette sorte-là, et elle se trouve juste devant moi.

— Je veux entendre ce que le légionnaire Sagal a à nous dire.

Le chevalier au chardon incline la tête :

— La Freule souhaite entendre ce que tu as à dire, légionnaire.

On ne peut pas vraiment dire que je connaisse la Freule Ingerid. C'est une fille sublime, évidemment, comme tous les Guerriers-Mages. Le soir, dans leurs couvertures de chanvre, au fond de leurs tentes de toile, les gars se branlaient tous en pensant à elle. La beauté et la magie sont intrinsèquement liées depuis toujours. Est-ce que je vais devenir comme ça, moi aussi ? Est-ce que les femmes vont me regarder de cette manière, avec cette sorte de frénésie sexuelle ?

Tout ce que je sais, c'est que la Freule a une réputation redoutable. Dans son propre camp, c'est un tyran sans pitié. Au combat, c'est une furie, ses pouvoirs dépassent ceux des Cogneurs ordinaires, on dit qu'elle est à la limite d'être une Puissante et le Vieux Dragon la considère comme sa première lieutenante.

Elle m'avait adressé la parole une fois, rien qu'une. Je venais d'agrandir le trou des latrines, sur l'ordre du sergent, et je sentais la merde à plein nez. Au moment où je remontais de la fosse, elle était là, en chemise et pantalon, encadrée par quatre compagnons de son cercle. Elle m'avait saisi le menton entre deux doigts et tourné la tête à droite et à gauche, comme à un pantin en bois.

Évidemment, je n'avais pas fait un geste. Le moindre impair et c'était la mort. Je n'osais même pas respirer, je roulais des yeux en évitant de la regarder.

— Celui-là n'est pas mal. Joli visage. Et il y a quelque chose de spécial dans ses yeux noirs…

— Regarde la Freule dans les yeux ! avait gueulé l'un des compagnons.

Alors j'avais croisé son regard. À ma grande surprise, il était mouillé de larmes. Oh, elle était d'une beauté à couper le souffle ! Des traits d'une finesse et d'une perfection incroyables, un corps mince, aux lignes harmonieuses. Un visage allongé mangé par d'immenses yeux bruns et tristes, encadré de cheveux roux. Son regard ne collait pas avec son visage de trente ans à peine, il faisait vieux, si vieux par rapport aux hommes regroupés autour d'elle. Le temps n'a pas la même prise sur les Guerriers-Mages…

— J'ai perdu un compagnon hier au combat, m'avait-elle dit d'une voix tranchante. Voudrais-tu prendre sa place auprès de moi, mon biquet ?

Puis elle avait éclaté de rire et tordu le nez en se tournant vers les autres.

— Dommage qu'il sente aussi fort la merde !

Ils avaient tous ri très fort, et, d'une pichenette de l'index, elle m'avait repoussé avec une force incroyable dans la fosse où j'avais failli me briser le cou.

— Alors, légionnaire ? Vas-tu parler à la Freule ou va-t-il falloir que je te fasse gueuler comme un âne ? dit le chevalier au chardon en me collant un nouveau coup du plat de la lance dans le flanc, qui me soulève à moitié de terre.

— Par… pardon, votre excellence !

Bon sang, je perds les pédales. La trouille. L'envie d'attraper la lance de ce salopard, de le tirer à moi et de réduire son crâne en bouillie…

— Mon compagnon Lan et moi-même, on était dans une équipe de fourrageurs. On allait à la « picorée » dans la campagne, pour le ravitaillement de la troupe. On cherchait un endroit encore intact, que le feu aurait épargné.

Je parle trop vite, les mots se bousculent dans ma bouche.

— Distinctement, légionnaire ! Bon Dieu, cet étranger sait à peine parler notre langue !

Un nouveau coup sur le casque, cette fois. Le fracas du métal sur le métal résonne si fort qu'il me rend à moitié sourd d'une oreille.

— Sauf qu'il n'y avait plus rien à « picorer », votre magnificence. De la cendre, partout de la foutue cendre…

— RESPECT à la Freule ! gueule le chevalier.

Il m'épargne le coup de lance, cette fois. Foutresaint, quel imbécile je fais.

— Il n'y avait que des cadavres, de la boue, et rien à rafler nulle part. On a cherché longtemps en longeant cette chaîne de montagnes, là, derrière. Et alors on a repéré l'entrée d'une vallée. Elle était encore verte, les blés fraîchement moissonnés, complètement épargnée. Alors on y est allés sans méfiance. Sauf que les villageois nous ont tendu une embuscade sur un pont. Un vrai piège, ça a été un carnage. Ils avaient des hommes de guerre avec eux, des mercenaires ou d'anciens soldats de l'armée skavienne.

— Ces deux-là sont donc les seuls survivants de leur escouade ? fait la voix de la Freule Ingerid au-dessus de ma tête.

— Vous êtes les seuls survivants ? me demande le chevalier au chardon.

— Oui, votre excellence. On s'est cachés pendant deux jours dans une forêt et on a pu s'enfuir ce matin. On allait chercher du renfort.

— Bien. Nous cherchions justement un endroit de ce genre. Qu'ils nous y mènent, dit la Freule.

Un autre de ses chevaliers se met à hurler vers la troupe :

— En avant !

Le groupe de compagnons reprend sa marche comme si je n'étais pas là, incliné jusqu'à terre au milieu de leurs sabots en mouvement. Pour la première fois, j'ose lancer un regard à la Freule, de dos. Elle est tête nue, ses cheveux roux défaits, et elle porte une cotte de mailles boueuse qui lui descend jusqu'aux cuisses. Sa monture est un cheval de bataille, un étalon d'une taille monstrueuse qu'elle mène d'une main de maître. Le genre de bestiau dressé à tuer, qui vous fonce dessus en plein combat et qui vous brise les os comme des brindilles. Seul un excellent cavalier peut maîtriser un tel cheval.

— Relève-toi, mon gars, me souffle l'un des compagnons en passant.

Je ne me le fais pas dire deux fois, je cours jusqu'à Hulan et remonte en selle.

— Celle-là ! Je te jure que je lui crèverai la panse pour ce qu'elle t'a fait.

Il a le visage écarlate, les mâchoires serrées à s'en péter les dents. Je lui réponds en chuchotant :

— C'est une mage, Hulan. Tu sais ce que c'est : une saloperie de mage.

— Ne dis pas ça ! Tu en es un aussi ! crie-t-il.

— La ferme, qu'est-ce qui te prend ?

Mais le groupe autour de la Freule Ingerid nous ignore complètement. Ils parlent entre eux, rient beaucoup et, visiblement, se disputent les rares marques d'attention de la guerrière comme une meute de chiens se dispute un os à ronger.

D'un geste négligent de la main, la Freule me fait signe de passer juste derrière eux. Nous grillons donc la politesse aux premiers cavaliers lourds de la colonne, deux officiers qui nous jettent un regard assassin en respirant la cendre soulevée par nos chevaux.

Le chevalier au chardon daigne soudain se retourner vers moi pour me crier :

— Elle est où, ta vallée, légionnaire ? Nos éclaireurs nous ont parlé d'un passage près d'une tête d'elfe, c'est bien celle-là ?

La tête d'elfe. La Thorkel…

— Pas du tout !

Je désigne du doigt la chaîne de montagnes, vers la « vallée du bœuf gras ».

— Vous devez bifurquer vers le sud. C'est à peine à une journée de marche.

J'espère que la vallée de Rikken sera aussi piégeuse qu'elle le prétend… et qu'on arrivera à fausser compagnie à la Freule et à ses hommes.

Le chevalier au chardon se retourne sans un signe, sans un merci.

— Tu pues, légionnaire, dit-il finalement.

Bon Dieu, quelle sacrée bonne idée j'ai eue de quitter l'armée !

Chapitre 47

Au bout d'une heure, deux cavaliers revenant des montagnes rejoignent la colonne et entrent en grande conversation avec le chevalier au chardon. Leurs éclaireurs sont sûrement en train de leur parler de la tête d'elfe, de la rampe aménagée et de la vallée fertile que ça cache peut-être derrière. Mais on a dû être plus convaincants que ces deux-là parce que la troupe ne dévie pas de la direction erronée qu'on leur a indiquée, sur l'ordre de la Freule qui semble agacée et impatiente d'arriver. Les deux éclaireurs prennent place à nos côtés, surpris de nous voir. L'un d'eux est un nabot au visage renfrogné, qui ne décroche pas un mot. L'autre est un petit blondinet aux yeux vifs, qui nous lance :

— Qu'est-ce que vous leur avez raconté aux gars du cercle de la Freule ? Et puis qu'est-ce que vous foutez-là, vous deux ?

Nous leur servons notre petite histoire inventée de toutes pièces : la « vallée du bœuf gras », les débris de l'armée skavienne, l'embuscade… Le nabot grogne quelque chose d'inaudible, mais il n'a pas l'air convaincu.

— Lan, c'est ça ? fait le blondinet en pointant Hulan du menton. Tu es sacrément grand pour un éclaireur, il doit vite se fatiguer, ton cheval.

— Peut-être bien, mais au combat, les autres gars sont contents de m'avoir.

Le blondinet hoche la tête d'un air méfiant.

— Il y avait un gars dans la 13e, il était connu comme le loup blanc et il s'appelait presque comme toi : « Grand Hulan », il te ressemblait beaucoup. On racontait qu'il était de l'autre bord, si tu vois ce que je veux dire.

Merde ! Décidément, il est un peu trop célèbre, Hulan.

— Non, répond-il. Je ne vois pas.

— C'étaient pas les femmes qui l'intéressaient. C'étaient plutôt les gars de sa chambrée, on disait même qu'il avait son protégé, son mignon. Petit Joss, qu'il s'appelait. Bizarre que ce gars te ressemble, c'est un parent à toi ?

Foutue rumeur idiote qui collait après lui. C'est bien notre veine qu'on tombe sur un soldat qui la connaisse. Petit Joss et lui, c'était juste une paire d'amis, mais ça n'avait jamais empêché les autres gars de se monter des histoires.

— C'est pas moi, je te dis, rétorque Hulan. Pourquoi ? Tu avais envie d'un câlin ? C'est vrai que tu es plutôt mignon, toi, avec tes yeux de fille.

Le blondinet devient carrément livide, il s'écarte et nous laisse tranquilles pendant le reste du voyage.

Bonne réponse, Hulan. Bien joué.

Très vite, nous arrivons à une sorte de bourbier, un marécage où les sabots des chevaux s'enfoncent comme dans du beurre.

— Et voilà la Thorkel, me souffle Hulan.

— Fidèle au poste, prête à défendre sa vallée.

Devant nous, le sol n'est plus qu'une masse brune en mouvement, informe et piquetée de noir, charriant des débris et des cendres. Dame Rikken avait parlé d'un pont. On en voit encore les piles qui se dressent au milieu de ce cloaque infâme. Les squelettes noircis de maisons de pierre surgissent du sol, çà et là, à l'endroit où devait se trouver un village. La Freule lève la main, et, aussitôt, un de ses chevaliers se retourne et beugle à la troupe de s'arrêter.

— Les chariots auront du mal à passer, dit-elle à son chevalier au chardon.

Elle se retourne et, tout en me regardant droit dans les yeux, elle ajoute :

— Demande à nos deux nouveaux éclaireurs s'il y a un meilleur passage en amont.

Le chevalier me répète sa question, comme d'habitude. Je suppose qu'elle n'adresse pratiquement plus la parole à personne en dehors de ses compagnons.

— Plus au nord, nous sommes passés par une zone où le cours d'eau était beaucoup plus étroit, répond Hulan. Nos chevaux ont traversé sans problème, je pense que les chariots pourraient en faire de même.

— Tu « penses » ? fait le chevalier en inclinant la tête.

Je me demande quel visage se cache derrière ce heaume. Pourquoi l'a-t-elle choisi, lui, et les cinq autres ? Parce qu'ils étaient des amis ? Parce qu'ils étaient du même village qu'elle ? Il doit y avoir quelque chose entre eux. Maintenant, je connais l'importance des liens qui forment un cercle.

— Je… j'en suis sûr, votre excellence, rectifie Hulan.

Le chevalier tire sur les brides de sa monture et se place à sa hauteur.

— Sais-tu, légionnaire, ce que la Freule peut avoir à faire de tes « pensées » ?

Oh, bon Dieu, Hulan, maîtrise-toi, je t'en supplie. Pas de colère, pas de cris. Ce gars est capable de te massacrer pour un mot de travers.

— La Freule ne sait même pas que tu existes. Tu n'es pas digne de marcher sur ses traces, de respirer le même air qu'elle. Alors arrête de penser et réponds à sa question : connais-tu un meilleur chemin, oui ou non ?

Hulan acquiesce en silence, tête baissée. Comme un bon petit légionnaire obéissant.

—Alors conduis-nous, imbécile!

Il nous faut encore une heure pour trouver un passage, une heure pour le franchir. Quand on arrive enfin au pied de la montagne à tête de bœuf, le soleil est presque couché sur l'horizon, la Freule ordonne de monter le camp. Le pic est bien visible, juste devant nous : notre point de rendez-vous avec Rikken et les autres. Il va falloir qu'on mette les voiles avant que la Freule ne s'aperçoive qu'elle est calcinée comme les autres et qu'il n'y a pas un seul village à l'horizon...

Comme le Vieux Dragon a entièrement brûlé ce pays et ses habitants, après avoir massacré son armée, la légion ne risque pas vraiment d'être attaquée. Mais, en Ostérie, on aime la discipline. Alors ce camp, six cents hommes s'activent pour en faire quelque chose d'impeccablement propre et carré avant la tombée de la nuit.

Un sergent nous refile une pelle à Hulan et à moi et, au milieu d'une rangée de soldats en nage sous leurs cottes matelassées, on se met à creuser dans la terre brûlée pour faire des tranchées – en pestant chaque fois que le fer bute sur un fémur ou un crâne. Ensuite, il faut moins d'une heure pour que les tentes se dressent bien alignées sur de beaux axes parfaits, que les chevaux soient parqués, attachés, nourris, brossés, que les feux soient allumés en quatre points différents avec des braseros remplis de poix. Et, bien sûr, que les rations de pain de guerre et d'eau soient distribuées en bon ordre.

J'avais presque oublié la routine de l'armée : les galettes au goût de sable, dures comme du bois, les beuglements des sergents, ces odeurs de pisse et de corps en sueur qui flottent dans l'air... À vrai dire, ça ne me manquait pas.

Quand je vois ces pauvres gars s'activer comme des fourmis, la peur au ventre sous le regard des sous-officiers, je repense aux gamins skaviens du village qui s'amusaient entre les cabanons dans leur camp improvisé. Je commence presque à regretter le joyeux pique-nique de ce matin, avec ses oignons et ses patates à la braise. L'ambiance était au rire, au moins, et il y avait une forme d'entente et de complicité entre ces gens, au lieu de la trouille et de l'obéissance imbécile de la légion.

Après le repas, les gars reçoivent l'autorisation d'aller dormir et ça commence à ronfler dans tous les coins. Sauf pour Hulan et moi, puisqu'on n'a pas de tente et que personne n'a reçu l'ordre de nous héberger. On aurait bien essayé de fausser compagnie à tous ces braves gens, mais les deux autres éclaireurs – le nabot et le blondinet – ne nous lâchent pas d'une semelle. Les autres nous évitent et nous regardent comme des intrus sur leur territoire. En tant que Sudien dans une armée d'Ostérois, j'ai toujours attiré l'attention, mais au moins, dans la 13e légion, les autres s'y étaient habitués et avaient fini par me foutre la paix.

Un vieux briscard à moustache, dévolu à l'intendance, nous fourre deux couvertures entre les bras en marmonnant :

— J'ai pas de paquetage complet, et faudra me les rendre demain matin.

Il nous désigne les braseros.

— Entretenez-moi ça en attendant, le camp a besoin de lumière.

Pas de veine. La chaleur de la journée n'est pas retombée malgré la nuit, on étouffe et on sue comme des porcs devant les flammes.

Au bout d'un moment, le chevalier au chardon déboule devant nous. Par réflexe, on se met au garde-à-vous, comme les autres légionnaires autour de nous.

— Vous deux, les éclaireurs de la 13e, suivez-moi, fait-il de sa voix rogue. La Freule veut vous voir dormir au pied de son chariot.

Son heaume a disparu et pour la première fois je vois son visage : un ovale parfait, de magnifiques yeux bleus, vingt-cinq ans et un physique à se faire pâmer les pucelles. Mais il y a quelque chose de cassé dans son regard, une forme de vide ou d'abattement. Être un compagnon de la Freule Ingerid, ça ne doit pas être ce qu'on fait de mieux pour le moral. Il nous entraîne à l'exact centre du camp, jusqu'à une sorte de roulotte aménagée. Une lanterne est suspendue au-dessus de la porte, elle grince sur sa chaîne et jette une lumière jaune sur quelques marches en bois.

— Vous coucherez ici, dit-il en nous désignant l'une des roues de la roulotte.

On se regarde avec Hulan : elle nous retient auprès d'elle, au milieu du camp. Ce n'est pas encore ce soir qu'on pourra déserter pour la seconde fois.

— Toi, le grand, poursuit le chevalier en désignant Hulan, tu prendras un tour de garde pour la quatrième heure à l'angle ouest. Ne sois pas en retard.

Il nous a à peine regardés. Pour un peu, on aurait presque cru qu'il parlait tout seul. Quand il disparaît à l'intérieur, il nous laisse vraiment seuls. Les deux éclaireurs ont disparu et les autres soldats évitent la roulotte de la Freule, ils baissent la tête et font un détour pour passer au large. C'est la meilleure chose à faire quand il y a un Guerrier-Mage dans le camp.

— Tu crois qu'elle se méfie ? murmure Grand Hulan en se roulant en boule dans sa couverture, essayant d'oublier qu'il s'enfonce à moitié dans la cendre et la boue.

— En tout cas, la grande évasion, ce ne sera pas pour ce soir…

Il nous faudrait traverser plusieurs rangées de tentes et passer devant les feux. En plus, on prétend que les Guerriers-Mages ont des sens particulièrement aiguisés par la magie. Même si, en ce qui me concerne, je n'ai pas encore vraiment constaté de différence.

— Hé, Hulan ?

— Ouais ? répond-il d'une voix déjà endormie.

— À quoi ça rime d'envoyer une légion dans ce trou perdu ? Avec une Guerrière-Mage à sa tête ? Il n'y avait même pas de Guerrier-Mage dans la 7e.

— Je n'en sais rien, fiston. Dors, maintenant.

Sauf que la Freule, elle, n'a pas sommeil. Toute la nuit, la roulotte craque et grince, on y entend des rires étouffés, des gémissements et le genre de cris qui ne laisse pas vraiment de doute sur la façon dont cette femme crée le lien avec ses compagnons.

Chapitre 48

Je me réveille en sursaut. Il fait encore nuit noire, et le camp est endormi autour de nous. Il monte du sol une chaleur étouffante, un air atrocement sec qui donnerait envie de se mettre tout nu pour dormir.

La porte de la roulotte s'ouvre soudain dans un très léger grincement. C'est elle. En chemise de nuit.

Sans un bruit, elle descend jusque dans la cendre, pieds nus, et s'approche de moi. Elle est sublime – une vraie déesse descendue parmi les hommes. Le tissu de sa chemise est de la soie fine de Tamis-la-Grande, mêlée à de la dentelle hors de prix. Ce vêtement de femme contraste de façon si grotesque avec sa tenue de guerrière de la veille que sur n'importe quelle autre fille, ça me donnerait envie d'exploser de rire. Mais la Freule Ingerid est tellement bandante que je pense à tout sauf à rire. Je redresse le buste dans ma couverture, les genoux serrés contre moi, en me demandant si je dois la saluer ou faire semblant de ne pas l'avoir vue.

Un coup d'œil derrière moi m'apprend que Grand Hulan n'est pas là ; il n'a laissé qu'un trou de la forme de son dos dans la couche de cendres. Je l'ai entendu se lever tout à l'heure pour aller prendre son tour de garde.

—Je n'ai jamais eu de Sudien parmi les compagnons de mon cercle, dit-elle en s'approchant de moi.

Pas âme qui vive autour de nous. Il n'y a que de grandes tentes grises, une odeur de merde et d'huile brûlée, de la cendre balayée, écrasée, sillonnée de traces en tous sens.

Elle finit par poser les fesses à côté des miennes, à même le sol. Et, malgré tous mes efforts pour l'en empêcher, mon regard se coule de lui-même dans l'échancrure de sa chemise de nuit ouverte. J'y vois le bout de ses petits seins ronds, fermes, parfaits, aux tétons très écartés. Ils sont fièrement érigés, pointés sous la soie. Presque comme ceux de dame Rikken, en plus menus…

— Tu m'excites beaucoup, légionnaire, chuchote-t-elle. Il y a quelque chose de spécial en toi, je n'arrive pas à dire ce que c'est. Quelque chose d'étrangement attirant.

Ma belle petite gueule, peut-être ?

Elle pose une main sur mes genoux. Je déglutis et essaie de maîtriser le début d'érection écrasée dans mon pantalon trop serré. Pour elle, une armée, c'est un peu comme un grand magasin d'hommes où elle pourrait choisir ses jouets.

— Tu es sûrement un combattant exceptionnel pour avoir été accepté dans la légion d'Ostérie. Combien y en a-t-il de ta nation dans toute notre armée, Sudien ?

— Je… je l'ignore, votre magnificence… Dix, vingt peut-être ?

Il émane d'elle une odeur animale, inexplicablement excitante. Elle ne sent ni la boue, ni la crasse, comme tous les hommes de ce camp. Elle ne sent même pas un de ces parfums délicats qu'on trouve dans toutes les cours des nobles. Non, c'est une odeur entêtante, attirante, celle de la magie. Je crois que je pourrais respirer ses cheveux toute une éternité sans jamais m'en lasser.

— Figure-toi que…

Elle s'arrête, lève les yeux au ciel comme si elle essayait de se rappeler quelque chose.

— … ce vieux fou de général Hast m'a raconté une histoire, après la bataille des Trois-Collines, à propos d'un groupe de déserteurs de la 13e légion. Il y avait un Sudien avec eux. Le détail m'a frappée parce que j'ai toujours trouvé que les Sudiens avaient quelque chose de très sensuel. Leurs cheveux noirs, leur peau hâlée, leur langue chantante…

Ses yeux croisent les miens, froids, inquisiteurs, comme s'il lui suffisait de me regarder pour lire dans mes pensées.

— C'était vraiment stupide de leur part, de déserter, dis-je en faisant tout mon possible pour ne pas faire dérailler ma voix. En plein désert de cendres, après avoir affronté l'ennemi à la plus grande bataille de la guerre, et puis avant le pillage de sa plus grande cité. C'était un coup à perdre sa part du butin alors que le plus dur était fait.

— Oh, ils ne sont pas partis sans butin : ils ont dérobé un objet d'une grande valeur dans un monastère skavien, une relique de sainte Hilâ, la guérisseuse. Toute en or et en diamant – une merveille de l'art elfique. Le Vieux Dragon semblait y tenir particulièrement.

Une sueur glaciale commence à couler dans mon cou. Ingerid s'approche encore jusqu'à se blottir pratiquement contre moi.

— Non, ce qui serait stupide pour ces hommes, vois-tu, ce serait de déserter et puis, quelques jours plus tard, de revenir se présenter d'eux-mêmes au beau milieu d'une légion. Ce serait tellement stupide, en fait, que personne ne ferait une chose pareille, n'est-ce pas, légionnaire Sagal ? Vois-tu une seule raison qui pourrait pousser un homme en fuite à commettre un acte aussi dépourvu de sens ?

— Au… aucune, votre magnificence.

Il y a Gloutonne ! En fait, il peut y en avoir beaucoup, des raisons de se battre et de risquer sa vie, mais une saloperie de Guerrière-Mage comme toi ne pourra jamais les comprendre !

— Appelle-moi Ingy, mon petit, veux-tu ? Quand je couche avec un homme, je veux qu'il m'appelle par mon petit nom, dit-elle en prenant ma main et en la glissant sous la soie de sa chemise de nuit.

J'ouvre la bouche. Je la referme. Ses lèvres se posent sur ma joue, sa langue explore le lobe de mon oreille. Un frisson me remonte sur la peau et celui-là n'a rien de glacial.

— Et puis ces déserteurs de la 13e étaient des fantassins, poursuit-elle. Alors où auraient-ils trouvé des chevaux et un équipement d'éclaireur ? Et appris à devenir d'excellents cavaliers ? Ce ne peut donc pas être toi et ton ami, ça ne tient pas debout.

— Ça ne tient…

Je m'interromps quand je sens sa main écarter mes genoux serrés et se glisser tout doucement entre mes cuisses, puis faire sauter la boucle de ma ceinture. Un discret pendentif roule dans le creux de ses seins, une tête en jade de sainte Naraj, celle-qui-sait.

— … pas debout.

— Oh, en revanche, voilà quelque chose qui ne demande qu'à se mettre debout, fait-elle, pensive, en caressant mon entrejambe.

D'un coup sec d'une force inouïe, elle déchire en deux mon pantalon. Mon pénis jaillit, ce traître. Durci, dressé. Toujours fidèle au rendez-vous quand la fille est jolie.

— Votre magnifi…

— Ingy, mon petit : Ingy.

Elle arrache les morceaux du pantalon et les jette au loin – ceinture, fourreau, épée, poignard compris. Avec un sourire gourmand, de sa main à plat, elle plaque mon torse contre la roue de la roulotte derrière moi. Je jette un coup d'œil autour de nous : le camp est immobile, comme mort. S'il y a des légionnaires dans les tentes qui entendent ce qui se passe, alors ils font tous semblant de dormir.

Quand elle me prend dans sa bouche, je ne peux retenir un cri de surprise. La douceur de ses lèvres, le plaisir me montent à la tête.

— Ingy, on ne devrait pas…

— Tu as un bon goût, légionnaire, fait-elle en continuant de donner de petits coups de langue sur la pointe de mon sexe.

Elle se redresse, soulève sa chemise de nuit et pousse un soupir en grimpant à califourchon sur moi. Je m'enfonce en elle, c'est chaud, c'est doux ; son visage aux yeux fermés, juste au-dessus du mien, s'étire dans un sourire de contentement. Du bout des lèvres, elle explore les miennes, puis avance la langue dans ma bouche.

— Il n'y a qu'une seule chose qui me tracasse, dans cette histoire de déserteurs…

Elle s'interrompt pour prendre ma main et la poser d'autorité sur le bout de l'un de ses seins. Le téton est dur, gonflé, légèrement grumeleux sous la pulpe de mes doigts.

— Mmh, tu as du savoir-faire, dit-elle sans cesser ses mouvements de bassin. J'ai six compagnons et ce sont tous des imbéciles. Plus un seul d'entre eux n'arrive à me faire jouir… Je parais trente ans, mais sais-tu que je vais bientôt en avoir soixante ? Cependant, je crois qu'avec toi cela devrait…

C'est moi, l'imbécile. Cette femme est plus dangereuse qu'un scorpion. Elle me mène par le bout du gland et tout ce que je trouve à faire, c'est de… d'empoigner ses épaules, de la pénétrer plus vite, plus profondément, de faire naître dans sa gorge un gémissement de plaisir. Mon Dieu, la chair est faible.

— Il n'y a qu'une seule chose qui me tracasse, dans cette histoire de déserteurs, Jal…, répète-t-elle, haletante.

— Ou… oui ?

Cette fille, c'est un feu, c'est un volcan. Et moi, je suis un vrai brasier, je ne demande qu'à exploser. Bon sang, baiser avec une Guerrière-Mage, c'est… c'est…

— C'est que le Sudien en question était très jeune et d'une très grande beauté. Une vraie beauté de Guerrier-Mage à ce que l'on raconte. Et il ne s'appelait pas Sagal, mais Jal, comme le saint… Et comme toi aussi, n'est-ce pas ?

Une poigne d'acier se referme autour de mon cou. Une vague de feu me brûle la gorge… Je ne peux plus respirer.

— Je torturerai ton ami plus tard pour le faire parler, en attendant, amusons-nous un peu, toi et moi, veux-tu ?

Je lui enfonce le poing dans le ventre, mais je me heurte à une barrière de muscles dure comme de la brique. Je voudrais me soulever, arracher ses mains, qui sont en train de m'étrangler… Mon poignard à ma ceinture, je ne l'ai plus, elle m'a arraché mon pantalon. Mes doigts tâtent le sol à la recherche d'un objet, une pierre, un bout de bois, n'importe quoi… Mais elle maintient son emprise avec une force surhumaine. Ma vision se brouille, mes bras s'affaiblissent.

— C'est dommage…, murmure une voix déjà lointaine à mon oreille.

Pendant que ma tête éclate, sa croupe accélère la cadence, ses yeux brillent de plaisir et son visage écarlate se crispe dans une grimace d'extase pendant que de petits cris s'échappent de sa bouche malgré elle.

— Je n'avais jamais eu… de Sudien comme compagnon… de cercle. Mais qu'importe… Je crois que… cette fois, oui…, je crois que je vais enfin jouir.

—Aujourd'hui, peut-être, me dit Maître Hokoun de sa voix la plus douce, tu me hais. Tu ne penses qu'à rallier tes camarades à ta révolte contre moi.

Il porte un masque au sourire triste, aux traits fatigués et tendus, qui inspire la pitié.

— Ta compassion pour tes camarades, malgré ce qu'ils t'ont fait, est d'ailleurs le trait le plus fascinant de ta personnalité. Tu leur pardonnes tout, tu ne les abandonnes jamais.

Depuis deux ans qu'il m'a frappé dans la barque, il me garde prisonnier dans sa tour et je n'ai plus senti une seule fois la lumière du soleil sur mon visage.

—Je t'apprends à manier les armes et la magie. Tu espères devenir fort, puissant, et un jour me vaincre. N'est-ce pas là ton plan secret, mon enfant ?

Nous sommes dans la pièce la plus haute, celle où il m'enseigne la magie. Une bougie brûle sur une table, dessinant un fil de fumée grise. Mes bras sont attachés aux accoudoirs par des bracelets de fer, comme toujours pendant les leçons de magie, et la chaise elle-même est fixée au sol.

Sur son ordre, j'y ai dessiné un jour au fusain les visages de chacun des vingt et un autres Dals encore en vie.

— Un jour, tu cesseras de me haïr. Main dans la main, nous rebâtirons tout ce qui a été détruit, nous retrouverons tout ce qui a été oublié. Tu riras de ta méfiance d'aujourd'hui.

Je connais chaque rainure de chaque planche de cette tour, chaque irrégularité de chaque pierre, chaque grincement, craquement, chaque sifflement de l'air dans l'escalier. Je connais par cœur toutes les pièces, depuis la cave profonde et humide où il m'enferme parfois jusqu'à la trappe qui mène aux créneaux. Je n'ai pas le droit de l'ouvrir. Le Maître craint que je ne saute depuis la tour pour mettre fin à mes jours.

—Ils sont si beaux, vus par tes yeux, dit-il en se tournant vers les portraits. On dirait que ces enfants vont sortir du

papier pour se mettre à parler. Sais-tu comment tu as pu les reproduire aussi fidèlement ? La magie a guidé ta main parce que tu éprouves pour eux de l'amour.

Il marche de long en large devant moi, de sa démarche si souple qu'on dirait toujours qu'il flotte comme un nuage, sans toucher le plancher. Puis il effleure le portrait de Dal Looa, celle-qui-brise, de Dal Kirin, celui-qui-marche-dans-la-nuit, et s'arrête sur celui de Dal Assa, celle-qui-rêve. Ce portrait-là, je n'ai jamais pu le terminer. Je peux tracer l'ovale de son visage, dessiner ses cheveux, sa bouche... Mais les yeux m'échappent, je suis tout simplement incapable de les reproduire correctement.

Les autres, je peux les contacter par l'esprit, je peux me lier à eux, leur parler, presque directement dans leur tête, puisqu'il m'est interdit de les voir. Mais, devant Assa, je me heurte à un mur. Assa m'a trahi. Sans elle, j'aurais pu m'échapper.

— Tu pardonneras aussi à Dal Assa comme tu me pardonneras, à moi..., quand tu connaîtras enfin la vérité sur toi-même.

Il se tourne vers moi et pendant un instant, nos regards se croisent. Comme toujours, je ne vois que du vide à travers les trous des yeux dans le masque.

— Forme le cercle, Dal Koom ! hurle-t-il soudain de sa voix de seigneur, impérieuse, irrésistible.

Et j'obéis. Il a raison : plus il m'apprend et plus je deviens fort. Un jour, je le vaincrai et je rendrai leur liberté aux autres enfants.

— Assararr, *dis-je en serrant les dents, en fermant les yeux, en visualisant les visages sur les portraits dessinés au fusain.*

Assararr, Dal Kirin, je suis lié à toi. Assararr, Dal Looa, je suis lié à toi.

Je ressens leur présence en moi, j'entends presque leurs pensées. Nous sommes un cercle, Dal Koom, et tu en es le centre. *Parfois, c'est l'un d'eux qui m'appelle, qui se place au centre du cercle, et je ne suis que l'un de ses compagnons. Parfois, c'est moi qui prononce le mot de pouvoir et qui prends le rôle du mage.*

La forteresse sur l'île apparaît dans mon esprit, comme un schéma complexe, un espace en trois dimensions, où je retrouve chacun des autres enfants. Les lignes blanches nous relient, où qu'ils soient dans le bâtiment, et nous rattachent les uns aux autres. Sauf Dal Assa. Avec elle, aucune ligne ne se trace dans mon esprit, je ne la vois pas. C'est comme si elle n'était pas avec nous ici.

Alors j'entends le Maître murmurer tout bas des mots de pouvoir que je ne connais pas, dans cette langue dure qui est celle de la magie. Et, soudain, mes liens se rompent, l'un après l'autre.

—Ayssa *Dal Kirin, dit-il.*

Et Dal Kirin s'efface du château que je vois dans ma tête

—Ayssa *Dal Looa.*

Et Dal Looa disparaît à son tour.

«Ayssa» *: «Je te renie.»*

Il faut que je retienne chaque mot de pouvoir, pour le jour où je l'affronterai.

—Maître, qu'est-ce que…

Il s'approche de moi, de cette chaise où je suis à sa merci, attaché. Il pose les mains sur ma gorge, me caresse la peau. Doucement d'abord, puis de plus en plus fort, il les resserre sur mon cou. Jusqu'à m'écraser, m'étouffer, jusqu'à me tuer si je ne lui obéis pas.

—Appelle Dal Assa. Elle seule peut te sauver. Appelle-la et tu vivras.

Tout mon corps se cabre. De toutes mes forces, je tire sur les anneaux de fer qui entrent dans la chair de mes poignets. La lourde chaise vacille, craque, manque de tomber. Je ne peux plus respirer, je peux à peine penser. Mes poumons sont en feu, ma tête éclate.

— Si tu échoues ici, Dal Koom, alors c'est que je me suis trompé sur ton compte…

Assararr, Dal Assa, *dis-je sans un son, juste en remuant les lèvres.* Forme le cercle avec moi.

— Tu connais le mot de pouvoir dont tu as besoin : « Gaïa ». *Alors dis-le, Dal Koom. Dis-le et elle te sauvera.*

Gaïa, Dal Assa.

Chapitre 49

J'ai dû perdre connaissance. Le choc, le manque d'air. Des images floues défilent dans ma tête, déjà presque effacées.

Ingerid serre toujours ses doigts. Je devrais être mort. Pourquoi est-ce que je suis encore en vie ?

Je suis là, Jal, murmure une voix dans ma tête, comme une réponse à ma question. *On est tous là.*

Je ne suis plus seul. Le camp de la légion apparaît dans mon esprit dans ses moindres détails et surtout, je les vois, eux, comme s'ils étaient sous mes yeux. Hulan, posté à un angle sur un chariot qui sert de tour de guet, mais aussi Rikken, Paol, Nola, Odomar. Ils sont fidèles au poste, quelque part dans la montagne, à notre point de rendez-vous. C'est comme si j'étais un faucon, ou un quelconque foutu oiseau, et que mes compagnons étaient aussi lumineux que des soleils. Ils sont cachés dans les rochers au pied de la « tête de bœuf ». Leurs voix murmurent dans ma tête : *Assararr, Jal, on est là.*

Mon cercle. Le secret de mon pouvoir.

La Freule continue de m'étrangler à me faire craquer les os, mais je ne ressens plus la moindre douleur. Toute ma force est revenue – non, beaucoup, beaucoup plus de force que je n'en avais avant. J'ai l'esprit clair. Le corps alerte.

Ses yeux sont mi-clos, sa bouche ouverte crie sa jouissance. Quand je lui donne un coup de tête à assommer un bœuf, je sens les cartilages de son nez éclater sous le choc, le sang éclabousser mes joues.

Elle pousse un hurlement, part en arrière, tombe sur le dos dans la cendre. Et quand je plonge mes yeux dans les siens, son regard a complètement changé. Ahurissement. Incompréhension. Peur.

— Qui… qui es-tu ? murmure-t-elle.

Pour la première fois, elle s'adresse à moi comme à un égal, pas comme à une chose entre ses mains, un insecte ou une bestiole de compagnie dépourvue de conscience. Pauvre Ingerid, en te plaçant au-dessus des autres, tu as fait de ta vie un désert.

Il me prend l'envie soudaine de finir ce qu'elle a commencé : la posséder comme une poupée, jouir en elle ici au milieu de son propre camp, voir s'effacer cet air supérieur qu'elle portait sur son visage et lui rendre la pareille.

Elle a le nez cassé et elle pisse le sang. Mais c'est le genre de femmes avec qui l'effet de surprise ne dure pas longtemps. Elle crache entre ses dents : *« Gaïa »*. Ce mot, je l'ai entendu dans ma vision, dans mon souvenir ! D'un revers du bras, elle s'essuie le visage et je m'aperçois, stupéfait, que son nez est de nouveau intact. Le sang s'est arrêté de couler. *« Gaïa »*, ça doit vouloir dire « se soigner » ou quelque chose du genre.

Je reprends mon souffle, mes mains sur mon cou. Sous sa chemise de nuit, je vois jouer ses muscles fins et bien dessinés. Elle se dresse sur ses pieds en position de combat, face à moi, un air féroce sur le visage. Derrière nous, j'entends le grondement des pas de ses compagnons dans la roulotte, le grincement de la porte qu'on ouvre, les cris de ces six hommes qui se feraient tuer pour elle sur un claquement de doigts.

Putain, et je n'ai même plus de pantalon.

Je voudrais prendre mon poignard à ma ceinture par terre, mais elle ne m'en laisse pas le temps. Elle bondit sur moi en poussant un cri sauvage, presque un feulement. Je la cueille d'un coup du plat de la main à la mâchoire, qui aurait envoyé n'importe qui valser dans la boue. Sauf que la Freule Ingerid n'est pas n'importe qui. Elle encaisse. Elle s'agrippe à moi et enfonce son coude entre mes côtes avec la force d'un bélier qui aurait plié en deux une porte de château. Je ne ressens pas la moindre douleur.

Alors je la saisis par les cheveux d'une main et, de l'autre, je lui défonce le visage à coups de poing, avec une telle violence qu'il y aurait de quoi faire de la marmelade de chair et d'os. Elle a l'air de s'en soucier comme de sa première brassière. Elle m'envoie un coup de genou entre les jambes à faire exploser mes bijoux de famille. Et je ne ressens toujours rien – à peine un picotement.

Autour de moi, je devine une menace confuse qui se précise peu à peu : le camp de guerre s'éveille peu à peu, les six compagnons de la Freule derrière nous descendent de la roulotte et s'approchent dans la cendre. Mais ils avancent avec une lenteur absurde, comme des limaces. Le temps est au ralenti autour de nous. Ingerid et moi, nous vivons plus vite, plus fort, presque dans une autre réalité. Et loin d'ici, trop loin pour les yeux, je sens la présence de mes compagnons de cercle : le lien entre nous, leur peur, leurs émotions, que je refuse pour l'instant de laisser entrer en moi.

Je la tiens toujours par les cheveux, alors je fais un tour sur moi-même – un soleil parfait – et je la vois décoller du sol. Le bout de son pied nu rencontre la tête casquée du premier de ces gars ; la jambe d'Ingerid se plie et casse, pendant que le bonhomme est projeté à trois pas en arrière. Quand je la lâche, elle fait un vol plané jusqu'à la roulotte, dont elle traverse les parois en bois qui explosent en mille éclats. Elle hurle tout ce qu'elle peut : un hurlement de rage, de frustration. Pas de douleur.

Et alors je les vois enfin en face de moi, ses six compagnons. En chemise, presque nus, tirés brutalement de leur sommeil. Je vois le nez explosé du premier, tordu, craqué, plein de sang. J'en vois un autre étalé au sol, le visage en bouillie. Et un troisième à terre, qui se tient le mollet en hurlant. L'os blanc dépasse de la chair, juste avant la cheville, et un flot de sang se déverse de la blessure.

Je jure que je n'avais pas compris, avant de les voir. J'aurais dû le savoir, au fond. C'était logique. Mais, foutredieu, je n'y avais absolument pas pensé : chaque coup que reçoit un Guerrier-Mage, un compagnon le prend à sa place. C'était donc ça, *« Gaïa »* : « Prends ma douleur. » Les blessures, les fractures ne se réparent pas toutes seules. Elles sont juste… échangées.

Oh, bon Dieu. Rikken ! Nola, Paol !

Qu'est-ce que j'ai encaissé exactement ? Dans ma tête, le souvenir de tous les coups que j'ai reçus défile à toute vitesse. Une terreur noire me noue soudain les tripes. L'image d'un petit oiseau tout jaune me revient brutalement en mémoire. Un petit oiseau que j'aimais, qu'on m'a obligé à…

« Mes chers enfants, laisser partir les animaux ne suffit pas à graver à jamais cette leçon dans vos jeunes mémoires. À présent, il vous faut les rattraper. Et ensuite, les tuer de vos propres mains. En les enterrant vivants. Alors seulement vous saurez ce que c'est que d'envoyer un compagnon à la mort. »

C'était ça, la leçon de Maître Hokoun : apprendre à sacrifier ses propres compagnons, ses amis les plus chers. Les aimer, puis les tuer. Ils vont tous y passer, l'un après l'autre. Il faut que je foute le camp d'ici.

L'épée de l'un des compagnons de la Freule siffle à un cheveu de mon oreille. Je fais un bond prodigieux au-dessus d'un autre et détale comme un lapin. En coupant entre les tentes, je traverse le camp comme une flèche, en direction de Hulan. Quelques silhouettes sombres sortent en clignant des yeux. Je me prends les pieds dans un faisceau de lances qui valdinguent en faisant un boucan du diable, mais d'instinct, je reste droit sur ma trajectoire. Jusqu'à retrouver enfin mon compagnon de cercle à l'angle du camp, étalé sur le petit talus dressé la veille. Il a les deux mains sur la gorge et il essaie de reprendre son souffle comme un poisson hors de l'eau.

Une arbalète est posée à côté : il y a un autre gars penché sur lui, qui tente de l'aider, qui se demande pourquoi son voisin de garde s'est mis à s'étouffer sans raison. Il se tourne vers moi au dernier moment. Je vois ses yeux ronds, son visage ovale, marqué par l'incompréhension la plus totale. Ce gars aurait pu devenir un ami, peut-être, quelques jours plus tôt, autour d'un feu de camp. D'un coup de pied bien placé sous le menton, je lui enfonce la mâchoire dans le cervelet. Ça craque comme un os de poulet sous la dent.

— Hulan, mon vieux, il faut se tirer d'ici !

Il a le visage bleu, les yeux piquetés de rouge, et quand je le prends par un bras pour le remettre debout, il titube et tousse à s'en cracher les poumons. Sur sa gorge, la trace des doigts de la Freule Ingerid est imprimée en violacé. Oh, foutremerde, c'est lui qui m'a sauvé la mise en prenant ma toute première blessure. Et les autres ? Qui les a encaissées ?

Pas la peine de lui demander s'il va bien : je le hisse sur mon dos, et, avec la force du cercle en moi, il ne pèse pas plus lourd qu'un sac de noisettes.

— Accroche-toi, camarade ! Ça va secouer.

Je m'enfonce de deux toises dans le sol mou à chaque bond et derrière moi, j'entends les hurlements de la Freule :

— Abattez-les ! À vos arbalètes !

Ma pauvre vieille, tu sais bien que tes légionnaires ne vivent pas dans le même temps que nous. On va beaucoup trop vite pour eux : quand ils arriveront, je serai loin. Et puis… tu n'as plus de sentinelles prêtes à tirer de ce côté-ci du camp, j'ai fait le ménage.

Devant nous, la masse sombre de la montagne se découpe à peine sur le ciel étoilé. Un voile de cendres couvre la lune, on n'y voit presque rien. Je peux seulement me fier à ces lignes de lumières qui me mènent directement à mes compagnons, droit devant. Le sol se fait bientôt plus dur, plus rocailleux – plus traître aussi. Avec Hulan sur le dos, je dois ralentir pour ne pas m'étaler par terre.

D'instinct, je sens une menace derrière moi. Je me couche au sol et un poignard part en sifflant au-dessus de ma tête. La Freule se tient là, à dix pas derrière, entièrement nue et désarmée.

Je récupère l'épée que Hulan porte au fourreau, et on se regarde une seconde, entre Guerriers-Mages, prêts à se déchiqueter comme deux prédateurs pour la même proie.

— Sans arme, tu n'y arriveras pas, ma jolie !

La lune se découvre à cet instant précis et je vois ses yeux briller comme ceux d'un fauve. Elle est à moitié accroupie, immobile, excitante à mourir. Un léger sourire flotte sur ses lèvres.

— On a passé un bon moment tout à l'heure, Sudien, chuchote-t-elle si bas que je peux à peine l'entendre. Toute cette magie qu'il y a en toi… Maintenant, je comprends pourquoi tu étais si intéressant.

Je sens soudain une force hostile prendre possession de mon esprit, la panique me monte à la tête : c'est une magie de l'esprit, une attaque en traître ! Je ne suis plus maître de mes pensées, quelque chose me… Et puis je me détends complètement, j'oublie le danger.

Un sourire heureux, confiant, me monte aux lèvres. Je me tiens toujours là, devant elle, avec mon épée et mon camarade étendu devant moi. Il y a toujours le camp à cent pas, rempli de légionnaires armés jusqu'aux dents. Mais rien de tout ça ne m'apparaît plus si important. Je n'ai plus envie de me battre, je veux seulement chanter, danser et claquer dans mes mains. Une joie immense a subitement remplacé tous mes autres sentiments et j'éclate de rire comme un gamin.

— La vie est sacrément belle, hein, Hulan ?

Couché au sol avec la peau de sa gorge en lambeaux, il me jette un regard atterré. Il a l'air complètement ahuri, le pauvre vieux.

— Eh, qu'est-ce que tu fous par terre ? Tu as perdu quelque chose ?

— Tu es sous son emprise ! ânonne Hulan. Dis-le ! Dis le mot de pouvoir !

— Quoi ?

Je lance mon épée en l'air et la rattrape de la main sans effort. Waouh ! C'est trop marrant.

— Tu as vu ce que je peux faire ? Je suis sûr que t'en es pas capable !

La Freule Ingerid s'avance lentement vers nous d'un pas déhanché, les dents découvertes par un sourire éblouissant.

— Si puissant et pourtant si vulnérable. On ne t'a donc jamais appris les mots de pouvoir de protection ?

Moi, quand je vois une jolie fille, je la siffle.

— Salut, poupée ! On se promène au clair de lune ?

Je me tourne vers Hulan.

— Bandante, hein ?

— Dis-le, Jal ! crie-t-il de sa voix cassée.

La Freule pose un regard glacial sur mon camarade. Elle est tout près, maintenant, je pourrais presque lui toucher les seins. D'ailleurs, je vais peut-être le faire.

— Belle nuit pour s'amuser, Sudien, n'est-ce pas ? C'est bizarre, ton ami n'a pas envie de rire, on dirait.

— Ça, c'est sûr que Grand Hulan, c'est pas un marrant... « Attention, Jal ! » par-ci, « méfie-toi, Jal ! » par-là, ouais, on ne rigole pas tous les jours avec lui.

— Jal ! Échange ta douleur ! dit-il d'un air suppliant.

— Hein ? Mais j'ai pas mal !

— Tu... tu es capable de te le rappeler ? Le mot de pouvoir ?

— Si j'en suis capable, moi ? Un peu que j'en suis capable !

Des hommes accourent vers nous depuis le camp, portant des lances, des arbalètes. Génial ! On va bien rigoler avec eux, aussi.

— La peur n'a pas de prise sur toi, hein, Sudien ? murmure la Freule.

— Nan. Je la connais trop bien.

— Alors en second choix, je t'ai donné l'euphorie. Je crois que tu en manquais terriblement, mon pauvre amour. Je suis, vois-tu, ce qu'on appelle une « mentaliste », ce qui fait de moi presque l'égale d'un Puissant. Sans le Vieux Dragon, le roi l'aurait compris et il m'aurait confié son armée... La vie est injuste, n'est-ce pas ?

Je réfléchis un moment avant de répondre.

— Injuste mais marrante. Non ?

Elle touche ma joue de la main, sans cesser de sourire.

— Tu es trop chou. C'était l'euphorie dont tu manquais le plus, le retour en enfance ou en adolescence... J'ai bien peur que ta jeunesse n'ait pas été très heureuse. De quoi as-tu manqué qui te rende si vulnérable, mon biquet ?

— Jal ! hurle Hulan en s'étouffant dans une quinte de toux. Es-tu capable de dire le mot de pouvoir ? *Gaïa*, rappelle-toi. *Gaïa !*

— Évidemment que j'en suis capable !

Je me tourne vers la Freule :

— N'importe quoi ! Il croyait que je l'avais déjà oublié !

— Ne l'écoute pas, mon chéri.

Les soldats sont à trente pas de nous, maintenant, et ils ont l'air drôlement contents, eux aussi.

— *Gaïa !* Voilà. Tu vois, gros malin, que je suis parfaitement capable de le di...

C'est comme une douche glacée. Dix-huit. Il y a dix-huit hommes armés à moins de trente pas. Deux ont des arbalètes et la Freule a une main posée sur ma nuque. Grand Hulan ne peut pas marcher et mes quatre autres compagnons sont encore trop loin pour nous aider. Foutredieu, on est mal. Elle est forte, Ingerid, avec ses tours de magicienne...

— Tu n'aurais pas dû écouter ton ami, chuchote-t-elle.

Sa main fend les airs vers mon cou pour un coup mortel. Le geste est rapide, si rapide qu'il en est presque invisible. Mais j'ai l'esprit clair, maintenant. Et moi, éviter des coups en traître, j'ai fait ça toute ma vie, c'est comme une seconde nature : baisser la tête, agripper son poignet, le tordre en arrière, faire plier les os à la jonction du coude. Elle hurle et, cette fois, c'est de douleur.

— Sans rancune, Ingy.

Il y a de la haine dans son regard. Une fine tige de métal tombe dans la cendre à nos pieds : une arme discrète, pointue, qu'on peut cacher dans un poing fermé.

Deux carreaux d'arbalète partent presque simultanément, j'entends la vibration des cordes sur les affûts, je ressens le mouvement de l'air quand ils s'approchent. Le premier vise Hulan, le second, ma couenne. Le temps s'est de nouveau ralenti, les pointes noires filent à toute vitesse, mais pas encore assez vite pour moi. J'envoie un coup de pied dans le premier carreau et je tourne l'épaule pour éviter le second, qui entaille à peine le cuir de ma tunique et un peu de peau en dessous.

— Allez, Hulan, on décampe de là.

— Jal, qu'est-ce que tu as f…

Je le hisse sur mon épaule et je me remets à courir avant que les autres n'aient eu le temps de réagir.

— Ne parle que si c'est important, mon vieux, économise ton souffle. Tu voulais me dire quelque chose ?

— Qu'est-ce que tu as foutu de ton pantalon ?

Chapitre 50

Les légionnaires ne mettent pas beaucoup de zèle à nous courir après. Attaquer un Guerrier-Mage sans en avoir un dans son camp, c'est rarement une bonne idée. Ils doivent attendre que la Freule se remette de la volée qu'elle a prise – ce qui ne devrait pas tarder. Je grimpe sur un sentier rocailleux et serpente à travers un dédale de roches éboulées, guidé par la présence de mes compagnons que je peux visualiser avec une certaine précision.

« *Le cercle est ton bras, ta tête, il est ta cuirasse et ton épée,* me susurre Maître Hokoun. *Il est ton guide quand tu t'es perdu, ton foyer, ta famille, il ne meurt jamais.* »

Il ne meurt jamais ? Tu parles, j'aurais pu tous les faire crever !

Je tombe sur Odomar en premier. Bon Dieu, c'est lui qui s'est pris le coup dans les côtes, tout à l'heure – le coup de coude de la Freule, qui aurait logiquement dû me casser en deux. Du sang s'écoule de sa bouche, et il marche le dos voûté. Sa cuirasse de cuir bouilli est cabossée, enfoncée ; elle a dû lui sauver la vie, mais le Norrois a quand même l'air mal en point. Il tend le bras vers moi et m'attire dans une faille qui s'enfonce dans la montagne, où je distingue plusieurs autres silhouettes.

— Mes compagnons ! dis-je avec une bouffée de joie rien qu'à les revoir.

— Compagnons, gronde Odomar d'un air désapprobateur.

— Tu es blessé ?

— Blessé, confirme le géant.

Il fait un noir d'encre ici. Paol est juste derrière avec Nola, qui porte une petite lanterne aux vantaux presque entièrement fermés.

— Hulan est blessé, lui aussi ? demande-t-elle en voyant la masse sombre de l'Ostérois sur mon épaule.

— Ça va aller. Il a du mal à respirer, mais il en a vu d'autres.

— Suivez-moi, dit-elle, c'est par ici.

Elle jette un coup d'œil à mon entrejambe tout en marchant, ouvre grand la bouche et manque de s'étaler par terre en se cognant le pied dans un caillou.

— Qu'est-ce qui est arrivé à votre pantalon ?

Je grommelle :

— Regarde plutôt devant toi. Au fait, où sont les chevaux ?

— Cachés derrière un rocher, en amont.

— En amont, grogne Odomar derrière moi tout en me poussant pour que j'accélère le pas.

— Eh, doucement ! J'ai Hulan sur le dos.

On s'enfonce dans une sorte de tunnel creusé dans la roche, rempli de caillasses et qui mène je ne sais où, à peine assez large pour passer à deux de front. On se gèle ici, par rapport à dehors, ça pue le champignon moisi. Un filet d'eau coule dans nos pieds, c'est bas de plafond et nos voix résonnent comme dans un tonneau. Encore un boyau creusé par un ancien cours d'eau : ces montagnes sont un vrai gruyère.

— Et toi, Paol, tu vas bien ? dis-je au petit derrière moi.

— Ça va, je n'ai rien.

La lueur de la flamme fait danser nos ombres grotesques, qui s'avancent sur les creux et les bosses de la roche à nu.

Nola referme encore un peu plus les vantaux de sa lanterne. Elle boite un peu, on dirait.

— Tu as du mal à marcher, Nola ?

— Je me suis pris un coup entre les jambes, fait-elle avec un sourire crispé. Pour une fois, je suis contente d'être une femme, mais… Celui qui a frappé avait beaucoup de force.

— Elle. C'était une dame, une Freule. Je suis désolé, Nola ; je jure que je ne savais pas comment cette magie fonctionnait ; sinon, je…

— C'était une Freule, vraiment ? Une Guerrière-Mage ?

Elle se retourne et je vois une vraie surprise sur son visage, presque de la curiosité.

— Une sacrée bonne femme, oui. Les Cogneuses sont les pires…

— Sacrée femme Cogneuses pires, murmure Odomar derrière nous, avec philosophie.

— Mais…, fait Nola, dame Rikken disait pourtant que les femmes ne pouvaient pas avoir de la magie !

— Évidemment qu'elles le peuvent. Tu as mal ? Foutresaint, je ne sais même pas comment les blessures ont été réparties entre vous.

— C'est vous qui commandez le phénomène, Jal, de façon consciente ou inconsciente : pour chaque blessure que vous recevez, vous choisissez la personne de votre cercle qui la recevra. Dame Rikken savait que cela pourrait arriver. Elle nous avait prévenus.

Je me cogne le crâne contre une roche en saillie.

— Quoi ? Elle le savait et elle ne m'a rien dit ?

— Vous aviez déjà pris une partie de la douleur de Gloutonne, n'est-ce pas ? Vous saviez que cela existait. Je crois que… qu'elle ne voulait pas que cela vous perturbe au combat, que vous ayez des scrupules.

— Non, mais je rêve ! Elle m'en a caché d'autres, des petits secrets comme celui-là ? Hé, vous autres, elle vous a raconté autre chose à propos de mes pouvoirs ?

Personne ne répond. L'air est de plus en plus froid, presque glacial, mais il est plus sain. L'odeur de moisi a disparu, chassée par cette odeur minérale si particulière aux cavernes profondes.

— Au fait, où est-elle passée ?

Malgré la lanterne de Nola, il fait noir comme dans le cul d'une vache. On avance en tâtonnant sur les parois – sauf qu'avec Hulan sur le dos, ce n'est pas évident.

— Eh bien…

Je sens une hésitation dans la voix de Nola. Quelque chose qui me fait monter l'angoisse au ventre. Quoi ? Qu'est-ce qui lui est arrivé, à dame Rikken ? Je passe en revue les sales coups que je me suis pris de la part de la Freule. La gorge écrasée, les côtes brisées, l'entrejambe ravagé…

— Elle est partie devant, dit finalement Nola. Elle… elle voulait jouer à cache-cache, je crois.

— À cache-cache ? Tu te paies ma tête ?

— Je dois vous prévenir. Je ne sais pas exactement ce qui s'est passé, mais il… il lui est arrivé quelque chose d'étrange en votre absence.

— Quoi ? Qu'est-ce que…

Je ne peux pas terminer ma phrase. Un poids terrible s'abat soudain sur mes épaules, et je m'écroule en tas sans pouvoir faire un geste. L'Ostérois sur mon dos pèse de nouveau ses deux cents livres. Foutredieu, qu'est-ce que… Hulan à terre pousse un gémissement.

— Le cercle, murmure Paol, il a disparu, n'est-ce pas ?

Le petit a raison. Quelque chose s'est soudain brisé. Exactement comme dans la maison du guérisseur où le cercle n'avait duré que quelques secondes.

— Rien de cassé, Hulan ?

Il me répond par un grommellement et se redresse péniblement sur ses jambes. Bon, ça veut dire qu'il peut marcher.

— Je crois qu'on a fait de jolis progrès, dis-je en reprenant mon souffle. Le cercle a tenu bien plus longtemps, non ?

Odomar gronde dans mon dos. Il tousse, crache du sang dans son poing et répète d'un air sombre :

— Sacrée femme, Cogneuses pires.

Pas toujours optimiste, le Norrois. Mais c'est vrai que si la Freule nous retrouve maintenant ce sera un massacre.

— Tu sais où tu nous emmènes, au moins, Nola ?

— La dame m'a dit de suivre ce souterrain jusqu'à une vaste grotte... Il semblerait qu'un passage naturel rejoigne la vallée de Thorkel, mais elle voulait être certaine que nous avions bien semé nos... Oh !

Le tunnel s'élargit soudain sur une caverne au plafond immense. Nola s'arrête net et lève la lanterne, dévoilant des forêts de colonnes de pierre, des cascades, des fleurs de calcaire. La flamme tremblotante se reflète sur une myriade de cristaux incrustés dans la roche et révèle des formes fantastiques, comme autant de créatures bossues assoupies pour l'éternité. Au-dessus de nos têtes, la voûte est si haute qu'elle se perd dans les ombres – sauf pour quelques gouttes qui dégringolent de là-haut, s'illuminent en chutant et s'écrasent sur un sol humide. Un bruit discret de ruissellement se perd dans les profondeurs d'un lac souterrain, dont on devine la masse sombre, au-delà de notre petit cercle de lumière. Et une douzaine de passages semblables au nôtre s'ouvrent dans les parois rocheuses autour de nous, certains minuscules et d'autres assez larges pour faire passer un cheval.

— Que c'est beau ! fait Paol émerveillé, la bouche ouverte. Ça brille de partout comme des diamants !

Sa voix résonne dans la grotte comme dans une église. Il court jusqu'aux stalagmites pour tâter le calcaire de la main, faisant glisser les doigts sur la roche humide.

— Pourquoi on s'arrête, il y a un problème ? demande Hulan, resté dans le tunnel en fin de colonne.

— Paol, ne t'éloigne pas ! crie Nola à son petit frère.

Elle s'avance vers lui quand une forme sombre se jette soudain sur elle en hurlant :

— Sur-prise !!

Je ne réfléchis pas : un coup dans les genoux, une clé de bras, et le gars se retrouve cloué à la paroi, à ma merci. Réflexe.

Sauf que le « gars » en question éclate de rire. Aucune défense, pas d'armure…

— Je vous ai bien eus, hein ? Je parie que vous ne m'aviez même pas entendue !

— Rikken, c'est toi ? Bon Dieu ! J'ai failli te briser les cervicales !

Ses cheveux blonds font comme une tache claire dans la pénombre. Je relâche un peu ma prise – mais pas complètement.

— Eh ! fait-elle. Tu as enlevé ton pantalon ? Quelle sacrée bonne idée !

— Qu'est-ce qui te prend ? Tu es tombée sur la tête ou quoi ?

Elle me claque une main aux fesses et se met à rire, d'un rire haut perché, étonnant.

— J'étais sûre que tu avais un petit cul à croquer, Sudien.

— Dame Rikken est devenue subitement… très gaie, explique Nola.

— On ne sait pas ce qu'elle a, ajoute Paol, inquiet.

— Tu vas me tenir comme ça encore longtemps, Jalounet ? fait dame Rikken en gloussant et en remuant du bassin contre mes jambes.

La dame a encaissé le dernier coup de la Freule à ma place…

— Je sais ce que c'est : un sortilège de la Cogneuse pour me faire baisser ma garde.

— Et c'est… définitif ? fait Nola en baissant la voix.

— Je n'en sais foutrement rien.

— J'espère bien ! s'écrie dame Rikken. Je ne me suis jamais sentie aussi bien !

Je lui lâche le bras. Du coup, elle court vers Odomar et se jette à son cou. Le Norrois, blessé, grimace et manque de tomber à la renverse.

— Toi, tu m'as tout de suite plu, tu sais, avec ton air de gentil et tes grosses mains d'ours des cavernes.

Elle lui saisit les paumes et les embrasse. Pendant une seconde, je ressens une bouffée de jalousie. Alors c'était donc ça ? Ce sont les grands costauds comme Odomar qui lui mettent le bonbon en émoi ?

— Je ne sais pas comment tu as atterri chez cette troupe de mercenaires, poursuit-elle, mais toi, ce qui te fait rêver, c'est une femme, des enfants, une petite maison. Pas vrai ? Tu me fais tellement penser à mon père. Une vraie armoire. Bourru et bon comme le pain…

Au creux de mon ventre, la vague de jalousie disparaît aussitôt. Quand une femme vous compare à son père, il n'y a pas de sexe en vue, en général.

— Tu l'aimes, hein, ta Nola ?

Odomar devient écarlate et Nola détourne la tête. Bon sang, quel imbécile je fais ! Et moi qui n'avais rien compris ! Il est raide dingue de Nola. Elle est tout le contraire de sa propre vie : elle soigne au lieu de tuer, elle console au lieu de beugler. Sa douceur et sa tendresse l'ont touché au cœur. Je crois que c'était de ça qu'il manquait, ce bon gros géant.

— Rikken, dis-je, tu n'es pas dans ton état normal, tu ferais mieux de…

— Je n'ai pas fini.

Elle lâche Odomar, prend Nola et Paol dans ses bras et les serre contre elle avec un grand sourire. C'est une vraie métamorphose. Tout son corps s'est relâché, son visage rayonne de joie. On la reconnaît à peine.

— Vous deux, vous êtes mes chouchous, mes petits chéris. Je ne devrais pas vous dire ça, mais de toute ma vallée vous êtes mes Thorkeliens préférés. Si un jour j'ai un petit garçon, je voudrais qu'il soit comme toi, glisse-t-elle à l'oreille de Paol. Tu sais que j'ai promis à ce petit serpent de Henrik de lui trancher les pieds s'il t'arrivait malheur ?

— N… non, répond Paol.

— Tu te rappelles quand il t'a percé un œil avec un piquet de chèvre ? Le lendemain, je suis allée le trouver dans la forêt, je l'ai attrapé et je l'ai pendu par les chevilles. Ça lui a fait les pieds !

Elle éclate de rire.

— Ça lui a fait les pieds ! répète-t-elle.

— Vous avez vraiment fait cela ? murmure Nola.

— Henrik aurait fini par tuer ton petit frère, tu sais ? En fait, j'ai bien failli le crever, j'ai eu du mal à me retenir. Je dis toujours que je veux protéger les gens de ma vallée des menaces extérieures, et c'est vrai. Mais…

Elle se met à chuchoter.

— … pourquoi je ne pourrais pas en étrangler quelques-uns de mes propres mains, de temps en temps, hein ? Ma famille a toujours eu droit de vie et de mort sur nos gens.

Elle prend Nola par les mains.

— Oh, et toi ! Quand j'ai appris que le Ka te culbutait en secret en menaçant de faire du mal à ton frère, j'ai été à deux doigts de le tuer. Tu avais à peine quatorze ans, bon Dieu !

Odomar émet alors un bruit sourd, comme un soufflement, et serre les poings à s'en briser les doigts.

— Je lui ai fichu une telle frousse qu'il n'a jamais recommencé. J'aurais mieux fait de lui régler son compte.

Elle soupire puis éclate de rire de nouveau.

— Mais je suis contente de t'avoir demandé de coucher avec Jal. Tu n'es plus la même, depuis. J'étais sûre que ce garçon avait ce genre de talent !

— Ma dame ! s'exclame Nola.

— Ne me remercie pas.

Puis elle s'écarte d'eux et s'approche de moi avec un petit air mystérieux qui ne me dit rien de bon :

— Le meilleur pour la fin…

Chapitre 51

Je n'ose pas faire un geste. Elle se plante devant moi, un demi-sourire aux lèvres.

— Toi…

Elle se blottit dans mes bras comme un chat, love la tête contre mon épaule et pousse un soupir satisfait.

— Tu ne t'en rends même pas compte… Tu le fais naturellement, sans le savoir.

— Quoi ? Je fais quoi ?

— Personne ne me regarde comme tu le fais, tu sais ? Sous tes yeux, je ne suis plus « la fille du baron », je ne suis plus « la sorcière avec son arc », je suis Rikken – Rikken tout court –, je ne suis même pas une dame. Je suis moi-même. Ça fait un bien fou.

Elle fait un grand geste du bras et manque de dégommer par mégarde la lanterne que Nola tient devant elle.

— Homme ou femme, putain ou Ka : tu t'adresses aux gens pour ce qu'ils sont, au fond d'eux-mêmes. Pas pour ce qu'ils sont censés être.

— Rikken, dis-je en essayant de me dégager de son étreinte, il va falloir nous trouver la sortie. Tu peux y arriver ?

— Tu n'as même pas peur de moi !

— Quel tunnel doit-on prendre ?

Je les compte rapidement, il y en a au moins six assez larges pour laisser passer un homme.

— Pourtant, tout le monde a peur de moi, poursuit dame Rikken. Une femme avec un arc, ça leur paraît tellement inconcevable. Même le Ka était pétrifié de trouille !

Le petit Paol ne nous écoute plus. Il continue d'ouvrir des yeux émerveillés, fait courir son regard sur les orgues blancs, les drapés, les formes voluptueuses que l'eau et la pierre ont engendrées ensemble siècle après siècle. Est-ce qu'il a bien compris, tout à l'heure, quand la dame a parlé de sa sœur et du Ka ?

— Gloutonne va adorer cet endroit, murmure-t-il.

Il a raison. Elle serait folle de joie, ici, ma petite sœur de guerre.

— Toi, Jal, poursuit la dame, tu ne laisses pas la peur te dicter ta vie. Tu ne crains personne.

— Ne crois pas ça.

Maître Hokoun m'inspire une telle terreur que tout le reste me paraît quasiment dérisoire, c'est tout. Et puis, voir son propre frère vous livrer au diable, ça vous durcit le cœur pour la vie.

— Tu es libre, Jal. Tu prends tes décisions seul, tu fais tes choix sans peur, sans désir de plaire à qui que ce soit, sans...

— La ferme, Rikken ! Personne n'est libre.

« La liberté est une idée sans valeur, une formule creuse. Aucun homme n'est libre, sinon celui que la mort emporte », me murmure Maître Hokoun.

— Moi, j'essaie de l'être, insiste dame Rikken. Et toi, tu me donnes envie d'y croire.

Nola finit par la prendre par la main.

— Ma dame, il faut nous montrer le chemin, nous pouvons être rattrapés à tout moment par les soldats.

— La vie t'a cabossé, alors tu te protèges, tu te donnes des airs de dur et de solitaire. Mais au fond tu as soif d'amour, toi aussi. Tu crèves d'envie de poser ta carapace.

D'un pas en arrière, elle se dégage de la main de Nola.

— Toi, en revanche, l'Ostérois..., fait-elle soudain, sans finir sa phrase.

Elle court à l'autre bout de la file et, avant qu'aucun de nous n'ait le temps de comprendre, enfonce son poing dans le ventre de Grand Hulan. Encore vacillant à cause de sa blessure au cou, il hoquette sous le choc et tombe en avant, cassé en deux.

— Je ne t'aime pas ! Je ne t'aime pas ! Je ne t'aime pas !

Secouée de rire, elle lui envoie un coup de pied au visage. La joue de Hulan éclate sous le choc. Pendant une seconde, on reste tous tellement stupéfaits que personne ne réagit.

Puis je me rue sur elle pour l'immobiliser. Je suis obligé de la prendre par les épaules et de la tirer en arrière.

— Laisse-moi m'amuser ! hurle-t-elle en ruant de toutes ses forces, me frappant du talon dans les tibias pour me faire lâcher prise.

— Nola ! Regarde si Hulan est blessé !

— J'espère bien qu'il est blessé ! fait dame Rikken en lui crachant dessus.

Nola se précipite sur lui et Odomar me prête main-forte en attrapant la dame par les cheveux.

— Tiens-la bien, lui dis-je. Et toi, Rikken, foutresaint, tu ne bouges plus !

— Ne bouge plus, répète Odomar

— Eh ! proteste la dame.

Je me penche sur Grand Hulan, couché sur le dos. Il évite mon regard, la joue tuméfiée, haletant comme une bête blessée.

— J'espère qu'il n'a pas perdu un œil, me murmure Nola tout bas.

Au-dessus de la joue, où coule un flot de sang par une longue entaille, un hématome large comme la main commence à gonfler. Il est déjà si boursouflé que la paupière disparaît là-dessous. Bon Dieu, elle ne l'a pas raté : entre ça et les empreintes sanglantes de la Freule sur son cou, il n'est pas beau à voir.

— Comment tu te sens, mon vieux ?

À ma grande surprise, il se met à glousser doucement.

— Elle est pire que la Freule, ta Skavienne…

Je suis tellement soulagé de l'entendre parler que je me mets à rire moi aussi, sous le regard effaré de Nola.

— Lâche-moi, le Norrois ! crie dame Rikken en essayant de se dégager de son emprise. Je veux juste lui défoncer le nez et lui déboîter la mâchoire, après j'arrête, c'est promis !

— Ne bouge plus, grogne Odomar.

Nola sort de sa besace une compresse qu'elle enduit d'une crème verdâtre et applique sur l'œil de Grand Hulan.

— Cela devrait vous soulager un peu.

— Je ne regrette rien ! crie la dame derrière nous. Si un jour je te demande pardon et que je te présente mes excuses, l'Ostérois, il ne faudra pas me croire. En fait, j'ai adoré ça !

— Bon Dieu, Rikken ! Qu'est-ce qui te prend ? Grand Hulan a sa place dans ce cercle. Il a failli se faire étrangler à ma place, tout à l'heure !

— Oh, il ferait n'importe quoi pour toi, ça, je veux bien le croire. Seulement ce cercle, ce n'est pas le tien, c'est le nôtre. On devrait avoir notre mot à dire sur les autres membres, non ? Moi, je n'en veux pas de celui-là !

« Le cercle est lisse et sans défaut, comme un acier trois fois trempé. À l'intérieur du cercle, il n'y a ni ami, ni parent, il n'y a que le grand feu des âmes réunies », radote Maître Hokoun au creux de mon oreille.

Elle n'a pas tort sur ce point. C'est peut-être pour cette raison-là que la Freule ne sera jamais une Puissante : son cercle à elle, c'est juste six bonhommes désespérément amoureux d'elle. Ils l'aiment, elle, mais ils n'ont aucun lien entre eux. C'est une étoile à six branches, peut-être, mais pas un cercle. Et ça ne fonctionne pas aussi bien.

— Essayez de bouger doucement la tête, dit Nola en tenant le crâne de Hulan entre les mains. Je veux vérifier que les vertèbres ne sont pas brisées.

Il grimace un peu mais fait ce qu'on lui demande, puis réussit à se redresser sur les coudes.

— Lâchez dame Rikken, maintenant, dit-il.

— Elle a failli te crever un œil, Hulan !

— Ce n'est pas sa faute, elle n'est pas dans son état normal. Lâchez-la, je vous dis. Je suis assez grand pour me défendre tout seul.

Il se remet péniblement debout, soutenu par Nola. Le Norrois desserre enfin sa prise et la dame, enfin libre, se met à faire quelques pas de danse au milieu de la grotte. Elle claque des mains au-dessus de sa tête en riant, puis s'arrête devant moi et tapote mon front de son index :

— Souris, mon petit Sudien. Chante, danse, amuse-toi ! Oh, et fais-moi le plaisir de trousser quelques filles de ma vallée, elles te dévorent des yeux. Sème-nous quelques bébés aux cheveux bruns, en souvenir, avant de repartir pour ta fichue cité de Tamis !

Je réprime un cri de surprise quand elle me passe la main sur les couilles, pour associer le geste à la parole. Il va falloir que je trouve un pantalon, moi.

— Rikken, s'il te plaît, dis-je, détachant bien les mots, comme on parle à une gamine. Montre-nous quel est le tunnel qui mène à la vallée de Thorkel.

Je désigne de la main les ouvertures sombres qui s'enfoncent dans la roche à notre gauche, mais elle éclate de rire.

— Un tunnel ? Quel tunnel ?

Avant qu'on n'ait eu le temps de comprendre, elle se met à courir jusqu'au fond de la caverne, et on entend un « plouf » retentissant du côté du lac.

— Alors ? crie-t-elle quelque part dans l'obscurité. Vous venez ?

Nola me jette un coup d'œil interrogateur. Du menton, je lui fais signe de suivre la dame. La lanterne dévoile peu à peu un plafond qui s'enfonce, une voûte sombre qui plonge dans les profondeurs de l'eau. Dame Rikken, tout habillée et grelottante au milieu du lac, de l'eau jusqu'aux épaules, nous fait signe de la suivre.

— Oh, bon sang, elle est fraîche. Par ici la sortie !

Sa tête disparaît dans un bouillonnement furieux. Pendant une seconde, le bout de ses semelles refait surface quand elle s'enfonce sous l'eau. Le lac se couvre de rides circulaires, qui vont en s'élargissant, puis retrouve peu à peu son immobilité millénaire.

— Par ici la sortie, conclut Odomar.

L'eau, moi, ça me connaît. J'ai grandi au bord de l'océan, j'ai passé mon enfance à nager sur les plages. Mais l'eau glaciale, c'est autre chose. Ce n'est pas le même liquide : ça vous prend aux tripes, ça vous coupe le souffle, ça vous gèle les muscles.

— Sacré foutu pays du Nord ! dis-je en m'enfonçant là-dedans, pouce après pouce.

Le froid imbibe mes vêtements, avale ma peau, se colle à moi comme une putain. Et je vais où, moi, après ça ? Dame Rikken a disparu, elle a tout aussi bien pu crever là-dedans, se faire bouffer par une bestiole ou se noyer au fond. Elle aurait pu nous faire un signe, non ?

C'est vrai, je m'inquiète.

Un peu.

Derrière moi, mon cercle me regarde d'un air effaré. Oui, je sais, les amis. Je n'ai pas l'air particulièrement vaillant dans l'eau froide. Je me palpe discrètement les couilles de la main : ils font profil bas, mes bijoux de famille. Pas plus gros que des graines de palmier.

Bon, allez ! Je prends une grande inspiration, je me pince le nez et en avant ! Le grondement de l'eau et des bulles m'emplit la tête. Le froid, la sensation de flottement… Se laisser couler, tâter les parois, chercher un passage. Saint foutre, j'aurais dû ôter mes bottes. L'eau est trouble et la lueur de la lanterne de Nola ne pénètre pas en profondeur. Mes mains touchent un fond légèrement gluant, vaseux, qui s'enfonce. Un choc sur le crâne me fait comprendre que la voûte s'est abaissée – bon Dieu, pour une fois que je ne porte pas un de ces foutus casques. La paroi de pierre au-dessus de ma tête s'incline de plus en plus ; je la suis de la main jusqu'à trouver une sorte de fente horizontale, juste assez large pour s'y glisser en frottant contre le fond boueux. C'est étroit, c'est gluant, et pendant une seconde, j'ai l'impression que je vais étouffer là-dessous comme un rat dans son égout.

Quand je sors enfin la tête de l'eau, le trop-plein d'air m'étourdit un moment. Ici, il y a moins de fond, j'ai les épaules hors de l'eau. Il règne une étrange lumière rouge, de ce côté. Essuyant les gouttelettes qui dégoulinent sur mon visage, je fais quelques pas en avant. On dirait une sorte de tunnel à moitié inondé. Un puits taillé haut dans le plafond laisse tomber une lumière crue à l'endroit où je me trouve, qui se répercute sur les ondulations de l'eau devant moi. Mais il fait si rouge qu'on a l'impression de barboter dans du sang. D'où vient cette couleur ? Je remarque alors que les parois ne sont pas faites de pierre, mais d'un matériau orangé, translucide. Il est lisse comme du verre, fissuré et craquelé à certains endroits sous le poids de la roche : du verre elfique, ce n'est pas la première fois que j'en vois.

— Rikken ?

— Je suis juste derrière toi, Sudien.

Je me retourne en sursaut : elle est juchée sur une roche en saillie.

— C'était quoi, cette… cette attaque bizarre ? demande-t-elle. J'ai ressenti un sentiment très étrange qui a tout submergé. De la joie, du plaisir ?

Je grommelle :

— De l'euphorie.

— Intéressant, fait-elle. Björn, mon fiancé, me disait que c'était le Guerrier-Mage qui choisissait comment répartir ses blessures.

Elle se met à compter sur ses doigts.

— À Hulan, l'étranglement. À Odomar, le coup dans les côtes – il a sacrément encaissé, le pauvre. À Nola, l'entrejambe aplati. Et à moi : l'euphorie. Pourquoi moi ?

— Je n'en sais rien. Je n'avais même pas compris que les membres de mon cercle écopaient de mes blessures.

— C'était quand même ton choix, conscient ou non.

Qu'elle est belle avec ses yeux clairs, son visage ruisselant d'eau, cette lumière qui semble dégringoler par le puits juste pour illuminer ses cheveux mouillés !

— Peut-être bien que je voulais te voir décrocher un sourire, pour une fois ?

Elle détourne les yeux, vexée.

— Je souris, quelquefois.

Fugitivement, je surprends quelque chose dans ses yeux, une lueur, un espoir.

— J'ai fait quelques âneries, je crois, mais… c'était agréable. Alors merci.

C'est gentil de me remercier. Mais j'aurais préféré quelque chose de plus torride. Une bouche sur la mienne ou un corps-à-corps un peu comme avec la Freule – en moins musclé. Est-ce que dame Rikken a vraiment un sexe ?

Finalement, je lui demande :

— Alors c'est terminé, hein ?

Elle hausse les épaules.

— Quand j'ai plongé la tête dans l'eau, je crois.

Un jaillissement d'écume nous éclabousse et la tête hirsute de Grand Hulan surgit entre nous deux.

— Hulan ! Tu es passé ? Bravo, mon vieux !

Il aspire une grande goulée d'air et, dès que son regard se pose sur dame Rikken, il a un mouvement de recul. Je pose la main sur l'épaule de la dame :

— Rikken, tu ne crois pas que ce serait le bon moment pour des excuses ?

— Je vous demande pardon pour votre œil, Hulan, grogne-t-elle entre ses dents.

Il se contente de hocher doucement la tête. Elle s'écarte un peu et dit finalement :

— J'y retourne, je vais guider les autres.

Et elle replonge la tête la première.

— « Je vous demande pardon », tu parles…, grommelle Grand Hulan.

Chapitre 52

Un silence s'installe entre lui et moi. Il m'a l'air de mauvais poil. Foutresaint, les ecchymoses ont encore grossi autour de son œil – avec sa blessure au cou, il a presque toute une moitié du visage d'un rouge violacé sous sa barbe.

— Je sais ce qu'elle t'a fait, lui dis-je. Entre vous deux, ce n'est pas l'amour fou, mais elle a raison : on forme un cercle. Vos petites disputes, ça nous affaiblit. Alors parlez-vous une bonne fois pour toutes et passez à autre chose.

Une goutte d'eau tombe du plafond, produisant un son cristallin.

— Tu m'écoutes quand je te parle ?

Il se tourne lentement vers moi.

— Ce n'est pas facile, tu sais. Aimer les gens, moi je veux bien, mais ça ne se commande pas. Je ne connais personne dans ce cercle – à part toi. On n'a rien en commun, eux et moi. Et puis Rikken me hait.

— Ce n'était pas le grand amour non plus entre elle et moi, au début. Mais elle va finir par comprendre où est son intérêt.

— Il y a quelque chose que tu n'as pas encore compris, Jal : la magie grandit en toi, et elle fascine les gens. Les femmes, ça les rend complètement folles, et ça peut aussi prendre d'autres formes sur les hommes… En tout cas, ça va susciter des tensions, des jalousies, même dans ton cercle. Tous les Guerriers-Mages doivent faire avec.

— Qu'est-ce que tu en sais ?

Haussement d'épaules, soupir.

— Il y a tout un tas d'histoires à ce sujet, souviens-toi de la légende de Karl-le-Golem… Tous les membres de son cercle étaient des hommes, ils étaient ses amants et amants entre eux.

— Entre hommes ?

— Bon Dieu, Jal, l'homosexualité, ça existe ! Tu es au courant, non ? En tout cas, le cercle était tellement solide que Karl n'a jamais été vaincu en combat. Jusqu'au jour où l'un de ses membres lui a tranché la gorge dans son sommeil – par jalousie.

— Je croyais que Karl-le-Golem avait été empoisonné par le démon Eela ?

Il glousse un peu.

— Tu ne sais pas que les contes ont toujours une double lecture ? Le démon Eela représente la jalousie. Tu es naïf, c'est mignon. Parfois, on dirait un vrai bébé.

Mouais. Je suis né il y a deux ans, en quelque sorte.

— J'aime bien le gros tatoué un peu idiot, dit-il finalement. On devrait pouvoir s'entendre, lui et moi.

— Il n'est pas idiot, il parle mal ta langue. Et Nola ? Et le petit ?

Le sourire de Hulan est un peu crispé par la douleur.

— Si tu les as choisis, c'est qu'ils en valent la peine. Je te fais confiance, tu sais. Entièrement confiance.

Il me passe la main sur le bras et me serre contre lui d'une manière qui me gêne un peu, à vrai dire.

— Eh ! Regarde l'eau !

Des bulles remontent à la surface et bientôt dame Rikken refait son apparition, suivie de Nola qui tient Paol par le bras. Le petit a l'air ravi, je crois qu'il ferait bien quelques allers et retours juste pour le plaisir, si on le laissait faire.

— Tu n'as pas trop froid, gamin ? lui demande Grand Hulan en lui passant la main dans les cheveux.

Paol secoue la tête, mais il tremble des pieds à la tête.

— Et tu as pied, au moins, dans ce tunnel ?

— Oui ! ment-il en agitant les jambes pour se maintenir la tête hors de l'eau.

Hulan éclate de rire.

— Tu es une tête de mule, toi ! Allez, monte sur mon dos, tu vas t'épuiser.

Le petit hésite une seconde, puis se hisse sur ses épaules carrées. Il effleure du doigt les poils de barbe, poivre et sel, de la joue de l'Ostérois – et les marbrures violacées qui gonflent la peau.

— Ça fait mal ? demande-t-il.

Dame Rikken détourne le regard.

— Mais non, gamin, juste un peu de peau froissée. Si tu veux voir une vraie blessure, je te montrerai ma vieille cicatrice dans le dos. Un coup de hallebarde pendant la campagne du Hoggot… Ouais, ça, c'était de la blessure.

Le petit est fier comme saint Othin, juché là-haut. Il ouvre de grands yeux admiratifs : voilà qu'il s'est trouvé un nouveau héros. Je fais un clin d'œil à Grand Hulan. Il se débrouille bien, l'Ostérois ; il se lie aux autres, il fait des efforts.

— Dame Rikken…, murmure-t-il.

Elle tourne la tête. Il lui présente sa main tendue.

— Sans rancune ?

La dame le regarde avec un air de dégoût.

— Quand je t'ai tendu la main, la première fois, fait-elle, tu as craché à mes pieds. Mais moi, je vais faire un effort : je vais me retenir.

Odomar est le dernier à passer. Il faut qu'on s'y prenne à deux sous l'eau pour l'aider à franchir le goulot : dame Rikken qui pousse derrière, moi qui le tire devant. Il est trop gigantesque pour y arriver tout seul. En sortant de là, il est couvert d'une sorte de boue ou d'argile qui s'est collée dans ses cheveux et sur sa cotte de mailles ; on dirait un énorme bonhomme de pâte à modeler. Je ne peux pas m'empêcher d'éclater de rire, et bientôt on est tous pliés en deux, rien qu'à voir sa tête gluante et ses grosses mains qui passent et repassent sur son visage sans parvenir à le nettoyer.

Le rire dans nos gorges se fige quand le Norrois tombe en arrière d'un seul coup, les yeux révulsés. Hulan se précipite pour lui maintenir la tête hors de l'eau, et Nola vient l'inspecter.

— Il va falloir lui retirer sa cuirasse de cuir bouilli, fait-elle. Cet idiot nous a peut-être caché la gravité de ses blessures.

Hulan et Rikken, s'évitant du regard l'un l'autre, s'emploient à dénouer les sangles et à retirer délicatement le plastron enfoncé, puis à retirer la tunique du géant, couverte de sang. Sa large poitrine, velue et tatouée, porte des marques violacées et tout un lambeau de peau a été arraché.

Je glisse à Nola :

— Alors ?

Elle grimace.

— La Freule a dû cogner avec une force terrible : plusieurs côtes se sont cassées et enfoncées dans ses poumons, qui se sont remplis de sang. Je ne sais même pas comment il a pu tenir jusque-là, il aurait dû s'écrouler depuis longtemps.

— Tu as encore de l'herbe-de-prince, hein ?

— Vous savez bien que non. Si j'avais du temps et de bonnes conditions pour le soigner, au campement du mur par exemple, je pourrais peut-être le sauver. Mais…

Elle regarde autour d'elle, ce tunnel inondé.

— … vu les circonstances, je ne lui donne pas plus de quelques instants à vivre. On ferait mieux de le laisser ici.

Un silence effaré retombe sur nous.

« Parfois, l'un de ses membres doit mourir pour que le cercle vive », radote le vieux salopard dans ma tête.

— On n'abandonne pas un membre du cercle, dis-je d'une voix sourde.

Odomar est en train de mourir à ma place. Mais, si ça marche dans un sens, ça doit marcher dans l'autre, non ? C'est ce qui s'est passé avec Gloutonne, même quand le cercle n'était pas complètement actif. Alors je murmure, tout bas, trop bas pour être entendu des autres :

— *Gaïa.* Nous prenons ta douleur.

C'est comme si une main invisible appuyait d'un seul coup sur ma poitrine, c'est une souffrance sourde, diffuse. Je vois Rikken qui accuse le coup, Hulan, Nola, Paol qui blêmissent. Chacun prend sur lui un peu de la blessure mortelle. Un peu seulement, pas assez, car le cercle est endormi.

Le géant ouvre soudain des yeux exorbités, comme un cadavre qui revient à la vie, il crache une bouillie de sang et de glaires, puis, agitant bras et jambes dans l'eau, finit par se dégager de Hulan et par se remettre debout.

— Membre du cercle, répète-t-il finalement avec un grand sourire en me regardant, luttant contre une nouvelle quinte de toux.

Nola ouvre de grands yeux ébahis.

— Je… j'ai l'impression que l'hémorragie s'est arrêtée.

Je lui pose une main sur l'épaule.

— Il faut le porter jusqu'au campement du mur. Là-bas, il se reposera et tu le soigneras.

— On ne pourra jamais, murmure dame Rikken. Il est trop lourd.

— J'ai peut-être un remède, dit soudain Nola en ouvrant sa besace trempée, si l'eau n'a pas tout noyé dans mes bocaux. Ça pourrait provisoirement apaiser la douleur et lui redonner un coup de fouet pendant quelques heures…

D'où sort-elle cette besace de cuir ? Elle a dû penser à la prendre dans les débris de la maison de Svenning. Nola m'étonnera toujours. Elle ressort un petit pot de grès, fait sauter le bouchon de liège et verse dans sa paume quelques copeaux grisâtres à l'odeur de champignon.

— Avalez ça, dit-elle en tendant la main à Odomar. C'est de l'extrait de Saint-Nokoo.

Le Norrois lui jette un regard égaré, se penche sur sa paume ouverte et, d'un coup de son énorme langue, fait disparaître tout ce qui s'y trouve.

Nola frissonne à ce contact et retire sa main, qu'elle plonge aussitôt dans l'eau, puis elle lui adresse un regard méfiant.

— Grâce au Saint-Nokoo, vous devriez retrouver suffisamment de forces pour rentrer à la vallée. Je vous préviens, cependant : au bout de quelques heures, vous vous sentirez deux fois plus épuisé. Et si vous faites trop d'effort, l'hémorragie risque de se rouvrir. Ménagez-vous et vous pourrez peut-être rester en vie.

Le Norrois cligne deux fois des yeux, lève la tête et sourit.

— Rester en vie, répète-t-il d'un air réjoui.

Il se redresse de toute sa hauteur, haut comme un roc, et semble nous demander ce qu'on fait encore ici alors qu'on pourrait déjà se remettre en route.

— Efficace, ton champignon, Nola, dis-je, impressionné.

— En route, maintenant, conclut dame Rikken.

— Il ne faudra plus compter sur la lanterne, fait remarquer Nola. Elle est noyée.

Ses cheveux bizarres qui changent tout le temps de couleur prennent, une fois mouillés, une belle teinte sombre.

— J'espère qu'il y aura encore des puits de lumière comme celui-ci sur le chemin, ajoute-t-elle en jetant un coup d'œil soupçonneux à la dame.

Celle-ci soupire.

— Ne me regarde pas comme ça, c'est bon, jc suis redevenue la vraie Rikken.

Elle ajoute dans sa barbe :

— Celle qui ne rit pas...

Notre petite troupe progresse assez lentement dans le tunnel et la lumière du puits diminue dans notre dos, jusqu'à ce que le sol remonte brusquement.

— C'est du verre elfique, n'est-ce pas ? C'est lui qui donne cette couleur rouge à la lumière ? demande Nola en caressant la paroi de la main.

— Oui, le peuple béni a laissé beaucoup de traces de son passage dans la région, répond dame Rikken.

— La tête taillée à l'entrée de la vallée, le clocher de l'église..., dis-je dans un murmure.

Des traces des elfes, il y en a dans tous les pays. Dans chaque village, on trouve un bout de verre coloré, un arbre aux fleurs bizarres, une vieille pierre taillée sur un mur d'église..., et, bien sûr, le patelin se vante d'avoir autrefois été béni par les saints. Ils se croient tous le centre du monde.

— Ce qui est moins visible, poursuit dame Rikken, c'est ce réseau de souterrains qu'on a trouvé sous nos montagnes. La plupart se sont éboulés, mais il en reste quelques-uns... Celui-ci est inondé la plus grande partie de l'année, mais en fin d'été il est souvent praticable.

— Praticable..., répète Odomar d'un ton sceptique.

Lui, il n'a pas digéré le goulot où il a failli rester coincé. Il se débrouille bien, le Norrois, il a l'air en forme. L'extrait de je-ne-sais-quoi que lui a donné Nola, ça doit être un remède sacrément puissant.

On sort enfin de l'eau et on découvre sous nos pieds une terre un peu collante, charriée par les eaux et tassée au fond, entre les parois de verre elfique. Hulan descend Paol de ses épaules. Il fait sombre, mais il y a un peu de clarté devant nous. Après plusieurs coudes, le tunnel monte encore ; au-dessus de nos têtes, la voûte de verre disparaît et laisse place à une large fente, laissant la lumière du soleil descendre jusqu'à nous. Finie, la lumière rouge, et ça fait du bien : elle commençait à me taper sur les nerfs.

— À partir d'ici, un sentier nous permettra de repasser dans la vallée de Thorkel, dit dame Rikken. Mais la route est encore longue et je vous préviens : ça va grimper.

Elle ne ment pas. Le passage devient de plus en plus raide et n'en finit pas de monter. Au bout d'un moment, la paroi de gauche s'abaisse et disparaît. Une chaleur écrasante nous tombe sur les épaules, celle de l'été, celle de la montagne surchauffée de soleil, avec ses odeurs de cendres et de pin brûlé. On se retrouve sur une sorte de sentier rocailleux à peine visible, à flanc de montagne. D'un côté : un à-pic vertigineux vers les hauteurs, presque à la verticale. De l'autre : une vue plongeante sur la plaine de cendres et sur la butte où les Ostérois avaient installé leur campement, loin en contrebas.

— Regardez, fait Hulan, il n'y a plus personne !

Les tentes ont été repliées, on ne voit pas un signe de vie. En fait, il ne reste du camp que le grand rectangle formé par le fossé et le talus de défense qu'on a montés la veille.

Ainsi que la couleur plus sombre de la cendre, là où elle a été piétinée par les hommes et les sabots des chevaux.

J'essaie de repérer des soldats au pied de notre montagne, dans les rochers où on leur a faussé compagnie. Mais c'est peine perdue : il n'y a plus un légionnaire en vue, c'est comme s'ils avaient complètement abandonné la poursuite. Je sens soudain la main de dame Rikken sur mon bras :

— Ne te penche pas, le sol est glissant, dit-elle tout bas.

Je me retourne, étonné :

— Où ils sont passés ?

— La Freule Ingerid n'avait pas tellement envie de te retrouver, à mon avis, fait Hulan en ricanant. La dernière fois qu'elle a essayé de t'attraper, ça a plutôt mal fini pour elle, non ?

— Où ils sont passés ! crie soudain Odomar en pointant l'horizon du doigt.

Il nous montre un pan de roche, derrière lequel on aperçoit la queue d'une colonne de soldats, qui file vers le nord. On peut suivre le tracé de leur passage dans la cendre, malgré le nuage sombre soulevé par le vent matinal.

— Ils vont tout droit vers la vallée de Thorkel, murmure dame Rikken, le visage blême.

— Vallée de Thorkel, confirme Odomar de sa voix toujours égale.

Le calcul est vite fait. Eux, ils peuvent couper tout droit dans la plaine. Nous, on doit sinuer sur des sentiers escarpés et escalader un col. Eux, ils ont une cavalerie. Nous, on a laissé nos chevaux en bas…

— Et si on redescendait ? fait Nola.

La dame secoue la tête :

— S'ils ont laissé des sentinelles dans les rochers, ils risqueraient de nous repérer et de trouver l'entrée du passage souterrain… De toute façon, on arriverait trop tard. Ils vont trouver la passe et massacrer tout le monde.

Ses épaules s'affaissent.

— La Freule a dû comprendre qu'on l'avait détournée du bon chemin, fait Hulan. Elle a repris son cap initial vers le nord. Une fois dans le défilé, elle démolira le mur d'un seul coup de poing. Soldats contre paysans, ça va vite être plié.

La vallée mise à sac. Les Skaviens massacrés… Et… oh, bon Dieu, Gloutonne ! Un frisson glacial me remonte le long du dos à l'idée de la voir impuissante et endormie quand cette bande de salopards va…

— Ça te plairait bien, hein, l'Ostérois ? crie dame Rikken. La vallée, elle peut bien crever ! Toi, tout ce que tu attends, c'est que ton Jal nous abandonne et reparte à Tamis, ou ailleurs. À toi la gloire, à toi les honneurs d'un compagnon de cercle !

Hulan secoue la tête.

— Non, dame Rikken, j'ai fait mon choix. Ce cercle, j'en fais partie, que vous le vouliez ou non. C'est vrai, avant de devenir compagnon, cette vallée, ce n'était pas mon affaire. Mais maintenant, c'est différent. On va la sauver tous ensemble.

— Et comment, imbécile ? hurle-t-elle.

— On avance, répond-il en se tournant vers l'amont. Et on prie pour arriver à temps.

Chapitre 53

Je hais la montagne. Cette saleté de sentier monte et tourne sans jamais s'arrêter. Le paysage est un foutu salopard qui ne bouge pas d'un pouce, malgré nos heures de marche : toujours les mêmes pics, les mêmes creux, la même cendre. C'est comme si on avait fait du surplace depuis le début. Face à nous se dresse une barrière de roches déchiquetées, quasi infranchissable. La vallée de Thorkel se trouve juste derrière, avec ses forêts, ses prairies encore vertes… et Gloutonne qui est restée là-bas. Bon Dieu, il faut qu'on arrive avant eux.

Dame Rikken ouvre la marche et nous entraîne sur un rythme d'enfer, à s'en briser les os, à s'en user les pieds. Ses jambes doivent être en acier. Elle n'a pas décroché un mot depuis que Grand Hulan l'a mise au défi d'arriver à temps ; j'en viens presque à regretter la Rikken euphorique de tout à l'heure.

Un soleil écrasant cogne sans pitié. Nos vêtements trempés ont séché en un clin d'œil. J'ai beau être habitué à la chaleur et à l'effort, à grimper ces sentiers escarpés, j'ai l'impression que mon sang est en train de bouillir et que mes poumons vont éclater. En attendant, je me console en regardant les fesses de la dame rouler sous mes yeux, et je m'imagine en train de les peloter au lieu de crapahuter sur des cailloux. Ça ne rend pas la pente moins forte, mais ça occupe mes pensées à autre chose.

Nola halète derrière moi, la chemise inondée de sueur, s'épuisant à tenir notre rythme de marche sans la moindre plainte. Odomar suit à quelques pas derrière elle et Grand Hulan ferme la marche avec Paol de nouveau juché sur ses épaules. Le petit a refusé au début, mais on allait trop vite pour lui, alors il a fini par se laisser convaincre. De ce côté de la montagne, le feu a rongé la moindre mousse, le plus petit brin d'herbe. Rien, absolument rien n'a survécu au feu du Vieux Dragon, il ne reste plus que de la caillasse et de la poussière noire. Oh, et des squelettes d'animaux, bien sûr. Dans une pente devant un à-pic, on en trouve une douzaine, tous collés à la falaise comme s'ils avaient fui les flammes jusqu'à être acculés et rôtis vivants. Des moutons, peut-être, à en juger par la taille des carcasses.

« L'armée de l'ennemi est comme son bras, fort et solide. Mais ses fermes, ses champs et ses villages sont comme son ventre mou », fait Maître Hokoun à l'intérieur de ma tête.

Tu l'as déjà dit, salopard.

— Hé, Rikken, dis-je au bout d'un moment, comment va-t-on franchir la muraille de rochers qui nous sépare de la vallée ? Je ne vois aucun col !

— Il n'y en a pas.

J'attends un peu plus d'explications, mais j'en suis pour mes frais.

— Il existe un autre passage, fait la petite voix de Paol derrière moi, juché sur Grand Hulan. Un autre tunnel traverse la barrière rocheuse. Henrik se vantait même de savoir exactement où il débouchait.

— Son imbécile de père le lui avait montré…, grommelle dame Rikken devant nous.

— Il va peut-être falloir te rhabiller avant de revenir dans la vallée, Jal, glousse Hulan qui ne montre pas le moindre signe de fatigue. Tu vas effrayer ces dames.

Je marmonne quelque chose en me tournant vers le ravin pour pisser dans le vide. Tant qu'à avoir la nouille à l'air, autant que ça serve.

C'est à ce moment que Nola s'effondre d'un seul coup.

— Bon Dieu, qu'est-ce que c'est encore ? grogne la dame. Une insolation ?

Je me penche sur Nola et lui tapote les joues. Elle a l'air totalement inconsciente.

— L'épuisement, plutôt. Hé, Odomar, tu crois que tu pourrais la porter ?

Le Norrois ouvre la bouche d'un air stupéfait, puis il me fait un sourire jusqu'aux oreilles.

— Pourrais la porter ! confirme-t-il d'une voix joyeuse, malgré sa fatigue évidente.

Blessé, Odomar ? Ce gars n'est pas humain, il doit être taillé dans la pierre. Il la soulève aussi facilement que si elle était en plume et la cale délicatement entre ses bras. Paol le regarde faire, méfiant, étonné de tant de gentillesse.

— Odomar ne fera aucun mal à ta sœur, lui dis-je à voix basse. Regarde-le.

Complètement absorbé par sa tâche, le géant murmure à l'oreille de Nola inconsciente quelques paroles en norrois qui roulent et chantent doucement dans sa gorge. Pas un geste déplacé, pas un regard de trop. Il se ferait découper en morceaux plutôt que de lui manquer de respect.

Le petit, toujours sur les épaules de Grand Hulan, se penche jusqu'à moi pour me glisser à l'oreille :

— Tu crois que c'est un gentil ?

J'opine du chef.

— Dans le cercle, tu peux faire confiance à tout le monde. C'est notre cercle, non ?

Il acquiesce gravement.

L'entrée du second tunnel est à peine une fente entre deux rochers, un peu avant la crête. Une ligne sombre recouverte d'une matière poudreuse, sans doute du lichen brûlé par le feu dévorant du Vieux Dragon.

— Attention, Sudien, on n'a plus de lanterne, fait Rikken qui s'est déjà faufilée à l'intérieur.

Je rentre là-dedans ; l'obscurité m'enveloppe aussitôt. L'ombre et l'air plus frais qui règnent ici sont un vrai délice après la fournaise du sentier au-dehors. À tâtons, je fais quelques pas dans le noir.

— Verre elfique, encore…

— On ne voit rien là-dedans, grommelle Grand Hulan à ma suite.

Heureusement, le tunnel avance tout droit et, contrairement au souterrain inondé, les parois ont l'air intactes. Combien de temps ça dure exactement, cette petite balade sous la montagne ? Impossible de le dire. Avec la perte de la lumière, on dirait qu'on perd aussi toute notion des heures.

Quand la dame s'arrête brusquement devant moi, je manque de lui tomber dessus.

— On est arrivés, dit-elle, il n'y a plus qu'à ouvrir le passage.

Une lueur pâle va s'élargissant sur son visage, révélant ses joues en sueur, sa peau rougie par l'exercice, ses mains posées sur la paroi en deux endroits précis et poussant un panneau pivotant.

— Ça vous dérangerait beaucoup…, grogne-t-elle, peinant sous l'effort, de venir me donner un coup de main ?

Elle me prend une main d'autorité et la plaque sur une sorte de cercle tracée dans le verre elfique, avant d'imprimer une forte pression dessus.

— Doucement, princesse !

— Pousse de toutes tes forces, pendant que je m'occupe de l'autre ! Ces vieux mécanismes sont grippés par la rouille, ce sont mes ancêtres qui les ont mis en place il y a… Elle pousse un grand coup.

— … des siècles de ça.

Quelque chose se débloque, une partie de la paroi pivote brusquement et on se retrouve projetés au sol. La lumière est si vive que j'en cligne des yeux. Allongé sur elle, les mains sur son carquois et les dents contre des planches de bois, je prends lentement conscience de l'endroit où l'on se trouve.

— C'est… c'est…

Dehors, le soleil est plus éblouissant que jamais. Au-dessus de ma tête, il y a un plancher à moitié écroulé, un mur de pierre en demi-cercle tourné vers le vide. Eh ! Encore un peu et c'était le grand plongeon : la vallée et ses sapins en contrebas nous invitent à venir les rejoindre cent pas en dessous.

— C'est une des deux tours éboulées de notre vieux château de famille, me coupe Rikken. On se trouve au niveau du sous-sol.

Je m'en souviens : la falaise, en reculant sous l'effet de l'érosion, a fait s'écrouler entièrement deux des tours du vieux château à moitié en ruine.

— On aurait bien pu dégringoler, nous aussi.

— Maintenant, Sudien, si tu pouvais laisser mes fesses tranquilles, j'apprécierais.

Je me relève à regret. La chaleur ici est plus supportable, moins forte, moins sèche ; elle ne sent pas le sapin brûlé… Ça fait un bien fou de revoir ne serait-ce que ces orties qui poussent entre les lattes du plancher à moitié pourri. De sentir l'odeur piquante de terre et d'humus frais, qui se dégage de la forêt devant nous, d'entendre ces foutus piafs au-dessus de nos têtes, qui jacassent tout ce qu'ils peuvent… Tout plutôt que le silence et l'odeur de cendre de la vallée voisine.

Rikken récupère son arc et met la main en visière.

— Pas de fumée au village, pas de soldats dans les champs.

On a une sacrée vue, depuis le château. La forêt, la rivière, le moulin…

— On ne peut pas voir le mur d'ici, le défilé est trop encaissé.

— La vallée est intacte, Jal, intacte !

Elle prend mes mains dans les siennes, les secoue à m'en briser les poignets et éclate de rire.

— On a couru pour rien ! Ta Freule a dû changer de cap avec son armée ou passer devant l'entrée sans la voir !

Je la vois sourire, respirer un grand coup. Elle me file même un petit coup de poing affectueux sur le biceps.

— Comment sort-on d'ici, Rikken ?

— Par l'escalier, évidemment, répond-elle en pointant du menton les marches de pierre dans mon dos.

Par chance, il se trouve du côté qui ne s'est pas écroulé dans le vide. La dame commence à monter pendant que les autres admirent à leur tour le paysage en se protégeant les yeux du soleil.

— Viens, Sudien, j'ai quelque chose à te montrer.

— Rikken, je crois qu'on devrait se dépêcher.

— Peut-être, mais tu as besoin d'une épée, non ?

Elle me jette un coup d'œil du haut de l'escalier.

— Et d'un pantalon, ajoute-t-elle.

On déboule dans la cour du château fort, envahie d'herbes folles et d'arbustes qui enfoncent leurs racines dans les fondations des deux tours éboulées. Un vieux puits à la margelle rongée par la rouille, encore muni d'un seau en bois et d'une corde élimée, semble être le dernier gardien des lieux. Dame Rikken traverse cet espace à grands pas jusqu'à une porte à moitié arrachée de ses énormes gonds, qui ouvre sur le donjon. C'est une tour carrée, massive, trapue, où devaient vivre autrefois le baron et ses gens. La dame a dû grandir ici.

— Par ici ! fait-elle.

À l'intérieur, il règne une odeur de repas froid et de cire brûlée. Depuis les meurtrières descendent des traits de soleil obliques, parsemés de minuscules poussières dansant dans l'air que nous remuons en entrant. C'était sans doute une salle de garde, avec son vieux râtelier aux trois quarts vide, une armoire et deux coffres qui devaient contenir autrefois les livrées des soldats et les flèches pour les archers. Dans une grande cheminée, une carcasse de lapin à moitié dévorée est piquée sur une broche au-dessus de cendres froides.

Quelqu'un a réaménagé sommairement les lieux : une paillasse dans un angle, une table basse où une bougie a entièrement fondu. Les restes d'un pain coupé en deux, tout sec, traînent sur le sol crasseux à côté d'une jarre encore remplie d'eau. La dame l'attrape d'une main et boit directement au versoir, à grandes goulées avides, avant de me la passer. L'eau tiède coule sur mes lèvres, mon menton, ma gorge, Bon Dieu, c'est un vrai délice !

— Bienvenue chez moi, grommelle-t-elle.

Puis elle se hisse sur l'un des deux coffres, sans même nettoyer ses bottes, et détache du mur une grande épée bâtarde épargnée par la rouille, qui trônait à côté d'un pavois à tête de lion.

— C'est une « zweihänder » en acier trois fois trempé, forgée par un maître de la cité de Hässlo. Tu sauras t'en servir ?

Cette arme a été nettoyée avec soin pendant des années. Je retrouve sur le pommeau le même symbole de la rivière d'argent stylisée – sûrement le blason des barons de Thorkel. Je soupèse l'acier entre mes mains, fais un moulinet et comprends tout de suite que j'ai déjà dû manier ce genre de lame par le passé. Les gestes me reviennent plus facilement que la mémoire.

— Tu l'as entretenue toi-même, n'est-ce pas, princesse ? C'était celle de ton père ?

— De mon grand-père. Mon père préférait la hache.

— Hé, Jal ! fait une voix dans mon dos. Si tu essayais plutôt ça ?

C'est Grand Hulan qui nous a suivis jusqu'ici ; il détache du vieux râtelier, entre deux lances au fer rouillé, une grosse masse qui cliquette quand il la porte à bout de bras. Non : ce n'est pas une masse, c'est un gigantesque fléau d'armes. Une solide barre de métal, longue comme le bras, et une énorme boule de fer hérissée de pointes, reliées par une chaîne.

— C'est une arme faite pour un géant comme Odomar, objecte dame Rikken. Jal est grand mais trop mince de corpulence, il serait emporté par le poids de la boule de fer.

Je ne l'écoute même pas. Quelque chose d'étrange m'attire dans cette arme. En trois pas, je suis sur Grand Hulan et je lui arrache le manche des mains. Ce monstre antique pèse un âne mort, mais un sourire me vient aux lèvres dès que mes paumes se posent dessus. C'est mon chez-moi. Tous les muscles de mon corps la reconnaissent comme une vieille amie. Oh, je sais manier d'autres armes – les lances, les épées, les hallebardes… –, mais il m'a fallu tout ce temps pour découvrir que c'est le fléau d'armes qui m'est le plus naturel.

— Cette chaîne... Ce boulet...

Je caresse de la main la boule de fer aux pointes mortelles, comme un chien de famille que l'on retrouve après des années d'exil.

« Tu dois les maîtriser toutes, mais... à chaque mage son cercle préféré, à chaque guerrier son arme, Dal Koom. Choisis bien », me susurre le vieux à l'oreille.

— Les Norrois l'appellent « l'étoile des fous », fait Hulan avec un air réjoui. Elle est difficile à maîtriser à cause des mouvements de la chaîne, mais elle fait des ravages au combat. À cause de sa rareté, presque personne ne sait se battre contre elle, et même pour un adversaire entraîné elle est imprévisible. Ceux qui ont vu un maître la manier prétendent que la boule de fer semble avoir sa vie propre dans la mêlée.

— En sudien, on l'appelle Allahid : « la danseuse », dis-je dans un murmure. Pour nous, chaque arme mérite un nom propre.

— Vous les aimez tant que ça ? ricane Hulan.

— Peut-être qu'on s'en méfie comme de vraies personnes.

Des deux mains, je soulève le manche en métal à l'extrémité recouverte de cuir. L'arme est en assez bon état, d'un poids étonnant – surtout la boule de fer particulièrement massive.

— Elle te va bien au caractère, « la danseuse », conclut-il avec un gloussement. Un peu folle, incontrôlable, mortelle. Jal, celui-qui-ose...

— Il te sera difficile de parer les coups avec cette arme, l'interrompt dame Rikken, et comme il faut la tenir à deux mains, tu ne pourras pas utiliser de bouclier.

D'un mouvement fluide, je fais soudain tournoyer la boule de fer autour de moi dans cet espace réduit. Avec une courbe ample et parfaitement maîtrisée, elle siffle à un cheveu de la tête de Rikken, passe en trombe devant Grand Hulan et monte presque jusqu'au plafond… Je la fais tourner, danser autour de moi, bondissant en riant sur les coffres, sur la table, jouant avec les obstacles et massacrant une armée imaginaire, jusqu'à ce que je la retienne d'un mouvement complexe, pour la réduire à l'immobilité. Je n'ai pas effleuré un seul meuble.

Dame Rikken me regarde, bouche bée, un air de stupéfaction sur le visage. Grand Hulan écarquille les yeux de plaisir, presque aussi euphorique que moi.

— Avec le cercle, j'aurai la force de vingt hommes. Je pourrai prendre un bouclier du bras gauche et manier Allahid d'une seule main.

Elle hoche la tête et jette l'épée bâtarde sur la paillasse.

— On dirait que tu es né avec un fléau d'armes entre les mains.

— Allons-y, Rikken, assez perdu de temps.

— Attends !

Elle détache le vieux bouclier qu'elle pose devant moi, puis grimpe à l'étage et redescend aussitôt avec un heaume intégral et un plastron de cuirasse gravé aux armoiries de la vallée, qu'elle fourre entre les mains de Grand Hulan – un peu surpris.

— Et tu auras aussi besoin de ça, fait-elle en extirpant du coffre un vieux tissu poussiéreux, qui s'avère être un tabar à enfiler par-dessus la cuirasse. Tu te bats pour la vallée, alors je veux que tu portes ses couleurs. Hulan, ajuste-lui la cuirasse et passe-lui la sangle du bouclier dans le dos.

— Merci, lui dis-je. Et… euh… un pantalon ? Tu aurais ça, aussi ?

Chapitre 54

Dans la cour, les autres se sont tassés à l'ombre de la tour et nous attendent en silence, se passant un seau d'eau à boire que l'un d'eux a dû remplir au puits. Nola a rouvert les yeux mais semble encore incapable de marcher, elle n'a même plus la force de tenir le seau : c'est son frère qui lui fait couler un peu d'eau sur le visage et entre les lèvres.

— Vous avez…, dit-elle d'une voix faible. Vous avez tous l'air épuisés.

Son regard brumeux passe de l'un à l'autre et s'arrête finalement sur Grand Hulan.

— Sauf toi.

Il ricane un peu.

— À la 13e, ils m'appelaient « l'indestructible ».

— Il faut repartir, dis-je en fermant la boucle de ma nouvelle ceinture.

Sainte putain, je vais avoir du mal à me déplacer avec mon nouveau jouet : un fléau d'armes, ça ne se porte pas dans un fourreau comme une épée.

— Odomar !

Je pointe Nola du pouce.

— Il va encore falloir que tu la portes sur ton dos.

— La porte, acquiesce Odomar.

Nola s'écrie aussitôt :

— Ne lui demandez pas de faire ça ! L'hémorragie va se rouvrir ! Ne me dites pas que pendant que j'étais inconsciente il m'a portée tout du long ?

— Portée tout du long, fait Odomar, avec un grand sourire.

— Bon, eh bien, cette fois, ce sera Hulan ! dis-je avec un regard inquiet pour le Norrois.

Le chemin vers le mur est plein de crottin, avec les chariots qui se sont succédé ici ces derniers temps, mais il a au moins un mérite : il descend. Et puis, surtout, on marche au milieu des arbres et des fougères au lieu des cendres. On n'avance plus avec cette boule d'angoisse et de colère au ventre.

Mais maintenant, j'ai cette foutue cuirasse qui pèse une tonne et ce heaume intégral qui m'étouffe. Même avec la visière relevée, j'ai l'impression d'avoir la tête coincée dans une cloche. La seule chose qui me retient de tout balancer, c'est que, si ce bel acier me protège de certains coups, il m'évitera d'avoir à les distribuer entre les membres de mon cercle.

— Un peu de pain ? Un peu de viande ? propose Grand Hulan qui a récupéré le lapin froid et le quignon dans le donjon.

Je tends ma seule main libre, le manche d'Allahid sur l'épaule. On dévore ces miettes de repas tout en marchant, on se passe le pain et on mord à belles dents dans la viande, presque surpris de découvrir cette faim qu'on a au ventre. Odomar et Nola ne mangent rien, mais Paol accepte volontiers un peu de mie. Quant à dame Rikken, elle retrouve son air soucieux au fur et à mesure que l'on approche du mur.

— Hé, Rikken ? Il y a un problème ?

Pas un regard, pas une réponse ; je n'aime pas cet air dur sur son visage.

— C'est quand même bizarre qu'on n'ait croisé aucun chariot, dit soudain Grand Hulan.

— Pourquoi ce serait bizarre ? fait la dame d'un ton un peu trop nerveux.

Mais elle accélère soudain l'allure et prend son arc à la main, tout en criant presque :

— Eh bien… le vieux Berik et les autres sont censés renforcer le mur, non ? Et récupérer leurs matériaux dans les ruines du château ? Alors pourquoi on n'a vu personne, ni là-bas ni sur le chemin ?

— Sûrement parce qu'ils ont déjà chargé suffisamment de matériaux pour…

La dame s'arrête soudain, pâle comme la mort. D'un geste de la main, elle nous fait signe de ne pas faire un bruit. On se fige tous comme des statues. Elle saisit une flèche dans son carquois et l'encoche, d'un geste rapide, fluide.

J'entends quelque chose remuer dans les buissons. Un craquement de bois mort, une respiration étouffée, le bruit feutré des branches basses qui fouettent l'air au passage d'une bête sauvage. Une femme déboule soudain sur le chemin, pieds nus, yeux fous, les cheveux défaits, le visage couvert de poussière et de larmes. La dame bande son arc, lentement, l'œil glacial, le visage fermé. La femme nous aperçoit au moment où elle allait replonger dans les taillis. Sa bouche s'agrandit, ses yeux s'écarquillent.

Un soldat pose à son tour le pied sur la terre du chemin. C'est un homme de grande taille aux cheveux humides de sueur, qui porte une simple tunique de cuir de cavalier et ne tient aucune arme dans les mains. Il a l'œil brillant du chasseur, le souffle maîtrisé, la démarche souple et rapide du fauve qui s'apprête à se jeter sur sa proie. Pendant un bref instant, il cligne des yeux, ébloui par le soleil dans cette trouée entre les arbres ; il arbore un demi-sourire, confiant, prêt à recueillir le fruit de sa chasse à sa merci.

La corde de Rikken vibre, l'air siffle, et une longue tige en bois, fine et mortelle, fait soudain un angle élégant avec la courbe du visage du soldat. Elle s'est fichée dans son œil et semble s'allonger peu à peu, au fur et à mesure qu'il tourne lentement la tête. Pendant une seconde, il reste debout, comme s'il réfléchissait, comme s'il se demandait soudain ce qu'il faisait dans cette forêt loin de chez lui, à poursuivre une femme sans défense, à tuer des innocents juste parce qu'on lui a demandé de le faire. Mais ça ne dure pas. Il s'effondre sur lui-même, sans un cri, et la dame encoche une seconde flèche.

La montagne est un monde à part, traître, secret, où les lois ordinaires de la nature ne s'appliquent pas tout à fait comme dans la plaine. Un orage qui gronde à vingt lieues dans une autre vallée peut sembler tellement proche et réel qu'on le croit juste au-dessus de nos têtes, à cause de phénomènes d'échos de murs en falaises. Et, à certains endroits, un homme peut hurler à la mort sans qu'on entende le moindre bruit à trois cents pas – pour peu que ce soit dans une passe étroite ou que l'orientation des parois rocheuses disperse le son ailleurs.

Le premier hurlement au loin, on ne l'entend que d'ici, à quelques jets de pierre du défilé rocheux. Impossible de dire si c'est un homme ou une femme. C'est juste long, aigu. Et atroce.

Le visage de la femme au milieu du chemin se tord de douleur quand elle l'entend, comme si c'était elle qui venait de hurler. Dame Rikken, elle, reste aussi immobile, aussi impassible qu'avant. Mais quand un second soldat déboule à son tour sur l'espace dégagé du chemin, sa flèche part un tout petit peu trop tôt et manque le cou. L'homme pousse un cri de surprise quand la pointe de fer traverse la chair de son bras – un cri bref, étouffé, trop faible pour être entendu de la passe. Il tourne la tête et nous voit enfin. Ses yeux s'arrondissent de surprise, il regarde en tous sens, essayant de comprendre, cherchant des alliés, n'ayant pas encore la présence d'esprit de donner l'alerte. La souffrance qui lui transperce le bras, la peur, la stupéfaction du chasseur devenu proie, tout cela se bouscule dans sa petite tête aux idées rares.

Il ne voit pas la femme au visage couvert de poussière, devant lui, ramasser au bord du chemin un éclat de pierre plat et tranchant. Il ne l'entend pas bondir sur lui et ne la regarde même pas quand elle enfonce le saillant de toutes ses forces, poussant un cri de haine, sur la partie de son visage découverte par le casque. La peau se fend comme une feuille de papier déchirée, le nez se tord de travers, la mâchoire craque et se déboîte sous le choc. Il crie de nouveau – une bouillie de mots sans langue, sans dents. Sa main tâte son visage, cherche son menton en vain, quand un second coup lui défonce le front. Le tranchant de la pierre reste coincé dans le crâne, emprisonné dans l'os, et l'homme tombe en arrière.

« Les hommes et les femmes que tu rencontreras seront comme ces pierres et ces arbres du chemin. Stupides, soumis, mais sans le savoir porteurs d'une force immense qui peut se déchaîner brutalement », me chuchote le Maître.

Je rejoins la femme en courant.

— Est-ce qu'il y en a d'autres ? dis-je d'une voix sourde, lui saisissant le bras.

Elle relève la tête, hors d'haleine. Je la reconnais enfin : c'est la femme de Keerik, le meneur des Skaviens. Son sarrau de paysanne est crotté de boue, il sent la sueur et une manche est déchirée. Le sang du soldat a éclaboussé ses cheveux blonds couverts de terre, sa lèvre est fendue, son nez tuméfié et bouché par un caillot. Après le meurtre qu'elle vient de commettre, il y a maintenant quelque chose de brûlant, de haineux au fond de son regard. Un espoir, une soif de revanche, peut-être. Sa poitrine se soulève et s'abaisse à un rythme effréné, je sens son souffle chaud sur mon visage et, pendant une seconde, je me demande si elle va aussi se jeter sur moi. Elle reste d'abord perplexe devant mon heaume, mais reconnaît les couleurs de mon tabar – la rivière sur fond de sable et le lion skavien des seigneurs de Thorkel. Saleté de casque : je relève la visière.

— C'est moi, Jal, le Sudien.

— Kee… Keerik-da, fait-elle en hochant la tête.

Keerik-da ? Ici, les femmes perdent même leur prénom quand elles se marient.

— Où sont les soldats ? Combien sont-ils ?

— Ils s… sont arrivés il y a une… une heure, bégaie-t-elle en maîtrisant des hoquets nerveux. Ils… ils ont des…

Elle s'arrête un instant, me regarde intensément.

— … des yeux cruels, des bouches de démons, ils rient quand ils nous tuent. Ils… ils ont fait prisonnier mon Keerik et les autres hommes, après avoir passé le mur…

Les mots se bousculent dans sa bouche, incohérents, douloureux.

Je répète d'une voix plus ferme :

— Où ? Combien ?

Elle sursaute.

— Au mur et dans les bois. Cinquante à peu près.

Elle écarte les mains.

— Ou peut-être cent ?

L'escadron de cavalerie de la 7e légion. Ils ont dû jouer les éclaireurs.

— Les hommes sont prisonniers au mur, poursuit-elle. La plupart des femmes se sont cachées dans les bois.

Elle agrippe mes épaules des deux mains.

— Ils ont pris mon Keerik ! Ils l'ont emmené dans un cabanon et ils l'ont...

— D'accord, d'accord, on verra ça plus tard, lui dis-je en essayant de me dégager.

Dame Rikken me tapote sur le bras et, d'un doigt sur la bouche, me fait signe de me taire. Mes compagnons se sont déjà mis à couvert dans les taillis.

— Suis-moi, chuchote-t-elle.

Son arc à la main, elle se faufile sous la voûte des arbres sans le moindre bruit et disparaît en un clin d'œil.

— Hé, attends-moi !

Suivi de la femme de Keerik, je déboule dans une petite clairière autour d'un grand chêne à plusieurs troncs, qui s'est enroulé autour d'une antique colonne de pierre. Il est immense, vieux comme le monde, et à ses pieds se terre un petit groupe de femmes accroupies dans les taillis. Rikken se tient debout devant l'arbre.

— Capitaine Jal ? fait l'une d'elles en me reconnaissant.

C'est Alrune, l'ancienne maîtresse du Ka. Sa livrée de domestique est un peu crottée, et il ne reste pas grand-chose de sa jolie coiffure. Elle serre une épée courte entre ses mains, avec tellement de force qu'elle en a les articulations blanchies. Autour d'elle, cinq ou six visages crasseux, effrayés.

Des buissons et des fougères, un peu partout autour de nous, surgissent alors d'autres silhouettes craintives. Des enfants, des femmes et deux grands vieillards osseux : le prêtre du village, qui tient une épée au clair, et le vieux Svenning, ce salopard de guérisseur qui frappait Nola sous son toit. Ils ont l'air moins abattus que les autres, ces deux-là.

Il y a quelque chose de brillant dans leur regard, un feu qui couve. La vieille fièvre du combat, qui les avait quittés pendant toutes ces années, resurgit maintenant au seuil de leur vieillesse. L'excitation de la bataille est une liqueur dont on n'oublie jamais le goût, même après toutes ces années… Svenning avait dû suivre son seigneur pendant les guerres sudiennes en tant que guérisseur – comme le prêtre l'avait fait en tant qu'aumônier.

— Bienvenue parmi nous, mon capitaine, me dit le prêtre avec un sourire, comme si on se saluait au détour d'une promenade dans les bois.

Il me tend la main, paume à plat, en signe de soumission à son supérieur militaire, en prononçant la formule rituelle :

— Tu es mon chef de guerre.

Un ancien tortionnaire de mon peuple… Avec un soupir, je donne doucement du poing sur sa paume pour accepter son allégeance :

— Je reçois ton hommage.

Svenning, l'air toujours aussi crasseux, frotte son menton mal rasé et évite mon regard, mais, au moins, il a l'air sobre. L'appel de la bouteille a dû épargner sa matinée – peut-être parce que sa maison a été changée en allumettes. Il a retrouvé un bouclier au lion et une antique hache rouillée trop lourde pour ses vieilles mains.

Je murmure à dame Rikken :

— Y a-t-il encore des légionnaires dans les parages ?

Je lui fais une confiance absolue dans ce domaine : s'il reste un seul ennemi autour de nous, alors elle le saura.

— Quelques-uns dans les bois, je crois, mais pas de ce côté, chuchote-t-elle sur le qui-vive, prête à encocher sa flèche.

— Qu'est-ce qu'ils font ?

Je pose la question à tout hasard, comme si elle pouvait le savoir. Elle hausse les épaules :

— Peut-être qu'ils sont partis en reconnaissance dans la vallée ?

Les Skaviennes s'approchent de nous et nous entourent, la dame et moi, comme de petits insectes effrayés qui s'agglutineraient autour de la lumière.

— Vous… vous et votre cercle, murmure Alrune sans pouvoir détacher son regard de moi, vous êtes plus forts que tous ces soldats réunis, n'est-ce pas ?

Je jette un coup d'œil circulaire.

— Où est Gloutonne ?

— Votre jeune amie est restée allongée dans l'une de nos cabanes au campement, répond le prêtre. Je crois que les Ostérois ne l'ont pas touchée.

— Votre cercle est au complet ? demande Keerik-da. Est-ce qu'il pourrait vaincre cent soldats ?

Sûrement, oui, si seulement il voulait bien fonctionner. Je ferme les yeux, essaie de retrouver mentalement le lien qui m'unit à chaque membre du cercle et murmure tout bas le premier des mots de pouvoir :

— *Assararr ! Assararr !* Foutremerde, *Assararr !*

J'attends le frémissement de quelque chose, la force qui va me soulever de terre, l'éclair de lumière…, mais j'en suis pour mes frais. Je récolte juste un début de mal de crâne.

— Ce n'est pas normal, me glisse dame Rikken à l'oreille. À ce stade, notre cercle devrait fonctionner mieux que cela…

— Mort de Dieu ! La magie est une sacrée putain ! Jamais là quand on a besoin d'…

La dame m'écrase le pied.

— Plus bas, Sudien, chuchote-t-elle. Ces gens ont besoin de croire en toi.

Je me tourne vers ces visages. J'y vois du sang, des larmes et de la fatigue, mais dame Rikken a raison : l'espoir les illumine encore. Ils ont dans leur cœur le goût de la défaite et ils ont soif de revanche. On a fait du chemin, ces derniers jours. Fini, le temps où ils se croyaient encore dans une bulle en dehors de la guerre. Elle est venue les trouver jusque dans leur trou. Maintenant, ils se tournent vers moi comme un saint elfe envoyé par Dieu parmi les hommes.

Chapitre 55

— J'ai quelques mots à vous dire, mesdames…

Je fais un tour complet sur moi-même. Elles sont encore plus nombreuses que tout à l'heure, debout, assises, perchées dans l'arbre ou accroupies à mes pieds dans leurs vêtements boueux. Il y a des jeunes filles de quinze ans, des grand-mères, des femmes qui portent un marmot sur chaque bras… Ce vieux chêne doit être une sorte de lieu sacré ou de point de rendez-vous pour les Skaviens de Thorkel, comme celui de la place du village.

— Ces charognards d'Ostérois vont regretter d'avoir posé le pied dans cette vallée. Ils vont bientôt goûter, eux aussi, au fer et au sang.

Un murmure d'approbation accueille cette première promesse.

— On va les foutre dehors à coups de pied aux fesses et ils iront dire à leurs petits copains de la légion qu'ici, il y a des gens qui se battent, qui rendent coup pour coup, qui refusent de se laisser tondre comme des moutons. J'ai juré de protéger la vallée de Thorkel jusqu'à la mort et je tiendrai parole.

Approbation de nouveau. Hochements de tête, yeux brillants. Dame Rikken me couve des yeux, satisfaite : pour les discours, je suis en progrès.

— Et à vous, Skaviens et Skaviennes, rappelez-vous : je vous ai prédit du sang et des combats. Je vous ai prédit des larmes et des tombes. Pour ça aussi, je tiendrai parole !

Quelques femmes commencent à se regarder entre elles en se demandant si elles ont bien compris ma dernière tirade.

— Alors vous allez ramasser des couteaux, des pierres, des bâtons et tout ce que vous pourrez trouver. Et vous allez combattre avec moi. C'est ensemble qu'on va les tailler en pièces.

« Stupides, soumis, mais sans le savoir porteurs d'une force immense qui peut se déchaîner brutalement », répète tout doucement la voix de Maître Hokoun.

Je compte mentalement celles qui ont l'âge de cogner de l'Ostérois. Quarante, cinquante, peut-être. Et, bien sûr, il y a des dizaines d'enfants.

— Mais…, commence Keerik-da, nous ne sommes que des femmes !

J'en reste sans voix.

— Et alors ? s'écrie dame Rikken. Vous n'êtes pas concernées, peut-être ?

— Ma dame, nous… nous portons les enfants, nous travaillons à la ferme, mais nous ne sommes pas faites pour la guerre.

Elle vient à peine d'éclater le crâne d'un homme à grands coups de caillasse ! Elle se paie ma tête ou quoi ? Non, même pas. Dans son esprit bien rangé de Skavienne, la réalité des faits ne pèse pas bien lourd face aux préjugés de toute une vie.

— Parce que tu crois peut-être que les hommes, eux, sont faits pour la guerre ? Tu crois que je suis venu au monde avec un fléau d'armes entre les mains, juste pour étriper de pauvres gens, hein ? Tu crois que ça me fait plaisir de me balader sur des champs de bataille pour briser des os et trancher des veines ?

Ma voix part dans les aigus, quelque chose de terrible se réveille en moi. Une vision d'enfants alignés devant une rangée d'épées, une vision du Maître devant eux, dont le masque blanc exprime un visage impassible... Je sens mes poings se serrer, ma vue s'obscurcit de rouge. Mais Rikken me prend soudain par le bras.

— Calme-toi, Jal.

Elle se tourne vers la femme devant elle.

— Quel est ton nom ?

— Keerik-da, répète-t-elle. Vous le savez bien, ma dame, je suis l'épouse de...

— Ton nom à toi. L'as-tu oublié ?

— Katrin.

— Alors écoute-moi bien, Katrin, fait la dame en détachant bien ses mots. J'ai un arc entre les mains et mes flèches sont aussi mortelles que celles d'un homme. Croyez-moi, femmes de Thorkel, vous pouvez être aussi redoutables que n'importe quel homme.

Les Skaviennes baissent la tête, murmurent entre elles sans oser croiser son regard. Je sens leur peur, leur refus de bousculer le petit monde qui a toujours rempli leurs têtes.

— Écoutez ! dis-je sans élever la voix. Moi, la parlotte, ce n'est pas mon fort, alors je vais vous expliquer les choses autrement. Approchez, approchez. Je vais vous dire une bonne chose : le roi de Skavie se fout pas mal de votre petite vie, c'est clair ? Dieu a bien trop de boulot pour s'occuper de vous, et les sept saints sont tous morts depuis belle lurette. Alors votre vallée, si vous ne vous battez pas pour elle, personne d'autre ne le fera. Si vous attendez que d'autres le fassent à votre place, c'est que vous n'avez rien compris à la façon dont tourne le monde.

Un hurlement de douleur lointain me coupe la parole.

— Vous les entendez, vos maris et vos fils ? Vous croyez qu'ils ont besoin de gentilles mamans pour porter les enfants et s'occuper de la ferme, en ce moment ? Non, pas aujourd'hui ! Ils ont besoin de furies, de harpies, ouais, de femmes prêtes à bouffer de la chair humaine et qui n'ont peur de rien !

Des yeux ébahis me regardent comme si je venais d'un autre monde. Personne ne pipe mot, on n'entend plus que le tapotement saccadé d'un pivert sur l'écorce d'un chêne.

— Mon père…, fait Katrin en se tournant vers le prêtre, croyez-vous que ce soit la volonté de Dieu que les femmes se battent ?

Et merde, la religion maintenant, il ne manquait plus que ça ! Cet imbécile de vieux curé va…

— L'elfe sainte Kahal était une guerrière terrible et sans pitié, dit-il en écartant les bras.

— Celle-qui-brûle-tout, murmure Katrin.

Je regarde le vieux bonhomme aux cheveux blancs, stupéfait. Je n'aurais pas parié un sou sur un homme d'église pour me venir en aide.

— Moi, dit soudain Alrune, je me battrai à tes côtés, Sudien !

Il y a quelque chose de farouche chez cette fille quand son regard plonge dans le mien. J'ai presque envie de la prendre dans mes bras.

Elle me tend sa paume et je la frappe doucement du poing.

— Tu es mon chef de guerre, murmure-t-elle.

— Je reçois ton hommage.

Les autres femmes se lèvent l'une après l'autre, s'avancent vers moi et me tendent leur main à leur tour, Katrin la première.

Il fait une chaleur à mourir. Couché dans les taillis humides à la lisière du bois, je me glisse au milieu du lierre rampant et des sorbiers nains jusqu'à embrasser du regard tout le campement devant le mur, les mains dans la terre et le visage griffé par les épines d'un genévrier. Plus loin, des souches de chênes récentes marquent l'entrée de la clairière que les Skaviens ont taillée ces derniers jours à coups de hache pour y dresser leurs cabanons. Une odeur de châtaignes grillées flotte encore faiblement sur le campement, mêlée à celle de l'humus des sous-bois et à celle, plus âcre, de la cendre provenant de la plaine et soulevée par le vent.

Des soldats, partout des soldats qui grouillent comme des cancrelats, vociférant, piétinant la boue, s'invectivant d'un bout à l'autre de la passe.

— Il n'y en a pas cent, murmure dame Rikken couchée à côté de moi.

Avec sa peau de loup, elle se confond totalement avec le feuillage et ses dégradés d'ombres… C'est impressionnant.

— Mais j'en compte bien quarante, plus ceux qui sont dans les bois derrière nous.

— Tous des cavaliers, grogne Hulan qui vient de nous rejoindre en silence lui aussi. La Freule a envoyé son avant-garde préparer le terrain… C'est une question d'heures avant qu'elle ne soit là avec le reste de sa légion.

En bon vétéran, il a ôté son casque pour éviter les reflets du soleil sur le métal et s'est barbouillé le front avec de la terre grasse. Sur sa moitié de visage boursouflée par les ecchymoses, une colonie de fourmis a décidé de faire une promenade entre ses sourcils.

— Quelque chose a dû la retarder en route, dis-je dans un murmure.

— Tu arrives à ramper avec ce machin, toi ? fait-il en désignant du menton ma cuirasse.

J'ai ôté le heaume, mais j'ai gardé le plastron de fer. Ce n'est pas ce qu'on fait de plus pratique ni de plus discret, mais ça prend un temps fou à enlever et à remettre. Je grommelle en guise d'excuse :

— Et alors ? De toute façon, les Ostérois sont bien trop occupés pour faire attention à nous…

Les paysans prisonniers ont été regroupés contre un pan de rocher, désarmés. La plupart sont assis, la tête basse – une bonne cinquantaine d'hommes et quelques femmes. Certains sont attachés, sans doute ceux qui ont opposé le plus de résistance, mais les autres sont juste parqués là, devant trois légionnaires plus occupés à jouer aux dés qu'à les surveiller.

« Compte toujours tes alliés avant d'attaquer, Dal Koom : ton arme, ton cercle, ton armée. Et n'oublie pas le plus précieux d'entre tous : ton adversaire », ricane la voix du Maître à l'intérieur de ma tête.

Une équipe de deux douzaines d'hommes s'emploie à démanteler notre mur – sans doute pour faire passer les chevaux et préparer l'arrivée du reste de la 7e légion. Ils ont ôté leurs casques et leurs tuniques de cuir pour travailler plus à leur aise au soleil. Ils se sentent tellement confiants, tellement sûrs d'eux, qu'ils ont abandonné leurs armes en tas à quelques pas : des arcs et des épées courtes surtout, mais aussi des arbalètes et des hachettes.

Plusieurs hommes vont porter de l'eau à leurs chevaux, de l'autre côté du mur – ce qui veut dire qu'ils n'ont pas découvert l'entrée de la grotte où affleure la Thorkel. Le vieux Berik et son équipe ont fait du bon boulot pour la dissimuler en notre absence.

— Tu as vu cette anguille de Sakynn ? chuchote Grand Hulan. Juste au milieu de la masse, il s'est fondu dans le décor.

Je finis par le repérer, assis avec les autres prisonniers, même pas attaché. Il a ôté sa cotte de mailles et son ceinturon, peut-être pour se faire passer pour un paysan.

— Les Skavions ont dû le détacher pour qu'il les aide à se défendre. Apparemment, il n'a pas été d'une grande aide.

— Cinquante soldats aguerris contre quelques femmes désarmées..., murmure la dame dans un souffle.

— Ouais, dis-je en haussant les épaules.

Ce sont des « chasseurs légers », la fierté de l'armée ostéroise, comme les quinze hommes que j'avais massacrés le jour de mon arrivée dans la vallée. Excellents cavaliers, mobiles sur le champ de bataille et très meurtriers avec leurs arcs et leurs longues lances... Seulement, ils ne sont pas formés au combat à pied et n'ont pratiquement pas d'armure. Oh, ça les a sans doute aidés à grimper sur le mur pendant l'assaut, mais ça les rend un peu plus vulnérables que des fantassins habitués au corps-à-corps.

— Il y a au moins cinq ou six arbalètes de poing dans ce tas d'armes, fait Hulan. Même les Ostérois commencent à manquer d'archers, on dirait.

La guerre dure, les bons archers se font rares et l'avantage de l'arbalète, c'est qu'il suffit d'en fourrer une entre les mains du premier venu pour en faire un tireur potable. Ou de *la* première venue... Si on arrive à récupérer ces armes, elles nous seront sacrément utiles.

— Tu as vu ça, Rikken ? dis-je avec un clin d'œil. D'un côté, cinquante prisonniers gardés par trois pauvres types et de l'autre, une pile d'armes abandonnées. Est-ce que ça te dit quelque chose ?

— Vous croyez vraiment qu'on a une chance de…, commence la dame.

Je la coupe :

— Peut-être, si on sait s'y prendre. Tu veux savoir le secret de l'armée ostéroise et de toutes ses victoires ? Son âme, son ciment, sa force cachée ?

— Je n'en sais rien, c'est toi, l'homme de guerre, Sudien.

— Ce sont ces petites épées jaunes cousues sur l'épaule de quelques-uns d'entre eux, ricane Hulan en pointant son épaulière de cuir bouilli, pour montrer l'emplacement.

— L'épée de saint Koom ? demande la dame. Celui-qui-tue ?

Je n'ai jamais aimé ce saint-là.

— C'est le galon du garde-chiourme de la légion ostéroise, dis-je à voix basse. Le sous-officier de base, on l'appelle « Zender ». C'est à cause de lui que vous autres, les Skaviens, avec votre armée à l'ancienne organisée en seigneuries, vous avez perdu la guerre. Il y en a un pour dix hommes.

À l'exception de cette petite épée cousue, ils ont exactement le même uniforme que le légionnaire de base. Mais on les reconnaît à de petits détails subtils : ils regardent les autres de haut et ils aboient pour un oui ou pour un non sur le premier soldat qui manque de zèle. Formés au commandement après cinq ans d'active au minimum, ce sont tous vétérans – des roquets serviles au service des officiers supérieurs. Toujours présents pour relayer les ordres, gueuler, foutre la trouille et piquer de leur épée les fesses des retardataires. Ils sont la base de la discipline, la grande raison méconnue pour laquelle cette armée n'a jamais plié, jamais désobéi, jamais perdu une bataille depuis des décennies.

Avec son œil de chasseuse, Rikken les repère aussitôt :

— J'en vois trois qui ont la petite épée jaune.

Je murmure en les comptant moi aussi :

— Si on en tue deux dès le début du combat, on a une petite chance de gagner cette bataille.

— Et il y a aussi ce… cet homme avec sa cuirasse et son casque à plumes rouges, dit la dame en désignant un grand Ostérois très jeune.

— C'est l'officier supérieur, lui répond Hulan. Le « Hound ».

Un petit nobliau, un fils de bonne famille élevé dans des draps de soie. Ça se voit à ses joues rasées de près et à son plastron doré qui brille au soleil. Il n'a même pas vingt ans – si ça se trouve c'est sa première campagne.

— Laisse-le là où il est. Avec un peu de chance, il paniquera et il nous sera plus utile vivant que mort, dis-je à la dame. Concentre-toi plutôt sur les Zenders.

— Comment ça, me concentrer sur eux ?

— Eh bien, dis-je tout en reculant prudemment, tu as un arc long, non ?

Hulan se retire déjà, souple et discret comme un chat malgré sa grande taille. On vide les lieux aussi silencieusement que possible et on retrouve les autres membres du cercle un peu plus loin, sous le couvert de buissons plus touffus.

Paol est assis sur une grosse branche abattue par un orage, un peu à l'écart des femmes, qui se rassemblent dans les futaies et qui épient notre retour en silence. Nola est penchée sur Odomar, allongé par terre, les yeux clos. Une angoisse sourde me prend aux tripes.

— Merde, le Norrois ! Comment va-t-il ?

Est-ce que c'est sérieux ? Est-ce qu'Odomar pourrait vraiment... Je crois que j'avais commencé à penser qu'il était aussi indestructible qu'un rocher ou une montagne. Pour moi, il devrait être un maraudeur, un pas-grand-chose, juste un bonhomme de plus ou de moins – après tout, je le connais depuis... quoi ? Trois jours ? Mais je m'aperçois, à ma grande surprise, que je n'aime pas du tout l'idée qu'il puisse disparaître.

Sa respiration est voilée, difficile, comme s'il devait aller chercher son air très loin et avec beaucoup d'effort.

— Il est tombé inconscient d'un seul coup et il recommence à perdre du sang, fait Nola.

— Mais... il va s'en sortir, hein ? On parle d'Odomar, là, ce gars s'est pris quatre flèches et s'est remis d'aplomb en deux jours !

— J'avais encore de l'herbe-de-prince à ce moment-là, Jal, répond-elle en baissant la tête. Je ne peux pas faire de miracle.

— Et ton champignon, il n'était pas censé le sauver ?

Elle secoue la tête.

— Le Saint-Nokoo a puisé dans ses réserves pour lui permettre de marcher jusqu'ici, mais c'est la magie qui avait arrêté l'hémorragie. La marche et l'effort ont dû rouvrir les plaies internes. Il va mourir, je suis désolée.

À nos pieds, Odomar inconscient hoquette soudain, crache du sang, s'étrangle. Sa tête part en arrière et tout son corps se met à convulser.

— On n'abandonne pas un membre du cercle, Nola.

— Je ne l'abandonne pas, se défend-elle. Je suis juste incapable de...

— Toi, peut-être. Mais moi, je peux le sauver.

Dame Rikken me jette un regard inquiet.

— Ne fais pas ça, Jal ! On a plus besoin de toi que de lui. Tu ne peux pas…

— Donne-moi ce qui te reste, Nola.

— Pardon ?

— Ton extrait Saint-Chose, là, j'en ai besoin.

Je tends la main, paume ouverte, vers Nola qui cherche son flacon dans sa besace et me le confie avec un petit air méfiant.

— Vous, Jal ?

Ils me regardent sans rien dire pendant que je fais sauter le petit bouchon de liège et que je renverse la tête en arrière pour me jeter tout le contenu dans le gosier.

— Pas plus de trois ou quatre copeaux ! me crie Nola.

Le champignon a un goût piquant, légèrement âcre, quand les dizaines de copeaux me remplissent la bouche. Je lui rends le flacon vide.

— Désolé, c'est descendu tout seul.

Elle regarde par le trou minuscule et secoue son flacon d'un air effaré. Hulan arrache des mains de Nola le flacon vide et le renifle comme si ça pouvait y changer quelque chose.

— Il y en avait combien ? Bon Dieu, tu as pensé au moment où tu vas t'effondrer ?

Il en devient tout blanc, Hulan, une vraie maman poule.

Je demande à Nola :

— Je crois que l'effet est immédiat, non ?

Hochement de tête de Nola, avec un sourire qui ressemble plus à une grimace.

— Je ne sens rien du tout pour l'instant.

— C'est normal, mais le Saint-Nokoo agit très vite. Bientôt, vous allez…

— D'accord, d'accord. De toute façon, on n'a pas le temps. *Gaïa*, Odomar, dis-je tout bas en posant la main sur le Norrois qui continue de convulser sous nos yeux. Je prends ta douleur, compagnon.

Une horrible sensation de déchirement m'écrase soudain la poitrine, je recule d'un pas, perds l'équilibre, et Rikken doit me retenir par le bras. Un goût métallique m'emplit la bouche. Je mets un doigt sur mes lèvres : du sang, un peu. Mais la douleur s'estompe peu à peu. Elle ne disparaît pas complètement, c'est comme si elle s'endormait. Vive le Saint-Nokoo !

Odomar prend soudain une immense inspiration, comme un noyé qui remonte à la surface. Ses traits s'apaisent, son corps se relâche. Sa poitrine recommence à se soulever et à s'abaisser de manière régulière. Nola prend son pouls, ouvre une paupière…

— Il… il ne semble plus en danger dans l'immédiat, dit-elle. Je crois que le sang s'est arrêté de couler.

— Je n'ai pas pris toute sa douleur, seulement une partie.

— Encore heureux, grogne Hulan.

J'ai encore une sensation bizarre, désagréable, dans la poitrine. Mais moi aussi, je respire normalement. Je me remets debout, secoue les bras, les jambes.

— Efficace, ce champignon, y a pas à dire.

— Tu… tu te sens comment, Sudien ? murmure dame Rikken.

Je fais claquer ma langue sur mon palais. Le goût amer du Saint-Nokoo, encore présent dans ma bouche, me fait un peu grimacer.

— En forme. En très grande forme.

C'est vrai, une sorte de chaleur étrange envahit mes membres, je me sens fort, rapide, pris d'une sorte de frénésie de mouvement et de dépense d'énergie. J'ai l'impression que je pourrais bouffer l'armée du Vieux Dragon à moi tout seul.

— Méfiez-vous, Jal, gémit Nola en se tordant les mains. À haute dose, le champignon agit sur le comportement. Si on l'a appelé « Saint-Nokoo » comme le saint créateur, c'est parce qu'il donne beaucoup d'énergie, mais il peut aussi…

— Me méfier ? Au contraire, il tombe très bien, ce petit remontant.

Je me tourne vers les autres.

— On a une armée à vaincre, vous vous en souvenez ? La 7e légion ne va pas tarder à débarquer, on n'a peut-être que quelques instants pour reprendre le mur. Ces femmes derrière nous, elles n'ont aucune chance de gagner cette bataille tant qu'elles seront mortes de trouille. Et les légionnaires n'ont pas peur de quelques paysannes, pas vrai ?

Je croise le regard de Rikken, posé sur Odomar. Le Norrois sur le carreau, ce sera un sacré atout en moins pour nous.

— La seule chose qui peut redistribuer les cartes dans ce combat, c'est moi. Si les Skaviennes croient vraiment qu'elles ont un Guerrier-Mage dans leur camp, elles seront capables de se battre contre toute une armée. Ce seront les autres qui auront la trouille. Sauf qu'apparemment pour le moment…

Je baisse la voix.

— … la putain de magie a foutu le camp. J'ai beau lancer le mot de pouvoir, je n'arrive pas à la faire revenir.

— Mais…, fait Nola d'une petite voix, vous avez réussi à soigner Odomar ?

— Oh, bien sûr, le cercle demeure, il y a toujours cette sorte de lien minimal, qui doit sûrement porter un putain de nom elfique. Je peux échanger une partie de nos blessures, je peux repérer chacun de vous en fermant les yeux, mais impossible d'accéder à cette forme supérieure de magie, celle qui me donne la force de vingt hommes. La bonne nouvelle, c'est qu'avec l'effet du Saint-Nokoo je vais peut-être pouvoir faire semblant.

Je fais le tour de mon cercle du regard.

— Je me sens plus fort, plus rapide. On va faire comme si ça marchait, d'accord ? Pour tous les autres, je suis un Guerrier-Mage et vous êtes mon cercle, compris ?

— Sauf que tu n'en auras pas les pouvoirs, souviens-toi de ça au combat, lance la dame.

— Je ferai ce que je pourrai. Toujours pas de soldats dans les bois à proximité, Rikken ?

Elle lève le nez en l'air, comme si ça pouvait l'aider à détecter six hommes dans toute une forêt, et secoue la tête.

— Je ne sais pas.

D'un geste du bras, je fais signe aux femmes d'approcher. Elles sont plus nombreuses que tout à l'heure, et à elles se sont ajoutés quelques hommes qui ont échappé à la rafle, ainsi que mes deux vieillards : le prêtre et le vieux Svenning. Je les passe en revue du regard. Alrune a une épée courte, quelques-unes tiennent des piques ou des couteaux, la plupart, des bâtons. Elles se rassemblent autour de moi, s'accroupissent sans un bruit, me regardent d'un air grave.

— Maintenant, écoutez-moi bien. J'ai un plan.

Oh, bon sang, je commence à sentir monter quelque chose en moi. L'extrait de Saint-Nokoo : le ventre me brûle comme si je venais d'avaler un volcan, une sorte de gaieté démente cherche à tout submerger dans ma tête, une force dans mes bras, une envie de cogner, de mordre, de courir et de… hum… de culbuter toutes ces blondes l'une après l'autre, là, tout de suite, à même le sol, jusqu'à en avoir la bite en feu. Saint Nokoo, celui-qui-crée : tu parles. Je commence à comprendre la mise en garde de Nola…

Foutresaint, il va falloir lutter contre ça, aussi.

Chapitre 56

Une armée en jupons et en guenilles se tient couchée dans les fougères aux abords du campement, en arc de cercle, attendant mon ordre pour passer à l'attaque. La tête d'une fille aux cheveux rouges, à peine plus âgée que moi, dépasse du tapis végétal. Elle me fixe du regard sans ciller de ses yeux vert acide, d'une manière presque effrayante. Tout à l'heure, elle m'a appelé « maître Guerrier-Mage », ça m'a fait une impression bizarre.

Du chêne derrière lequel je me suis caché je peux voir et entendre les autres qui remuent dans les buissons, de petites taches de couleur claire, des chuchotis, des craquements de brindilles. Ça manque un peu de discrétion et de discipline, mais les Ostérois regardent à peine de ce côté. Je vois des jambes, des seins, et je sens mon sang bouillir dans mes veines. Oh, foutu Saint-Nokoo, ce n'est pas le moment de bander Rikken se poste en haut de mon chêne, je vois ses fesses pas loin au-dessus de moi.

Sous mon heaume, je suis en nage ; ma propre respiration, chaude, humide, imprègne mon visage comme si une bête me soufflait sur le nez. Dans ma poitrine, mon cœur bat comme un fou : la faute au stress et au Saint-Nokoo qui me donne toujours autant envie de hurler et de courir partout, alors que ma seule mission consiste pour l'instant à rester immobile. C'est une torture, chacun de mes muscles ne demande qu'à jouer, chaque nerf me hurle sa soif de mouvement. J'avale ma salive, le bruit de ma déglutition est décuplé par le heaume avec un tintement métallique. Grand Hulan le tapote du doigt, et c'est comme si une cloche d'église se mettait à sonner.

— Je file à mon poste, me souffle-t-il.

Je le vois à peine à travers les petits trous percés pour les yeux et je l'entends encore moins : je me contente de lire les mots sur ses lèvres avant qu'il ne disparaisse dans la végétation.

Le plan est simple. Tout va se jouer en quelques secondes : Rikken abat deux Zenders, trente femmes se jettent sur les armes et courent les apporter aux prisonniers, pendant que Hulan occupera les trois gardiens. Et moi, je dégomme les porteurs d'eau, les sentinelles et tous ceux qui se trouvent armés dans le campement.

Si on perd notre effet de surprise, si le moindre élément ne se passe pas comme prévu, ce sera un massacre.

J'ai compté douze soldats sur le pied de guerre de ce côté du mur. Je ne sais pas comment je vais y arriver. Il y a de grandes chances pour qu'on y passe. À combien Hulan lancerait-il le pari ? Un pour cinq ? Un pour dix ?

— Psst, Jal ! fait quelqu'un au-dessus de ma tête.

Dame Rikken, perchée dans le chêne, se coule jusqu'en bas en quelques mouvements agiles et se rencogne derrière le tronc en se serrant contre moi.

— Il y a des légionnaires là-dedans.

Elle pointe le doigt vers le cabanon de branchages qui nous sert de couvert, à trois pas devant nous. Un filet de fumée en sort comme si quelqu'un avait laissé un feu de tourbe allumé, il s'en échappe une légère odeur de viande grillée. Mais ce n'est pas ça qui a attiré l'attention de dame Rikken : c'est un gémissement, aigu, ténu, qui vient de là.

— Ce doit être Keerik, murmure-t-elle.

— Quoi ?

Mes tripes se nouent dans mon ventre. J'ai fait partie de cette armée, moi aussi, je sais exactement ce qu'ils sont en train de faire. Les hurlements de tout à l'heure devaient venir de ce cabanon…

— Qui est-il ? D'où vient-il ? hurle soudain une voix à l'intérieur, avec l'accent traînant d'Ostérie.

Dans le cabanon, quelqu'un cogne contre la porte en bois qui s'entrebâille sous le choc, laissant voir un endroit sombre où s'agitent plusieurs silhouettes.

— Jal, il s'appelle Jal…, fait la voix tremblante de Keerik.

Je me tourne vers la dame :

— Combien sont-ils là-dedans ?

— Je ne sais pas.

— S'ils sont plus de deux, ça change complètement notre plan. Comment veux-tu que… ?

— Chut ! Écoute, tu verras bien.

À l'intérieur, la voix s'élève de nouveau :

— Ça fait dix fois que tu nous le répètes ! Un gars qui se donne le nom d'un saint ! Tu te fous de ma gueule, c'est ça ?

— Il est celui-qui-ose…

— D'où vient-il ? De quelle armée ? De quel roi ?

— Il n'a aucun roi, aucun maître. Il nous défend, c'est tout. Il a juré de nous protéger, nous, les Skaviens de Thorkel.

— Un Guerrier-Mage sans armée, sans serviteurs, qui viendrait dans un trou à rats et qui déciderait de protéger un village de pouilleux ? crie l'Ostérois. Juste comme ça, pour le plaisir ? Tu me prends pour quoi exactement ? Un demeuré ?

Dans le cabanon, plusieurs Ostérois discutent entre eux à voix basse.

— Pour le roi de Skavie, peut-être ? lâche l'un d'eux. Ou alors un moine de Sküll ?

Le chef répond d'un air exaspéré :

— Qui que ce soit, il me faut du concret, un moyen de négocier ou de le faire plier. Ce cul-terreux serait plus bavard si on retrouvait sa femme et ses gosses. Elles sont où, les femmes ? Ils font quoi, nos hommes, dans les bois ?

— Il faut nous comprendre, dit l'un des soldats avec une voix plus douce, sans doute à l'intention de Keerik. Tu veux de l'eau, mon gars ? Tu vois, ce Sudien, ce… Jal, comme tu dis, il cherche forcément quelque chose, il est dangereux. Un Guerrier-Mage ne vient pas sans raison dans un village comme celui-là. Alors qu'est-ce qu'il veut, au juste ? Un trésor ? Un refuge ? En tout cas, tu peux être sûr d'une chose : il se fout totalement de vos petites vies de paysans. Il vous trahira tôt ou tard.

C'est vieux comme le monde, les gars, votre petit numéro de l'interrogatoire : le méchant, le gentil, et à la fin, la victime craque.

— Ce qu'on voudrait savoir, nous, reprend la voix du « gentil », c'est s'il s'est attaché à quelqu'un parmi vous. Une femme, peut-être ? Un ami ? Un enfant ? Tu comprends, ça nous permettrait de comprendre qui il est, de savoir ce qu'il est venu faire ici.

Ne l'écoute pas, Keerik ! C'est cousu de fil blanc : il veut juste trouver un moyen de me tenir par les couilles !

— Oui ! Oui, je vais vous le dire…

Bon Dieu, ferme ta gueule, Skavien !

La dame me retient par le bras : je crois que j'ai déjà fait un pas en avant.

— Il va lui parler de Gloutonne, Rikken ! Et, dès qu'ils sauront ce qu'elle représente pour moi, ils vont la…

— Tais-toi, pour l'amour des saints !

Et elle ajoute, tout bas :

— Fais confiance à Keerik.

— Que je lui fasse confiance ? À ce crotteux qui…

Elle me pose carrément la main sur la bouche.

— C'est un paysan, mais ça ne veut pas dire qu'il est stupide.

— C'est bien, parfait, on t'écoute, dit la voix douce dans le cabanon.

— Attends ! dit la voix dure. Moi, je veux être sûr qu'il va nous dire la vérité et, pour ça, il n'y a qu'un seul moyen.

— Mais, Zender, c'est inutile. Il allait parler, vous n'avez pas besoin de le…

— Ta gueule ! tranche la voix dure. Tu es naïf ou quoi ? Il nous balade depuis le début ! Allez, toi, dit le Zender à un troisième. Il lui reste des ongles, non ? Alors vas-y, fais-lui sauter le suivant.

— Non ! gueule Keerik. Je vous en supplie, pas ça ! Je vous dirai tout ce que vous voudrez !

Le grésillement de la viande brûlée par les baguettes de métal. Un glapissement, un hurlement aigu. Je croise le regard de dame Rikken, blanche comme un linge, qui serre comme une folle sa main sur ma bouche, comme si ça pouvait protéger Keerik.

— Une femme ! halète Keerik. Il aime une femme !

— Qui ? beugle le Zender. Son nom ?

— Dame Rikken de Thorkel !

Nos têtes se tournent l'une vers l'autre, nos regards se croisent de nouveau.

— Il ne t'a pas trahi, Sudien, murmure-t-elle du bout des lèvres.

J'acquiesce lentement de la tête.

Un sentiment inconnu s'empare de moi. La… la gratitude, je crois. Le respect pour cet homme qui a le courage de nous sauver la vie à tous. Il n'a rien dit, pour Gloutonne.

— Et où est-elle, cette putain ? demande le Zender.

— Elle fait partie de son cercle, seigneur. Elle est avec lui.

— Des femmes dans un cercle de Skaviens ? Il n'y a jamais de femmes dans vos cercles, tu te paies notre tête, encore, hein ?

— Il n'est pas Skavien ! s'écrie Keerik avec cette voix brisée, déchirée par la terreur, de ceux qui ont connu la torture. Il vient des baronnies sudiennes !

— Mmh..., fait le Zender. Peut-être. Et où est-il, maintenant ?

— Il est parti dans la plaine. Mais il va revenir..., fait Keerik avec une note d'espoir dans la voix.

— Ouais, il est parti dans la plaine et il vous a bien laissés tomber, apparemment. On a placé des guetteurs de l'autre côté du mur et ils n'ont rien signalé. Pfuit, envolé, ton saint Jal. Disparu.

— Il n'a pas peur de vous, il va revenir ! hurle soudain Keerik avec une fierté retrouvée, un accent de défi à la mort.

— Qu... qu'est-ce que tu dis ? fait le Zender, estomaqué par son insolence.

— Il l'a promis ! continue Keerik. Il n'est pas comme vous, il a une conscience, il a une parole, il s'est déjà battu pour nous ! Et vous aurez peur ! Parce que même avec vos épées, vos piques et vos grands mots de soldats, quand il sera là, il vous tuera jusqu'au dernier !

Nouveau grésillement. Nouveau hurlement.

— Il vous tuera tous, jusqu'au dernier !

Mon corps tout entier se met à trembler. Un filet de bave commence à couler sur mon menton et sans que je puisse y faire quoi que ce soit, mes poings se contractent, ma tête se redresse… Dame Rikken essaie de m'apaiser d'une main sur l'épaule. Sa voix me murmure à l'oreille :

—Ne fais pas ça, Jal… Laisse le temps à Hulan de se mettre en posit…

—Il n'a pas trahi Gloutonne, Rikken.

Le nouveau hurlement de Keerik me fait l'effet d'une aiguille de glace plantée dans ma tête. Ne pas craquer, Jal ; ne pas craquer.

« Si tes alliés souffrent, c'est par ta patience que tu les sauveras le mieux. Jamais par la compassion à leur souffrance, qui fera de toi l'esclave de tes pulsions », m'explique gentiment ce petit fumier de Maître Hokoun.

Je me fous de la patience. Keerik n'est pas de mon cercle, mais je veux que ses hurlements s'arrêtent, je veux que sa souffrance disparaisse. Tout de suite.

Dans ma tête, les images, un nouveau souvenir émerge à la surface de ma conscience. Il est plein de fureur et de sang. Il m'appelle, je le sens qui s'ouvre à moi. Oui, souvenir, viens, envahis ma tête, prends tout l'espace ! Aide-moi à écrabouiller cette bande de salopards !

—Jal, le plan ! Bon Dieu, reviens ! crie une femme dans mon dos.

Mais je ne l'écoute pas. Dans ma tête, les images se brouillent. Le cabanon de branchages où Keerik continue de hurler, la falaise sur l'île, les visages des autres Dals de l'école Hokouni… Le fléau d'armes s'abat sans que j'aie l'impression de l'avoir vraiment commandé. Le haut du cabanon vole en éclats. Bois, peaux, cordes, planches et branches : il est décapité. Trois visages d'Ostérois stupéfaits se lèvent vers moi. Au sol, Keerik est maintenu allongé par des cordes et des piquets, les bras en croix, à demi nu. Il est écarlate, les veines de son cou gonflées à craquer, les mains sanglantes.

— Oh, merde ! murmure le Zender accroupi devant moi.

La masse de ferraille au bout de mes bras semble aussi légère qu'une plume. Tout mon corps exulte : enfin de l'action, un défouloir à toute cette énergie qui ne demande qu'à être dépensée ! L'énorme boule de fer décrit un arc de cercle, si vite qu'on entend le gémissement de l'air traversé par le métal. Elle rencontre une première tête tournée vers moi, heurte le casque avec un bruit sourd, fait craquer les vertèbres. Elle poursuit sa course jusqu'à la joue d'un deuxième légionnaire, brisant les dents, la mâchoire, la trachée… et termine sa lancée sur une épaule qu'elle enfonce avec une telle force que les piquants déchirent jusqu'au menton et au nez du troisième.

Je me retourne, titubant, ivre du Saint-Nokoo qui pulse dans mes veines. Les femmes se sont levées avec moi et se tiennent à la lisière du bois, leurs bouches ouvertes, leurs yeux brûlant du feu de la vengeance. Dame Rikken est debout à mes côtés, mais son visage se brouille. La fille aux cheveux rouges, juste derrière, est elle aussi devenue trouble.

— Maître ? murmure-t-elle.

Ce n'est déjà plus elle. C'est le visage allongé de Dal Looa, treize ans, celle-qui-brise. Un visage anguleux, aux traits durs qui se marient parfaitement avec la forme pointue du fer de sa lance.

— Maître ?

Cela fait deux mois que je suis sorti de la tour du Maître. Sur le masque blanc, la bouche est à demi ouverte dans une grimace de haine. Les yeux sont deux fentes noires, les plis du visage forment un motif terrifiant. C'est un masque de guerre.

— Cette nuit, vous n'aurez pas droit à l'usage du cercle. J'y veillerai personnellement.

Le feu de veille sur la grande tour de l'école est loin derrière nous. Il fait un noir d'encre, la lune est voilée et on distingue à peine la végétation rabougrie de l'île autour de nous : les petits pommiers sauvages, les sorbiers à l'odeur puante, les buissons de chardons et de bardanes dont les feuilles s'accrochent à nos toges de toile blanche.

—Mes enfants, vous avez connu l'arène et les jeux de guerre contre vos semblables, et chacun d'entre vous a fait la preuve de son habileté.

Les autres Dals ne sont plus que dix-huit.

—Aujourd'hui, c'est un autre ennemi qui vient à vous. Soyez forts, mais, surtout, soyez unis. Pensez à vous tous comme à un être unique. Ce sera un affrontement groupe contre groupe. Espèce contre espèce.

Les hurlements des loups s'élèvent dans la nuit, lugubres, nombreux – atrocement nombreux.

—Je les ai fait venir sur notre île spécialement pour vous : des bêtes splendides, puissantes, capturées dans les montagnes Sküll. Les Norrois les appellent « loups-tigres » ; on prétend qu'en hiver ils sont capables d'attaquer et de dévorer des convois entiers.

Il marque une pause et lève son masque vers les étoiles.

—Pour vous, je ne donne que le meilleur. Et c'est le meilleur que j'attends de vous, conclut-il.

Puis il se fond dans les ombres et disparaît.

La lune se dévoile un peu, et je vois le visage des autres. Dal Geff, un enfant très petit à l'air effrayé ; Dal Holü, une jolie fillette aux cheveux bouclés, qui a de beaux yeux bruns ; Dal Ojee, un garçon blême et maigre. Leurs respirations saccadées forment des nuages dans l'air glacial, leurs gestes sont raides de froid, leurs yeux brillants de peur. Dans leurs mains, leurs armes fétiches : haches, épées, arcs ou lances.

Les loups sont si proches maintenant qu'on entend leurs feulements et leurs grognements.

Le grand Dal Kirin, celui-qui-marche-dans-la-nuit, me prend soudain par la main.

— Je vois bien dans l'obscurité, Dal Koom. Je te guiderai.

— Il faut que tous les Dals voient. Trouve un bâton, fais du feu, vite ! Tu seras notre lumière.

— Je n'ai pas de quoi faire une torche, il me faudrait de l'huile.

— Il n'y en a pas. Mais tu auras du bois.

Je fais un pas en avant et fends le petit groupe de mes deux mains tendues. On n'est pas assez nombreux pour un carré et le terrain ne se prête pas au cercle.

— Triangle !

Les Dals n'ont pas besoin de discours. Ce qu'il leur faut, ce sont des phrases courtes, une stratégie. Tout de suite.

— Arcs au centre ! Épées à ma droite ! Haches à ma gauche ! Lances à l'arrière-garde ! En avant, Dals !

Dal Holü, celle-qui-enflamme, a déjà réussi à mettre le feu à une branche sèche par son pouvoir d'Alfing.

Notre fer de lance humain se met en mouvement, silencieux, contrastant avec les hurlements des loups. J'en suis la pointe et je suis le premier à voir leurs formes sombres, terriblement massives, bondir à notre rencontre. La souplesse de l'animal contre la froide géométrie de notre triangle humain. La meilleure tactique aurait été de trouver un terrain favorable et de rester immobile, de préparer la défense. Mais sans feu, nous serions aveugles, et Dal Kirin a besoin de bois mort. Il nous faut donc avancer ou mourir, pour qu'il trouve son combustible au milieu des arbustes. Tant mieux. Je veux que notre groupe sente la force du mouvement, que les Dals ne se voient pas comme des gibiers, mais comme des chasseurs.

— Serrez les rangs ! Avec moi, avec moi !

Le feu de Dal Kirin se reflète dans les yeux d'or des loups-tigres, étire des ombres immenses derrière eux, déformées par le terrain… Ils n'ont pas peur des flammes, ils n'ont pas un instant de doute, pas le moindre mouvement de recul comme en auraient eu des loups ordinaires. Je suis certain que Maître Hokoun a semé dans leurs esprits animaux la haine et l'oubli de la peur, ces sentiments si humains.

— Tuez, compagnons ! Tuez ! Tuez ! Mort aux loups !

Un battement de paupières, un pas en avant, et ils sont sur nous. Une bête de deux fois mon poids me saute à la gorge. Ma boule de fer siffle dans les airs, ses pointes mortelles la cueillent à la mâchoire en plein bond. Le sang, la bave, le glapissement de souffrance… En un instant, les loups sont partout à la fois, féroces et sans pitié.

Allahid vole, frappe et déchire les chairs, mon corps n'est plus qu'une mécanique bien huilée. Il se tend, se détend, se tord et s'étire, jouant avec l'inertie du fléau d'armes, utilisant chaque once de métal, la chaîne, le manche, le fer : une pointe dans la gueule d'une bête, un coup sur la patte d'une autre. L'esprit s'efface au profit du réflexe, du geste mille fois répété. Dix fois, l'épée de Dal Holü et la hache de Dal Geff me sauvent d'une mort certaine ; dix fois, j'arrête la course d'un ennemi qui aurait tué un compagnon.

— Tuez ! Tuez ! Mort aux loups ! hurlent encore des voix autour de moi.

— Dal Kirin ? C'est toi ?

— Mort aux loups !

Ce sont des voix de femmes.

Un instant, le souvenir s'estompe, les gueules des loups se changent en têtes humaines – déformées par l'effort, la peur, les cheveux en sueur, le sang coulant sur le front… Devant moi, un visage dont la joue a été arrachée, la mâchoire déboîtée, où la bouche sanglante hurle encore de douleur. Un autre homme terrifié passe dans mon champ de vision, attendant un choc qui ne vient pas. Qui est-il ? D'où vient cette livrée bleue ? Est-ce que je dois le tuer ?

Puis le feu de Dal Kirin emporte ces images étranges.

Il ramasse branche après branche, profitant de notre marche rapide, enflammant l'une avec l'autre dès qu'elle commence à se consumer. Les loups se jettent sur nos pointes, nos lames, par vagues successives, crocs découverts et yeux brûlants de haine, tentant de submerger notre défense. Mais pas un ne passe.

Derrière moi, j'entends les cris de mes frères d'armes, les hourras, les vivats. Notre triangle a tenu bon. Des loups gisent autour de nous, morts, blessés, hurlant à la lune. On est arrivés au bord de la falaise. Au-dessus du vide, on entend le bruit sourd des vagues loin en contrebas qui s'écrasent contre la pierre.

— Victoire, tcharaïs *! crie une voix familière derrière moi.*

C'est Dal Assa, son arc à la main. Ses yeux noirs brillent de fierté pour elle et pour moi.

Nos regards se croisent. Regards d'enfants. Regards d'adultes en devenir. Le sien cherchant l'amour dans le mien et ne le trouvant pas. Le mot « tcharaï », *« mon frère », signifie « traître » à mes yeux.*

Je me tourne vers Dal Holü pour voir si elle est blessée…

… mais ses cheveux noirs se sont changés en cheveux rouges. Ceux d'une jeune fille de plus de vingt ans, aux yeux d'un vert acide, posés sur moi.

Autour de nous, plus de nuit, plus de feux, plus d'enfants. Rikken se tient exactement là où se trouvait Dal Assa et me toise d'un air stupéfait. Les corps des loups se changent en corps d'humains éparpillés – ensanglantés, déchiquetés, certains hurlant encore à l'agonie. Au lieu de la falaise c'est le mur blanc qui se dresse à côté de moi : il est couvert d'éclaboussures de sang. Alrune et Sakynn sont là, à ma droite, leurs épées à la main, les yeux posés sur moi.

Et devant nous, le combat continue : quelques Ostérois se battent sur le mur, luttant pied à pied avec une nuée de Skaviens furieux qui ont récupéré des armes.

— Attention, capitaine ! crie Sakynn en se jetant devant moi.

Foutredieu ! Il y en a encore ici !

Des légionnaires aux yeux brûlants, aux visages tordus par la folie du combat, se jettent sur nous en hurlant. Deux avec des lances et un troisième qui n'a même pas d'arme.

Sakynn dévie un fer qui visait ma gorge. Je frappe au ventre d'un homme par réflexe, broyant tout ce qui se trouve à l'intérieur. Il recule de quelques pas, lâche son arme, les mains sur son estomac, et vomit du sang avant de s'écrouler. Les autres sont massacrés par les femmes autour de moi.

— Sacré combat, capitaine Jal ! Je crois que je vous ai sauvé la vie au moins deux fois, fait le Skavien en me souriant de toutes ses dents.

Comme s'il ne m'avait pas roué de coups avant que je ne le fasse attacher à un arbre.

— Alrune ? dis-je dans un murmure. Qu'est-ce qui s'est passé ?

Mes cheveux sont trempés de sueur. Apparemment, sur ma tête, le heaume a disparu – impossible de dire où il a bien pu passer. Je ne ressens aucune douleur, mais, sur mon visage, un liquide poisseux, tiède, sèche déjà en craquelant. Il a coulé jusqu'à mes narines, sur mes lèvres, il m'imprègne de son odeur écœurante. Le sang d'un autre, peut-être ?

Je jette un regard circulaire autour de moi. Plusieurs cabanons ont été renversés, les feux sont piétinés, des braises fument encore çà et là. Un soldat gît au sol sur des pierres brûlantes, le dos transpercé par une longue broche à chevreuil. Sur le tas de pierres récupérées au château, un autre se tient les bras en croix, le regard tourné vers le ciel, le crâne fracassé.

Les Skaviens ont quitté l'enclos des prisonniers, ils ont des armes en main et beaucoup sont remontés sur le mur. Il n'y a plus un seul Ostérois de ce côté de la passe – plus un seul en état de combattre, en tout cas. C'est un vrai massacre. Quelques villageoises sont tombées avec eux, quelques-uns de leurs hommes, aussi, mais presque tous les corps autour de nous portent la tunique bleue de la légion et leurs visages morts reflètent encore une expression de terreur.

Les femmes sont debout, leurs rangs forment un parfait triangle qui s'est enfoncé dans les lignes ennemies jusqu'à atteindre le mur. Des dizaines de paires d'yeux sont braquées sur moi. Oh, pas uniquement sur moi : sur Allahid aussi, dont je tiens le manche sur l'épaule, sur sa boule de fer ensanglantée qui pend au bout de la chaîne et sur les débris d'os, les cheveux collés, la bouillie de chair coincés entre les piquants.

— Béni sois-tu, ô maître Guerrier-Mage ! chuchote la fille aux cheveux rouges, en s'inclinant presque jusqu'à terre.

Elle joint les mains pour la prière et ajoute : « Saint Koom soit loué. » Alors j'entends leurs paroles, comme un bruissement, une rumeur sourde qui parcourt le campement tout entier : « Béni soit le Guerrier-Mage », « saint Koom marche avec nous ».

— Merci à toi, celui-qui-tue, murmure une matrone aux seins énormes.

Une femme de quarante ans, le visage illuminé par la foi, s'avance de deux pas et touche de la main l'étoffe de mon pantalon avant de reculer en tremblant. Alors des dizaines de mains se tendent vers moi, se posent sur mes bras, ma poitrine, mes épaules, en murmurant la formule rituelle :

« Béni soit l'envoyé de Dieu », puis font le signe du « 7 » sur leur épaule. Je regarde la scène, bouche ouverte, comme si ça arrivait à quelqu'un d'autre.

Chapitre 57

La haute silhouette du prêtre s'avance vers moi, et les femmes s'écartent sur son passage. Il pose une main sur mon épaule, et, quand il me sourit, des centaines de petites rides strient sa peau autour des yeux et de la bouche.

— Félicitations, mon fils, vous avez fait merveille. Voulez-vous que je dénoue les attaches de votre cuirasse ?

Je bredouille d'une petite voix :

— Je… je ne suis pas Koom, celui-qui-tue.

— Bien sûr que non, murmure-t-il.

— Je ne suis pas l'envoyé de Dieu.

— Cela, lui seul le sait.

— Ce n'étaient pas réellement des loups, n'est-ce pas, que j'ai tués ?

Il fronce les sourcils, me regarde, interloqué… Puis le sourire reprend le dessus :

— À vous seul, vous avez occis une bonne moitié des soldats dont vous voyez les corps autour de nous.

Il m'entraîne par le bras sous les regards effrayants de toutes ces femmes qui me prennent pour un saint. J'ai du mal à reprendre mon souffle, à faire retomber la fièvre du combat. Mes mains sont serrées sur la poignée de mon arme et, presque malgré moi, mes yeux continuent de scruter la scène à la recherche de loups-tigres comme s'ils allaient surgir du bois. Nokoo et son champignon infernal brûlent plus que jamais dans mes veines. Mon corps tout entier bout littéralement sous ma cuirasse et je me sens l'énergie de grimper dix fois la montagne de ce matin. Tous mes sens sont tellement aiguisés que j'ai du mal à faire le tri : les couleurs me sautent au visage, le blond des cheveux de ces femmes, le bleu intense du ciel. Les détails – une boucle de ceinture sur un cadavre, une épingle dans les cheveux d'une fillette – sont d'une netteté irréelle, déconcertante. Le bruit des respirations résonne dans mes oreilles, celui des mouches qui bourdonnent et celui des paroles échangées tout bas entre les hommes. Les odeurs de sueur, de pisse et de sang m'emplissent la tête jusqu'à me rendre fou.

— Je n'ai pas vu de magie de Guerrier-Mage en vous, chuchote le prêtre, mais, assurément, vous êtes un guerrier exceptionnel. J'ai connu nombre de batailles et de soldats, croyez-moi, mais je n'ai jamais vu aucun homme qui…

— Je veux voir Gloutonne.

— Elle va bien, ne vous inquiétez pas, elle est restée dans son caban…

Je n'attends pas la fin de sa réponse, je me mets à courir vers le cabanon où je l'ai vue pour la dernière fois. Il est encore à peu près debout malgré un grand trou dans une cloison, qu'un Ostérois a fait en tombant à l'intérieur. Je me faufile là-dedans à quatre pattes, passant sur le cadavre encore chaud dont la tête est en bouillie, cherchant dans la pénombre ce petit corps allongé, ce visage, ces cheveux roux, ce… Elle est là. Enfin. Et pendant un instant, tout s'arrête. Je me mets à chialer comme un gamin, la tête posée sur sa poitrine et mes mains serrées sur la sienne.

— Gloutonne, c'est moi, ton Jal. J'ai été obligé de partir pour protéger notre *passàda*, mais je suis là, maintenant, je ne t'ai pas abandonnée ! Je suis un meilleur grand frère que Sagal, moi, je serai toujours là pour toi ! Réveille-toi, je t'en supplie !

Elle a toujours les paupières closes, le visage apaisé, la tête posée contre la statuette en or de sainte Hilâ qui a l'air de la couver comme une mère poule. Tout à coup, je prends conscience de ma cuirasse couverte de sang, de mes mains gluantes…

— Je… je ne suis pas un tueur, tu sais. Moi, tout ce que je voulais, c'était un petit paradis où vivre tranquillement, toi et moi, sans avoir à nous battre. Je voulais juste…

Un léger soupir s'échappe de ses lèvres : je me redresse brutalement et me cogne la tête au toit de branchages. Je me mets à crier :

— Gloutonne ! Bordel de saints, réveille-toi !

Jusqu'à ce que quelqu'un ouvre le petit panneau en bois qui sert de porte de fortune.

— Tu es en train de l'écraser, Sudien.

Rikken, évidemment.

Je jette un coup d'œil à Gloutonne : c'était juste un soupir, elle ne s'est pas réveillée.

— Allez, viens par ici, dit la dame, il va bien falloir t'ôter cette cuirasse et la nettoyer.

Je traîne le cadavre du soldat par les pieds pour le sortir du cabanon. Dehors, le soleil m'éblouit de nouveau, et, dès que je pose le regard sur dame Rikken, le Saint-Nokoo reprend tous ses droits. Elle est en train d'essuyer le fer d'une de ses flèches avec un morceau de tissu déchiré, déjà couvert de taches rougeâtres. Un bon archer vient toujours récupérer ses munitions sur les cadavres après un combat victorieux.

— C'est ma flèche fétiche, celle-là, elle ne m'a jamais trahie à la chasse. Björn l'avait taillée lui-même pour mon dix-huitième anniversaire, il avait des doigts extrêmement délicats…

Je laisse le cadavre et m'approche d'elle.

— Ouais, dis-je sans écouter un mot de ce qu'elle me raconte, trop occupé à m'imaginer en train de la culbuter contre un arbre.

— On avait un plan, Jal, tu t'en souviens ? J'éliminais les Zenders avec mon arc, Hulan libérait les prisonniers et toi, tu récupérais les armes avec les femmes volontaires…

Ce reproche à peine voilé me tire de mes pensées inavouables. Le plan ? J'ai peut-être pris quelques libertés.

— Et alors ? C'est le résultat qui compte, non ?

Elle hoche la tête.

— Ce côté du mur est de nouveau à nous.

Sa peau de loup s'est dégrafée d'un côté et pend le long de son bras. Sa chemise est déchirée, mais je ne vois pas de sang – en fait, je ne vois qu'un bout de sein qui ne demande qu'à sortir de là tout entier ; il ne faudrait pas l'aider beaucoup.

— Alors, cette cuirasse ? dit-elle. J'ai bien fait de te la mettre, n'est-ce pas ?

Je remarque alors derrière moi la tige courte et noire d'un carreau d'arbalète qui s'est fiché en oblique au niveau des reins et dont l'empennage pointe vers l'arrière. Un peu de sang s'écoule de l'endroit où il s'est piqué dans l'acier, mais il semble que ce soit juste une égratignure. Bon Dieu ! Il s'en est fallu de peu que je ne sois embroché comme un lapin. Un tir un peu plus droit et… cuirasse ou pas il n'y avait plus de Jal.

« *Au combat, ne néglige rien,* murmure Maître Hokoun. *Ni l'enfant qui semble inoffensif, ni le poison dans la main d'une femme, ni l'archer qui te paraît trop loin pour être une menace. Aucun guerrier, fût-il le plus grand, n'est à l'abri des armes les plus viles.* »

— Celui-ci t'aurait transpercé le foie, fait-elle en passant dans mon dos.

Je la sens tirer sur les lanières de la cuirasse, qu'elle défait une à une : le dessus, les côtés, ça en fait des boucles à enlever ; j'ai l'impression d'être une pucelle à son premier bal avec sa lingère qui lui ôte sa robe. Quand elle retire la protection dorsale, la fraîcheur de l'air sur ma tunique trempée de sueur me fait pousser un soupir de contentement. Elle se place de nouveau devant moi et entreprend de tirer délicatement sur la plaque ventrale. Ses cheveux cascadent juste sous mon nez, et je me penche en fermant les yeux pour les effleurer du visage.

— Arrête de gigoter. Ma parole, tu ne tiens pas en place.

C'est vrai. Le Saint-Nokoo me donne envie de sauter sur place. Je sens ses mains de femme qui passent sur mes épaules, sur mes hanches, et il y a ce bout de sein dont je vois presque le téton, juste sous mes yeux, pendant qu'elle se concentre sur sa tâche.

— Cette cuirasse, je l'ai mise et ôtée au moins cent fois à mon grand-père, murmure-t-elle, avant qu'il ne soit tué dans…

Mes mains sur ses épaules la coupent dans sa phrase.

— Qu'est-ce que tu fais ? dit-elle en fronçant les sourcils.

Les mêmes mains descendent sur ses hanches, qu'elles empoignent fermement. Le Nokoo bat dans mes veines. Et dans mon pantalon, j'ai une trique d'enfer qui ne demande qu'à sortir de là-dessous. L'odeur des cheveux de la dame me rend complètement fou.

— Rikken, j'ai envie de sexe.

— Comme d'habitude, non ? fait-elle d'une voix glaciale. En quoi suis-je concernée ?

Ses doigts se posent sur les miens, comme des serres d'aigle. Mais Nokoo en moi me chuchote que c'est juste une manière de me chauffer un peu plus. Et moi, vu qu'il me dit ce que j'ai envie d'entendre, je l'écoute. Ma bouche se pose sur son cou, sur ce sein qui ne demande qu'à sortir, ma jambe se presse contre la sienne.

— Je vais mettre ça sur le compte du champignon de Nola, dit-elle en essayant de s'écarter. Elle avait dit : « Pas plus de trois ou quatre copeaux… »

— Vive le Saint-Nokoo, Rikken ! Tu devrais en prendre aussi.

— Toutes les femmes du village sont à tes pieds, maintenant, murmure-t-elle en me tenant fermement les bras pour m'empêcher d'approcher. Elles seraient ravies de se faire courtiser d'une façon aussi… subtile.

— Elles ne sont pas aussi bandantes que toi. Allez, princesse, pas la peine de te raconter d'histoires : je sais quand une fille bave d'envie devant moi. Tu crois que je suis aveugle ?

— Jal, bon sang, je suis fiancée à Björn ! dit-elle plus fort.

— Ce gars que tu n'as pas revu depuis des années ? Eh oh, réveille-toi, Rikken ! Tu as regardé à quoi il ressemble, le monde, dehors ? Ton homme, il a sûrement crevé comme tous les autres !

Le coup me surprend plus qu'il ne me fait mal. Rapide, puissant, son genou me cueille là où c'est sensible et me fait ouvrir des yeux ronds.

Elle détache la dernière sangle de ma cuirasse et arrache la protection ventrale qu'elle jette par terre avec rage. Ça me fait pouffer de rire :

— Sacrée tigresse !

Je l'attire de nouveau à moi et j'écrase ma bouche contre la sienne. Cette fois, je me reçois une gifle magistrale. Je n'ai pas vraiment mal – Nokoo estompe toutes les souffrances, sauf celle de mon ego.

— Dire que je commençais vraiment à penser que tu étais un homme bien ! crache-t-elle en me repoussant si fort que je tombe en arrière et me reçois sur les fesses.

Elle me tourne le dos et commence à partir vers les bois.

— Rikken, tu en pinces pour moi, on le sait tous les deux !

Elle pivote sur ses talons, refait le chemin en sens inverse et se penche vers moi.

— Eh bien, ce n'est pas trop tôt, dis-je avec un sourire, j'ai vraiment cru que tu allais dire non.

— Écoute-moi bien, sale porc, parce que je ne le redirai pas : jamais, jamais je ne coucherai avec toi. Tu m'entends ?

Je n'en reviens pas.

Les Skaviens et les Skaviennes autour de moi regardent ailleurs ; je ne sais pas combien d'entre eux nous ont entendus. Ça ramasse les cadavres, ça fait des tas avec les épées, ça retape les cabanons, ça nettoie le sang… De vrais petits paysans empressés de bien faire, partout où je pose le regard.

« Jamais je ne coucherai avec toi. »

J'ai envie de cogner sur le premier venu.

Et mon cercle ? Je veux dire, à part la femme qui vient de me défoncer l'entrejambe ? Il est où, quand j'ai besoin de lui ? Nola soigne les blessés avec Paol. Odomar doit toujours être allongé quelque part dans les bois, et Grand Hulan… Grand Hulan est juste derrière moi, un sourire aux lèvres.

— Pas ton jour de chance, hein, Jal ? fait-il avec un petit ton moqueur qui me met en rage.

— Tu vas me foutre la paix, toi ? Tu as des leçons à me donner en matière de femmes, peut-être ?

— Je savais bien que tu n'avais jamais couché avec elle.

Je me relève d'un bond, furieux, époussetant ma tunique et crachant par terre pour bien choquer tout le monde. Je donne un coup de poing dans la porte du cabanon, qui explose en morceaux et me fait saigner les phalanges. Hulan essaie de me calmer d'une main sur l'épaule, mais je le repousse si fort qu'il manque de défoncer une seconde cloison.

Je m'oblige à reculer de quelques pas, sinon je crois que je me jetterais sur lui pour lui défoncer le crâne. Il y a quelque chose en moi qui demande à sortir, une colère immense, une violence primitive. Il faut que je cogne ou que je baise. Ou alors que je m'enfuie loin d'ici et que je passe ma rage sur un arbre ou un rocher.

Sauf que je suis entouré de femmes et qu'elles ont encore ce regard intense, fasciné, quand elles tournent la tête vers moi – je suis devenu un saint, je suis devenu Dieu à leurs yeux. Je pourrais leur demander n'importe quoi. Et tout à coup, ça ne me pose plus aucun problème. Avec mon nouveau statut de vainqueur et la magie qui brille en moi comme un soleil, je sais que je n'ai qu'à ramasser une de ces Skaviennes au hasard, n'importe laquelle, et à l'entraîner dans les bois pour la trousser comme une putain. C'est bien ce que les Skaviens ont fait aux femmes de Hommayad quand ils ont pillé la ville de mon enfance, hein ?

— Capitaine Jal ? murmure quelqu'un dans mon dos.

Alrune se tient là, fidèle au poste, sentant d'instinct la chance à saisir, l'occasion d'atteindre son but. Elle a perdu de sa superbe, la belle du village : cheveux défaits, livrée de domestique en lambeaux, estafilade sur le bras où le sang ne s'est pas encore arrêté de couler... Il y a quelque chose de changé dans son visage, aussi, et dans la façon dont elle pose les yeux sur moi. Plus de provocation, plus d'assurance canaille : Alrune baisse la tête quand je m'avance vers elle et elle ne proteste pas quand je lui agrippe le poignet avec force.

— Maître Jal, chuchote-t-elle au creux de mon oreille, je suis à vous, corps et âme.

Je dois lâcher son poignet : dans l'état où je suis, j'ai trop peur de lui briser un os.

— Alrune, va-t'en, enfuis-toi, dis-je d'une voix rauque. Je risque de te faire mal, je suis complètement…

— Vous avez consommé du Saint-Nokoo, n'est-ce pas ? dit-elle en posant une main sur mon épaule.

J'acquiesce d'un petit mouvement du menton. Merde, je ne pensais pas que ça se voyait tant que ça.

— Le Ka en prenait, lui aussi, parfois. Laissez-moi vous permettre de… d'évacuer tout cela. Sinon, vous allez devenir fou.

Sa main serre maintenant mon épaule presque jusqu'à me faire mal.

— Vous avez des scrupules, Jal. Vous ne voulez pas abuser de cette magie qui vous rend si beau et si fascinant. Mais avez-vous la moindre idée à quel point j'ai envie de vous ?

Sous le regard médusé des autres femmes, je l'agrippe par le bras et la traîne quasiment derrière moi.

— Où m'emmenez-vous ?

— Je connais un endroit où on sera tranquilles.

Chapitre 58

Je quitte le campement et cherche des yeux le ruisselet qui creuse une ravine dans la roche : celui que j'ai déjà emprunté une fois, ce jour où je cherchais dame Rikken.

« *L'esprit est comme un enfant qui, quand il est perdu, cherche un lieu familier. Si tu dois traquer un ennemi blessé, souviens-toi de l'endroit qu'il considère comme un refuge et tu le cueilleras comme un fruit mûr* », me dit le Maître, sans que je comprenne bien pourquoi.

Je commence à remonter le courant. Avec ses sandales de domestique, Alrune peine dans les cailloux qui jonchent le lit du ruisseau, mais je ne ralentis pas l'allure : le chant de Rikken a déjà empli ma tête, celui de Hommayad, d'Ekarraï et de Meteyelle, les amants secrets de la mer…, la voix envoûtante de la dame que j'avais entendue ici. Avec le Saint-Nokoo, le souvenir se mélange à la réalité, je l'entends vraiment, comme si elle était encore là.

Il ne nous faut pas plus de quelques instants pour arriver au cul-de-sac, cette petite cuvette remplie d'arbustes en fleurs, où un filet d'eau crépite sur la pierre en chutant par-dessus une paroi couverte de vigne vierge. Alrune ouvre de grands yeux émerveillés.

— Comme c'est beau ! Je n'étais jamais venue ici.

Elle me jette un regard ravi, coquin, se dégage de mon bras et commence à ôter sa tunique blanche aux boutons dorés. Ici, l'air a l'odeur piquante de la sève de sapin, mêlée à celle de la terre gorgée d'eau.

— C'est un endroit très romantique pour une première fois, murmure-t-elle en roulant des hanches et en faisant courir sa main sur ma poitrine.

Je ne réponds rien. Je ferme les yeux et tente de toutes mes forces de faire appel à mon souvenir. Je dirige délicatement Alrune vers le fond de la cuvette, tout près de l'endroit où l'eau dégringole à grand fracas. Elle retire sa chemise et l'accroche à une branche derrière elle. Pendant un instant, je reste suspendu au spectacle de sa poitrine nue, ronde et divinement dessinée. Puis elle défait ses lanières de tissu, ôte sa jupe plissée, ses dessous, et se retrouve entièrement dévêtue devant moi. Elle a perdu encore un peu plus de son air bravache et lève presque timidement la tête pour voir si elle me plaît, essayant de lire l'expression de mon visage. On se regarde l'un l'autre, savourant ce moment étrange et un peu magique où l'on sait, tous les deux, que nos corps vont bientôt jouir ensemble pour la première fois.

C'est une femme superbe. Oh, certes, il y a un peu de sang sur son bras et des débris d'écorce dans ses cheveux, elle a deux ongles cassés, d'autres noirs de terre… mais je n'ai pas souvenir d'avoir jamais vu une femme aussi belle, si proche de se donner à moi.

Seulement, au même instant, je prends soudain conscience que ce n'est pas elle que mon corps réclame. Et ce n'est pas par hasard si je suis venu jusqu'ici, devant cette cascade où, quelques jours plus tôt, d'autres vêtements ont été accrochés aux mêmes branches, où une autre femme se tenait nue et chantait pour moi seul – caché derrière les arbustes. La voix de dame Rikken me manque terriblement, la façon qu'elle avait, ce jour-là, de prononcer les mots de ma langue. Son absence creuse un vide terrible quelque part au fond de mon ventre. Tout en elle m'appelle : son sourire de connivence, ses yeux bleu acier, ses répliques assassines. Ses mains aux gestes sûrs, d'archère et de chasseuse, son odeur de cuir, le craquement de ses bottes quand elle marche et même ses foutus cheveux blonds presque blancs.

— Tu ne te déshabilles pas ? murmure Alrune.

Des gouttelettes d'eau se sont accrochées à ses cheveux, qui brillent au soleil comme des petits morceaux d'étoiles tombés du ciel. Si seulement c'étaient ceux de dame Rikken… J'arrache mes vêtements comme on s'arrache la peau, à en faire craquer les coutures. Elle me vient en aide, tirant sur mes manches avec impatience, se collant à moi, glissant les mains sur mon torse. C'est une femme sensuelle, le rire au bord des lèvres, qui frémit sous mes caresses et qui cherche le toucher peau à peau. La chaleur de ma toison sous sa main, ma bouche contre son cou… Sous mes doigts, ses lèvres intimes sont humides et gonflées, et un léger grognement de plaisir m'accueille quand j'enfonce doucement un doigt en elle.

— Tu n'as pas… envie de moi ?

Mon pénis n'est pas de la fête. Flasque, minuscule, pas intéressé pour deux sous : il me trahit pour la première fois. Putain de Saint-Nokoo ! Cette saleté me met la tête en feu, mais elle me coupe la…

— Je suis désolé, c'est à cause du champignon.

— Y a-t-il quelque chose que je peux faire ? me susurre-t-elle au creux de l'oreille. Quelque chose de spécial ?

— Non, je…

Je m'arrête, frappée d'une idée subite.

— Si : tourne-toi !

— Que je me… tourne ? dit-elle en levant un sourcil. D'accord.

— Mets-toi là, plus loin, derrière le filet d'eau.

Elle s'avance d'un pas et pousse un cri amusé quand la petite cascade la trempe en un clin d'œil. Ses cheveux humides sont un peu plus sombres, comme l'étaient ceux de la dame quand elle se trouvait exactement ici.

— Tu aimes les cheveux mouillés ? C'est ça ? fait-elle en se tournant vers moi.

— Ne me regarde pas, ne me montre pas ton visage ! Lève la tête, maintenant.

Des deux mains, je la guide, j'essaie de retrouver la position exacte de Rikken, ses gestes précis quand elle se lavait à l'eau claire, avec ses longs doigts pâles… Entre mes jambes, la situation se débloque aussitôt, mon fidèle ami grimpe et durcit en un clin d'œil.

— Viens, Jal…, souffle Alrune d'une voix rauque qui ne lui ressemble pas, légèrement plus basse que la sienne.

Ses yeux coquins cherchent les miens, sa croupe se remet à frémir.

— Montre-moi comment s'y prend un Guerrier-Mage avec une femme…

Je remarque d'abord le tutoiement. Puis cette même voix rauque qu'elle vient de reprendre, une voix qui ressemble… à celle de dame Rikken ! C'est ça ! Avec le même timbre grave, la même intonation.

— Allez, Sudien !

Je m'arrête d'un coup. « Sudien » : ça c'est un mot qui n'est pas d'elle, c'est signé dame Rikken.

— Allez-y ! fait-elle en tournant la tête vers moi avec impatience, quelque chose de brûlant au fond des yeux. Appelez-moi « ma dame », « princesse » ou « Rikken », si ça vous excite, je serai celle que vous voulez !

J'en ai presque la mâchoire qui se décroche.

— Tu veux dire que…

Alrune n'a pas fini de me surprendre. Elle a tout compris depuis le début, peut-être même avant moi.

— J'ai l'habitude. C'était aussi le fantasme du Ka, au lit : il était fou d'elle. Il m'habillait avec une peau de loup et il me faisait imiter la voix de la dame. Allez-y, prenez-moi et dites-le : Rikken, Rikken !

Je m'éloigne d'un pas, le sexe à l'air, la brise sur ma peau humide, la tête remplie de tout ce bruit et de cette image que je repousse de toutes mes forces.

— Ce n'est pas correct, dis-je à voix basse.

— Ça ne me dérange pas.

— Je n'ai pas à te faire subir ça, Alrune. Refuse-le, crie-moi dessus, traite-moi de salopard, je n'ai pas à te traiter aussi mal.

Elle se retourne, stupéfaite.

— Vous l'avez déjà fait ! Depuis tout à l'heure, vous ne pensez qu'à elle.

— Je n'ai jamais prétendu que j'étais un type bien : je peux mentir et je peux tricher. Mais je ne savais pas que tu t'en rendais compte. Te trahir de cette façon, alors que tu en es consciente…, ça, je ne peux pas.

Elle a l'air sincèrement interloquée.

— Pourquoi ? Vous êtes le maître, et moi, je ne fais que…

— Je ne suis PAS le maître ! dis-je en beuglant à m'en briser la voix.

— Jal, dit-elle en venant à moi et en posant une main sur mon bras, je vous l'ai dit : je suis à vous corps et âme.

— C'est parce que tu es aveuglée par la magie, mais moi…, je ne suis pas cette personne-là. Je ne veux pas finir comme la Freule, à me servir des autres comme d'objets sexuels.

Elle secoue la tête.

— Quelle Freule ?

Foutresaint, qu'est-ce que j'étais en train de faire, moi? Qu'est-ce que je suis en train de devenir? Tout à coup, le poids du monde me retombe sur les épaules. Une sensation de fatigue écrasante. J'en ai les jambes coupées, le souffle court.

—Je ferai tout ce que vous voudrez, Jal! Si vous ne souhaitez pas que je sois dame Rikken, je serai la femme que vous choisirez, vous n'avez qu'un mot à dire et je...

Ma réponse part toute seule, je ne réfléchis même pas:

—Sois Alrune!

Elle répond d'un murmure:

—Peut-être que je ne veux pas être Alrune? Pourquoi voulez-vous m'y obliger?

En haletant, la main sur la poitrine, je cherche mes vêtements du regard, me penche pour attraper mon pantalon et le simple fait de me redresser me coûte un effort terrible. On est en plein après-midi, mais j'ai l'impression bizarre que le soir tombe: ma vision s'assombrit comme si la lumière avait baissé. Mal au crâne. Le bruit de la cascade résonne douloureusement dans mes oreilles, chaque goutte qui s'écrase est une torture. Mes mains tremblent et j'arrive à peine à enfiler ce foutu pantalon; un début de nausée monte peu à peu. Bon Dieu, je crois que le Nokoo fout le camp et qu'il a décidé de tout remporter avec lui, le salaud.

—Et si je veux que vous soyez mon maître? crie-t-elle soudain. L'amour, est-ce que ce n'est pas se livrer à quelqu'un, s'abandonner totalement à l'autre? Je vous aime, Jal, chaque parcelle de moi vous adore!

Elle a l'air complètement perdue. Pauvre Alrune.

—Ne raconte pas n'importe quoi, dis-je en clignant des yeux et en cherchant un appui pour ne pas tomber. On s'est parlé deux fois, toi et moi.

Elle m'aime comme on aime les visages parfaits des saints elfes sur les vitraux des églises: c'est de l'adoration, de la fascination pour la magie et le pouvoir. L'amour, c'est autre chose que ça.

— Jal, crie-t-elle, vous avez…

Elle me dit quelque chose, mais les sons s'embrouillent dans ma tête, ils me parviennent comme déformés, affaiblis.

— Rhabille-toi, dis-je d'une voix pâteuse. Re… retournons au campement, on n'aurait jamais dû s'en éloigner, d'ailleurs ; c'était complètement inconscient de notre part.

Ma tête tourne, je me sens faible, tellement faible…, complètement vidé de mes forces. Je crois que je vais m'écrouler sur place.

— Vous avez du sang dans la bouche !

Je me passe la langue sur les lèvres. Ce goût métallique, écœurant, que je connais si bien, ce liquide épais… Je porte la main à mon visage : mes doigts reviennent rouges.

— Je… je suis blessé ? Qui m'a…

Les yeux d'Alrune se fixent soudain sur quelque chose, derrière moi, et s'agrandissent d'horreur. Son bras se lève devant sa tête, dans un geste de défense dérisoire… Je voudrais me retourner, mais une douleur aiguë me déchire la poitrine. Devant moi, Alrune recule d'un pas, secoue la tête, murmure :

— Non, non… Je vous en supplie…

Je tombe à genoux. Trois perles rouges, devant moi sur la pierre, sont tombées de ma bouche. Il me faut un effort surhumain pour relever la tête une dernière fois vers elle.

— Al… Alrune ?

Le bruit sec d'une corde qui se détend, la main d'Alrune transpercée, sa tête qui part en arrière, le rouge sur son cou quand ses jambes plient sous elle et que son corps chute… Elle n'en finit pas de chuter, Alrune… Son crâne heurte la roche derrière elle, sa peau est éclaboussée de nouveau par l'eau qui tombe du ciel, qui lave le sang sur son visage, qui lave le carreau d'arbalète, et même l'âme d'Alrune emportée en silence. Elle n'appartiendra plus jamais à aucun maître…

Alors tout devient noir, froid et silencieux.

Chapitre 59

On me tire par les bras, les jambes, j'entends des chuchotements autour de moi. Quelqu'un verse de l'eau entre mes lèvres… Bon Dieu, ce que j'ai soif! Il fait toujours aussi noir, ce doit être la nuit. Les sons me parviennent étouffés, assourdis, comme si j'avais du coton dans les oreilles. Tout ce qui me reste, c'est cette pression atroce dans la poitrine, et cette sensation angoissante de perdre du sang par la bouche, en continu. Parfois, j'entends Sagal, oui, je l'entends même rire :

—*Alors* tcharaï *? Elle te plaît, ta vie ? On pense à toi, tu sais, à Hommayad. On boit du vin des îles avec maman et on mange du poisson mariné sur des feuilles de menthe.*

—La ferme, Sagal !

Sagal disparaît, et quelqu'un d'autre chuchote à mon oreille : *« Le Maître a dit qu'il fallait que je te touche ici, Dal Koom, que nous étions grands, maintenant, et que tous les Dals devaient se toucher à cet endroit pour créer des liens forts entre les membres du cercle. »*

C'est Dal Holü, la fille aux cheveux bouclés, qui vient me rejoindre chaque soir dans mon lit superposé, quand le gardien s'en va et que le dortoir retombe dans le noir. Nous avons quinze ans. Je n'ai jamais osé lui dire que je la trouvais jolie, avec ses grands yeux bruns. Chaque soir, je refuse que l'on se touche entre les jambes, elle et moi. Parce que je sais que c'est le Maître qui le lui a demandé.

— La ferme, Dal Holü !

Et ma bouche qui continue de couler. Combien ? Combien y a-t-il de sang dans un homme ?

« *Dix à douze pintes pour un homme fait, environ neuf pour un enfant de quinze ans comme toi* », répond le Maître.

— La ferme, Maître Hokoun !

— *Il va crever*, chuchote une autre voix dans l'ombre.

Je la connais aussi, mais je n'arrive pas à me rappeler à qui elle appartient. Une voix vieille, haineuse, qui sent le vin.

— *Non !* crie quelqu'un d'autre.

— *Il va crever, je vous dis.*

— *La ferme, maître Svenning* ! hurle l'autre. *Sale ivrogne ! Vieille teigne ! Il ne va pas mourir, vous n'y connaissez rien !*

— *Ne t'énerve pas, Nola,* dit une voix d'enfant, de garçon. *Essaie juste de le réveiller.*

Quelqu'un remue dans mon lit, encore. J'ai pourtant dit à Dal Holü que je ne voulais pas d'elle, mais elle revient tous les soirs parce que le maître a ordonné que… Tiens non, ce n'est pas Dal Holü. C'est Dal Assa, la traîtresse.

« *Ne t'inquiète pas, Dal Koom, je ne vais pas te toucher,* dit-elle. *De toute façon, je sais que tu me détestes.* »

— Je ne te déteste pas, Dal Assa.

Tu es une victime du Maître, comme les autres. Je ne te fais plus confiance, c'est tout. Ce n'est pas de la haine. C'est de la défiance. De la survie.

« *Mais je ne suis pas Dal Holü ; moi, je t'écoute. Je ne te toucherai pas. Je resterai avec toi toute la nuit et je ne te toucherai pas. Je resterai toutes les nuits. Et, un jour, tu me pardonneras.* »

— Je n'ai rien à te pardonner, Dal Assa.

— Il faut vous réveiller maintenant, Jal, dit quelqu'un. *Il reste encore une chance de vous sauver, mais pour cela, il faut que…*

« Je t'aime, Dal Koom. » Dal Assa se serre un peu contre moi, mais ses mains restent sagement le long de son corps. *« Je t'aimerai toute ma vie. Il faut me croire. »*

— Si tu m'aimais vraiment, Dal Assa, tu m'aiderais à m'enfuir d'ici.

« Je ne peux pas faire cela. Le Maître a dit que tu mourrais si tu essayais de traverser l'océan. »

— Je préfère mourir que de rester ici, Dal Assa.

— Non, tu ne préfères pas mourir, imbécile ! siffle une voix rageuse. *Tu as fait une promesse, Sudien. Et je t'en ai fait une, moi aussi : où que ce soit, contre qui que ce soit, je te protégerai. Alors tu vas dire au revoir à cette Dal je-ne-sais-qui et tu vas me faire le plaisir de quitter le pays des rêves et de revenir avec nous !*

J'entends quelqu'un pleurer quelque part. Je ne sais pas où. Il fait tellement sombre. Je sens des présences familières, mon cercle, mes amis autour de moi. Gloutonne.

Gloutonne !

Je me souviens de son petit corps allongé dans le cabanon, son visage de fillette si calme, trop calme… Je ne vais jamais t'abandonner, petite sœur de guerre, jamais !

J'ouvre enfin les paupières.

Je suis allongé sur de la terre battue, je crois. Je la sens sous mes doigts. Je ne vois presque rien, juste des formes sombres. J'ai toujours l'impression d'être en pleine nuit, j'ai froid, mais, au-dessus de ma tête, il y a une lueur ronde, jaune. Le soleil ? Quelqu'un a dû déposer un voile dessus. Ou bien ce sont mes yeux qui…

— Le cercle ! crie dame Rikken. Prononce le mot de pouvoir, vite !

Échanger mes blessures, quelles qu'elles soient, avec un membre du cercle : c'est ce qu'elle a en tête, je suppose ? Je pourrais survivre. Continuer à protéger Gloutonne, son *passàda*...

Dans l'ombre, je devine les visages de dame Rikken et de Nola penchés sur moi, la silhouette de Paol, la forme étrange de Grand Hulan roulé en boule un peu plus loin, en train de pleurer, et Odomar avec lui, la main sur son épaule. Sacré Grand Hulan, je ne le savais pas aussi sensible. Eh, ce n'est que moi, mon vieux ! Déserteur, piétaille et gibet de potence ! Tu t'attendais à quoi exactement, une fin heureuse ?

— Le mot de pouvoir ! me crie Nola en me secouant par les épaules.

— Doucement, voyons, fait dame Rikken, étendant un bras protecteur devant moi.

Je murmure du bout des lèvres :

— *Assar*...

— Oui ! crie Nola. Allez-y ! Vous y êtes presque !

— *Assararr*.

La force de la magie me soulève de terre. Cette fois, les lignes lumineuses sont si brillantes que je peux à peine les regarder. Elles sont nettement plus éblouissantes que la dernière fois et Grand Hulan n'est plus isolé : il y a des liens ténus qui apparaissent autour de lui. Le cercle a encore gagné en puissance. L'air emplit mes poumons, la douleur s'efface en un clin d'œil, et une force de dieu ou de démon se répand à travers mon corps.

Les sons, les odeurs, la lumière... Tout cela me pénètre d'un seul coup, chasse la souffrance et cette torpeur écrasante. Les yeux écarquillés, la bouche grande ouverte, je reprends mon souffle et fais mon retour dans le monde des vivants. La douleur dans ma poitrine n'a pas disparu, mais elle est atténuée, estompée, et je la sens qui reflue doucement.

Je suis à l'entrée de la ravine. Le soleil, dans un ciel bleu immaculé, n'a pas bougé depuis tout à l'heure. Il a dû s'écouler quelques instants à peine. Les Skaviens se tiennent autour de nous, médusés, observant mon corps flotter dans les airs, retenu seulement par le bras de dame Rikken, jusqu'à ce que je retombe à terre.

— Comment te sens-tu, Sudien ? Arrives-tu à échanger une partie de ta douleur avec nous ?

— Ça… ça va.

Je croise son regard. Il y a de l'inquiétude, vraiment. Mais il y a aussi de la rancœur, je le sens tout de suite. Bon Dieu, qu'est-ce que j'ai bien pu raconter tout à l'heure, sous l'emprise du Saint-Nokoo ? Oh, ça me revient, le coup dans les parties sensibles, mes avances musclées, le moment où je l'ai embrassée de force et où je lui ai parlé de son fiancé… Bon Dieu, plus jamais je ne reprendrai ce foutu champignon.

— Dieu merci ! murmure Nola, les traits tirés par l'angoisse. La magie a fonctionné, cette fois ! Vous avez mal quelque part ?

Elle se ferait du souci pour un oiseau tombé du nid, alors pour moi… Eh, Nola, tu n'es pas ma mère !

C'est alors qu'une masse en mouvement fonce sur moi : Grand Hulan, le visage baigné de larmes, qui bouscule les deux autres sans même s'en apercevoir et qui me serre la main à la broyer.

— Tu es en vie ! beugle-t-il. Tu es en vie !

Il éclate de rire. Un rire de joie, de bonheur. Foutremerde ! Hulan débloque complètement. Il me fourre quelque chose dans la main. Un objet lourd et froid ; je pose mon regard dessus : c'est notre statuette en or, avec des yeux en diamant.

— Qu'est-ce que tu veux que je fasse de ça ?

— Prends-la, touche-la ! dit-il en refermant mes doigts dessus. Fais-moi confiance !

Je cherche des yeux mes vêtements – qui sont posés à côté de moi –, me lève, pose la statuette et commence à me rhabiller.

— Dans ta main ! insiste Hulan en manquant de me faire tomber.

— Eh, laisse-moi enfiler ma chemise, quand même !

— Nous en avons discuté entre nous…, commence Nola.

— Discuté de quoi ?

— Laissez-moi lui parler seul à seul, fait Hulan en se tournant vers elle et la dame. On n'a pas beaucoup de temps, le cercle peut se rompre à tout moment.

Elles se retirent de mauvaise grâce. Grand Hulan attend que les autres soient suffisamment éloignés et se penche de nouveau vers moi, mais je lui coupe la parole :

— Qu'est-ce qui s'est passé ? Qui nous a attaqués ?

Hulan se retient de me serrer dans ses bras. Il se tortille, il passe ses mains poisseuses sur sa tunique. Je peux sentir son soulagement de me voir en vie dans sa voix et dans tout son corps.

— Eh bien…, tu te rappelles peut-être qu'il restait quelques légionnaires en reconnaissance dans la forêt, quand on a donné l'assaut au mur ? Ils sont revenus en catimini et ils vous ont surpris, Alrune et toi. Ils se figuraient sans doute que cette ravine les conduirait à un passage pour s'enfuir vers la plaine.

Il baisse les yeux et serre le poing. On les a massacrés jusqu'au dernier, mais quand on vous a retrouvés, Alrune était déjà morte et toi blessé.

—Bon Dieu, Alrune…

Je n'étais pas amoureux de cette fille, mais je crois que je l'aimais bien. Je me souviens du carreau d'arbalète en plein visage, de son corps qui tombe en arrière…

—Ce que tu as fait tout à l'heure, Jal…, commence-t-il.

Oh non, pitié Hulan ! Pas de leçon de morale !

—Je sais, je sais, tu m'avais dit de me méfier de cette fille, mais ce n'est quand même pas sa faute si…

—Ce que vous avez fait tout à l'heure, répète-t-il d'une voix plus ferme, en détachant bien les syllabes, avec Odomar…

—Hein ? J'ai fait quoi, avec Odomar ?

—Il était mourant, il avait les côtes et les poumons défoncés. Tu lui as pris sa blessure et tu as avalé du Saint-Nokoo – beaucoup trop, si tu veux mon avis.

—Oui. Et alors ?

—Je pense que c'est cette blessure-là qui a failli te tuer quand l'effet du champignon s'est estompé.

—Tu veux dire que je n'ai pas été blessé par les soldats ?

—Nola a retrouvé quelques égratignures sur ton corps, que tu avais sans doute récoltées à la bataille du mur, mais aucune plaie majeure.

—Bon, dis-je en serrant ma ceinture, l'effet du cercle peut disparaître d'un instant à l'autre, on n'a pas beaucoup de temps. D'ailleurs, comment ça se fait que je ne sente plus ma blessure ?

—Jal ! crie-t-il. Écoute ce que j'ai à dire, par tous les saints !

Je le regarde, un peu surpris.

—Je t'écoute.

— Il faut qu'on parle, toi et moi. Tu sais, à propos de…

Il se met à chuchoter :

— … tes crises, tes cauchemars… Tout à l'heure, à la bataille, tu étais complètement ailleurs. Les Skaviens se sont peut-être laissé avoir par le coup de la crise mystique, mais moi, je voyais bien que tu délirais complètement. Ça se prolonge et ça s'intensifie, je crois. Depuis combien de temps ça dure ?

— Je n'ai pas envie d'en parler, Hulan.

— Saintes couilles, Jal ! La prochaine fois que tu nous feras un coup pareil, ça pourrait bien tous nous tuer ! s'emporte-t-il.

Il se penche pour murmurer à mon oreille :

— Dis-moi la vérité. Je te fais le serment de ne rien dire à personne. Je le jure devant les saints elfes.

Il lève la main puis trace le signe du « 7 » sur son épaule.

— Ce que je vois dans ces cauchemars, ça me regarde, moi et moi seul.

— Est-ce que tu as utilisé le carnet que Nola t'a donné ?

— Tu es au courant pour le carnet, toi ?

Il lève les yeux au ciel.

— Je l'ai vu chez le Ka, ton foutu carnet !

— Mon passé, c'est mon passé, Hulan. Et ce carnet, je t'interdis de t'en approcher. Je devrais le brûler, tiens.

— Tu ne m'écoutes toujours pas, Jal. Et tu ne réponds pas à ma question : ces cauchemars, quand ont-ils commencé ? Quel jour ? Quelle date ?

Je hausse les épaules.

— Je ne sais pas. Quelques semaines, je crois.

— Essaie d'être plus précis. Ta toute première crise, c'était dans la plaine de cendres, non ?

Il a peut-être raison. C'était juste après l'attaque du couvent : notre première nuit de déserteurs. On était au milieu des cendres encore chaudes. J'avais hurlé dans mon sommeil comme un damné.

— C'est le jour où tu as seriné un moine, Hulan. Le Vieux Dragon nous avait ordonné de mettre le feu à ce couvent, tu t'en souviens ?

— Et c'est là que tu as décidé de foutre le camp, hein ?

— On l'a décidé ensemble.

— Pourquoi tu as quitté l'armée, Jal ?

— Et toi, pourquoi ?

Il ne répond pas. Je secoue la tête et je finis par dire :

— Je n'en pouvais plus. Le sang, la mort, j'avais la trouille. Et puis tuer des gens, encore, toujours… Ça me rendait fou.

— Mais tu as été soldat pendant deux ans, non ? Alors pourquoi déserter ce jour-là, à ce moment précis ?

— Parce qu'on avait enfin un butin, une chance de…

— Quel butin ?

— Tu te paies ma tête ou quoi ? Tu le sais aussi bien que moi !

— La statuette en or, c'est ça ? fait-il en la désignant du doigt, dans ma main. Celle qui contenait l'herbe-de-prince qui t'a sauvé la vie ?

J'acquiesce lentement de la tête. À l'époque, j'avais l'intention de fuir, de la vendre et de vivre la grande vie avec Gloutonne, quelque part en Ostérie… C'était avant qu'elle ne se mette dans la tête de rester dans cette foutue vallée.

— C'était ma chance, Hulan ! Une nouvelle vie loin de la guerre ! Un nouveau départ ! De toute ma vie, je n'avais jamais tenu autant d'or dans mes mains.

— La statuette de l'elfe sainte Hilâ.

— Ses yeux sont en diamant, on en aurait tiré une fortune.

— La guérisseuse.

— Pardon ?

— Sainte Hilâ, l'elfe guérisseuse.

— Oui, oui, c'était un couvent de celle-qui-guérit. Le Vieux Dragon avait donné des ordres très précis là-dessus.

— La sainte a commencé à te guérir, Jal. C'est depuis que tu l'as sur toi que tu as eu tes premiers cauchemars, non ?

— Depuis… depuis…

Foutredieu ! Il a raison, les dates concordent !

— Le pouvoir de Hilâ commence à guérir ton esprit. Je crois que tes crises sont le signe que tu vas mieux dans ta tête.

Mes yeux se posent sur l'elfe en or, le drapé de sa toge, son visage aux traits parfaits…

— Une statuette qui aurait un pouvoir magique ? C'est complètement délirant !

— Pourquoi ? Qu'est-ce que tu sais des saints elfes et de leurs pouvoirs ? De ce qu'ils étaient réellement et de ce qu'ils peuvent encore faire pour nous ?

Je ricane.

— S'ils ont vraiment le pouvoir de nous venir en aide, à nous les humains, alors ils ne se sont pas beaucoup bougé les fesses jusqu'à présent pour nous empêcher de nous entre-tuer.

— Je vais aller plus loin : je me demande si ce n'est pas la statuette qui t'a appelé. Qui a fait en sorte que tu la trouves, toi. Ce moine, on avait combien de chances de le croiser, d'après toi ?

— C'est ça. Et Rikken est la reine de Skavie, hein ? Faut arrêter les champignons, mon vieux.

— D'accord, oublie ça, c'était juste une hypothèse. Mais la statuette a un vrai pouvoir de guérison. Je pense que ta magie a réveillé la sienne. Plus le cercle autour de toi gagne en puissance, plus elle fait de merveilles. Regarde Odomar, regarde-toi, regarde-nous : après notre petite aventure contre la Freule, on était tous blessés, épuisés. Tu crois qu'on aurait pu tenir un combat sans son aide ? Et souviens-toi de tous les miraculés qui ont subitement guéri autour de vous dans le village : toi, qui étais mourant quand Rikken t'a trouvé. Moi, que tu croyais mort et enterré. Gloutonne, qui…

Je m'emporte d'un seul coup.

— Alors pourquoi est-ce qu'elle n'a pas soigné Gloutonne ? Si cette foutue sainte Hilâ guérit les gens, pourquoi elle n'a pas sauvé ma Gloutonne ?

— La petite était salement amochée et la magie était encore faible. Et puis, je crois qu'elle a quand même joué son rôle. Dans la maison du guérisseur, quand tu as formé notre cercle pour la toute première fois, Gloutonne agonisait. Et après ça, son état s'est stabilisé.

— Tu veux dire que… pendant que le cercle est actif, comme maintenant, le pouvoir de la statuette se renforce ? Elle guérit les gens plus vite ?

— Je crois, oui. C'est pour cela que je l'ai déposée dans ta main. On pensait que ta blessure aux poumons pourrait rapidement disparaître et qu'au moment où le cercle retomberait en sommeil tu… Eh, Jal, où tu vas ?

Je suis déjà parti. Vers le cabanon au mur défoncé, vers Gloutonne allongée là-dedans, vers un espoir fou, délirant, avec mon morceau d'or et de diamant entre les mains. Je n'ai pas besoin d'y croire pour essayer : je tenterais n'importe quoi de toute façon.

Je la retrouve exactement dans la même position. Allongée, une couverture tirée jusqu'au cou, un sourire aux lèvres. Je m'avance à quatre pattes jusqu'à elle.

— Hé, ma belle, toujours endormie ? Je t'ai apporté quelque chose ! Tu te souviens de notre bibelot en or ? Ce vieux fou de Hulan pense que ce bout de métal est capable de te guérir. Il me raconte qu'il aurait des pouvoirs mag…

— Gloutonne… a… faim, murmure-t-elle soudain d'une voix faible.

Elle me sourit.

Les yeux ouverts.

Chapitre 60

Le soir tombe sur le campement, les arbres devant nous commencent à se fondre en une masse sombre. Le bruit des scies et des marteaux s'est arrêté, et l'odeur des feux de bois a remplacé celle de la sueur.

Tous les Skaviens sont là, je crois qu'il n'en manque pas un seul de toute la vallée : ça en fait de la piétaille. Des femmes, des bébés, des hommes perchés sur le mur, sur les rochers en surplomb et bien sûr tout autour de moi dans le campement, en train de bavarder. Presque trois cents âmes. Les derniers sont venus depuis les pâturages, les bergeries de la montagne et de petits hameaux plus en amont. Il y a même une ancêtre complètement édentée que trois hommes ont portée depuis sa cabane du fond de la vallée. D'après la dame, il n'en manque pas un seul – excepté les quelques-uns qui sont tombés pendant les deux batailles du mur.

Tous les blessés se sont massés autour de la statuette, sous un auvent de toile goudronnée. On a étendu au sol des couvertures qui servent de plancher à cette infirmerie improvisée. Keerik est au premier rang, avec les mains bandées. Il y a aussi une femme qui était à moitié mourante à son arrivée, le cou tailladé, et d'autres qui avaient des os cassés, des plaies, des bosses. Ils sont quasiment tous entièrement guéris. Hulan avait raison : Hilâ soigne à peu près tout, et le phénomène s'accentue quand mon pouvoir forcit. Les autres Skaviens regardent ces miraculés avec un air totalement émerveillé. Ce sera un sacré avantage dans notre camp, une statuette guérisseuse.

— Ça fait un bon moment que le cercle tient, dit Grand Hulan dans mon dos.

— Le cercle tient, répète Odomar qui semble en pleine forme, maintenant.

— C'est grâce à Gloutonne, murmure dame Rikken.

Elle baisse encore la voix :

— Regarde. Jal n'est plus le même.

Moi, debout au milieu de ces gens, je savoure le contact de sa petite main encore froide lovée au creux de la mienne. Le plaisir tout simple de sa présence, de son souffle doux sur mon bras. Je ferme les yeux, elle est là, de nouveau.

— Keerik, dis-je en me penchant vers lui, je… je te remercie pour ce que tu as fait.

— Ce que j'ai fait ? dit-il en se tournant vers moi et en fronçant les sourcils.

— Tu n'as rien dit au sujet de Gloutonne aux Ostérois. Sans toi, je ne sais pas comment ça aurait fini.

Hochement de tête, haussement d'épaules. Il avale le morceau de fromage de chèvre qu'il avait dans la bouche et marmonne :

— Tu protèges ma famille. Je protège la tienne.

— Tu as dit non à plus fort que toi. Et ça, soldat ou paysan, il y a peu de gens qui sont capables de le faire. Crois-moi.

Il m'a impressionné. Quand je regarde les villageois, maintenant je vois de la force en eux. Peu importent leurs fourches, leur odeur de purin ou leurs cheveux jaunes. Ouais, je crois qu'on peut faire un bout de chemin ensemble.

— Gloutonne aime Jal, chuchote une petite voix à mon oreille.

— Qu'est-ce qu'elle fabrique, cette Freule ? demande Sakynn.

Les veillées à huit au coin du feu, par une belle nuit d'été, ça a un certain charme. Surtout quand l'ennemi n'est pas encore là… Dans le campement, il y a une joyeuse effervescence. Des flambeaux circulent, les enfants jouent à la guerre et on entend des rires de femmes.

— Peut-être qu'elle soigne ses blessures, répond Nola.

— Ou alors, elle est partie chercher du renfort, dit la dame, assise en tailleur à côté de moi.

Gloutonne saisit un brandon et contemple la flamme d'un air fasciné.

— Freule avoir peur de Jal.

— Exactement, confirme Paol qui fait voler dans les airs un petit tourbillon de poussière avant de le jeter contre la flamme de Gloutonne, ce qui la fait éclater de rire.

— On va monter des groupes, dis-je soudain. Un groupe de combattants, d'abord. Aujourd'hui, on va commencer par en former trente, pas plus. Sakynn : tu les as observés au combat, choisis-moi ceux qui risquent le moins de mourir au premier assaut.

— Compris, votre seign…

Le mercenaire, occupé à grignoter un petit pain frotté à l'ail, croise mon regard noir et se reprend :

— Compris, Jal.

Je n'ai aucune confiance en lui et je ne comprends pas ce qu'il cherche en restant avec nous. Mais, par les temps qui courent, je ne peux pas vraiment me passer d'un guerrier de métier volontaire pour se battre.

— Hulan, Odomar, vous en prendrez dix chacun et vous essaierez de leur apprendre la base. Comment rester en vie, déjà. Mais aussi comment se battre sur un mur.

— Se battre sur un mur, répète Odomar.

De la main, il lisse le tranchant de sa hache posée sur ses genoux.

— Les pierres et les piques sont les armes les plus indiquées…, fait Hulan, songeur. Et il faudra trouver toutes les pièces d'armures possibles pour couvrir les têtes et les épaules de nos gars.

— Rikken, tu vas me constituer un groupe de tireurs. Repère les meilleurs, hommes, femmes, vieillards : tous ceux qui ont l'œil et le doigt sûrs. Rassemble-moi toutes nos arbalètes, toutes nos munitions. Prévois des équipes de deux : un pour tirer, l'autre pour recharger. Si le premier meurt, l'autre prend sa place. Poste-les dans des endroits protégés d'où ils auront une belle vue sur le défilé sans craindre les tirs d'en face.

— Et nous ? demande Paol.

— Gloutonne et toi, vous vous chargerez des enfants. Je veux que les adultes aient à manger et à boire. Je veux qu'ils aient des feux en permanence, donc du bois mort en quantité suffisante. Je veux des volontaires pour aller dans le trou du guetteur et je veux de bons coureurs prêts à porter des messages.

— Bon, eh bien, je pense que nous avons tous mérité d'aller prendre un peu de repos, fait Sakynn en s'étirant.

— Non. Il faut battre le fer pendant qu'il est chaud. Ce soir, les Skaviens sont victorieux, ils seraient prêts à bouffer une montagne. On va profiter de cette belle lune ronde pour commencer les choses sérieuses.

— Et toi, Jal, qu'est-ce que tu comptes faire ? demande la dame.

Je lui décoche un sourire mystérieux.

— Moi, je vais apprendre à connaître mes soldats.

Je me lève et, avec Gloutonne qui ne me lâche pas la main, me dirige droit vers une brochette de grand-mères assises sur un tronc abattu, qui se racontent de vieilles histoires en éclatant de rire. À ma vue, elles s'arrêtent, elles se regardent, elles rajustent leurs cols, leurs robes fripées. L'une d'elles a la joue couverte de verrues, et une autre autant de moustache qu'un sergent de ville.

— Alors, mes jolies, beau clair de lune, n'est-ce pas ?

Elles acquiescent en silence, souriantes, émues, la poitrine gonflée de joie qu'on s'intéresse à elles.

— Comment vous appelez-vous ?

— Jal être un homme bon, leur explique la petite en hochant la tête.

Avant la fin de la nuit, je veux connaître leurs noms à toutes et à tous, sans exception.

Les groupes d'entraînement vont dormir chacun à leur tour, se relayant pour s'exercer et préparer la défense. Moi, je reste debout au milieu de la poussière du camp, à observer mes troupes.

— Plus en arrière, le pied, dis-je à une femme qui tient sa pique comme un gourdin. Sinon, tu tomberas au moindre choc.

Bon Dieu, il y a encore du boulot ! Elle acquiesce de la tête sans quitter Hulan des yeux, qui sert de maître d'armes à son équipe de dix combattants.

— Comment tu t'appelles ?

— Jersi.

Moche. La trentaine. Une tête de tueuse.

Berik a déjà fait réparer les dégâts causés au mur par les Ostérois. Laissant là le groupe de Hulan, je grimpe sur l'escalier branlant. Les pierres disjointes jouent entre elles et grondent sous mes bottes. Il avait raison, le maçon : pas solide, pas droit, pas haut, c'est tout ce qu'on pouvait faire comme mur en si peu de temps. Mais au moins, il tient debout. L'ouvrage fait trente pas de longueur et le vieux a prévu un chemin de ronde de deux pas de largeur pour manœuvrer et entreposer des pierres : ça, ce sera utile. Nos combattants seront protégés par un parapet à créneaux fait de pierres carrées posées les unes sur les autres, entre lesquelles Berik a fait ménager de petites fentes pour tirer à l'arbalète. Ce gars est un génie, je n'aurais jamais cru qu'il ferait du si bel ouvrage dans le délai que je lui ai donné.

Le groupe des dix Skaviens de Sakynn s'entraîne à repousser une invasion imaginaire.

— Remets ton casque, espèce d'âne ! crie le mercenaire à un bonhomme rouge d'effort qui soulève une pierre au-dessus du vide. Tu veux finir avec une flèche entre les yeux ?

— Mais, sergent, répond l'autre, on est à l'entraînement. Les Ostérois ont foutu le camp, non ?

— Et l'entraînement, ça sert à quoi, saint Ballot ? Hein ?

Sakynn s'avance vers lui, le long du mur, faisant crisser la pointe de son épée sur la pierre.

— À… à s'entraîner ?

— Bravo ! T'es un malin, toi.

Sakynn adore son rôle de petit chef, il lui va comme un gant.

Je reprends la leçon à sa place :

— C'est pénible de porter un casque, hein ? Ça tombe tout le temps, ça colle aux tempes, ça résonne quand on parle…

Le gars sursaute tellement au son de ma voix qu'il manque de tomber du mur.

— Mais si tu fais l'effort de le porter pendant quelques jours, tu ne le sentiras même plus, et il ne te gênera pas au combat. Voilà ce que veut te dire Sakynn.

Je lui visse son casque sur le crâne avec un sourire et dépasse le groupe pour inspecter l'autre côté de la passe. Le sol est fait de terre meuble, ras comme la main, encadré par deux à-pics infranchissables. Le mur fait un peu plus de quatre pas de hauteur, d'après ce que je vois en me penchant. Et il n'est pas monté tout à fait droit : il est légèrement déclive. C'est une astuce vieille comme le monde pour améliorer la solidité de l'ouvrage, surtout quand le mortier ne vaut pas un clou. On voit les rainures entre les pierres empilées les unes sur les autres : ce ne sera pas très difficile de grimper à mains nues. Je relève la tête et je repère deux tireurs de dame Rikken embusqués dans les rochers un peu plus haut. Et encore deux autres sur un arbuste en retrait du mur, perché dans le vide. Elle a réussi à en poster un peu partout, certains s'entraînent à viser un sac de terre en contrebas, côté campement, et ils y arrivent plutôt bien.

— Jal !

Je me retourne : c'est Sakynn.

— Je voulais trouver un moment pour vous dire combien je regrette ce qui est arrivé entre nous par le passé…, commence-t-il.

— Ne te fatigue pas pour les excuses, mon vieux, on n'a pas le temps pour ça. Comment s'en sortent tes petits soldats ?

Il hausse les épaules sans même un regard pour les paysans occupés à se battre entre eux par équipes en utilisant le manche en bois de leur pique en guise de fer.

— J'ai mes faiblesses, c'est vrai. Mais maintenant je suis dans le droit chemin, poursuit-il avec une ferveur qui me fait un peu peur.

À ses yeux, Guerrier-Mage, ça veut dire « général », « roi », « empereur ». « Dieu », quasiment. Pour lui, je ne suis plus le même homme qu'avant. Je passe la main sur la pierre du parapet, éprouvant sa texture rugueuse, la fine couche de poussière blanche due aux manipulations récentes. Je ramasse un gravillon de la taille d'une noix.

— Tu as une question à me poser ?

Je fais sauter cette petite pierre dans ma main : je ne sens pas son poids. Si je la lançais en l'air, avec la force du cercle qui est en moi, est-ce qu'elle finirait par retomber ? Est-ce qu'elle irait jusqu'aux étoiles, retrouver les saints et les saintes elfes dans les cieux ?

— Prenez-moi dans votre cercle ! dit-il en criant presque. J'ai toujours rêvé d'être un compagnon. Un jour, un Cogneur a failli me prendre avec lui, mais un autre gars a monté une cabale contre moi... Je suis un bon combattant, je vous servirai fidèlement, je...

— Non.

Alors c'était donc pour ça qu'il était resté ?

— On s'est battus ensemble comme des frères d'armes !

— On est déjà sept.

— Sept, huit, c'est presque pareil, non ? Pourquoi ça devrait être exactement sept ?

— On peut créer un cercle avec autant d'hommes et de femmes qu'on veut. Mais avec trop peu on manque de puissance, avec trop on manque de cohésion. Nos ancêtres ont opté pour sept, il semble que ce soit le nombre idéal.

— Justement, Jal ! Vous, vous êtes différent ! Les règles, les lois, les nombres idéaux, ce n'est pas votre genre, hein ? Alors pourquoi pas huit ? Innovez, soyez le premier Guerrier-Mage à créer un cercle à plus de sept…

— Foutremerde, Sakynn, tu m'as trompé, tu m'as défoncé les côtes, tu m'as fait passer aux yeux de tous pour un lâche et un menteur !

— Tout le monde peut faire des erreurs.

— Tu t'attendais à quoi ? Il n'y aura jamais de confiance entre nous. Si je te prenais dans le cercle, ça le ferait disparaître en un claquement de doigts !

— Mais comment pouvez-vous sav…

— Fin de la discussion.

Ce cercle, il dure encore, c'est même assez incroyable. Il n'a pas cessé d'être actif depuis le moment où je me suis réveillé : des heures et des heures. Je ne sais pas comment l'interrompre ni même si je dois le faire. Il semblerait qu'on ait trouvé un équilibre. J'écrase le petit caillou entre mes doigts jusqu'à en faire de la poudre, que je fais couler sous les yeux dévorés d'envie de Sakynn.

— Je vous ai sauvé la vie, par tous les saints ! crie-t-il. J'ai pris une épée et je me suis jeté au milieu de la mêlée pour me battre vos côtés ! Vous ne pouvez pas me dire non !

— Évidemment que je le peux.

Chapitre 61

La nuit se passe sans que l'alerte soit donnée. Les cavaliers encore en vie après notre attaque n'ont laissé aucune trace, si ce n'est quelques empreintes de sabots menant vers la plaine. L'entraînement reprend au lever du soleil, ainsi que les tâches de chacun. On taille des pierres à jeter aux assaillants, on se bagarre à coups de pique, on prépare les repas… Les paysans et les bergers ne seront jamais de vrais soldats, mais ils commencent à comprendre quelques bases : ça nous évitera peut-être d'en perdre la moitié au premier choc.

— Bien dormi ? me demande Nola en sortant d'un cabanon, le visage encore bouffi de sommeil et les cheveux en pagaille.

Elle couche sur la même paillasse que dame Rikken, Paol et quatre autres femmes.

— Oh ! Bonjour, Gloutonne.

La petite déboule en trombe, lui saute au cou, lui fait deux grosses bises puis s'accroche à ma jambe en hurlant : « Gloutonne est contente ! » et en disparaissant aussitôt.

— Au moins, en voilà une qui est complètement guérie, dit Nola, un sourire aux lèvres. Plus tard, j'aimerais bien avoir une petite fille aussi joyeuse qu'elle.

— J'ai dormi à peine une heure, dis-je finalement en réponse à sa question.

Elle me jette un regard interloqué.

— Vous n'avez pas l'air fatigué.

— La magie, sans doute. Hulan et Odomar sont en train de faire chauffer de l'eau autour d'un feu, sers-toi.

— Jal, fait-elle d'une voix plus basse, la statuette devrait vous guérir de plus en plus vite, en toute logique, non ? Je veux dire… vos crises, vos cauchemars. Est-ce que vous en avez encore ?

— La statuette a été sacrément occupée ces derniers temps, elle a soigné mes côtes et mes poumons écrasés. Sans compter tous les Skaviens blessés pendant le combat. Je ne sais pas comment elle fonctionne, mais apparemment elle ne peut pas tout faire à la fois.

— Avez-vous eu des rêves, cette nuit ? Avez-vous consulté votre carnet ?

Une sueur froide me coule dans le dos.

Je n'ai pas regardé.

Ce carnet me fout la tête à l'envers, il faut que je vérifie par moi-même. Avec une sourde angoisse, je plante Nola sur place et retourne au cabanon. Je baisse la tête, ôte le panneau de bois de l'entrée et, dans la semi-obscurité qui règne à l'intérieur, tâte les peaux de bêtes qui servent de plancher, à la recherche du carnet. Foutre d'elfe, ça sent le fauve, ici. Je retrouve les couvertures, mon sac, Allahid poussée dans un coin et, finalement, mes doigts se referment sur une reliure de livre en cuir. Le cœur battant, je me colle à un rai de lumière filtrant entre deux planches et parcours fébrilement les pages.

Qu'est-ce que je vais encore apprendre, cette fois ? Combien de disciples du Maître ont été tués ? Quel tour de salopard il nous a joué ? Oh, bon Dieu, il y a quelque chose de nouveau ! Mais ce n'est pas un témoignage, cette fois. On dirait une liste de mots écrite à la va-vite.

« *Assararr* : le cercle. »

Oui, je le connais, celui-là.

Encore une chance que j'écrive toujours en sudien pendant la nuit. Au moins, personne ne peut me lire.

« *Gaïa* : prends ma douleur. »

C'est quoi, ce délire ? Mes mots de pouvoirs ? Pourquoi j'ai écrit ça ?

Et puis je découvre le suivant :

« *Ussän joll* : l'armure de l'esprit. »

Voilà ce qui aurait pu me protéger de la Freule ! Voilà comment lutter contre tous ceux qui possèdent ce foutu pouvoir de pénétrer dans les esprits !

Je sors du cabanon, le carnet à la main. Nola m'attend dehors.

— Nola, je… j'ai écrit…

Je la prends par les épaules, bafouillant, ne sachant quoi dire exactement.

— Je suis là, Jal. Calmez-vous.

— J'ai écrit un mot de pouvoir que je ne connaissais pas !

— C'est une excellente nouvelle. Comment avez-vous pu rêver de cela ? C'est la magie qui vous habite, c'est cela ? Elle vous souffle les mots d'un langage inconnu ?

Je lui mens :

— Je n'en sais rien.

La magie n'a rien à voir là-dedans. J'ai dû avoir appris puis oublié ces mots, comme le reste. Mais je ne peux pas le dire à Nola.

— C'est du sudien ? fait-elle en jetant un coup d'œil au carnet. Vous avez une jolie écriture.

Moi ? J'écris comme un cochon. Je pose les yeux sur la liste et fronce les sourcils. Les premiers mots de la liste ont été écrits avec mon écriture habituelle, zigzagante et en pattes de mouche. Mais Nola a raison : pour le dernier, l'écriture se délie, elle est plus fine et plus élégante.

— Ce n'est pas moi qui ai écrit ça !

Bon Dieu ! Quelqu'un a essayé d'imiter mon écriture et, malgré lui, a fini par laisser transparaître la sienne… C'est complètement absurde. Ça voudrait dire que quelqu'un aurait pris mon carnet pendant que je dormais et y aurait écrit ces mots ? Dans le noir ? Quelqu'un qui connaît des mots de pouvoirs ? Et qui connaît le sudien ? Ça ne tient pas debout.

— Nola !

— Que se passe-t-il, Jal ? Vous êtes tout pâle !

— Est-ce que… est-ce qu'il est possible d'avoir deux personnalités ? Est-ce que tu as déjà rencontré ce genre de choses en tant que guérisseuse ?

— Que voulez-vous dire ?

— Je veux dire : deux personnes en moi, qui s'exprimeraient l'une après l'autre. Tellement distinctes qu'elles n'auraient même pas conscience de l'existence de l'autre, qui pourraient avoir deux écritures différentes…

— Jal, voyons, calmez-vous. Vous tirez des conclusions qui…

— Tu es une guérisseuse, réponds à ma question : est-ce que ça existe ?

— Eh bien…, oui, peut-être. D'après certains livres, les symptômes s'appellent le… le « syndrome de saint Jal ».

— Tu plaisantes ?

— C'est juste une coïncidence ! Cela n'a rien à voir avec vous. Ce saint est parfois représenté avec deux visages, c'est tout. Certaines personnes sont frappées par ce mal, souvent à la suite d'un traumatisme psychique. Un choc ou le décès d'un proche.

— Saint Jal, le protecteur des fous et des égarés...

— Mais ce sont des cas extrêmement rares.

Je *suis* un cas extrêmement rare, Nola.

— Est-ce que je t'ai déjà parlé avec une autre voix ? Est-ce que tu m'as déjà vu faire des choses incohérentes ?

Elle penche la tête, l'air embarrassé :

— Pardon, Jal, mais c'est difficile à dire. Vous avez souvent une attitude... atypique.

Et si la nuit, je devenais peu à peu Dal Koom ? Si ce gamin commençait à reprendre ses droits sur ma vie, s'il émergeait de ma mémoire et qu'il détruisait l'homme que j'ai été depuis que mes souvenirs ont disparu ? Je referme le carnet, fais quelques pas et prends une grande inspiration. Dire que la statuette est censée me soigner alors qu'elle est peut-être en train de m'effacer morceau par morceau.

— Il est utile ? demande Nola.

Je sursaute : je n'avais pas remarqué qu'elle était toujours là.

— Quoi ?

Du doigt, elle pointe le carnet :

— Ce nouveau mot de pouvoir. Il est utile ? Vous allez avoir besoin de toutes vos ressources quand les Ostérois reviendront au mur.

— Il est capital, Nola.

Pendant quatre jours, pas de trace de la Freule.

Mes Skaviens se font peu à peu à leurs nouvelles tâches, plus rapides, plus réactifs, se coulant dans leurs rôles comme on enfile un nouveau costume. Renforcer le mur, s'entraîner au combat, préparer l'intendance. Ils m'étonnent, ces sacrés paysans. À les regarder besogner, sérieux, concentrés, sans jamais se plaindre de la fatigue ou des courbatures, j'ai de plus en plus l'impression d'avoir sous les yeux un vrai camp de soldats. Au début, ils étaient maladroits, ils n'arrêtaient pas de se prendre des coups et de s'étaler par terre. Dans leurs tuniques de cuir, avec leurs lances ou leurs masses d'armes à la main, ils ressemblaient à des bêtes de cirque qu'on habille d'un chapeau ou d'une veste pour faire rire les villages. Mais au bout de deux jours, je les vois s'entraîner à parer, à esquiver, à feinter comme on le leur a appris. Leurs armes, ils les astiquent avec des gestes précis, comme ils ont astiqué toute leur vie leurs charrues ou les harnais de leurs bœufs. Ils nouent les cordons de leurs quelques pièces d'armure en un clin d'œil. Fini, le temps où ils les mettaient à l'envers, où ils se trompaient dans les nœuds. Ils apprennent vite. Ils obéissent sans broncher, sensibles à l'autorité silencieuse d'Odomar, surtout, qui s'avère être un excellent sous-officier et qu'ils admirent énormément.

Moi, je suis partout, nulle part, dans les rochers, sur le mur, dans la forêt, à remonter le moral, à donner un coup de main ou un coup de pied aux fesses à l'occasion. Ceux qui ne sont pas aptes au combat ont tous leur tâche à accomplir Construire des protections contre les flèches, un espace pour les blessés, une fosse pour les cadavres... Il faut penser à tout, hein ? Gloutonne se balade avec Paol et fait sa part du travail, mais je ne la lâche jamais longtemps des yeux.

Le soir, j'invite les membres de mon cercle à venir me rejoindre pour mettre mes nouvelles connaissances en pratique. On se retrouve avec le sourire, on ferme les yeux, on se concentre… et on n'en revient pas de ce qu'on arrive à faire ensemble. C'est notre énergie à nous tous qui me fait faire des miracles. Sans eux, je redeviens Jal, le petit déserteur de la 13ᵉ – aussi nu et fragile que ce gars qui a failli crever dix fois face à une petite bande de maraudeurs. La magie du cercle ne cesse pas un instant de m'habiter. Je sens sa présence en moi et celle de chacun de ses membres. C'est comme un fil qui menace à chaque instant de se rompre, et pourtant ne lâche jamais. Je m'habitue peu à peu à sentir sa force en moi, à l'éprouver dans mon corps, dans mes gestes, à tenter d'approcher ses limites.

Guerrier-Mage…

Je commence à peine à comprendre ce que signifient ces deux petits mots tout simples.

Quand je reviens au campement, j'évite le contact avec les Skaviens. Je vois le regard des femmes sur moi – celui des hommes aussi, Grand Hulan avait raison. Certains seraient prêts à me jeter une épouse ou une fille dans les bras pour se rapprocher de moi. Fascination, adoration. Pour eux, je suis comme un second soleil. Mais depuis Alrune, j'ai retenu la leçon et je me tiens à distance.

Quelques-uns réagissent de manière différente : Keerik, par exemple, continue à me tutoyer, et le prêtre m'écoute en souriant quand je ne sais plus à qui parler. Et bien sûr mes compagnons de cercle. Oh, je les ai bien choisis, ceux-là ! Ils ne changent pas de regard sur moi, ils restent mes amis, ma famille d'adoption. Il ne se passe pas un instant sans que je sois un peu dans leur tête et eux un peu dans la mienne.

Et quand les premiers coups de sifflet du guetteur résonnent enfin, j'entends la pensée de dame Rikken, étrangère à la mienne, murmurer quelque chose comme : *Je crois que nous sommes prêts.*

L'alerte tombe en fin d'après-midi. Il fait une telle chaleur que la plupart des Skaviens se sont glissés dans les bois, profitant de cette pause inespérée pour se reposer et bavarder entre eux. Odomar et Hulan ont le sourire. C'est vrai qu'à force de les attendre, ils finissaient presque par nous manquer, ces foutus Ostérois. Le mur, derrière nous, renvoie la chaleur et la lumière du soleil : on se croirait dans un four. Nous formons un cercle à sept, assis en tailleur, et le petit Henrik se tient à la limite. Il n'a pas changé, le sale rouquin, toujours le regard aussi fuyant et l'air aussi faux jeton. Il est hors d'haleine après avoir dévalé la montagne depuis le trou du guetteur, la chemise trempée de sueur, rouge comme une pivoine. Alors c'est Grand Hulan qui prend la parole :

— Tu peux la décrire un peu, cette armée que tu as vue ? Cinq cents soldats, un cercle de mage en tête, c'est ça ?

— La Freule va avoir une petite surprise, fait Paol avec un sourire. Maintenant que vous maîtrisez vos pouvoirs, elle ne pourra jamais vous battre.

Hulan glousse un peu.

— Non, dis-je à voix basse.

— Comment ça, « non » ?

— Pas cinq cents hommes. Et pas la Freule.

Je croise le regard de dame Rikken. Je crois que je commence à comprendre son intuition, son sixième sens animal pour tout ce qui touche à sa vallée.

— Cette fois, ce sera toute l'armée d'Ostérie, le Vieux Dragon en tête.

Grand Hulan devient blanc comme un linge.

— Pourquoi il viendrait ? Pourquoi toute son armée ? Il a une ville à prendre, non ? Bordel de saints, il est occupé ailleurs !

— Il y a peut-être renoncé. Ou alors, il l'a déjà prise. En tout cas, je suis presque sûr qu'il vient nous voir en personne.

— Le s… seigneur Jal a raison, crache enfin Henrik, les yeux exorbités, la trouille au ventre.

Je comprends, maintenant : ce n'était pas la course qui lui avait coupé le souffle. C'est juste que ça n'arrivait pas à sortir, c'était trop gros pour lui.

— La… la plaine est couverte de soldats à perte de vue ! Je ne savais même pas qu'il existait autant d'hommes sur la terre. Ils sont des centaines, des milliers ! J'ai vu des chevaux, des chariots, le ciel est noir de la poussière qu'ils soulèvent sur leur passage !

— Alors, petit, satisfait ? dis-je en soupirant. Tu voulais savoir ce que c'est que la guerre, pas vrai ?

Bouche ouverte, hébétée par l'image de l'armée qui n'en finit pas de soulever de la cendre dans sa tête, il fait lentement « non » de la tête.

— Au fait, je ne crois pas t'avoir vu à la bataille du mur.

— Je… j'étais au trou du guetteur, seigneur Jal.

C'est ça, prends-moi pour un demeuré.

— Jal tout court.

— Toute l'armée ostéroise ? fait Nola, effarée. Vous voulez dire, l'armée tout entière ?

Je confirme :

— Les treize légions. Environ huit cents cavaliers, quarante balistes et catapultes, cinq cents chariots, sept mille fantassins. Il faut y ajouter trois mille mercenaires, cinq cents marchands, quatre mille supplétifs enrôlés de force pour l'intendance et, bien sûr, deux à trois mille femmes arrachées à leurs foyers pour servir de cuisinières, d'infirmières et de putains. Tout ce petit monde a faim.

Par curiosité, les sourcils froncés, Odomar demande le sens d'un mot qui lui a échappé :

— « Putains » ?

Malgré nous, nos yeux se tournent vers Nola, qui devient écarlate et lui lance un regard d'une noirceur absolue. Le pauvre Odomar rentre la tête dans les épaules, honteux, et ne dit plus un mot.

— Henrik, on a une bataille à préparer. Toi, tu peux retourner te planquer comme un rat quelque part.

Le rouquin file sans demander son reste.

— Bon, fait dame Rikken. Pas de panique.

Elle garde une voix bien maîtrisée, mais je sens, au plus profond d'elle-même, que c'est juste une fragile barrière entre elle et la terreur.

— Qu'est-ce qu'il peut bien chercher ici, foutredieu ? gueule Hulan. Une vallée paumée dans les montagnes et deux cents pouilleux en loques, ça ne fait pas déplacer une armée ! D'abord, il envoie sa meilleure Cogneuse et maintenant ses treize légions ? Ça n'a aucun sens !

Je soupire et passe lentement le doigt sur le vieux pantalon troué que Rikken m'a donné – qui a dû vêtir les fesses de pas mal de chevaliers de la vallée de Thorkel avant moi.

— Peut-être qu'il veut être le dernier, dis-je finalement.

— Le dernier quoi, bordel ?

Grand Hulan ne peut pas comprendre. Il ne connaît pas cette sensation grisante d'être le centre du monde, le Dieu qui manque sur cette terre. Cette solitude absolue, aussi. Il faut faire un effort permanent sur soi-même pour ne pas voir dans ses semblables autre chose que de petites marionnettes entre ses mains. Pour un Guerrier-Mage, l'univers tout entier n'est qu'un jouet. Rien ni personne ne résiste à ses caprices, sa force n'a quasiment pas de limite... si ce n'est celle des autres Guerriers-Mages. Pour le Vieux Dragon, ses pairs sont probablement les seuls êtres au monde à exister à ses yeux. Les seuls aussi à poser des barrières à sa toute-puissance.

— Je pense qu'il veut être le dernier grand Guerrier-Mage. Il a déjà éliminé tous ceux qui restaient, non ? Il ne doit pas supporter l'idée qu'il en existe, quelque part dans ce monde, un seul autre que lui. Et voilà qu'un petit nouveau apparaît d'un seul coup au fond d'une vallée… Je représente une menace pour lui, il sait que je suis fort. Seulement, je suis en position de faiblesse ici, sans Cogneurs pour m'escorter, sans armée pour me soutenir. Alors il accourt vers moi avant que je ne devienne dangereux.

— Mais vous êtes plus fort que lui, n'est-ce pas ? demande Paol, confiant.

— On ne le saura jamais, petit.

— Pourquoi ?

— Parce que je vais foutre le camp, dis-je en me levant.

La stupéfaction sur le visage des autres me fait un pincement au cœur.

— Tu as juré de protéger cette vallée ! hurle la dame.

— C'est bien ce que j'ai l'intention de faire, Rikken : si je reste ici, je vous mets tous en danger. En partant, je vous sauve.

La dame me jette un regard atterré. Je peux lire dans ses yeux le choc de ses pensées contradictoires qui s'affrontent. La loyauté envers moi ? La loyauté envers sa vallée ?

— Je ne vais pas te manquer beaucoup, de toute façon, hein, Rikken ?

Elle a été assez claire là-dessus.

— On ne brise pas le cercle, murmure Hulan. Quoi que tu fasses, on le fera tous ensemble.

Je hausse les épaules.

— Bien sûr qu'on va le briser. Tu imagines sérieusement Rikken quitter sa vallée ? Et les autres ?

Je fuirai et me ferai tout petit, quelque part. Avec un peu de chance, le Vieux Dragon ne me retrouvera pas. Mais la dame secoue la tête :

— J'ai presque failli t'écouter, Sudien, mais tu raisonnes de travers. Si tu pars, tu brises ce cercle, il suffirait de cinquante soldats au Vieux Dragon pour faire tomber notre mur et capturer ce qui reste de nous. Si tu pars, tu nous condamnes tous.

Foutresaint, elle a raison ! Je me suis laissé déborder par la panique. La vallée ne peut pas vivre sans moi pour la défendre. Dans ce cas… je ne vois aucune solution.

— Si tu restes avec nous, poursuit dame Rikken, la lutte sera dure, c'est vrai. Mais personne ne peut dire qui va l'emporter et la vallée garde une chance de rester intacte.

— C'est le plus puissant des Guerriers-Mages ! Et tu voudrais que moi, Jal…

— Non, Sudien, me coupe-t-elle d'un ton tranchant. Pas toi : nous. Ce sera notre cercle contre son cercle. Et si toi, tu ne crois pas suffisamment en nous, moi, j'y crois pour deux ! Et, s'il le faut, j'y croirai pour sept !

Pendant une seconde, je me laisse presque avoir par sa jolie tirade – une seconde seulement.

— C'est du délire, il va nous laminer.

Elle me regarde avec une expression indéfinissable. Un mélange de reproche et de douceur, je crois.

— Avant chaque bataille, tu doutes de toi, Jal. Mais tu es un lutteur-né, tu n'abandonnes jamais. Depuis que je suis à tes côtés, je ne t'ai encore jamais vu perdre un seul combat.

— Ce ne sera pas un combat : ce sera un massacre.

D'un bond, Gloutonne se lève, se jette sur moi et me pousse si fort que je manque de peu de m'étaler dans la boue.

— Jal pas partir ! Jal être plus fort que foutremerdesaint de Dieu de Dragon tout vieux !

Un silence se fait, troublé seulement par le bruit feutré de ses petits poings cognant rageusement sur le tissu de ma chemise, sans me faire le moindre mal.

Je les regarde tous un à un. Odomar sait qu'on n'a aucune chance, mais il s'en fiche, il est prêt à mourir pour Nola. Gloutonne est une gamine et Rikken ne sait même pas ce que c'est qu'une armée. Pour elle, une foule, c'est cinquante hommes sur la place du village.

Ils sont tous déjà morts, la vallée est condamnée. Est-ce qu'ils le savent, cette bande de têtes de mule ? Et moi, s'ils restent ici, est-ce que j'ai le choix ? Est-ce que je peux les laisser derrière moi se faire tuer ? Après tout, mourir auprès de mes compagnons, c'est peut-être ce que je peux espérer de mieux de la vie.

— D'accord, ma petite sœur de guerre, d'accord, dis-je finalement en la prenant dans mes bras. On va… on va essayer, hein ?

Chapitre 62

Les tambours, toujours les tambours, pendant des heures. C'est à vous rendre fou. On les entend gronder, ramper dans la plaine et se rapprocher peu à peu, enflant comme une marée prête à nous engloutir. Le sol vibre, toute la montagne tremble. Quelque part au-dessus de nos têtes, un minuscule éclat de roche se détache, entraîne avec lui poussières et gravillons, qui tombent dans la ravine.

Les Skaviens en ont fait une étendue toute droite de cent pas de longueur, assez large pour laisser passer huit à dix hommes de front, encadrée par deux parois trop inclinées pour l'escalade. La terre y est plate comme la main – toute végétation en a été arrachée pour ôter le moindre abri à l'ennemi. Le mur en marque la fin, comme un butoir. Et de l'autre côté, le défilé se termine par un coude à angle droit, débouchant sur la rampe naturelle qui descend vers la plaine et qu'on ne peut pas voir du mur.

Sakynn tripote une médaille de Saint-Othin porte-bonheur. Sur le mur, les Skaviens sont accroupis, le dos contre le parapet pour se protéger du soleil du matin. Certains tiennent déjà au-dessus de leurs têtes leurs panneaux de bois contre les flèches, qui leur servent à se faire de l'ombre. Debout devant eux, je détaille un à un leurs visages. La sueur qui coule le long de leurs tempes, les grimaces quand la sangle de leurs casques devient insupportable, les mains qui chassent les moucherons…

Une jeune femme noue ses cheveux, essaie de les glisser sous sa tunique de cuir pour qu'ils ne la gênent pas au combat.

Il y a là Franz le forgeron, un gars costaud, calme comme un prince, qui a deux enfants en bas âge. Gerulf, ce gentil lourdaud que j'avais choisi pour mon tout premier cercle – dont le pied écrasé par un sabot a été guéri par la statuette. Brand, le vieux prêtre, qui a ressorti une antique cotte matelassée piquée de clous et une masse d'armes rouillée du temps de la guerre contre les Sudiens. Ils me rendent mon regard, me font des sourires un peu crispés.

— Eh, Gerulf, ça va aller, mon vieux, dis-je en lui tapotant l'épaule.

Mon casque donne à ma voix un son étouffé, métallique. Je relève ma visière pour respirer un peu, j'ai trop l'impression de parler dans une casserole.

— Oui, mon ca… mon capitaine, répond-il avec une voix nouée par la trouille.

— Tu voulais te marier, toi, non ?

— Oui, mon capitaine.

— Eh bien, tu sais quoi, mon gars : la guerre, c'est une promenade de santé à côté du mariage !

Je récolte quelques rires un peu trop haut perchés, un peu trop bruyants. Mais c'est toujours ça de pris.

Pour la millième fois, je vérifie nos empilements de pierres, dressés à intervalles réguliers sur le mur et qui nous serviront de projectiles. Elles ont été choisies tranchantes, chacune assez lourde pour assommer un homme. Côté campement, plusieurs équipes préparent des feux pour préparer l'eau bouillante, on recompte des bandages, les armes de rechange. Il y a trente Skaviens sur le mur, trente autres qui attendent de les relever à quelques pas en dessous, et une autre trentaine encore qui relèveront les prochains.

Sur les parois rocheuses de part et d'autre, je repère les cachettes de nos tireurs et de nos tireuses, prêts à faucher l'ennemi, bien conscients que chaque projectile est précieux. Ils sont à peine visibles, cachés dans les rochers et dans les arbustes qui poussent de guingois. La plupart ont couvert leurs vêtements de traînées de boue comme je le leur ai appris.

Et avec moi, en ligne sur le mur, les meilleurs combattants de mon cercle : la dame, Hulan, Odomar. Je n'aime pas les voir exposés comme ça, mais je n'ai pas vraiment le choix.

— C'est toujours comme ça ? demande dame Rikken d'une voix blanche.

— Ces tambours ! gémit Jersi, la trentenaire moche. Ils ne s'arrêtent jamais ?

Les vibrations me font trembler les dents dans ma bouche, mais j'y fais à peine attention. J'ai l'habitude.

— Il n'y a pas deux batailles qui se ressemblent, fait Hulan. Mais les tambours sont un grand classique. Foutre la trouille à l'adversaire, jouer sur ses nerfs, le pousser à la faute… C'est ça, l'art de la guerre. Il faut se répéter que c'est juste une peau de chèvre tendue sur une boîte en bois, rien de plus.

— J'ai peur, j'ai peur, j'ai peur, se met à murmurer en boucle Gerulf, recroquevillé sur lui-même, les mains crispées sur le manche de sa pique.

Sakynn se lève et lui donne un coup de pied pour le faire taire.

— Silence dans les rangs !

— J'ai PEUR ! crie-t-il soudain en me regardant droit dans les yeux, avec tellement de rage que, pendant un instant, je me demande s'il ne va pas essayer de me planter son arme dans le ventre.

— Et alors ? Moi aussi, je suis mort de trouille, dis-je finalement. Et est-ce que je braille, hein ?

Ça le calme. Avec le heaume des seigneurs de Thorkel et la vieille cuirasse de fer, polie et brillante, je ne me sens plus tout à fait moi-même. Plus fort, plus sage, comme si quelques siècles de noblesse pesaient sur mes épaules. Oh, je ne suis pas dupe : je sais bien que ce n'est qu'un masque.

— Ils arrivent, chuchote Jersi.

Sakynn se rencogne derrière un créneau, embrasse sa médaille pour la centième fois et murmure une prière.

Au fond du défilé, à cent pas devant nous, des ombres s'allongent déjà et se découpent sur la roche. Puis apparaissent les premières silhouettes ; elles semblent très fines, presque fragiles en comparaison du roulement puissant des tambours. Une ligne de cinq hommes, parfaitement agencée, qui tourne en ordre parfait et s'avance. Ce ne sont ni des supplétifs ni des mercenaires : le Vieux Dragon nous honore de ses légionnaires. Une deuxième ligne suit la première, puis une troisième et, très vite, ils forment une masse en mouvement, comme une machine implacable.

Ce sont des fantassins. Ils ont abandonné la longue lance pour l'épée courte, plus pratique pour prendre un mur d'assaut, mais ils ont gardé le casque lourd, la cuirasse de cuir bouilli qui leur protège le torse et le haut des cuisses, ainsi que le grand bouclier rectangulaire qui fait merveille contre les tirs de flèches. Certaines lignes portent des échelles, d'autres des cordes à grappin.

— Il nous envoie la 13e, murmure Grand Hulan. C'est même notre bonne vieille 4e compagnie de fantassins.

Bon Dieu, il a raison ! Je reconnais leurs visages entre les garde-joues des casques. Des noms défilent dans ma tête comme une liste qui se déroule, impossible à arrêter. Jano, Hans, Tibert… Avec eux, j'ai survécu aux flèches, aux pierres, aux charges de cavalerie. J'ai tué, aussi. Pillé, brûlé, pendu.

Salopard de Vieux Dragon ! Il sait très bien ce qu'il fait.

— Skaviens ! je gueule soudain. À vos postes !

Mes trente paysans se lèvent en désordre, essayant d'apercevoir quelque chose. Je devrais les réprimander pour leur manque de discipline, mais au fond, je me rends compte que ça me plaît.

— Et nous aussi, dis-je dans un murmure, pendant que Hulan, Rikken et Odomar se collent aux pierres rassurantes du parapet, regardant la scène entre les merlons.

Les saints bénissent le vieux Berik, qui nous a fait un ouvrage solide. Au fond du défilé, derrière les rangs de fantassins, viennent maintenant des lignes entières d'archers aux casques à plumes rouges. Leurs arcs composites sont les plus puissants du monde, capables de vous percer une cotte de mailles à deux cents pas.

— Le vieux nous fait un assaut dans les règles, murmure Hulan, prêt à se rencogner derrière le parapet dès qu'ils feront mine d'encocher.

— Il nous teste, dis-je dans un souffle.

Cinquante fantassins, cinquante archers. Hulan et moi, on a prévu cette manœuvre et même l'endroit où ils vont commencer à tirer.

— Ils ne savent pas qu'on a des arbalètes ou quoi ? glousse Hulan

— Si. Mais ils croient que des paysans seront incapables de s'en servir.

Ils vont vite changer d'avis. J'ai vu les progrès de nos Skaviens sur leurs cibles : dame Rikken a fait du bon boulot. L'arc est l'arme de l'attaquant, meilleure portée, meilleure cadence, et il peut fournir un tir nourri. Mais l'arbalète est celle du défenseur. Il peut se cacher, se coucher et prendre le temps de viser juste.

Je demande à la dame :

— Tu crois qu'il doute ?

— De quoi ?

— Le Vieux Dragon, pourquoi est-ce qu'il ne vient pas en personne ? Tu crois qu'il doute que je sois un Guerrier-Mage ?

— Non, répond-elle. La Freule a dû lui faire son rapport.

— Attention ! crie soudain Grand Hulan.

Les fantassins continuent d'avancer. On peut maintenant les regarder droit dans les yeux, à quelques pas de nous. Mais les archers se sont arrêtés. Dix lignes. Cinquante bonshommes. D'un seul mouvement bien coordonné, ils encochent et lèvent leurs arcs en l'air. Eh, les Skaviens, j'espère que vous les avez faits solides, vos boucliers ! Le ciel s'assombrit. Les archers ont lâché leurs flèches : un nuage de traits noirs voile un instant le soleil.

Je lève la tête pour gueuler, les mains en porte-voix :

— Boucliers !

Le boucan des panneaux de bois raclant entre eux couvre un instant le sifflement des projectiles. Nos boucliers improvisés forment un toit au-dessus de nos têtes et, sous leur ombre, je croise les regards brillants de Gerulf, de Jersi…

— Bonne chance à tous, *tcharaïs*, dis-je dans un murmure, ça va secouer…

C'est Hulan qui nous protège tous les deux. On a un panneau pour deux combattants. Je me fais tout petit, collé à lui, avec Gerulf et Jersi derrière moi. Je sens la chaleur de leurs corps en sueur. Bon sang, j'espère que Gloutonne s'est mise à couvert dans ce foutu camp.

Le crépitement des flèches fait un boucan d'enfer, le choc est tel que Hulan fait la grimace. Notre toit de boucliers tangue par endroits, quelques Skaviens crient quand une pointe leur pique le bras, et une tache de lumière se forme dans notre toit quelque part à ma gauche : un mort, peut-être deux.

L'ouragan passe. Et aussitôt, en contrebas, la clameur de dizaines de voix mêlées, hurlant à l'assaut, efface le bref instant de silence. Les boucliers s'abaissent, Gerulf relève la tête et s'avance vers le parapet avec sa pique, imité par quelques autres.

Je me lève à moitié et je beugle comme un sourd :

— Boucliers ! Boucliers, foutredieu !

Les bouches se referment et Hulan m'attrape par le col pour me plaquer au sol. Les têtes se rentrent et le toit de bois, au-dessus de nous, se reforme cahin-caha. Il était temps. La seconde salve des archers cueille une femme à ma droite à travers un défaut du toit : une flèche lui traverse le nez, ressort sous la mâchoire. Jersi hurle comme une démente quand une pointe se plante dans son mollet.

— Ça va aller, petite, lui dit Hulan, ça va aller.

Dès la dernière flèche tombée, je bondis sur mes pieds, Allahid à la main. Foutresaint ! Les légionnaires ont déjà commencé à mettre leurs échelles en place. Dans le flot des Ostérois, je regarde mon copain Hans dans le blanc des yeux. Son visage est tordu par la haine, l'excitation du combat, la trouille aussi.

— Debout, Skaviens ! Repoussez-les !

Les échelles sont si hautes et le mur si bas qu'elles dépassent de moitié au-dessus du parapet ; Gerulf en prend une à pleines mains et essaie de la basculer sur le côté.

— C'est… c'est trop lourd.

Hulan vient à sa rescousse mais, même en poussant comme des fous, ils n'arrivent pas à la faire bouger d'un pouce. Et les soldats grimpent déjà.

— Dégagez de là, leur dis-je en les écartant d'une poussée du bras qui les envoie bouler.

Les pieds rivés sur un créneau, j'empoigne les deux montants de l'échelle et la repousse de toutes mes forces. Ou plutôt, de toutes les forces de mon cercle... J'ai à peine la sensation de bander mes muscles. Ce que je n'avais pas prévu, c'est que mes pieds décollent du créneau avec une aisance déconcertante. Bon Dieu, il va falloir que je m'habitue à cette force ! L'échelle bascule, fait un arc de cercle en arrière au-dessus des légionnaires et je me rends compte que je suis en train de retomber au beau milieu des soldats ennemis.

Ils s'écartent en désordre pour ne pas se faire écraser par l'échelle, se protègent de leurs boucliers et... Oh foutremerde ! Les pointes de leurs épées se dressent sous moi, prêtes à m'embrocher.

— *Dzaal!* dis-je dans un cri.

Un souffle de vent d'une force surnaturelle jaillit de nulle part et tombe au milieu des Ostérois stupéfaits. La poussière leur brûle les yeux, ils détournent la tête, et leurs épées retombent ou s'écartent. Je m'étale au sol comme un imbécile, pendant que l'échelle se fracasse sur un soldat plus lent que les autres, dont la jambe se retrouve broyée sous le poids d'un montant.

Je me relève péniblement, contusionné au ventre et aux épaules par cette foutue cuirasse de fer. Où est passée Allahid, bon Dieu ? Je baisse les yeux et je la retrouve là, dans ma main. Je n'en sens même plus le poids. Autour de moi, un cercle de casques et de visages haineux, un mur de cuirasses et de boucliers. Est-ce qu'ils me reconnaissent malgré le heaume, ces vieux compagnons de route ? Hans, Wilhem, Gunter. Est-ce qu'ils savent ce que je suis devenu ?

— Jal ? fait Hans. Bordel, c'est bien toi ?

Les autres n'ont pas tant de scrupules. Gunter tente une frappe oblique sur ma jambe pendant que Wilhem, à l'opposé, vise ma tête. Ils sont étonnamment lents, je devine leurs gestes avant même qu'ils ne les commencent. Mais les épées ennemies surgissent de partout à la fois. Je calcule mes chances le temps d'un battement de cils : je me laisse tomber sur les genoux tout en faisant un grand moulinet avec Allahid. La boule de métal s'enfonce dans le menton découvert de Gunter, sa tête part en arrière, son cou craque. La pointe de Wilhem rencontre le fer de ma cuirasse et le choc me fait basculer sur le côté – juste assez pour m'éviter de me faire embrocher par un troisième homme.

Foutresaint, il faut que je foute le camp d'ici.

Derrière moi, c'est la ruée des légionnaires sur le mur. Par ma présence au milieu d'eux et grâce à l'échelle que j'ai renversée, je détourne une partie du flot, mais aux créneaux, les Skaviens doivent repousser l'assaut sans mon aide.

Et nos tireurs à nous, bordel de saintes ?

Je gueule à pleins poumons

— Tirez, Skaviens ! Feu à volonté !

Des pointes mortelles sifflent aussitôt autour de moi. Sur les échelles, des corps tombent en arrière, des soldats hurlent. Un carreau d'arbalète transperce le casque de Hans et lui fracasse le crâne ; un autre passe à un cheveu de ma tête. Ces imbéciles n'ont pas vu que j'étais en bas ou quoi ?

Soudain, une douleur aiguë me transperce l'avant-bras. Aucune blessure pourtant, ni flèche, ni entaille. Et soudain je sais, comme je sens le sol sous mes pieds, que cette blessure n'est pas la mienne. C'est dame Rikken qui l'a reçue. Une angoisse mortelle me prend aux tripes. Remonter au mur, vite ! Protéger mon cercle !

Sans réfléchir, je saute vers l'échelle. À ma grande stupéfaction, je fais un bond de trois pas de haut sous les yeux ahuris des soldats et je me retrouve agrippé d'une main à un montant, le nez collé à celui d'un gars complètement médusé. Friedrich, Fredrik, un nom comme ça. Mon heaume lui explose la mâchoire quand je lui balance un coup de tête surprise. Il dégringole jusqu'en bas. De la main, j'agrippe le mollet du gars au-dessus de moi et l'arrache à l'échelle ; il va s'écraser en hurlant au milieu de ses petits copains. Rikken ! Est-ce que j'arrive trop tard ? Sur le mur, une main se tend vers moi. C'est Gerulf. Il a le visage en sang et sa pique s'est brisée, mais il est toujours debout. Jersi écrase le crâne d'un Ostérois avec une masse d'armes pour me dégager la voie du mur.

— Où est Rikken ? dis-je en me coulant entre deux merlons.

Jersi me fait un signe du menton. Son pied est en sang, une flèche y est toujours fichée.

À notre gauche, Brand, le vieux prêtre, a mis un genou en terre, le bouclier en protection et l'épée levée. Derrière lui, je distingue la chevelure blonde de Rikken et la courbe élégante de son arc : elle tire flèche sur flèche au-dessus du bouclier du vieux. J'ai à peine le temps de lui jeter un coup d'œil. Deux Ostérois se jettent sur Gerulf. Un moulinet d'Allahid leur fauche les jambes et Jersi les achève tous les deux de sa masse. Un bref regard passe entre nous. Celui des combattants qui se protègent l'un l'autre, des frères d'armes qui se comprennent en silence.

— Ils se replient ! crie soudain Franz, le forgeron.

Foutresaint, il a raison. Les deux dernières échelles sont retirées du mur, les Ostérois abandonnent les quelques soldats restés là-haut ! Ils sont mis en pièces par Sakynn et Hulan, pendant que, en contrebas, les autres plient bagage la queue entre les jambes.

Je me rue vers Rikken :

— C'est grave ? L'os est touché ?

Elle essuie son front en sueur d'un revers de main et me jette un regard surpris.

— Dieu soit loué, tu n'as rien, dit-elle.

— Ton bras ! Montre-moi ton bras !

Une longue estafilade a tranché sa chemise, qui est trempée de sang, mais je vois tout de suite que la blessure n'est pas sérieuse.

— Tiens ? Je ne l'avais pas remarquée, celle-là, fait-elle.

Sur le parapet, d'instinct, le cercle se retrouve. Paol, Nola et Gloutonne sont remontés, et la petite me tient la main. Les yeux rivés sur le défilé, Rikken murmure à voix basse :

— Ils ont décampé.

La passe est jonchée de cadavres et de mourants qui gémissent en se vidant de leur sang, abandonnés par leur armée.

— Si les corps continuent de s'entasser, murmure Hulan, ils vont finir par submerger le mur.

Il a raison. Le Vieux Dragon a des milliers de soldats. Il peut en envoyer jusqu'à ce qu'on s'épuise totalement, jusqu'à ce que cette faille dans la roche soit entièrement comblée de cadavres et que les suivants puissent avancer en leur marchant dessus. Cet endroit pue le sang… Ça me donne envie de vomir.

« *Les hommes s'imaginent que la guerre apporte la gloire,* murmure Maître Hokoun dans ma tête. *Ils se trompent, Dal Koom. S'ils survivent assez longtemps, ils comprennent qu'elle n'apporte que la puissance. Mais, à tout prendre, n'est-ce pas bien plus précieux ?* »

Dans mon casque fermé, je souffle comme un bœuf. L'air est bouillant, ma respiration saccadée forme des gouttelettes à l'intérieur qui me coulent dans les cheveux et sur le cou. Je reste un instant là, debout, sans même penser à le retirer. Presque toute une compagnie de fantassin massacrée… *Notre* compagnie.

Pauvres vieux camarades. Alors, vous aviez oublié le Jal des soirées autour du feu, les parties de cartes, les histoires de fesses plus ou moins inventées ? Si seulement vous aviez pu, je vous aurais dit de faire comme moi : foutez le camp, ne restez pas du côté de ceux qui brûlent et qui pillent. C'est si facile, il vous aurait suffi de déserter tous ensemble, d'un seul coup, toute l'armée. Qui aurait pu vous arrêter ?

Et soudain, je prends conscience que pendant tout le temps du combat les tambours, dans la plaine, n'ont pas cessé de rouler. C'est comme si le Vieux Dragon se moquait éperdument de nos petits exploits. Pire, comme s'il les avait prévus, voulus, préparés avec soin. Et je les imagine dans la plaine, ses Ostérois : des hommes à perte de vue. Une bataille infinie, perdue d'avance, à un contre cent. Une défaite par les mathématiques. Totalement étrangère aux ruses et aux coups d'éclat.

Je soupire :

— Qu'est-ce qu'il attend, à votre avis, pour nous envoyer tout le paquet ?

— Le rapport de ses soldats, répond la dame, sans m'accorder un regard.

— Il n'est peut-être pas encore arrivé sur place ? fait Paol.

Deux fillettes montent sur le mur pour nous apporter un tonnelet d'eau fraîche et une louche pour y puiser. J'en bois presque la moitié à moi tout seul.

— Tu veux des galettes au miel, capitaine ? me demande l'une des deux gamines en me tendant un petit panier d'osier rempli de choses brunâtres.

J'aime bien sa façon de me tutoyer. Elle est plutôt rigolote, avec ses cheveux en bataille et son sourire de travers.

— Maman dit que vous devez manger beaucoup pour continuer d'avoir toute cette force.

Avec un hochement de tête, je plonge la main dans le panier et me bâfre comme un goret. Pas mauvaises, les galettes.

— File te mettre à l'abri, la mioche.

Elle regarde avec effarement son panier entièrement vide et disparaît.

Depuis midi, le soleil nous arrive dans le dos. Le parapet ne nous fait plus d'ombre, et on cuit comme des œufs sur le plat. La journée se passe, écrasante de chaleur. Interminable.

Dame Rikken a fait récupérer chacune des flèches. Franz et Jurg, notre forgeron et notre menuisier, ont ôté les pointes, cassé les tiges, et s'emploient à fabriquer des carreaux d'arbalète de fortune pour nos tireurs.

Les Skaviens ont enterré leurs morts dans la forêt. Huit, pour l'instant, mais il y en aura d'autres.

— Le Vieux Dragon va peut-être tenter de passer par la crête, dit soudain Hulan, allongé sur le chemin de ronde, les yeux fermés et les mains calées sous la tête.

— Mes villageois ne sont pas complètement idiots, réplique dame Rikken. Nous avons plusieurs guetteurs là-haut.

La journée se passe dans l'attente interminable d'une attaque qui ne vient pas. Lorsque le soleil se couche, trente combattants descendent l'escalier, relevés par trente autres – le tout dans un calme tendu. Quelques sourires, des poignées de main, des encouragements feutrés. Chacun dans sa tête est toujours dans la bataille. Les mêmes questions idiotes tournent en boucle : *est-ce que je suis à la hauteur ? Est-ce que je serai en vie demain ?*

— Et si le cercle se rompait ? demande soudain Paol.

Alors, adieu les amis et bienvenue en enfer.

— Après tout, il s'est rompu chaque fois, sans qu'on sache bien pourquoi ?

— Jal débutait, lui répond la dame. Et Gloutonne était encore inconsciente.

Le cercle s'est renforcé. Je le sens plus dense, plus puissant. Quand je m'étais battu contre la Freule, on n'était que six sur place, et puis, Rikken et Hulan étaient à couteaux tirés… Oh, ce n'est pas encore parfait, il y a encore de la méfiance en moi et entre nous, mais il y a quand même eu un sacré progrès. Si je la croisais maintenant, je crois que je pourrais écrabouiller le joli petit minois d'Ingerid sans trop de problèmes.

— La nuit tombe, dis-je sans répondre à Paol. Je vais dormir une petite heure, vous feriez bien d'en faire autant. Gardez quelqu'un pour monter la garde et réveillez-moi à la moindre alerte.

Chapitre 63

Le sommeil tarde à venir. Je reste sur le mur au cas où l'ennemi attaquerait de nouveau, mais dormir avec une cuirasse sur la pierre de taille, ce n'est pas l'idéal. Je finis par sombrer dans un sommeil agité, les mains crispées sur la poignée d'Allahid, comme un enfant qui tient la main de sa mère.

— Prends ma main dans la tienne, Dal Koom, murmure Dal Assa.

Il fait un noir d'encre dans le dortoir et il fait froid, tellement froid. Elle est montée sur mon lit, comme d'habitude. Elle redescend toujours au bout d'un moment – un moment un peu plus long chaque nuit.

— Je vais tout apprendre, Dal Assa. Tous les mots. Tous les gestes. Je serai son meilleur élève. Et quand je serai assez fort, je le tuerai et j'irai retrouver ma mère.

Elle remue contre moi en silence – pas trop près pour que je ne la repousse pas, pas trop loin non plus. Nous avons dix-sept ans maintenant, et je sens ses formes de femme me frôler.

— Ma mère ne m'a jamais abandonné, tu sais. Elle ne m'a jamais trahi. C'est mon frère qui m'a livré.

Dal Assa ne me répond pas. Quand je parle du Maître ou de ma mère, elle ne me contredit pas, ne m'encourage pas non plus. Elle m'écoute simplement.

— Prends ma main, Dal Koom.

Ses doigts sont gelés.

— Il le fait exprès, tu sais ? Il fait souffler un vent glacial dans cette pièce pour nous inciter à nous réchauffer les uns les autres.

— C'est pour nouer des liens entre nous, répond-elle doucement.

Dans les autres lits, on entend des halètements, des soupirs, de petits cris parfois. Les Dals ne sont plus des enfants. C'est le septième jour de la semaine et comme d'habitude, le Maître nous a rappelé que cette nuit était dédiée au renforcement de nos liens. Il nous encourage à changer de lit au moins trois fois dans la nuit.

— Il nous traite comme des poules en cage.

Douze poules et coqs. Chaque année, certains disparaissent encore.

— Est-ce que tu sens quelque chose, dans ma main ?

Je caresse sa paume froide comme la mort et, soudain, une chose dure et métallique tombe sur le matelas. Je la tâte du bout des doigts : c'est une clé.

— L'esprit des gardiens est faible. Maintenant, je réussis à leur donner des ordres dans leurs têtes et ils m'obéissent sans même s'en rendre compte. Ils sont comme des marionnettes entre mes mains.

— Dal Assa, celle-qui-rêve, tu as un grand pouvoir.

— Quand tu voudras t'enfuir, je t'ouvrirai les portes. Je te donnerai dix serviteurs pour te conduire à ton bateau et te fournir tout ce dont tu as besoin.

— Tu ne m'as pas écouté, Dal Assa : je veux le tuer.

— Oui, Dal Koom.

— Toi aussi, tu seras libre, je vais tous vous libérer ! Et nous danserons sur son cadavre !

— Jal ! crie Rikken. Réveille-toi, bon Dieu !

— Quoi ? Qu'est-ce qui se passe ?

Il fait nuit noire, sauf pour une lueur orangée qui danse au bas du mur, côté ostérois.

— Tu ne sens pas une drôle d'odeur ?

Pendant un moment, je ne comprends pas de quoi elle parle. Je distingue une dizaine d'odeurs différentes, de celles des corps endormis à celles des cadavres en contrebas qui commencent déjà à puer.

Un hibou ulule dans le lointain et une brise tiède monte de la plaine. Du campement skavien s'élèvent des ronflements sonores. D'ailleurs, c'est aussi le cas sur le mur lui-même, où une partie de notre garnison dort à poings fermés malgré les consignes.

Je finis par répondre :

— Rien de spécial.

Bon Dieu, ce qu'il fait chaud, cette nuit. Les autres compagnons dorment tranquillement – Gloutonne un peu trop près du bord du mur à mon goût.

— Une odeur de brûlé, murmure Rikken qui s'est presque collée à moi.

Deux brandons imbibés de poix, jetés par les nôtres pour éclairer un peu la passe, se consument à quelques pas en dessous de nous. Ils jettent une lumière changeante sur les formes monstrueuses des cadavres agglutinés un peu plus loin.

— C'est pour ça que tu m'as réveillé ? Avec les torches en bas et la plaine couverte de cendres, évidemment que ça sent le brûlé.

— Regarde !

Au début, je ne vois rien. Et puis, en fixant attentivement le bout de la passe, je repère une lueur anormale. Verdâtre. Je remarque enfin l'odeur dont elle parlait, quelque chose de répugnant, à base de soufre. Je connais cette odeur, je l'ai déjà sentie… trop souvent.

— Oh, bon Dieu ! Réveille les autres ! Tous les autres. Vite !

Pendant que la dame secoue les endormis et leur crie de se mettre en place, je remets mon heaume et, à voix basse, je me répète en boucle : « *Ussän joll* : qu'aucun esprit ne franchisse ma barrière. »

Derrière moi, je sens les consciences des autres qui s'éveillent, la puissance du cercle qui se renforce. Au bout de la passe, la lueur devient de plus en plus claire et forte, et la puanteur gagne en intensité.

— Foutresaint, Jal, dis-moi que je me trompe…, marmonne Hulan à peine réveillé, les cheveux en pagaille et les mains crispées sur le parapet.

Les Skaviens tirés de leur sommeil se placent à leurs postes, les visages fermés, tendus. Par chance ou malchance, après deux relèves, c'est le même groupe que celui de la bataille d'hier.

Je me mets à gueuler :

— De l'eau ! Préparez de l'eau !

Un air brûlant souffle soudain du sol et des silhouettes sombres apparaissent au bout du défilé rocheux, illuminées d'une lueur verte : ils traînent derrière eux un lourd chariot à bras d'où émane cette lumière. Elle est si intense, au milieu de la nuit, que tout le reste devient d'un noir d'encre pour nos yeux éblouis. Les Ostérois restent bien au fond de la passe, trop loin pour être vraiment inquiétés par nos tireurs. Deux ou trois carreaux partent en sifflant des rochers mais manquent leurs cibles.

— Qu'est-ce que c'est que ça ? murmure la dame d'une voix blanche.

— Le grégeois, lâche Hulan. Ce feu du diable brûle tout, l'eau est presque impuissante à l'éteindre. Il se colle à la pierre, au bois, aux vêtements, et si une goutte touche la peau, ça l'embrase comme une torche.

— Je croyais que... je croyais qu'il fallait de grosses catapultes pour l'envoyer sur un mur, fait Nola.

Je lui jette un regard écœuré.

— Ils ne peuvent pas en déplacer jusqu'ici, c'est trop étroit. Mais, dans l'armée du Vieux Dragon, il y a une compagnie de soldats très spéciaux, on les appelle les « sorciers ». J'en avais entendu parler, mais je ne l'avais jamais vue à l'œuvre. Ils ne sont peut-être pas aussi efficaces que des catapultes, mais...

— Les sorciers ? fait la dame. Qui sont-ils ? Que font-ils ? Parle, bon sang !

— Des Alfings, Rikken, des hommes triés sur le volet, recherchés sur tout le continent et enrôlés de force. Ils ont un pouvoir magique, tous le même : ils sont capables de déplacer de petits objets ou des liquides par la seule force de leur esprit.

— Des... des liquides ?

Parmi les Skaviens, plusieurs se sont mis debout pour mieux voir, la tête dépassant du parapet. Dans le camp en contrebas, les enfants se sont levés, posent des questions en se frottant les yeux. Je me redresse et agite les bras en gueulant :

— À couvert ! À couvert, tous !

Je croise des regards surpris, des bouches ouvertes.

— Tout de suite, foutredieu ! Il faut vous le dire comment ?

Les enfants sont écartés, les combattants sur le mur se mettent à l'abri, ressortent les panneaux de bois qu'ils placent en protection sur leurs têtes, sur leurs dos. Le toit de boucliers se reforme peu à peu. Il était temps : une rafale de feu grégeois part dans un grondement sourd du fond de la passe.

Je ferme les yeux.

Saints elfes.

Donnez-moi le vent, la terre et l'eau.

Dzaal *: le souffle de Dieu.*

Quand la mort arrive sur nous, je vois le cercle. Même avec les paupières closes, je distingue les liens lumineux entre nous, solides, plus serrés que jamais. Des émotions profondes m'attachent à chacun de ses membres. Leur confiance, leur foi en moi me donnent de la force.

De chaque seau, de chaque jarre du campement, l'eau est aspirée sous forme de milliers de gouttelettes brillantes qui se mêlent à un tourbillon d'air et de poussière que je lance contre le feu grégeois. Le souffle de ma tempête passe au-dessus de nous, fait vibrer nos boucliers. On entend le mugissement du vent et un crépitement aigu quand il se précipite à la rencontre du feu pour le repousser.

Est-ce que j'ai réussi ? Est-ce que j'ai arrêté le grégeois ?

Une pluie mortelle s'abat sur le mur, sur nos panneaux de bois. J'entends des hurlements, des cris de panique, des appels à l'aide. J'ai un goût de brûlé dans la bouche et des cendres s'infiltrent dans les interstices de mon heaume.

— Saint Othin, priez pour nous…, fait Rikken, recroquevillée contre Hulan.

J'ai échoué. Le grégeois a franchi ma barrière de vent. Les panneaux de bois se consument au-dessus de nous, crachant une fumée âcre. Des Skaviens se mettent à hurler de douleur, de terreur.

— Jetez les boucliers par-dessus le mur, vite !

Quelques-uns entendent mon ordre, jettent les panneaux, puis sont imités par les autres. Sur le chemin de ronde, des visages brûlés, des peaux cloquées, rougies, rongées. Des langues de flammes vertes se consument encore en crépitant, produisant une puanteur suffocante. Un homme se roule en hurlant à mes pieds, les vêtements et les cheveux en flammes, qu'Odomar étouffe avec sa propre chemise. Je détourne la tête en voyant la jeune fille rousse qui m'appelait « maître », dont l'un des yeux ressort, exorbité, sur sa joue creusée par le feu. L'eau arrive de seau en seau, on la verse sur le visage des brûlés, on fait monter des pelles pour ramasser la matière incandescente et la jeter par-dessus le mur. En contrebas, on étouffe les gouttelettes enflammées sur les cabanons, les couvertures, les empilements de bois mort…

Mais à bien y regarder, les dégâts ne sont pas aussi importants que je l'aurais cru, et les victimes sont assez peu nombreuses. Je remarque alors que, sur le sol devant nous et sur les rochers de part et d'autre, c'est un embrasement de tous les diables, un tapis de flammes dévorantes. Ma tempête n'a pas pu sauver tous les Skaviens, mais, apparemment, elle a réussi à détourner l'essentiel de la pluie mortelle sur les côtés.

Le feu sur la roche s'éteint peu à peu, dévoilant un paysage de cauchemar : des arbustes, de la mousse, des touffes d'herbes il ne reste rien. La roche fumante est nue et à moitié couverte d'un voile noir. À l'autre bout de la passe, les réserves de grégeois sont encore à moitié remplies pour une seconde salve et n'ont rien perdu de leur éclat verdâtre.

C'est à ce moment que tombent les premières flèches en pointe de pierre, tirées en masse à l'aveugle par des dizaines d'archers ennemis. Oh, bon Dieu, je reconnais ces projectiles, je sais exactement quel genre de combattants les utilise.

Elle monte soudain du défilé, la sourde clameur de centaines de voix hurlant ensemble et s'approchant du mur. On ne peut pas encore les voir, mais je les imagine au milieu de la brume soufrée qui les protège de nos tireurs : plus de belles lignes bien droites, cette fois, plus de défilé en bon ordre et de drapeaux de la légion. Le Vieux Dragon nous jette en pâture ses mercenaires de l'est, ces tribus à demi sauvages enrôlées sous la bannière du roi d'Ostérie, attirées par l'or et les pillages. Le sol se met à gronder sous leurs pas. Ils se ruent vers nous et franchissent en un instant les cent pas qui les séparent du mur. Un souffle de vent venu de la vallée chasse enfin les volutes lourdes de fumée noire, et ils apparaissent à nos pieds comme une marée en mouvement...

Je me mets à gueuler :

— Combattants, à vos postes ! Arbalétriers, tirez à volonté !

Alors de l'enfer se lèvent les survivants. Des hommes, des femmes, recroquevillés derrière le parapet, sortent de leur abri. Ils reprennent leurs piques. Au mépris des tirs de flèches et de javelots, ils portent des pierres deux à deux qu'ils balancent sur le flot des ennemis.

Les barbares n'ont pas d'échelles. Ils grimpent à mains nues sur le mur comme des cancrelats, s'aidant des jointures mal ajustées entre les pierres. Un couteau entre les dents, un casse-tête dans le dos, ils ne portent aucune armure, juste des peaux de bêtes. Pas de casque, pas de bottes ferrées : leur peuple ne connaît pas le métal. Si le Vieux Dragon les a choisis, c'est pour leur férocité au combat et leur habileté à grimper sur les murailles et les rochers. Si mobiles, si rapides ! Les rochers jetés par les Skaviens en repoussent quelques-uns en bas, brisent des crânes, des bras, mais ne ralentit pas la progression de ces chiens de guerre.

Je suis le premier à abattre Allahid dans la masse, projetant le premier barbare quatre pas plus bas. La boule de fer hérissée de piques perfore la peau, brise les os et fait gicler le sang autour de moi. Gerulf et Jersi à mes côtés embrochent, cognent et frappent avec des gestes lourds de colère, et pourtant un flot continu de barbares se déverse encore et encore par-dessus le mur.

Une alarme sonne dans ma tête au moment où je m'apprête à passer sous la garde d'un grand gars torse nu, armé d'une hache de pierre. Un détail qui me titille.

« L'instinct, Dal Koom, est un mot inventé par les sots. Observe, écoute, et ils diront que tu as de l'instinct », murmure Maître Hokoun.

Celui-là n'a pas les cheveux coiffés avec ces foutues tresses alambiquées, comme les autres. Sur son cou se baladent des amulettes d'ivoire et des colliers de dents d'animaux, mais sa peau n'est pas aussi burinée par le soleil qu'elle le devrait. C'est ce qui me sauve la vie, je crois. J'aurais vu le poignard dans sa main, mais je ne me serais pas écarté à temps. La lame crisse sur l'épaulière de ma cuirasse et mord dans le fer. Aucun homme ne peut frapper avec une telle force.

Un Cogneur ! Un Ostérois déguisé au milieu des autres !

Par réflexe, je baisse la tête, recule d'un pas et jette un regard aux autres barbares autour de moi. J'en repère aussitôt un second : un petit homme des steppes, les yeux bridés, qui ne porte aucune arme apparente et garde les mains cachées sous une tunique en peau de tigre. Il y a quelque chose de beau et de fascinant en lui. La magie. Je la reconnais, maintenant. Saint foutre ! Est-ce que je vais pouvoir me battre contre deux Cogneurs à la fois ?

Attaque..., parade... Au milieu de la mêlée des combattants ordinaires et sur l'étroit chemin de ronde, la lutte s'engage entre nous trois – plus rapide, infiniment plus rapide. Jersi et Gerulf m'entourent pour me protéger, tentant de suivre le rythme. Foutez le camp ! Ne restez pas là ! Le premier Cogneur tient toujours une hache de pierre d'une main et un poignard de l'autre. Il l'enfonce soudain dans la poitrine de Jersi à ma gauche, guettant une réaction sur mon visage. La Skavienne ouvre de grands yeux étonnés, un peu de sang gicle de sa bouche, et elle se tourne vers moi, avec une expression étrange qui ressemble presque à un sourire d'excuse.

— Jersi, bon Dieu !

— Elle faisait partie de ton cercle, hein ? me souffle-t-il.

Et il enfonce la pierre tranchante de sa hache dans le crâne de Gerulf, qui s'ouvre en deux comme une noix malgré son casque.

— Celui-là aussi, peut-être ?

Gerulf ne se mariera jamais.

Fou de colère, je lance déjà Allahid, quand mon regard se pose sur le second Cogneur. Bon Dieu ! Ce sale petit serpent sort une arbalète de poing qu'il tenait cachée sous sa peau de tigre. Le carreau part à toute vitesse. Pas le temps de l'esquiver.

Je pivote sur moi-même… tout juste assez pour que la pointe fasse un angle trop aigu pour percer ma cuirasse : le carreau est dévié dans sa course par l'armure et va se perdre en tournoyant dans les airs. Alors, Allahid frappe. Pas la masse et ses pointes, mais le manche qui se termine par un tranchant grossier. Il défonce l'épaule du premier Cogneur qui tombe en arrière.

Il ne montre aucune blessure, mais je sais maintenant ce que coûte cette magie-là.

— Et ton cercle à toi, mon gars ? Il se porte bien ?

Autour de nous, le claquement bref des cordes d'arbalète, dans les rochers qui surplombent le mur, répond au sifflement des flèches. À la bataille pique contre hache, sur le parapet, se mêle une bataille des tireurs, tout aussi féroce et sans merci. La sauvagerie des barbares se heurte à la froide résolution des Skaviens se battant pied à pied pour leur terre. Une jeune mère de famille postée sur un surplomb pousse un hurlement, la bouche en sang, quand une flèche lui transperce les joues de part en part. Franz le forgeron, un gars que j'ai vu jouer et rire avec ses enfants, fracasse une à une les épaules nues des sauvages qui montent à l'assaut, avant que l'un d'eux n'attrape le fer et ne le fasse basculer vers le vide. En le voyant, sa femme pousse un cri et saute au milieu des barbares, faisant chuter plusieurs d'entre eux. Odomar et sa hache taillent des trous entiers dans les lignes ennemies. Hulan avec son épée tranche sans relâche les mains qui s'agrippent au rempart, les têtes qui émergent. Il court d'un bout à l'autre, frappe avec art, des coups précis, violents.

Je surprends dans le regard du premier Cogneur une lueur inquiétante quand il pose les yeux sur lui. Bon Dieu, il a compris : Hulan sera sa prochaine cible. Je me suis trahi en le regardant de trop près.

Mon cercle, je n'ai plus que cette obsession : le protéger, coûte que coûte. Je harcèle les deux Cogneurs pour qu'ils n'aient aucun répit, aucune ouverture possible qui leur permettrait de s'en prendre à lui. Le Cogneur ostérois fait tout ce qu'il peut pour s'approcher de Hulan, je dois lutter pied à pied. Où est Gloutonne, foutredieu ? Et la dame ?

— Deuxième équipe ! hurle-t-elle soudain quelque part dans mon dos. À vos postes !

Trente hommes et femmes montent aussitôt l'escalier, visages fermés, casques vissés sur la tête et mains crispées sur leurs piques. Le mur devient rapidement trop étroit pour cette cohue, l'espace manque pour se battre, on se bouscule.

Le Cogneur tente une feinte sur ma gauche avec sa hache, je la dévie du bouclier, lui envoie un coup de pied dans le tibia à lui briser l'os. L'homme des steppes, bizarrement, n'en profite pas pour attaquer. Je comprends alors une chose : ils ne se coordonnent pas. Ils sont dans le même camp, certes, mais dans leurs petits yeux cruels de Guerriers-Mages je devine de la haine entre eux. Ils veulent tous les deux ma tête et ils ne se feront aucun cadeau. En fait, chacun serait ravi que je crève la panse de l'autre.

Hulan passe près de nous, embrochant un barbare qui chute quatre pas plus bas. L'homme des steppes laisse choir son arbalète, ses poings jaillissent de sa cape, crispés sur les manches de deux kriss tranchants. Hulan est un combattant accompli, mais ses gestes sont lents, en comparaison de ceux du Cogneur. D'un réflexe désespéré, j'envoie un coup dans les côtes à mon compagnon. Il tombe du mur et se rattrape d'une main de justesse en me jetant un regard stupéfait – avant de comprendre que je viens de le sauver d'une attaque mortelle.

D'un coup d'œil, j'embrasse le champ de bataille. Sur le mur, la situation devient critique. Les Skaviens débordés par le nombre ont été refoulés par les barbares maintenant juchés sur les créneaux. Les défenseurs, pour la plupart armés de piques, n'ont pas le recul nécessaire pour les en déloger. Sur le front des tireurs, nos arbalétriers se fatiguent et font mouche moins souvent. Des dizaines d'archers ennemis se sont postés au fond de la passe, ont repéré toutes leurs positions et envoient un tir de barrage continu qui se fait de plus en plus meurtrier. La fille de Berik, une gamine de seize ans, est fauchée net et chute en hurlant sous les vivats de l'ennemi.

À quoi je m'attendais, hein ? Quelques dizaines de paysans contre des centaines de guerriers entraînés…

Et entre eux, quoi ? Un muret construit à la va-vite ? C'est fini, mon petit Jal. Tu aurais dû foutre le camp depuis le début, emmener Gloutonne de force avec toi et laisser cette vallée flamber comme les autres.

Flamber ?

Oh, foutresaint, la voilà, l'idée !

Pendant un bref instant, oh, juste un battement de cœur, je ferme les yeux et je projette le *dzaal* devant moi. Cette fois, je ne le lance pas comme un bélier : je l'apprivoise, je le cajole, je le guide jusqu'au fond de la passe avec une précision d'artiste et je découvre la subtilité de ce pouvoir.

Les deux Cogneurs passent de nouveau à l'attaque. L'homme des steppes me lance un kriss en plein visage, qui trouve le bois du bouclier sur sa course. L'autre en profite pour se baisser quasiment jusqu'à terre et frapper de taille au niveau des jambes, là où je n'ai aucune armure. Je saute en l'air pour éviter le coup, mais je sens une brûlure cuisante au mollet quand le tranchant de la hache m'entaille la peau. Me concentrer sur les deux tâches, le combat, le *dzaal*. Je peux le faire, je dois le faire.

Comme on plonge la tête la première dans l'eau d'une rivière, je plonge le *dzaal* dans la cuve du chariot encore à demi remplie de feu grégeois. C'est un caisson de métal aussi lourd qu'un coffre, que je n'ai pas la force de soulever. Mais je fais naître une tempête au milieu du liquide, un tourbillon d'air et de feu. Le grégeois se dresse dans les airs en grondant sous les yeux de ses maîtres alfings stupéfaits, et je fais monter cette boule d'air et de feu à dix pas au-dessus du sol.

Je me baisse pour éviter un second coup d'épée et incline le bouclier pour détourner un kriss. Puis je donne un grand moulinet d'Allahid, qui accule les deux Cogneurs contre le parapet, avec leurs têtes juste entre deux merlons de pierre. Parfait, les gars : ici, exactement, vous serez aux premières loges.

Une chape de feu s'abat soudain tout le long de la passe. La matière visqueuse, poussée par ma tempête, se fracasse au sol, ricoche sur les parois rocheuses dans un crépitement avide. Dans le défilé, ce ne sont que hurlements sur son passage, stupeur et panique. Les barbares agglutinés par centaines se transforment en torches humaines, gueulant à s'en faire péter la voix. Ils prennent feu d'un seul coup, comme des allumettes jetées dans un brasier. Archers ou guerriers, la langue de flamme ne fait aucune différence : elle dévore tout ce qu'elle touche avec un appétit d'ogresse.

Mais je dois aller encore plus fort, encore plus loin. Chaque muscle de mon corps bandé à claquer, serrant les poings, fermant les yeux, de toute la force de mon cercle, j'attire le feu à moi. L'effort est tel pour mon esprit que je pisse du sang par le nez et les yeux. Odomar à ma gauche se plie en deux, Hulan gémit en rampant sur les dalles du mur : leurs esprits sont tout entiers absorbés par l'énergie que je leur demande. Je perçois leurs pensées fugitives et leurs sentiments dans ma tête. La peur, la rage, l'amour.

Par réflexe, les deux Cogneurs se retournent vers la passe, stupéfaits, cherchant à comprendre. Je rentre la tête dans les épaules quand les dernières gouttes de grégeois s'écrasent contre le mur et passent par-dessus les créneaux. Les têtes des Cogneurs sont alors illuminées de l'intérieur par une intense lumière vert pâle. Leurs cheveux s'embrasent, leur peau se liquéfie en un instant, et leurs corps sans vie retombent à mes pieds.

Les barbares debout sur les créneaux ont le dos grillé, les Skaviens qui se trouvaient trop près du bord voient leur barbe qui fond sur leurs joues, leur peau qui se craquelle. Ils abandonnent le mur en désordre en se bousculant dans l'escalier, le visage entre les mains, giflés, griffés par les poussières et les éclats de pierres soulevés par le *dzaal*. Les cheveux dénoués des filles volent en tous sens et leurs colliers de perles de bois se tendent à la verticale.

Puis, soudain, tout s'arrête. Ma tornade s'épuise, la pluie de feu se tarit. La poussière et la terre retombent sans vie au fond de la passe. Des pans de rochers se détachent de la montagne dans un craquement sinistre et s'effondrent à l'entrée avec fracas.

Et je l'aperçois enfin, à l'autre bout, au milieu des gravats, enveloppé de vapeurs soufrées du grégeois, au centre d'un cercle de six cavaliers : le Vieux Dragon en personne, juché sur un cheval de bataille, une torche à la main. Je reconnais sa barbe rousse et sa carrure de géant. D'ici, je peux presque voir son sourire quand nos regards se croisent. Il jette un coup d'œil au lourd caisson de fer vidé de son contenu. Je sais, de façon absolument certaine, qu'il n'a pas levé un petit doigt pour ses troupes. Il aurait pu me balayer si l'envie lui en avait pris.

Alors je me mets à gueuler avec ma voix de Guerrier-Mage :

— Ben alors, c'est tout ce que tu as dans le ventre, le vieux ?

Le Dragon éclate de rire, d'une façon si sonore qu'il semble remplir la passe et résonner dans la vallée tout entière. C'est ça, tu peux toujours rigoler, salopard. Tu ne l'as pas franchi, notre foutu mur.

Je suis tellement épuisé que je m'écroule sur les genoux. Nola, Gloutonne et Paol montent l'escalier pour reformer le cercle. Mes autres compagnons reprennent leur souffle, les cheveux défaits, les yeux écarquillés, étonnés d'être encore en vie.

— Jal, tu vas bien ? fait Grand Hulan en me posant la main sur l'épaule.

J'ai un message pour toi, petit mage, résonne soudain une voix de femme directement dans ma tête.

Je me retourne : personne. Et ce n'est pas Maître Hokoun.

Le général Hast pourrait t'écraser d'une pichenette…

La Freule ! C'est la voix de la Freule ! Encore son foutu pouvoir de l'esprit. J'essaie de répondre, mais j'en suis incapable, je n'ai pas cette magie là.

… Cependant, ta maîtrise de certains pouvoirs l'a surpris. Livre-lui tes secrets de magie et le nom de ton Maître, et il te jure qu'il épargnera ta petite vallée, ton cercle et tes paysans pouilleux.

Le Vieux Dragon me sourit toujours à l'autre bout de la passe. Je sens alors une fatigue immense peser sur mes épaules. Le contrecoup de la magie, l'épuisement de l'esprit…

— Regardez ! s'écrie dame Rikken.

Le seul fait de me tourner vers elle me coûte un effort terrible. Elle est devenue blême. Du doigt, elle pointe le campement à nos pieds. Oh, bon Dieu ! Des soldats, des soldats partout ! Ils grouillent comme des cancrelats, courent dans tous les sens, poursuivent les Skaviens terrifiés.

— D'où sortent-ils ? fait Nola en serrant Paol contre elle.

Une rangée d'arbalétriers se met en position juste en dessous du mur.

— On n'en a pas laissé passer un seul ! crie Hulan.

Un visage apparaît au milieu de la multitude, bien différent des autres et inoubliable entre tous : celui de la Freule qui me toise en riant. Elle tient sa revanche, la sale garce. Un flot d'émotions contradictoires tente de s'emparer de mon esprit : la peur, la joie, le désespoir, l'insouciance…

La Freule essaie toute sa palette en espérant que l'une d'elles trouve prise sur l'un d'entre nous.

— *Ussän joll*, dis-je à voix haute. Qu'aucun esprit ne franchisse ma barrière.

Le mot de pouvoir du carnet m'a appris à lutter contre cette sorte de magie. Les émotions glissent sur notre cercle, se perdent au loin, arrachent un peu de ma force avec elles. Mais de la force, je n'en ai presque plus. Derrière nous, le Vieux Dragon et ses légions. Devant, la Freule et ses arbalètes. Et sous nos yeux, deux cents Skaviens réduits à l'impuissance entre les griffes des Ostérois.

Fini. C'est fini.

Chapitre 64

Nola empoigne ma main et glisse à mon oreille :

— Répétez après moi : « *Lohoune* », la « chevelure de la déesse »…

— *Lohoune*…, dis-je dans un murmure, aussi obéissant qu'un petit garçon – ou un homme abruti d'épuisement.

Nola disparaît lentement sous mes yeux. Sa tête d'abord, puis le contour de ses jambes. Au bout d'un instant, j'aperçois la roche à travers elle et soudain, je me rends compte que je ne vois même plus mon propre corps… Hulan ? Rikken ? Le mur est vide autour de moi. Ils sont là, je le sais, je le sens. Mais je ne les vois plus. Le pouvoir de la chevelure de Nola étend sur nous sa protection, comme le *dzaal* de Paol avant lui. Invisibles : nous voilà aussi transparents que l'air.

— Couchez-vous ! souffle Hulan. Tout de suite !

La main de Nola dans la mienne me tire vers le bas. Je m'aplatis sur le ventre, ma cuirasse raclant contre le mur. Des carreaux sifflent au-dessus de nos têtes.

— Par l'escalier, vite ! Vite !

En bas, des exclamations de surprise : « Où sont-ils passés ? » « Je ne les vois plus ! » La main me tire de nouveau en avant. Me relever ? Maintenant ? J'en suis incapable. Mes jambes sont vides et molles. Ma poitrine est en feu.

— Jal ! Relevez-vous, par pitié ! me presse Nola.

Secousse, gifle ratée qui s'abat sur mon épaule. Elle finit par me traîner au sol comme un paquet. Une autre main m'agrippe le bras.

— Il va s'évanouir, chuchote-t-elle.

— Tiens bon, Sudien ! fait dame Rikken. Si tu flanches maintenant, le cercle se brisera !

Ne pas fermer les yeux. Lutter contre cet engourdissement terrible. Je ne sais pas comment je réussis à descendre l'escalier. Chaque marche est une épreuve, la pierre cogne mes mollets, mes genoux, quelqu'un m'arrache quasiment l'épaule à force de me tirer.

— Ils sont là ! s'écrie quelqu'un.

En bas des marches, bousculades, jurons, empoignades. Un légionnaire s'écroule, les deux mains crispées sur un trou rouge dans sa poitrine.

Ne pas fermer les yeux, pas encore. De nouveau, le bruit des cordes d'arbalète, les carreaux qui claquent contre la paroi rocheuse derrière nous. Puis on me traîne encore, mes bottes raclant le sol. Je suis hissé sur un dos puissant, je sens l'odeur forte d'une armure de cuir bouilli – Hulan. Comme des ombres, on se faufile entre les soldats qui déambulent en tous sens, crient et se bousculent, abandonnant les derniers Skaviens qui n'étaient pas encore capturés.

— Trouvez-les-moi ! hurle la Freule.

On passe devant un cabanon, puis devant la grande fosse où les villageois ont allongé leurs morts. Enfin, le feuillage, la forêt, la fraîcheur et l'ombre rassurante des chênes. La course ne s'arrête pas. Branches qui nous griffent, terrain traître, chute qui m'envoie cogner la tête contre un tronc. Autour de nous des cris encore, des craquements, des respirations essoufflées.

— Tiens bon, petit, murmure Hulan. Tiens bon, je t'en supplie, encore un peu.

Ne pas fermer les yeux. Lutter contre le néant qui m'appelle.

Devant nous, un soldat surgit de derrière un rocher, sourcils froncés, épée en main.

— Zender, c'est vous ?

Une flèche siffle et se fiche dans sa gorge. Il reste une seconde debout, incrédule, faisant de grands gestes, essayant de parler sans se rendre compte que l'air sort par le trou de la flèche. Puis il s'écroule.

— Plus vite ! Plus vite ! souffle dame Rikken.

Mon heaume est tombé, sans doute. Je vois le sol défiler sous mes yeux, la tête ballottée, les bras pendants. Je passe d'un dos à un autre, celui d'Odomar, aux foulées plus longues, plus lourdes. J'entends son souffle puissant, le craquement des branches mortes sous ses bottes.

— Tiens bon, Sudien, murmure la dame. On est là.

Le décor se brouille et s'estompe. Je ne sais pas à quel moment je glisse dans les ombres. Une voix m'appelle, plus jeune, plus lointaine.

— Est-ce que tu as laissé Dal Assa te toucher entre les jambes ? me demande Dal Geff en jetant un regard vers elle, à travers la grande cuisine du château.

— Non.

Je pétris ma pâte à tarte avec des gestes un peu gourds ; mes doigts ne sont pas habitués à ce genre de tâches. Demain, c'est notre anniversaire à tous. Le Maître nous laisse toujours toute la journée de la veille pour préparer la salle de réception et les pâtisseries.

En réalité, personne ne se souvient de sa véritable date d'anniversaire. Elle a été effacée, comme nos noms. Le Maître nous a dit que c'était le premier jour du printemps, et tous les autres le croient. Moi, je sais bien que c'est absurde, nous n'avons pas pu tous naître le même jour. Il cherche juste à renforcer nos liens par cette fête commune.

Dal Geff est petit, mais c'est le plus âgé d'entre nous : d'après le Maître, il a vingt et un ans, maintenant, Dal Holü, dix-neuf. Des sept Dals qui restent, nous sommes les plus jeunes, Dal Assa et moi. Dix-huit ans.

— Je la trouve jolie, poursuit Dal Kirin. Ce soir, c'est le septième jour de la semaine, je vais monter dans son lit.

Il me jette un regard anxieux, comme pour vérifier ma réaction. Les autres Dals savent que nous passons nos nuits ensemble, Assa et moi, sans nous toucher. Mais je ne réponds rien. Je continue de pétrir ma pâte. Avec juste un peu plus de… crispation.

Puis, soudain, je me lève et je vais à l'autre bout de la pièce, droit vers Dal Assa qui bat énergiquement les blancs d'œuf avec un fouet.

— J'ai besoin de miel.

Elle lève les yeux vers moi.

— Tu sais bien qu'il n'est pas ici. Dal Geff t'a parlé ? fait-elle en continuant de battre les blancs.

Je fais « oui » de la tête.

— Tu as l'air contrarié.

— J'ai juste besoin de miel.

Alors elle pose son fouet, sans un regard pour ses blancs perdus, me prend par la main et m'entraîne jusqu'à l'escalier. Deux gardes skaviens qui surveillent cette porte nous regardent arriver avec un air mauvais.

— Fichez le camp, sales rats ! crie le premier.

Dal Assa sourit et ferme les yeux.

Aussitôt, l'expression de leurs visages se transforme. Les deux hommes s'inclinent devant nous et clament :

— Honneur aux seigneurs Koom et Assa.

Puis l'un d'eux nous ouvre la porte d'un tour de clé, et, sans cesser de faire des courbettes à reculons, ils quittent tous les deux la pièce, sous les ricanements des autres Dals.

« Dal Assa, celle-qui-rêve », reprennent en chœur quelques-uns d'entre eux.

— Viens, me dit-elle en prenant un bougeoir sur la table.

Nous descendons l'escalier. Il y a une petite réserve ici, qui communique avec les couloirs souterrains du château. Elle me désigne une étagère, où sont alignés des centaines de bocaux de miel.

— Merci.

— Ce sera tout ?

— Ne couche pas avec Dal Geff, Assa.

— Je couche avec qui je veux.

— Est-ce que tu le veux, lui ?

Elle pose son bougeoir, défait les cordons de sa robe dans son dos et tire sur ses manches. En un clin d'œil, la voilà dévêtue jusqu'à la taille.

— C'est toi que je veux, Dal Koom, dit-elle en poussant la porte du pied derrière elle.

— Pourquoi ? Parce que le Maître te l'a demandé ?

— Parce que… quand les autres garçons me regardent, ils pensent d'abord au Maître et à ses ordres. Toi, quand tu me déshabilles des yeux à la dérobée, je sais que c'est à moi seule que tu penses.

Elle s'avance d'un pas, fait glisser le reste de sa robe sur le sol recouvert de poussière et de farine.

— Parce que dans tes yeux à toi, il y a encore des rêves. Parce que quand je les regarde, moi aussi, j'en ai. Ou peut-être juste parce que je te trouve beau à mourir.

Ses mains courent sur les cordons de ma tunique, les défont un à un. Je ne bouge pas, je suis tétanisé, incapable de remuer un muscle.

— Oh ! fait-elle en baissant les yeux.

Elle se penche vers le sol, prend quelque chose dans la poche de sa robe et me tend une petite galette beurrée sur laquelle elle a écrit : « Koom et Assa ».

— Bon anniversaire, Dal Koom. J'ai décidé que ce pourrait aussi bien être aujourd'hui, non ? Après tout, qu'est-ce qu'il sait de notre naissance, le Maître ?

Il n'en sait rien, Assa. Rien du tout.

Alors je la prends dans mes bras, tout doucement. Je passe ma main dans ses cheveux noirs, frémissant au contact de son souffle tiède sur ma joue. Et je pose mes lèvres sur les siennes.

— Je t'aiderai, Dal Koom, murmure-t-elle. Cette fois, je le jure, je ne te trahirai pas. Rends-moi ta confiance.

Entre ses bras de femme, les premiers que j'aie jamais serrés, je pardonne à Dal Assa. Après des années passées à étouffer, j'ai enfin l'impression de respirer.

Je me réveille en sursaut, le souffle court, avec la sensation de ses lèvres contre ma peau. Bon Dieu, je me souviens de tout, maintenant ! Chaque détail me revient, chaque baiser, chaque caresse. J'ai aimé cette fille de toute mon âme. Sa voix et son odeur me hantent encore. Est-ce que c'est moi ? Est-ce que c'est Dal Koom ? J'ai toujours cette impression bizarre que tout ça est arrivé à quelqu'un d'autre. La tête me tourne. Je murmure tout bas, comme une formule magique : « Bon anniversaire, Dal Assa. »

— Il a parlé !

— Parlé..., fait une grosse voix.

— Arrêtez de répéter tout ce que je dis !

Mais elle ne s'appelait pas réellement Assa, pas plus que je ne m'appelais Koom. C'étaient des noms donnés par le Maître et nous étions ses créatures, à sa merci, sous son contrôle... Comment s'est terminée cette histoire ? Est-ce qu'elle est encore en vie ? Je suis Jal maintenant, et elle est sûrement une autre personne, elle aussi.

J'ouvre les yeux. Il fait nuit noire. Qu'est-ce qui se passe ? Où suis-je ?

Des visages sont penchés sur moi, difficiles à reconnaître dans l'obscurité, mais je crois que ce sont Nola et Odomar. On dirait que je suis allongé sur du lierre rampant et au-dessus de ma tête, une voûte sombre pourrait bien être celle de la forêt. Oh, bon Dieu, ça me revient : le mur, le Vieux Dragon, notre fuite invisible à travers les bois.

— Vous ne savez donc pas utiliser vos propres mots ? siffle Nola à Odomar.

— Je… S'être… Content, articule le Norrois avec difficulté.

Je me redresse sur les coudes en grimaçant. Foutresaint, je me paie une sacrée migraine. Et je sens aussitôt que le cercle a cessé de fonctionner.

— Où est Gloutonne ? dis-je d'une voix pâteuse. Et Rikken ?

— Jal ! murmure Nola d'une voix aussitôt adoucie. Vous allez bien ? Vous êtes blessé ?

Je ne crois pas. Je me tâte la tête, les côtes. Pas de douleur particulière, sinon ce foutu mal de crâne. J'essaie de repérer les lieux.

— Ça va aller, je crois.

— La dame est juste là, un peu plus loin, dit-elle.

C'est bien la forêt – ou plutôt sa lisière. À ma droite, l'obscurité n'est pas tout à fait complète : il y a des nuages, mais la lune laisse filtrer par moments un éclat blanchâtre. Soudain, elle brille pendant un bref instant par une trouée. On a dû traverser tout le bois. Je vois le chemin, tout près. Je reconnais les champs fraîchement moissonnés, la forme lointaine du moulin et, tout proche, le petit pont sur la

Thorkel, où les Skaviens ont livré leur toute première bataille contre les ravitailleurs ostérois. J'ai l'impression que c'était il y a un siècle. Je rampe sous les fougères pour m'approcher le plus près possible et tombe sur la dame postée ici, tournée vers le village.

— Je suis désolé, Rikken.

D'abord, elle ne répond rien. Puis elle murmure :

— Tu ferais mieux de parler à ton ami l'Ostérois.

— Hulan ? Pourquoi ?

Il est en train de mourir.

Je me redresse d'un coup et je me mets à courir en sens inverse.

— Où est Hulan ?

— Chut ! fait Nola qui m'empoigne par le bras. Les soldats sont partout, on ne peut pas faire de lumière et il faut éviter le moindre bruit.

— Où est-il, nom de Dieu ?

— Juste là, à vos pieds.

Une forme sombre est allongée devant moi, j'ai failli lui marcher dessus.

— Hulan ? Tu es blessé ?

— Trois fois… rien, chuchote une voix crispée.

Il fait un noir d'encre, mais ma main passe doucement sur son bras, ses côtes, et elle se poisse immédiatement de sang.

— Un carreau dans le ventre, je ne sais pas comment il a fait pour tenir jusque-là, me glisse Nola à l'oreille. Si je le retire, il mourra sur le coup.

— Me suis pas… couché assez tôt… sur le mur…, fait Hulan.

— Tu m'as porté sur ton dos !

—Qu'est-ce que tu… tu croyais, bleusaille! Que j'allais te laisser tomber pour un… un foutu carreau de rien du tout?

Hulan. Tué pour moi. Pour nous. Hulan qui a toujours veillé sur moi.

—Suis… désolé… pour le cercle…, murmure-t-il. Un compagnon en moins et…

—Il faut le soigner! Où est la statuette, nom de Dieu?

—On l'a laissée là-bas, fait Nola.

—Alors, on va prendre sa douleur. Le cercle, vite… Il s'est brisé, je… Bon Dieu! On dirait qu'il manque quelque chose pour le reformer, je n'arrive pas à…

—Paol…, Gloutonne…, articule Odomar avec peine.

—Quoi?

—Ils ne nous ont pas suivis! fait Nola avant d'éclater en sanglots. Les enfants! Ils sont restés là-bas!

La tête me tourne. De l'eau, il me faut de l'eau… Gloutonne, au camp? Je n'ai plus de cercle. Plus de sœur de guerre. Je n'ai plus rien.

—C'était quand même… une sacrée belle aventure, glousse Hulan.

Sur son visage, la peau est si blême qu'elle forme une tache claire dans l'obscurité. Sur son front couvert d'une sueur glaciale, je pose une main tremblante.

—Tu vas t'en tirer, mon vieux. «L'indestructible», hein? C'est comme ça qu'on t'appelle, tu t'en souviens? Nola va te remettre sur pied en un rien de temps. On ira à Tamis-la-Grande, tu flamberas tout ton or dans les tripots comme d'habitude et on boira à la santé des putains! Hulan! Hé, Hulan! Tu m'écoutes?

—Je… je t'écoute, fiston.

Ses yeux papillonnent, sa voix devient pâteuse et lointaine.

— On… on emmènera Gloutonne. Et Paol. Ouais, on emmènera tout le monde avec nous. Même cette dingue de Rikken… Le cercle au complet.

Un cri strident me fait sursauter. Quoi ? Qu'est-ce que c'est ? En trois bonds, je suis dans les fougères, auprès de dame Rikken, un couteau à la main.

— Le village ! gémit-elle. Le village !

Au début, je ne vois rien. Et soudain, les premières lueurs jaunes transpercent la nuit. Ce sont de minuscules points lumineux sur l'horizon, tremblotants, fragiles. Ils font ressortir par contraste les formes noires des toits et du clocher de l'église. Puis toute une ligne ambrée apparaît. Et enfin de longues pointes orange et rouge montent d'un seul coup, s'inclinent sous les poussées du vent, pour mieux se redresser. Elles semblent taillader le ciel noir comme des couteaux, se déploient sur toute la surface du village, éclatantes de beauté dans la nuit.

Livre-lui le secret de ta magie et le nom de ton Maître, petit mage, fait soudain la voix impérieuse de la Freule dans ma tête. *Où que tu sois dans cette vallée, viens à lui. Épargne ce qui reste de ton cercle et de tes gens.*

Chapitre 65

Hulan met un temps fou à mourir.

À l'aube, un soleil éclatant se lève dans notre dos, encore caché derrière la crête – cette foutue barrière de rochers qui ne nous a servi à rien du tout. Et il continue à se battre pour chaque bouffée d'air. Laisse-toi aller, Hulan. Ça ne sert plus à rien. Tu ne vois pas que c'est fini pour nous ?

Rikken n'a plus dit un mot depuis que le village a brûlé. Devant nous, les champs s'étalent, hérissés de tiges de blé et de seigle – gentiment, stupidement moissonnés pour l'envahisseur. La dernière moisson de la vallée. Nola est tournée vers la forêt, tête baissée, mains jointes. Il y a des gens comme ça, qui prient pour oublier de pleurer. Odomar se tient à côté d'elle, un roc, une vraie montagne, il serait prêt à n'importe quoi pour effacer cette tristesse de son visage.

— Je vais me livrer, dis-je finalement.

Personne ne me répond.

Alors je me lève, arrache de la main des feuilles accrochées à ma cuirasse et fais quelques pas en avant dans les fougères.

— Ne sois pas stupide, Sudien, fait dame Rikken. Tu peux encore t'enfuir. Un homme seul, un guerrier comme toi qui connaît la légion, tu as une bonne chance de t'en sortir. Est-ce que tu ne voulais pas voir Tamis-la-Grande ? Les jardins de mille fleurs ?

Je m'arrête et je réponds sans la regarder.

— On dit que c'est une des merveilles du monde.

— Tu te trouveras un autre cercle. Tu seras l'un des hommes les plus puissants de ce monde.

— J'ai fait une promesse à Gloutonne, Rikken. Protéger cette foutue vallée. L'empêcher d'être réduite en cendres. Préserver au moins ça. Un petit endroit de paradis sur ce continent à feu et à sang.

Je n'ai même plus envie de pleurer. Je ne me sens pas triste. Juste… vide.

C'est stupide. Il va te tuer d'abord et, ensuite, il va tout ravager. C'est un marché de dupes : les Guerriers-Mages sont tous des menteurs.

— Peut-être… ou peut-être pas.

— Peut-être pas ! fait soudain Odomar en courant vers moi et en m'agrippant par le bras. Peut-être pas !

— Lâche-moi, le Norrois. Je sais ce que j'ai à faire.

Il se met à crier et à gesticuler :

— Peut-être pas !

Et alors je vois enfin les buissons remuer devant nous, j'entends cette voix que je reconnaîtrais entre toutes : Gloutonne. Paol l'accompagne, et avec eux le prêtre, le vieux Svenning et quelques autres. La petite me saute dans les bras, piaillant comme un oiseau, pendant que Paol se jette au cou de sa sœur.

— Gloutonne pas oublier ! Tout le monde partir, mais Gloutonne pas oublier !

Elle lève le bras au ciel en poussant un gémissement sous l'effort : dans sa petite main d'enfant se tient la statuette en or de sainte Hilâ.

— Oh, foutresainte de merde !

Je la lui arrache des doigts et cours jusqu'à Grand Hulan pour la coller tout contre sa blessure.

— Le cercle ! Le cercle, vite ! crie Paol en se dégageant de l'étreinte de Nola.

Je ferme les yeux, fais le vide dans mon esprit et prononce tout bas le premier de tous les mots de pouvoir. Et la magie est là, comme au premier jour. Je suis soulevé du sol, les liens de lumière surgissent partout autour de moi. Grand Hulan ouvre grands les yeux…

— Hulan ! Hulan ! crie Gloutonne. Hulan pas mourir !

Quand je retombe au sol – sur mes deux pieds, cette fois – je me penche sur lui. Le sang s'est arrêté de couler de sa blessure. Un peu de rose revient sur ses joues d'une pâleur mortelle. Hulan, bon Dieu, qui luttait pour chaque bouffée d'air. Il a tenu. Il a cru en moi jusqu'au bout.

— Nous ne sommes pas bien nombreux à avoir échappé aux Ostérois, fait le prêtre. Quelques femmes, les enfants qui servaient de guetteurs et deux vieux vétérans rompus à la guerre des forêts. Nous avons eu le plus grand mal à vous retrouver. Mais ce matin, quand vous avez commencé à parler fort et quand messire Jal s'est mis debout, nous avons…

Je ne l'écoute même pas, le pauvre vieux, ni la petite douzaine de Skaviens et de Skaviennes autour de lui – Katrin, Svenning, deux fillettes, trois petits gars et quelques autres. J'ai Gloutonne contre moi. Hulan qui revient lentement à la vie. Mon cercle au complet.

À travers la voûte des arbres, çà et là perce déjà le soleil de midi. Je regarde le petit Henrik droit dans les yeux tout en massacrant consciencieusement une pomme de pain dans ma main avec la pointe de mon poignard.

— Pourquoi tu n'as pas donné l'alerte ?

Il se tient accroupi au bord de notre cercle. Ce sale planqué était de vigie pendant l'attaque. Il a retrouvé les autres dans les bois au petit matin, parce qu'il ne savait pas où aller.

— Ben… je l'ai fait, commence-t-il, mal à l'aise. Le trou du guetteur, il permet de voir la plaine, mais pas la vallée. Ou alors il faut retraverser tout le tunnel.

Je me rappelle : l'ascension de la montagne, cette paroi à pic où j'ai failli dégringoler. Et ce tunnel glacial où sifflait le vent qui débouchait sur une niche avec vue sur la plaine.

— À un moment, j'ai eu l'idée d'aller regarder de l'autre côté, j'ai tout de suite vu une partie de l'armée qui descendait du château et qui se dirigeait droit vers le mur, alors j'ai sonné du cor !

Évidemment, si c'était pendant la lutte de notre tempête contre le feu grégeois, on n'a rien pu entendre.

— Le château ? fait la dame, un sourcil froncé. Tu as bien dit « le château » ?

Le petit acquiesce de la tête.

— Ça veut dire qu'ils sont entrés par le passage secret, marmonne Hulan encore pâle, la statuette entre les genoux. La vallée voisine, la caverne, le passage sous le lac souterrain et…

— Personne ne peut trouver le passage sans un guide ! tempête dame Rikken, avant de jeter un regard autour d'elle et de baisser d'un ton. Et pas un Skavien de la vallée ne nous aurait trahis.

— Dis-moi, petit, dit Hulan à Henrik. Tu la connaissais, toi, l'entrée du passage ?

— Ce n'est pas moi qui les ai conduits ! proteste Henrik.

Il devient pourtant rouge écarlate.

— Bien sûr que non. Mais tu as révélé le secret à quelqu'un, pas vrai ?

— Je…, commence le petit en secouant la tête.

— Quelqu'un a-t-il vu Sakynn pendant la bataille ? lance finalement l'Ostérois.

Oh, foutresaint !

D'un bond, je suis sur Henrik et avant qu'il n'ait le temps de détaler, je lui attrape le bras.

— Tu n'as pas fait ça ? Tu n'as pas révélé l'entrée du passage secret à Sakynn ?

— Il est d'abord resté en espérant que tu allais le prendre dans ton cercle, fait Hulan. Mais, quand il a compris que ça n'arriverait jamais, il s'est enfui par le passage… Les éclaireurs ostérois n'ont eu qu'à le cueillir à la sortie.

— Le… le Ka disait que Sakynn serait notre capitaine ! gémit le petit. Qu'il allait organiser la défense de la vallée, alors moi, j'ai cru bien faire… Un capitaine qui ne connaît pas le passage secret, c'était idiot, non ?

— Et puis comme ça, tu t'es bien fait mousser, pas vrai ? lâche Hulan sans même le regarder. Il t'a promis quoi, en échange ? De te prendre avec lui et de te former au métier des armes ?

— Rien ! Rien du tout ! C'était notre capitaine, c'est tout, un grand guerrier, il devait nous sauver, il…

La taloche part toute seule. Il y a encore peu de temps, quand je ne maîtrisais pas encore la force du cercle, je lui aurais peut-être arraché la tête. À vrai dire, je suis tenté.

— Fous le camp, petit merdeux !

Je me tourne vers les autres.

— Et voilà, maintenant, on sait comment a fait le Vieux Dragon. Aucune magie là-dedans, aucun talent mystérieux. Il a juste eu besoin de quelques éclaireurs et d'un joli coup de chance.

En me rasseyant à ma place dans le cercle, je lance :

— On peut le défier.

Assis autour de moi, mes compagnons se passent une miche de pain que l'un des Skaviens a pu récupérer dans sa fuite, arrachant des morceaux à la main et mâchant longuement pour oublier qu'on n'a pas d'eau.

— Ne dis pas de sottise, dit Hulan. Il est sans doute plus fort que toi et lui, il a toute une armée pour le soutenir.

— Il tient les villageois, renchérit Nola. Au moindre signe de résistance, il les fera exécuter.

— Tu es puissant, Sudien, c'est évident, reconnaît dame Rikken. Mais pas encore assez.

— On peut le défier, je vous dis. J'ai un plan, je peux l'avoir par surprise.

— Puissant Sudien, acquiesce Odomar d'un signe de tête confiant.

— Jal être le meilleur ! confirme Gloutonne qui a préféré grimper dans un arbre et nous parle depuis une branche au-dessus de nos têtes, boudant Paol qui est resté près de sa sœur.

— On a tout perdu, fait la dame, tête basse. Même ton arme.

— On a le cercle, Rikken. N'oublie pas ça.

— Il en a un aussi ! crie-t-elle.

— Doucement, princesse. Il y a peut-être encore des soldats dans les bois…

— Regarde ce qu'il a fait !

Elle pointe du doigt les ruines encore fumantes du village, au soleil de midi, puis jette son pain et fait quelques pas vers les fougères. Je la suis et reste un pas en arrière.

— Je suis désolée, Jal.

Désolée ? Pourquoi ? Pour m'avoir écrasé l'entrejambe il y a quelques jours ? Pour m'avoir giflé devant tout le monde ? Je crois que ce serait plutôt à moi de lui demander pardon.

— Pour mon père, poursuit-elle. Pour ce que mon peuple a fait au tien.

Oh, ça.

— Quand je vois mon village, tu sais, je… je comprends enfin ta haine pour nous. Tu es de la baronnie de Ziad, n'est-ce pas ? Et de la ville de Hommayad ?

Je soupire. Pas vraiment le genre de conversation dont j'ai envie.

— Je suis né là-bas, oui. Mais je ne sais plus vraiment d'où je suis, maintenant.

— Mon père y est mort pendant la seconde guerre sudienne. Mais déjà, au cours de la première, il avait entendu parler des atrocités qui avaient été commises à Hommayad. Brand, le prêtre, et Svenning, le guérisseur, ont fait campagne avec lui et ils ont traversé ta ville entièrement calcinée.

— Non, ils confondent : la ville a été prise, c'est vrai, mais votre armée a épargné la cité et les habitants.

Elle me jette un regard troublé, comme si elle n'osait pas me contredire.

— Il s'en souvenait bien à cause de la chanson. *Ekarraï et Meteyelle.*

Les amants de Hommayad.

— Il l'avait apprise là-bas de captifs sudiens. Il adorait cette histoire. Il me la chantait comme berceuse. Elle est connue même dans notre royaume, tu sais ? C'est la première de toutes les chansons d'amour, à ce qu'on raconte. Ekarraï, le capitaine des mers du Sud, et Meteyelle, la fille des océans.

— Ouais, je sais.

— Il se désolait que la ville ait été entièrement brûlée et que les habitants aient tous été passés par le fil de l'épée.

— Je te dis que non.

Sagal, maman. Ils étaient en vie quand j'ai quitté la ville et Hommayad était encore debout.

— Les baronnies sudiennes ont été ravagées par les deux guerres et ne s'en sont jamais relevées, poursuit-elle, mais, malgré tout, il restait des survivants un peu partout. Cela n'a pas été le cas dans certaines villes, et Hommayad en a fait partie : il y a eu l'un des pires massacres, là-bas.

Je me sens mal d'un seul coup. La ville brûlée ? Les habitants tués ? Est-ce que c'est vrai ?

— Où est le prêtre ?

— Je suis désolée, je croyais que tu le savais, je…

Je me mets à courir jusqu'au petit groupe de Skaviens rescapés, qui prient saint Othin. Je lance à la cantonade, en criant presque :

— Où est le vieux ? Le prêtre ? Quelqu'un l'a vu ?

— Qu'est-ce que tu lui veux, à Brand ? Il est en train de pisser.

Je croise le regard sombre du vieux Svenning, qui tient sa dernière bouteille de vin à la main. Il porte une vieille cotte de mailles et un casque rouillé frappé du lion de Skavie.

— Toi aussi, l'ancêtre, tu as fait la campagne du Sud ! Ziad, Hommayad ? Je suis sûr que tu t'en souviens !

Il éclate de rire puis s'étouffe dans une quinte de toux. Et quand il relève les yeux vers moi, je m'aperçois qu'ils sont baignés de larmes.

— Pas un jour ne se passe sans que j'essaie d'oublier ça, Sudien. Mais on ne peut pas effacer la mémoire, pas vrai ?

Il laisse tomber sa bouteille presque vide et fixe ses doigts qui tremblent.

— Il y a des choses que j'ai faites. Je voudrais pouvoir revenir en arrière, empêcher ces foutues mains de…

Les autres Skaviens baissent la tête en silence.

— Mais on ne peut pas, hein ? me demande-t-il avec un regard presque suppliant. Même un Guerrier-Mage comme toi, ça ne peut pas nous faire revenir en arrière ?

— Est-ce que tu as vu Hommayad ? Est-ce que tu as vu la ville de tes yeux ?

Il hoche la tête.

— Hommayad, la ville de la chanson ? Pour sûr que j'y étais. Un immense cimetière. Un champ de ruines, pas un seul bâtiment debout. Le feu avait tout ravagé. Sur la grand-place en face du palais, il y avait… le plus grand amoncellement d'os et de crânes humains que j'aie jamais vu. Des centaines, des milliers. Et la plupart étaient des squelettes d'enfants.

La place, le palais. Là où les Skaviens nous avaient tous rassemblés avant de demander aux enfants de…

— Tu mens, Skavien ! Tu mens !

Je le secoue des deux mains, et le vieux se laisse faire, son casque trop grand lui tombe sur les yeux, il éclate en sanglots.

— Des squelettes, partout des squelettes, c'est la vérité !

— C'est la vérité ! répète Odomar qui surgit derrière moi et pose une main sur mon bras pour me calmer.

— J'ai parlé aux soldats qui avaient commis le massacre, continue Svenning. Ils m'ont parlé d'un Guerrier-Mage – un étranger. D'après eux, sans lui, on n'aurait jamais pris la ville. Ce gars se tenait en retrait des combats, la plupart du temps. Mais quand il intervenait avec son cercle, il était capable de balayer une muraille. Dans son dos, ils l'appelaient « le vampire » parce qu'il portait une cape entièrement rouge.

Les images de Hommayad me reviennent en mémoire. L'homme à la cape rouge qui passe entre les enfants sagement alignés, qui désigne un à un ceux qu'il veut emmener avec lui : Tad Jaloun, le serviteur du Maître. Je blêmis et relâche Svenning qui s'écroule à mes pieds.

— Ils en avaient tous une peur bleue. Ce seigneur n'avait rien demandé pour lui : ni honneur, ni butin, ni femmes. Il ne voulait même pas que son nom figure sur les récits de guerre. Mais il avait des exigences bizarres. Il voulait des gamins, il les prenait avec lui, à Hommayad et ailleurs, et les emmenait on ne sait où dans des chariots. Chaque fois qu'une ville était prise grâce à son aide, il faisait rassembler tous les habitants, il désignait quelques enfants et ensuite… il exigeait de faire exécuter tous les autres survivants.

— Tu mens ! Tu MENS !

— Le sang, la guerre, ça vous rend fou, ça fait de vous un monstre…, sanglote-t-il, accroupi, la tête entre les mains. Je n'ai plus jamais été le même. Depuis tout ce temps, j'essaie de contrôler cette bête tapie en moi qui ne demande qu'à se réveiller et à frapper, à tuer, à…

— Il a raison, dit le prêtre qui émerge des buissons et pose la main sur l'épaule de Svenning. J'ai vu les squelettes, moi aussi, et les ruines. Ta cité a été entièrement détruite, Sudien. Au nom de tous les Skaviens de cette vallée, je t'en demande pardon.

Je m'éloigne d'eux en titubant, l'air me manque, mes jambes flageolent. Les larmes brouillent tout, je ne vois plus rien autour de moi. Jamais je ne reverrai Hommayad, les palmiers, le port aux tours de jade. Jamais je ne reverrai ma mère. Ni Sagal. Ils sont tous morts il y a quatorze ans.

Bon Dieu, Sagal !

— Jal ? fait Rikken qui accourt vers moi, l'air inquiète. Est-ce que ça va ?

Je me fige sur place, bouche ouverte, yeux écarquillés.

Sagal, est-ce que tu le savais ? Quand tu as échangé ton bracelet, est-ce que tu savais que les Skaviens allaient massacrer tous ceux qui n'en portaient pas ? Évidemment.

Tout ce temps, je l'ai haï, je l'ai maudit. Un traître, lui ? Il avait tout deviné. Quand il a échangé nos places, ce n'était pas pour rester auprès de ma mère, c'était juste le seul moyen qu'il avait trouvé pour garder son petit frère en vie. Oui, Tad Jaloun m'a emmené, oui, j'ai vécu l'enfer auprès de Maître Hokoun. Mais au moins, j'ai survécu.

— Il ne m'a pas trahi, Rikken. Jamais. Ma vie entière a été construite sur une erreur, un mensonge.

— Qu'est-ce que tu racontes ?

— Sagal !

J'éclate en sanglots comme un gamin, sous les yeux stupéfaits des Skaviens et de mes compagnons.

— J'étais terrifié à l'idée de revenir au pays, de me brûler les yeux devant la cité de mon enfance. La force de m'empêcher de le tuer de mes propres mains, je ne savais pas si je l'aurais eue… Mais Hommayad est en cendres et Sagal est déjà mort depuis des années ! Il m'a sauvé, Rikken. Il a sacrifié sa vie pour la mienne !

La dame me pose une main sur l'épaule, hésitante. Puis elle m'attire contre elle et me berce doucement.

— Je… je ne comprends pas et je ne sais pas qui est Sagal, Sudien. Mais nous, nous sommes là.

Il ne restait déjà pas grand-chose de ma vie. Quelques souvenirs lointains et douloureux. Un espoir secret de revoir un jour mon pays et ma famille. Et voilà que j'apprends que tout était faux. Cet espoir, je ne l'ai plus. Même ma haine de Sagal m'a été ôtée. Alors qu'est-ce qu'il me reste ?

— Jal avoir de la chance, dit Gloutonne qui se glisse tout contre moi.

— De la chance, moi ?

— Famille perdue. Comme Gloutonne.

Elle me sourit et tape de la main sur son cœur.

— Mais dans tête de Jal : savoir que frère gentil.

Je respire plusieurs fois à pleins poumons. Un poids m'a été ôté de la poitrine, si vieux, si ancré en moi que je ne le sentais même plus. Cette vieille haine qui rongeait ma vie, qui me poussait à me méfier de tout et de tout le monde… J'ai envie de voir le monde avec un œil neuf, confiant, enfin débarrassé de la peur. Alors pourquoi est-ce que je suis terrifié par ce que je viens d'apprendre ? Par peur de changer, peut-être ? De quitter le moule où je me suis construit, même si c'est un foutu moule plein d'épines ?

J'éclate de rire et je secoue la tête. Je suis vraiment trop stupide. Ma confiance, mon amour, que je garde en moi depuis si longtemps sans oser les donner à qui que ce soit, je peux de nouveau les offrir.

— Venez, compagnons, venez autour de moi.

Quelque chose crépite dans l'air. De l'énergie brute, une force que le cercle n'a jamais connue jusque-là.

Oui, on peut défier le Vieux Dragon.

Chapitre 66

Nous gagnons en silence le chemin qui mène au village. Il est méconnaissable, foulé depuis des heures par des milliers de bottes, de sabots et de roues de chariots. Ses bordures sont boueuses et floues, sa terre souillée. La Thorkel s'écoule furieusement à nos pieds, bordée de soldats ennemis qui nous repèrent aussitôt et nous regardent passer sans mot dire. Des hommes en bras de chemise, juchés sur des chariots, entassent du fourrage et des sacs de farine raflés aux Skaviens. D'autres rassemblent leurs vaches, leurs moutons, qui serviront de nourriture sur pied pour leur voyage du retour. D'innombrables tentes ont été montées dans les champs autour du village, et un cavalier part au galop prévenir son maître de notre arrivée.

Le vieux moulin à eau, un peu à l'écart, a échappé à l'incendie. Pour le reste, il n'y a plus guère que la flèche de l'église en verre elfique qui soit encore debout. La cendre a pris possession des lieux – son odeur âcre, ses volutes argentées quand la brise se lève.

Nous marchons main dans la main, tête haute. Nos pieds foulent des poutres rongées ; certaines, encore rougeoyantes, crissent sur une couche de poudre presque blanche qui pourrait être de la neige, mais qui n'en est pas. L'air est surchauffé et l'odeur de bois brûlé est si prégnante qu'elle en est presque insupportable. Dans le lointain, des corbeaux croassent en attendant un festin, et des oiseaux de proie tournent paresseusement autour du village.

Deux rangées continues d'arbalétriers pointent leurs armes sur nous de part et d'autre du chemin : au moindre écart, c'est l'hécatombe.

En passant devant la flèche elfique de l'église émergeant des ruines du bâtiment, je repère trois Cogneurs parmi les soldats qui scrutent mes moindres gestes. Un murmure parmi les Ostérois s'élève puis s'éteint progressivement à notre arrivée.

Derrière les hommes en armes, un peu plus loin, je devine la masse sombre de centaines de Skaviens prisonniers, assis en silence, entassés les uns sur les autres là où se tenaient avant leurs maisons et leurs rues. Sur la grand-place, il ne reste du vieux chêne à quatre troncs qu'une souche informe et craquelée. À l'emplacement de la maison du Ka s'élève un tas de pierres noircies – c'est là, juste devant, que le Vieux Dragon a fait dresser une tente toute simple, rouge uni, immaculée. Il nous attend, debout. Ses six compagnons en cotte de mailles sont alignés en bon ordre derrière lui, certains portent des heaumes à visière et d'autres de simples casques de légionnaire.

Qui sont-ils, les membres de son cercle ? Des frères d'armes ? De la famille ? Des amis d'enfance ? Ils doivent être intimement liés entre eux pour qu'il soit si puissant. Pourquoi lui donnent-ils tant de force pour détruire le monde autour de lui ?

Nous approchons encore, jusqu'à distinguer quatre visages découverts. Deux femmes, deux hommes. Le Général est donc comme moi : il fait partie des pragmatiques. Ceux qui s'ouvrent à toute compétence, quel que soit le sexe de la personne. Ils sont tous les six d'une grande beauté. Certains paraissent presque vieux, soixante, soixante-dix ans. D'autres ont l'âge de leur maître, la quarantaine avancée. Il n'y a pas eu de jeunes recrues depuis longtemps dans ce cercle, mais à leur maintien et à leur armement, je vois tout de suite que ce sont tous des guerriers d'une grande expérience.

Le Vieux Dragon tient son heaume à la main. Son armure est entièrement couverte d'or et de cuivre damasquinés, qui donne à son possesseur l'aspect étrange et fantastique d'un feu mourant. Mais ce n'est qu'une illusion : un Guerrier-Mage n'est qu'un homme, aucune magie ne changera jamais rien à ça. Une ossature de colosse, un regard profond, acéré, dépourvu d'émotion, une barbe rousse finement tressée… Le Vieux Dragon a un aspect terrible, avec son épée à deux mains dont la garde dépasse de son épaule. Et son visage est d'une beauté parfaite.

Les six compagnons à mes côtés baissent la tête et se rapprochent instinctivement de moi sans cesser d'avancer. Je jette un coup d'œil à ma vieille cuirasse cabossée, rayée, à mon pantalon rapiécé. Et je n'ai même plus mon fléau d'armes. Tu parles d'un seigneur de la vallée ! Je me plante devant le Vieux Dragon, les bras croisés.

— Me voilà, l'ancêtre. Libère les Skaviens, maintenant.

Le général ne prononce pas un mot. Son visage reste d'une immobilité parfaite – un vrai masque. Il lève la main et aussitôt, la Freule Ingerid sort de la masse des soldats, entourée d'une dizaine de légionnaires d'élite. Certains portent d'étranges sphères de cuivre de la taille de petites marmites, percées de trous et gravées de runes elfiques. La Freule me jette un regard bizarre – curiosité, fascination peut-être –, puis donne un ordre bref à ses hommes.

Mes compagnons sont mis à genoux, on leur lie les mains dans le dos et les soldats ouvrent en deux les sphères de cuivre avant de les refermer autour de leurs têtes et de les sceller par un mécanisme à levier. Cela leur fait une tête énorme, hors de proportion avec leurs corps, et leur donne un air de créatures venues d'un autre monde. Leurs gémissements sont étouffés, là-dedans, et résonnent étrangement.

— C'est ce qu'on appelle les « sphères de Sküll », dit soudain la Freule de sa charmante voix sensuelle. Des reliques elfiques, dont l'art a depuis longtemps été oublié des hommes.

Elle fait quelques pas vers moi et pose une main sur mon épaule.

— Il est impossible de se lier avec un compagnon portant cela autour de la tête. La sphère isole totalement l'esprit de son environnement. Ainsi, tu ne seras pas tenté de faire un geste désespéré, Dal Koom.

— Co… comment tu m'as appelé ?

— N'est-ce pas là ton vrai nom ? C'est toujours comme cela que t'appelle le général Hast quand il parle de toi.

Je jette au Vieux Dragon un regard totalement abasourdi.

— C'était vous, le Maître ?

Le souffle coupé, les jambes tremblantes, je sens mon cœur qui s'emballe dans ma poitrine.

— Tout ce temps, tous ces masques, l'école, la tour, les loups-tigres… C'était vous depuis le début ?

Il me répond d'un sourire. Alors, l'un des compagnons relève la visière de son heaume, et je reconnais le visage de marbre de Tad Jaloun. Il ne porte pas sa cape rouge, mais il me toise avec mépris, comme ce jour où il m'a choisi par erreur parmi une foule d'enfants avant d'ordonner le massacre de tous les habitants de Hommayad. Sagal, maman…

— Et les autres ? Dal Kirin ! Dal Holü ! Assa ! Vous avez fini par tous les tuer, c'est ça ?

Une vague de rage monte en moi, irrésistible.

« *La colère, Dal Koom,* fait la voix puissante du Maître dans ma tête. *N'oublie pas que la colère est la plus traîtresse de toutes les armes.* »

Je le fixe d'un air totalement ahuri. Est-ce qu'il me parle vraiment ? Mais non, quel imbécile je fais. Cette voix, ce n'est qu'un souvenir. En tout cas, la vague de rage reflue peu à peu, et je réussis à me maîtriser.

La Freule ajoute dans un murmure, en se penchant à mon oreille :

— Maintenant que les liens avec ton cercle sont brisés, te voilà redevenu le minable déserteur de la 13e légion, soldat Jal, aussi dépourvu de magie qu'un ver rampant sur le cul d'une poule. Si tu tiens à la vie de tes compagnons, tu vas appeler le général Hast « Votre Grandeur », tu vas t'approcher de lui et répondre à chacune de ses questions à son oreille.

Un sourire me monte au visage.

— Je comprends maintenant pourquoi vous teniez tant à me parler. Vous voulez savoir comment je me suis enfui, comment je vous ai échappé pendant deux ans ? Vous voulez connaître tous mes petits secrets, hein ? D'accord, Votre Grandeur, alors je vais commencer par celui-ci :

Je m'approche jusqu'à lui et me penche à son oreille. De ma manche de chemise, un petit poignard à la lame effilée glisse dans ma main. Et, d'un geste fulgurant, cent fois plus vif que le plus rapide des hommes, je l'enfonce dans son cou à en faire craquer l'épine dorsale, tournant la lame, qui se casse dans la plaie. Le sang jaillit avec une force étonnante puis se tarit en un instant.

Aussitôt, l'un de ses six compagnons s'effondre au sol, frappé à mort. Le Vieux Dragon ouvre des yeux stupéfaits : aucun homme sans magie n'est assez rapide pour frapper un Guerrier-Mage sur le qui-vive. Alors il se tourne instinctivement vers les silhouettes agenouillées derrière moi. Eh oui, mon gros : ils sont pourtant là tous les six, avec leurs sphères de cuivre bien sagement scellées sur leurs têtes.

D'une frappe du pied bien ajustée, je fais valser la Freule à quinze pas. Je me tourne vers le Vieux Dragon et lui envoie un coup de coude dans les gencives, avec assez de force pour arracher la tête de n'importe quel homme. Mais il le dévie du poing, aussi rapide que moi, et fait un pas de côté. Dans son regard de rapace, je ne lis pas une once de frayeur. Ses yeux sont froids et calculateurs. Il porte la main à son cou et la referme sur un pendentif glissé sous sa cuirasse. Un mur de feu jaillit aussitôt entre lui et moi. Je fais un bond en arrière et l'évite de peu, les flammes me lèchent tout juste le visage.

Autour de nous, les Cogneurs et la Freule sont encore trop loin pour m'atteindre. Les soldats commencent à réagir, avec la lenteur habituelle des hommes dépourvus de magie. Dans quelques secondes, une centaine de carreaux d'arbalète s'abattront sur moi et je serai incapable de les arrêter tous.

Mais j'ai le vent de mon côté et j'ai mes compagnons derrière moi, protégés par *Lohoune*, « la chevelure de la déesse », qui les rend aussi invisibles que des fantômes. Paol, Nola, Gloutonne, Rikken, Hulan, Odomar. Un peu plus loin, les six Skaviens qui m'ont servi de leurre sont pour l'instant oubliés de tous, leurs visages couverts par ces stupides sphères de cuivre. Merci, prêtre Brand. Merci, Svenning, Henrik, Katrin et les autres. Vous avez joué votre rôle de faux compagnons à la perfection.

— *Dzaal*, dis-je dans un murmure.

Ma tempête semble surgir du sol, aspirant dans ses tourbillons une immense quantité de cendres, ronflant, grossissant en un clin d'œil jusqu'à nous entourer d'une muraille hurlante. Les carreaux d'arbalète sont éparpillés dans toutes les directions, s'abattant au hasard. Les soldats autour de nous se mettent à crier quand crépitent sur leur peau les débris de charbon de bois pris dans la tornade, qui les laminent comme du verre, arrachent la chair de leurs joues, de leurs mains. Le village se couvre d'un brouillard de cendres opaque et dense, qui brûle les yeux, qui remplit la bouche, le nez. Seul l'œil de mon cyclone, autour de nous, est d'une clarté limpide.

— Pauvre fou ! hurle la Freule par-dessus les sifflements de la tempête. Le maître est plus puissant que toi ! Il va te réduire en bouillie !

Avec un compagnon en moins ? Qu'il essaie !

« Le cercle est lisse et sans défaut, comme un acier trois fois trempé », me chuchote Maître Hokoun à l'oreille.

Le Vieux Dragon fait naître devant lui un feu intense d'une clarté éblouissante. Malgré la barrière de vent et de cendres, je le vois prendre une forme d'un blanc incandescent, hérissée de pointes. C'est une énorme bête de flamme au grondement affamé, elle allonge peu à peu ses pattes griffues et ouvre une gueule rougeoyante. Elle s'abat sur nous en rugissant et affronte les rafales furieuses de ma tempête. Elle tente de l'envelopper, de l'étouffer. Le Dragon ne retient pas une miette de sa puissance. Personne n'avait jamais atteint son cercle comme je l'ai fait. Dans ses assauts, il y a la rage, la fureur de son cercle blessé. Il est prêt à tout donner pour me vaincre, quitte à consumer son esprit et toute son armée s'il le faut.

« *Il y a de multiples facteurs qui président à la victoire, Dal Koom,* murmure le souvenir de Maître Hokoun. *La force des deux parties en est un. Le terrain en est un autre…* »

Je recule d'un pas, buttant contre Gloutonne et dame Rikken.

Le terrain ? Je regarde autour de moi : des ruines, de la terre noire…

Soudain, la main de Gloutonne se glisse dans la mienne, puis celle de Rikken. Ils réapparaissent un à un, mes compagnons. Je n'ai plus la force de les couvrir du voile de *Lohoune.*

— Faites une chaîne, crie la dame. Vite !

La chaleur de leurs paumes dans les miennes, leur confiance, le murmure de leurs voix, qui bourdonne à mes oreilles…

— La Thorkel, souffle Rikken, elle nous aidera, Jal ! Appelle-la !

La rivière ? Bon Dieu, elle est à cent pas, au moins !

— Vas-y, Sudien, on en a la force !

Elle a raison : je ne peux pas voir la Thorkel, mais je perçois sa présence. Est-ce un dieu ? Une entité vivante ? Je ressens une colère sourde, grondante – tournée contre l'envahisseur. Et une bienveillance diffuse à l'égard de dame Rikken, comme celle d'un énorme animal assoupi qui reconnaît l'odeur de sa maîtresse. Mon esprit se scinde en trois : je suis toujours cet homme avec son cercle, je suis la tornade luttant contre le feu dévorant du Vieux Dragon et je suis la rivière désormais – je l'habite, je la façonne et l'accueille en moi comme une amie.

La Thorkel se dresse soudain hors de son lit dans un jaillissement d'écume, abandonnant derrière elle un creux sombre parsemé de rochers. Cette force tourmentée, toujours en mouvement, cette gardienne millénaire de la vallée…

Elle monte vers le ciel, draine ses flots bouillonnants depuis l'amont et l'aval, puis elle s'ébranle tel un colosse immense, une masse compacte tournoyant sur elle-même, éclatante de lumière sous les rayons du soleil. Elle balaie les ruines encore chaudes des maisons skaviennes, perce la muraille de mes vents sans même ralentir sa course. Et, d'un seul coup, elle s'abat de toute sa hauteur sur le démon de feu.

— Courez !

J'entraîne mon cercle à ma suite, mes six compagnons se retournent dans un ensemble parfait et se mettent à foncer en sens inverse. Le choc entre les deux forces est tel que nous sommes couchés au sol, soufflés comme des brindilles. La terre s'ouvre sous les pieds du Vieux Dragon, dispersant le tas de pierres noircies de la maison du Ka, projetant dans les airs ses compagnons de cercle. Le général pousse un hurlement, et une explosion tonne à nous crever les tympans. Un jet de vapeur suffocante s'enroule sur lui-même en sifflant, disloque le corps bouilli du Guerrier-Mage et arrache ses membres, qu'il envoie aux quatre vents. Depuis le point d'impact, une vague gigantesque et brûlante déferle en cercle sur le village, nous soulève de terre et nous jette à plusieurs dizaines de toises de là.

Alors, ce qui reste de la Thorkel retombe en pluie, effaçant la cendre de l'air, ravinant le sol, emportant les débris de l'incendie comme pour en faire disparaître à jamais toute trace.

Les genoux enfoncés dans une matière noire et visqueuse où s'écoulent des rigoles encore chaudes, j'ôte de mon visage quelque chose de gluant…, un morceau d'intestin ou de cervelle, peut-être. J'extirpe Gloutonne de là, à moitié noyée, le nez en sang. Puis, dans un épais brouillard de vapeur, je compte et recompte les membres de mon cercle. Ils sont là, ils sont tous là, vivants. Leurs visages sont couverts de boue, d'égratignures et de brûlures, mais ils rayonnent de joie.

— On l'a fait ! murmure dame Rikken, hébétée, en prenant les mains de Grand Hulan dans les siennes. Eh, l'Ostérois : on a réussi !

Elle se tourne vers moi, rayonnante :

— L'eau ! C'est l'eau, l'élément avec lequel tu es le plus à l'aise. J'aurais dû m'en douter, tu es né au bord de l'océan !

Gloutonne essuie son nez, éclate de rire et se serre contre elle, puis se précipite sur Nola, sur Paol, jetant des paquets de boue en l'air et criant de plaisir.

— Bravo Jal ! Bravo Jal !

— J'ai tué le Maître…, dis-je dans un murmure. Le Maître…

Après tant d'années de haine, j'ai réussi : j'ai tué la voix qui me rendait fou. Est-ce que je ressens de la satisfaction ? Du soulagement ? Pas vraiment. Je suis juste épuisé.

L'odeur de soufre et d'huile brûlée du démon de feu continue d'imprégner l'air, mais une brise tiède commence à dissiper les vapeurs autour de nous. Des six Skaviens à qui j'avais demandé de prendre la place de mon cercle, il ne reste que des formes indistinctes rampant sur le sol, gémissant dans leurs sphères de cuivre et appelant à l'aide.

Odomar marche jusqu'à eux et, avec des gestes précis, libère la tête de chacun. L'un d'eux ne se relève pas : je reconnais Brand, le vieux prêtre, à son maigre poitrail recouvert de poils blancs. Il a eu les deux jambes arrachées et sa poitrine se soulève encore par soubresauts. Foutresaint, le vieux Brand ! Svenning, les vêtements en lambeaux, se précipite sur lui et sanglote comme un enfant, prenant la main de son ancien frère d'armes comme pour le retenir encore un peu dans ce monde.

Je croise le regard d'un des deux Cogneurs aux trois quarts enseveli dans la boue, qui ne s'est pas encore rendu compte que la jambe sanguinolente de son camarade est retombée à cheval sur son épaule. Un peu plus loin, la Freule indemne, stupéfaite, essaie de toutes ses forces d'admettre la défaite de son invincible maître. Cheveux en pagaille, mains tremblantes, elle cherche des yeux une trace de son corps ou au moins de son armure, et n'en trouve aucune.

Derrière eux, quelques soldats se relèvent lentement au milieu d'un champ de cadavres démembrés et fumants. Les arbalètes ont disparu : envolées, disloquées. Certains hommes n'ont plus de casque, plus de glaive, beaucoup hurlent de douleur et réclament du secours. Et, plus loin encore, les villageois redressent la tête sans oser croire au miracle qui vient de se produire.

— Je… je suis votre humble servante, maître, bredouille finalement la Freule en marchant jusqu'à moi et en s'inclinant jusqu'à terre. Je ferai tout ce que vous ordonnerez.

J'entends la voix de Henrik gémir et se plaindre quand Paol ouvre sa sphère en faisant jouer un levier de cuivre.

— On avait dit que tout se passerait bien ! Tu parles ! J'ai été brûlé à la jambe et jeté dans la boue !

Paol lui répond :

— On avait juste dit : « Fais-le et on oubliera que tout est ta faute. »

— Toi l'étranger, je ne te permets pas de…

— Ne m'appelle plus jamais « l'étranger ».

Henrik se rappelle soudain à qui il parle et marmonne aussitôt :

— Pardon, je… je ne voulais pas vraiment dire ça…

Je me tourne vers la Freule et lui glisse tout bas :

— Tu vas prendre le commandement de cette armée, Ingerid.

— De… de toute l'armée ? Moi ?

Elle est tellement surprise qu'elle en oublie de garder la tête baissée. Une attache de sa cuirasse a été arrachée et ses joues sont brûlées par la vapeur, mais elle reste l'une des plus belles femmes de ce monde.

— Tu vas rendre aux villageois leurs bêtes et leur grain, puis tu vas ramener tous ces hommes dans leur pays et tu vas les démobiliser. Oh ! Et j'ai un message pour le roi d'Ostória, de la part de celui qui a vaincu son Dragon.

— Je vous écoute, Votre Grandeur.

— Dis-lui de foutre la paix à cette vallée.

D'une main sur le bras, je la relève.

— Et moi, c'est Jal. Jal tout court.

Sans plus m'occuper d'elle, je parcours des yeux le champ de bataille, cette vaste étendue noire et boueuse d'où émergent çà et là des pierres brisées et des pointes de lance. Où est passé le Vieux Dragon ? Et son cercle ? Les vents ont emporté leurs corps si loin qu'il n'en reste plus aucune trace ?

— Sudien, fait dame Rikken, j'ai trouvé ça. Je crois que c'est tout ce qui reste de lui.

Elle me tend un lourd pendentif en or au bout d'une chaîne brisée. Je reconnais aussitôt celui du Vieux Dragon.

— Regarde, dit-elle, vu ses cheveux en feu et ses yeux rubis, ça pourrait bien être sainte Kahal, celle-qui-brûle.

Une femme est lovée dans l'or, ses reliefs ressortent à peine, mais sa silhouette est tracée avec une finesse éblouissante. De l'art elfique, évidemment. Ce ne sont que des lignes courant sur le métal, mais le génie de l'artiste a rendu ce personnage plus vivant que n'importe quelle vraie femme. Ça et aussi le fait qu'elle soit entièrement nue.

— On dirait qu'elle va se mettre à parler…, murmure dame Rikken.

Avec son demi-sourire, l'elfe semble lui répondre quelque chose de spirituel. Je soupèse l'objet dans ma main.

— Complètement à poil, fais-je remarquer en haussant un sourcil.

Kahal est donc la sainte protectrice que s'est choisie le Vieux Dragon. Rien d'étonnant : une guerrière sans pitié, à la vie remplie de batailles et de flammes… Et, bon Dieu, aussi sacrément bandante que toutes les autres elfes des églises. Je n'avais jamais vu de représentation de la sainte sans ses vêtements ; c'est… troublant. Elle est d'une telle beauté que ça donne envie de se rouler à ses pieds, de lui livrer son âme et de devenir son esclave pour l'éternité.

— Le sculpté du dessin est aussi parfait que celui de la statuette de sainte Hilâ, celle-qui-guérit, dit la dame, fascinée. Tu crois qu'elle a un pouvoir, elle aussi ?

Je ferme les yeux. Le cercle autour de moi est toujours actif. Le pendentif dans la paume de ma main, j'évoque par la pensée l'image d'une allumette enflammée.

Dame Rikken pousse aussitôt un cri et je rouvre les yeux : devant moi, flottant dans les airs, une petite sphère de feu danse sous nos yeux, ronflant joyeusement et avide de mordre tout ce qui se trouve à sa portée.

— La bête de flamme, murmure la dame.

— Foutresaint ! Ça explique pas mal de choses sur les pouvoirs du Vieux Dragon.

Rikken s'approche de moi et me souffle à l'oreille :

— Avec ces deux reliques, tu seras invincible, Jal. Quand tu quitteras cette vallée, tu deviendras une légende.

Quitter dame Rikken ? Gloutonne ? La vallée ? Je m'imagine un instant à Tamis-la-Grande : riche, puissant, habitant un palais et servi par une armée de domestiques.

Ce n'est pas un beau rêve, ça ? La plus belle vie qu'un homme puisse espérer ? Quelques courtisanes me feront vite oublier la dame et je suis sûr que les plus belles filles de la ville feront la queue pour aller bambocher à mes fêtes.

Je me tourne vers ma petite sœur de guerre :

— Alors, Gloutonne, j'ai tenu ma promesse, pas vrai ? Il est sauvé, ton paradis !

La petite, en m'entendant, quitte Paol, court vers moi et se blottit dans mes bras.

— Jal pouvoir partir maintenant. Trouver son *passàda* à lui. Gloutonne jamais oublier Jal.

« Le paradis, Dal Koom, ce n'est pas un lieu. »

Je vous ai tué, Maître Hokoun. Foutez-moi la paix, maintenant.

« Le paradis, ce sont tes pairs autour de toi. Les liens avec des êtres semblables à toi… »

La ferme !

Quand je vois dame Rikken pâlir et poser les yeux sur moi, je comprends que quelque chose ne tourne pas rond. Est-ce que j'ai parlé tout haut ?

— Quoi ? J'ai dit quelque chose ?

Je croise le regard effrayé de Nola, et celui de Paol.

— Ce « Dal Koom », est-ce que… est-ce que c'est toi, Jal ? me demande la dame.

— « Des êtres semblables à toi », répète Odomar.

Non. Bon Dieu, non !

— Vous… vous l'avez entendu, vous aussi ?

— Quelle joie de te revoir enfin, mon petit prodige. J'étais si impatient de rencontrer l'homme que tu es devenu…

C'est bien la voix de Maître Hokoun.

Mais ce n'est plus une voix dans ma tête.

Elle s'élève, limpide, dans les ruines du village.

Chapitre 67

Le Maître dans sa toge de soie noire s'avance vers moi et, comme dans mon souvenir, il semble flotter sur le sol boueux sans le toucher, tel un fantôme. Les volutes de brouillard tourbillonnent et se dispersent autour de lui. Son odeur si particulière, douce, parfumée, chasse celle du soufre et du bois brûlé de la bête de flamme. Je la reconnais aussitôt : elle s'appelle « Angoisse », « Souffrance » et « Terreur ».

C'est un cauchemar. Je vais me réveiller. J'aurai mon foutu carnet de rêves à la main et je noterai tout ce dont je me souviens. Quelque chose remue dans mon champ de vision : je baisse les yeux, ce sont mes mains qui tremblent. Le pendentif de sainte Kahal tombe à mes pieds.

La panique m'avale tout entier, noire, absolue, sans fond. L'air n'arrive plus dans ma poitrine, j'ai beau aspirer, aspirer, quelque chose m'étrangle comme si une corde invisible me serrait le cou. Mais il n'y a pas de corde. Il y a juste cette sensation de fin du monde. Une brusque chaleur dans la poitrine, mon cœur qui bat comme un fou, une violente envie de vomir… Je tombe à genoux et je ne vois plus qu'un chaos d'images déformées qui tournent dans tous les sens. La lumière, les sons explosent dans ma tête et une suée brûlante remonte à la surface de ma peau.

Ça ne peut pas être lui ! Bon Dieu, je l'ai tué !

— Jal, qui est-ce ? murmure dame Rikken.

Ce n'était pas le Vieux Dragon, évidemment. Comment j'ai pu croire ça ! Maître Hokoun est insaisissable, invincible, il n'est même pas fait de chair et d'os comme nous. C'est un dieu.

Il porte un masque inconnu, plein d'émotion, une larme sur la joue. Je me cache les yeux dans mon bras comme un enfant, espérant de toutes mes forces qu'il aura disparu quand je les rouvrirai. Ce n'est pas le cas. Et derrière lui, six hommes et femmes portant les toges blanches de l'école Hokouni se détachent de la masse des légionnaires. Leurs vêtements sont parfaitement immaculés, pas la moindre trace de suie, d'eau ou de boue. Ils ne portent ni armes ni armures, comme s'ils ne craignaient aucune armée de ce monde.

— Je suppose que tu reconnais les autres Dals, mon petit Dal Koom ? fait le Maître qui s'arrête à quelques pas de moi. Je crois que la mémoire t'est suffisamment revenue, à présent.

Il semble presque chuchoter et, pourtant, sa voix est d'une netteté cristalline à mes oreilles. Derrière moi, d'instinct, mes six compagnons de la vallée se regroupent et font corps.

— Je vois que tu t'es trouvé un nouveau cercle. Deux guerriers pour la force, trois Alfings pour la magie, et parmi eux des enfants... Tes choix me surprennent toujours, Dal Koom – et me ravissent. Je suis impatient de faire la connaissance de tes nouveaux amis. Mais tu n'as pas oublié tes frères et sœurs de l'école, n'est-ce pas ? Le cercle ne meurt jamais.

Derrière lui, en un chœur parfait, six voix mélodieuses s'adressent à moi :

— Bon retour parmi nous, Dal Koom.

Ils sont magnifiques.

Dal Kirin, celui-qui-marche-dans-la-nuit, a grandi et forci, son visage allongé rappelle celui de saint Othin. Dal Holü, plus troublante que jamais avec ses grands yeux bruns et la douceur de son visage rond. Dal Looa, la guerrière implacable, Dal Geff, petit et aux traits fins comme une porcelaine, Dal Ojee, mince et souple. Et Dal Assa, bien sûr, celle-qui-rêve, éblouissante, rayonnante dans ses vingt ans, aussi fascinante à contempler que toutes les saintes des églises.

Leurs corps sont devenus adultes et leurs visages portent la marque d'un grand pouvoir, mais dans leurs yeux, je lis qu'ils sont et qu'ils seront toujours les enfants soumis du Maître. Ses petits esclaves, ses marionnettes, ses jouets favoris : exactement ce qu'il a l'intention de faire de moi.

Je voudrais fuir à toutes jambes, répondre, hurler… Mais quelque chose se bloque en moi, une boule de terreur au fond de la gorge, qui coince tout : les jambes, les bras… Le sang bat à mes tempes comme s'il tournait à vide dans ce corps stupide.

— Ami ou ennemi ? demande la dame un peu plus fort.

Je me tourne vers elle. Elle blêmit rien qu'à voir mon visage. Son regard s'emplit de douleur, et son poing se serre sur la poignée de son arc.

— Dal Koom est mon disciple et mon fils, murmure le masque blanc avec sa larme à l'œil, en guise de réponse.

Odomar est le premier à comprendre. Il s'avance et se place entre le Maître et moi, lâchant simplement :

— Ennemi.

Nola le rejoint aussitôt, suivi des autres.

— Voyons, dit le Maître de sa voix de velours – la plus douce, la plus persuasive et traîtresse que j'aie jamais entendue –, Dal Koom et moi sommes de vieux amis, je ne lui veux aucun mal.

Il va corrompre les membres de mon cercle, il va les séduire, me les arracher, en faire ses choses comme il l'a fait des enfants de l'école.

— Qui est-ce ? me souffle dame Rikken.

Les dents serrées, je finis par articuler :

— C'est… c'est un dieu… Emmène-moi loin d'ici, Rikken. Ne me laisse pas seul avec lui !

Elle hoche la tête, murmure :

— Le fameux Maître Hokoun…

Elle se tourne vers lui.

— Jal dit que vous êtes un dieu, dit-elle d'une voix claire, mais moi, je n'ai pas peur de vous. Qui que vous soyez, cette vallée et ces gens sont sous ma protection. Et il en fait partie.

— Jal ? répète le Maître, levant légèrement la tête, faisant rouler mon nom sur sa langue comme on goûte un bon vin. Jal ? En effet, c'est le nom que tu t'es donné, mon petit Koom, à ce que l'on m'a dit.

Les six Dals s'avancent de quelques pas, jusqu'à entourer le Maître.

— Viens avec moi, Jal-Dal-Koom. Je crois que tu es prêt, à présent.

— Sous ma protection…, gronde Odomar, levant lentement sa hache.

Gloutonne ne dit rien. Elle ignore qui est maître Hokoun, mais elle ne m'a jamais vu dans cet état et ne peut détacher son regard de moi.

— Jal ! Relevez-vous, par tous les saints ! crie Nola.

La dame se penche sur moi et, délicatement, chuchote à mon oreille :

— Maîtrise-toi. On a battu le Vieux Dragon, on peut vaincre n'importe quel mage. Chasse ta peur. Fais venir à toi des images qui te donnent de la force.

Je halète comme un petit chien, les mains crispées sur la poitrine, accroupi, presque en position fœtale. Elle ajoute, baissant encore la voix :

— Pense à moi nue sous la cascade. Pense à ce que nous aurions fait, ce jour-là, si tu avais avancé d'un seul pas vers moi…

Ses mots sont un choc. Dans la prison de panique où mon esprit se débat, j'entrevois enfin la lumière. Des images affluent dans ma tête, une chaleur s'empare de mon ventre. Le sexe. La vie. Son corps de femme sous la caresse de l'eau. Foutresaint, je ne suis pas mort, je suis libre, il ne me tient pas encore…

Je déglutis, prends la main de la dame dans la mienne et me relève lentement, tenant le médaillon de sainte Kahal à la main. Puis j'écarte mes compagnons et me dresse devant mon ancien Maître. La terreur qui me noue les tripes et les tremblements de mes muscles, je les ignore. Je les écrase à force de volonté. Je ne suis pas son pantin, son petit animal de compagnie ou sa chose, sous prétexte qu'il m'a arraché à mes parents et torturé pendant des années. Je suis Jal, celui-qui-ose. Plutôt mourir que de revenir sur son île.

— Je ne suis plus un gamin, vieux putois. Foutez le camp ou je vous démolis.

Le Maître incline la tête sur le côté, d'un mouvement figurant la peine ou le chagrin. La larme de son masque semble donner toute la mesure de sa détresse.

— Oh, Dal Koom, quel malentendu. Bien sûr que tu n'es plus un enfant, c'est bien pour cela que je suis venu jusqu'ici. Pour t'offrir le cadeau ultime que tu mérites, faire de toi l'être que le monde réclame depuis des millénaires. Je suis tellement fatigué d'attendre, mon petit, je porte ce fardeau depuis si longtemps…

Je n'essaie même pas de comprendre ce qu'il raconte. Les pensées du Maître sont piégeuses. Je sais qu'à tenter de les suivre on ne trouve que la folie.

— Désolé, les Dals, dis-je entre mes dents serrées, trop bas pour qu'ils m'entendent. Mais je crois que j'ai fait tout ce que j'ai pu pour vous tirer de là, non ?

Puis dans un murmure :

— *Ussän joll Assararr* : qu'aucun esprit ne franchisse la barrière de mon cercle.

Le vent, le feu. *Dzaal* et le médaillon de sainte Kahal… Je peux maintenant faire lever la tempête la plus effroyable que ces montagnes aient jamais connue. Entre mes mains se forme un tourbillon de feu… Mais soudain, tout s'arrête. Mes flammes s'éteignent, le vent retombe.

Non, foutresaint ! Pas maintenant ! Un poids énorme tombe sur mes épaules. L'épuisement, la terreur, une solitude écrasante. Je connais cette sensation : le cercle s'est brutalement rompu.

Je jette un regard en arrière. Nola, Odomar et Rikken sont en train de s'effondrer sur eux-mêmes comme des pantins dont on aurait tranché les ficelles. Gloutonne et Paol résistent encore un peu, puis leurs yeux papillonnent, leurs jambes se plient, et ils s'écroulent à leur tour. Seul Grand Hulan reste impassible, un air absent sur le visage.

— Je dois parfois te protéger de toi-même, fait le Maître en écartant lentement les bras. Tu aurais pu te blesser dans l'affrontement, mon petit Koom…

Je me mets à gueuler comme un fou :

— *Ussän joll Assararr ! Ussän joll Assararr !* Qu'aucun esprit ne franchisse la barrière de mon cercle !

— Aucun esprit ne l'a franchi, aucun ne le peut, puisque tu as prononcé les mots de protection sur ton cercle, disent soudain deux voix parfaitement simultanées.

Celle de Hulan debout derrière moi, sourde et grave. Celle de Dal Assa devant moi, claire comme le cristal.

—Je n'ai pas eu besoin de franchir la barrière de ton cercle, j'en ai toujours fait partie, poursuivent les deux voix.

Je me rue sur Hulan, effaré, et le secoue par les épaules.

—Qu'est-ce que tu racontes, bordel ? Qu'est-ce que tu...

—Quand tu as formé ton tout premier cercle à l'instinct, dans la forêt de chênes, dit-il, pour sauver Gloutonne des quinze soldats qui te poursuivaient. Sans t'en rendre compte tu t'es lié à la petite, mais aussi à ton ami Hulan qui était en train de mourir.

L'Ostérois parle de lui à la troisième personne. Son regard est voilé, éteint. Et, avec stupeur, je prends conscience qu'il me parle en sudien, une langue qu'il n'a jamais apprise.

—Quand tu as fait appel à la magie, cela a déclenché comme une alarme en moi. J'attendais ce moment depuis si longtemps.

Je me tourne vers l'un, puis vers l'autre. Assa continue de prononcer exactement les mêmes mots, comme un double.

—Assa ? C'était toi ? Mais... tu étais à des milliers de lieues !

Elle fait quelques pas dans la boue jusqu'à arriver à ma hauteur. Ses yeux noirs de Sudienne, son sourire magnifique... Dans ma tête me revient le souvenir de notre première fois, dans la réserve remplie de pots et de bocaux. Derrière les plis de l'humble toge blanche, je devine ce corps de femme que j'ai autrefois serré contre moi.

—J'étais seulement à une journée de marche, auprès de l'armée ostéroise, dit-elle de sa voix douce.

Hulan s'est arrêté de parler. Il reste aussi immobile qu'un jouet d'enfant abandonné.

—Le cercle ne meurt jamais. Cela n'a pas été facile de projeter si loin mon esprit, mais à l'idée de te revoir, j'étais capable de tout. Ce jour-là, dans la forêt, tu t'es lié de façon improvisée à deux compagnons qui t'ont donné leur force. Mais tu ne savais pas encore comment les protéger. C'était une conjonction très rare : Hulan et moi étions liés par tes deux cercles, l'ancien de l'école et le nouveau que tu venais de créer sans protection. J'ai utilisé ce lien pour prendre possession de l'âme la plus faible, celle de cet homme agonisant. Je l'ai habité, exploré de fond en comble, je m'en suis imprégnée totalement. J'ai préservé son corps d'une mort certaine jusqu'à ce que les hommes du Ka le retrouvent et le soignent.

Je me tourne vers l'Ostérois immobile comme une souche.

— Alors c'était toi ! Depuis ce jour-là, ça n'a plus jamais été Hulan, c'était toi qui parlais, qui agissais à sa place ?

Je colle à l'Ostérois une gifle à lui décrocher la tête. Rien. Il ne réagit pas plus qu'un morceau de bois.

— Bien sûr, me répond Assa. Mon pauvre Koom perdu… Sans ta mémoire, tu ne t'en serais jamais sorti vivant. Rappelle-toi : qui t'a enseigné « *Assararr* » le tout premier des mots de pouvoir ? Dans la prison du Ka, tu as trouvé ces lettres sur le sol de terre battue. C'est moi qui les avais tracées, pendant ton sommeil. Sans cela, tu n'aurais jamais pu briser la porte de bois et retrouver la liberté.

— Hulan ! Bon Dieu, dis quelque chose !

— Il t'entend, mon amour, mais il ne peut pas te répondre.

D'une main, elle me caresse la joue, passe les doigts sur mes mâchoires crispées et tourne de force mon visage vers elle.

— Je t'ai suivi comme ton ombre pendant ces quelques jours. Je savais tout de ta vie : j'en savais plus que toi-même.

Quel idiot j'ai fait ! Dame Rikken, avec son instinct, se méfiait de Hulan depuis le début, et moi, j'ai passé mon temps à le défendre !

Dans ma tête défilent tous ces détails que j'aurais dû voir : c'est Hulan, dans le château de Rikken, qui m'a mis entre les mains mon arme de prédilection, Allahid, « la danseuse ». C'est lui aussi qui a fini par me révéler le secret de la statuette pour que ma blessure guérisse. Et lui encore qui a rempli mon carnet de rêves de mots de pouvoir, avec cette écriture qui n'était pas la mienne – sans la liste, je n'aurais jamais pu vaincre le Vieux Dragon. Assa était présente dans chacun de ses gestes, depuis le début.

Je me mets à pleurer et, me détournant d'elle, je serre l'Ostérois dans mes bras.

— Hulan, dis-je tout bas. Hulan, reviens…

— Je t'aime, Koom, murmure Assa à mon oreille. Je t'ai fait une promesse autrefois. Je t'ai aidé et je t'aiderai toujours. As-tu vraiment oublié ça ?

Les images d'une vie révolue me reviennent soudain.

Le pont du navire ruisselle d'écume dans la nuit à la lueur de la lanterne rouge, ballottée par les vents. La mer est une étendue noire à quelques pas sous nos yeux, presque invisible – sauf pour la crête des vagues, énormes, qui semble faite de sang sous cette lumière.

Nous sommes à la poupe. Les Dals et le Maître dorment au pont inférieur. Le timonier, grimaçant sous l'effort, fait semblant de ne pas nous voir. Quant aux marins, la plupart d'entre eux se sont réfugiés dans l'entrepont après avoir amené les voiles. Une petite chaloupe danse à la surface des flots au bout d'une corde attachée au garde-corps, mais personne n'y fait attention. Totalement soumis à l'esprit de Dal Assa, deux marins l'ont mise à la mer pour nous – elle les a étranglés depuis et jetés par-dessus bord pour qu'ils n'aillent pas avertir le Maître.

Elle me tient la main, le regard tourné vers l'arrière. L'île a disparu de notre vue depuis des jours et nous nous approchons du continent. Selon mes calculs, la côte est proche ; elle n'a jamais été aussi proche.

— Tu as pris ta décision, Koom ?

— Je refuse d'obéir au Maître.

— Tu serais devenu un grand Guerrier-Mage, pourtant.

— Je serais devenu un assassin.

Elle murmure une dernière fois :

— Le Maître dit que le monde doit être entièrement détruit pour renaître. Que, dans l'ombre, nous serons les instruments du destin.

— Il ment.

Ce qu'il veut, c'est la bataille et le sang. Je ne connais pas son but secret, mais je sais maintenant pourquoi il nous a formés : pour mener des guerres dans l'ombre, pour renverser les royaumes, abattre les cités, pour semer le chaos sur tout le continent.

— Viens avec moi, Assa.

— Tu m'as demandé de t'aider et je le ferai, Koom, mais c'est une folie. Le Maître est bon, il a tant fait pour nous.

Assa cherche mon regard. Son visage d'une grande beauté, pâle et fatigué, est trempé de pluie. L'eau cache mal les larmes qui ruissellent sur ses joues.

— Tout ce que tu as appris sera effacé, dit-elle. Douze années de ta vie. Tes connaissances théoriques, tes pouvoirs. Le Maître. Tous tes souvenirs depuis que tu as quitté ta famille, c'est bien ce que tu veux ?

— C'est le seul moyen de couper le lien, n'est-ce pas ? Le seul moyen pour qu'il ne me retrouve pas.

— Il restera toujours quelque chose de lui en toi. Je ne peux pas tout effacer. Le cercle ne meurt jamais. J'ai le pouvoir d'habiter les esprits et de les contraindre, mais je ne suis pas aussi puissante que le Maître.

Mon nom. Celui d'Assa et de tous les autres Dals… Il n'en reste rien dans notre mémoire, il en a brûlé toute trace.

— Efface tout ce que tu peux. Laisse-moi un seul souvenir : je dois savoir que Maître Hokoun est mauvais.

— Ce ne sera pas suffisant : il faudra aussi te souvenir de ne pas prononcer son nom et de ne pas essayer de rejoindre ta mère. Il te retrouverait trop facilement. Le plus petit fil de magie pourrait le conduire jusqu'à toi.

Un silence se fait entre nous, rempli de tous ces mots que nous n'arrivons pas à prononcer tous les deux.

Je me fondrai dans la masse, là où il me cherchera le moins : dans l'armée qu'il a choisie pour terminer son œuvre de destruction du monde, celle d'Ostérie. Nous allons passer tout près des côtes de ce royaume et vu la guerre qui s'y prépare, je serai probablement recruté.

— Moi, dit-elle finalement, je ne t'oublierai jamais.

Je serre sa main dans la mienne.

— Tu as promis, Dal Assa. Celle-qui-rêve.

— J'ai promis. Quand le moment sera venu, ferme les yeux et abats toutes les barrières entre ton esprit et le mien. Nous formerons un cercle, juste toi et moi. Quand tu seras à l'intérieur de la chaloupe, tu ne te souviendras plus de rien.

Du menton, je pointe le timonier.

— Ne t'inquiète pas pour lui, murmure-t-elle, il ne parlera pas. Je le tuerai.

— Efface juste ce souvenir de sa mémoire, s'il te plaît.

Elle hausse les épaules.

— Tu auras une vie de crève-la-faim, poursuit-elle. Sans pouvoir, sans même savoir qui tu es.

—Je ne serai plus l'esclave du Maître.

—Il te restera tout de même tes réflexes, tes leçons, les gestes que tu as appris. Tu es un combattant exceptionnel et un bon cavalier, tu sais lire, écrire et parler quatre langues. Tout cela pourra te servir. Et bien sûr tout au fond de toi…

Sa voix se perd et se brise. Elle détourne la tête. Je pose la main sur sa joue humide.

—Je sais. Au fond de moi, rien ne sera totalement effacé. Les souvenirs resteront là, quelque part. Et ils resurgiront peut-être un jour, Assa.

Je la prends dans mes bras et la serre contre moi. Dernier baiser, dernière étreinte.

—Je t'aime. Sois heureuse.

Elle ne répond rien. Alors je grimpe sur le bastingage, m'agrippe à la corde et me laisse glisser dans le vide, m'aidant des pieds et des mains pour gagner la chaloupe.

Dans un instant, je vais tout oublier. Une nouvelle vie commencera, libre, vierge, débarrassée du poids du passé…

—Allons, Dal Koom, il est temps, me dit le Maître.

Le navire disparaît, avec la tempête, la chaloupe, l'odeur de Dal Assa sur ma peau… Ils sont remplacés par un cloaque noirâtre où je patauge au milieu de mes compagnons inconscients, et l'espoir s'éteint.

Maître Hokoun s'approche si près que je pourrais presque le toucher de la main.

—Je suis impatient à l'idée de te révéler enfin la vérité, mon fils. Assa : maîtrise-le. Notre petit Koom est encore un peu ému.

Chapitre 68

D'un geste implacable, Assa me fait une clé de bras. Dal Kirin et Dal Looa me passent une chaîne de fer aux poignets, fermée par deux bracelets. Pendant ce temps, les autres Dals récupèrent les sphères de cuivre du Vieux Dragon et les referment sur les têtes de mes vrais compagnons, qu'ils enchaînent eux aussi.

— Qu'est-ce que tu leur as fait, Assa ? Qu'est-ce qu'ils ont ?

Une douce main de femme me caresse la joue. La sienne. Dans son regard, je lis de l'amour, de la tendresse.

— Ne t'inquiète pas : ils dorment, tout simplement. Leur sommeil est très profond – assez pour briser le cercle –, mais il sera bref.

— Tu m'as trahie pour la seconde fois ! Je faisais confiance à Hulan, je l'avais pris dans mon cercle et toi…

— Je n'ai fait que te sauver la vie. Tu ne pensais pas sérieusement pouvoir affronter le Maître, n'est-ce pas ? Au cours de ces derniers jours, je t'ai aidé mieux qu'aucun autre membre de ton cercle, Koom. J'ai même éliminé personnellement ton pire ennemi dans cette vallée.

— Éliminé ? Qu'est-ce que tu veux dire exactement ? Le… le Ka retrouvé pendu dans sa chambre, c'était toi ?

— Je l'ai étranglé de mes propres mains et attaché à son lustre avec une corde, ce petit serpent. Il aurait fini par te tuer. J'avais fait tout mon possible pour influencer ses rêves et repousser sa décision, mais je n'avais pas assez de prise sur lui. Tu n'avais pas, comme avec Hulan, de lien avec cet homme.

— Bon Dieu, Assa, on ne règle pas ses problèmes en assassinant les gens !

— Pourquoi ? Tout le monde le fait. Pourquoi aurais-je épargné ceux qui se dressaient sur notre route, à toi et moi ?

— Quoi ? Parce qu'il y en a eu d'autres ?

Elle baisse la tête.

— Eh bien, je n'ai tué ni Nola ni Rikken, parce qu'elles faisaient partie de ton cercle. Mais cette petite dévergondée d'Alrune, je n'allais quand même pas la laisser tourner autour de toi !

— C'est… c'est toi qui tenais l'arbalète ?

Assa soupire.

— Je sais bien que tu ne te souvenais pas de notre amour, mon chéri, fait-elle. Mais moi, je n'ai rien oublié.

Ce n'étaient pas des soldats en fuite, c'était Assa. Avec sa jalousie dévorante et l'absence totale de scrupules que le Maître lui a enseignée. Je revois la Skavienne à l'instant de sa mort, ses yeux éteints, son corps qui tombe en arrière…

— Elle n'avait rien fait de mal, Assa ! dis-je à voix basse. Être libre, ce n'est pas tuer qui l'on veut, c'est…

Elle éclate de rire, puis se met à hurler :

— La liberté ? Regarde-toi, Koom : tu as tout sacrifié à cette chimère ! Ta vie, ton passé, tes pouvoirs ! Et moi ! Moi ! Moi !

Les deux Dals me traînent de force sur le sol détrempé vers le centre de ce qui était autrefois le village.

— La liberté est une idée sans valeur, une formule creuse ! crie-t-elle encore. Aucun homme n'est libre, sinon celui que la mort emporte !

— Ce ne sont pas tes mots, Assa ; ce sont ceux du Maître !

— Certes, me répond ce dernier, qui s'est approché et chemine à mes côtés. Ils n'en sont pas moins vrais, mon petit Koom. Pour les hommes, il n'y a pas de liberté.

Autour de nous, les soldats se remettent peu à peu de leur hébétement. Ils secourent leurs blessés, rassemblent leurs morts et, sur l'ordre de la Freule, font venir un chariot jusqu'à mes compagnons. Ils sont hissés à l'intérieur sous la surveillance d'Assa. On dirait des paquets, des choses mortes, et leurs sphères de cuivre sur la tête leur donnent un air grotesque – surtout sur les petits corps d'enfants de Paol et de Gloutonne.

— Qu'allez-vous faire d'eux ?

— Je ne leur ferai aucun mal, dit le Maître avec douceur. Je suis curieux de connaître le genre de personnes que tu as choisi dans ton cercle. Je vais les étudier avec soin, puis je couperai, autant que possible, ce lien entre eux et toi.

— Non ! Ne faites pas ça !

— Cela vaut mieux pour eux. Tu ne seras bientôt plus la même personne, mon petit Koom, et les changements qui vont s'opérer en toi les rendraient très malheureux.

— Je les aime, espèce de salopard ! Est-ce que vous pouvez comprendre ça dans votre tête de fou furieux ? Ils n'ont rien fait de mal, foutez-leur la paix !

Une immense clameur s'élève soudain autour de nous. Je sursaute. À droite de notre petit groupe, des soldats ont formé un cordon, et une masse humaine remue derrière eux.

— Intéressant, souffle le Maître, s'arrêtant un instant, aussitôt imité par ses Dals.

— Qu'est-ce que c'est ? Qu'est-ce qui se passe ?

— Tu n'entends donc pas ce qu'ils disent ?

Je prête l'oreille et je comprends enfin le seul mot qu'ils prononcent :

— Jal ! Jal ! Jal ! crient des dizaines, des centaines de voix à l'unisson.

La foule des Skaviens lève le poing et scande mon nom.

Les Skaviens ? Ils m'acclament, moi ? Je reste tellement stupéfait que je ne trouve rien à dire, rien à faire. Je reconnais les visages de Keerik et de sa femme Katrin, de Berik le vieux maçon, du guérisseur Svenning et même de Henrik, le rouquin. Leurs yeux remplis de fierté sont tous tournés vers moi. Ils frappent la terre du pied, faisant trembler le sol. Pendant un instant, je sens palpiter la puissance terrible du nombre, de ces gens unis dans une même voix. C'est la même force brute que celle de l'eau, du feu ou du vent… La foule est de la même nature – et tout aussi redoutable.

— Rikken ! crie Keerik.

— Rikken ! reprennent les autres en chœur.

— Nola !

Les membres de mon cercle. Ils les honorent un à un, ils leur rendent hommage.

— Faut-il faire décapiter ces gens, Maître ? demande Dal Kirin en hurlant pour se faire entendre – d'une voix qui ne trahit pas la moindre émotion à cette idée.

Une sueur froide me coule dans le dos.

— Kirin, ne fais pas ça ! Au nom de ces années, au nom des loups qu'on a combattus ensemble !

Le Maître observe un instant les villageois, hésite, puis son regard se tourne vers moi, et il répond finalement d'une voix dure :

— Dal Kirin, voyons, quelle affreuse pensée !

— Pardon, Maître, murmure l'autre en baissant la tête. J'ai eu tort.

— Nous n'avons aucune raison de commettre cet acte barbare, n'est-ce pas, Dal Koom ?

Dans son langage de serpent, ça veut dire que je dois faire exactement ce qu'il me demandera, sans quoi il les massacrera tous.

Je cesse de me débattre, j'essaie de me calmer, de raisonner. Comment me tirer de là ? Il doit bien y avoir un moyen. Alors que le Maître reste à l'écart pour parler à Dal Assa, les Dals me conduisent à une véritable maison en bois surgie de nulle part, à deux pas de l'emplacement de l'église. Le toit est enduit de goudron, les poutres en sapin, lisses et bien coupées. Il a dû falloir au moins trois régiments du génie pour la monter en une journée.

— Nous allons entrer dans la chambre de préparation et ôter tes vêtements, Dal Koom, dit Dal Kirin.

— Et te laver entièrement le corps, ajoute Dal Looa.

— Tu dois être purifié.

— Et si je n'ai pas envie de…

Je ne termine pas ma phrase : mon regard se pose sur le chariot où La Freule a fait allonger mes compagnons endormis, et une boule d'angoisse me serre la gorge. D'accord. Tout ce qu'ils me diront de faire, je le ferai.

Ils me font entrer dans une petite pièce carrée, illuminée de dizaines de bougies posées sur des étagères, et dont les murs sont couverts de miroirs. Au centre trône un grand baquet de bois rempli d'eau chaude, un savon parfumé de Tamis-la-Grande est posé à côté. Une jolie Ostéroise en livrée de domestique baisse la tête à notre arrivée et murmure :

— Bienvenue dans la chambre de préparation, seigneur.

Dal Looa me retire mes chaînes et Dal Kirin défait un à un les cordons de ma cuirasse cabossée, qu'il ôte et confie à la jeune domestique. Puis Dal Looa commence à tirer sur les manches de ma chemise.

— Je peux me déshabiller tout seul !

Je retire mes bottes de soldat usées jusqu'à la trame, puis mes vêtements déchirés, couverts de terre, de sueur et de sang. Quand la domestique récupère ces loques, elle ne peut s'empêcher de relever la tête vers moi.

— Baisse les yeux, toi ! crache Dal Looa. Nous seuls avons le droit de contempler le corps nu de Dal Koom.

La jeune femme se confond en excuses, le regard rivé au sol, et s'écarte à reculons. Ils me font entrer dans le baquet et, avec deux grosses éponges, entreprennent de me décrasser des cheveux à la plante des pieds ; l'eau devient si noire qu'ils font venir un second baquet et renouvellent l'opération.

— Il n'est pas encore assez propre, dit Kirin.

— Oh non, loin de là, confirme Looa.

Ils font venir un troisième, un quatrième, puis un cinquième baquet. Quand Dal Looa trempe la main dans l'eau et estime qu'elle est assez limpide, elle fait signe à la jeune domestique de leur donner deux grands rasoirs à la lame affûtée. Mais à ma grande surprise, Kirin et Looa ne les passent pas sur mes joues : ils se mettent à me raser les pieds et les jambes.

— Qu'est-ce… qu'est-ce que vous faites ?

— Ne bouge pas, Dal Koom, fait Looa.

— Nous te purifions avant la cérémonie, ajoute Kirin.

— Le Maître a dit que tu ne devais plus avoir un seul poil sur le corps.

— Quelle cérémonie, bon Dieu ?

Ils ne me répondent pas. Je ne sais pas combien de temps ça dure. Des heures, sans doute. Chaque parcelle de mon corps enfin rasée, les cheveux coupés, peignés, parfumés, je suis séché vigoureusement et enveloppé dans une toge de soie grise.

— Je crois qu'il est prêt, fait Looa en m'inspectant sous toutes les coutures.

Ils ôtent leurs sandales et se lavent les pieds à leur tour. Puis Kirin ouvre une petite porte en bois qui pivote sans un bruit sur ses gonds, révélant une pièce entièrement plongée dans le noir. Il prend une bougie allumée dans la chambre de préparation et s'avance dans la pièce obscure pour y allumer la mèche d'une petite lampe à huile.

— Entre, Dal Koom.

Mes pieds glissent sur une surface tiède et douce comme de la soie. Papillonnant des yeux pour m'habituer à la pénombre, je fais quelques pas en avant et regarde autour de moi. C'est une véritable chambre mortuaire : des tapisseries de tissu noir ont été tendues au sol, au plafond et sur tous les murs. On n'entend pas un bruit du dehors malgré le vacarme du camp de soldats, on dirait presque que cet endroit appartient à un autre monde.

— Installe-toi ici.

Kirin fait quelques pas vers le centre de la pièce et dépose la lampe à huile sur une table en bois. Je m'approche et découvre que c'est une table parfaitement ronde, très large, plutôt basse. Je jette un regard interrogateur à Kirin… Quand je remarque soudain les quatre anneaux de fer.

— N'aie pas peur, dit-il.

La panique s'empare de moi. L'école Hokouni, ses caves ! Les Skaviens penchés sur moi, attaché à des anneaux de fer sur une table en bois !

Un coup de genou dans l'entrejambe de Kirin le plie en deux. Un coup de pied dans la tête pour le mettre hors de combat : il s'effondre. Je me tourne vers Looa pour l'assommer d'une frappe à la nuque, mais je reçois un formidable choc sur la tête et je me retrouve le visage plaqué contre la table, sonné. À l'école, elle était déjà imbattable au combat à mains nues. Elle me maintient le bras en arrière et serre sa prise à m'en tirer des larmes de douleur.

— Je n'irai pas sur votre foutue table ! Je n'irai pas !

— Fais confiance au Maître, dit Looa.

— J'ai vécu douze ans de ma vie dans son école de dingues, je sais reconnaître une table de torture !

— Il ne te sera fait aucun mal.

Mais elle resserre encore sa prise jusqu'à m'arracher un cri.

— Tu dois me détester, hein, Looa ? Toi qui as tous les talents, toi qui as toujours fait ce qu'il te demandait… Tu passes ton temps à espérer un regard, un mot bienveillant de sa part. Moi je lui crache dessus, je l'insulte. Et qu'est-ce qu'il fait ? Il me déroule le tapis rouge, il me traite comme son égal et il déplace toute une armée pour me retrouver. Ça doit te mettre en rage, non ?

— Non.

— Vas-y, lâche-toi ! Brise-lui la nuque, au petit chouchou. Tu diras que tu n'as pas fait exprès.

— Je ne te déteste pas, Dal Koom.

— Bien sûr que si, tu me détestes ! Sens-la en toi, cette jalousie, laisse-la éclater ! Je ne mérite pas toute cette attention de sa part, tu ne crois pas ? Ce n'est pas juste ! N'importe quel être humain à ta place me haïrait !

— Le Maître t'aime. Alors, moi aussi, je t'aime.

— Tes sentiments sont à toi, bon Dieu, pas à lui ! Ils t'appartiennent !

La porte s'ouvre soudain et il apparaît avec un nouveau masque arborant un sourire hilare. Je n'en ai jamais vu de pareil : pour la toute première fois, la bouche ouverte laisse deviner le contour de ses lèvres fines.

— Looa ! dit-il d'une voix cinglante qui tranche avec le masque. Tu ne l'as pas encore attaché ? Qu'est-ce que tu attends ? Mais… tu l'as frappé ? Je t'avais interdit d'user de violence, petite insolente !

— Pardon, Maître, murmure-t-elle en retenant ses larmes. Je… je n'aurais jamais dû…

— Tu n'es qu'une idiote !

Avec l'aide de Dal Kirin qui se relève péniblement, Looa me force à me coucher sur la table, dos contre le bois, et à écarter bras et jambes pour les passer dans les anneaux de fer.

— Maintenant, Dals, laissez-nous !

Looa et Kirin se retirent, emportant la lampe à huile avec eux.

Chapitre 69

Quand la porte se referme, l'obscurité tombe sur nous. Une fois seul avec lui, le silence est encore plus absolu. Les bruits de l'extérieur ne sont pas estompés : ils sont absents. Pour ne pas laisser la panique m'envahir, je racle mes poignets sur mes fers. J'éprouve avec soulagement le froid du métal sur ma peau et la rugosité du bois de la table sous mes ongles. Ça, au moins, ça n'a pas disparu.

— Tu as fait d'incroyables progrès au cours de ta… quête, me dit-il avec une douceur insupportable. Puissance, rapidité, initiative. De ta part, c'était une idée de génie de t'éloigner de moi.

Il sourit. Son odeur si horriblement parfaite flotte jusqu'à moi et je me mets à respirer par la bouche pour ne pas la sentir.

— Ce combat contre le général Hast était magnifique. Surtout pour toi qui avais toujours refusé de tuer un autre Dal dans l'arène. Tu te rappelles comme tu avais épargné Assa ? Oui, je crois que tu commences à te souvenir de tout, maintenant.

Après la panique et la colère, c'est l'angoisse sourde qui me prend au ventre. Me voilà revenu à l'école Hokouni. L'épreuve du sang dans la pyramide transformée en lieu de combat et de meurtre. La mort à chaque leçon, la terreur en permanence…

— J'étais sûr que tu saurais vaincre Dal Hast.

Malgré l'obscurité, il devine ma stupéfaction et éclate d'un rire joyeux, cristallin.

— « Dal » Hast : oui. Je l'ai formé il y a plus de cent quarante ans, et ses compagnons ont tous été des Dals de mon école, en leur temps.

J'entends un bruit de métal, celui d'objets que l'on manipule et que l'on dépose à mes pieds sur la table où je suis attaché. J'attends la morsure de l'acier sur mes chevilles, la piqûre, la torsion, la brûlure...

— Tu te souviens de Tad Jaloun, n'est-ce pas, ton professeur ? C'était l'un des Dals du même âge et du même cercle ; je leur avais confié le médaillon de sainte Kahal pour l'accomplissement de leur mission. Que ce soit dans l'ombre ou à visage découvert, Dal Hast et son cercle ont détruit toutes les forces qui auraient pu apporter la cohésion ou la paix aux six royaumes. Il m'a servi toute sa vie avec une fidélité indéfectible. Presque... servilement. Je dois dire, hélas, que je n'ai jamais trouvé chez lui la moindre trace de ton génie. De ton audace. De ton esprit d'indépendance.

Alors lui aussi, il avait été arraché à ses parents quand il était enfant ? Comme moi ? Comme Kirin, Looa, Assa et tous les autres ?

— Lui et son cercle ont été ma première expérience de formation de Guerriers-Mages humains. Les guerres ne manquent pas, pour me fournir des enfants aux prédispositions intéressantes.

Mais pourquoi, bon Dieu ?! Pourquoi cette foutue école ? Pourquoi se donner tant de mal à prendre des enfants, à les torturer, à en faire des tueurs ?

Une lueur vacillante perce soudain les ténèbres : il fait apparaître une petite sphère de feu devant lui, flottant dans les airs. Cinq objets de formes et de tailles diverses sont disposés à mes pieds.

— La statuette de Hilâ et le médaillon de Kahal, que tu connais déjà, fait-il, le bâton d'Othin, l'épée de Koom, le cristal de Naraj…

Il lève les yeux vers moi, pose la main sur son masque et, très lentement, commence à le retirer. Une boucle de cheveux blonds s'échappe, le début d'un front haut se dévoile… Puis il s'arrête et murmure encore :

— … et le masque de Jal aux cent visages, celui-qui-ose.

Il pose le masque sur la table.

La beauté de ses traits m'arrache un cri de surprise. Elle est si éblouissante, si fascinante qu'en comparaison, tout homme paraîtrait laid et grotesque. C'est une beauté tellement étrange qu'elle est un mystère complet, tellement intense qu'elle est douloureuse à contempler. Si je n'étais pas un Guerrier-Mage, je crois qu'elle me rendrait fou.

— Il n'existe pas de relique de saint Nokoo, poursuit-il, car je *suis* Nokoo, le seul survivant des sept compagnons de mon cercle. Et le seul survivant de tous les elfes.

Ses yeux brillent d'une intelligence inhumaine.

— Nokoo, Hokoun, les alphabets humains sont à la mesure de leurs esprits : imparfaits et grossiers. Dans la langue des elfes, ce nom est exactement le même, l'un en féminin, l'autre en masculin. Nous autres elfes pouvons changer de nature à notre guise.

Bouche ouverte, tétanisé, incapable de lâcher son visage du regard, je secoue lentement la tête comme si je pouvais refuser l'évidence. Les saints elfes ! C'est une légende, une métaphore, une invention de…

— Il y a quelques milliers d'années, quand les mots « art » et « beauté » avaient encore un sens, les elfes régnaient sans partage sur le monde, dit-il d'une voix rêveuse.

D'un pas lent, il fait le tour de la table, et, d'instinct, je tire sur mes bras comme pour reculer à son approche.

Par réflexe, comme une dernière protection dérisoire, je murmure les prières et les mots appris par cœur dans les églises :

— « Saint Nokoo, celui-qui-crée, était le meilleur des saints, dans son cœur immense, il y avait de l'amour pour tous les hommes… »

— Oh, *Le Livre des elfes* ! dit-il en passant un doigt sur la paume de ma main, remontant lentement sur mon bras, chassant devant lui la soie légère et fluide de la toge.

Ce simple contact est insupportable, je tire sur mon bras à l'arracher en poussant des cris aigus. Je m'écorche la peau contre le fer.

— « Autrefois les hommes étaient nus et rampaient sur la terre, récite-t-il, des démons les maintenaient dans l'esclavage. Alors Dieu choisit ses plus nobles serviteurs pour leur venir en aide : les elfes aux visages d'ange. »

Il sourit.

— Une belle histoire, n'est-ce pas ? La vérité, c'est que, par la magie, nous avons créé les humains et toutes sortes d'autres animaux en guise de serviteurs et d'esclaves. Et tous nous adoraient comme des dieux. La nature avait fait de nous des êtres de magie, nous commandions à toute chose, vivante ou non. Le ciel, l'air, le roc…

Il s'arrête, lève le menton, comme pour réfléchir.

— Cette petite vallée, par exemple, était probablement l'une de nos anciennes forteresses. Des montagnes en guise de murs, une entrée étroite, des tunnels secrets, de vieux enchantements de protection contre tout envahisseur… Chaque cercle en avait plusieurs comme celle-ci.

Ses yeux se voilent un instant, perdus dans les souvenirs. La sphère de feu s'élève peu à peu au-dessus de la table, enfle, ronfle, diffusant une chaleur cuisante sur ma peau.

— Nous étions peu nombreux, mais immortels et tout-puissants. Notre seul ennemi, ce fut nous-mêmes. Nos guerres ont ravagé le monde et semé le chaos. Les hommes, les bêtes, les plantes, tout ce que la nature avait à nous offrir, nous l'avons jeté dans nos batailles… Regroupés en cercles de mages, nous nous lancions défi sur défi. Même nos guerres étaient belles, mon petit Koom.

Il s'interrompt et caresse du regard les six reliques posées sur la table. Puis il tire de sa ceinture un petit flacon noir, où il trempe son index.

— J'ai moi-même créé un cercle de compagnons. Ils furent ceux qu'aujourd'hui, vous appelez vos « saints ». C'était une époque bénie. Nous étions comme les doigts de la main, nous avions pour nous la folie, l'insouciance, l'amour de la beauté… Mais un tyran du nom de Hattan s'était prétendu roi. Notre Jal était son frère cadet et, craignant pour son trône, Hattan nous traqua sans répit pour éliminer ce rival. Tous les elfes de ce monde se liguèrent contre nous. Nous dûmes nous cacher à leur vue.

Avec la matière visqueuse du flacon, il trace du doigt un signe complexe sur mon poignet. Je sursaute et agite le bras autant que possible, mais il me maintient de force avec son autre main.

— Ce fou de Jal, poursuit-il, eut alors une idée absurde et grotesquement superbe : celle de s'allier aux humains ! Il était brillant, inventif – et animé d'une forme de folie magnifique à voir. Oh ! Par « alliance », je ne parle pas d'un enrôlement sous notre bannière de quelques milliers de créatures, comme le faisait Hattan, non… je parle d'une sorte d'alliance contre nature, par le sang, la semence et la magie.

Je halète comme un animal blessé, suant dans ma toge, brûlé par le contact de cette matière noire sur ma peau, sentant quelque chose chauffer et palpiter sur mon bras, puis remonter lentement jusqu'à mon torse.

— Nous autres elfes, nous ne pouvons nous reproduire que très lentement. Mais les humains se multiplient comme des fourmis… Il suffisait de transmettre un peu de notre pouvoir à quelques-uns d'entre eux et nous pouvions voir ce pouvoir croître presque à l'infini !

Il passe lentement de l'autre côté de la table, trempe de nouveau son doigt dans le flacon noir et trace un autre signe sur mon poignet gauche. Je sens aussitôt des picotements et des frissons, comme si le liquide passait à travers ma peau.

— Tu connais la suite du *Livre des elfes*, n'est-ce pas ? « Avant de disparaître, ces sept saints elfes nous ont légué une fraction de leur magie divine. Hattan aux yeux de braise, le roi des démons, les tua l'un après l'autre et crut avoir gagné le combat. Mais il se trompait, car les hommes, investis de la magie des saints elfes, se soulevèrent enfin contre lui et chassèrent les démons jusque dans les profondeurs de la terre. »

Il soupire et referme le flacon. Des choses rampent sous ma peau comme des vers.

— Qu'est-ce que c'est ? Qu'est-ce que vous m'avez fait ?

— Les humains faisaient certes de très médiocres mages, poursuit le Maître comme s'il ne m'avait pas entendu, mais la magie en eux s'était acclimatée. Chez certains d'entre eux que nous appelâmes « Alfings », « les faux elfes », elle était même visible. Au bout de plusieurs siècles – un battement de cils, pour un elfe – nous fûmes en mesure de lever une immense armée de Guerriers-Mages.

D'un pas lent, il reprend sa place devant les six reliques alignées en bon ordre. Les choses ont cessé de remuer sous ma peau, j'ai… j'ai l'impression qu'elles ont trouvé leur place et qu'elles attendent un ordre.

— La lutte fut effroyable. Grâce à l'aide de nos alliés humains, Hattan et les autres elfes furent tous massacrés. Mes sept compagnons et moi étions les tout derniers elfes, les sept maîtres incontestés de l'univers. Mais c'était sans compter sur nos serviteurs. Nous pensions que les secrets des mots de pouvoir disparaîtraient avec la mort de ceux à qui nous les avions enseignés… Votre vie est si brève. Or il n'en fut rien : à notre insu, les humains se les transmirent d'une génération à l'autre. Ils fomentèrent un complot dans l'ombre et profitant d'un instant d'inattention de notre part…

Maître Hokoun fait une pause, sa voix tremble dans sa gorge et, pour la toute première fois, je ressens en lui une forme d'émotion sincère.

— … ils frappèrent. Tous mes compagnons furent tués. Je réussis à m'enfuir, blessé, traqué de nouveau et réduit à l'impuissance par la perte de mon cercle.

Il trace encore un signe sur chacun de mes pieds. Cette fois, je ne ressens qu'un froid intense.

— Au début, j'étais plein de rancœur et de haine. Puis j'appris peu à peu à accepter notre erreur. Les humains rêvaient de liberté. Quoi de plus naturel ? Ils furent les nouveaux maîtres du monde, le soumettant à leurs caprices. Ce que je ne supportais pas, mon petit Koom, ce n'était pas leur trahison. C'étaient leur médiocrité, leur laideur, leur insondable stupidité. On pardonne à un animal de n'être pas intelligent. Mais à un animal qui se prend pour un elfe… Il serre le poing.

— … cela m'était impossible.

Le flacon refermé et posé sur la table, il prend délicatement les reliques une à une et les dispose en cercle autour de moi.

— Les humains avaient pour eux le nombre. Mais il me restait un dernier avantage : le temps. Pendant des centaines d'années, je vécus seul et sans but. Sous un masque, je tentai de me mêler aux humains, de les élever. Ce fut peine perdue. Toujours, je fus amèrement déçu par leurs limites. Je me hissai sans difficulté jusqu'aux plus hautes distinctions de vos sociétés primitives et je me plus à façonner les bases de votre religion : c'est moi-même qui ai rédigé *Le Livre des elfes*. Depuis lors, il fut appris par cœur par tous les humains dès leur plus jeune âge… Les bourreaux des derniers elfes devinrent peu à peu leurs plus grands admirateurs. J'en fus un moment apaisé.

Penché au-dessus de mon visage, il passe délicatement la main dans mes cheveux. J'essaie d'écarter la tête, gémissant, grimaçant, les larmes aux yeux.

— Mais la solitude me devint chaque jour un peu plus insupportable. Peux-tu t'imaginer vivre des siècles sans un seul être de ta race ? J'avais retrouvé les objets qui avaient appartenu à mes compagnons et je sus y recueillir un peu de leur âme… Tant que je vivais, il restait quelque chose d'eux : le cercle ne meurt jamais. Mais cette demi-présence était presque pire que l'absence. Je serais devenu fou si une nouvelle idée ne m'était enfin apparue : j'étais entouré d'elfes ! Ils étaient partout autour de moi, par centaines de milliers ! La petite part elfique que nous avions donnée aux humains avait continué de se transmettre chez leurs descendants. Cette part, que vous appelez « magie », était faible et mal comprise, mais elle n'avait pas disparu. Je conçus le projet fou de m'emparer d'un petit humain et d'attiser en lui cette flamme, jusqu'à ce qu'elle soit si forte et si brillante qu'elle fasse totalement disparaître sa part humaine.

— Alors vous… vous…

— Oui, mon petit Koom ?

— Vous allez faire de moi un elfe, c'est ça ?

Il éclate de rire, mais ce n'est pas un rire moqueur. C'est joyeux, léger, plein de tendresse.

— Bien sûr ! J'ai tenté l'expérience sur des dizaines de milliers d'enfants humains à travers les siècles. J'ai dû en éliminer l'immense majorité, comme on élimine la boue de la rivière quand on cherche une pépite. Mais quelques-uns d'entre eux étaient pleins de promesses et sont devenus puissants. La petite flamme en eux brillait et je l'attisais de mon mieux, mais… ma magie n'était pas assez forte, jamais assez forte pour faire d'eux des elfes. J'ai recommencé, encore et encore, sûr de mon but et de ma méthode.

De nouveau, il passe la main dans mes cheveux.

— Il ne me manquait plus que l'enfant plus brillant que les autres, le petit prodige. Quand tu es arrivé à l'école, je n'ai pas ressenti en toi un pouvoir particulièrement fort. Pourtant, j'ai vite compris que tu avais le don et le désir de l'accroître. Mes méthodes, patiemment mises au point, permettaient de développer très vite un pouvoir chez les humains, mais ils s'avéraient incapables de dépasser une certaine limite… Toi, tu étais différent. Ta haine contre moi et ton désir de liberté étaient tout à fait uniques. Et, quand j'ai constaté que Dal Assa, elle aussi, avait jeté son dévolu sur toi, j'ai compris qu'elle pourrait t'aider à t'évader une fois adulte. J'ai attendu avec impatience le déroulement de cette expérience. J'étais anxieux de savoir si tu en ressortirais plus brillant encore.

Il savait, pour Dal Assa et moi, pour ma fuite dans le bateau… Je m'étais cru libre, mais avant même que je ne les imagine moi-même, il savait déjà tout de mes plans.

— Depuis des dizaines d'années, je préparais déjà le monde au retour des elfes, usant des penchants agressifs des humains pour qu'ils s'entre-tuent et perdent les secrets de la magie. Du jour où je t'avais recueilli, certain que tu étais celui que j'attendais, j'avais accéléré le cours des choses : empire Hoggot, pays norrois, grandes plaines Sküll et finalement royaume de Skavie. J'ai tout détruit, tout brûlé jusqu'à ce qu'il ne reste que quelques survivants désorganisés. Dès ton départ, j'ai envoyé mes espions aux quatre coins du monde pour te retrouver et t'épier. Je t'ai cherché partout, j'étais d'une curiosité folle à ton égard.

» Mais je me suis heurté à ton incroyable ingéniosité – même amputé de ta mémoire, tu m'échappais encore. J'ai fini par comprendre que tu étais dans l'armée dont j'avais fait mon instrument, que Dal Hast lui-même commandait. J'ai placé la relique de Hilâ sur ta route, certain qu'elle ferait en sorte de te choisir et de te trouver – elle a toujours senti le pouvoir et la souffrance chez un mage. Tu ne pouvais que l'attirer. Alors, quand Dal Assa m'a dit qu'elle t'avait retrouvé, qu'elle pouvait te voir à travers les yeux d'un membre de ton cercle et me rapporter tous tes faits et gestes… j'ai su que ma solitude touchait à sa fin.

Il pose les deux mains à plat sur la table qui commence peu à peu à vibrer. Au-dessus de nous, la sphère de feu oscille, tremble et renvoie une lumière de plus en plus blanche.

— Je sais que tu ne peux pas encore comprendre la nécessité de tout cela. Tu te souviens des leçons durement apprises dans l'effort et la douleur. Tu souffres pour tes frères humains, n'est-ce pas ? J'ai éprouvé de la pitié, moi aussi, pour ces enfants, comme on en éprouve pour une poule dont on tord le cou.

Toute la maison tremble maintenant sur ses bases. Mes dents s'entrechoquent dans ma mâchoire, les six reliques tressautent sur la table et dans mes anneaux, mes bras semblent gonfler jusqu'à éclater.

— Quand j'aurai brûlé ta mémoire et détruit en toi toutes tes attaches humaines, tu changeras de point de vue sur tout cela. Tu seras enfin détaché de tous ces gens et de tous ces liens qui te retiennent prisonnier de ta condition inférieure. À nous deux, nous pourrons éveiller d'autres elfes à partir de petits humains, notre noble race renaîtra peu à peu. Bien sûr, je ne te cacherai rien de ta vie d'avant, mais une fois débarrassé des émotions liées à ces souvenirs, tu trouveras tout cela parfaitement normal et nécessaire. Il n'y a pas de liberté pour les hommes, mon cher Koom, je te l'ai toujours dit. La liberté appartient aux elfes.

Chapitre 70

Maître Hokoun ferme les yeux, il a cessé de me parler, mais d'un air passionné, extatique, il murmure du bout des lèvres des mots de pouvoir qui me sont inconnus. Une douleur atroce me traverse des pieds à la tête, c'est comme si chaque os de mon corps était écrasé, pris en tenaille et tordu à se rompre. Je crie, je me débats dans tous les sens. Je n'ai plus qu'un seul ennemi au monde : ces anneaux de fer. Et plus qu'une pensée à l'esprit : m'en débarrasser. Les vers minuscules remontent le long de mes veines, des bras et des jambes vers le torse, puis jusqu'à mon cou.

— Pitié ! Pas ça, non !

Ma voix déraille, tout mon corps se met à trembler, des images inconnues couvrent bientôt mon champ de vision : des animaux fabuleux, des paysages que je n'ai jamais vus, des taches de couleur d'une beauté éblouissante… Dans mes jambes, ma poitrine, les cartilages craquent comme si quelque chose voulait remodeler mon corps, je hurle de terreur.

Puis une nouvelle douleur me foudroie sur place. Comme un fer rouge à l'intérieur de mon crâne. Je la connais, cette douleur, je l'ai déjà vécue : c'est cette force qui détruit tous les souvenirs, ce sortilège qu'il a utilisé pour me voler mon nom.

« Le nom d'un homme n'est rien. Il est comme une trace sur le sable qu'efface la première vague de l'océan. Dorénavant, mon fils, ton nom sera Koom : celui-qui-donne-la-mort. »

Avec frénésie, j'essaie tout ce que je peux pour retenir les visages, les noms, les images, les événements que j'ai vécus :

— Jal, je m'appelle Jal, celui-qui-ose ! Gloutonne, Rikken, Nola, Paol, Odomar, Hulan ! Je suis un humain. Je m'appelle Jal…

Pris d'une idée subite, je hurle :

— *Ussän joll !* La barrière de l'esprit !

Mais sans cercle je suis sans pouvoir. À la merci du Maître.

Je lutte avec l'énergie du désespoir pour l'empêcher d'arracher les souvenirs de ma mémoire. Je les sens m'échapper, être aspirés à l'extérieur de moi. Ma mère, nous servant un plat brûlé de végétaux à l'odeur nauséabonde ; mon frère me donnant le bracelet en bois que Tad Jaloun lui avait passé au poignet…

— Ils sont à moi ! N'y touchez pas !

— *Assim H'aral Assim*, me répond le Maître comme une litanie.

Ce sont des mots de ce langage elfique oublié de tous, qui lui donnent la force de fouiller dans ma tête, de plonger son esprit dans le mien, d'en extraire tout ce qui ne lui convient pas.

— Ne résiste pas, Koom, murmure-t-il avec douceur. Tu sais bien que c'est inutile.

Je le sens dans ma tête, qui renonce provisoirement à ces souvenirs d'enfance trop bien défendus, qui erre dans ma mémoire comme une bête affamée, puis qui plante ses griffes sur de plus récents événements : la petite tête de Gloutonne sortant de son tonneau au siège de Hangorod, le monastère skavien en flammes, le visage de Nola penché sur mes blessures et celui de Rikken, heureuse, apaisée, chantant les amants de Hommayad sous la cascade… Non, vieux salopard ! Je ne te laisserai pas me brûler la tête comme tu as brûlé ce foutu continent !

Je me mets à réciter de plus en plus vite :

— Je m'appelle Jal, celui-qui-ose ! Gloutonne, Rikken, Nola…

Soudain, quelque chose me frôle le cou. Un contact chaud et doux, un contact bien connu, presque oublié, celui de… d'un petit écureuil lové tout contre moi.

Un écureuil ?

Oh, bon Dieu !

Je me mets à hurler :

— *Assararr ! Assararr !*

Une ligne blanche éblouissante éclipse un bref instant la lumière de la sphère de feu au plafond. Le lien de magie, plus puissant, plus étroit que jamais. Gloutonne, Jal. Le tout premier cercle. Celui que, plus que tout au monde, je refuse d'oublier.

Ma petite sœur de guerre. Ma fabuleuse enfant alfing… Ce n'est pas une cloche de cuivre et une chaîne de fer qui peuvent te retenir ! Tu as passé les deux dernières années de ta vie à te cacher : se planquer, c'est une seconde nature chez toi. Et le Maître était tellement occupé à mettre le point final à l'œuvre de sa vie…

Je gueule comme un fou :

— *USSÄN JOLL !*

Quelque chose explose dans ma tête. L'esprit étranger en est expulsé avec un jaillissement d'étincelles et le Maître hurle de douleur.

Gloutonne sous sa forme animale s'attaque à mes anneaux de fer de ses dérisoires petites griffes. Le cercle, même incomplet, fait courir en moi l'étincelle de ma magie. L'écureuil couine et remonte le long de mon bras ; je comprends ce qu'il veut dire : « Fais-toi tout petit, comme moi. Tu pourras échapper à tes anneaux. » Mais dans ma tête c'est la panique. Je me répète en boucle les mots de protection pour résister à l'esprit du Maître, qui donne toute sa force pour prendre le contrôle du mien.

Les mâchoires serrées, les veines gonflées, les muscles bandés à craquer, je tire comme un fou sur mes bras. Le fer mord dans ma peau, mes coudes s'enfoncent dans le bois. Mes os durcis par la magie font plier le fer, distendu, mis à mal, jusqu'à ce qu'une attache cède enfin sous la table. Mon bras jaillit en l'air, libre, enfin.

Haletant, la tête en feu, le poignet en sang, je redresse à demi le buste. Le Maître se tient debout à quelques pas, la tête entre les mains, courbé en deux. Gloutonne tourne en boucle sur la table, couinant d'un air complètement affolé.

J'agrippe le deuxième anneau de ma main libre et tire dessus à m'en faire craquer les os : il finit par céder brutalement et me reste dans la main. Plié en deux, j'arrache enfin les anneaux des pieds, l'un après l'autre. Libre, je suis libre !

— Dal Koom ! crie le Maître derrière moi.

Sa voix est empreinte d'une tristesse si déchirante que j'ai du mal à la reconnaître.

— Va au diable !

Les six reliques se mettent à flotter dans les airs autour de lui, et la sphère de feu au plafond grossit d'un seul coup, me coupant l'accès à la porte.

Je titube de quelques pas à reculons, les poignets sanguinolents. Fuir, toujours. Plus vite, plus loin, fuir le monstre tapi derrière moi avec sa gueule béante.

— Je m'appelle Jal, je suis un humain. Un humain !

Comme un oiseau sur une vitre, je me cogne stupidement au mur recouvert de tissu noir. Avec rage, j'enfonce le poing dedans, faisant plier le bois. Je frappe encore et encore, puis je recule de deux pas et fonce, l'épaule en avant. Les planches craquent et gémissent. Poussant un cri, je recommence, à m'en éclater les os. Et tout à coup, le bois cède avec fracas, le tissu se déchire et je passe à travers le mur. La caresse froide de la boue sur ma joue, la brûlure du soleil sur mes yeux m'accueillent en contrebas quand je tombe la tête la première. Je me retrouve au milieu des Ostérois, sous le regard stupéfait de soldats occupés à entasser des cadavres dans un chariot. Gloutonne grimpe le long de ma jambe puis de mon bras, accrochée à ma toge, et se perche sur mon épaule. Après la chambre de tissu noir, tiède et hors du monde, je respire à pleins poumons les odeurs de chevaux et de sueur humaine. Je m'enivre de la chaleur de l'été, de la lumière, du vacarme des soldats, comme un noyé qui sort enfin la tête de l'eau.

Des légionnaires s'approchent de moi, sourcils froncés, et reculent en tremblant quand ils me reconnaissent.

Je leur fais peur avec ma toge déchirée, couverte de sang, et les éclats de bois dans la boue – ceux de planches d'un pouce d'épaisseur.

Mais quand je relève la tête, ils ont déjà changé d'expression. Leurs yeux s'agrandissent, leurs bouches s'ouvrent en grand : ce n'est plus moi qu'ils regardent. Et ce qu'ils voient les pétrifie sur place. Bon Dieu, le Maître !

Fuir ! Courir ! Je ne regarde même pas derrière. Sonné, hagard, arrachant des aiguilles de bois fichées dans ma chair, je détale en titubant.

Un grondement ébranle le sol dans mon dos, la terre se met à trembler si fort que je manque de m'étaler dans la boue. Je me rattrape d'une main, continue à courir au milieu du campement. La lumière du soleil est soudain masquée par un gigantesque voile de poussière. Un souffle chaud se lève derrière moi, les toiles des tentes de soldats claquent et se déforment, leurs piquets s'arrachent. Ma toge se plaque à mon corps. Gloutonne sur mon épaule manque d'être emportée. Viens ma belle : entre mes mains serrées, là, tu ne t'envoleras pas. Je cours ventre à terre, droit devant, à m'en brûler la plante des pieds.

Dal Koom ! résonne la voix de seigneur du Maître à l'intérieur de mon crâne. *Reviens auprès de moi !*

Dans ma tête, ce n'est qu'un chaos d'images et de terreur. Plus de pensées, plus de mots, je ne suis plus que des jambes pour fuir et une bouche pour hurler. Autour de moi, c'est la panique. Les soldats cherchent un abri ou fuient comme moi – avec la lenteur des hommes dépourvus de magie. Un cheval aux yeux fous hennit et se cabre, manquant de peu de réduire ma tête en bouillie. Le vent chaud se fait si dense, si puissant que je dois lutter pour chaque pas. Un brasero se renverse et répand à terre son contenu de charbon éteint, englué de poix ; une cuirasse abandonnée racle le sol dans un bruit de casserole. Deux légionnaires torse nu s'accrochent désespérément aux roues d'un chariot pour ne pas être emportés.

Je lève les yeux vers le ciel. Foutresaint ! Les tourbillons de terre et de poussière commencent à prendre la forme d'une main, une gigantesque main aux doigts de vent, qui se referme peu à peu sur moi.

La liberté que tu cherches, je te l'offre. Tu ne peux pas lutter, Dal Koom !

Les doigts de vent s'abattent sur moi comme une gifle, ils me soulèvent, m'entraînent en arrière. Où est passée Gloutonne ? Bon Dieu ! Elle m'a été arrachée des mains ! J'essaie de toutes mes forces de m'accrocher au sol, enfonçant mes ongles dans la terre. Je suis roulé à terre, traîné comme un sac… et je me retrouve à mon point de départ, devant la maison de bois. Le vent s'apaise.

Te voilà raisonnable. Viens, maintenant.

Il s'avance lentement vers moi. Autour de lui tournent dans les airs les six reliques de ses vieux compagnons, les saints elfes, nos anciens maîtres et bourreaux – nos créateurs, aussi. Derrière viennent les six Dals de l'école Hokouni. Ses petits animaux familiers, aussi dociles que des chiens dressés. Il est au centre de deux cercles : l'ancien, celui des six reliques des saints elfes, et le nouveau, celui de ces six humains dévoués corps et âmes, qui lui servent de compagnons. Deux cercles, deux fois plus de pouvoir.

Le visage découvert, le Maître a les yeux fermés, les mains dressées, et ses lèvres remuent en silence. Les soldats alentour, couchés ou accroupis dans le camp dévasté, le regardent passer, bouche bée, et tracent le signe sacré du « 7 » sur leur épaule.

— Non, Maître. Je ne viendrai pas.

Fuir, encore, toujours, toute ma vie, jusqu'à ce qu'il ne me reste plus rien… ça c'est terminé.

Et soudain, quelque chose s'illumine dans ma tête. Un appel, des voix indistinctes, la sensation si particulière, si belle, du cercle autour de moi. Par quel miracle ? Je les vois, mes autres compagnons : ils se tiennent tous les cinq debout devant le chariot où on les avait entassés, à quelques pas derrière moi à peine, libérés de leurs entraves. Odomar le géant, Rikken, Nola, Paol… Et même Hulan à la traîne, encore titubant. Hulan, bon Dieu !

J'ai libéré tes amis, chuchote la Freule dans ma tête, comme si elle avait peur d'être entendue. *J'ai brisé leurs chaînes et leurs sphères de Sküll !*

La Freule ! Qui vient de me sauver la mise ! Sacrée petite intrigante... Entre un nouveau Maître autoritaire et celui qui promet de lui laisser l'armée entre les mains, elle a bien compris où était son intérêt.

La présence de mes compagnons est une bouffée de joie qui chasse la terreur et l'angoisse.

—*Assararr*, Rikken, Nola, Paol, Odomar, dis-je à voix basse. *Assararr*, Hulan. *Ussän joll Assararr* : que la barrière de l'esprit soit sur notre cercle.

Un murmure me répond, brouillé, confus. Celui de plusieurs voix réconfortantes.

Non, vieux salopard d'elfe, je ne suis pas tout seul : c'est toi qui n'as personne.

Chapitre 71

Je hurle comme un dément :

— *Dzaal !*

Une nouvelle tempête prend forme autour de moi, mais cette fois c'est la mienne. Ses rafales se lancent à l'assaut du Maître. Essaie un peu d'arrêter celle-là, saint de mes fesses !

— Tes compagnons te sacrifient tout, murmure-t-il de sa voix si douce et si distincte. Tu as su gagner leur amour et leur confiance comme un véritable maître.

Sa main de vent invisible surgit de nulle part et s'abat sur ma tempête, ses doigts se referment sur elle comme un poing de fer. Mon *dzaal* siffle et se débat comme une bête prise au piège, peu à peu étranglé par une force supérieure à la sienne. Le Maître tient sa main fermée devant lui, la tête inclinée sur le côté.

Je serre les dents à m'en faire craquer les mâchoires et puise dans l'énergie de mes compagnons pour arracher mon pouvoir à l'emprise du sien. C'est comme essayer d'abattre un mur à mains nues. Je finis par m'écrouler sur les genoux, épuisé, hors d'haleine, les yeux en sang.

— Quelle merveille de tempête tu as déclenché là ! dit le Maître. Elle me rappelle de lointains combats d'un monde révolu. Te voilà maintenant beaucoup plus loin que tous les autres Guerriers-Mages sur la voie des elfes. Nous sommes désormais presque frères, toi et moi.

Il n'est plus qu'à quelques pas, si près que je peux sentir sa douce odeur si particulière.

— Je n'avais qu'un seul frère et vous l'avez fait assassiner.

— Un frère ? fait-il, pensif. C'est vrai, tu avais un frère…

Le Maître sourit et lève les bras, la lumière aussitôt faiblit et l'air se fait plus froid. Mes mains se transforment peu à peu sous mes yeux, les doigts s'affinent, les veines disparaissent et ma peau retrouve la douceur de l'enfance. Je tourne mes paumes vers moi : plus de boue, plus d'ongles cassés, plus d'égratignures. Mes poignets sont fins comme des brindilles, mes bras, mes jambes ont changé… Je ne suis plus sur la terre meuble, mais accroupi sur le carrelage de la cuisine, et, devant moi, le Maître a disparu, remplacé par Sagal, avec ses yeux toujours rieurs, toujours bienveillants.

— Tu avais un frère…, murmure Sagal avec la voix du Maître. Je n'ai pas encore pu t'arracher ce souvenir, mais je l'ai exploré en toi.

La vieille table avec sa nappe brodée d'argent et sa coupe de fruits, l'armoire en acajou aux boutons cuivrés, les assiettes en porcelaine de Homgart aux motifs marins… Je suis chez moi, à Hommayad. C'est ma maison.

— Tu n'es pas Sagal ! Tu ne lui arrives pas à la cheville, vieux salopard !

Ma propre voix me fait l'effet d'un piaillement de moineau. Même debout, le sol me paraît beaucoup trop proche. Mon corps est léger comme une plume. J'ai six ans.

— Mon chéri, fait une voix presque oubliée, aussi chaude et douce qu'un soleil.

Je me retourne. Ma mère est là, dans sa belle robe bleue. Il n'y a pas un seul trait blanc dans ses cheveux et elle n'a pas ce visage maigre et tendu dont je me souviens.

— Oh, toi, tu t'es encore attiré des ennuis ! lance-t-elle en riant et en me passant la main dans les cheveux.

— Maman…, c'est vraiment toi ?

— Allons, regarde dans quel état tu es… Tu t'es mis de la terre sur les genoux.

— Pardon, maman.

— Tu devrais écouter ton père, tu sais.

— Mais maman, papa est mort…

Elle rit encore et secoue la tête.

— Tu entends ça, Sagal ?

Sagal rit aussi.

— Ton *autre* père, voyons, fait-elle en me grondant gentiment. Le vrai, le seul, est celui qui va te mettre au monde pour la seconde fois !

Je monte sur une chaise, attrape la coupe de fruits sur la table et la jette à la figure de ma mère.

— Elle n'aurait jamais dit ça ! Vous n'appartenez pas à ce monde ! Vous n'avez rien à y faire !

Les images se brouillent autour de moi, maman disparaît peu à peu. Je me retourne vers Sagal : il n'est plus là, lui non plus. À sa place se tient Maître Hokoun avec son foutu masque blanc, qui figure un sourire navré. Mais il n'est pas tout à fait le même. Il est tellement plus grand, c'est un géant, un dieu, il commande à la terre entière. Et je ne suis plus dans la cuisine à l'armoire d'acajou : je suis dans la cour de l'école Hokouni, entre les murs de la forteresse tristes à en pleurer, sous les vents glacials qui balaient cette saloperie d'île perdue. Je reconnais le gravillon de la cour, la forme sombre des tours et, plus loin, la pyramide tronquée – l'arène où le Maître nous obligeait à nous battre.

— Tu as raison, mon petit Koom. Dans ces souvenirs, tu es étonnamment fort et je n'y ai pas ma place. Je n'ai jamais pu y imprimer ma marque. Mais ici, dans cet endroit où je t'ai gardé si longtemps auprès de moi, j'étais déjà le Maître et tu n'étais encore qu'un enfant.

J'ai à peine… sept ou huit ans. Je suis trop petit, trop faible pour résister au monstre.

— Regarde tes nouveaux camarades d'école, Koom.

Il fait un grand geste du bras pour désigner de petites silhouettes grises, alignées derrière lui. Je m'approche lentement pour mieux les voir. Looa ? Kirin ? Non, ce ne sont pas eux, ce sont d'autres enfants. L'un d'eux est roux et tatoué sur le visage. Il n'y avait pas d'enfant tatoué à l'école Hokouni. Il y a aussi une fillette blonde et une autre aux cheveux étranges, presque transparents. Oh, mon Dieu, non, pas ça !

— Crois-tu que tous ces enfants méritent d'être dans mon école ? Tu sais bien, tu as toujours su, je crois, ce qui arrivait à ceux qui ne le méritaient pas.

Odomar. Rikken. Nola. Hulan…

Le Maître fait un geste de la main et au fond de la cour apparaissent des centaines de petites formes sombres, celles de tous les enfants qui ont été massacrés ici, année après année, épreuve après épreuve. Des fantômes qui me regardent de leurs yeux morts et me reprochent en silence de ne pas les avoir sauvés.

— Mon école. Mes règles. Même au sein de ton propre souvenir, tu ne peux pas refuser d'admettre cela, n'est-ce pas ? Chaque enfant doit faire ses preuves ou mourir.

— Maître, ils ne sont pas de votre école, ils n'ont rien à voir avec ça…

Ma voix est si aiguë, si faible. Derrière Nola, il y a deux petits gamins, minuscules, avec les proportions de ces enfants encore à moitié bébés, ces grands yeux étonnés et cette bouille ronde des gosses de deux ans. Paol. Gloutonne.

Tout ça n'existe pas. J'ai vingt ans, je ne suis pas dans cette foutue forteresse et mes camarades de cercle ne sont pas ces pantins que je vois ici. Je suis Jal, celui-…

— Celui-ci, par exemple.

Le Maître fait quelques pas vers mes compagnons et empoigne le grand garçon tatoué par les épaules. Le petit ne se défend même pas et les autres baissent tristement la tête.

— Aucune disposition chez ce petit Norrois, pas de magie. Non, pas la moindre.

Il pousse le garçon devant lui, et le petit tatoué se laisse faire comme un pantin. Puis il le prend par la main. Et sans paraître déployer le moindre effort, sans même tourner la tête, il fait craquer le poignet et arrache la main du bras d'un geste d'une violence inouïe. L'enfant ouvre une bouche immense, un flot de sang jaillit du moignon.

Pendant une seconde, je reste hébété, incapable de croire à ce que je viens de voir. Puis je cours jusqu'à Odomar en hurlant, poings serrés, des larmes plein les yeux. Le Maître me happe en pleine course et me prend dans ses bras avec un geste tendre. Je veux échapper à son étreinte, me coucher tout contre mon ami, comprimer cette blessure avant qu'il ne se vide de son sang…

— Allons, allons, petit Koom. Ne pleure pas, je vais arranger ça.

Il se penche sur le gamin accroupi, secoué de spasmes, qui tient son moignon dans sa deuxième main. Il lui agrippe l'autre bras et d'un geste précis, d'une force surhumaine, le lui arrache de l'épaule.

— Odomar !

— Ce pauvre petit, murmure le Maître, il était pourtant si courageux.

L'enfant, les yeux fixés sur moi comme pour un dernier appel au secours, se cabre encore une fois avant de se figer.

— Son seul tort, Koom, a été de t'accorder sa confiance. C'est comme pour…

Il se penche et attrape la fillette blonde, qui ne fait pas un geste pour lui échapper comme si on lui avait ôté toute force.

— … la petite Rikken, c'est bien son nom ?

Il empoigne sa main d'enfant et, dans sa poigne de fer, en brise toutes les phalanges. La fillette hurle et se débat, et de son autre main, le Maître la saisit brutalement par la mâchoire.

— Pas elle ! Non ! Pas Rikken !

— Oh, tu souhaites l'épargner ? Tu désires en choisir une autre, c'est cela ? Bien sûr, c'est ton droit le plus strict.

Il lâche la fillette qui se tord de douleur sur le sol et attrape l'un des deux bébés joufflus, celui qui a les cheveux roux. Ce petit bout de fille, minuscule, sans défense. Je murmure dans un souffle, mains jointes, le cœur battant à tout rompre.

— Pas Gloutonne.

Sans elle, je n'existe pas. Sans elle, je suis seul, je suis fou, je n'ai plus rien à me raccrocher. Je gémis, je supplie, je suis prêt à lécher les pieds du Maître, à faire tout ce qu'il voudra.

— Je vous en prie, je serai sage.

— Tu as voulu épargner Rikken, n'est-ce pas ? Tu as déjà choisi, il est trop tard à présent.

— Je ferai tout ce que vous me demanderez. Pas elle, pas ma petite Gloutonne.

— Mon pauvre Koom ! Je constate que tes attaches humaines sont fortes encore, beaucoup, beaucoup trop fortes. Pour ton bien, je dois les trancher.

Il pose la main sur la tête de Gloutonne pendant que je murmure en boucle à voix basse :

— Je vous en supplie, je vous en supplie, je vous en supplie…

— Sois raisonnable, Koom. Laisse-moi t'aider à te libérer de ta condition d'homme. Ta métamorphose est déjà presque complète.

Mais soudain, au milieu de cette cour glaciale, au plus profond de mon souvenir et de ce temps révolu, je sens comme une vibration venue du dehors, une vague qui monte, un mot qui roule encore et encore.

« Jal ! Jal ! Jal ! » crient des dizaines de voix.

Le Maître tend l'oreille, oublie un instant cette vie minuscule qu'il tient entre les mains. Je me retourne, cherchant les autres Dals, mais ce ne sont pas eux que j'aperçois à l'autre bout de la cour de l'école. Ce sont des visages familiers de montagnards, de paysans, ceux des Skaviens de Thorkel.

La force de leurs voix est comme un défi à la magie du Maître. Autour de moi, l'image de l'école s'estompe et pâlit. La réalité transparaît peu à peu sous le voile de l'illusion. Ils sont sur la terre de Thorkel, à quelques dizaines de pas, retenus à grand-peine par un cordon de soldats ostérois désemparés.

Qu'est-ce qu'il disait, déjà, Sakynn ? Il demandait pourquoi il y avait sept compagnons et pas huit, ou plus encore ? Pourquoi devrait-on s'enfermer dans cette tradition des sept ? Bon Dieu, il avait raison ! Ce chiffre, il a été inventé par ces foutus salopards d'elfes. Qu'est-ce qu'ils y connaissent à la magie humaine ? À deux pas devant moi se tiennent en ligne les compagnons qu'il me reste. Mais le Maître s'est bien lié à deux cercles, non ? Alors, c'est que c'est possible.

Je me mets à hurler :

— *ASSARARR*, SKAVIENS DE THORKEL !

Pendant un instant, je n'entends plus leurs voix. Tout s'arrête. L'image de la forteresse réapparaît et efface de nouveau celle de la vallée. Est-ce que la magie a fonctionné ? Est-ce qu'ils ont entendu ? Est-ce qu'ils ont accepté ? Puis mon nom revient et gronde à travers la vallée, plus fort que jamais.

« Jal ! Jal ! Jal ! »

« Les hommes et les femmes que tu rencontreras seront comme ces pierres et ces arbres du chemin. Stupides, soumis, mais sans le savoir, porteurs d'une force immense qui peut se déchaîner brutalement », résonne encore la voix du Maître dans ma tête.

Ils ne sont ni stupides, ni soumis, Hokoun : ça, vous ne le comprendrez jamais.

En un instant, je grandis et redeviens un homme. La prison de mon enfance autour de moi s'efface et disparaît. Sous mes yeux de mage, l'air s'illumine de centaines, de milliers de liens entrecroisés. Je me retrouve entouré de lumière, porté dans les airs comme par des mains invisibles.

— *Dzaal !*

Ce second cercle me donne assez de magie pour lever une nouvelle tempête. Ce n'est pas une main qui prend et qui enferme, comme celle du Maître : c'est une trombe d'air, de boue et d'eau, un ouragan affamé de liberté que je jette contre lui. Toute cette terre de Thorkel se délite avec joie, s'allie à nous pour défendre la vallée contre ses envahisseurs. Des torrents de pluie s'abattent autour de moi, une eau tourbillonnante, aux gouttelettes si rapides et si compactes qu'elles en sont presque mortelles. J'éclate de rire dans les hurlements du vent, libre, enfin. Le Maître se tient toujours devant moi avec un air béat, le visage fouetté par les rafales de pluie et ses cheveux blonds emportés par le vent. Il est si ému qu'il lâche enfin Gloutonne, qui s'enfuit aussitôt.

— Koom, mon cher, cher petit, murmure-t-il avec un sourire tendre. Je suis si heureux ! Te voilà aussi puissant qu'un elfe !

— Pourquoi m'avez-vous donné ce nom ?

Celui-qui-tue.

— Tous mes Dals savent donner la mort. Mais quelque chose en toi me faisait penser à mon ami Koom, ce magnifique tueur de mages.

— *Lohoune*, dis-je tout bas.

« La chevelure de la déesse. »

Je deviens totalement invisible. Pour la première fois, je vois le doute dans le regard du Maître. Où est passé son petit Dal ? Il le cherche dans la tempête, au milieu de l'eau en furie qui tourne autour de nous. Et quand il me repère enfin, perçant de son regard d'elfe le voile de *Lohoune*, ses yeux s'arrondissent de stupeur.

Mon poing fermé rencontre son ventre, chaud et palpitant. Oui, son corps est fait de chair et d'os comme le nôtre. Mes phalanges serrées transpercent la toge, la peau, s'enfoncent dans des organes mous et tièdes qui éclatent sous le choc.

Il ouvre de grands yeux étonnés.

Alors je fais naître le vent et l'eau dans la blessure, la tempête dans ses entrailles. Deux cercles, deux *dzaals*. Une tornade grossit en lui, enfle et explose, à en ouvrir la terre autour de nous. Jusqu'au dernier moment, il me sourit et me regarde droit dans les yeux.

— Enfin…, murmure-t-il. Les dieux soient loués, je ne suis plus seul…

Et les vents furieux dispersent son corps en bouillie.

Je fais quelques pas en avant, titube, couvert de sang, la tête encore pleine du vacarme assourdissant du combat. Les éléments s'apaisent, le soleil perce à travers la tempête que j'avais fait naître au-dessus de nos têtes.

— Gloutonne ! Foutremerde, où es-tu ? Est-ce que tu vas bien ?

— Gloutonne va bien, murmure la fillette couchée dans la terre à quelques pas, devant un grand corps allongé au sol.

Odomar a encore les yeux grands ouverts, avec l'expression de terreur qu'il avait au moment de sa mort. Oh, bon Dieu, son bras gît à quelques pas de là… Mes poings se serrent de rage, je cherche des yeux Maître Hokoun comme si je pouvais encore lui faire payer, comme si ça pouvait soulager la haine et la souffrance qui bouillonnent en moi.

— Jal ! murmure quelqu'un dans mon dos.

Je me retourne et, à quelques dizaines de pas derrière moi, je vois six corps allongés dans leurs toges blanches. Je cours vers eux, essoufflé, épuisé, mes pieds nus s'enfonçant dans la terre grasse.

Les Dals, mes anciens camarades, gisent dans leur sang. Dal Assa est à genoux face à moi, un peu en retrait des autres, les mains posées sur son épée et son beau visage baigné de gouttelettes rouges. Elle relève la tête et rayonne de joie à ma vue.

— Koom… murmure-t-elle.

Je m'approche, hagard, et mon regard passe d'un corps à l'autre, essayant de comprendre. Leurs blessures ne proviennent pas du vent et des tempêtes. Elles ont été faites à l'arme blanche. Kirin a été décapité, Holü frappée par-derrière, Geff embroché par le flanc, Ojee a la poitrine pratiquement coupée en deux, quant à Looa… Son corps sans vie se tient juste devant Assa, un poignard à la main qui n'a pas eu le temps de servir. L'épée d'Assa est restée fichée dans son crâne.

— J'ai tenu ma promesse…, murmure-t-elle.

Je voudrais parler, mais mes lèvres refusent de s'ouvrir.

— Je ne t'ai plus jamais trahi depuis la barque.

Tués. Elle les a tous tués.

Je revois le combat contre le Maître, son regard étonné, cet instant de flottement quand j'ai fait appel au voile de *Lohoune* et que j'ai concentré toutes mes forces pour ma dernière attaque.

— Je ne supportais plus de le voir te faire souffrir.

— Tu as attendu tout ce temps ? Deux… deux années ?

Elle acquiesce doucement : oui, elle a pris le Maître à son propre jeu – celui de la manipulation et du mensonge. Ses pensées dissimulées par sa magie de l'esprit, elle lui a caché son double jeu, à lui et aux autres Dals.

— Il fallait attendre le moment précis où tu avais une chance de le vaincre. J'ai frappé fort. Pour toi, mon amour.

J'empoigne la poignée de son épée et, d'un geste brusque, la retire du crâne de Looa.

— Que fais-tu avec cette épée ? demande-t-elle avec un air inquiet.

— Tu lis dans mes pensées, n'est-ce pas, Assa ? Tu sais exactement ce que je vais faire. Je n'ai jamais pu te cacher un secret.

D'un coup rapide, précis, j'enfonce la pointe dans sa poitrine jusqu'à la garde. Elle baisse les yeux vers mon bras, ma main tremblante qui tient encore son arme, puis elle relève la tête.

— P… pourquoi ?

— Tu sais pourquoi, Assa.

Elle acquiesce lentement de la tête.

— Je te demande pardon, dis-je en essayant de ne pas pleurer.

— Ne dis pas ça. Mens-moi, Koom. Dis-moi que… que tu m'aimes encore.

Je passe la main sur son visage, où le sang des autres Dals est déjà en train de sécher.

— Je t'aime encore, Assa.

Je ne veux surtout pas regarder la plaie, j'essaie de me concentrer uniquement sur ce visage, de faire comme si ce n'était pas moi qui tenais l'épée.

— Dis-moi qu'on vi… vivra ensemble…

Je me penche sur elle. Ses lèvres sur les miennes sont glacées et tremblantes.

— Je t'emmènerai à Tamis-la-Grande. On vivra comme des princes.

— On aura des… des…

— Des enfants, oui. Plein.

Elle sourit dans le vide. Ses yeux se voilent, sa tête retombe sur ses épaules. Dans un dernier sursaut, elle capte mon regard et murmure, d'une voix presque inaudible :

— Tu as eu raison. J'aurais fini par massacrer tout ton cercle.

Chapitre 72

Je me redresse en sursaut sur un matelas de paille, la bouche pâteuse, les paupières lourdes, encore embuées de sommeil. Je suis sous une tente, seul. Qu'est-ce que je fous là ? J'ai mal partout, mes bras et mon visage sont recouverts de bandages. Bon Dieu, je crois que je me suis écroulé d'épuisement après le combat. À côté de moi, on a déposé une pile de couvertures et une jarre d'eau. J'ai une de ces soifs.

Je porte un pantalon et une chemise grossière de paysan ; quelqu'un a dû me les enfiler pendant que je dormais. Dans ma tête, je sens que le cercle est toujours actif – les deux cercles, en fait. Des milliers de liens entrecroisés à s'y perdre. Il n'y manque qu'Odomar… À côté de la pile de couvertures, je découvre mon fléau d'armes, mon sac à dos miteux de légionnaire et la vieille cuirasse rouillée des seigneurs de Thorkel.

Je soulève un pan de la tente goudronnée. Dehors, un vent froid venu des montagnes balaie la vallée, le ciel est gris et il tombe une pluie fine. Le campement ostérois a été à moitié dévasté. De mon affrontement avec le Maître, il reste de la terre projetée par mottes un peu partout et des milliers de débris épars à perte de vue.

Keerik et Katrin, occupés à faire rouler un tonneau de pluie encore intact, passent à deux pas de ma tente en me tournant le dos.

— On va en avoir pour des années à ôter toutes ces saletés de nos champs, marmonne Keerik. La charrue va coincer à chaque labour.

La terre est noire et gorgée d'eau de pluie. Là où se dressait le village il y a peu, il ne reste pratiquement plus aucune trace des maisons des Skaviens. Même la flèche elfique de l'église s'est couchée et presque entièrement enfoncée dans la boue.

— Les sols ont été retournés sur des lieues et des lieues, ce sera bon pour les récoltes, répond Katrin.

— Tais-toi, femme. Tu ne connais rien à la terre.

Sur les champs autour du village où ils avaient installé leur camp, des légionnaires survivants, par centaines, transportent des ballots, rassemblent les bêtes de somme et réparent des chariots, dont ils font une longue file sur le chemin.

— Et puis tous ces cadavres, ça va enrichir les sols, continue Katrin d'une petite voix.

— Tu parles ! Des cadavres d'étrangers ! Ils vont faire pourrir notre blé par la racine.

Keerik s'interrompt quand il s'aperçoit que je suis sorti de ma tente et il reste bouche bée devant moi, avant qu'un sourire n'éclaire tout son visage.

— Jal, enfin ! On commençait à se demander si tu étais mort !

Il s'avance vers moi et me tapote affectueusement le bras.

— Tu as l'air d'un fantôme avec toutes ces bandes sur le visage.

— Tu as une sale mine, toi aussi, et tu as pris un coup de vieux, dis-je d'une voix encore rauque.

Il a la joue balafrée et le poignet en écharpe. Mais, au lieu de se vexer, il éclate de rire :

— Toujours aussi malpoli, hein ? Bon Dieu ! Ça fait du bien d'entendre le son de ta voix !

Les Skaviens ramassent des morceaux de toiles de tente et de bois, consolidant les abris de fortune qu'ils se sont construits pour remplacer leurs maisons détruites. Ils ont perdu leur village et ils se plaignent des dégâts, du temps, de leurs poules perdues…, mais, au fond, leurs grommellements ont quelque chose de familier, de rassurant, je ne ressens pas dans leurs voix l'angoisse de l'avenir. Je suppose que leur moulin et son appentis sont de nouveau bourrés à craquer de sacs de grain et que leur bétail leur a été restitué. Ils me saluent joyeusement quand ils me voient passer parmi eux. On me tape dans le dos, on me félicite : « Eh, Jal, tu as dormi comme un vrai bébé ! » « Tu as rêvé de jolies femmes, au moins ? » Les enfants m'entourent et se mettent à tourner en cercle autour de moi en hurlant. Je leur gueule de déguerpir, à ces morveux, mais ils s'égaillent dans toutes les directions et reviennent en riant.

Je suis obligé de hurler à leurs parents et grands-parents, derrière eux, pour me faire entendre :

— J'ai dormi combien de temps ?

— Trois jours d'affilée ! me répond le vieux Berik, les mains en porte-voix.

Et après un instant d'hésitation, il me lance d'un air espiègle :

— Ces jeunes, tous de sacrées marmottes !

Trois jours ? Foutresaint !

Je m'avance dans le campement dévasté et les enfants me rendent ma liberté en allant brailler après une chèvre. Devant une grande tente rouge, une des dernières encore debout, la Freule en grand uniforme de général donne des ordres à plusieurs beaux garçons, comme à son habitude. Elle m'accueille d'un sourire crispé.

— Jal, enfin réveillé ! Je voulais te voir justement. Tu as bien dit que je serai la chef de cette armée, n'est-ce pas ?

— Bonjour, Ingerid.

— Toute l'armée, j'avais bien compris ? Pas seulement ma légion ?

— Les chevaux, les hommes, le butin. Prends ce que vous avez apporté ici et fous le camp au plus vite. C'est tout ce que je te demande.

Elle pousse un soupir soulagé.

— Tu es un garçon étonnant, tu sais ?

Je hausse les épaules. Je suppose que, pour elle, c'est une façon polie de dire « stupide ».

— Où est passé mon cercle ?

Elle désigne du menton le vieux moulin au bord de la Thorkel. Je la plante là aussitôt, impatient comme un gamin à l'idée de revoir mes compagnons.

Ils sont tous les cinq au bord de la Thorkel. Je ressens une bouffée de joie à revoir Gloutonne sous sa forme humaine, occupée avec Paol à jeter des cailloux dans l'eau. Nola reste un peu à l'écart avec Grand Hulan qui titube dans l'herbe, tête en l'air et bouche ouverte, un filet de bave aux lèvres. Dame Rikken est devant la porte ouverte du moulin, un bras en écharpe, en grande discussion avec deux Cogneurs ostérois. En fait, elle est en train de leur hurler dessus, et ils l'écoutent tête baissée comme des gamins en faute.

— Il nous manque cent têtes de bétail ! Et au moulin, j'ai recompté sac de grain par sac de grain, il y en avait au moins cinquante de plus avant votre arrivée ! Je ne parle même pas des poules, on n'en trouve plus une seule dans toute la vallée !

— Oui, ma dame, fait le premier Cogneur.

— Je n'ai pas fini : deux des nôtres ont disparu, des jeunes femmes comme par hasard ! Je vous préviens : si vous ne me les ramenez pas avant ce soir, je fouillerai chaque chariot, chaque ballot, chaque meule de fourrage jusqu'à ce que je les retrouve. Et si jamais je ne les trouve pas, alors Jal viendra personnellement vous ouvrir le ventre et le faire exploser comme il l'a fait avec le Maître, c'est compris ?

— C'est… c'est compris, ma dame, bredouille l'autre.

Le second Cogneur s'apprête à dire quelque chose, mais, à ma vue, il sursaute et ravale sa réponse. Les deux me saluent respectueusement en s'inclinant jusqu'à terre et prennent congé sans demander leur reste, pressés de mettre la plus grande distance possible entre eux et moi.

— Jal ! crie Nola en me voyant.

Elle me fait un sourire, mais je ne peux pas manquer de remarquer les sillons humides des larmes sur ses joues.

— Jal réveillé ! Jal réveillé ! crie Gloutonne en faisant deux fois la roue dans l'herbe.

Paol, ému aux larmes, me fait un sourire jusqu'aux oreilles.

— Putain de bordel de foutredieu de merde ! crache Grand Hulan d'un air ravi en s'avançant vers moi. Foutue sainte catin !

— Hulan ? C'est toi, c'est bien toi, cette fois ? Sacrément content de te revoir, mon gars, dis-je en lui tapotant l'épaule.

— Jal ! Merdaille puante de faute-en-cul, sacrée morue !

— Oh, c'est très bien, Hulan ! s'écrie Nola. Vous avez prononcé le nom de Jal, vous êtes en progrès.

Elle me chuchote à l'oreille :

— La Freule nous a tout raconté à propos de l'emprise de cette Alfing sur son esprit. Il semble perturbé depuis qu'il en a été libéré. Mais il fait chaque jour des avancées, j'ai bon espoir pour lui.

Pauvre vieux. Assa lui a grillé la tête, ça va lui prendre du temps avant de surmonter ça…

— Est-ce que tu vas t'expliquer, cette fois ? demande dame Rikken d'un air suspicieux. Qui était Maître Hokoun ? Comment tu es devenu Guerrier-Mage ?

— Oui, je vous dirai tout, je vous dois bien ça. En attendant…

J'ouvre grands les bras.

— … venez là, tous.

Gloutonne bondit sur ses pieds et se blottit contre moi, suivie de Paol. Nola sourit et, les yeux fermés, se laisse aller à poser la tête sur mon épaule. Même Hulan, yeux baissés, vient se serrer contre mon dos.

— Allez, Rikken, dis-je tout bas. Tu peux le faire, toi aussi.

— Il n'y a plus de place…, bougonne-t-elle.

Aussitôt, la masse humaine s'ouvre et la happe dans une forêt de bras. Elle se retrouve au centre du cercle, proteste un peu, mais bientôt un grand sourire lui monte tout seul au visage.

— On l'a fait, les amis, dis-je tout bas. On l'a fait tous ensemble. Odomar aurait été content de voir ça, je crois.

Ils s'écartent l'un après l'autre, Gloutonne court après une abeille, entraînant Paol derrière elle. Rikken grimace en tenant sa main bandée. Et quand Nola fait quelques pas vers une grande pierre plate posée à même le sol, je la suis et je prends sa main dans la mienne.

— Est-ce que c'est…

— C'est la tombe d'Odomar, dit-elle à voix basse. Il me manque.

Pour la première fois, je lui revois l'air triste qu'elle avait quand je suis arrivé au village.

— Je n'ai rien compris, Jal. Je ne voyais que ses tatouages. Il… il a fallu qu'il meure pour que je le voie réellement comme il était.

Pendant un moment, je ne dis rien. À moi aussi, il me manque énormément. En fait, je m'attends à tout moment à le voir débarquer derrière moi, avec sa présence rassurante de géant, sa force tranquille. J'ai une boule dans la gorge à l'idée que ça n'arrivera plus jamais.

— C'était… c'était un sacré bonhomme, dis-je finalement. Une bonté rare.

— Je sais, répond Nola. C'est trop tard, mais je le sais, maintenant.

— Il est mort heureux, entouré des gens qui l'aimaient, en défendant le village. Ça avait du sens pour lui, je crois qu'il…

— Ne vous fatiguez pas, Jal. Il vous aimait bien, vous et les autres, mais vous savez bien que c'est pour moi qu'il se battait. Et il est mort en croyant que je le haïssais.

— Je suis désolé, Nola.

— Laissez-moi, maintenant, s'il vous plaît.

Je ne regarde pas de son côté, mais je vois ses épaules se secouer de sanglots.

Rikken me tapote l'épaule et me fait signe de la suivre.

— Ce n'est pas ta faute, Sudien.

— Tu vas m'appeler comme ça encore longtemps, princesse ?

— Tu es né là-bas, non ?

On fait quelques pas en arrière, on croise Hulan qui repère un papillon sur sa manche et qui l'insulte d'un flot de jurons de caserne.

— Je suis désolée pour Assa. Tu l'aimais ?

Je secoue la tête. Je l'ai aimée, autrefois, je m'en souviens comme du rêve de quelqu'un d'autre. Mais cet amour est mort au fond de moi.

— Alors, cette blessure ? dis-je en désignant son bras en écharpe.

Le souvenir de ma main sur cette épée est trop brûlant pour en parler. Rikken ne sait pas ce que j'ai fait et ne le saura jamais.

— Je ne pourrai plus jamais tirer à l'arc, fait-elle en haussant les épaules.

— Quoi ? Et la statuette ne peut pas te soigner ça ?

— Apparemment, les reliques ont perdu leur pouvoir avec la mort de Nokoo. Mais je survivrai, c'est plutôt pour toi que je m'inquiète.

— Pourquoi ?

— C'est Nola et moi qui avons entouré ton visage de bandelettes, murmure-t-elle.

Je passe la main sur le tissu qui recouvre mes joues.

— C'était grave ?

Elle baisse la tête.

— Tu n'avais que des égratignures. Elles doivent être cicatrisées, maintenant.

— Alors, je peux enlever ça ?

Je cherche déjà l'épingle à nourrice qui retient l'ensemble.

— Non ! crie-t-elle en posant la main sur mon bras.

Il y a une vraie inquiétude dans son regard.

— Il va falloir t'expliquer, princesse.

— Ton visage, le Maître… Tu te souviens de ça, n'est-ce pas ?

Levant les yeux vers moi d'un air embarrassé, elle fait un signe de la main devant son propre visage, comme si ça pouvait m'expliquer quelque chose.

— Tu… tu es devenu comme lui. Je veux dire… tes yeux, ta bouche, ton nez.

— Quoi ?

— Cette perfection dans tes traits, cette beauté absolue… Tu es devenu différent. Quelqu'un d'autre. Les gens ne sont pas prêts à voir cela, je crois.

Je l'entraîne à l'écart sans ménagement.

— Tu veux dire que…

Je tâte de nouveau mes bandelettes, mes cheveux, mon cou, essayant d'y trouver un changement.

— … je suis devenu un elfe ?

Elle acquiesce doucement du menton.

— Je suis désolée, Jal.

D'un geste étonnant, elle baisse les yeux, incline la tête, comme pour m'empêcher de la regarder en face.

— Tu dois nous trouver laids, n'est-ce pas ? Grossiers, imparfaits. Tu dois poser tes yeux d'elfe sur les gens, sur nos vêtements, sur cette vallée autour de toi, et tu dois juger tout cela médiocre et hideux.

Ce sacré salopard de Maître Hokoun… Alors je n'en serai jamais débarrassé, hein ? Au moment où je me croyais enfin libre, il me rattrape à sa manière. Ah, il doit bien se marrer dans sa tombe !

— Mais peut-être que…, commence-t-elle.

— Quoi ?

— Peut-être que je me trompe ?

C'est un tel foutoir dans ma tête. Tout se mélange : les souvenirs, les images, les paroles… La magie, l'école, la vallée. Et puis je m'arrête sur elle. Laide ? Rikken ?

— Puisque tu poses la question…, moi, je te trouve plutôt bien roulée.

Elle lève les yeux au ciel.

— Tu ne changeras jamais, toi. Autant de délicatesse qu'un bouc en rut.

Mais malgré tous ses efforts, je vois bien qu'elle ne peut pas complètement empêcher un sourire de naître au coin de ses lèvres.

— Je crois que tu vas me manquer, Sudien, dit-elle soudain. Tu ne nous oublieras pas, n'est-ce pas, quand tu seras un grand seigneur à Tamis-la-Grande ?

Mes yeux se posent sur ces crêtes découpées, sur ces bois au loin et cette rivière qui coule presque à nos pieds.

— « Seigneur », ce n'est pas un mot pour moi, princesse. Et si je restais un petit moment ici, est-ce que ça dérangerait quelqu'un ?

Je fais mine d'ignorer sa surprise, son grand sourire. Je n'ai jamais été doué pour les émotions.

— Mon cercle est ici, Rikken. Tout mon cercle, chaque habitant de cette vallée.

— Nous allons vieillir, tu sais, et toi, tu vas rester jeune éternellement.

Autour de moi, les autres compagnons ne semblent pas prêter attention à nous. Gloutonne rit quand Paol se barbouille le visage de boue et qu'il se met à rugir comme un barbare de l'Est.

— Tu la verras grandir, devenir femme et mourir, elle aussi, souffle Rikken. Tous ceux de cette vallée vont disparaître et toi, tu auras toujours vingt ans. Des centaines, des milliers d'années t'attendent. Une longue vie de solitude, Jal. Très vite, nous ne serons plus que des souvenirs douloureux au fond de ta mémoire. Tu te protégeras de cette souffrance en refusant de nouer des liens avec des créatures aussi éphémères que nous, les humains. Peut-être même que tu te mettras à nous haïr.

Gloutonne pousse soudain un cri de joie, ôte d'un seul coup la robe de fillette qu'on lui a enfilée et saute dans la rivière, tête la première. Dans dix ans, elle aura mon âge. Dans trente ans, elle en aura le double. Est-ce que je pourrai supporter ça ? Pour elle, pour Rikken, pour tous les autres ?

Sur le chemin, une première colonne de chariots militaires s'ébranle sous les ordres aboyés par les Zenders. Un Cogneur revient vers nous avec une troupe de soldats portant des sacs de grain, traînant du bétail et accompagnant deux Skaviennes pâles et apeurées.

— Tu as toujours été pessimiste, Rikken, hein ?

Je redresse le buste.

— On trouvera bien une solution. Après tout, je suis Jal, celui-qui-ose.

Remerciements

Je remercie mes deux anges gardiennes, Lilie Bagage et Silvie Philippart de Foy, pour avoir assisté pas à pas à l'écriture de ce roman, pour m'avoir écouté, conseillé et surtout pour m'avoir mis un coup de pied au derrière de temps en temps quand il le fallait. Je remercie aussi Stéphane Marsan et Anne-Laure Lajous, pour leur suivi patient et les échanges dans la bonne humeur, ainsi que toute l'équipe de Bragelonne. Oh, et bien sûr, je remercie un certain collectif d'auteurs où je trouve toujours conseil et réconfort, et par qui une scène épineuse de ce roman a été « bêta lue » en détail. Merci à Élodie, enfin.

Achevé d'imprimer en mars 2017
Par CPI France
N° d'impression : 3022778
Dépôt légal : avril 2017
Imprimé en France
81121779-2